The Institute

异能研究所

Stephen King

斯蒂芬·金

姚向辉 译

湖南文艺出版社
HUNAN LITERATURE AND ART PUBLISHING HOUSE
博集天卷
CS-BOOKY

The Institute
Copyright © 2019 by Stephen King
This edition arranged with The Lotts Agency Ltd.
through Andrew Nurnberg Associates International Limited

© 中南博集天卷文化传媒有限公司。本书版权受法律保护。未经权利人许可，任何人不得以任何方式使用本书包括正文、插图、封面、版式等任何部分内容，违者将受到法律制裁。

著作权合同登记号：图字 18-2020-179

图书在版编目（CIP）数据

异能研究所 / （美）斯蒂芬·金（Stephen King）著；
姚向辉译 . —— 长沙：湖南文艺出版社，2021.2（2024.1 重印）
　书名原文：the institute
　ISBN 978-7-5404-9907-5

　Ⅰ . ①异… Ⅱ . ①斯… ②姚… Ⅲ . ①长篇小说—美
国—现代 Ⅳ . ① I712.45

中国版本图书馆 CIP 数据核字（2020）第 249102 号

上架建议：畅销·外国文学

YINENG YANJIUSUO
异能研究所

作　　者：斯蒂芬·金
译　　者：姚向辉
出 版 人：陈新文
责任编辑：丁丽丹
监　　制：吴文娟
策划编辑：万巨红
特约编辑：刘　君
版权支持：辛　艳　张雪珂
营销支持：闵　婕　杜　莎
封面设计：Will Staehle　利　锐
版式设计：李　洁
出　　版：湖南文艺出版社
　　　　　（长沙市雨花区东二环一段 508 号　邮编：410014）
网　　址：www.hnwy.net
印　　刷：三河市百盛印装有限公司
经　　销：新华书店
开　　本：875mm×1270mm　1/32
字　　数：467 千字
印　　张：18
版　　次：2021 年 2 月第 1 版
印　　次：2024 年 1 月第 4 次印刷
书　　号：ISBN 978-7-5404-9907-5
定　　价：69.80 元

若有质量问题，请致电质量监督电话：010-59096394
团购电话：010-59320018

献给我的孙子：伊桑、艾丹和瑞安

参孙求告耶和华说："主耶和华啊，求你眷念我。神啊，求你赐我这一次的力量，使我在非利士人身上报那剜我双眼的仇。"

参孙就抱住托房的那两根柱子，左手抱一根，右手抱一根，说："我情愿与非利士人同死！"就尽力屈身，房子倒塌，压住首领和房内的众人。这样，参孙死时所杀的人，比活着所杀的还多。

——《士师记》第 16 章

凡使这信我的一个小子跌倒的，倒不如把大磨石拴在这人的颈项上，沉在深海里。

——《马太福音》第 18 章

根据国家失踪与受虐儿童援助中心统计，全美每年约有八十万名儿童被报失踪。绝大多数最终能被找到。

　　但其余的几千个孩子永远失踪了。

本书出现的主要人物

迪普雷镇:

蒂姆·贾米森，昵称蒂米

罗珀，医生

诺伯特·霍利斯特，旅馆老板

安妮·勒杜，镇上的孤儿

科比特·登顿，外号鼓手，镇上居民

约翰·阿什沃思，警长

温迪·格利克森，警员

比尔·威克洛，警员

塔格特·法拉第，昵称塔格，警员

韦罗妮卡·吉布森，昵称罗妮，警员

乔治·伯克特，警员

弗兰克·波特，警员

研究所的孩子们：

卢卡斯·戴维·埃利斯，昵称卢克

埃弗里·狄克逊

卡丽莎·本森，昵称小莎

尼古拉斯·威尔霍尔姆，昵称尼克或尼基

乔治·艾尔斯

艾莉丝·斯坦诺普

海伦·西姆斯

格尔达·威尔科克斯

格蕾塔·威尔科克斯

哈罗德·克罗斯，昵称哈利

研究所人员：

威廉·史密斯，昵称比尔

茱莉娅·西格斯比，昵称朱迪或西格斯，研究所负责人

罗莎琳德·道森，西格斯比的助理

特雷弗·斯塔克豪斯，安保主任

莫琳·艾尔沃森，清洁工

丹·亨德里克斯，外号驴金刚，医生

詹姆斯·埃文斯，昵称吉姆，医生

费利西娅·理查森，医生

埃弗里特·哈拉斯，外号赫克尔，医生

乔安妮·詹姆斯，外号杰克尔，医生

格拉迪丝·希克森，护工

托尼·费扎尔，护工

雅各布·豪兰，昵称杰克，外号毒蛇，护工

菲尔·查菲兹，外号药丸，护工

科琳娜·劳森，护工

齐克·艾翁尼蒂斯，技术员

安迪·费洛斯，技术员

杰里·西蒙兹，技术员

道格，厨师

目　录

巡 夜 人

1

蒂姆·贾米森的航班半小时前就该离开坦帕，飞往灯火通明和满是高楼大厦的纽约了，但德尔塔航空公司的飞机依然停在登机口前。看见该航空公司的职员和一名脖子上挂着安全人员徽章的金发女人走进机舱，挤在经济舱的乘客预感到情况不妙，抱怨声此起彼伏。

"各位乘客请注意！"航空公司职员大声说。

"到底还要延误多久？"有人问，"别糊弄我们。"

"不会延误太久，机长向各位保证，航班基本上会按时抵达。但我们有一名联邦官员必须登机，因此希望一名乘客能主动让出座位。"

众人齐声哀叹，蒂姆看见几个人拿起手机，做好迎接麻烦的准备。这种局面曾经闹出过风波。

"德尔塔航空承诺将为这位乘客提供下一班离港航班的免费机票，也就是明天上午六点四十五分——"

又是一阵哀叹。有人说："枪毙我算了。"

小官僚不为所动，继续道："这位乘客还将得到一张今晚的酒店招待券，外加四百美元。朋友们，条件很好啊。谁有兴趣？"

没有人愿意接受。负责安全的金发女人一言不发，用全知全能但毫无生气的眼睛扫视拥挤的经济舱。

"八百美元，"德尔塔航空公司的职员说，"外加酒店招待券和补充机票。"

"这家伙说话就像问答游戏主持人。"蒂姆前面一排的男人嘟囔道。

但依然没人接受。

"一千四？"

还是没人应声。蒂姆觉得很有意思，但并不怎么吃惊。六点四十五分的航班意味着你要起得比上帝还早，但这不是唯一的原因。经济舱里的大多数旅客不是游览完佛罗里达名胜后回家的一家人、晒斑明显的情侣，就是膘肥体壮、红脸膛、一脸不高兴的男人，他们在大苹果[1]有生意要谈，区区一千四百美元何足挂齿。

机舱尾部有人大声说："来一辆野马敞篷车和阿鲁巴的双人豪华游，我们的座位就全送你了！"这句俏皮话引来哄笑，但听上去并不怎么友善。

负责登机的航空公司职员望向戴徽章的金发女人，也许他希望能够得到帮助，然而事与愿违。她只是继续扫视众人，全身上下只有眼睛在动。他叹了口气，说："一千六。"

蒂姆·贾米森忽然决定要离开这架该死的飞机，然后搭车去北边。尽管在此刻之前，这个念头根本没在他脑海里闪现过，但他觉得他能想象自己这么做，而且画面无比清晰。没错，赫南多县半中央的某处，他站在301号公路边，高举大拇指。天气炎热，爱虫[2]密集，路边竖着广告牌，专打滑倒官司的律师在招揽客户；不远处有一辆拖车，门口是个水泥墩子，上面放着一台手提收录机，《带着爱离去》[3]唱得正起劲，一个光着膀子的男人在洗车；终于来了个农夫，用皮卡载了他一程，木栏杆的车斗里装着甜瓜，仪表盘上贴着耶稣磁贴。最妙的甚至不是他口袋里多了一笔现金，而是他孤零零地站在路边，离这个"沙

丁鱼罐头"几十英里 [1]，没有香水、臭汗和发胶的混杂气味。

至于第二妙的嘛，那就是从政府的奶子里多挤了点钱出来。

他起身，挺直了背，他的身高（五英尺十英寸 [2] 多一点）非常普通，把眼镜顺着鼻梁往上推了推，举起一只手。"先生，加到两千，再全额退掉我这张机票，座位就归你了。"

2

他拿到招待券后入住的酒店其实是一家廉价旅馆，不远处就是坦帕国际机场最繁忙的跑道的尽头。蒂姆听着飞机起落声入睡，又被同样的声音吵醒。之后他下楼去吃附赠的自助早餐，吃了一个水煮蛋和两个橡皮似的松饼。尽管这远远算不上盛宴，但蒂姆还是美美地饱餐了一顿，然后回房间等九点钟银行开门。

他没费任何周折就把这笔意外之财变现了，因为银行知道他要来，支票已经预先核准过了。他没兴趣在廉价旅馆里等着兑现。他拿出五十美元和二十美元面值的钞票，价值两千，叠好后放进左侧的前裤袋，然后从银行保安那儿取回行李包，叫了辆优步去埃伦顿。来到目的地后，他付钱给司机，走到最近的一个"301—北"路标底下，伸出大拇指并举起手。十五分钟后，一位戴着凯斯广告帽的老先生让他上了车。皮卡的车斗没有木栏杆，也没有装甜瓜，但除此之外基本都符合他昨晚的想象。

"朋友，你往哪儿去？"老先生问他。

---

1 1 英里约合 1.61 公里。

2 1 英尺约合 30.48 厘米，1 英寸约合 2.54 厘米。

"呃，"蒂姆说，"最后要到纽约，应该。"

老先生把嚼过的烟草渣子吐到窗外。"一个老子么坑的人怎么会想去那儿？"他把"脑子没坑"说成"老子么坑"。

"我不知道。"蒂姆答道。其实他知道，一个老战友说大苹果有很多私人保安的空缺岗位，其中一些雇主会更看重他的经验，而不是鲁布·戈德堡[1]式的玩意儿，他就是因为这个才结束了在佛罗里达警务部门的职业生涯。"今晚我只想赶到佐治亚，说不定我会更喜欢那儿。"

"这话说得有见地，"老先生说，"佐治亚可不赖，你要是喜欢蜜桃就更好了，只可惜我吃了就管不住屁眼。不介意来点音乐吧？"

"当然不介意。"

"先提醒你一句，我喜欢开得很响，耳朵有点聋。"

"能搭车我就感激不尽了。"

他放的是韦伦·詹宁斯，而不是 REO 快速马车，但蒂姆挺喜欢的。韦伦过后是"枪手"詹宁斯和马蒂·斯图尔特。两个男人坐在泥点斑斑的道奇公羊车里，听着音乐，望着公路匆匆掠过。开了七十英里后，老先生靠边停车，向蒂姆抬了抬帽檐，祝他这一天过得特别开心。

那天晚上，蒂姆没能赶到佐治亚，他在另一家廉价旅馆里过了夜，旅馆隔壁是一家卖橙汁的路边摊——但第二天他到了。他在不伦瑞克（这儿的居民发明了一种美味的炖菜[2]）的一家废品回收厂打了两个星期短工。他做这份工作时没怎么考虑未来，这和他决定放弃离开坦帕的航班座位时一样。他需要的不是这笔钱，但他觉得自己需要这个时间。他正处于过渡期，而过渡不是一夜之间就能完成的。另外，工厂

---

1 鲁布·戈德堡是美国犹太漫画家，英文中有"鲁布·戈德堡机械"一词，指设计得过度复杂的机械组合，以迂回曲折的方法去完成一些其实非常简单的工作。
2 美国南方流行的不伦瑞克炖菜，用鸡肉或猪肉、玉米和马铃薯等加上烧烤酱和辣酱焖炖而成。

隔壁就是一家保龄球馆和一家丹尼餐馆[1]。谁能拒绝这么一个组合的诱惑呢？

3

废品回收厂的薪水到手，加上航空公司的那笔意外之财，蒂姆站在不伦瑞克95号州际公路向北的坡道旁，觉得自己是个相当富裕的漂泊者。他在太阳底下站了一个多小时，正有点想离开，回丹尼斯店里喝一杯冰凉的甜茶时，一辆沃尔沃旅行车靠边停下了。车厢里装满了纸箱，驾车的老妇人放下乘客座的车窗，隔着厚厚的眼镜片打量着他。"块头不大，但肌肉似乎挺结实，"她说，"你不是强奸犯或变态狂吧？"

"不是，夫人。"蒂姆对她说，心想：不然我还能怎么说呢？

"你当然会这么说了，对吧？你要去南卡罗来纳州那么远的地方吗？看你的旅行包，似乎是的。"

一辆车绕过沃尔沃，加速驶上坡道，猛按喇叭。她毫不在意，只是平静地盯着蒂姆。

"是的，夫人。一直到纽约。"

"我可以带你到南卡罗来纳——开进那个愚昧的州一点，不会开远。不过，作为回报，你要帮我一个小忙。洗手需要两只手，明白我的意思吗？"

"你帮我挠挠背，我也帮你挠挠背[2]。"蒂姆咧嘴微笑。

---

1 美国著名连锁餐饮品牌。
2 英文俗语，表示"互相帮助"。

"挠背什么的就免了，不过你可以上车。"

蒂姆乖乖地上了车。她叫玛乔丽·凯勒曼，负责管理不伦瑞克图书馆。她也是东南图书馆联合会的成员。她说，这个组织没有经费，因为"特朗普和他的那帮小丑全收回去了。他们要是理解什么是文化，驴子都懂数学了"。

车向北开了六十五英里，还在佐治亚州境内，她来到普勒镇上一家破旧的小图书馆。蒂姆卸下几箱书，用小车推进图书馆，然后再把十几箱书搬出图书馆，装进沃尔沃的车厢。玛乔丽·凯勒曼告诉他，这些书要送到耶马西公共图书馆，往北走大约四十英里，过了南卡罗来纳州的州界就是耶马西。然而刚开过哈迪维尔不久，他们就不得不停下。两条车道上堵满了汽车和卡车，他们后面很快也停满了其他车辆。

"唉，我就讨厌这种事，"玛乔丽说，"而且在南卡罗来纳似乎总是发生，他们太吝啬了，不肯拓宽公路。前面什么地方出了车祸，但只有两条车道，结果谁也过不去。贾米森先生，我要在这儿干等半天，你可以不用继续卖苦力了。换作我，我就下车走回哈迪维尔的出口，然后去 17 号公路碰碰运气。"

"这么多箱书怎么办？"

"哦，我会找到另一条壮汉帮我卸货的，"她对他微笑道，"跟你说实话吧，我看见你站在大太阳底下，突然决定来点刺激的。"

"好吧，不过你确定吗？"交通堵塞让他产生了幽闭恐惧症。事实上，滞留在德尔塔航空公司的经济舱里时，他感觉到的就是这种窒息感。"要是你不确定，我可以留下。我反正也不赶时间。"

"我确定，"她说，"贾米森先生，很高兴认识你。"

"我也一样，凯勒曼女士。"

"金钱方面需要帮助吗？如果你需要，我可以分你十美元。"

普通人，尤其是那些手头并不是很宽裕的人的平凡的善意和慷慨，让他既感动又吃惊，而且这不是第一次了。美国依然是个好地方，无论有些人（他自己有些时候也会）如何反对。"不用了，我挺好的。谢谢你的好意。"

他和老妇人握了手，下了车，沿着瘫痪的95号州际公路车道往回走到哈迪维尔的出口。他没能立刻在17号公路上搭到车，于是走了几英里来到它和佐治亚州92号公路的交会点。这儿有个路牌指向迪普雷镇。此刻已经临近傍晚，蒂姆觉得他还是找个地方过夜比较好。毫无疑问，这次依然会是一家廉价旅馆，但其他的选择——睡在室外，被蚊子生吞活剥，或者睡在农民的谷仓里——更加倒胃口。于是他走向迪普雷镇。

巨大的转折往往始于小事。

4

一小时后，他坐在两车道公路边的一块石头上，等待似乎没有尽头的货运列车过去。列车以三十英里的时速庄严地开往迪普雷镇的方向：棚车、汽车运输车（里面装的废车比新车多）、槽车、平板车和敞盖车（里面装着不知什么邪恶物质，万一脱轨翻车，就会点燃松木林，有毒甚至致命的浓烟涌向迪普雷镇的居民）。最后是一节橘红色的守车，一个穿背带工装裤的男人坐在躺椅上，正抽着烟读平装本小说。他从书上抬起头，朝蒂姆挥挥手。蒂姆也朝他挥挥手。

还有两英里才到小镇，小镇围绕92号公路（在镇内叫主大道）和另外两条街道的交会处而建。迪普雷镇似乎基本上逃离了连锁商店的魔爪，没有重蹈那些比较大的城镇的覆辙。这里有一家西部汽车门店，但已经关门了，橱窗被挡得严严实实的。蒂姆看见一家食品杂货店、一家药店、一家什么都卖的店和几家美容院。还有一家门头标牌上挂着"急寻租售"标牌的电影院、一家把自己吹嘘成"迪普雷速修店"的汽车配件店和一家名叫"贝芙小馆"的餐馆。有三座教堂，一座属于卫斯理宗，两座不知所属，反正都是召唤人们信仰耶稣的教派。商业区旁的斜向停车位上停着顶多二三十辆汽车和农用卡车。辅路上几乎没有人影。

他走了三个街区，又经过一座教堂，看见了迪普雷汽车旅馆。旅馆的另一头——主大道大概在那儿与92号公路重新会合，又有另外一个铁路交叉口、火车站和一排在阳光下闪闪发亮的铁皮屋顶。这些建筑物的另一头，松林再次合拢。总而言之，这个小镇在蒂姆眼中就像是从乡村民谣里蹦出来的，而且是阿兰·杰克逊或乔治·斯特雷特[1]唱的怀旧金曲。汽车旅馆的古老招牌锈迹斑斑，意味着此处也许和电影院一样已经歇业，然而下午行将结束，这儿似乎是全镇唯一可以过夜的地方，蒂姆也只好走向那里。

他走到一半，刚过迪普雷镇办公室，便看见一座红砖建筑物，常春藤爬满了整个侧墙。草坪被修剪得整整齐齐，插在草坪上的标牌提示这里是费尔利县警察局。蒂姆心想，假如迪普雷镇就是县政府所在地，那么这个县也未免太寒碜了。

两辆巡逻车停在警局门前，一辆是比较新的轿车，另一辆是浑身泥点的老旧四驱车，活动式警灯放在仪表盘上。蒂姆望向警局大门，就是那种口袋里装着很多现金的流浪汉几乎无意识的一眼，他向前走了几步，然后转过身，仔细看着双开门两侧的告示牌。其中一张告示他看得特别认真。他觉得自己肯定是看错了，想再确认一下。

---

1 两者均为美国乡村音乐歌手。

在这个时代，不可能吧，他心想。绝对不可能。

但他没看错。在写着"假如你认为大麻在南卡罗来纳州已经合法，请再想一下"的海报旁边，一张告示写着：招募巡夜人。应聘者请入内。

哇，他心想，所谓来自过去的重重一击。

他转身走向生锈的旅馆招牌，但又停下了，琢磨着招聘巡夜人的告示。就在这时，警察局的一扇门开了，一个瘦高的警察走了出来，一头红发上戴着一顶帽子。夕阳照得他的警徽闪闪发亮。他打量着蒂姆的工作靴、满是灰尘的牛仔裤和蓝色钱布雷布衬衫。他的视线在蒂姆背后的行李袋上停留片刻，然后落在蒂姆脸上。"先生，有什么事吗？"

先前使他在飞机上站起来的冲动，此刻再次席卷而来。"应该没有，但谁知道呢？"

5

红发警察是塔格特·法拉第警员。他陪蒂姆进去，熟悉的漂白水和氨水气味从后面四个牢房的拘留区飘进办公室。法拉第介绍蒂姆和韦罗妮卡·吉布森认识，后者是一位中年警员，今天下午负责调度。法拉第请蒂姆出示驾驶证和至少一件身份证明。蒂姆拿出驾驶证和萨拉索塔的警察证，没有掩饰证件已经过期九个月的事实。尽管如此，两位警员看见警察证，态度还是有了细微的改变。

"你不是费尔利县的居民？"罗妮·吉布森说。

"对，"蒂姆承认，"当然不是。但得到巡夜人的工作之后我就是了。"

"薪水不高，"法拉第说，"也不是我能决定的。人员的雇用和解聘由阿什沃思警长负责。"

罗妮·吉布森说："我们的上一位巡夜人退休去了佐治亚。埃德·惠特洛克，他得了渐冻症，卢·贾里格[1]得过的那个病。埃德人很好，但病得很重。不过他在那儿有人照顾。"

"倒霉的永远是好人，"塔格·法拉第说，"罗妮，给他一张表格。"他对蒂姆说："贾米森先生，我们的机构非常精简，一共七个人，其中两个是兼职。纳税人只养得起这么多人。约翰警长出去巡逻了。要是他五点——最晚五点半——没回来，那他就是回家吃饭去了，要到明天才会回办公室。"

"反正今晚我要在这儿过夜。当然了，前提是汽车旅馆还营业。"

"哦，诺伯特应该还有几个房间。"罗妮·吉布森说。她和红发男人交换了一个眼神，两人哈哈大笑。

"我猜那儿大概不是什么四星级酒店。"

"无可奉告，"吉布森说，"但换作我，躺下前一定会看看床单上有没有小小的红虫子。贾米森先生，你为什么要离开萨拉索塔警察局？要我说，你太年轻了，离退休还早着呢！"

"这事我还是和你们局长讨论吧，假如他能给我一个面试的机会。"

两名警员又交换了一个眼神，这次对视得稍久，然后塔格·法拉第说："罗妮，去拿张申请表给这位先生。很高兴认识你。欢迎来到迪普雷镇。你乖乖的，咱们就会相处得很好。"说完他转身出去，不乖的后果是什么只能让你自己去猜想。蒂姆透过带栏杆的窗户看见四驱车倒出停车位，沿着迪普雷镇短短的主大道开远。

申请表夹在写字板上。左侧的墙边有三把椅子，蒂姆找了一把坐下，将行李袋放在双腿之间，然后开始填表。

巡夜人，他心想，我死定了。

---

1 美国职棒大联盟史上最伟大的一垒手，职棒生涯都效力于纽约洋基队。

6

阿什沃思警长大腹便便，走路慢吞吞的，蒂姆后来发现，他手下的警员和绝大多数镇民都叫他约翰警长。他有着垂耳猎犬般的下巴，满头浓密的白发，制服衬衫上有一块番茄酱的污渍。他腰间别着一把格洛克手枪，小拇指上有一枚红宝石戒指。他口音很重，看上去一副好乡亲的友好态度，但深陷于肥厚眼窝中的双眼机敏而好奇。假如他不是黑人，倒是很适合去演《威震八方》[1]之类的南方俗套电影。还有一点，他办公室的墙上挂着镶了框的联邦调查局匡蒂科国家学院的毕业证书，旁边是特朗普总统的官方肖像。这可不是集燕麦包装盒兑奖券能换到的东西。

"那好吧，"约翰警长说，坐在办公椅里往后一靠，"我没多少时间。玛塞拉最讨厌我吃饭迟到。当然了，除非碰到什么生死危机。"

"明白了。"

"那咱们就直接说最重要的吧。你为什么离开萨拉索塔警察局，还有你来这儿干什么？南卡罗来纳州一共也没几条旅游路线，而迪普雷镇更是不在其中任何一条上。"

阿什沃思今晚大概不会打电话给萨拉索塔警察局，但明早肯定会，因此粉饰太平毫无意义。蒂姆也不想这么做。要是他得不到巡夜人的工作，他打算在迪普雷镇过一夜，明早再上路，继续他前往纽约走走停停的旅程。他现在将这段旅程视为一个必要的间歇，往前是去年年末某一天在萨拉索塔的韦斯特菲尔德商场发生的事情，往后是他的下一段人生。抛开这些不说，诚实也是最优策略，因为谎言往往会反噬说谎者，特别是在这个时代，只要你有键盘和无线网络，几乎所有信

---

1 2004 年上映的美国动作片，讲述了退役特种兵回家乡小镇斗一群恶棍的故事。

息都唾手可得。

"他们让我在辞职和被开除之间做选择。我选择了辞职。没人乐意，尤其是我，我喜欢我的工作，也喜欢墨西哥湾，但这是最好的结果。这样我能领到一小笔钱，当然比不上全额补偿金，但有总比没有好。我和我前妻平分了。"

"原因呢？长话短说，这样我吃饭还赶得上热的。"

"用不了太久。去年十一月的一天，我值班快结束的时候，拐进韦斯特菲尔德商场买鞋。我要去参加一场婚礼。当时我还穿着制服，明白吗？"

"明白。"

"我走出鞋区，一个女人跑过来说有个少年在电影院旁边挥舞手枪。于是我跑了过去，三步并作两步。"

"你掏出了武器吗？"

"没有，长官，刚开始没有。拿枪的少年大概十四岁，我确定他不是喝醉了，就是嗑药了。他脚下还有另一个孩子，他正在踢那个孩子。枪也指着他。"

"听着怎么像克利夫兰的那个案子。警察朝一个挥舞弹丸枪的黑人少年开了枪。"

"我走过去的时候也在想这个，朝塔米尔·赖斯开枪的警察发誓说他认为少年在挥舞真枪。而我相当确定自己看见的不是真枪，但不敢百分之百肯定。你应该知道为什么。"

约翰·阿什沃思警长似乎忘记了晚饭。"因为你的犯人用枪指着地上的孩子。你没理由用一把假枪指着别人。除非地上的孩子不知道真相。"

"嫌疑人后来说他在朝那个孩子挥舞枪，而不是指着他，说'那是老子的，狗娘养的，你不能拿老子的东西'。我见到的却不是这样。我见到的是他用枪指着那个孩子。我命令他放下武器，举起双手。他要么没听见，要么听见了不理我。他继续踢地上的孩子，用枪指着对方——或者挥舞，按照他的说法。总而言之，我掏出了武器。"蒂姆停顿片刻，"另外，也许并不重要，但两个孩子都是白人。"

"对我来说没有任何意义。两个年轻人在打架。一个倒在地上，正在受到伤害。另一个手持或许是真枪的武器。所以你朝他开枪了吗？希望没发展到那一步。"

"没人中枪。但是……你知道人们看见打架就会围过来看热闹，但有人掏枪就会一哄而散。"

"当然。只要脑子还没坏掉，就该跑得远远的。"

"当时也是这样，但还是有几个人留下了。"

"而且在用手机拍摄。"

蒂姆点点头。"四五个想当斯皮尔伯格的。总而言之，我对着天花板开了一枪，按理说只是为了警告。这也许是个错误的决定，但当时似乎很正确，也是唯一的办法。然而商场的那个区域有吊灯。子弹打中了一盏吊灯，吊灯掉下来，不偏不倚地砸在一个旁观者的脑袋上。拿枪的小子扔下枪，枪一落地我就知道那肯定不是真枪，因为它弹了起来。结果那是一把塑料水枪，只是做成点45口径的自动手枪的样子。躺在地上挨踢的小子身上有几块淤伤和几个破口，甚至都不需要缝针，但那名旁观者失去意识，昏迷了三小时，脑震荡。按照他的律师的说法，后遗症包括失忆和剧烈头痛。"

"那人起诉了警察局？"

"对。会打一段时间官司，但他最后会拿到赔偿撤诉。"

约翰警长思考了片刻。"假如他为了拍摄而留在现场，那他就拿不到那么多赔偿了，无论头痛有多么严重。我猜警察局对你的判决是鲁莽射击。"

确实如此，蒂姆心想，要是咱们能只谈到这一步就好了，然而不可能。约翰警长看上去像非裔美国人版《正义前锋》里的霍格老大，但他一点也不傻。他很同情蒂姆的处境，几乎所有的警察都会这么做，但他依然会核实情况。其余的事情还是由蒂姆直接告诉他比较好。

"在进鞋店之前，我在冲浪客酒吧喝了几杯。送那小子去拘留所的接警人员闻到我嘴里的酒气，给我做了测试。吹出来的数字是'06'，不到法定下限，但还是不够好，因为我开枪让一个人进了医院。"

"贾米森先生，你平时喜欢喝酒吗？"

"离婚后的六个月喝得很多，但那是两年前了。现在喝得少了。"我当然会这么说了，他心想。

"嗯哼，嗯哼，让我捋一捋。"警长竖起一根胖乎乎的食指，"你快下班了，也就是说，假如你脱掉了制服，那个女人一开始便不会跑向你。"

"很可能不会，但也许我听见有人争吵，还是会去现场看一看。警察永远不会真的下班。我相信你知道这一点。"

"嗯哼，嗯哼，但你会带枪吗？"

"不会，枪会锁在我的车里。"

阿什沃思为此竖起第二根手指，然后加上第三根。"那小子手里很可能是假枪，但也有可能是真枪。你不可能百分之百确定究竟是真是假。"

"对。"

第四根手指竖了起来。"你的警告性射击打中了一盏吊灯，吊灯不但掉了下来，还砸在无辜旁观者的脑袋上。当然了，前提是拿着手机拍摄的浑球也能被称为无辜旁观者。"

蒂姆点点头。

警长的大拇指也竖了起来。"然而在事情发生前，你凑巧喝了两杯含酒精的饮料。"

"对，而且我还穿着警服。"

"不明智，没有……怎么说的来着……远见，但我还是要说，你真是倒霉极了。"约翰警长用手指敲打办公桌的边缘。每次轮到小拇指，红宝石戒指就会叩出轻微的咔嗒声。"我觉得你的故事太荒唐了，不可能是假的，但我还是要打电话到你以前的就职单位核实一下。别的不说，至少能让我再听一遍故事，重新惊叹一番。"

蒂姆微笑道："我的上司是贝尔纳黛特·迪皮诺。她是萨拉索塔警察局的局长。您快回家吃饭去吧，免得您夫人生气。"

"嗯哼，嗯哼，玛西[1]就留给我去操心吧。"警长俯身向前，肚皮顶着办公桌。他的眼睛比先前更亮了。"贾米森先生，要是我现在对你进行酒精测试，你会愿意吹气吗？"

"悉听尊便。"

"别以为我不会测。别以为我没这个必要。"他靠回去，办公椅再次发出受苦的呻吟声。"你为什么会想在这么一个鸟不拉屎的小镇做一份巡夜人的工作？薪水一个星期只有一百美元，就从星期天到星期四晚上的麻烦而言，这点钱真是微不足道，星期五和星期六晚上的情况就更糟糕了。彭利的脱衣舞俱乐部去年关门了，但周边地区还有好几家破酒吧。"

"我祖父曾经在明尼苏达州的希宾做过巡夜人。就是鲍勃·迪伦长大的那个小城。那是他从州警局退休以后的事。因为他，我从小到大都想当警察。我看见外面的告示，心想……"蒂姆耸耸肩。他想到了什么呢？和他去废品回收厂找工作时想到的差不多，基本上什么都没想。他忽然想到自己有可能——至少从精神上说——处于某种困难境地。

"跟随你祖父的脚步，嗯哼。"约翰警长把双手扣在他可观的腹部上，用那双深陷于肥厚眼窝中明亮而好奇的眼睛盯着蒂姆，"你当自己已经退休了，是这样吗？想找点事情做做，来消磨无聊的时光？但似乎还太年轻了吧，你觉得呢？"

---

1 玛塞拉的昵称。

"从警察局退休而已。那段人生已经结束了。有个朋友说他能在纽约帮我找个保安工作,而我也想换个环境。也许我不去纽约也能找到。"他觉得自己真正想要的是换个心情。巡夜人的工作未必能行,但也很难说。

"你说你离婚了?"

"对。"

"有孩子吗?"

"没有。她想要,我不想,我觉得我还没准备好。"

约翰警长低头看蒂姆的申请表。"上面写着你四十二岁。大多数人——也许不是所有人——如果到这时候还没准备好……"

他没说完,用警察最擅长的方式等待蒂姆打破沉默。但蒂姆没有开口。

"贾米森先生,你最后也许还是会去纽约,但目前你只是在四处漂泊。可以这么说吧?"

蒂姆想了想,同意他的这种说法。

"假如我把这份工作给你,我怎么知道你两个星期或者一个月之后不会继续上路呢?迪普雷镇不是全世界最好玩的地方,在南卡罗来纳州也算不上。我想知道的是,先生,我怎么知道你靠得住呢?"

"我会留下的,只要你觉得我能胜任就行。要是你觉得我不行,可以直接开了我。要是我想继续上路,我会给你足够长的处理时间。我向你保证。"

"薪水不够过日子的。"

蒂姆耸耸肩。"需要的话,我会另外找点事做。你不会说这儿只有我一个人必须多打一份工来贴补家用吧?另外,我存了一笔小钱,够我坚持一段时间。"

约翰警长坐在那儿沉思了一小会儿,然后站起身。以他的体重来说,他敏捷得令人称奇。"明天上午你过来,咱们看看该怎么办。十点左右就行。"

这样你就有足够的时间打电话给萨拉索塔警察局了,蒂姆心想。他要看我的说法是否属实,顺便看看我的记录里还有什么其他污点。

他起身伸出手。约翰警长紧握住他的手。"贾米森先生,今晚你在哪儿过夜?"

"前面那家汽车旅馆,只要他们有空房间。"

"哦,诺伯特有的是空房间,"警长说,"不过我猜他不会向你兜售大麻。要我说,你身上还有那么一丁点警长的样子。要是你消受得了油炸食品,贝芙小馆一直营业到晚上七点。我喜欢他们家的牛肝和洋葱。"

"谢谢。也谢谢你肯抽时间和我谈。"

"哪儿的话,和你聊得很开心。你去旅馆登记的时候,就说约翰警长请他给你安排一个好房间。"

"一定。"

"但上床之前,你还是要仔细看一眼有没有虫子。"

蒂姆微笑道:"已经有人提醒过我了。"

7

他在贝芙小馆点的晚餐是炸鸡排、煮青豆和桃子馅饼,味道确实不赖。然而,他在迪普雷汽车旅馆的房间就是另一码事了。相比之下,蒂姆北行的这一路上住过的地方都算得上宫殿了。窗口的空调机轰轰地运转,却没吹出多少冷气。生锈的花洒在漏水,而且似乎无法拧紧(最后他放了块毛巾在地上,让那滴滴答答的声音变闷)。床头灯的灯罩上烫出了几个窟窿。墙上的画挂歪了,画中的景象令人不安,上面描绘的是一艘扬帆航行的船，船员都是杀气腾腾地狞笑着的黑人。蒂姆扶正那幅画，但它立刻又歪了回去。

室外有一张草坪躺椅。软垫下陷，椅子腿和无法拧紧的花洒一样锈迹斑斑，但总算支撑住了他的体重。他坐在躺椅上伸展两条腿，拍打虫子，望着夕阳橘红色的光芒穿过树枝。见到夕阳，他既高兴又忧郁。八点一刻左右，另一列似乎没有尽头的货运列车出现，穿过州内公路，经过小镇外围的仓库。

"该死的佐治亚南方铁路公司，永远晚点。"

蒂姆扭过头，见到了这家"豪华"酒店的老板兼唯一的夜班员工。他瘦得像钢筋，上半身挂着一件佩斯利呢背心，底下穿着卡其色九分裤，完美地展示出白袜子和过时的匡威运动鞋。复古的披头士发型包围着他贼眉鼠眼的脸蛋。

"真的？"蒂姆说。

"也无所谓，"诺伯特说着，耸耸肩，"晚班车总是直接通过。午夜那一班也几乎总是不停，除非要卸柴油，或者给杂货店送新鲜水果和蔬菜。往前走有个交叉路口。"他用两根食指演示给蒂姆看，"一条线去亚特兰大、伯明翰和亨茨维尔。另一条线从杰克逊维尔往北经过这儿，然后去查尔斯顿、威尔明顿和纽波特纽斯之类的地方。白班列车多半会停。你在想仓库那边有没有工作对吧？他们总是短一两个人手。但腰背必须有劲。我不行。"

蒂姆看着他。诺伯特用鞋底蹭了蹭地面，咧嘴笑了笑，露出的牙齿让蒂姆想到了"消失的乡村"[1]。牙齿确实还在，但似乎用不了多久就会消失。

"你的车在哪儿？"

蒂姆只是盯着他。

---

1 原文为"gone-country"，出自阿兰·杰克逊的一首歌《消失的乡村》。

"你是警察吗？"

"这会儿我只是一个隔着树枝看落日的普通人，"蒂姆说，"而且喜欢一个人看。"

"不说了，我不说了。"诺伯特说，转身撤退，离开时只稍稍扭头打量了他一眼。

货运列车终于开过去了。岔口的红灯熄灭。栏杆抬了起来。在那儿等候的两三辆车启动引擎，开始移动。蒂姆望着落日从橙色变成红色——傍晚的红色天空，那是水手的喜悦，他的巡夜人祖父会这么说。他望着松树的影子在92号公路上越拉越长，最终合拢。他很确定自己得不到那份巡夜人的工作，也许这样更好。迪普雷镇似乎远离一切，不只是偏僻，而是几乎与世隔绝。若不是因为有那四座仓库，这个小镇很可能不会存在。说到仓库，它们又为什么会存在呢？为威尔明顿或诺福克这种南方港口储存电视机，等待被装船送往亚特兰大或玛丽埃塔？或者储存来自亚特兰大的电脑成品，等待重新装车送往威尔明顿、诺福克或杰克逊维尔？又或者储存化肥或危险化工品，因为在美国的这个角落没有法律禁止这么做？念头在他的脑子里转了一圈又一圈，但胡思乱想没有任何意义，连傻瓜都懂这个道理。

他回到房间里，锁好门（愚蠢。门板太薄了，一脚踹上去就是个窟窿），脱得只剩下内衣，然后躺在床上，床垫有点塌陷，但没有虫子（至少在他能确认的范围内没有）。他用双手垫着后脑勺，盯着画中狞笑的黑人，他们正操纵着快速帆船（天晓得这种船到底叫什么）。他们要去哪儿？他们是海盗吗？他觉得像。无论他们是什么人，船都要在下一个港口卸货、装货。也许一切都是如此，也许人人都是如此。不久以前，他把自己从前往纽约的航班上"卸"了下来。后来他把罐头和瓶子装进一台分拣机。今天他在一个地点为一位和蔼的图书馆管理员装了几箱书到车上，然后又在另一个地点卸下几箱书。他来到此处只是因为95号公路"装满"了汽车和卡车，车主在等待救援车来拖走某个倒霉蛋撞毁的车辆。救护车多半会先来，把驾驶员装进车厢，开到最近的医院后卸下。

但巡夜人不需要装货、卸货，蒂姆心想。他只需要巡查和敲门。他祖父会说，妙就妙在这儿。

他睡着了，却在午夜醒来，因为又有一列货运列车隆隆驶过。他上了个厕所，在回到床上前，他取下那张挂歪的画，让狞笑着的黑人船长背对着他靠在墙边。

那鬼东西害得他起鸡皮疙瘩。

8

第二天早晨，蒂姆洗完澡，坐在草坪躺椅上，看着日落时遮盖道路的树影按原路后退，这时电话响了。打来的是约翰警长，他不喜欢浪费时间。

"估计你们局长不会这么早就到办公室，贾米森先生，所以我上网查了查你。你在申请表里似乎少填了几项内容。咱们谈话时你一个字都没提。二〇一七年你因为从鳄鱼口中救人获得嘉奖，二〇一八年夺得萨拉索塔警察局的优秀警员称号。你是忘了告诉我吗？"

"没有，"蒂姆说，"我申请这份工作只是一时兴起。要是多给我一点时间思考，我肯定会加上这几项。"

"来，给我讲讲鳄鱼的事。我在小皮迪沼泽边上长大，最喜欢听带劲的关于鳄鱼的故事。"

"我这个故事不怎么带劲，因为那条鳄鱼并不大。另外我也没救那孩子的命，不过这个故事也有好玩的一面。"

"说来听听。"

"报警电话从高地打来，那是个私人高尔夫球场。我是离现场最近的警员。那个孩子爬在一个水障碍区旁边的树上。他十一二岁，喊得脑袋都快爆炸了。鳄鱼就趴在树底下。"

"听着像是小黑孩桑波[1]，"约翰警长说，"不过要是我没记错，故事里要吃他的是老虎，而不是鳄鱼；另外既然那是个私人高尔夫球场，我猜树上的孩子肯定不是黑人。"

"对，不是，而且鳄鱼其实在打盹，"蒂姆说，"仅五英尺长，顶多六英尺。我向男孩的父亲——提名嘉奖我的就是他——借了根五号推杆，然后过去敲了它几下。"

"敲的应该是鳄鱼，不是孩子的父亲吧？"

蒂姆大笑。"对。鳄鱼爬回水障碍区里，孩子爬下树，就这么简单。"他停顿了片刻，"但我上了晚间新闻。我正在挥动球杆。播音员开玩笑说我要把鳄鱼'推'走。高尔夫球玩笑，你明白的。"

"嗯哼，嗯哼，那年度优秀警官呢？"

"呃，"蒂姆说，"我每天按时上班，从不请病假，而局里总要给某个人颁奖嘛。"

线路另一头沉默了几秒钟，然后约翰警长说："我不知道你这话是谦虚还是妄自菲薄，反正我无所谓。我知道咱们还不太熟，这实在是为难你了。但我这人想到什么就说什么，有一说一——有些人这么说我，包括我的老婆。"

蒂姆望着公路，望着铁路，望着逐渐后退的树影。然后，他偷空瞅了一眼镇上的水塔，它就像科幻电影里的机器人入侵者一样耸立着。今天又会很热，他判断后得出结论。他也在判断另一些事情：他能不能得到这份工作就看这一刻了，取决于接下来他会怎么说。问题在于，

1《小黑孩桑博》，苏格兰作家海伦·班纳曼的作品。

他是真的想要这份工作，还是因为汤姆爷爷的家族故事而一时心血来潮。

"贾米森先生？你还在吗？"

"那个奖是我应得的。奖也有可能颁给其他警察，我有好几位同事都相当优秀，但是，对，那是我应得的。我离开萨拉索塔时没带多少东西，要是我真能在纽约站稳脚跟，其余的东西再发运过去也不迟，但我带上了获奖证书。它就在我的行李袋里。要是你想看，我可以拿给你。"

"非常荣幸，"约翰警长说，"不过这不是因为我不相信你，只是想见识一下而已。就巡夜人的工作而言，你的资历高得可笑，但假如你真想留下，那就从今晚十一点开始值班吧。晚上十一点到早上六点，这是工作时间。"

"我想留下。"蒂姆说。

"那好。"

"就这么简单？"

"我这个人相信自己的本能，再说我雇的是巡夜人，又不是保镖，所以没错，就这么简单。你不用十点钟来了。多睡几小时，中午前后来一趟。格利克森警员会给你讲讲情况，用不了多久。就像人们说的，这又不是火箭科学。不过夜里酒吧打烊后，你会在主大道上见到不少把车开成火箭的。"

"好的。感激不尽。"

"等你熬过第一个周末再看你有多感激吧。还有一点，你不是警员，因此无权携带火器。遇到你没法处理或者认为有危险的事情，就用无线电报告局里。没问题吧？"

"当然。"

"那最好了，贾米森先生。要是你被我发现带了枪，那就收拾行李滚蛋吧。"

"明白。"

"好了，休息一下吧。你很快就要变成夜行动物了。"

就像德古拉伯爵，蒂姆心想。他放下电话，挂上"请勿打扰"的牌子，拉好磨薄打蔫的窗帘，设置好手机闹钟，继续睡起来。

9

温迪·格利克森警员，警察局的兼职人员之一，她比罗妮·吉布森年轻十岁，尽管她把金发挽成一个紧得似乎要惨叫的发髻，但依然美艳动人。蒂姆没敢和她搭讪，她显然竖起了防搭讪盾牌，而且十分强硬。他不禁猜想：她心里是不是另有人选来做这份夜巡人的工作？比方说，她的兄弟或男朋友。

她给了蒂姆迪普雷镇乏善可陈的商业区地图、能扣在腰带上的手持式无线电对讲机和同样能扣在腰带上的计时器。计时器不用电池，格利克森警员解释道，需要在每次值班前上发条。

"放在一九四六年肯定是尖端科技，"蒂姆说，"其实还挺酷的，怀旧风。"

她没有微笑。"你在弗罗米小型引擎销售与服务公司打卡，然后在主大道西边尽头处的火车站打卡。来去都是一点六英里。埃德·惠特洛克以前每次值班巡四圈。"

也就是差不多十三英里。"看来我肯定不需要体重监察员了。"

她依然没有微笑。"罗妮·吉布森和我按排班表值班。你一个星期休息两个晚上，多半是星期一和星期二。周末过后镇上比较安静，但有时候也许需要顶班。当然了，前提是你没离开。"

蒂姆把双手叠放在大腿上，似笑非笑地打量着她。"格利克森警员，你看我不顺眼对吧？要是有意见，最好现在就说清楚，否则只能一直憋着了。"

她的皮肤是北欧人的那种白皙，因此当红晕在脸颊上升起时，她无论如何都隐藏不了。脸红只是让她变得更加好看，但他估计她很讨厌这样。

"我不知道我对你有没有意见。只有时间能见分晓。我们是一个优秀的团队。团队虽小，但优秀。我们团结一心。你只是从街上拐了进来，找到了一份工作。镇民喜欢拿巡夜人开玩笑，但埃德对那些冷嘲热讽非常大度。这份工作很重要，尤其是在这个警力单薄的镇子上。"

"事先预防胜于事后治疗，"蒂姆说，"我祖父的口头禅。格利克森警员，他当过巡夜人。所以我才会申请这份工作。"

这话也许让她稍微柔和了一些。"至于计时器，我承认它确实很古老。我只能说你尽量习惯吧。巡夜人是数码时代的模拟工作。至少在迪普雷镇是这样。"

10

没过多久蒂姆就明白了她的意思。他基本上相当于一九五四年前后的一名巡警，只是没有佩枪，甚至连警棍都没有。他无权逮捕人。镇上几家比较大的商号有安保设施，但比较小的店铺就没有这样的高科技了。他来到迪普雷商城和奥伯格药店之类的地方，查看安保绿灯是否亮着，确定没有入侵者的痕迹。他来到比较小的商店，抓住门把手或门环转一转，隔着橱窗往里看，然后按照惯例敲三下门。他偶尔会得到回应——有人挥挥手或喊一嗓子，但大多数时候没有，这也很好。他用粉笔做标记，继续向前走。回程中他重复同样的流程，边走边擦掉标记。整个过程让他想起爱尔兰人的老笑话：老弟，要是你先到，就用粉笔在门上做标记；要是我先到，就擦掉标记。这些标记似乎没什么实际用途，只是习惯成自然，大概能一直追溯到重建时期[1]，经许多巡夜人传承至今。

多亏了一位兼职警员，蒂姆有个舒服的地方可以休息。乔治·伯克特告诉他，他母亲在车库顶上有一套装修好的小公寓，要是蒂姆感兴趣，她可以便宜租给他。"只有两个房间，但挺像样的。我哥哥弗洛伊德在那儿住了几年，然后去了佛罗里达，在奥兰多环球影城主题乐园工作，待遇好得很。"

"算他走运。"

"是啊，但佛罗里达的物价……哇，高得没边了。不过我要提醒你，蒂姆，要是你租下那个地方，夜里放音乐绝对不能太大声。老妈不喜欢音乐。她连弗洛伊德的班卓琴都看不上，尽管他弹得特别好。他俩以前有时候会吵得很凶。"

"乔治，我夜里很少会待在家里。"

伯克特警员，二十五六岁，好心肠，好脾气，没有一肚子乡下人的智慧。蒂姆的话让他笑了起来。"对，我忘记了。总而言之，上面有空调，马力不算大，但能保持房间凉爽，足够你睡觉的——至少弗洛伊德能。感兴趣吗？"

蒂姆感兴趣，尽管窗式空调确实不怎么管用，但床很舒服，起居室挺惬意的，而且花洒不漏水。厨房里只有一台微波炉加一个电烤盘，但他大多数时候都在贝芙小馆解决吃饭问题，因此这样自无不可。而

---

1 即一八六五年至一八七七年，美国南部原邦联诸州由联邦政府控制，直到一八七七年被允许重新加入联邦。

且租金不可能更低了：每个星期七十美元。乔治将母亲形容成一条恶龙，但伯克特夫人其实是个和蔼的小老太，然而南方口音过于浓重，他只能听懂一半她说的话。她有时候会在他门口留一块玉米面包或一牙儿蛋糕，用蜡纸裹得整整齐齐，就好像他拥有的不是一位女房东，而是一位南方小精灵。

至于迪普雷仓储公司，獐头鼠目的汽车旅馆老板诺伯特·霍利斯特说对了——他们长期缺人手，永远在招工。蒂姆估计，要是一个地方的工作不但纯属体力劳动，而且只付法律规定的最低酬劳（在南卡罗来纳州，这个数字是每小时 7.25 美元），那么员工的高流动性也就无可避免了。他找到工头瓦尔·贾勒特，工头同意每天给他安排三小时，从上午八点开始。因此蒂姆在巡夜结束后还有一点时间可以洗把脸和吃顿饭。就这样，除了夜班工作时间，他发现自己又在装货和卸货了。

世界就是这么运转的，他对自己说，世界运转之道。而这只是暂时的。

11

随着他在这个南方小镇的日子慢慢过去，蒂姆·贾米森过上了舒缓而按部就班的生活。他不打算在迪普雷度过余生，但他能想象自己一直待到圣诞节（也许会在车库顶上的小公寓里摆一棵小小的人造圣诞树），甚至一直待到明年夏天。这儿不是什么文化绿洲，他明白为什么年轻人都发疯了一样想逃离这里的单调和无聊，但蒂姆沉迷其中。他确定这种心情会随着时间而改变，但暂时先这样也不赖。

他傍晚六点起床；去贝芙小馆吃晚饭，有时一个人，有时和另外一个警员；巡夜七个小时；去贝芙小馆吃早饭；在迪普雷仓储公司开叉车直到十一点；在火车站的阴凉处吃三明治，喝可乐或甜茶；回伯克特夫人家；睡到傍晚六点。休息日他有时候会连睡十二小时。他读约翰·格里沙姆[1]的法律惊悚小说和"冰与火之歌"系列的每一本书。他是提利昂·兰尼斯特[2]的粉丝。他知道马丁的小说被改编成了电视剧，但觉得没有必要看；他想要多少条龙，就能想象多少条。

作为一名警察，他很熟悉萨拉索塔夜晚的那一面，它和充满阳光沙滩和海浪的度假小城完全不是一码事，就像杰基尔博士和海德先生[3]那样。夜晚的那一面往往令人厌恶，有时甚至危险，尽管他一直没堕落到用那个残忍的警察俚语（NHI，无人类涉案）去称呼丧命的毒虫和受虐待的妓女，但十年的警队生涯还是让他变得愤世嫉俗。有时他会带着这种情绪回家（不是"有时"，而是"经常"，他不愿自欺欺人的时候会这么对自己说），逐渐侵蚀婚姻的酸液有一部分就来自这儿。他承认这种情绪也是他拒绝要孩子的原因之一。世界上的坏事实在太多，可能出错的因素不胜枚举。相比之下，高尔夫球道上的一条鳄鱼算不了什么。

刚得到巡夜人的工作时，他觉得一个只有五千四百人的小镇（大多数还住在镇外的郊野）不可能有夜生活，然而迪普雷镇确实有，而且蒂姆发现自己还挺喜欢的。他在夜晚遇到的那些人其实是这份工作中最令人愉快的部分。

比方说，古尔斯比夫人。大多数夜晚，他在第一轮巡逻开始时会和她互相挥手并小声问好。她坐在门廊摇椅上，轻轻地前后晃动，手中的杯子里也许是威士忌，也许是汽水或甘菊茶。有时候，他巡逻回

---

1 美国畅销作家，代表作有《杀戮时刻》等。
2《冰与火之歌》中的虚构人物。
3 典出英国作家 R. L. 斯蒂文森的《杰基尔博士与海德先生奇案》，杰基尔博士与海德先生成为善恶双重性的代称。

程时她还在门廊的摇椅上。还有弗兰克·波特，他有时候和这位警员在贝芙小馆共进晚餐，他告诉蒂姆，说古尔斯比夫人去年刚失去了丈夫——温德尔·古尔斯比的大卡车在暴风雪中冲出了威斯康星州的一条公路。

"她还不到五十岁，但他们结婚已经很久了，"弗兰克说，"两个人还没到投票或合法饮酒的年纪就好上了。查克·贝里有首歌说的就是少年婚礼。这种关系通常维持不了多久，但他们的婚姻坚持下来了。"

蒂姆还认识了孤儿安妮，她无家可归，大多数夜晚在警察局和迪普雷商城之间的小巷里睡充气床垫。她还在火车站后面的野地里搭了一顶小帐篷，下雨时就去那儿睡觉。

"她真名叫安妮·勒杜。"比尔·威克洛回答蒂姆的问题。比尔是迪普雷镇最年长的兼职警员，他似乎认识镇上的每一个人。"她在那条小巷里睡了好几年。比起帐篷，她更喜欢那儿。"

"天冷的时候她怎么办？"蒂姆说。

"去耶马西。通常是罗妮·吉布森送她去。她们两个人是亲戚，三代表亲之类的。那儿有个游民收容所。安妮说除非万不得已，否则她绝对不会去那儿，因为收容所里全是疯子。我说，好女孩啊，你也不照镜子看看自己。"

蒂姆每晚查看一次她在小巷里的藏身之处，然后每天在仓库干完活后去探访一次她的帐篷，主要是出于纯粹的好奇。帐篷前的泥地里插着三面旗：联邦的星条旗、邦联的星杠旗和蒂姆不认识的另一面旗。

"圭亚那国旗，"她回答蒂姆的问题，"我在佐尼便利店后面的垃圾箱里找到的。很漂亮，对吧？"

她坐在一把铺着透明塑料布的安乐椅里，正在织的围巾长得可以给乔治·R. R. 马丁书里的巨人用。她挺友善的，没有被萨拉索塔警局的同事称为"游民偏执妄想综合征"的迹象，但她是 WMDK 电台深夜谈话节目的爱好者，聊天时话题常会拐进怪异的岔道，飞碟、夺舍和恶魔附体之类的东西屡见不鲜。

一天夜里，蒂姆发现她躺在小巷里的充气床垫上听小收音机，他问她既然有个看上去挺舒服的帐篷可以睡觉，为什么非要待在这儿。孤儿安妮——也许六十岁，也许八十岁——就像在看疯子一样看着他。"这儿离警察比较近啊。贾米森先生，你知道火车站和那些仓库后面有什么吗？"

"应该是森林吧。"

"森林和沼泽。绵延好几英里的湿地、泥塘和灌木丛，一直通往佐治亚州。那儿有野兽，还有一些坏人。碰到老天撒尿我不得不待在帐篷里的时候，我会对自己说，打雷下雨肯定不会有东西出来，但我还是睡不踏实。我有一把小刀，总是放在手边，但要是有什么沼泽巨鼠发癫蹿上来，小刀恐怕也派不上什么用场。"

安妮瘦得很憔悴，蒂姆经常会带点零食给她，然后再去仓库装货、卸货。有时候是煮花生或老麦脆饼，有时候是月亮派糖果或樱桃蛋挞。有一次是一瓶威克尔斯泡菜，她抱在只剩两块皮的乳房之间，笑得开心极了。

"威克尔斯！上次吃这个的时候，赫克托还是个小崽子呢！贾米森先生，你为什么对我这么好？"

"我也不知道，"蒂姆说，"大概是喜欢你吧，安妮，能给我尝一口吗？"

她把瓶子递给他。"当然。反正我也要请你帮我打开，我有关节炎，手指疼得厉害。"她伸出双手给他看，她的手指七扭八歪，像一块块漂流木，"织毛线、补衣服还凑合，但天晓得还能坚持多久。"

蒂姆拧开罐头，浓烈的酸味刺激得他微微皱眉，他夹出一小块泡菜条，据他所知，从那上面滴下来的东西很有可能是甲醛。

"给我，快给我！"

他把罐头还给安妮，吃掉那块泡菜。"我的天，安妮，我的嘴巴大概再也张不开了。"

她大笑，露出剩下的几颗牙齿。"最好配上面包、奶油和一瓶冰镇的皇冠可乐。啤酒也行，不过我已经不喝那东西了。"

"你在织什么？是围巾吗？"

"上帝必不会穿着他自己的衣衫降临，"安妮说，"你该走了，贾米森先生，去履行你的职责。当心黑车里的男人。乔治·奥尔曼[1]一直在收音机里说他们。你知道他们从哪儿来，对吧？"她甩给他一个"你知我知"的眼神。她也许是在开玩笑，也许不是。孤儿安妮总是很难看穿。

科比特·登顿，属于迪普雷夜晚的另一名镇民。他是镇上的理发师，当地人叫他鼓手，外号来自他少年时的某个恶作剧。然而，似乎没人知道确切的情况，只知道地区高中因此罚他停学一个月。他在他的青葱岁月也许玩得很野，但那都是遥远的往事了。鼓手现在五十好几或者六十出头，体重超标，秃顶，严重失眠。睡不着的时候，他就坐在理发馆的露台上，望着迪普雷镇空荡荡的主大道。说空荡荡的，当然没有算上蒂姆。两人常有一搭没一搭地聊几句点头之交会聊的话题：天气、棒球、镇上每年夏季的路边集市。但有一天夜里，登顿说的话让蒂姆警惕起来。

"你知道吗，贾米森，我们以为自己在过的生活，其实并不真实，它只是一场皮影戏，我很乐意见到背后的灯忽然熄灭。在黑暗中，所有的影子都会消失。"

蒂姆走上露台，坐在理发馆的店标底下，不停旋转的三色柱入夜后停了下来。他摘掉眼镜，在衬衫上擦干净，然后戴回去。"能允许我畅所欲言吗？"

鼓手把烟头弹进阴沟，溅起了一团火星。"请随便说。从午夜十二

---

1 孤儿安妮脑子不太正常，此为一个虚构的人物。

点到凌晨四点，是个人就应该能畅所欲言，至少我是这么认为的。"

"你听着像是个遭受抑郁症折磨的人。"

鼓手哈哈一笑。"你改名叫夏洛克·福尔摩斯吧。"

"你该去看罗珀医生，有些药能让你的人生敞亮。我前妻就吃药，不过和我分手大概能让她的人生更加敞亮。"他微笑，表示这是个笑话，但鼓手并没有报以微笑，而是站了起来。

"我知道那些药，贾米森。它们就像烈酒和烟草，或者年轻人开锐舞派对时嗑的摇头丸。这些东西能让你暂时相信一切都是真实的，一切都有意义。但实际上，一切既不真实也没有意义。"

"别这么说，"蒂姆轻声道，"不可能是这样的。"

"在我看来，这也是唯一的可能性。"鼓手说完走向楼梯，他的公寓位于理发馆的楼上。他的脚步迟缓而沉重。

蒂姆望着他的背影，内心感到不安。他觉得鼓手像会在某个雨夜决定送自己上路的那种人，要是有狗就一起带走，就像以前的埃及法老。他考虑要不要找约翰警长聊聊，随后想到了温迪·格利克森，她的态度依然没怎么柔和下来。他最不希望的是，她或其他警员觉得他高傲自大。他不再是执法人员了，只是小镇上的巡夜人。那么，还是别管吧。

然而，鼓手的身影一直没有完全离开他的脑海。

12

六月末某一天的夜里巡逻时，他看见两个小子沿着主大道向西走，他们背着双肩包，手里拿着餐盒。如果不是夜里两点，说他们是去上学也未尝不可。这对夜间行者是比尔森家的孪生兄弟，他们和父母吵架了，两人的成绩太差，因此父母不肯带他们去邓宁农博会。

"大多数科目得了 C，一门不及格都没有，"罗伯特·比尔森说，"而且我们还被提拔了。他们到底有什么好生气的？"

"不该这么对我们，"罗兰德·比尔森附和道，"农博会一开门我们就要进去。听说他们总是缺短手。"

蒂姆想告诉他，正确的说法是"短工"，但觉得没必要离题。"孩子们，我不想戳破你们的幻想，但你们多大了来着？十一岁？"

"十二！"两人齐声叫道。

"好的，十二。别那么大声，大家都在睡觉。农博会上不会有人雇你们的。他们只会随便找个借口把你们扔进那儿的不知什么小娱乐场，直到你们父母赶到。在你们的父母去解救你们之前，人们会跑来围观，也许还会朝你们扔花生或熏猪皮。"

比尔森兄弟厌恶地（或许也带着一丝解脱）瞪着他。

"所以你们现在怎么办？"蒂姆说，"给我立刻回家，我在后面跟着你们，免得你俩心灵感应动什么歪脑筋。"

"什么叫心灵感应？"罗伯特问。

"据说是双胞胎拥有的超能力，至少民间是这样传说的。你们是走门，还是走窗户的？"

"窗户。"罗兰德说。

"好的，那就再走窗户回去。要是运气好，你们爸妈就不会知道你们溜了出来。"

罗伯特说："你不会告诉他们？"

"除非我再逮住你们这么做，"蒂姆说，"到时候我不但会告诉他们，还会说被我逮住以后，你们怎么和我顶嘴。"

罗兰德震惊道："我们怎么和你顶嘴了？！"

"我会骗人，"蒂姆说，"而且很擅长。"

他跟着两人回家，看着罗伯特·比尔森用双手垫着罗兰德爬进打开的窗户，然后后者又垫着罗伯特爬进去。他等着看屋里会不会亮起一盏灯，灯亮了，说明父母很快就发现了两人企图离家出走；灯没亮，他就继续巡逻。

13

星期五和星期六的夜里，出来游走的镇民比较多，直到十二点或一点外面还有人，以恋爱的男女为主。等他们回家后，约翰警长所说的公路火箭偶尔会闯入小镇，那是年轻男子开着改装的轿车或卡车，以六七十英里的时速呼啸开过迪普雷镇空荡荡的主大道，他们会并排驰骋，玻璃钢消声器下的隆隆吼声会惊扰镇民的美梦。有时会有本地警员或州警拦住一辆车开罚单（要是测试的数字超过 0.09，就会把他们抓走）。但在周末的夜里，就算有四名警员执勤，抓到人的机会也还是很少，大多数时候他们都能逃掉。

蒂姆去找孤儿安妮，他发现安妮坐在帐篷外织拖鞋。就算有关节炎，她的手指依然移动如飞。他问她想不想挣二十美元。安妮说身边有点小钱自然很好，但想不想挣取决于要她干什么。他告诉她后，她咯咯地坏笑。

"乐意帮忙，贾米森先生。再加上两瓶泡菜就更好了。"

安妮的人生格言似乎是"要么不做，要做就做大"。她为他做的条幅长三十英尺，宽七英尺。蒂姆在弗罗米小型引擎销售与服务公司找了几根管子，焊成一个钢辊，然后把条幅固定在上面。他向约翰警长解释清楚自己想干什么，并得到"试试也行"的许可后，蒂姆和塔格·法拉第在主大道的三岔路口拉了一根绳子，绳子的一头拴在奥伯格药店的假门脸上，另一头拴在歇业的电影院标牌上，然后把卷轴挂在绳子上。

到了星期五和星期六的晚上，酒吧打烊的时候，蒂姆拉了一截绳子一下，条幅像遮光帘似的垂了下来。安妮在条幅的一面画了老式闪光灯照相机，底下的文字是：放慢车速，白痴！我们在拍你的车牌号码！

他们当然不可能拍摄车牌号码（尽管蒂姆只要来得及辨认车牌号码，就会记下来），但安妮的条幅确实起作用了，虽然不完美，但人生不就是这样吗？

七月初，约翰警长叫蒂姆去他的办公室。蒂姆问他是不是惹麻烦了。

"恰恰相反，"约翰警长说，"你干得很好。我之前觉得拉条幅这事是在发疯，但我不得不承认我错了，你是对的。倒不是说午夜赛车没让我头疼过，镇民也没少抱怨，说我们太懒，没有设法制止。但我也要说，年复一年投票决定不给执法部门涨工资的也正是这些人。真正让我头疼的是，每次有旋风车手撞上树或电线杆，我们都不得不去收拾烂摊子。死人了当然不好，但一夜愚蠢胡闹之后生活就不复从前的那些人……我有时候觉得这样更糟糕。但今年六月的情况还可以，甚至相当不错，也许这只是个例外情况，但我不这么认为。我认为是条幅立了功。帮我转告安妮，她的条幅也许救了好几条人命，等天冷了，她只要愿意，随时可以来拘留所睡觉。"

"我会转告她的，"蒂姆说，"你多存几瓶泡菜，她会来得很勤快的。"

约翰警长往后一靠，椅子叫苦的声音越发响亮。"我说过你的资历相对于巡夜人这份工作太高，但我不知道竟然高这么多。等你继续上路去纽约了，我们会很想念你的。"

"我不急着走。"蒂姆说。

14

镇上只有一家店全天二十四小时营业，是开在仓库区的佐尼便利店。除了啤酒、汽水和薯片，店里还卖一种别称"佐尼汁"的没牌子的汽油。一对英俊的索马里兄弟轮流值从晚上十二点到早上八点的夜班，他们名叫阿布西米尔·多比拉和古塔阿勒·多比拉。七月中旬一个能热死狗的夜晚，蒂姆一路做标记和敲门，走向主大道的西端，忽然听见佐尼便利店里传来砰的一声。声音并不怎么大，但蒂姆对枪声很敏感。枪声过后是一声惨叫或怒喝，还有打碎玻璃的声音。

蒂姆拔腿就跑，计时器敲打着大腿，他不由自主地去摸枪，可惜他身上已经没有枪了。他看见一辆车停在油泵前，当他快跑到便利店的时候，两个男人从店里冲了出来，其中一个抓着一把应该是现金的东西。蒂姆单膝跪地，望着他们钻进车里，呼啸而去，轮胎在沾着汽油和机油污渍的路面上磨出蓝色的烟雾。

他拿起腰带上的对讲机。"警察局，我是蒂姆。有人吗？请回话。"

值班的是温迪·格利克森，声音听上去睡意盎然，她没好气地说："蒂姆，什么事？"

"佐尼便利店里出了2/11状况[1]。开了一枪。"

她一下子清醒了。"我的天，抢劫？我马上——"

"不用，你听我说。两名嫌疑人，男性，白人，十几岁或二十几岁。紧凑型轿车。也许是雪佛兰科鲁兹，加油站的霓虹灯照得看不清颜色，但款式比较新；北卡罗来纳州牌照，WTB-9开头，最后三位数字没看清楚。先通知巡逻的弟兄和州警，然后再干别的！"

"什么——"

1 指加油站持械抢劫案件。

他切断通话，把对讲机扣回腰间，跑向佐尼便利店。柜台前的玻璃被砸烂了，收银机敞开着。多比拉兄弟中的一个侧躺在地上，身子底下是一摊越来越大的血迹。他在竭力呼吸，每次吸气结束时都是一声哨音。蒂姆在他身旁跪下。"多比拉先生，我要把你翻过来平躺下。"

"别……疼……"

蒂姆知道肯定很疼，但他需要看一眼伤口。子弹从多比拉蓝色工作服右上方打了进去，鲜血把工作服染成了浑浊的紫色。鲜血也从他的嘴里冒出来，浸透了他的山羊胡。他咳嗽起来，血沫喷在蒂姆的脸上和眼镜上。

蒂姆又抓起对讲机，很高兴温迪没有离开岗位。"温迪，这儿需要救护车。让他们以最快速度从邓宁开过来。多比拉兄弟中的一个中枪了，子弹似乎打破了他的肺部。"

她表示明白，然后开始提问。蒂姆再次切断通话，他把对讲机扔在地上，脱掉身上的T恤。他把T恤按在多比拉胸部的弹孔上。"多比拉先生，你能自己按住几秒钟吗？"

"我没法……呼吸。"

"我想也是。你按住。这样有用的。"

多比拉把T恤卷成一团压在胸腔上。蒂姆认为他坚持不了多久，救护车至少二十分钟后才能赶到——二十分钟已经是奇迹了。

加油站便利店有很多零食，但缺少急救用品。不过货架上有凡士林。蒂姆抓起一罐凡士林，又从旁边的货架上拿了一包纸尿裤。他跑向躺在地上的男人，撕开包装盒。他拿开浸透鲜血的T恤，小心翼翼地提起同样被浸透的蓝色工作服，解开多比拉穿在底下的衬衫的纽扣。

"不，不，不，"多比拉呻吟道，"很疼，别碰我，求你了。"

"我必须这样。"蒂姆听见车辆接近的声音。蓝色警灯的光芒在玻璃碴上闪烁舞动。他没扭头去看。"多比拉先生，坚持住。"

他从罐子里挖了一坨凡士林抹在伤口上。多比拉惨叫一声，然后诧异地望着蒂姆。"我能呼吸了……稍微好点了。"

"只是暂时堵住了而已，不过既然你能呼吸了，那就说明你的肺没破。"至少没全破，蒂姆心想。

约翰警长进来，在蒂姆旁边单膝跪下。他的睡衣上衣宽大得能做船帆，盖在制服长裤上，他的头发乱成一窝草。

"你来得挺快。"蒂姆说。

"我醒着，睡不着，起来给自己做三明治，刚好接到温迪的电话。先生，你是古塔阿勒还是阿布西米尔？"

"阿布西米尔，长官。"他还在喘息，但声音有力量了。蒂姆拿起一片纸尿裤，没有展开，直接压在伤口上。"哦，真他妈疼。"

"子弹是打穿了，还是还在里面？"约翰警长问。

"不知道，我也不想把他翻过来看。他现在算稳定了，所以咱们还是等救护车吧。"

蒂姆的对讲机响了。约翰警长小心翼翼地从玻璃碴里捡起对讲机。是温迪呼叫他。"蒂姆？比尔·威克洛在深草场路看见他们，已经拦了下来。"

"温迪，是我，约翰。告诉比尔，当心一点。他们有枪。"

"他们已经落网了。"先前温迪也许在打瞌睡，但这会儿她不可能更清醒了，而且听上去有些志得意满。"他们企图弃车逃跑。一个断了条胳膊，另一个被铐在比尔警车的保险杠上。州警正在路上。告诉蒂姆，他说得对，是辆科鲁兹。多比拉怎么样？"

"他会活下来的。"约翰警长说。蒂姆不敢打包票，但明白警长不只是在和格利克森警员通话，也是在安慰受伤的人。

"我把收银机里的钱给了他们，"阿布西米尔说，"老板让我们这么做的。"话虽如此，但他听上去很羞愧，发自肺腑地羞愧。

"这么做是正确的。"蒂姆说。

"但拿枪的那家伙还是朝我开了枪，然后另一个砸烂了柜台。为了拿……"又是一阵咳嗽。

"嘘，安静。"约翰警长说。

"为了拿彩票，"阿布西米尔·多比拉说，"刮刮乐。我们必须收回来。除非卖出去，否则它们就还是……"他虚弱地咳了几下，"南卡罗来纳州政府的财产。"

约翰警长说："安静，多比拉先生。别担心什么该死的刮刮乐了，省两口气给自己吧。"

多比拉先生合上了眼睛。

15

第二天，蒂姆坐在火车站的门廊上吃午饭，约翰警长开着他的私家车来找他。警长爬上台阶，看着另一把椅子下陷的座位。"你觉得它撑得住我吗？"

"试试不就知道了？"蒂姆说。

约翰警长小心翼翼地坐下。"医院说多比拉会没事的。他的兄弟古塔阿勒在陪他，说他见过那两个人渣，不止一次。"

"肯定是去踩盘子的。"蒂姆说。

"毫无疑问。我派塔格·法拉第去录两兄弟的口供。塔格是我最得力的助手，我不说你大概也知道。"

"吉布森和伯克特也不赖。"

约翰警长叹了口气。"是啊，但他们都不可能反应得像你昨晚那么迅速和果断。可怜的小温迪多半只会傻乎乎地站在那儿，就算她昏过去，我也不会觉得奇怪。"

"她做调度挺好的，"蒂姆说，"天生就是这块料。当然了，这只是我的个人看法。"

"嗯哼，嗯哼，做秘书也是个天才，去年她重新编目了我们的全部档案，还把所有东西都弄到了 U 盘上，但一旦出外勤，她就没什么鸟用了。不过，她喜欢在队里做事。蒂姆，你愿不愿意加入我们的队伍？"

"你好像没钱再雇一个警察了吧？怎么，你们忽然全体涨工资了？"

"我也希望。不过比尔·威克洛打算年底就交回徽章了。我觉得你和他也许可以换一下岗位。他巡逻和敲门，你穿上制服，重新携带武器。我问过比尔。他说巡夜人的工作挺适合他的，至少做一段时间没问题。"

"能让我考虑一下吗？"

"没什么不行的，"约翰警长站起身，"到年底还有五个月呢。但要是你愿意加入，我们会很高兴的。"

"也包括格利克森警员？"

约翰警长咧嘴一笑。"想争取温迪的支持可不容易，但昨晚你赚足了印象分。"

"是吗？要是我邀请她共进晚餐，你觉得她会怎么说？"

"我觉得她会答应，只要你不是打算请她去贝芙小馆就行。像她那么好看的女孩，最低限度也是邓宁的围猎餐厅。南边哈迪维尔那家墨西哥馆子也行。"

"谢谢指点。"

"哪儿的话。你考虑一下那份工作。"

"我会的。"

他开始考虑。然而，就在他考虑的时候，夏末一个炎热的夜晚，忽然天崩地裂。

聪明的孩子

1

明尼阿波利斯，同年四月，一个惬意的早晨——再过几个月，蒂姆·贾米森才会抵达迪普雷镇——赫伯特·埃利斯和艾琳·埃利斯被叫进吉姆·格里尔的办公室，后者是布罗德里克特殊儿童学校的三名辅导顾问之一。

"卢克没惹麻烦，对吧？"两人刚落座，艾琳就问，"是不是他惹了麻烦？他什么都还没跟我们说过。"

"没有没有。"格里尔说。他三十多岁，长着一张勤勉的脸，棕色的头发日益稀疏。他穿着领口敞开的休闲衬衫和熨烫过的牛仔裤。"怎么说呢，你们知道我们这儿怎么运转，对吧？考虑到在校学生的心智能力，我们只能这么运转。他们分了级，但不分年级，也没法分年级，我们也有十岁的中度自闭儿童，他们能做高中数学，但阅读能力只有三年级水平。我们有熟练掌握四门语言的孩子，但就是学不会乘除法。我们教他们所有科目，百分之九十的学生住校——必须如此，他们来自美国各地和十几个别的国家。不过，我们把主要的精力放在培养他们的特殊才能上，无论他们凑巧拥有什么才能。因此，孩子从幼儿园到十二年级毕业的传统教育体系对我们来说几乎毫无用处。"

"我们明白，"赫伯特说，"我们知道卢克很聪明，所以他才会来这儿。"他没有说的是（但格里尔当然知道），他们永远也付不起学校堪比天文数字的学费。赫伯特是纸箱厂的工头，艾琳是初中教师。卢克是布罗德里克学校少数的几名走读生之一，也是为数更少的奖学金获得者之一。

"聪明？也不尽然。"

格里尔低头看一个打开的文件夹，除此之外办公桌上别无他物，艾琳忽然有了不祥的预感：要么是校方打算让他们的儿子退学，要么是奖学金被取消了——结果也一样是退学。布罗德里克学校每年的学费是四万美元左右，和哈佛差不多。格里尔要对他们说之前搞错了，卢克不像他们想象中那么聪明。他仅仅是个普通孩子，只是阅读能力远超平均水平，而且似乎过目不忘。艾琳自己也读过一些文献，知道超常记忆力在孩童中并不是特别罕见；在所有正常孩子里，大约有百分之十到百分之十五的孩子能够记住几乎一切。问题在于，这份天赋往往会随着儿童成长到青春期而消失，而卢克就快到那个年纪了。

格里尔微笑道："我跟你们直说吧。我们自豪于我们培育特殊儿童的能力，但整个布罗德里克也找不出另一个和卢克类似的孩子。我们的一位荣誉退休教师弗林特先生，已经八十多岁了，他自告奋勇，领着卢克学习了一遍巴尔干地区的历史，这是一门复杂的学问，对认识当代的地缘政治局势有很大的作用。反正弗林特是这么说的。第一个星期过后，弗林特来找我，说他教导你们儿子的感觉就像犹太长老教导耶稣，耶稣不但反过来教导他们，而且责备他们，说'入口的不能污秽人，出口的乃能污秽人'。"

"我听糊涂了。"赫伯特说。

"比利·弗林特也糊涂了。我想说的就是这个。"

格里尔俯身向前。

"你听我说。那些极其艰深的知识是两个学期的硕士课程，卢克不但在短短一星期内全部学完，而且自己得出了许多结论，都是弗林特打算先给他打好基础再辅导的内容。在一些结论上，卢克称它们'与其说是原创的想法，不如说是公认的信条'，非常有说服力。不过，弗林特说卢克的语气非常委婉，甚至带着歉意。"

"我不知道该有什么反应，"赫伯特说，"卢克很少谈起他的功课，因为他说我们肯定不懂。"

"事实也确实如此，"艾琳说，"我以前或许还懂一些二项式定理，但也是很久以前了。"

赫伯特说："卢克回到家里和其他孩子一样。他做完作业和家务事就玩 Xbox 游戏，或者在车道上和他的朋友罗尔夫练投篮。他还喜欢看《海绵宝宝》呢。"他想了想，又说："不过大腿上总是放着一本书。"

对，艾琳心想。这两天是《社会学原理》，在此之前，是威廉·詹姆斯文集，再往前是《匿名戒酒会大书》[1]，再往前是科马克·麦卡锡全集。他就像在牧场散养的牛，自己会往青草最肥美的地方去。她丈夫选择对此视而不见，因为这事怪异得令他恐惧。她同样感到害怕，这大概是她对卢克学习巴尔干历史一无所知的原因之一。卢克没有告诉她，因为她没有问。

"我们这儿有不少神童，"格里尔说，"事实上，布罗德里克超过一半的学生可以被称为神童。但他们天赋有限。卢克不一样，因为卢克无所不能。他不是专精于一项，而是样样都行。当然了，我不认为他能去打职业棒球或篮球——"

"要是他遗传了我的身高，那就没法打职业篮球了。"赫伯特微笑道，"除非他是下一个斯普德·韦布[2]。"

"闭嘴。"艾琳说。

"但他打得很有激情，"格里尔继续道，"他乐在其中，不认为这是浪费时间。他不是运动场上的呆瓜，他和队友相处得很好。他不内向，也没有任何情感失调的问题。卢克是个标准的美国酷小子，喜欢穿摇

---

1 《匿名戒酒会：万千酗酒男女如何康复的故事》一书的别称。
2 美国 NBA 前职业球员，位置是控球后卫，身高仅一米六八。

滚乐队 T 恤，反戴棒球帽。他在普通学校里未必会这么酷——日复一日的无聊学业会逼疯他，但我认为他也混得下去，因为他会去钻研自己感兴趣的东西。"他连忙又加上一句："当然了，不是说你们一定要试试。"

"不，我们很高兴他能待在这儿，"艾琳说，"非常高兴。我们知道他是个好孩子。我们疯狂地爱着他。"

"他也爱你们。我和卢克谈过几次，他表达得非常清楚。这么聪明的孩子极其罕见。不但聪明，而且能适应环境和脚踏实地——他不但关注自己的内心世界，也能看见外部世界，这就更加罕见了。"

"要是一切都好，为什么要叫我们来？"赫伯特问，"倒不是说我不喜欢听你夸奖我家孩子，你千万别这么想。另外，打 HORSE[1] 比赛我还是能打他一个落花流水，虽说他的勾手投篮动作非常漂亮。"

格里尔往后靠在椅背上。他的笑容消失了。"叫你们来是因为我们能为卢克做的事情已经到头了，他自己也知道。他有兴趣以一个相当独特的方式完成大学教育。他打算在剑桥的麻省理工学院主修工程学，在河对岸波士顿的爱默生学院辅修英语文学。"

"什么？"艾琳问，"同时？"

"对。"

"学术能力测验呢？"艾琳只能想到这么一个问题。

"他打算参加下个月，也就是五月的考试。在北部社区高中。他肯定会考出绝好的成绩。"

我会给他准备午饭的，她心想。她听说"北高食堂"的饭很难吃。

赫伯特在震惊中沉吟片刻，然后说："格里尔先生，我们的孩子才十二岁。事实上，他上个月才刚满十二岁。他也许特别了解塞尔维亚，但要再过三年才有可能留胡子。你……这个……"

---

1 一种在美国流行的街头篮球投篮游戏。

"我理解你的感受，假如我的辅导顾问同事和其他教职员工觉得他在学术、社会和情感三方面都没有能力完成学业，我们也不会坐下来谈这件事了。另外，对，同时在两所学校。"

艾琳说："我不可能将一个十二岁的少年送去半个美国之外，和一群已经到了能喝酒和去夜总会年龄的大学生住在一起。要是他有亲戚能去投靠，那还可以考虑，但……"

格里尔边听边点头。"我理解，我非常赞同，卢克知道自己还没准备好独立生活，哪怕是在有人监督的环境中。他在这方面头脑非常清楚。然而，他对自己目前的处境越来越感到受挫和不满，因为他渴望学习。事实上，他如饥似渴。我无从了解他脑袋里蕴含着多么伟大的智慧，我们没人能理解，最贴切的大概就是老弗林特那个关于耶稣教育长老的比喻了，但假如要我想象，我能想到的是一台绽放光辉的庞大机器，它仅仅发挥出了百分之二的效能，最多百分之五。由于这是一台人形机器，他感觉到了……饥饿。"

"受挫和不满？"赫伯特说，"呃，我们可没见到他的那一面。"

我见到了，艾琳心想。不是每时每刻，但有时确实会见到，也就是在盘子自行抖动和门自行摔上的那些时刻。

她想象格里尔说的那台绽放光辉的庞大机器，足以装满三四座仓库那么大的建筑物，但机器究竟在为什么而运转呢？顶多是在生产纸杯或铝合金快餐托盘。他们应该为他做得更多，但需要做到这一步吗？

"明尼苏达大学如何？"她问，"或者圣保罗的康科迪亚大学？要是他去这两个地方，还是可以住在家里。"

格里尔叹息道："那和让他从布罗德里克转到任何一所普通高中也没什么区别。我们讨论的这个孩子，智商测试对他来说毫无意义。他知道自己想去哪儿。他知道自己需要什么。"

"但我不知道我们能做什么，"艾琳说，"他也许能得到这两所学校的奖学金，但我们都在本地工作。我们远远算不上富裕呢。"

"关于这个嘛，咱们可以谈一谈。"格里尔说。

2

那天下午，赫伯特和艾琳回到学校，卢克正在接人车道前和另外四个孩子——两男两女——打闹。他们有说有笑，玩得很开心。在艾琳眼中，他们和其他地方的孩子毫无区别：女孩穿着裙子和紧身裤，胸部刚开始隆起；卢克和好朋友罗尔夫穿着宽松的灯芯绒长裤（本年度年轻男性的时尚宣言）和 T 恤。罗尔夫的 T 恤上印着"喝啤酒的是初哥"。他的大提琴装在夹棉套里，此刻他似乎正绕着大提琴跳钢管舞，嘴里还在滔滔不绝，话题从春季舞会到毕达哥拉斯定理都有可能。

卢克看见父母后，又待了一会儿，和罗尔夫拍肩告别，然后抓起背包，钻进艾琳的四驱车。"两位大佬，"他说，"妙极了。本人何德何能，受得起如此礼遇？"

"你真的想去波士顿念书？"赫伯特问。

卢克毫不惊慌，他哈哈一笑，对着空气挥舞双拳。"对！我能去吗？"

就好像在问他能不能去罗尔夫家过周末，艾琳不禁感叹。她想到格里尔如何描述他们的儿子。他说儿子"无所不能"，真是个完美的说法。卢克是个天才，但没有因为自己过度发达的智慧而心态扭曲；他会无怨无悔地跳上滑板，带着他万里挑一的大脑冲下陡峭的人行道，把自己托付给上帝。

"咱们早一点去吃晚餐，好好讨论一下。"她说。

"火箭比萨！"卢克叫道，"怎么样？老爸你没忘记带奥美拉唑[1]吧？没忘记吧？"

"哈，相信我，今天见过面以后，我太想吃比萨了。"

3

他们要了一个大号辣味香肠比萨，卢克一个人吃掉一半，外加从特大号扎杯里倒出的三杯可乐，他的父母只能赞叹他的消化道和膀胱与头脑一样无可匹敌。卢克解释说他先和格里尔先生谈过，因为"我不想吓坏你们。这是跟你们的初步试探性谈话"。

"扔出去，看看猫会不会把它叼走。"赫伯特说。

"好。升到旗杆顶上，看看谁会朝它敬礼。贴在五点十五分的车上，看看它会不会在伊代纳下去。朝墙扔，看——"

"够了。他说明了我们该怎么和你一起去。"

"你们必须一起去，"卢克认真地说，"我年纪太小，无法离开我敬爱的父母亲。另外……"他隔着比萨的残骸望向两人，"我无法学习，我会很想念你们的。"

艾琳命令双眼不许分泌泪水，但它们不听使唤。赫伯特递给她一张纸巾。她说："格里尔先生……呃……我设想了一种可能性，我觉得你也许会说……我们大概可以……嗯……"

"二位，"卢克说，"最后一块谁要？"

"全给你了，"赫伯特说，"你别撑死，在有机会发疯上大学之前。"

---

1 处方药，用于治疗胃溃疡等。

"Ménage à college（全家上大学），"卢克说，哈哈一笑，"他是不是和你们谈了有钱校友的事？"

艾琳放下纸巾。"天哪，卢克，你和你的辅导顾问议论你父母的财务状况？你我到底谁是成年人？我有点不明白了。"

"冷静，好老妈，只是简单的推理而已。不过我的第一个念头是捐赠基金。布罗德里克有很大一笔基金，他们可以花钱帮你们搬家并安置，这对他们来说只是九牛一毛而已，但托管人绝对不会答应，尽管这完全符合逻辑。"

"是吗？"赫伯特问。

"当然。"卢克起劲地嚼了几口食物并吞下，咕咚咕咚地灌可乐。"我是一项投资，一只有增长潜力的股票，投资几分钱就能挣到几块钱，明白吗？美国就是这么运转的。托管人能看得这么长远，没问题，但他们无法打破自己的认知黑箱。"

"认知黑箱？"他父亲说。

"对。黑箱是先祖辩证思维的产物。它甚至可能来自部落时代，不过想到一个托管人部落就太好笑了。他们会说：'要是我们为他这么做了，那就可能必须为其他孩子这么做。'这就是黑箱，是一代一代遗传下来的。"

"公认的信条。"艾琳说。

"你说到点子上了，妈。托管人会把皮球踢给有钱的校友，那些人靠跳出黑箱思维挣了大钱，但依然热爱布罗德里克的蓝白旗帜。格里尔先生会担任发起人。至少我希望他会这么做。条件无非就是他们现在帮我一把，以后等我有钱、有名了自然会反哺学校。我其实并不在乎金钱和名声，我骨子里是个中产阶级，但我多半还是会发财——顺便的事。当然了，前提是我不会染上什么可怕的疾病，或者在恐怖袭击中身亡，等等。"

"别说这种话，会招来厄运的。"艾琳说，在乱糟糟的桌上画了个十字。

"迷信，老妈。"卢克宽容地说。

"我乐意。擦擦嘴，上面有比萨酱，看着像你的牙龈在流血。"

卢克擦擦嘴。

赫伯特说："按照格里尔先生说的，某些利益相关人士也许愿意资助我们搬家，并提供长达十六个月的生活费用。"

"他有没有说资助你们的人也许能帮你们找到新工作？"卢克的眼睛在放光，"更好的工作。因为我们的一名校友是道格拉斯·芬克尔。他凑巧是美国纸业公司的老板，这个行当很接近你的最有效击打点、你的危险区，就像橡胶遇到——"

"他确实提到了芬克尔，"赫伯特说，"只是语气并不确定。"

"另外……"卢克转向母亲，双眼闪亮，"波士顿现在是教师的买方市场。按照你的资历，起薪就有六万五。"

"儿子，你怎么会知道这些事情？"赫伯特问。

卢克耸耸肩。"从维基百科开始，然后查看文章引用的主要信息源。差不多就是跟踪环境的动态。我的环境是布罗德里克学校。我认识所有的托管人，富豪校友就要靠我自己查了。"

艾琳从桌子对面伸出手，拿走儿子手里没吃完的最后一块比萨，放回铁皮托盘上的碎渣里。"卢克，就算这一切真能实现，你不会想念你的朋友吗？"

卢克的眼睛蒙上水雾。"会的。尤其是罗尔夫，还有玛雅。尽管我们不能正式邀请女孩去参加春季舞会，但她是我的非正式女伴。所以，会的。但是……"

两人等他说下去。他们的儿子向来很会说话，有时甚至过于唠叨，此刻却似乎陷入了挣扎。他开口，停下，又开口，又停下。"我不知道该怎么表达。我不知道我能不能说清楚。"

"试一试吧，"赫伯特说，"我们以后还会讨论很多重要的事情，但目前最重要的就是这个，所以你试一试好了。"

店堂前面，里奇·罗凯特换上了他每次穿一小时的行头，跟着《曼波五号》跳起舞来。艾琳看着银色太空服里的人用他戴着手套的双手招呼身边几张餐桌的顾客。几个小孩跑过去，跟着音乐蹦跳嬉笑，他们的父母看得津津有味，并拍照鼓掌。不久（短短五年）之前，卢克也是这些孩子中的一个。此刻他们却在讨论无法想象的改变。他们只是两个普通人，怀着普通的抱负和期待，她真不知道他们怎么会生出卢克这样的孩子，她有时候真希望事情不是这样。有时候她非常厌恶他们不得不扮演的角色，但她从来没有讨厌过卢克，以后也不可能。他是她的心肝宝贝，她的唯一。

"卢克？"赫伯特说，他的声音非常轻柔，"儿子？"

"我只是在想接下来会怎么样。"卢克说。他抬起头，直视两人，眼睛里闪烁着他的父母极少见的光彩。他总是对他们隐藏起这样的光彩，因为他知道那会吓坏他们，相比之下，盘子自己抖动的事都算不了什么。"你们不明白吗？接下来就应该是这样的。我想去那儿……学习……然后继续向前。那些学校就像布罗德里克。它们不是目标，只是通往目标的垫脚石。"

"亲爱的，你的目标是什么？"艾琳问。

"我不知道。有那么多我想学习、想弄懂的东西。我脑袋里像是有个东西……它会伸出触手……有时候它心满意足，但大多数时候它不满足。有时候我觉得自己那么渺小……那么愚蠢……"

"亲爱的，别这么说。你离愚蠢差得太远了。"她伸手去握儿子的手，但他抽开了，并使劲摇头。桌上的铁皮托盘随之颤动，比萨碎屑像在打哆嗦。

"有一道深渊，明白吗？有时候我会梦到它。它深不见底，充满我不了解的各种东西。我不知道既然是深渊，又怎么会充满——自相矛盾，但确实如此。在它面前，我觉得自己渺小而愚蠢。但深渊上有一座桥，我想走上去。我想站在桥中间，举起我的双手……"

两人看着卢克举起双手，放在他专注的小脸两侧，他们既着迷又有点害怕。比萨托盘现在不是在抖动，而是在嗒嗒地敲打桌面。家中碗柜里的盘子有时候也会这样。

"……黑暗中的那些东西会随之上浮。我知道。"

比萨托盘滑过桌面，咣当一声掉在地上。赫伯特和艾琳都不怎么在意。卢克一旦激动起来，周围就会发生这种事情，不算频繁，但也不罕见。他们已经习惯了。

"我明白。"赫伯特说。

"他明白个屁，"艾琳说，"我和他都不明白。你开始准备材料吧。参加学术能力测验。你先这么做，但也可以改变主意。要是你的主意不变，下定决心……"她望向赫伯特，赫伯特点点头，"我们会努力实现你的愿望。"

卢克咧开嘴，捡起比萨托盘。他望向里奇·罗凯特。"我小时候也那样和他一起跳舞。"

"是啊，"艾琳说，她不得不再次使用纸巾，"确实如此。"

"你知道那句关于深渊的老话，对吧？"赫伯特问。

卢克摇摇头，也许是因为他罕见地不知道，也许是因为他不想毁了老爸的点题金句。

"你凝视深渊，深渊也凝视你。"

"它肯定会凝视你啊，"卢克说，"嘿，吃甜点吗？"

4

包括作文在内，学术能力测验长达四小时，谢天谢地，中间有一小段休息时间。卢克坐在高中休息室的长凳上，吃着母亲给他准备的三明治，衷心希望手边能有本书。他带了《裸体午餐》，但监考老师将它收走了（连同他和其他人的手机），说考完试再还给他。那家伙甚至翻了一遍那本书，不知是在寻找下流图片，还是一两张小抄。

他开始吃动物造型的曲奇，发现另外几个来考试的学生围着他。是几个大男孩和大女孩，读高中三年级或四年级。

"小子，"其中一个问他，"你他妈来这儿干什么？"

"参加考试，"卢克说，"和你们一样。"

他们思考片刻，一个女孩说："你是天才吗？就像电影里演的？"

"不是，"卢克微笑道，"不过我昨晚住的确实是假日快捷酒店。"

他们大笑，气氛融洽。一个男孩举起手，卢克和他击掌。"你想去哪儿？什么学校？"

"麻省理工，只要我能考进去。"卢克说。这话其实没什么诚意：他选择的两所学校都已经有条件地录取了他，条件就是今天考出一个好成绩。这当然不是什么问题，就上半场而言，考试易如反掌。让他感到有威胁的是围着他的这几个孩子。到了秋天，他会坐在满是这种孩子的课堂上，他们的年纪大得多，块头也一个顶他两个，他们当然会盯着他。他和格里尔先生讨论过这个问题，说他在他们眼中很可能像个怪胎。

"重要的是你的感觉，"格里尔先生说，"尽量记住这一点。假如你需要疏导——只是找个人谈谈你的感觉，那就一定要去找。另外，随时欢迎你发短信给我。"

一个漂亮的红发女孩问他，数学试卷里的旅馆问题他有没有解出来。

"关于阿龙的那道题？"卢克问，"当然解出来了。"

"你觉得正确答案是什么？还记得吗？"

那道题问的是一个叫阿龙的家伙需要向旅馆支付多少钱，他住了

x 晚，房费每晚 99.95 美元，另加 8% 的税和一次性 5 块钱的其他费用，卢克当然记得，因为这道题稍微有点绕。答案不是一个数字，而是一个等式。

"是 B。你看。"他拿出笔，在装午餐的袋子上写下：$1.08(99.95x) + 5$。

"你确定吗？"她问，"我选的是 A。"她弯下腰，拿起卢克的午餐袋——他闻到了一丝她身上的香水味，是紫丁香，很好闻——并写下：$(99.95+0.08x) + 5$。

"很漂亮的式子，"卢克说，"但出题人就是想这么搞乱你的脑子的。"他点了点等式，"你的答案只体现了一晚的费用，而且没有算对消费税。"

她哀叹了一声。

"没关系，"卢克说，"其他题目你肯定做对了。"

"也许你错了，而她是对的。"刚才和卢克击掌的男孩说。

女孩摇摇头。"这小子是对的。我他妈忘了怎么算税。我太差劲了。"

卢克看她耷拉着脑袋走开，一个男孩追上去，搂住了她的腰。卢克很嫉妒他。

另外一个男孩在卢克身旁坐下，他相貌平庸，戴着设计师品牌的眼镜。"感觉奇怪吗？"他问，"我是说身为你这样的人。"

卢克想了想。"有时候吧，"他说，"大多数时候只是……怎么说呢？生活。"

一名监考老师探出身子，摇了摇铃。"孩子们，回来吧。"

卢克站起身，觉得松了一口气，他把午餐袋扔进体育馆门口的垃圾桶。他最后一次望向漂亮的红发女孩，他走进教室时，垃圾桶向左偏移了三英寸。

5

考试的下半场和上半场一样简单，他觉得自己的作文也看得过去。总之就是尽量简短一些。离开学校时，他看见漂亮的红发女孩独自坐在长凳上哭泣。卢克猜她大概是考砸了，但不知道有多糟糕，是没法上第一志愿的那种差劲，还是只能去社区大学的那种完蛋。他想象一个人的大脑不知道所有答案会是什么感受。他思考要不要过去安慰她，不知道她愿不愿意接受一个她眼中的小屁孩的安慰。她也许会说"你给我学个变形虫，赶紧滚开"。他甚至想到了悄悄移位的垃圾桶——那种事够怪诞的。他意识到（带着天启般的力量），人生就像一场漫长的学术能力测验，除了选项不是四五个，而是几十个之外，还包括时而有之和似是而非的厄运。

他的母亲朝他挥手，他也挥挥手，跑向她的车子。他上了车，系好安全带，母亲问他感觉考得怎么样。

"盖了帽了。"卢克说。他对母亲绽放出最灿烂的笑容，但他忍不住去想那个红发女孩。哭泣固然糟糕，但他指出她等式中的错误时，她的脑袋耷拉下去（就像干枯了的花朵），那个景象更加糟糕。

他命令自己别去想了，但当然不可能做到。陀思妥耶夫斯基说过，别去想北极熊，然后你会发现，接下来的每分每秒，那个鬼东西都会浮现在你的脑海里。

"妈妈。"

"怎么了？"

"你说记忆到底是上天的祝福还是诅咒？"

她不需要思考，上帝很清楚她都记住了什么。"亲爱的，两者都是。"

6

六月里的一天，凌晨两点，蒂姆·贾米森正在迪普雷镇的主大道上巡夜，一辆黑色多功能休旅车，在明尼阿波利斯以北的一个城郊居住区拐上维尔德斯穆特公路。一条街道叫这个名字本来就已经很疯狂了，卢克和好友罗尔夫还叫它维尔德斯穆驰公路，半是因为这个名字更加疯狂，半是因为他俩都渴望亲吻女孩[1]，渴望得都快发疯了。

多功能休旅车里坐着一个男人和两个女人。男人叫丹尼，两个女人分别叫米歇尔和罗宾。丹尼在开车。沿着这条蜿蜒的寂静街道开到一半时，他关掉灯光，溜到路边，熄灭引擎。"你们确定这个不是心感能力者，对吧？因为我没带我的锡箔帽。"

"哈，哈。"罗宾挤出两声干笑。她坐在后座上。

"只是普通的心动能力者，"米歇尔说，"没必要提心吊胆的，咱们早干早完事。"

丹尼打开前排座位之间的储物箱，取出一部电话，这东西看着像是来自九十年代的难民：笨重的方形机身，又短又粗的天线。他把电话交给米歇尔，米歇尔输入号码。他又打开储物箱的假箱底，取出一副乳胶手套、两把格洛克 37 手枪和一个喷雾罐，标签提示瓶子里装的是空气清新剂。他将一把枪交给后座上的罗宾，另一把留给自己，然后把喷雾罐递给了米歇尔。

"准备好了，队友们，咱们行动吧，"他边念叨边戴手套，"红宝石，红宝石，能听懂我说什么吗？"

"别作怪了，像高中生似的。"米歇尔说。她把电话夹在肩头，边打电话边戴乳胶手套。"西蒙兹，收得到吗？"

---

1 维尔德斯穆驰公路，原文为 Wildersmooch，可以拆成"疯狂"和"亲吻"两个词。

"收到。"西蒙兹回答。

"这里是红宝石一号。我们已经到达。请关闭安保系统。"

她等了一会儿，听着杰里·西蒙兹在电话那头忙碌。埃利斯家的住处，卢克和父母正在酣睡，前厅和厨房里，得伟安保系统的显示屏悄然熄灭。米歇尔得到可以行动的通知后，向队友竖起大拇指。"好了，一切就位。"

罗宾挎上随身包，它看着像个中等尺寸的女性手包。他们开门下车，车内的灯没有亮，车上挂着明尼苏达州巡警的车牌。三个人排成一列，穿过埃利斯家和隔壁德坦家（罗尔夫也在酣睡，很有可能刚好梦见了疯狂的亲吻）之间的小巷，他们从后门进屋，罗宾领头，因为她拿着钥匙。

他们在炉子旁停下。罗宾从随身包里取出两个微型消声器和三副带松紧带的轻量级夜视仪。戴上夜视仪后，他们的脸变得像昆虫，但暗沉沉的厨房立刻变得明亮。丹尼和罗宾拧上消声器。米歇尔领着他们穿过家庭活动室来到前厅，然后上楼。

他们穿过二楼的走廊，动作很慢，但不乏自信。走廊铺着的地毯吸收了他们的脚步声。丹尼和罗宾在第一扇关着的门前停下。米歇尔走向第二扇门。她扭头看搭档，把喷雾罐夹在手臂下，举起双手，伸出十根手指：给我十秒钟。罗宾点点头，冲她伸出一根大拇指。

米歇尔打开门，走进卢克的房间。铰链发出微弱的嘎吱声。床上的人影（只能看见一丛头发）动了动，四周随即恢复安静。凌晨两点，孩子应该睡得很沉，外部世界对他来说根本不存在，然而这个孩子并非如此。也许天才儿童连睡觉都和普通人不一样，谁知道呢？反正米歇尔·罗伯逊不知道。隔着夜视仪，房间亮如白昼。墙上贴着两张海报，一张海报上是正在飞翔的滑板手，滑板手屈着膝盖，双臂伸展，手腕抬起。另一张上面是雷蒙斯乐队，米歇尔当年上高中时也听过这个朋克组合的歌曲。她觉得他们已经全死了，去了天上的洛克威海滩。

她穿过房间，边走边在心里计数：四……五……

数到六时，她的大腿碰到了五斗橱，摆在上面的什么奖杯被碰翻了。弄出来的声音并不响，但孩子翻了个身，睁开眼睛。"妈妈？"

"没错，"米歇尔说，"悉听尊便。"

她看见男孩眼里升起惊慌的神色，他张开嘴想说什么。她屏住呼吸，把喷雾罐拿到离男孩的脸两英寸的地方，按了一下。他像灯被关上似的迅速失去知觉。他们总是这样，六到八小时后醒来时也不会有宿醉的感觉。化学使生活更加美好，米歇尔心想，然后数到七……八……九。

数到十时，丹尼和罗宾走进赫伯特和艾琳的房间。他们首先遇到的是个麻烦：艾琳不在床上。卫生间的门开着，灯光在地上照出一个不规则的四边形。夜视仪里的视野变得过于明亮。他们摘下夜视仪，扔在地上。房间里铺着抛光过的硬木地板，咔咔两声在寂静的房间里分外响亮。

"赫伯特？"艾琳在卫生间里低声说，"你碰翻了水杯吗？"

罗宾走向床边，从背后的腰间抽出格洛克 37 手枪，丹尼则走向卫生间，不再掩饰脚步声。现在没这个时间了。他站在卫生间门口的一侧，将枪贴着脸颊。

艾琳那一侧的枕头上还有她头部压出来的痕迹。罗宾拿起枕头，压在丈夫脸上，然后对着枕头开枪。格洛克 37 手枪发出的声音仿佛轻声咳嗽，枪口吐出的火焰在枕头上烧出一小块棕色的痕迹。

艾琳走出卫生间，带着担忧的表情。"赫伯特？你没事——"

艾琳看见了丹尼。丹尼扼住她的喉咙，用枪口顶住她的太阳穴，然后扣动扳机。轻轻的咳嗽声再次响起，她瘫软下去。

与此同时，赫伯特·埃利斯的双脚漫无目标地乱踢，原本盖在他和已故妻子身上的被子起伏翻飞。罗宾又朝枕头开了两枪，第二枪不再像咳嗽，而是像吠叫，第三枪就更响了。

丹尼拿开枕头。"唉,你是不是《教父》看多了?天哪,罗宾,他的脑袋少了一半。你让殡仪馆怎么给他收尸?"

"任务完成了,这个才重要。"事实上,她开枪的时候不喜欢看着他们,尤其是在生命的火花熄灭的那个瞬间。

"女孩,你必须鼓起勇气来。第三枪太响了。走吧。"

他们捡起夜视仪,走向男孩的卧室。丹尼抱起卢克,这毫无难度,男孩顶多九十磅[1]。他摆摆头,让两个女人先走。他们原路出去,穿过厨房离开埃利斯家。隔壁屋子没有亮灯(第三枪虽然很响,但还没那么响),万籁俱寂,只能听见蟋蟀的吟唱和遥远的警笛声,警笛声说不定是从圣保罗传来的。

米歇尔先穿过两幢屋子之间的小巷,查看街道,然后示意另外两人跟上。丹尼·威廉斯最不喜欢的就是这个环节。万一凌晨两点有人失眠往外看,见到邻居家的草坪上有三个人,这一幕已经很可疑了。假如三个人里有一个还似乎抱着一个人,那就更可疑了。

但维尔德斯穆特公路——得名于多年前双城的某个名人——正在沉睡。罗宾打开靠近人行道一侧的后车门,坐进去,然后伸出双臂。丹尼把男孩塞进车里后,罗宾把卢克拉到身旁,将他的脑袋靠在自己的肩膀上。她摸索着扣好安全带。

"咦,他流口水。"她说。

"对,昏迷的人都流口水。"米歇尔说完,关上后车门。她坐进前排副驾驶座,丹尼坐进驾驶座。米歇尔收好枪和喷雾罐,丹尼开车缓缓驶离埃利斯家。车子来到第一个十字路口,丹尼重新打开车头灯。

"打电话吧。"他说。

米歇尔拨打了同一个号码。"红宝石一号。杰里,包裹已收到。二十五分钟内到达机场。可以启动系统。"

---

[1] 1磅约合 453.6 克。

埃利斯家的警报系统重新上线。等警察最终赶来后，他们会发现两人身亡，一人失踪，孩子的嫌疑最大。据说他很聪明，然而聪明人往往都不太正常，对吧？精神不太稳定？等警察找到他，他们会仔细盘问他，找到他只是时间问题。孩子可以逃跑，但再聪明的孩子也不会躲藏。

他藏不了太久。

7

卢克醒来时记得他做了一个梦——不完全是噩梦，但也肯定令人不快。一个陌生女人在他的房间里，弯腰凑近躺在床上的他，女人的金发从脸颊两侧垂下来。没错，悉听尊便，她说。就像她和罗尔夫看的小电影里的女孩。

他坐起来，环顾四周，刚开始还以为这是另一个梦境。房间还是他的房间——同样的蓝色壁纸，同样的海报，同样的五斗橱上摆着他的小联盟奖杯，但窗户去哪儿了？面对罗尔夫家的窗户不见了。

他紧闭双眼，然后猛地睁开。没有变化，房间依然没有窗户。他考虑要不要掐自己一把，但那太老套了。他用手指弹了弹自己的脸蛋，但一切依然如故。

卢克爬下床。他的衣服在椅子上，就在他母亲昨晚放置的地方：内衣、袜子和 T 恤在座位上，牛仔裤挂在椅背上。他慢慢地穿上衣服，盯着本应该有一扇窗户的地方，然后坐在椅子上穿运动鞋。鞋子的侧面印着他姓名的缩写——LE，字母没错，但 E 中间的一横比原先长，他非常确定。

他把鞋翻过来，寻找街上的泥土，却没找到。现在他完全确定了。这不是他的运动鞋。鞋带也不对。太干净了。不过倒是挺合脚的。

他走到墙边，把双手放在墙上按了一下，希望能在墙纸底下感觉到窗户的存在，但那儿没有窗户。

他自问是不是发疯了，突然精神失常，就像 M. 奈特·沙马兰自编自导的恐怖电影里的孩子。头脑高度发达的孩子是不是更容易崩溃？但他没发疯，他和昨晚上床睡觉前一样精神健全。在电影里，发疯的孩子会认为自己很正常——沙马兰的剧情反转就是这样，但卢克根据读过的心理学书籍判断，绝大多数疯子都知道自己不正常，而他没发疯。

作为一个孩子（五岁，而不是十二岁时），他有段时间发疯似的搜集政治徽章。他老爸很愿意帮他搜集藏品，因为绝大多数徽章在易贝上卖得很便宜。卢克特别迷恋在选举中失利的总统候选人（出于难以解释的原因，连他自己都不明白）。那阵狂热最终退去，大部分徽章大概被扔在阁楼或地下室里，但他留下了一枚，当作他的某种幸运符。这枚徽章上有一架蓝色的小飞机，周围是"空军支持威尔基"的文字。温德尔·威尔基曾在一九四〇年和富兰克林·罗斯福竞选总统，结果惨败，仅在十个州得到了共计八十二张选票。

卢克把徽章藏在小联盟的奖杯里。他把手指伸进奖杯，里面却空空如也。

接下来，他走到海报前，海报里的托尼·霍克站在禽鸟屋滑板上飞翔。看上去还是那张海报，实则不然。海报左侧的一个小褶皱不见了。

运动鞋不是他的，海报不是他的，威尔基徽章也不见了。

这不是他的房间。

他心里开始发慌，他做了几次深呼吸，压下胸膛里的波澜。他走到门口，抓住门把手，确定他会发现自己被锁在了房间里。

但他没有，然而门外肯定不是他住了十二年的那幢屋子的二楼走廊。煤渣砖代替了木墙板，砖块涂成了浅绿色。门对面是一张海报，海报里有三个同卢克年纪相仿的孩子在草原上奔跑。一个孩子跳到半空中。他们要么是疯子，要么是高兴得发疯。海报底部的文字说明情况应该是后者：只是天堂里的另一天。

卢克走出房间。向右望去，走廊尽头是一道在公共机构常见的双开门，就是有推杆的那种。向左望去，大约十英尺开外是另外一道双开门，一个女孩坐在门口的地上。她穿着喇叭裤和泡泡袖衬衫，是个黑人。尽管她看上去和卢克差不多大，但似乎正在抽烟。

8

西格斯比夫人坐在办公桌前盯着电脑屏幕。她穿着定制的黛安·冯芙丝汀宝商务套装，但无法掩饰她过度瘦削的身材。她的灰白头发梳得一丝不乱。亨德里克斯医生站在她身后。早上好，稻草人，他心想，但不敢说出口。

"很好，"西格斯比夫人说，"他来了。咱们的新学员。卢卡斯·埃利斯。他生平第一次坐湾流飞机，自己却不知道。据说他是个真正的神童。"

"很快就不是了。"亨德里克斯医生说完，爆发出他特有的大笑：先吐气，再吸气，有点像驴叫。加上他突出的门牙和超常的身高（他身高六英尺七英寸），因此技术员们给他起了个外号：驴金刚。

她扭头恶狠狠地瞪了他一眼。"他们是我们的责任，丹，说廉价的笑话也要看场合。"

"对不起。"他很想加上一句：你骗自己玩呢，西格斯？

这话说出来就很不明智了，而且这顶多是个修辞性的问句。他知道她从不和别人开玩笑，骗自己玩就更不可能了。西格斯就像那种无名的纳粹小丑，会在奥斯威辛集中营的大铁门上焊一行字：Arbeit macht frei（劳动使人自由）。

西格斯比夫人拿起新来男孩的接收表。亨德里克斯在右上角贴了个粉色的圆形即时贴。"你的那些粉色儿童有什么进展吗？丹，随便什么进展都行。"

"你知道我们有。你看到结果了。"

"对，但有什么可验证的价值呢？"

亨德里克斯还没来得及回答，罗莎琳德就探头进来说："西格斯比夫人，我准备好文件了，还有五个要进来。我知道他们都在你的电子表格里，但时间提前了。"

西格斯比夫人面露喜色。"今天有五个？我肯定活得循规蹈矩的。"

亨德里克斯心想：你连说"好好活着"都受不了，对吧？你的生活肯定哪里有了问题。

"今天只有两个，"罗莎琳德说，"其实是今晚，来自绿宝石小组。明天三个，来自蛋白石小组。四个心动能力者。一个心感能力者，他是关键人物。九十三纳克 BDNF[1]。"

"埃弗里·狄克逊，对吧？"西格斯比夫人说，"来自盐湖城。"

"奥勒姆。"罗莎琳德纠正道。

"奥勒姆的摩门教徒。"亨德里克斯说完，又发出驴叫似的笑声。

他是关键人物，很好，西格斯比夫人心想。狄克逊的表格上不会有粉色即时贴。他太有价值了，不能贴成粉色。最小注射量，不会有引起癫痫的风险，不会产生近乎溺死的体验。BDNF 水平高于九十的

---

1 脑源性神经营养因子的缩写。

人就不会。

"真是好消息。非常好。把档案拿过来，放在我桌上。电子邮件发给我了？"

"当然。"罗莎琳德微笑道。电子邮件是世界运转之道，但两人都知道西格斯比夫人喜欢纸张甚于像素，她在这方面是个老派人。"立刻就送来。"

"咖啡同样立刻送来，谢谢。"

西格斯比夫人转向亨德里克斯医生。亨德里克斯不但高大，还挺着个大肚子，她心想。作为一名医生，他该知道这有多么危险，尤其是对他这种身高的人来说，他的血管系统本来就超负荷运转了。然而最擅长忽视自身健康的也正是医务人员。

西格斯比夫人和亨德里克斯都没有心感能力，但在这个瞬间，同一个念头钻进了两人的脑海：假如他们不是彼此厌恶，而是互相看得顺眼，生活会变得多么轻松啊。

等房间里只剩下他们两人，西格斯比夫人向后一靠，望着屹立在面前的医生。"我同意埃利斯少爷的智力对咱们研究所的工作毫无价值。就算他的智商只有七十五也无所谓。然而，这正是我们提前带走他的原因。两所而不是一所 A 级大学已经录取了他——麻省理工学院和爱默生学院。"

亨德里克斯惊讶道："才十二岁？"

"没错。他的父母被杀和他同时失踪会登上新闻，但出了双城就不会是大新闻，顶多在互联网上掀起一星期左右的波澜。假如他在忽然消失得无影无踪之前就成了波士顿校园的风云人物，那新闻就能更轰动了。他这样的孩子很容易上电视新闻，通常会引得人们连连惊叹。医生，我常说的那句话是什么来着？"

"在咱们这个行当里，没有新闻就是好消息。"

"正确。换一个完美的世界，咱们放过他也还是能搞到足够数量的心动能力者。"她点了点接收表上的粉色即时贴。"这说明他的 BDNF 水平不算高。只是……"

她没必要说完。有些商品正变得日益稀缺：象牙、虎皮、犀角、贵金属，甚至石油。现在还得算上特殊儿童了，他们的超常能力与智商毫无关系。本星期还要来五个，包括狄克逊家的孩子。收获不错，但两年前这个数字应该能到三十。

"唉，这样吧。"西格斯比夫人说。电脑屏幕上，新来的男孩正往前半区最年长的住客走过去。"他很快就要遇见精明得对自己没好处的本森了。她会向他介绍情况，她眼中的情况。"

"她还在前半区，"亨德里克斯说，"咱们不如让她当正式的接待员。"

西格斯比夫人露出最冷酷的笑容。"那也比你强，医生。"

亨德里克斯低头看着她，想说：西格斯比，我从高处能看见你的头发掉得有多快。这是你轻度但长期的厌食症造成的结果。你的头皮是粉红色的，就像白化兔的眼睛。

他有很多话想对这个语法上一丝不苟、瘦得没奶子的异能研究所行政主管说，但他绝对不会真的说出口。那样就太不明智了。

9

煤渣砖走廊两侧是其他房门和更多的海报。在女孩头顶上的海报里，一个黑人男孩和一个白人女孩将脑门凑在一起，两人笑得像一对白痴。底下的文字是：我选择过得快乐！

"喜欢这个吗？"黑人女孩说。卢克走到近处，才发现她嘴角的香烟其实是做成香烟形状的糖果。"我想改成'我选择过得糟烂',但他们会没收我的笔。有时候你顽皮他们会当没看见,但有时候不会。问题在于你永远也猜不到下一次会发生什么。"

"我在哪儿?"卢克问,"这是什么地方?"他想哭。他觉得主要是因为不知道该怎么办。

"欢迎来到异能研究所。"她说。

"我们还在明尼阿波利斯吗?"

她大笑。"恐怕不在。小子,我们已经不在堪萨斯了。我们在缅因,北边鸟不拉屎的地方。至少莫琳是这么说的。"

"缅因?"他摇摇头,像是太阳穴挨了一拳,"你确定?"

"当然。白小子,你看上去脸色煞白。你最好先坐下,免得一头栽倒。"

他用一只手扶着墙坐下了,因为他的两条腿不太听使唤。他更像是瘫倒在地的。

"我在家里,"他说,"我在家里,然后在这儿醒来。房间看上去很像我的卧室,但其实不是。"

"我知道,"她说,"很震惊,对吧?"她把手伸进裤兜,掏出一个小盒子。盒子上印着牛仔甩套索的画片,上面写着:围猎香烟糖,像老爸一样抽烟!"来一根?糖分能帮助你稳定情绪,反正对我有用。"

卢克接过盒子,翻开盖子。里面还有六根香烟糖,它们的一头是红色,大概用来代表点燃的烟头。他取出一根,塞进嘴里,咬掉半截。甜味溢满了口腔。

"千万别这么咬真正的香烟,"她说,"你肯定不会喜欢那种味道的。"

"我都不知道现在还有这种东西卖。"他说。

"当然不卖了,"她说,"像老爸一样抽烟?开什么玩笑?肯定是老古董。不过食堂供应很多稀奇古怪的东西,信不信由你。包括真正的香烟,什么牌子都有,好彩、切斯特菲尔德、骆驼,就像特纳经典电影频道的老片里演的。我倒是想试试看，但要一大把代币才能换到。"

"真正的香烟？不会是卖给孩子的吧？"

"这儿的所有住客都是孩子。现在前半区人数不多。莫琳说也许要来新人了。我不知道她的消息都是从哪儿来的，但通常都很准确。"

"让孩子抽烟？这是什么地方？快乐岛？"然而此刻他并不怎么快乐。

这话逗乐了她。"说得好！就像《木偶奇遇记》！"她举起手。卢克和她击掌后，感觉稍微好了点，他很难说清是为什么。

"你叫什么名字？我不能一直叫你白小子。怎么说呢？有点种族定性了。"

"卢克·埃利斯。你呢？"

"卡丽莎·本森。"她竖起一根手指，"现在请注意了，卢克。你可以叫我卡丽莎，也可以叫我小莎。但不能叫我好孩子。"

"为什么不能？"他还在找感觉，但怎么都找不到，还差得远呢。他吃掉另外半截香烟糖，有假烟头的那半截。

"因为亨德里克斯和他的那几条走狗给你打针和做测试的时候就会这么叫你。'我要把针头插进你的胳膊，会很疼，你要做个好孩子。我要在你的喉咙里取样，你会呕得像他妈的一条蛆，你要做个好孩子。我们要把你浸到水箱里，你屏住呼吸，做个好孩子。'所以，你绝对不能叫我好孩子。"

卢克没怎么注意听关于测试的内容，但事后他会仔细回味。此刻他在想"他妈的"。他听很多男孩说过这个词（他和罗尔夫在外面的时候，罗尔夫说过许多次），也听那个很可能考砸了学术能力测验的漂亮红发女孩说过，但从没听见他这个年纪的女孩说过。他觉得大概是因为他的生活一直受到了保护。

卡丽莎伸手按住他的膝头，他不禁感觉有点刺痒，她诚恳地望着卢克。"不过我的建议是乖乖听话，当个好孩子，无论情况多么难熬，无论他们把什么东西塞进你的喉咙或屁眼。我其实不怎么了解水箱，我自己没进去过，只听别人说过，但我知道只要他们还在拿你做测试，你就能待在前半区。我不知道后半区都在干什么，我也不想知道。我只知道后半区就像蟑螂旅馆——孩子们一个个都有去无回，至少不会回到这儿来。"

他扭头望向他来时的路。墙上贴着许多加油海报，还有很多扇门——左右各七八扇。"这儿有多少个孩子？"

"算上你和我，五个。前半区一直人不多，但现在就像鬼城。孩子们来来去去。"

"谈着画家米开朗琪罗[1]。"卢克嘟囔道。

"什么？"

"没什么。这儿——"

走廊里离他比较近的双开门打开了，一个穿着棕色裙装的女人背对着他们出现了。她用臀部顶着门，手里拖着什么东西。卡丽莎像闪电似的跳了起来。"哎，莫琳，别急，我们来帮你。"

由于她说的是"我们"，而不是"我"，卢克便爬起来跟着卡丽莎走过去。来到近处，他发现棕色裙装是某种制服，就像奢华酒店女清洁工穿的制服——至少也是中等水平，制服没有花边或其他装饰。她想把一个洗衣篮拖过这段走廊和外面大房间之间的金属嵌条，外面的房间看上去像休息室：明媚的阳光照进窗户，里面摆着桌子和椅子，还有一台电影银幕那么大的电视机。卡丽莎打开另外半扇门，腾出更多的空间。卢克抓住洗衣篮（侧面印着"丹杜克斯"），帮女人把它拖进这段走廊——他现在开始觉得这里是宿舍区了。洗衣篮里装着床单和毛巾。

---

1 出自 T. S. 艾略特《阿尔弗雷德·普鲁弗洛克的情歌》：在客厅里女士们来回地走，谈着画家米开朗琪罗（查良铮译）。

"谢谢你，孩子。"她说。女人年纪很大了，灰白的头发占据了相当可观的比例，而且看上去很疲惫。她隆起的左胸上的姓名牌上印着"莫琳"。莫琳上下打量着卢克。"你是新来的。卢克，对吧？"

"卢克·埃利斯。你怎么知道？"

"排班表上有你。"她从裙子口袋里抽出一张叠好的纸，抽到一半又塞了回去。

卢克按照他受到的教育伸出手。"很高兴认识你。"

莫琳握住他的手。她看上去挺和蔼的，因此他觉得自己确实很高兴认识她。但待在这儿他并不高兴；他很害怕，既为自己担心，也为他的父母担心。他们现在肯定很想念他。他认为他们不会相信他离家出走了，但等他们发现他的卧室里空无一人，他们还能得出什么其他结论呢？警察很快会开始找他，也许已经开始找了，但如果卡丽莎没有骗他，那他们离他可就太远了。

莫琳的手掌温暖而干燥。"我叫莫琳·艾尔沃森。负责清洁和其他杂活。我会为你把房间收拾得舒舒服服的。"

"你可别成天给她添麻烦。"卡丽莎说着，甩给他一个威胁的眼神。

莫琳微笑道："你真可爱，卡丽莎。这个孩子一看就不邋遢，和那个尼基不一样。尼基就像漫画《花生》里的乒乓[1]。他这会儿在房间里吗？操场上只有乔治和艾莉丝，我没看见他。"

"你知道尼基的，"卡丽莎说，"下午一点以前起床都算早起了。"

"那我就去打扫其他人的房间吧，但医生们一点要见他。要是他还没醒，他们会把他弄起来的。卢克，很高兴认识你。"她继续向前走，现在她是推着洗衣篮，而不是拖着了。

"来吧。"卡丽莎说着，抓住卢克的手。尽管还在担心他的父母，

---

[1] 美国漫画家查尔斯·舒尔茨的漫画作品《花生》里的角色，走路时总会在身后扬起一片灰尘。

但卢克又感觉到了一阵刺痒。

她拖着卢克走进休息室。他想打量一下这个地方，尤其是自动贩卖机（真的香烟，可能吗？），但门刚在身后关上，卡丽莎就凑到了他的面前。她看上去很严肃，近乎凶狠。

"我不知道你会在这儿待多久——其实我也不知道我会在这儿待多久，但只要你待在这儿，就应该和莫琳搞好关系，听懂了吗？这地方满是残酷无情的烂人，但她不是其中之一。她很和善，而且有她自己的问题。"

"什么样的问题？"他问——主要是出于礼貌。他望向窗外，外面应该就是操场了。操场上有两个孩子，一男一女，也许和他年龄相仿，也许稍大一些。

"比方说，她觉得自己可能生病了，但不想去看医生，因为她承担不起看病的钱。她一年只挣四万美元，但要付的账单比这个数多一倍，甚至更多。她丈夫借贷，把钱花光了。债越积越多，明白吗？利滚利。"

"vig（高利贷），"卢克说，"我老爸说这种借贷叫这个。vigorish 的简写。乌克兰语里的利润和奖金。这是黑话，老爸说信用卡公司差不多就是一帮土匪。按照他们收取的复利，他有个……"

"有个什么？观点？"

"对。"他把视线从外面的孩子——应该就是乔治和艾莉丝——身上移开，望着卡丽莎，"这些都是她告诉你的？她对一个孩子说这些？你肯定很擅长人际内关系。"

卡丽莎似乎吃了一惊，然后放声大笑。她笑得很响亮，双手叉腰，脑袋后仰。这一刻她看上去像个女人，而不是个孩子。"人际关系！卢克，你可真会说话！"

"人际内，不是人际，"他说，"除非你，呃，在和一个群体打交道。给他们做信贷咨询之类的。"他停下来。"刚才是个……呃……玩笑。"而且是个很烂的玩笑，一个书呆子的玩笑。

她用评价的眼神打量着他，从上到下再从下到上，他再次产生了那种并非不舒服的刺痒感。"你到底有多聪明？"

他耸耸肩，有点尴尬。他平时不会炫耀智力——想要赢得友谊和影响他人，那是最差劲的办法，但此刻他感到不安、困惑和担忧，（还是承认好了）吓得魂不附体。他越来越难用"绑架"来形容此刻的遭遇。他毕竟只是个孩子，他睡下去，然后（假如卡丽莎没骗他）在离家几千英里之外的地方醒来。他的父母会不理论一番，甚至动拳头，就允许他被带走吗？不太可能。无论他身上发生了什么事，他都希望当时他们正沉睡着。

"我猜你大概相当聪明吧。你是心感能力者，还是心动能力者？我猜是心动能力者。"

"我都不知道你在说什么。"

但他也许知道。他想到了碗柜里的盘子叮当作响，卧室门有时会自己打开又关上，罗凯特店里的比萨托盘会震颤、弹跳，还有学术能力测验那天垃圾桶自己移动起来。

"心感是心灵感应。心动是——"

"心灵致动。"

她笑了，用手指着他说："你确实很聪明。没错，心灵致动。你不是这个就是那个，按理说没人同时拥有两者，至少技术员们是这么说的。我是心感能力者。"最后这句话里带着一丝自豪。

"你会读心，"卢克说，"好极了。每天一次，星期天两次。"

"你以为我为什么会知道莫琳的事情？她不会把她的问题告诉这儿的任何人，她不是那种人。另外，我不清楚具体细节，只知道大致情况。"她想了想，"还牵涉到一个婴儿。这一点很奇怪。我问过她有没有孩子，她说没有。"

卡丽莎耸耸肩。

"我一直有这个能力——断断续续的，不是每时每刻，但这并没有让我变成超级英雄。否则我早就从这儿闯出去了。"

"你说真的？"

"对，来，这是你的第一项测试——无数项中的第一项。我在想一个一到五十之间的数字。这个数字是什么？"

"不知道。"

"真的？不骗我？"

"绝对不骗你。"他走向房间另一头的门。外面的操场上，男孩在投篮，女孩在跳蹦床——没什么复杂动作，坐落，偶尔转一圈。两人似乎并不乐在其中，像是仅仅在消磨时间。"他们就是乔治和艾莉丝？"

"没错。"她走到他身旁，"乔治·艾尔斯和艾莉丝·斯坦诺普。他们都是心动能力者。心感能力者比较罕见。哎，聪明孩子，是应该说'比较罕见'，还是'较为罕见'？"

"都可以，但我喜欢用'较为罕见'。'比较罕见'听上去太随意了。"[1]

她思考了几秒钟，哈哈一笑，又指着他说："说得好。"

"咱们能出去吗？"

"当然。操场的门从来不锁。你恐怕也不想在外面待太久，这儿很偏僻，虫子非常厉害。你卫生间的药柜里有避蚊胺。你应该涂上，我说的是好好涂。莫琳说等蜻蜓孵化出来，虫子的问题就会缓解，不过我连一只蜻蜓都还没看见过。"

"他们好相处吗？"

"乔治和艾莉丝？我觉得挺好相处的。当然我们并不是什么好朋

---

1 此处两人探讨的是英文形容词比较级的两种用法，一种是在形容词前加"more"，另一种是在词尾加后缀"er"或"r"，中文中没有这种区分，此处做了一定的转换。

友。我认识乔治才一个星期。艾莉丝来这儿……嗯……应该十天了，差不多吧。除了我，待得最久的是尼基，全名尼克·威尔霍尔姆。聪明孩子，你别指望在前半区建立任何有意义的关系。如我所说，他们来来去去，而且没人谈论什么米开朗琪罗。"

"卡丽莎，你来这儿多久了？"

"快一个月了。我是老前辈了。"

"你能说说这儿是干什么的吗？"他朝外面的两个孩子摆摆头，"他们能吗？"

"我们可以把知道的情况告诉你，还有勤杂工和技术员告诉我们的，但我感觉其中绝大多数是谎言，乔治也这么觉得。至于艾莉丝……"卡丽莎哈哈一笑，"她就像《X档案》里的穆德探员，她想相信……"

"想相信什么？"

她望向他的眼神既睿智又哀伤，这再次让她显得像个成年人，而不是个孩子。"相信这是人生高速公路上的一个小歧途，到最后一切都会好起来的，就像动画片《史酷比》。"

"你的父母呢？你是怎么来这儿的？"

"成年人"的表情陡然消失。"我现在不想谈这些。"

"好的。"也许他其实也不想，至少现在是如此。

"等你见到尼基，要是他突然爆发，你不用害怕。他靠这个发泄愤怒，他的一些胡话……"她想了想，"很有娱乐性。"

"随你怎么说。能请求你一件事吗？"

"当然，只要我能做到。"

"别叫我聪明孩子了，我叫卢克。叫我卢克，可以吗？"

"可以。"

他伸手去开门，但她抓住了他的手腕。

"出去之前还有一件事。卢克，你转过来。"

他转过身，她比他高大约一英寸。他不知道她会吻自己，直到她的嘴唇正正地落在他的嘴唇上。她甚至把舌头伸进他的嘴里并停留了一两秒，这个动作不仅让他有刺痒感，而且如一道霹雳，就像把手指插进了通电的插座。他真正的初吻，而且确实是个狂野的热吻。罗尔夫啊，他心想（他恢复思考能力之后的第一个念头），你会多么嫉妒我哪！

她抽身后退，一脸满足。"这不是什么真爱，你别瞎想。我都不确定算不算送你个人情，就当是吧。我来的第一个星期被隔离了，不用打针看点。"

她指着糖果贩卖机旁墙上的海报。海报里有个男孩坐在椅子上，喜滋滋地指着白墙上一堆五颜六色的小点。一名医生（穿着白大褂，脖子上挂着听诊器）微笑着站在他身后，一只手放在男孩的肩膀上。画面上方印着：打针看点！下方印着：越早看见它们，就能越早回家！

"这到底是什么意思？"

"现在不用管。我的父母是彻头彻尾的反疫苗人士，我进前半区两天后，就得了水痘，咳嗽，高烧，长了难看的大块红斑，全身都是。我猜应该已经好了，因为我能出来乱跑，他们又开始拿我做测试了，但也许还有点传染性。要是你运气好，你会感染水痘，可以舒舒服服地享受两个星期——喝果汁，看电视，而不是接受注射和做磁共振成像。"

操场上的女孩看见他们，朝他们挥手。卡丽莎也朝她挥手，还没等卢克开口，她就推门走了出去。"来吧。收起你脸上嗑药般的表情，来认识一下我们这一家子[1]。"

---

1 原文为"meet the fockers"，美国有同名喜剧电影（中文为《拜见岳父大人》），"Focker"是准备见岳父一家的男主人公的姓氏。此处为意译。

打针看点

1

门外是异能研究所的食堂和电视休息室，卡丽莎勾住卢克的肩膀，把他搂在身旁。他心想——其实是希望，她这是要再次吻他，但她只是对着他的耳朵低声说话。她的嘴唇撩得他皮肤发痒，让他起了鸡皮疙瘩。"随便说什么都行，但别提莫琳，懂了吗？我们认为他们只会偶尔偷听，但谨慎一点没坏处。我不想给她找麻烦。"

他知道莫琳，那位负责打扫卫生的女士，但"他们"是谁？卢克从没这么迷惘过，四岁那年他和母亲在美国商城[1]走散了，那十五分钟漫长得似乎永无止境，那次都没有现在这么迷惘。

另一方面，正如卡丽莎所预言的，虫子找上了他们。黑色的小虫像乌云似的包围了他的脑袋。

操场上的大部分地方都铺着细砾石。篮球场上铺着沥青，名叫乔治的男孩还在那儿练投篮。蹦床四周铺着某种海绵状材料，万一有人跳错方向，从侧面飞出去，软垫能缓和冲击力。这儿有沙壶球场、羽毛球场、绳网阵和一组色彩艳丽的圆筒——小朋友可以把这些圆筒拼装成隧道，但这会儿没有年龄足够小的孩子去玩。这儿还有秋千、跷跷板和滑梯。野餐桌旁边有一个绿色长柜，上面的牌子写着"玩具和游戏用具""使用后请放回原处"。

---

1 明尼苏达州的一个购物中心，也是美国最大的购物中心。

操场四周是至少十英尺高的铁丝网，卢克看见摄像头在两个拐角处俯拍操场。摄像头上积着灰尘，像是有段时间没被清理过了。铁丝网外只有森林，树木以松树为主。从粗细来看，卢克估计这些树的树龄在八十岁左右。算法（来自《北美树木志》，他十岁左右用一个星期天的下午看完的）相当简单。没必要看年轮。你找一棵树估算一下树径，除以圆周率得到直径，然后乘以北美松树的平均成长因子，也就是4.5。很容易，对吧？推论也很容易得出：这些树木很久没被砍伐过了，至少长达两代人的时间。无论位于何处，它周围既然是一片古老的森林，也就意味着此处是个鸟不拉屎的荒凉地方。至于操场，他的第一个念头是，假如世上存在供六岁到十六岁儿童使用的监狱放风场所，那肯定就是这个模样了。

名叫艾莉丝的女孩看见他们，挥手打了招呼。她在蹦床上翻了个跟头，马尾辫高高飞起，然后从侧面跳下来，落在海绵状材料上，双腿分开，膝盖微弯。"小莎！这位朋友是谁？"

"卢克·埃利斯，"卡丽莎说，"今天早上刚来的。"

"你好，卢克。"艾莉丝走过来，向他伸出手。她很瘦，比卡丽莎高两英寸左右。她有一张漂亮的脸蛋，脸颊和额头闪闪发亮，卢克估计这其中既有汗水也有驱虫药水。"艾莉丝·斯坦诺普。"

卢克和她握手，发觉虫子（明尼苏达人叫它们"母虱"[1]，不知道这儿叫什么）已经开始品尝他了。"来这儿不是很高兴，但很高兴认识你。"

"我来自得克萨斯的阿比林。你呢？"

"明尼阿波利斯。在——"

"我知道它在哪儿，"艾莉丝说，"亿湖之地，反正就是这么叫的。"

"乔治！"卡丽莎喊道，"年轻人，你的礼数去哪儿了？快给我过来！"

---

1 原文为"minges"，俚语，是对女性生殖器官的冒犯性称呼，此处译为"母虱"。

"好的，等一下。这个球很重要，"乔治将脚趾对齐沥青场地边缘的罚球线，把篮球举到胸口，用低沉而充满张力的声音说，"好了，观众朋友们，经过七场艰苦卓绝的比赛，现在我们来到了这儿。两次加时，奇才队落后凯尔特人队仅仅一分，乔治·艾尔斯，他刚离开替补席上场，得到从罚球线上赢得这场战斗的机会。他若投中一个球，奇才队就会再次追平，若两球全中，他就会名留史册，照片被挂在篮球名人堂里，甚至赢得一辆特斯拉敞篷车——"

"那肯定是定制的，"卢克说，"特斯拉没有敞篷车，至少现在还没有。"

乔治毫不在意。"没人猜到胜负会掌握在艾尔斯手上，尤其是艾尔斯自己。奇异的寂静笼罩着威瑞森中心……"

"忽然有人放了个屁！"艾莉丝大叫，她用嘴唇夹住舌头，吹出悠长的嘟嘟声，"像军号一样嘹亮！而且超级臭！"

"艾尔斯做了一次深呼吸……他拍了两下球，这是他的招牌……"

"除了话多，乔治还过着非常刺激的幻想生活，"艾莉丝对卢克说，"你会习惯的。"

乔治瞪了他们三个一眼。"艾尔斯向中场愤怒地瞪了一个嘘他的凯尔特人队球迷一眼……那是个女孩，看上去特别蠢，而且难看得不可思议……"

艾莉丝又咂舌嘲笑了一声。

"现在艾尔斯转向篮筐……艾尔斯投篮了……"

三不沾。

"天哪，乔治，"卡丽莎说，"太烂了。要么追平，要么输掉，快点结束过来聊几句。这孩子还不知道到底发生了什么。"

"好像我们知道似的。"艾莉丝说。

乔治屈着双膝，投出篮球。篮球在篮筐上滚了一圈……看似要进……却掉了出来。

"凯尔特人赢了，凯尔特人赢了！"艾莉丝尖叫，她学着啦啦队跳舞，甩动假想的花球，"快过来，和新来的孩子打个招呼。"

乔治走过来，边走边挥手驱赶虫子。乔治身材矮胖，卢克觉得恐怕他只能在幻想世界里打篮球。他的眼睛是浅蓝色的，这让卢克想起保罗·纽曼和史蒂夫·麦奎因——他和罗尔夫喜欢在特纳经典电影频道看他们演的电影。想到这个，又想到两人躺在电视前吃爆米花的情景，他心里一阵难过。

"哟，小子。你叫什么？"

"卢克·埃利斯。"

"我叫乔治·艾尔斯，女孩们应该已经告诉你了。我是她们俩的神。"

卡丽莎扶额，艾莉丝竖起了中指。

"爱神。"

"是阿多尼斯，不是丘比特，"卢克说着，稍微投入了一点——至少他在尝试，"阿多尼斯是欲望与美之神。"

"随便你怎么说。你觉得这地方怎么样？够烂的，对吧？"

"这是什么地方？卡丽莎叫它'异能研究所'，但那是什么意思？"

"还不如叫它'西格斯比夫人的顽劣天才儿童之家'呢。"艾莉丝说完，啐了一口。

这都不像是电影从中间看起了，更像是电视剧从第三季看起，而且还是剧情特别复杂的那种。

"西格斯比夫人是谁？"

"女魔头，"乔治说，"你会见到她的，我的建议是绝对别和她顶嘴，她不喜欢被人顶撞。"

"你是心感能力者还是心动能力者？"艾莉丝问。

"应该是心动能力者吧。"其实这是卢克的猜测，"有时候我周围的东西会自己动起来，我不相信吵闹鬼[1]的存在，因此多半是我弄的，但应该不足以……"他没说下去。他想说应该不足以让我来到这儿。然而他已经在这儿了。

"心动显性？"乔治问着，走向一张野餐桌。卢克跟了上去，两个女孩跟着他。卢克会估算周围树木的大致年龄，知道上百种细菌的学名，能给这些孩子讲解海明威、福克纳和伏尔泰，然而他从未有过这么不明所以的感觉。

"我不知道这是什么意思。"

卡丽莎说："这是他们对我和乔治这样的孩子的叫法——技术员、护工和医生。我们不该知道——"

"但我们就是知道，"艾莉丝接过话头，"这就是所谓公开的秘密。心动显性和心感显性者能随心所欲地运用这些能力，至少有时候能做到。我们其他人就不行了。比方说我，我只有在生气、特别高兴或者受到惊吓时，才能让东西移动。因此这是非自主性的，就像打喷嚏。所以我只是普通水平。普通的心动能力者和心感能力者被他们称为'小粉'。"

"为什么？"卢克问。

"因为假如你只是普通水平，你的档案里就会有个粉色即时贴。同样，我们也不该看见档案里的内容，但有一次我看见自己的了。有时候他们很粗心大意。"

"你最好当心一点，否则他们也会粗心大意地对待你。"卡丽莎说。

艾莉丝说："小粉会接受更多的测试，打更多的针。我进过水箱，很难受，但不算特别可怕。"

"水箱又是——"

---

1 出自斯皮尔伯格一九八二年的一部灵异恐怖片，电影中的不明物体从电视中飘出，能引发莫名的地震等灵异现象。

乔治没给卢克问完的机会。"我是心动显性者，档案里没有粉色即时贴。这小子是个零度粉。"

"你见过你的档案？"卢克问。

"不需要。我超厉害的。你看着。"

他不需要像宗师那样凝神屏气，他只是站在那儿，超乎寻常的事情随即发生（至少在卢克看来是超乎寻常的，但两个女孩似乎毫不在意）。包围着乔治头部的一团虫子突然散开，组成彗尾的形状，就好像它们被一股强风裹挟，但当时并没有起风。

"看见了吗？"他说，"心动显性者在行动。可惜持续不了太久。"

确实如此。虫子已经回来并围着他乱飞了，但被他身上涂的避蚊胺挡开。

"你刚才投的第二个球，"卢克说，"你能运用你的能力让它进去吗？"

乔治摇摇头，看上去很懊恼。

"希望他们能弄个有真本事的心动显性者来。"艾莉丝说。认识新人的兴奋劲头已经过去，她显得疲惫而恐惧，看上去比真实年龄（卢克估计她十五岁左右）更大。"一个能他妈把我们传送出去的人。"她坐在一张野餐桌的长凳上，用手捂住眼睛。

卡丽莎也坐下，搂住她说："别这样，一切都会好的。"

"不，不会好的，"艾莉丝说，"你看，我都变成针垫了！"她伸出胳膊。她左臂上贴着两块创可贴，右臂上贴着三块。她飞快地揉了一下眼睛，换了个表情，卢克觉得这是她严肃的表情。"所以，新来的孩子——你能通过意念移动物体吗？"

除了父母，卢克从没和别人讨论过意念控制物质（心灵致动）的话题。他母亲说要是别人知道了会害怕的，他父亲说这是他身上最不重要的特质。卢克赞同两人的看法，但这几个孩子并不害怕，而且这种能力在此地很重要。这是显而易见的。

"不。我连自己的耳朵都使唤不动。"

他们大笑，卢克放松下来。这地方怪异而吓人，但至少这些孩子似乎挺好相处的。

"偶尔会有东西动来动去，就这么多了。盘子或者刀叉，有时候一扇门会自己关上，书房的台灯自己打开过一两次，没弄出过什么大动静。该死，我都不确定是我自己弄的，我以为是气流……或者地震……"

他们都用"我懂你"的眼神看着他。

"好吧，"他说，"我知道，我父母也知道。但这一直没什么了不起的。"

也许确实了不起，他心想。然而这小子聪明得像个怪胎，才十二岁就被两所（而不是一所）名校录取。假如你七岁的孩子能像范·克莱本[1]那样弹钢琴，别人会在乎他还能变几个简单的纸牌魔术或者动耳朵吗？但他不能对乔治、艾莉丝和卡丽莎说这样的话，这听上去像自我吹嘘。

"你说得对，没什么了不起的！"卡丽莎暴躁地说，"糟糕就他妈糟糕在这儿！我们不是正义联盟或者 X 战警！"

"我们是被绑架来的吗？"他希望他们会哈哈大笑，希望会有人说"当然不是"。

"这还用说？"乔治说。

"因为你能赶走虫子一两秒？因为……"他想到托盘在比萨店里从桌上掉下去，"因为偶尔在我走进房间后，门会在我身后自行关上？"

"唉，"乔治说，"要是他们根据长得好不好看抓人，艾莉丝和小莎就不会进来了。"

---

1 美国钢琴家，四岁登台演出，十三岁在得克萨斯州的钢琴比赛上获奖后受聘于休斯敦交响乐团。

"滚蛋。"卡丽莎说。

乔治微笑道:"给你一个极其有品位的回答。来咬我的大香肠啊。"

"有时候我都迫不及待地希望你去后半区了,"艾莉丝说,"我这么说大概会遭雷劈,但——"

"等一等,"卢克说,"给我等一等。能从开头说起吗?"

"这就是开头,老弟,"他们身后传来一个声音,"不幸的是,很可能也是结束。"

2

卢克估计过来的这个人大概十六岁,但后来才发现他只比自己大两岁。尼基·威尔霍尔姆身材高挑,蓝眼睛,蓬乱的头发不是一般地黑,并急需双份洗发水清洗一下。他穿着皱皱巴巴的系扣衬衫和短裤,白色运动袜掉下半截,运动鞋脏兮兮的。卢克记得莫琳说他就像漫画《花生》里的乒乓。

另外几个人警惕而尊敬地看着尼基,卢克立刻明白了:卡丽莎、艾莉丝和乔治跟他一样不愿意待在这儿,但他们尽量保持积极的心态,除了艾莉丝动摇过,他们都表现出有点可笑的、既来之则安之的态度。但这位老兄不是这样。尼基此刻看上去并不生气,但显然他不久前刚发过火。他的下嘴唇肿着,上面有一道正在愈合的伤口,他的一只眼睛上还有青肿的痕迹,一侧脸颊有一块新鲜的淤伤。

看来他是个暴脾气。卢克在生活中见过几个这种人,布罗德里克学校里也有两三个。他和罗尔夫躲着他们走,但要是卢克没猜错,这个地方其实是一所监狱,因此他不可能躲开尼基·威尔霍尔姆。不过,另外三个人似乎不害怕他，这无疑是个好兆头。尼基愤怒的对象是隐藏在"异能研究所"这个平平无奇的名称背后的不知什么黑暗组织，但在同伴眼中，尼基只是显得情绪紧张，精神高度集中。然而，他脸上的伤痕表明可能还发生了其他令人不快的事情，特别是假如他并非天生脾气暴躁的话。会不会是一个成年人给他留下的？假如动手的是教师，别说在布罗德里克学校了，无论在哪儿，那个人都会被开除，多半会被起诉，很可能还会被逮捕。

卢克想到卡丽莎说的：小子，我们已经不在堪萨斯了。

"我叫卢克·埃利斯。"他伸出手，但不确定自己怀着什么期待。

尼基没有理会，而是打开了绿色的储物柜。"埃利斯，下象棋吗？另外三个下得很烂。唐娜·吉布森勉强还能抵挡几手，但她三天前去后半区了。"

"我们再也不会见到她了。"乔治悲伤地说。

"我会下，"卢克说，"但这会儿不想下。我想知道我在什么地方，这儿正在发生什么。"

尼克取出棋盘和一盒棋子，并飞快地摆好棋子，他没有撩起遮住眼睛的头发，而是从头发缝里看着他，"你在异能研究所，缅因州的荒野之中，附近没有城镇，只有地图坐标，TR-110[1]。这是小莎从好几个人脑子里读取到的信息。唐娜也读取到了，还有彼得·利特尔约翰。他是另一个去了后半区的心感能力者。"

"感觉彼得像是走了一万年，其实是上个星期才走的，"卡丽莎怀念地说，"还记得他的青春痘吗？还有他的眼镜总往下滑？"

尼基毫不在意。"饲养员都懒得隐藏或否认。没必要，因为他们每天都要拿心感能力者做测试。他们也不担心想保密的那些内容会被发

现，因为连小莎也没法潜得太深，她已经很厉害了。"

"大多数时候，我猜莱茵卡片[1]的准确率能到百分之九十，"卡丽莎说，她不是在炫耀，只是就事论事，"你把你祖母的名字放在意识表层，我就能说出她叫什么，但我只能潜入表层。"

我祖母叫丽贝卡，卢克心想。

"丽贝卡。"卡丽莎说。她见到卢克惊讶的表情后，爆发出一阵咯咯怪笑，这使得她看上去像个孩子，不久前，她还是个真正的孩子。

"你下白的，"尼基说，"我一向执黑。"

"尼基是我们这里著名的叛乱分子。"乔治说。

"有伤疤为证，"卡丽莎说，"这对他没好处，但他就是忍不住。他的房间乱成一团，那是另一项幼稚的反叛行为，除了给莫琳添麻烦之外毫无用处。"

尼基转向黑人女孩，面无笑容。"假如莫琳真是你想象中的圣人，那她早就把咱们救出去了，或者向最近的警察局报告。"

卡丽莎摇摇头。"现实点。你在这儿工作，那就是它的一分子，好坏不论。"

"善恶不分。"乔治神色庄重地补充道。

"另外，最近的警察局多半在许多英里之外，而且就是一群警犬和几个乡巴佬，"艾莉丝说，"尼克，既然你以第一发言人自居，那你就给这个孩子解释一下吧。我的天，你难道忘了当你在一个看起来很像自己房间的地方醒来时，那种感觉到底有多么诡异吗？"

尼克坐起来，交叉双臂。卢克注意到卡丽莎看他的眼神，觉得假如她也吻过尼基，那恐怕就不是传染水痘那么简单了。

"好吧，埃利斯，我告诉你我们知道的情况。更确切地说，是我们

---

1 亦称齐纳卡片，二十世纪三十年代由知觉心理学家卡尔·齐纳和同事 J. B. 莱茵共同设计，用于测试超感官知觉。

认为自己知道的情况，用不了太久。女士们，有什么想补充的尽管开口。乔治，要是你觉得特别想喷，千万记得闭上你的鸟嘴。"

"非常感谢，"乔治说，"白让你开我的保时捷了。"

"卡丽莎在这儿待得最久，"尼基说，"因为水痘。小莎，你在这段时间里见过多少个孩子？"

她想了想。"大概二十五个，也许再多几个。"

尼基点点头。"他们——我们——来自五湖四海。小莎来自俄亥俄，艾莉丝来自得克萨斯，乔治来自蒙大拿的一座旯旮城市——"

"我来自比灵斯，"乔治说，"一座非常体面的城市。"

"首先，他们给我们打标记，就好像我们是候鸟或该死的野牛。"尼基撩开头发，把耳垂向前拉，露出半个十美分硬币大小的亮色金属圆环，"他们检查我们的身体，拿我们做测试，给我们打针看点，然后再检查身体，继续做测试。小粉打的针比较多，做的测试也更多。"

"我还进过水箱。"艾莉丝又说。

"祝贺你，"尼克说，"假如我们是显性，他们就逼我们玩愚蠢的宠物把戏。我凑巧是心动显性，但唠叨鬼乔治在这方面比我厉害。以前还有一个孩子——我不记得他叫什么了，他比乔治还厉害。"

"鲍比·华盛顿，"卡丽莎说，"是个小黑孩，顶多九岁。他能让盘子从桌上掉下去。他走了……多久来着，尼基？两个星期？"

"还差一点，"尼基说，"两个星期前我还没来呢。"

"前一天吃晚饭时他还在这儿，"卡丽莎说，"第二天就去后半区了，跟变戏法似的。这会儿你还能看见他，一眨眼就不见了。接下来多半会轮到我。我猜他们该做完所有测试了。"

"我也是，"尼基苦闷地说，"他们大概会很乐意除掉我。"

"去掉'大概'就对了。"乔治说。

"他们给我们打针，"艾莉丝说，"有些很疼，有些不疼，有些会让你起反应，有些不会。有一针害得我发烧，我这辈子头都没那么疼过。我以为我感染了小莎的水痘，但过一天就好了。他们会一直给你打针，直到你看见光点和听见嗡嗡声。"

"你算轻松的，"卡丽莎对她说，"有几个孩子……有个叫莫蒂的……不记得他姓什么了……"

"爱抠鼻子的，"艾莉丝说，"经常和鲍比·华盛顿在一起。我也不记得他姓什么了。我来这儿以后，过了两天，他被送进后半区了。"

"其实他没有，"卡丽莎说，"他在这儿根本没待多久，有一次打针后他突然出了皮疹。他是在食堂告诉我的，说他的心脏发疯似的在跳。我觉得他很可能反应很严重。"她顿了顿，"甚至已经死了。"

乔治瞪着眼睛，惊恐地看着她。"讽刺挖苦和青春期愤怒没关系，但你别说你真的相信这些。"

"唉，我自己也不愿意相信。"卡丽莎说。

"你们都给我闭嘴，"尼基俯身探过棋盘，盯着卢克的眼睛说，"他们绑架了我们，因为我们有通灵能力。他们是怎么找到我们的，我不知道。但他们肯定有个巨大的组织，因为这座建筑物很大。简直是个他妈的复合体。这儿有医生、技术员和自称护工的人……它就像一所建在森林里的小型医院。"

"还有安保人员。"卡丽莎说。

"对。负责人是个光头壮汉，叫斯塔克豪斯。"

"太疯狂了，"卢克说，"这儿还是美国吗？"

"这儿不是美国，而是异能研究所王国。埃利斯，去食堂吃午饭的时候，你往窗外看，会看见许多树木，但如果你仔细看，会见到另一座建筑物。绿色的煤渣砖建筑物，和这座一样，隐藏在树丛里。总而言之，那就是后半区。等做完测试和打完针，孩子们就会被送去那儿。"

"那儿有什么？"

回答他的是卡丽莎。"我们不知道。"

卢克正想问"莫琳知不知道",忽然想到了卡丽莎在他耳畔说的话：他们在偷听。

"我们只知道他们告诉我们的，"艾莉丝说，"他们说——"

"他们说一切都会好的！"

尼基喊出这句话，那么响亮，那么突然，卢克向后退缩，险些从长凳上掉下去。黑发少年站起来，昂首望向一个积灰的摄像头。卢克想起卡丽莎说的另一句话：等你见到尼基，要是他突然爆发，你不用害怕。他靠这个发泄愤怒。

"他们就像把耶稣卖给一群印第安人的传教士，那些印第安人是多么……"

"天真？"卢克提示道。

"对！天真！"尼基依然盯着镜头，"那些印第安人是多么天真，什么都愿意相信，假如他们肯献出土地，换取一把珠子和满是跳蚤的毛毯，他们就能进天堂，见到所有死去的亲戚，并永远快乐地生活在一起！那就是我们——一群印第安人，天真得愿意相信任何话，只要话足够好听，只要听上去像个他妈的……幸福的……结局！"

他猛地转身面对他们，头发飞舞，眼睛灼烧，双手攥成拳头。卢克看见他的指节上有正在愈合的伤口。不知道尼基有没有吃亏，毕竟他还只是个孩子，但看起来他至少让什么人吃了些苦头。

"他们带鲍比·华盛顿去后半区的时候，他肯定以为自己的磨难已经结束了，你们觉得他对此产生过怀疑吗？还有彼得·利特尔约翰？老天在上，假如他们的大脑是火药，那他们都不敢擤鼻涕。"

他又转向高处脏兮兮的摄像头。除了冲着摄像头，他无处发泄怒火，因此眼前的情形有点可笑，但卢克还是很钦佩他，因为他没有认命。

"听着，你们这些家伙！你们可以揍得我满地找牙，也可以抓我去后半区，但路上的每一步我都会反抗！尼克·威尔霍尔姆用珠子和毛毯收买不了！"

他坐下来，喘着粗气，然后他笑了，露出酒窝、雪白的牙齿和愉快的眼神。那个阴沉而沮丧的面具消失了，仿佛从未存在过一样。卢克对男性不感兴趣，但当他看见这个笑容，他明白了卡丽莎和艾莉丝为什么会像看乐队主唱似的看尼基。

"也许我该加入他们的队伍，而不是像鸡笼里的小鸡似的被关在这儿。我能把这地方卖掉，西格斯比、亨德里克斯和其他医生不可能和我比。我有说服力。"

"确实如此，"卢克说，"但我不太明白你到底在说什么。"

"对，尼基，你跑题了。"乔治说。

尼基又抱起双臂，"新来的小子，我先给你说说情况，然后再在棋盘上杀你一个落花流水。他们带我们来这儿，拿我们做测试，给我们打了不知道什么针，然后继续拿我们做测试。有些孩子要进水箱；所有的孩子都得做那个怪异的眼睛测试，它让你难受得简直要昏过去。我们的房间就像我们家里原来的房间，大概是为了——谁知道呢——舒缓我们紧张的情绪。"

"心理适应，"卢克说，"倒也说得通。"

"餐厅的饭菜很好。我们可以从菜单上点菜，尽管选择有限。房间门不上锁，要是睡不着，你可以过去拿点夜宵。他们会放些曲奇、坚果、苹果之类的东西。你也可以去食堂，自动贩卖机收代币，但我一个也没有，因为只有好孩子才能得到代币，而我绝对不是个好孩子。碰到童子军，我对他只有一个想法，那就是把他带尖的小——"

"打住，"卡丽莎厉声道，"别胡扯。"

"收到。"尼克露出他的迷人笑容，视线回到卢克身上，"这儿有许多让你当好孩子拿代币的激励机制。食堂有各种零食和汽水，可选范围那叫一个宽。"

"好家伙玉米花[1]，"乔治憧憬地说，"哦呵呵。"

"还有香烟、果汁酒和烈性玩意儿。"

艾莉丝说："有块牌子上写着'饮酒请节制'，然后你看见十岁小孩按一下按钮，买布恩蓝色夏威夷和迈克烈性柠檬水，你说欢乐不欢乐？"

"你在开玩笑，对吧？"卢克说，但卡丽莎和乔治点点头。

"你会喝到半醉，但不可能醉得不省人事，"尼基说，"没人有足够喝醉的代币。"

"对，"卡丽莎说，"但有些孩子会尽可能保持半醉状态。"

"你是说习惯性酗酒？十岁、十一岁的孩子习惯性酗酒？"卢克依然不敢相信，"这不是真的吧？"

"是真的。有些孩子对他们百依百顺，就为了每天都能喝到酒。我来这儿还不够久，没法做研究，但比你早来的孩子会告诉你。"

"另外，"艾莉丝说，"还有很多孩子养成了良好的烟草消费习惯。"

太荒唐了，但卢克觉得这也符合某种疯狂的逻辑。他想到古罗马讽刺作家尤维纳利斯说过，只要你给人民面包和马戏团，他们就会高高兴兴的，不招惹麻烦。酒精和香烟大概也能起到相同的作用，尤其是对一群被关起来、惊恐忧郁的孩子来说。"烟酒不会影响测试结果吗？"

"我们不知道那些测试到底是干什么的，因此很难回答这个问题。"乔治对他说，"他们似乎只想让你看见光点和听见嗡嗡声。"

"什么光点？什么嗡嗡声？"

"你会知道的，"乔治说，"那倒不算太难受，难受的是在那之前的步骤。我讨厌打针。"

尼基说："三个星期左右。这是大多数孩子会在前半区待的时间。

---

1 玉米花混合花生裹上糖衣做成的零食，具有浓郁的蜜糖风味。

至少小莎是这么认为的，她现在是前半区资格最老的人。然后我们去后半区。去了后半区之后，据说我们会接受盘问，然后关于这个地方的记忆会被抹去。"他松开双臂，对着天空举起双手，十指张开，"再然后，孩子们，我们去天国！洗得干干净净，只是每天要抽一包烟！哈利路亚！"

"他说的是回到父母身边。"艾莉丝平静地说。

"他们会张开双臂迎接我们，"尼基说，"不会有任何疑问，开口就是'欢迎回家，咱们去查克芝士吃个庆祝大餐吧'。艾莉丝，这听上去实际吗？"

当然不。

"但我们的父母还活着，对吧？"卢克不知道其他人听见这个问题会有什么感觉，但他觉得自己的声音异常微弱。

他们没人回答，只是望着他。实际上，这就足够回答问题了。

3

有人敲了敲西格斯比夫人办公室的门。她请来者进入，视线却没有离开电脑显示器。进来的男人和亨德里克斯医生差不多高，但年轻十岁，体形也好得多——宽肩厚背，肌肉发达。他的脑袋剃得光溜，闪着油光。他穿着牛仔裤和蓝色工装衬衫，袖子卷了起来，露出令人赞赏的二头肌。他一侧的臀部上有个枪套，一根短短的金属杆露在外面。

"红宝石小组来了，你想和他们谈谈埃利斯家的行动吗？"

"特雷弗，有什么紧急或者不寻常的地方吗？"

"没有，夫人，没什么，要是我打扰你了，我可以过一会儿再来。"

"没事，等我一分钟就好。常住居民正在给新来的小子介绍情况。你来看，神话和观察结果混在一起，非常有意思。简直是《蝇王》里的场景。"

特雷弗·斯塔克豪斯绕到办公桌前。他看见威尔霍尔姆——一个特别能惹事的小浑球——坐在棋盘的一侧，摆好棋子准备厮杀。新来的孩子坐在棋盘的另一侧。女孩们站在旁边，注意力和平时一样集中在威尔霍尔姆身上——他英俊而阴郁，富有反叛精神，仿佛詹姆斯·迪恩再世。他很快就要滚蛋了，斯塔克豪斯已经等不及让亨德里克斯画掉他的名字了。

"你们觉得这儿一共有多少工作人员？"新来的男孩问。

艾莉丝和卡丽莎（又名水痘小妞）互相看了对方一眼。艾莉丝答道："五十个？我觉得至少有这个数。有医生、技术员、护工……食堂人员……呃……"

"两三个勤杂工，"威尔霍尔姆说，"还有清洁工。现在只有莫琳一个，因为这儿只有我们五个人，但等孩子多了，他们就会增加一两个清洁工。也许是从后半区调过来的，具体情况就不清楚了。"

"这么多人，他们怎么可能保守秘密？"艾莉丝问，"比方说，他们把车停在哪儿？"

"有意思，"斯塔克豪斯说，"似乎没人问过这个问题。"

西格斯比夫人点点头。"这个孩子非常聪明，而且看起来不是书呆子的那种聪明。你别说话。我想听他们讨论。"

"……他们必须待在这里，"卢克说，"能明白这个逻辑吗？就像一段服役期，这意味着这里其实是个政府机构，就像黑监狱，关押恐怖分子并严刑拷打的地方。"

"还有麻袋套头的水疗法，"尼基说，"我没听说他们这么对待过任何一个孩子，但这不等于他们不会这么做。"

"他们有水箱，"艾莉丝说，"那就是他们的水疗法。他们给你戴上帽子，把你浸在水箱里，然后记录数据。不过水箱总比打针强。"她顿了顿，"至少我是这么认为的。"

"他们肯定会成批更换职员。"卢克说。西格斯比夫人觉得他更多是在自言自语。他肯定经常这么做，她心想。"这是唯一行得通的办法。"

斯塔克豪斯点头道："很好的推理能力，真他妈好。他多大？十二岁？"

"特雷弗，读你的报告。"她按下电脑上的按钮，屏幕保护画面出现了：她的双胞胎女儿坐在双人婴儿车里。要过好几年，她们才会有发育成熟的胸部，并学会说脏话，结交坏男人。对朱迪来说，还有染上药瘾。"红宝石做过简报了？"

"我亲自听的。等警察检查完那孩子的电脑，他们会发现他读过几篇孩子杀父母的报道。数量不多，就两三篇。"

"换句话说，标准操作。"

"对，夫人。没破就不用补。"斯塔克豪斯对她微笑，她觉得要是他尽情展现，他的笑容几乎和威尔霍尔姆的笑容一样有魅力，但终究比不上。尼基是块真正的"小妞磁铁"，至少目前是如此。"你想见一见小组，还是只想看报告？丹尼·威廉斯正在写，所以应该挺有可读性的。"

"既然一切顺利，那就只看报告好了。我会让罗莎琳德拿给我的。"

"好的。艾尔沃森怎么样了？最近报告了什么情况吗？"

"你是说威尔霍尔姆和卡丽莎已经开始亲热的事情吗？"西格斯比挑起一侧眉毛，"特雷弗，这和你的安保任务有关系吗？"

"要是他们已经开始亲热了，那我就要叫一声'好'。事实上，我支持他们更进一步，趁他们还有机会，破了处男处女之身——当然了，假如现在还没破的话。不过，艾尔沃森确实偶尔会得到与我的任务有关的情报。例如她和那个叫华盛顿的小子的谈话。"

莫琳·艾尔沃森，看似是个喜欢并同情这些特殊儿童的清洁工，其实她是一名卧底（考虑到她报告上来的都是些鸡毛蒜皮的小事，西格斯比夫人觉得"间谍"这个词太小题大做了）。卡丽莎和其他心感能力者都没有发现这个秘密，因为莫琳极其擅长把她挣外快的想法隐藏在意识深处。

她身上特别有价值的一点是，她巧妙地给孩子们植入了一个念头：研究所内的某些区域（例如食堂南侧的角落，食堂自动贩卖机旁的一小块区域）是音频监控的死角。艾尔沃森在这些地点刺探孩子们的秘密。大多是琐碎的小事，但偶尔也会捡到"金块"。举例来说，华盛顿那小子曾向莫琳承认他在考虑自杀的事情。

"最近没什么，"西格斯比说，"特雷弗，要是她报告了什么我认为对你有价值的内容，我会通知你的。"

"好的，我只是随口一问。"

"我知道。你可以走了，我还有工作要做。"

4

"他妈的这堆烂屎，"尼基说完，坐回长凳上，他终于撩开了遮住眼睛的头发，"我们得赶紧下，吃过午饭我要接受眼睛测试，得一直盯着白墙。埃利斯，给我看看你有什么本事。你先下。"

卢克从来没有这么不想下棋。他还有一千个问题（主要与打针看点有关），但也许现在不是时候。世上毕竟有信息过载这回事。他拿起国王前的卒子走了两格，然后尼基反制。卢克的回应是用主教威胁尼基那一方的主教前的卒子。尼基犹豫了片刻，拿起王后斜向走了四格，大局差不多已定。卢克移动他的王后，等待尼基的下一步——这一步起不了什么作用，然后他拿起王后，放在尼基的国王旁边，易如反掌。

尼基皱眉看着棋盘。"将军了？才四步？开什么玩笑？"

卢克耸耸肩。"这叫四步将杀，只有持白时才能这么下。下次你预见到这一招，要知道防御，最好的办法是王后前的卒子前进两格或国王前的卒子前进一格。"

"要是我这么防御，你还能打败我吗？"

"也许吧。"模棱两可的回答，真正的答案是：那还用说？

"我的天，"尼基在打量棋盘，"太他妈滑头了。谁教你的？"

"我读过几本书。"

尼基抬起头，像是第一次看清了卢克的模样，重复卡丽莎先前的问题。"小子，你到底有多聪明？"

"足够打败你。"艾莉丝说，省得卢克回答。

就在这时，柔和的两音调铃声突然响起：叮咚。

"咱们去吃午饭，"卡丽莎说，"我饿死了。来吧，卢克。谁输谁收拾桌子。"

尼基用手指比作枪指着她，嘴里发出砰砰两声，但面带微笑。卢克起身跟着女孩走。他们来到休息室的门口时，乔治追上卢克，抓住他的胳膊。根据他读过的社会学书籍（还有亲身体验），卢克知道一个群体里的孩子往往会获得某些很容易辨认的身份。假如尼基·威尔霍尔姆是这个群体的反叛者，那么乔治·艾尔斯就是小丑。但此刻乔治的表情像犯了心脏病一样严肃，他压低声音，语速极快。

"尼克很酷，我喜欢他，女孩们为他发狂，你多半也会喜欢他，这没问题，但别拿他当榜样。他不肯接受我们被困在这儿的事实，但事实就是事实，所以你要选择你的战场。比方说看点，你看见了就说看见了，没看见就说没看见。别撒谎，他们知道的。"

尼基追上他们。"乔治小子，你们在聊什么？"

"他想知道婴儿是从哪儿来的，"卢克说，"我叫他去问你。"

"我的天，又他妈一个活宝。鬼地方就需要这种人。"尼基抓住卢克的脖子，假装要掐死他，卢克希望这是一个喜爱甚至是尊重的迹象。"来吧，咱们去吃饭。"

5

他的新朋友们称之为食堂的地方其实是休息室的一部分，就在大电视对面。卢克想仔细看一眼自动贩卖机，但另外几个人走得很快，他没找到机会。但他确实看见了艾莉丝提到的提示牌：饮酒请节制。看来关于供应酒类的事，他们不是在跟他开玩笑。

他心想：这里不是堪萨斯，也不是快乐岛，这是爱丽丝的奇境。有人半夜摸进我的卧室，把我推进了兔子洞吧。

食堂没有布罗德里克学校的食堂那么大，但也差不多了。吃饭的人只有他们五个，因此这地方显得更加宽敞。大多数餐桌是四个座位的，食堂中央有几张比较大的。其中一张上面摆了五套餐具。一个穿着粉色工作服和配套长裤的女人走过来，给他们倒满水。和莫琳一样，她也佩戴着姓名牌，上面印着：诺尔玛。

"我的小鸡们，你们好吗？"她说。

"哦，还在拔毛呢。"乔治喜滋滋地说，"你好吗？"

"挺好的。"诺尔玛说。

"说起来，你身上不会刚好有脱狱卡吧？"

诺尔玛给了他一个"说话当心点"的眼神，推开应该是通往厨房的双开门出去了。

"我费这个劲干什么？"乔治说，"我最好的台词都浪费在这儿了。白白浪费，你给我记住。"

他拿起餐桌中央的一摞菜单分给大家。菜单顶上是今天的日期，底下是前菜（水牛城辣鸡翅或番茄奶油浓汤）、主菜（野牛汉堡或美式炒杂碎）和点心（苹果派伴雪糕或魔法芥末蛋糕），旁边还列着五六种软饮料。

"也可以要牛奶，但他们懒得印在菜单上。"卡丽莎说，"大多数孩子不喜欢喝牛奶，顶多早餐时配燕麦吃。"

"饭菜真的很好吗？"卢克问。这个问题过于普通（就好像他们在一家餐饮全包的桑德尔斯度假村），因此唤起了不真实感和错位感。

"对，"艾莉丝说，"他们有时候会量我们的体重，我长了四磅。"

"喂肥了好挨刀，"尼基说，"就像汉塞尔和格蕾特尔[1]。"

"星期五晚上和星期天中午有自助餐，"卡丽莎说，"随便你吃。"

"就像该死的汉塞尔和格蕾特尔。"尼基重复道。他半转身，抬头看向角落里的摄像头，"回来吧，诺尔玛。我们准备好了。"

诺尔玛立刻回到食堂里，卢克心里的不真实感更重了。不过，等他的辣鸡翅和炒杂碎端上来后，他还是吃得非常开心。在一个怪异的地方，他为自己担忧，为父母的命运惊恐，但他也只有十二岁。

一个还在长身体的男孩。

6

无论他们是谁，他们肯定在监视，因为卢克刚吃完最后一口芥末

---

1 两人为《格林童话》中《糖果屋》故事中的主人公。这对兄妹在后母的逼迫下，被父亲抛弃，在森林中经历了一系列挫折，最后杀死巫婆，回到了家中。

蛋糕，另一个穿着那种粉色工作服的女人就出现在他身旁。她的姓名牌上印着：格拉迪丝。"卢克吗？请跟我来。"

卢克望向另外四个人，卡丽莎和艾莉丝不肯和他对视。尼基望着格拉迪丝，双臂抱在胸口，脸上似笑非笑。"亲爱的，你还是晚点来比较好，比方说圣诞节。我很乐意在槲寄生底下踹你。"

格拉迪丝只当没听见。"卢克？来吧。"

只有乔治看着他的眼睛，卢克在乔治脸上见到的表情，让他想到了他们从操场回来时乔治说的话：选择你的战场。他起身。"咱们回头见，希望吧。"

卡丽莎比着口型对他说：打针看点。

格拉迪丝娇小美丽，但在卢克看来，她也有可能是黑带高手，他要是敢惹麻烦，她就会给他一个过肩摔。就算她不是，他们也在监视，他毫不怀疑她的援军随时会出现。还有一点，那是一个根深蒂固的观念：他从小受到的教育是对长辈要有礼貌，要服从他们的命令。即便在这种环境下，习惯依然难改。

格拉迪丝领着他走过尼基描述过的一排窗户。卢克向外望去，没错，森林里还有一座建筑物。隔着遮天蔽日的树木，他几乎找不到它，但它确实存在——后半区。

离开食堂时他扭头向后看，希望能得到一点安慰——挥手告别，哪怕是卡丽莎的一个微笑。但孩子们没有挥手，也没人微笑。他们看着他的眼神，和他在操场上问他们的父母是不是还活着的时候一样。也许他们不知道那个问题的答案，至少无法肯定，但他们知道此刻他要去什么地方。无论那是什么炼狱，他们都已经体验过了。

7

"哎呀,天气真好,对吧?"格拉迪丝说着,领着他穿过煤渣砖走廊,经过他的房间。走廊向前延伸到另一座侧楼,那里有更多的双开门,更多的房间,最后他们向左转,来到了像是最普通的电梯厅的一片区域。

卢克平时很擅长用聊天调节气氛,此刻他却一言不发。他很确定尼基在这种处境中也会这么做。

"但那些虫子……哟!"她挥手赶走不存在的虫子,哈哈一笑,"你必须涂很多避蚊胺,至少涂到七月。"

"等蜻蜓孵化。"

"对!说得好!"她发出尖细的笑声。

"我们要去哪儿?"

"你会知道的。"她扭了扭眉毛,像是在说不能破坏惊喜。

电梯门开了,两个穿着蓝色衬衫和长裤的男人走了出来。一个人的姓名牌上是乔,另一个是哈达德。两人都拿着平板电脑。

"嘿,二位。"格拉迪丝欢快地说。

"嘿,女孩,"哈达德说,"怎么样?"

"挺好的。"格拉迪丝用鸟叫般的声音说。

"你怎么样,卢克?"乔问,"适应得还好吗?"

卢克没有吭声。

"不理我们?"哈达德咧嘴笑了笑,"现在没问题,以后就难说了。卢克,我告诉你——对我们好一点,我们也会对你好一点。"

"友善换取友善,"乔补充道,"老话有智慧。格拉迪丝,回头见。"

"那是当然,你还欠我一杯呢。"

"悉听尊便。"

两个男人走开了。格拉迪丝带着卢克进了电梯。电梯里没有数字按键。她说："B层。"然后从裤袋里掏出一张卡，在感应器前挥了挥。门关上了。电梯开始下降，不久后就停下了。

"B层，"头顶上传来一个柔和的女性声音，"B层到了。"

格拉迪丝再次挥动卡片，门开了。外面是宽阔的门厅，被天花板上的平板灯照亮。门厅里正在播放柔和的音乐，卢克觉得很像超市里的背景音乐。有不少人在走动，其中几个人用小车推着设备，一个人拎着铁丝篮，里面装的可能是血样。门上标着数字，每个号码前都有字母B。

巨大的组织，尼基说过，是一个复合体。他说得有道理，因为既然有地下B层，合理的推断就是还有C层，甚至D层和E层。你会认为这必然是个政府机构，卢克心想，但他们是如何保守一个如此巨大的秘密的呢？这不是一般的违法行为，这牵涉到绑架儿童。

他们经过一扇开着的门，卢克看见里面似乎是休息室：有桌子和自动贩卖机（但没有"饮酒请节制"的牌子）。三个人坐在一张桌子前，一男两女。他们穿着便服、牛仔裤和系扣衬衫，正在喝咖啡。其中一个金发女人似乎很眼熟。刚开始他不知道这是为什么，但随即想到一个声音在说："没错，悉听尊便。"这是他在这里醒来之前最后的记忆。

"你，"他指着女人说，"就是你。"

女人一言不发，面无表情地望着卢克。格拉迪丝过去关上门的时候，女人还在看他。

"就是她，"卢克说，"我知道是她。"

"再走几步就到了，"格拉迪丝说，"用不了太久，然后你就可以回房间去了。你需要休息，刚开始的几天总是很累人。"

"你没听见我说话吗？来我房间的就是她，她往我脸上喷药。"

格拉迪丝没有回应，还是露出那个微笑。每次格拉迪丝露出这个笑容，卢克就会觉得毛骨悚然。

他们来到标着 B-31 的一扇门前。"乖乖的，你会得到五枚代币。"她说。她从另一个口袋里掏出一把金属圆环，它们看上去像二十五美分的硬币，但正反两面各印着一个三角形。"看见了吗？就是在这儿领到的。"

她用指节敲了敲门。开门的蓝衣男人的姓名牌上标着"托尼"。他金发，高大英俊，但一只眼睛有点斜视。卢克觉得他很像"007"系列电影里的坏蛋，比方说一位温文尔雅的滑雪教练，其实是个刺客。

"哎呀，美女。"他吻了格拉迪丝的脸颊，"这肯定就是卢克了。你好，卢克。"他伸出手。卢克一时间尼基附体，没有和他握手。托尼大笑，仿佛这是个很好玩的笑话。"请进，请进。"

他似乎只邀请了卢克一个人。格拉迪丝轻轻推了卢克的肩膀一把，然后关上了房门。卢克在房间中央见到的东西令人惊恐：它很像一把牙科手术椅，但他没见过牙科手术椅的扶手上有束缚带。

"小伙子，请坐。"托尼说。我不是好孩子，卢克心想，但很接近了。

托尼走到一张台子旁，拉开底下的抽屉，在里面翻找。他在吹口哨，等他重新转过来，手里拿着一个似乎是小型焊枪的东西。看见卢克还站在门口，他似乎吃了一惊。托尼咧嘴一笑，说："我说请坐。"

"你拿那个东西要对我做什么？文身吗？"卢克想到犹太人被送进奥斯威辛或卑尔根－贝尔森集中营时，纳粹会在他们的胳膊上文号码。这个想法当然很荒谬，但……

托尼似乎很吃惊，然后大笑。"天哪，不。我只是在你的耳垂上嵌一个芯片。和打耳洞差不多，很简单的，我们的住客都有这个东西。"

"我不是住客，"卢克向后退，"我是囚犯。你别想在我耳朵上放东西。"

"但我一定要。"托尼说，依然笑容可掬，看上去像个文质彬彬的坏蛋，会在企图用毒镖刺杀詹姆斯·邦德之前，扶着小朋友在缓坡上练习滑雪。"我说，就是稍微夹一下而已。你别弄得咱们两个人都难过。过来坐在椅子上，七秒钟不到就能完事。等你出去后，格拉迪丝会给你一把代币。你若不听话，芯片一样要嵌，但代币就没有了。你想通了没有？"

"我才不会坐到那把椅子上呢。"卢克觉得自己浑身都在颤抖，但声音听上去还很坚强。

托尼叹了口气。他小心翼翼地放下芯片植入工具，走到卢克所在的地方，双手放在臀部。他看上去很严肃，几乎有点悲伤。"你确定？"

"确定。"

然后一个耳光扇得卢克耳朵嗡嗡作响，随后他才意识到托尼的右手已经离开了臀部。卢克踉跄着后退一步，瞪大眼睛，震惊地盯着这个强壮的男人。卢克四五岁的时候，父亲因为他玩火柴打过他的屁股（而且很轻），但他从来没被人扇过耳光。他的脸颊疼得发烫，他无法相信刚才的事居然发生了。

"这比往耳垂里植入东西疼得多，"托尼说，笑容消失了，"要再来一下吗？我很乐意。你们孩子总以为世界围绕着自己转，这真是见了鬼了。"

卢克第一次注意到托尼的下巴上有一小块淤青，左脸上还有个小小的伤口。他想到尼基·威尔霍尔姆脸上新鲜的淤伤。他希望自己也有反抗的勇气，但他并没有。事实上，他不会打架，要是勉强硬上，托尼多半会扇得他满地乱滚。

"愿意坐到椅子上了吗？"

卢克在椅子上坐下。

"你是愿意乖乖的，还是需要束缚带？"

"我会乖乖的。"

他一动不动。托尼没说错，往耳垂里植入东西不如扇耳光那么疼，也许是因为他做好了准备，也许是因为往耳垂里植入东西更像医疗操作，而不是人身袭击。结束后，托尼走到消毒柜前，拿出一个注射器。"第二回合，小伙子。"

"那是什么？"卢克问。

"不关你的事。"

"要打进我的身体，那就是我的事。"

托尼叹息道："要不要束缚带，你自己选。"

他想到乔治说的选择战场。"不要。"

"好老弟。一点刺痛而已，很快就好。"

事实上不只是一点刺痛，不过算不上剧痛。只是比较强烈的刺痛，但依然很痛。卢克觉得他的胳膊一直到手腕都在发烫，像是那部分的身体忽然发烧，随后感觉又恢复正常。

托尼用创可贴封住针孔，然后转动椅子，让卢克面对一面白墙。"闭上眼睛。"

卢克闭上眼睛。

"听见什么了吗？"

"比如？"

"别提问，回答我的问题。你听见了什么？"

"安静，让我听。"

托尼闭上嘴。卢克仔细听。

"有人在外面走廊里走过。有人在笑。应该是格拉迪丝。"

"没别的了？"

"没了。"

"好，你做得不错。现在你数到二十，然后睁开眼睛。"

卢克数到二十，睁开眼睛。

"你看见什么了？"

"墙。"

"没别的了?"

卢克想到托尼肯定在说光点。乔治说过:你看见了就说看见了,没看见就说没看见。别撒谎,他们知道的。

"没别的了。"

"你确定?"

"确定。"

托尼拍了拍他的后背,卢克吓得跳了起来。"好了,小伙子,咱们结束了。我给你个冰袋敷耳朵,祝你过得愉快。"

8

托尼打开 B-31 的房门,请卢克出去,格拉迪丝正在等他。她露出女招待那种欢快的职业性笑容。"卢克,怎么样?"

托尼替他回答:"他挺好的,是个好孩子。"

"正是咱们的特长,"格拉迪丝的声音像是在唱歌,"托尼,祝你过得愉快。"

"你也是,格拉迪丝。"

她领着卢克回到电梯里,喜滋滋地唠叨了一路。他完全不知道她在说什么。他的胳膊有点疼,耳垂也在抽痛,他用冰袋捂着耳朵,那一巴掌比两者都令人痛苦,原因不一而足。

格拉迪丝陪着他穿过工业绿的走廊,经过卡丽莎先前坐在底下的那张海报,又经过印着"只是天堂里的另一天"的海报,最后回到了看似是他的卧室,实际上并不是的那个房间。

“自由活动！”她喊道，像是在颁发什么大奖。此时此刻，独处确实像是某种奖励。“给你打针了，对吧？”

“对。”

“要是你的胳膊开始疼，或者你感觉眩晕，就告诉我或另一名护工，好吗？”

“好。”

他打开门，但就在他进去之前，格拉迪丝抓住他的肩膀，把他转了过去。她依然满脸女招待的笑容，但手指像钢铁似的掐着他的身体，没有用力到会伤害他的地步，但也足以让他知道她有能力伤害他。

“对不起，没有代币，”她说，“我不需要问托尼，你脸上的印子已经说明了一切。”

卢克想说“老子不需要你的狗屁代币”，但他没有开口。他害怕的不是被扇耳光，而是听见自己说话的声音虚弱、颤抖、困惑，就像一个六岁的幼儿，他会在她面前崩溃。

“我给你一点建议，”她说着，笑容陡然消失，“卢克，你必须明白，你来这儿是为国效劳。因此你必须尽快成长起来并认清现实。一些事情会发生在你身上，其中有些不是那么美好。你可以当个好孩子，奖励是代币；你也可以当个坏孩子，结果是什么都没有。但那些事情无论如何都会发生，所以你该怎么选择呢？你很容易就能得出结论。”

卢克没有回答。她脸上又有了那种女招待似的笑容，像是在说：哦，先生，我这就领您去您的餐位。

“夏天结束前你就能回家，就好像这些事情从来没发生过。就算你能记住些什么，感觉也会像是做了一场梦。但现在你并不是在做梦，所以为什么不让自己过得愉快一点呢？”她松开手，轻轻推了他一下，“我觉得你需要休息一会儿。躺下吧。你看见光点了吗？”

“没有。”

“你会看见的。”

她关上门，动作非常轻柔。卢克梦游似的穿过房间，来到不属于他的那张床前。他躺下，把脑袋搁在不是他的枕头的那个枕头上，盯着没有窗户的空白墙壁。依然没有光点——天晓得那到底是什么。他心想：我要妈妈。天哪，我太想念妈妈了。

他崩溃了。他扔下冰袋，用双手捂住眼睛，开始哭泣。他们在监视他吗？在听他啜泣吗？无所谓，他已经不在乎了。直到他进入梦乡时，他依然在哭泣。

9

醒来时他觉得好了一些——清除掉了负面情绪。在吃饭和认识了了不起的新朋友——格拉迪丝和托尼——这段时间里，房间里多了两件东西。书桌上有了一台笔记本电脑，是苹果机，和他家里的一样，但型号比较旧。另一件是放在角落架子上的一台小电视。

他先去打开电脑的电源，听见熟悉的苹果电脑系统的开机音乐，浓浓的想家情绪涌上心头。电脑没有提示让他输入密码，一个蓝色屏幕出现了，提示文字是：在镜头前出示一枚代币以开机。卢克按了几下回车键，知道这么做毫无意义。

"该死的玩意儿。"

尽管这一切都那么恐怖和超现实，他却忽然忍不住捧腹大笑。笑声刺耳而短暂，但发自肺腑。听说有些孩子会为了买酒和烟而奴颜婢膝地乞求代币时，他是不是产生了某种优越感（甚至轻蔑）呢？当然。他是不是还想过他自己绝对不会那么做呢？当然。卢克想到抽烟、喝酒的孩子时（非常罕见，他有更加重要的事情需要考虑），出现在脑海里的是那些哥特废物——听豹乐队[1]，在牛仔外套上画歪到一侧的恶魔长角。那些废物太蠢了，误以为用上瘾这种铁链束缚自己就是什么反叛行为。他无法想象自己会盯着电脑的空白屏幕，像斯金纳箱里的老鼠那样使劲按杠杆，希望能得到一点食物或几粒可卡因，但此刻他就在这么做。

他合上电脑，拿起电视上的遥控器。他以为会再次看见蓝色屏幕，以及说他需要一枚或几枚代币才能看电视的提示文字，但电视开了，斯蒂夫·哈维[2]正在访问大卫·哈塞尔霍夫[3]，讨论霍夫的遗愿清单。霍夫妙语连珠，逗得观众哈哈大笑。

他按下遥控器上的导览按钮，屏幕上出现了和家里电视差不多的"电视导览"菜单，但和这个房间的笔记本电脑一样，区别依然存在。尽管可选的电影和运动节目相当丰富，但没有任何时事或新闻频道。卢克关掉电视，把遥控器放回原处，然后环顾四周。

除了通往走廊的那扇门，房间里还有两扇门。一扇通往衣柜，里面有牛仔裤、T恤（他们没有浪费精力去复制他家里的衣服，也算某种解脱吧）、几件系扣衬衫、两双运动鞋和一双拖鞋。这里没有硬皮鞋。

另一扇门通往一尘不染的小卫生间。洗漱台上有两把没有拆封的牙刷，旁边是一管没用过的佳洁士。药柜里的东西很齐全，有漱口水、一瓶儿童泰诺（里面只有四粒）、除臭剂、滚珠避蚊胺、创可贴和另外几样东西，有一些比另外一些更实用。唯一有点危险的东西是指甲钳。

他关上药柜，望着镜子里的自己。他的头发乱糟糟的，眼睛底下有两个黑眼圈（罗尔夫会说那是熊猫眼）。他看上去更老也更小了，这

---

1 来自美国得克萨斯州的重金属乐队。
2 美国喜剧演员，主持过《斯蒂夫·哈维早间秀》等节目。
3 德裔美国演员，外号"霍夫"，主演过《霹雳游侠》等电影。

种感觉很怪异。他打量着还在疼的耳垂，看见有点发红的耳垂上被植入了一枚金属圆环。毫无疑问，B层（或C层、D层）有一名电脑技术员能追踪到他每时每刻的行踪，这会儿也许正在看着他。卢卡斯·戴维·埃利斯，本来要去麻省理工学院和爱默生学院念书的神童，此刻变成了电脑屏幕上一个闪烁的小点。

卢克回到他的房间（他对自己说，这是那个房间，不是我的房间），环顾四周，发现了一个令人沮丧的细节：没有书，连一本书都没有。这和没有电脑一样糟糕，甚至更糟糕。他走向五斗橱，挨个拉开抽屉，希望至少能找到一本《圣经》或《摩门经》，就像旅馆客房里那样，但他只看见了叠得整整齐齐的内衣和袜子。

还能看什么？斯蒂夫·哈维访问大卫·哈塞尔霍夫？《美国家庭滑稽录像》[1]的重播？

不，没门。

他走出房间，心想也许能见到卡丽莎或其他孩子。但他首先见到的是莫琳·艾尔沃森，她正拖着洗衣篮慢慢地穿过走廊。洗衣篮里堆满了叠好的床单和毛巾。她看上去比之前更加疲惫，听上去气喘吁吁的。

"你好，艾尔沃森女士。要我帮你推一把吗？"

"那就太谢谢你了。"她微笑道，"要来五个新人，今晚两个，明天三个，我必须准备好房间。他们去那边了。"她指着与休息室和操场相反的方向。

他慢慢地推着洗衣篮向前走，因为她走得很慢。"你大概不知道我需要怎么做才能挣到代币吧，艾尔沃森女士？我需要一枚代币才能打开房间里的电脑。"

"你会铺床吗？我可以在一旁教你。"

---

1 一档美国综艺节目，一九九〇年开播。

"当然。我在家就是自己铺床的。"

"会叠医院床单角吗?"

"呃……不会。"

"没关系,我叠给你看。帮我铺五张床,我给你三枚代币。我口袋里只有这么多,我手头也很紧。"

"三枚就非常好了。"

"那好,但你别叫我艾尔沃森女士了,叫我莫琳,或者莫姐。和其他孩子一样。"

"没问题。"卢克说。

他们经过电梯间,走进另一段走廊。走廊里依然贴着加油海报。他还看见了一台制冰机,就像汽车旅馆走廊里的那种,而且似乎不需要代币。他们经过制冰机时,莫琳按住卢克的胳膊。他停下脚步,好奇地看着她。

她开口说话,声音只比耳语响一丁点。"我注意到你被植入芯片了,但你没得到代币。"

"呃……"

"你可以随便说话,只要压低声音就行。前半区有五六个地方是死角,他们的麦克风没有覆盖这些地点,我都知道,这台制冰机旁边是其中之一。"

"好的……"

"是谁给你植入的,托尼吗?是他在你脸上留下印子的?"

卢克的眼睛开始发酸,无论是否安全,他都不相信自己现在能正常说话。他只是点点头。

"他是最恶毒的几个人之一,"莫琳说,"还有齐克和格拉迪丝,尽管她总是笑嘻嘻的。这儿喜欢欺负小孩的工作人员大有人在,但这三个是最坏的。"

"托尼扇了我耳光,"卢克悄声说,"打得很重。"

她揉了揉他的头发。这是女人会对婴儿和幼儿做的事情，但卢克不介意。这是个善意的动作，此时此刻友善意味着一切。

"他怎么说你就怎么做。"莫琳说，"别顶撞他，这是我的建议。这儿有些人，你可以和他们争辩。你甚至可以和西格斯比夫人争辩，这也许反而对你有好处，但托尼和齐克就像两只大黄蜂，还有格拉迪丝。他们会蜇人。"

她沿着走廊继续向前走，但卢克抓住她棕色制服的袖管，把她拉回安全区里。"我认为尼基揍了托尼，"他悄声说，"他有一道伤口，还有个乌眼青。"

莫琳微笑，露出早就该去看牙医的牙齿。"算尼克厉害，"她说，"托尼多半加倍报复了，但……还是很厉害。来吧。有你帮我，咱们分分钟就能整理好房间。"

他们去的第一个房间里贴着海报，一张是《淘气小兵兵》里的汤米·皮克尔斯，另一张是《降世神通》里的祖寇，衣橱上放着一个连队的《特种部队》手办。卢克立刻认出了其中几个角色，很久之前他也经历过迷恋《特种部队》的阶段。墙纸的图案是快乐的小丑拿着气球。

"妈的，"卢克说，"这是个小孩的房间。"

她好笑地看了卢克一眼，像是在说你好像也不是玛土撒拉[1]。"没错。他叫埃弗里·狄克逊，给我的表格上说他才十岁。咱们干活吧，我打赌我演示一次，你就能学会怎么叠医院床单角。你看着像个学得很快的孩子。"

---

1 据《圣经》记载，他是人类史上最长寿的人，活了969年。

回到房间里，卢克拿着一枚代币在电脑的摄像头前晃了晃。他觉得这么做傻乎乎的，但电脑立刻登录了，初始界面是个蓝色的屏幕，上面有一行文字：唐娜，欢迎回来！卢克皱起眉头，然后笑了。在他来到这儿之前的某个时候，这台电脑曾经属于（或者更确切地说借给过）一个叫唐娜的人。开机屏幕一直没被换掉。显然有人出了纰漏。尽管只是个小差错，但存在一个就有可能存在更多。

欢迎文字消失后，随即出现的是一张标准的桌面壁纸：黎明的天空和空无一人的沙滩。屏幕底部的任务栏和他家里电脑上的差不多，只有一个明显（但并不让人吃惊）的区别：没象征电子邮件的邮票图标，但有两个代表接入互联网的图标。这让他有点吃惊，更像是惊喜。他点击火狐浏览器，输入"美国在线"的网址。蓝色屏幕再次出现，这次正中央出现了一个脉动着的红色圆圈。柔和的电脑合成声音说："对不起，戴夫，很抱歉，我做不到。"

卢克有一瞬间以为这又是个纰漏——先前是唐娜，现在是戴夫，但随即意识到那是《2001漫游太空》里哈尔9000的声音。那并不是出错，只是个极客玩笑，放在这个环境下，则一点都不好笑。

他打开谷歌，搜索"赫伯特·埃利斯"，哈尔的声音再次出现。卢克想了想，然后搜索"亨内平大道的奥芬剧院"，倒不是他打算去那儿看演出（至少在可预见的未来没法去）。他想知道自己能访问什么样的信息。肯定有允许他看的东西，否则为什么要给他联网呢？

奥夫（这是他父母对剧院的称呼）似乎是异能研究所允许"访问"的站点之一。他得知《汉密尔顿》即将回归（"响应大众的呼声！"），帕顿·奥斯瓦尔特下个月来演出（"会让你笑破肚皮！"）。他尝试搜索布罗德里克学校，打开他们的网站，没问题。他搜索格里尔先生，他的辅导顾问，又出现了哈尔的声音。他开始明白戴夫·鲍曼博士在电影里感受的苦恼了。

他想关机，转念一想，在搜索栏里输入"缅因州警察局"。他的手指悬在回车键上，都快按下去了，但又拿开了。哈尔会对他做毫无意义的道歉，但卢克怀疑事情不会那么简单，楼下某处很可能会响起警报。不是很可能，而是必定。他们也许会忘记改电脑开机屏上的名字，但不会忘记设置警报系统，防止研究所内的孩子尝试联系警察。肯定还会有惩罚，多半比扇耳光更可怕，曾经属于唐娜的这台电脑其实毫无用处。

卢克坐下，在单薄的胸前抱起双臂。他想到莫琳，想到她揉他头发时友好的态度。只是一个几乎漫不经心的善意举动，但它（还有代币）抵消了托尼那一耳光的部分恶意。卡丽莎是不是说过这个女人负债四万美元？不，比八万还多。

也许是因为莫琳的友善打动了他，也许是为了消磨时间，卢克开始搜索"我债务缠身求帮忙"。电脑立刻给他列出各种相关信息，有好几家公司声称能轻而易举地清偿那些烦人的账单，走投无路的债务人只需要打个电话就行。卢克觉得这不可能是真的，但他猜想有些人肯定会相信，那些人会落到这步田地也正因如此。

但莫琳·艾尔沃森不是那种人，至少卡丽莎是这么说的。她说莫琳的丈夫欠了一屁股债后跑路了。这也许是真的，也许不是，但无论如何，莫琳的难题都肯定有办法得到解决。办法永远存在，学习知识的目的正是找到解决问题的办法，也许电脑并非毫无用处。

卢克点开看上去最可靠的信息源，很快就沉浸在了债务和债务清偿的信息海洋之中。熟悉的求知欲控制了他，他想学习新东西，抽出和理解核心问题。和平时一样，一条信息引出另外三条（或者六条、十二条）信息，前后连贯的概貌逐渐浮现，就像某种地形图。最有意思的概念——其他知识点都依附这样的关键要素而存在——很简单，但令人惊愕（至少对卢克来说）。债务是一种商品，它能被买卖，到了一定的阶段，它不光成了美国经济的中心，还成了世界经济的中心。但它不是真实的商品。它不像汽油、黄金或钻石那样有具体形状，而仅仅是个想法、一个偿还的承诺。

电脑的即时通信软件响了，他甩甩头，像个刚从白日梦中醒来的孩子。电脑上的时钟提示快五点了。他点击屏幕底部的气球图标，看见文字：

西格斯比夫人：你好，卢克，我是这里的负责人，我想见你。

他想了想，然后输入文字。

卢克：我有选择吗？

回复来得很快。

西格斯比夫人：没有。

"那就收起你的微笑，塞进你的——"

有人敲门。他走过去，以为会见到格拉迪丝，但这次是哈达德，先前在电梯里见过的两个男人之一。

"大兄弟，想出去走走吗？"

卢克叹了一口气。"等我一会儿，我去穿运动鞋。"

"没问题。"

哈达德领着他走过电梯间，来到一扇门前，用钥匙卡开门。他们又走了一小段距离，来到行政楼，边走边挥手驱赶虫子。

11

西格斯比夫人让卢克想起他父亲最年长的姐姐罗达。和罗达一样，这个女人瘦得皮包骨头，胸部和臀部几乎看不出形状。但罗达姑姑的嘴角有笑纹，眼睛永远温暖，还喜欢拥抱别人。卢克看着这个站在办公桌旁的女人——她身穿暗紫色的套装，搭配着高跟鞋，觉得她不可能会拥抱自己。她也许会露出笑容，但假得就像面值三美元的钞票。西格斯比夫人的眼中只有谨慎的审视的神色，其他什么都没有。

"谢谢，哈达德，剩下的就交给我了。"

这名勤杂工——卢克估计这就是哈达德的身份——尊敬地点点头，离开了办公室。

"先从显而易见的开始说，"她说，"这儿只有你和我。新人来报到后，我会和每个人单独待十分钟左右。其中有些人出于困惑和愤怒会试图攻击我。我不会对他们怀恨在心。老天在上，我有什么理由去这么做呢？我们年龄最大的学员只有十六岁，平均年龄十一岁六个月。换句话说，只是儿童，而儿童表现最好的时候也很难控制住冲动。我将这种攻击性行为视为教育机会……我会给他们上一课。卢克，我需要给你上一课吗？"

"不需要。"卢克说。他不知道企图对这个瘦小女人动手的孩子里有没有尼基，回头可以问问他。

"很好，那就请坐吧。"

卢克坐进办公桌前的椅子，身体向前倾斜，两膝死死夹住扣在一起的双手。西格斯比夫人在他对面坐下，眼神属于不会容忍任何胡闹，而且会对胡闹者施以严厉惩罚的那种女校长。卢克从没遇到过毫无慈悲心的成年人，但他觉得此刻面前就坐着一个。这个想法非常可怕，他的第一个念头是斥之为荒谬。他按下这个念头，最好还是相信自己一直活在保护层里，相信她就是自己想象中的那种人（这样比较安全），除非她能证明她不是，那就到时候再说。他的处境相当不妙，这一点毫无疑问。自欺欺人是他可能会犯的最严重的错误。

"你交了几个朋友，卢克。很好，这是个很好的开头。你待在前半区的这段时间里还会认识其他孩子。其中两个刚刚到，一个是男孩，名叫埃弗里·狄克逊；另一个是女孩，名叫海伦·西姆斯。他们正在睡觉，但你很快就会见到他们，海伦也许会在十点以前醒来。埃弗里也许会一觉睡到天亮。他还很小，醒来时情绪会非常激动。我希望你能安慰他，我确定卡丽莎、艾莉丝和乔治肯定会的。也许尼克也会，尽管没人能够预测尼克的反应。我想也包括尼克本人。帮助埃弗里适应新环境会为你挣到代币，你已经知道这是异能研究所的主要交易媒介了。怎么做完全取决于你，但我们会监视你的。"

我知道你们会的，卢克心想，还有监听，除了在那几个盲区——假如莫琳说的是真话。

"你的朋友们已经向你灌输了相当数量的信息，有些很准确，有些极其不准确。我现在要说的内容完全准确，所以你一定要听仔细了。"她倾身向前，双手平放在桌上，盯着卢克的双眼，"你的耳朵在听了吗，卢克？因为我不喜欢——俗话怎么说的来着？——我不会嚼两遍白菜。"

"嗯。"

"嗯什么？"她厉声喝道，但面容依然平静。

"耳朵听着，注意力集中了。"

"很好。你会在前半区待一段时间。也许十天，也许两个星期，也许会长达一个月，但很少有新兵会待那么久。"

"新兵？你的意思是说我被征士兵了？"

她微微点头说："我就是这个意思。有一场战争正在进行，你被招来为国效力。"

"为什么？因为我偶尔不用手碰就能移动水杯或书？这太愚——"

"给我闭嘴！"

这声怒喝和托尼的耳光一样震慑人心，卢克闭上了嘴巴。

"我说话的时候，你只能听着，你不能打断我。明白了吗？"

卢克不敢听自己的声音，于是点点头。

"这不是军备竞赛，而是意念竞赛，要是我们输了，结果会异常惨烈，超乎你的想象。你确实只有十二岁，但在这场不宣而战的战争中，你是一名士兵，卡丽莎和其他人也是一样。你喜欢吗？当然不喜欢。被强征的士兵不可能喜欢，有时候我们必须教他们明白，不服从命令会引发某些后果。我相信你在这方面已经得到了教训。你若和你的档案中说的一样聪明，大概就不需要再上第二课了。但万一你不听话，就会再体验一次。这里不是你的家，也不是你的学校。后果不会仅仅是做家务、去校长室听训或留堂，你会受到惩罚的。明白了吗？"

"明白了。"乖孩子得到代币，坏孩子吃耳光或者受到更严厉的惩罚。这种思路令人不寒而栗，但也很简单。

"你会接受一系列注射和测试，生理和心理状态会受到监控。你最终会从这儿毕业，前往我们所谓后半区，然后执行某些特定的任务。在后半区你最多会待六个月，但平均服役期仅仅是六个星期。最后你会被抹除记忆，回家和父母团聚。"

"他们还活着？我父母还活着？"

她哈哈一笑，笑声欢快得令人惊讶。"他们当然还活着。卢克，我们不是杀人狂。"

"那我想和他们说句话。让我和他们聊一聊，你要我做什么我都愿意。"他还没意识到这个承诺有多么草率，话就已经脱口而出。

"不行，卢克。你还没有完全明白我的意思。"她坐了起来，双手再次平放在桌上，"我不是在和你商量，你无论如何都必须做我们要你做的一切事情。相信我，这样会让你少吃很多苦头。你在异能研究所逗留期间，不得与外界联系，包括你的父母。你必须服从所有命令并遵守所有规章制度，除了极少数的例外情况，这些命令不会很麻烦，规章制度也不会很烦琐。时间会过得很快，离开我们之后，你会在自己的卧室里醒来，迎接一个美好的早晨，这些事情就像从未发生过。

唯一可惜的是，至少我是这么认为的，你甚至不知道自己曾经光荣地为国效力。"

"我不明白，这怎么可能做到？"卢克说。他更多是在自言自语，而不是对她说话。每当有某些事物吸引了他全部的注意力——物理学难题、马奈的油画、长期和短期债务的含义，他就会变成这样。"认识我的人那么多。学校……我父母的同事……我的朋友……你们不可能抹掉关于所有人的记忆。"

她没有大笑，但微微笑了笑。"假如你了解我们的能耐，一定会大吃一惊。我们谈完了。"她站起身，从办公桌后走出来，向他伸出手，"很高兴认识你。"

卢克也站起身，但没有和她握手。

"卢克，和我握手。"

半个他想这么做，因为习惯难改，但另外半个他压住了胳膊没有动。

"和我握手，否则你会后悔的。我不会再说一遍了。"

卢克明白她是认真的，于是和她握了手。她握住他的手，尽管她没有使劲，但卢克看得出她的手劲很大。她盯着卢克的眼睛，"咱们也许还会在其他地方见面，但希望这是你最后一次来我的办公室。下次你被叫到这儿来，气氛可就没这么融洽了。明白吗？"

"明白。"

"很好。我知道现在对你来说是个黑暗时刻，但只要你乖乖听话，就会回到太阳底下去，相信我。你可以走了。"

卢克离开她的办公室，再次觉得自己像在做梦，或是掉进兔子洞的爱丽丝。哈达德一边在和西格斯比的秘书（或助理，或其他什么职务）聊天，一边等着卢克。"我带你回你的房间。跟紧我，别往树林里跑。"

他们走到室外，开始走向宿舍楼，卢克忽然停下脚步，一阵眩晕突然袭来。"等一等，"他说，"别走了。"

卢克弯下腰，双手抓住膝盖。五颜六色的光线在他眼前舞动了好一会儿。

"你要昏过去了？"哈达德说，"你觉得怎么样？"

"不，"卢克说，"让我缓一会儿。"

"没问题。你打过针，对吧？"

"对。"

哈达德点点头。"有些孩子会这样，延迟反应。"

卢克以为哈达德会问自己有没有看见色斑或光点，但他只是耐心等候，从牙齿缝里吹口哨，挥手驱赶蜂拥而来的虫子。

卢克想到西格斯比夫人冷冰冰的灰色眼睛，想到她拒绝说明这么一个地方怎么可能会存在，除非通过某种——准确的说法是什么来着？——极端手段。就好像她在挑战他，让他自己去琢磨。

只要你乖乖听话，就会回到太阳底下去，相信我。

他只有十二岁，他知道他对世界的认知很有限，但有一点他非常确定：假如有人对你说"相信我"，那他们通常是在骗你。

"感觉好点了？能走了吗，我的孩子？"

"能。"卢克直起腰，"但我不是你的孩子。"

哈达德咧开嘴，一颗金牙闪闪发亮。"现在你是了。卢克，你是异能研究所的孩子。你最好放松一下，开始习惯起来。"

12

他们回到宿舍楼里后，哈达德等来电梯，说了声"回头见，小鳄鱼"，然后走进电梯。卢克走向他的房间时，看见尼基·威尔霍尔姆坐在制冰机对面的地上，正在吃一个花生奶油蛋糕杯。他头顶上的海报是两只卡通花栗鼠，笑嘻嘻的嘴里吐出台词气泡。左边的一只说：过你爱过的生活！右边的一只说：爱你在过的生活！卢克看着这张海报，觉得无话可说。

"聪明小子，这张海报贴在这种地方应该叫什么？"尼基问，"反讽、挖苦，还是放屁？"

"三者都对。"卢克说着，在他旁边坐下。

尼基把里斯蛋糕的包装袋递给他。"还剩一个，要吃吗？"

卢克接过去，说了声"谢谢"，剥掉包在外面的皱纹纸，三口就吃掉了花生奶油蛋糕杯。

尼基看着他，觉得很好玩。"你打了第一针，对吧？这会让你渴望糖分。晚饭你大概吃不了多少，但你会拼命吃甜点的，我保证。你看见光点了吗？"

"没。"卢克想起弯腰撑住膝盖，等着眩晕过去时的情形，"难说。是什么样的？"

"技术员称之为斯塔西光，这是准备工作的一部分。我只打过几针，没做什么奇怪的测试，因为我是心动显性。乔治也一样，而小莎是心感显性。你的水平越普通，打的针就越多。"他想了想，又说，"不过，咱们不可能是普通人，否则就不会来这儿了，你明白我的意思吧。"

"他们试图提升我们的能力？"

尼基耸耸肩。

"他们想让我们准备好去干什么？"

"后半区在搞的名堂呗。你和贱人女王谈得怎么样？她有没有发表为国效力的演讲？"

"她说我被征为新兵了。我觉得更像是拉壮丁。十七、十八世纪那会儿，船长需要人手在——"

"卢克，我知道'拉壮丁'是什么意思。我上过学，真的。对，你没说错。"他站起身，"走，咱们去操场。再教教我怎么下象棋。"

"我想回去躺着。"卢克说。

"你的脸色有点苍白。但糖分确实有用，对吧？承认吧。"

"有用，"卢克赞同道，"你做了什么好事换到了代币？"

"什么都没做。莫琳下班前塞给我一枚。卡丽莎没看错她。"尼基勉强承认道，"假如这座狗屎宫殿里还有一个好人，那大概就是她了。"

两人走到卢克的门口。尼基举起一个拳头，卢克和他碰了碰拳。

"等叮咚铃响时再见了，聪明小子。你给我打起精神来。"

莫琳和埃弗里

1

卢克打了个瞌睡，做了一个梦，梦境中充满了令人不快的迷离片段，直到他被晚餐铃声唤醒。他听见铃声觉得很高兴，但尼基错了——他想吃东西。他不但渴望食物，也渴望同伴。尽管如此，他还是去食堂转了一圈，确认其他人没有唬他。确实没有，零食贩卖机旁是货品充足的古董香烟贩卖机，顶上的灯箱上画的是一男一女，他们身穿时髦的衣服，在阳台上抽烟说笑。香烟贩卖机旁边是投币的成人饮料贩卖机，专门供应小瓶装的烈酒，那种酒被布罗德里克学校里有些爱喝酒的孩子称为"飞机小酒"。八枚代币可以买一包烟，五枚代币可以买一小瓶勒鲁黑莓酒。至于房间另一侧是一台鲜红色的可乐贩卖机。

突然有两只手从背后抱住他，把他举到半空中。卢克惊叫，然后尼基在他耳畔大笑。

"你要是尿了裤子，就必须抓住机会跳舞去法国！"

"放我下来！"

尼基抱着他前后晃动。"我的小卢克哟！左一步，右一步，向前再一步！"

尼基放下卢克，把他转过来，举起双手，跟着头顶扬声器里传来的背景音乐跳起了布加路舞。卡丽莎和艾莉丝在他背后看着他，满脸"男孩永远是这副德行"的嫌弃表情。"想打架吗，卢克？左一步，右一步，向前再一步的卢克？"

"把你的鼻子塞进我的屁眼里去找空气吧。"卢克说着忍不住笑了。他心想，无论情绪好坏，尼基总是这么生气勃勃。

"说得好。"乔治说，从两个女孩中间挤过来，"我记下来了，以后用得上。"

"记得感谢我就行。"卢克说。

尼基停下跳舞，"我饿死了，卢克。走，咱们去吃饭。"

卢克掀开可乐贩卖机的盖子。"软饮料免费，我要喝。但烈酒、香烟和零食要收代币。"

"你没看错。"卡丽莎说。

"但，呃……"他指着零食贩卖机说，"那是……"大多数零食只需要一枚代币，但他指的那个东西要六个。

"你想问'嘿小子布朗尼'[1]是不是你想象中的那东西？"艾莉丝问，"我自己没吃过，但我确定就是。"

"没错。"乔治说，"我试过，但会起皮疹。我对它过敏。走吧，咱们去吃饭。"

他们在同一张桌子前落座，谢里替换了诺尔玛。卢克点了炸蘑菇、碎肉排配沙拉和写作"香草奶油布鲁蕾"的某种甜点。在这个险恶奇境里肯定有很多聪明人（西格斯比夫人看上去绝对不笨），但制作菜单的人绝对不是其中之一。或者是因为他自己在智力这方面太势利了？

卢克心想，我才不在乎呢。

他们聊起正常人生被突然打断前的校园生活——在卢克看来，都是普通学校，不是给聪明孩子准备的特殊学校，还有各自最喜欢的电视节目和电影。这一切都挺好，直到艾莉丝抬起手，擦拭她长着雀斑的脸蛋，卢克忽然意识到她在哭。眼泪不多，只有几滴，但没错，肯定是眼泪。

---

1 大麻甜点。

"今天没打针，但他们测了我该死的屁眼温度。"她说。她看见卢克困惑的表情，微微一笑，结果又有一滴眼泪落了下来，"他们从肛门测体温。"

其他人跟着点头。"不知道为什么，"乔治说，"总之很屈辱。"

"像十九世纪那么原始，"卡丽莎说，"肯定有什么理由，但……"她耸耸肩。

"谁想喝咖啡？"尼克问，"我去拿，谁——"

"喂！"

声音从门口传来。他们扭头望去，看见一个女孩，她身穿牛仔裤和无袖背心。她的刺猬头短发一半染成了绿色，另一半染成了蓝紫色。尽管一副朋克打扮，但怎么看她都像童话故事里那种在森林里迷路的孩子。卢克估计女孩和他年龄相仿。

"我在哪儿？你们有谁知道这是什么地方吗？"

"你过来，小阳光。"尼基说，露出他炫目的笑容，"拖一块石头过来坐下，来品尝我们的美食。"

"我不饿，"新来的女孩说，"我就想知道一件事。我要巴结谁才能从这儿出去？"

他们就这么认识了海伦·西姆斯。

2

吃过饭后，他们来到外面的操场上（卢克没有忘记涂避蚊胺），向海伦说明了情况。原来她是一名心动能力者，和乔治还有尼基一样，也是显性。尼基摆棋盘的时候，她屡次弄倒了棋子便证明了这个事实。

"不但是显性，还是很强的显性，"乔治说，"让我试试看。"他好不容易才弄倒一枚卒子，然后让黑方的国王稍微晃了晃，但仅限于此了。他坐回去，鼓起腮帮子说："好吧，海伦，你赢了。"

"我看咱们都是失败者，"她说，"我就是这么想的。"

卢克问她是否担心父母。

"不是特别担心，我父亲是酒鬼。我六岁时我母亲和他离了婚，然后嫁给了——惊喜吧！——另一个酒鬼。她大概觉得既然无法打败敌人，那就干脆投降好了，因为她现在也是酒鬼了。不过，我很想我的弟弟，他应该没事吧？"

"当然。"艾莉丝说，但语气欠缺说服力，说完她就去玩蹦床了。刚吃过饭就跳蹦床，换了卢克会觉得难受，但艾莉丝没吃多少东西。

"我没理解错吧？"海伦说，"你们也不清楚我们为什么来这儿，只知道或许和我们的精神能力有关系，尽管那点本事连《美国达人》初选都过不了。"

"《小达人》都上不了。"乔治说。

"他们拿我们做测试，直到我们能看见光点，但你们不知道这么做是为了什么。"

"对。"卡丽莎说。

"然后他们送我们去另一个地方——后半区，但你们不知道去了以后会发生什么。"

"对。"尼基说，"你会下象棋吗？还是只会弄倒棋子？"

海伦没理他。"等他们用完了我们，会像科幻片中那样抹掉我们的记忆，然后我们开开心心地过小日子。"

"说是这么说的。"卢克答道。

海伦想了想，然后说："听着像地狱。"

"唉，"卡丽莎说，"所以上帝才会给我们果汁酒和'嘿小子布朗尼'。"

卢克受够了。他快要哭出来了，他能感觉到眼泪就像暴风雨一样步步逼近。当众哭泣对艾莉丝来说也许没什么，她毕竟是女孩，但他总觉得男孩应该有个男孩的样子（这种想法当然早已过时，然而依然有效）。换句话说，就像尼基那样。

他回到自己的房间，关门躺下，用一条胳膊挡住眼睛。不知为何，他想到了里奇·罗凯特身穿银色太空服，像尼基·威尔霍尔姆在吃饭前那样欢快地跳舞，然后一群小孩跟着他蹦跶，发疯似的大笑，跟着唱《曼波五号》。就好像一切都不可能出错，他们的生活能永远充满天真和快乐。

眼泪涌了出来，因为他既害怕又愤怒，但更重要的是，他想家了。在今天之前，他一直不明白这个词是什么意思。这不是夏令营，也不是野外徒步。这是一场噩梦，他只希望噩梦能尽快结束。他想醒来，但他无法醒来，因此只能坠入梦乡，单薄的胸腔还随着最后几次抽泣而猛烈抽动。

3

还是噩梦。

卢克突然惊醒，噩梦中有一条无头黑狗在维尔德斯穆特公路上追他。有一个美好的瞬间，他以为这整件事只是一场梦，他回到了他自己真正的卧室里。但他看见了不是自己的睡裤的那条睡裤，看见了应该有窗户但没有窗户的那面墙。他上了厕所，不想继续睡觉了，于是打开了电脑。他以为自己还要用代币才能进入系统，但这次并不需要。也许二十四小时算一个周期，甚至（要是他运气好）是四十八小时。屏幕顶端的状态栏显示，现在是凌晨三点一刻。离天亮还有好一会儿呢。昨天他先小睡过一会儿，然后又早早上了床，不想睡觉也没什么奇怪的。

他想上"油管"看老动画片，例如，每次都能逗得他和罗尔夫满地打滚的《大力水手》，他们会跟着嚷嚷"我的菠菜呢？"和"哎呀呀！"，但他觉得那样只会唤起想家的情绪，然后他会再次失控。所以他还能干什么呢？上床，一直躺到天亮？在空荡荡的走廊里溜达？去操场上玩？去倒是没问题，他想到卡丽莎说过操场从不锁门，但半夜三更去操场玩也未免太吓人了。

"白痴，你为什么不思考一下？"

他压低嗓门说，但他还是被这个声音吓了一跳，甚至抬起胳膊想捂住嘴。他起身在房间里四处走动，光脚啪嗒啪嗒地拍着地板，睡衣的下摆在背后飘飞。这真是个好问题。你为什么不思考一下？这不是你最擅长的事情吗？卢卡斯·埃利斯，聪明小子，少年天才，喜欢《大力水手》，喜欢《使命召唤》，喜欢在后院练投篮，也能够熟练阅读法语文本。不过，他看网飞的法国电影时还需要开字幕，因为法国人语速太快，说的俗语怪得出奇，比如"喝酒像个黑洞"[1]。为什么会说"喝酒像个黑洞"，喝酒像条鱼不是更说得通吗？他能写满一黑板的数学公式，元素周期表能从头背到尾，能说出自乔治·华盛顿而下的每一任副总统的名字，他能解释清楚为什么在电影之外绝对不可能达到光速。

所以，你为什么要坐在这儿自怨自艾呢？

还有什么是我能做到的？

卢克决定把它当作真正的问题去思考，而不只是表达失望。逃跑大概是不可能了，但学习呢？

他用谷歌搜索"纽约时报"，不出所料，哈尔9000的声音出现了——异能研究所里的孩子不被允许接触新闻。问题在于，他能不能

---

1 原文为法文"boire comme un trou"，意为"喝得烂醉"。

找到办法绕过禁令？存在后门吗？也许吧。

试试看呗，他心想。他打开火狐，输入"#! 格里芬的斗篷 #"。

格里芬[1]是威尔斯笔下的隐身人，这个网站（这是卢克一年前发现的）能帮你绕过家长监护——不是暗网，算是暗网的邻居。卢克用过它，不是因为他想在布罗德里克学校的电脑上访问色情网站（虽说他和罗尔夫做过几次）或观看"伊斯兰国"的斩首视频，仅仅是因为这个点子既酷又简单，他想知道是不是真的行得通。在家里和学校里都可以，那在这儿呢？想知道答案就只有一个办法，于是他按下了回车键。

异能研究所的无线网络延迟了一会儿——网速很慢，就在卢克以为此路不通的时候，格里芬网站打开了。页面顶端是威尔斯的隐身人——绷带缠着脑袋，护目镜遮住眼睛。底下是个问题，也是一份邀请：你希望网页被翻译成哪种语言？清单很长，从亚述语到祖鲁语都有。这个网站的美妙之处在于其实你选什么语言都一样，重要的是会留下什么样的访问记录。曾几何时，谷歌有一条暗道能绕过家长监护，但山景城的大佬们已经封闭了那条路，于是"格里芬的斗篷"应运而生。

卢克随便选了德语，随即出现"请输入密码"的提示。卢克运用他的父亲觉得诡异的记忆力，输入了"#x49ger194GbL4"。电脑又空转了一会儿，然后提示密码验证已通过。

他又输入"纽约时报"，按下回车键。这次电脑空转的时间更久了，不过最后还是调出了《纽约时报》的网站，是今天的最新一期，而且是英语。但从现在开始，电脑的浏览记录只会留下一系列德语单词及其英语翻译。这或许是个小小的胜利，也或许是个大大的胜利，但此刻卢克并不在乎，总之，这是他的胜利，这就足够了。

监狱的看管者要过多久才会意识到他在干什么？假如他们能实时窥屏，那么伪造电脑的浏览记录就毫无意义了。他们看见《纽约时报》

---

1 英国作家 H. G. 威尔斯的科幻作品《隐身人》中的主人公。

就会切断他的网络。《纽约时报》的头条究竟是特朗普还是朝鲜对他来说毫无意义，他必须在断网前上一下《明星论坛报》，看有没有他父母的消息。然而他还没来得及动手，就听见走廊里响起了尖叫声。

"救命！救命！救命！谁来帮帮我！谁来帮帮我，我走丢了！"

4

尖叫的是个小男孩，他身穿《星球大战》电影中的睡衣，砸门的小拳头活塞似的起起落落。十岁？埃弗里·狄克逊看上去只有六岁，顶多七岁。睡裤的裤裆和一条裤腿湿漉漉地贴在他的身上。

"救命啊，我想回家！"

卢克前后扫了一眼，希望能看见一个人——甚至几个人——跑来帮助他，但走廊里依然空荡荡的。后来他意识到，在异能研究所，孩子哭喊着要回家属于家常便饭。此时此刻，卢克只想让那个男孩闭嘴。可男孩被吓得魂不附体，也把卢克吓得魂不附体。

卢克走过去，单膝跪下，抓住男孩的双肩。"哎，哎，别着急，孩子。"

这个男孩瞪着卢克，眼白都露了出来，但卢克不确定男孩有没有看见他。男孩汗津津的头发支棱着，满脸泪痕，亮晶晶的鼻涕淌到了嘴唇上。

"妈咪在哪儿？爹地在哪儿？"

但男孩说出来的不是"爹地"，而是"爹——地"，就像空袭警报的呼啸声。男孩开始跺脚，并用双拳砸卢克的肩膀。卢克松开手，起身后退，惊愕地看着男孩往地上一躺，开始手舞足蹈地哭闹。

"只是天堂里的另一天"海报对面的那扇门开了，卡丽莎走了出来，身穿扎染 T 恤和大号篮球短裤。她走到卢克身旁，低头看地上的新人，双手放在几乎不存在的臀部上。她抬起头看卢克。"我见过爱闹腾的，但这个绝对能拿大奖。"

又一扇门开了，海伦·西姆斯走了出来，裹着某种卢克觉得应该叫情趣睡衣的东西。她臀部很翘，身上还有其他很有意思的部件。

"卢克，眼睛规矩点，"卡丽莎说，"帮我一个忙。这孩子在搞我的脑袋，哭得我都要偏头痛了。"她跪下，伸手去拉发狂的孩子。他的吼叫已经变成了语无伦次的号哭，孩子的拳头打在她的手臂上，她把手缩了回去。"天哪，来搭把手。抓住他的手。"

卢克跟着跪下，试图去抓新人的双手，他往后缩了一下，随即心想自己可不想在新来的粉色梦幻女郎面前表现得像个胆小鬼。卢克抓住小男孩的胳膊肘，把他的双臂压在他的胸膛两侧。卢克能感觉到男孩的心脏正在以三倍的速度狂跳。

卡丽莎弯下腰，用双手夹住男孩的脑袋，盯着他的眼睛。男孩随即停止号哭，只剩下急促的喘息声。他入迷地看着卡丽莎，卢克忽然明白了她说这孩子在"搞她的脑袋"是什么意思。

"他是心感能力者，对吧？和你一样。"

卡丽莎点点头。"但他比我强大得多，比我在这儿见过的所有心感能力者都要强大。来，咱们带他去我的房间。"

"我能一起来吗？"海伦问。

"随便你，亲爱的，"卡丽莎说，"我保证卢克会喜欢见到你。"

海伦的脸红了。"要不我先去换件衣服。"

"随便你。"卡丽莎说。然后她对男孩说："你叫什么？"

"埃弗里。"号哭使得他的嗓音沙哑，"埃弗里·狄克逊。"

"我叫卡丽莎。愿意的话，你可以叫我小莎。"

"别叫她'好孩子'就行。"卢克说。

5

尽管卡丽莎说起话来咄咄逼人，但她的房间比卢克想象中要有女孩气。床单是粉红色的，枕头有精致的褶边。马丁·路德·金的带框照片在衣柜上望着他们。

她见到卢克在看那张照片，哈哈一笑。"他们想把这儿弄得和我家里一样，但估计有人觉得原先那张照片有点过分，于是就给我换成这个了。"

"原先是谁的照片？"

"埃尔德里奇·克里弗[1]。听说过吗？"

"当然。《冰上的灵魂》。我还没读，但一直想读来着。"

她挑起眉毛。"哥们儿，你在这儿真是废了。"

埃弗里吸着鼻子，想爬上她的床，但她抓住男孩，把他拖了回来，动作温柔而坚决。

"不行，裤子湿乎乎的可不行。"她像是在命令男孩脱掉裤子，埃弗里后退两步，双手捂住裤裆。

卡丽莎望向卢克，耸耸肩。他也耸耸肩，然后在埃弗里面前蹲下。"你住哪个房间？"

埃弗里只是摇摇头。

"你没关你房间的门吧？"

这次男孩点了点头。

"我去给你拿干净衣服，"卢克说，"你待在卡丽莎这儿，好吗？"

这次男孩既不点头也不摇头，只是盯着他，像耗尽了力气，不知道该做什么，但至少不再拉响空袭警报了。

---

1 美国二十世纪六十年代民权组织黑豹党的创始人。

"你去吧，"卡丽莎说，"我觉得我能让他平静下来。"

海伦在门口出现，她穿着牛仔裤，正在系毛线衫的纽扣。"他好些了？"

"好了一点。"卢克说。他看见沿着他和莫琳去换床单的那个方向的路上有一串水滴。

"没看见另外两个小子，"海伦说，"他们肯定睡得像死猪。"

"没错，"卡丽莎说，"新来的女孩，你和卢克一起去。埃弗里留在这儿和我交交心。"

6

"那孩子叫埃弗里·狄克逊，"卢克说，他和海伦·西姆斯站在一扇打开的门前，就在正自顾自哗啦哗啦响的制冰机过去一点的地方，"他看着不像十岁，对吧？"

她惊讶地盯着卢克。"你难道也是心感？"

"不是。"他看着《淘气小兵兵》里汤米的海报和衣柜上的《特种部队》手办。"我和莫琳来过这儿。她是一名清洁工，我帮她换床单。整个房间已经为他布置好了，只有床单除外。"

海伦嗤嗤一笑。"所以你就是——老师面前的红人。"

卢克想到托尼扇自己的耳光，说不定海伦很快就要步自己的后尘了。"不是。但莫琳和其他一些人不一样。你对她好一点，她也会对你好的。"

"卢克，你来这儿多久了？"

"只比你早一天。"

"那你怎么知道谁好谁坏？"

"莫琳挺好的，我能说的只有这个。帮我给他找衣服。"

海伦从衣柜里找出长裤和内衣（没忘记顺便翻一遍其他抽屉），两人返回卡丽莎的房间。路上，海伦问卢克有没有参与过乔治说的那些测试。他说还没有，但向她展示了耳朵上的芯片。

"别反抗。我反抗了，结果被扇了耳光。"

她忽然停下。"别骗我！"

卢克给她看自己的脸颊，托尼的手指在上面留下了两道淤痕。

"没人能扇我耳光。"海伦说。

"最好别给他们机会破例。"

她撩起她两种颜色的头发。"我打过耳洞，所以没什么大不了的。"

卡丽莎坐在床沿，埃弗里坐在她身旁，屁股底下垫着一块叠起来的毛巾。她在抚摸男孩汗津津的头发。他恍惚地仰望着她，就仿佛她是蒂安娜公主[1]。海伦把干净的衣服扔给卢克。卢克没做好准备，内衣掉在了地上，内衣上印着蜘蛛侠各种生龙活虎的动作。

"我可没兴趣看这个孩子的小鸡鸡。我回去睡觉了。等我醒来，也许就回到我真正的房间里了，这些事情只是一场梦。"

"那就祝你好运吧。"卡丽莎说。

海伦大踏步走了。卢克捡起埃弗里的内衣，刚好看见她的臀部在褪色的牛仔裤下面扭动。

"好看吧？"卡丽莎用毫无感情的声音说。

卢克把男孩的衣服拿给她，觉得自己脸颊发烫。"也许吧，不过她的性格似乎有所欠缺。"

他觉得这么说会让卡丽莎大笑——他喜欢她的笑声，然而她露出了哀伤的神色。"这地方会挫一挫她的锐气。用不了多久，她只要看见穿蓝色衣服的男人就会缩成一团并贴着墙脚走路，和我们其他人一样。

---

1 迪士尼电影《公主与青蛙》中的虚构人物。

埃弗里，你换上这身衣服。我和卢克转过身去不看你。"

他们转了过去，望着门外宣称这里是天堂的海报。身后传来吸鼻子和衣物摩擦的声音。最后，埃弗里说："我换好了，你们转过身来吧。"

他们转回去。卡丽莎说："把湿衣服拿到卫生间，搭在浴缸边上。"

埃弗里毫无怨言地执行，然后拖着步子回来。"放好了，小莎。"他声音里的愤怒已经消失，现在听上去温顺而疲惫。

"干得好。现在回到床上去。躺下，没事的。"

卡丽莎坐下，把埃弗里的脚放在她的大腿上，然后拍拍身边的位置。卢克坐下，问埃弗里有没有感觉好一点。

"应该吧。"

"肯定的。"卡丽莎说，继续爱抚男孩的头发。卢克有一种感觉（也许是瞎猜的，也许不是），他们两人之间发生了很多事情，比如内心交流。

"来，"卡丽莎说，"跟他说说你的笑话，然后给我他妈的睡觉。"

"你说脏话了。"

"还用你说？说笑话给他听。"

埃弗里望向卢克。"好的。一个大智障和一个小智障站在一座桥上。大智障掉了下去，小智障为什么没掉下去？"

卢克想告诉埃弗里，现在文明社会已经不用"智障"这个词了，然而这儿不存在什么文明社会，最后他只是说："我猜不出来。"

"因为小智障有会飞的皮卡丘，懂了吗？"

"懂了。小鸡为什么要过马路？"

"为了去马路那一边？"

"不，因为小鸡是个笨蛋。好了，睡觉吧。"

埃弗里还想说什么，也许是刚刚想到的另一个笑话，但卡丽莎让他闭嘴了。她继续爱抚他的头发，她的嘴唇微微翕动。埃弗里的眼睛渐渐睁不开了。他的眼皮合起来，缓缓睁开，又合起来，然后更缓慢地睁开，之后终于没有再睁开。

"你是不是对他做了什么？"卢克问。

"给他唱我妈妈以前哄我睡觉的摇篮曲。"她说话的声音只是略高于耳语，但其中无疑夹杂着惊讶和喜悦，"我唱歌连调子都找不准，但意念直通意念的时候，旋律似乎并不重要。"

"我觉得他不怎么聪明。"卢克说。

她长时间地盯着卢克，这个眼神让卢克脸上发烫，就像她当场揭穿他盯着海伦的腿一样。"在你眼中，大概全世界都不怎么聪明吧？"

"不，我不是那个意思，"卢克辩解道，"我只是想——"

"放松。我明白你的意思，但他欠缺的不是脑力，不完全是。心感能力强大到他这个地步未必是件好事。你不知道别人在想什么，因此就必须从很小的时候开始……呃……"

"察言观色？"

"对，就是这个。普通人想过日子就必须会观察别人的表情，听别人说话不但要听内容，还要听语气。就像长牙齿，这样才能吃硬东西。这个倒霉蛋就像迪士尼动画里的桑普[1]，他长出来的牙齿顶多能啃青草。明白我的意思吗？"

卢克说他明白。

卡丽莎叹了口气。"异能研究所对'桑普'来说不是个好地方，不过也许也无所谓，因为咱们到最后都要去后半区。"

"他的心感能力和你相比要强多少？"

"强无数倍。他们有个衡量标准——BDNF。我在亨德里克斯医生的电脑上看见过，我觉得这个标准很重要，也许是最重要的。你是超级天才，知道这是什么吗？"

---

1 迪士尼动画片《小鹿斑比》中的角色。

卢克不知道，但他打算去搞清楚。当然了，只有他们不没收他的电脑才行。

"无论那是什么，这孩子的数字大概都高到月亮上去了。我和他交流过！那是真正的心灵感应！"

"尽管心感能力者比心动能力者罕见，但你肯定遇到过其他心感能力者。在外面也许没有过，但在这儿肯定见过。"

"你不明白，你大概无法理解。那就好比你在听音量调到最低的收音机，或者在厨房里开着水龙头听院子里的人交谈。有时候什么都听不到，一切都被环境音淹没了。但他有真本事，就像科幻电影里那样。卢克，我离开后你必须照顾好他。他是个该死的'桑普'，他的举止不符合年龄也没什么好奇怪的，他能活到现在已经很不容易了。"

"我离开后"这几个字在卢克耳畔炸响。"你……有人说过你要去后半区了吗？是莫琳？"

"不需要说。我昨天没有接受任何该死的测试，也没打针。这是个确凿的迹象。尼克也要走了，乔治和艾莉丝也许会再待一段时间。"

她轻轻捏住卢克的后脖颈，他再次感觉到了那种刺痒。

"我当一会儿你的姐姐吧，卢克，你的灵魂姐姐，所以你给我听好了。假如你喜欢朋克小妞只是因为她扭屁股很好看，那就继续吧。在这儿和别人牵扯太深不是好事。等他们离开——他们都会离开，你会非常难过。但这个孩子，你必须一直照顾他到最后。我一想到托尼、齐克或贱人威诺娜会打埃弗里，就要哭了。"

"我会尽我所能的，"卢克说，"但我希望你能再多待一段时间。我会想你的。"

"谢谢，但我想说的正是这个。"

他们默默地坐了一会儿。卢克觉得他应该回去了，但他还不想走，他还没准备好面对孤独。

"我觉得我能帮助莫琳。"他低声说，几乎不动嘴唇，"帮她还信用卡账单，但我必须和她谈一谈。"

听到这句话，卡丽莎瞪大眼睛，微笑道："真的？那真是太好了。"她把嘴唇凑到他的耳边，他激动得打了个哆嗦。他不敢看自己的胳膊，担心会见到鸡皮疙瘩。"尽快找她谈谈。再过一两天，她就要轮休一个星期了。"她把手放在（我的天）卢克的大腿根上，最近连他的母亲都不碰这个部位了，"等她回来，她会去其他地方做三个星期。你也许会在走廊或休息室里见到她，但没法和她交流。就算在安全的地方她也不敢说话，后半区肯定也是这个样子。"

她的嘴唇从他耳边移开，手也离开了他的大腿，卢克不禁发狂般地希望她还有其他秘密要分享。

"回你的房间去吧，还来得及睡一觉。"她说。见到她眼睛里的光彩，卢克明白，她对自己给他造成的影响并非一无所知。

7

响亮的敲门声把他从无梦的深度睡眠中惊醒。他坐起来，疯狂地扫视周围，心想自己是不是在要上学的日子睡过头了。

门开了，一张笑嘻嘻的脸探了进来。是格拉迪丝，带他去植芯片并告诉他在这儿是为了效劳国家的那个女人。"吓了一跳吧！"她叽叽喳喳地说，"太阳都照屁股了！你没吃到早饭，但我拿了橙汁，给你路上喝。鲜榨的哟！"

卢克看见笔记本电脑的绿色电源灯亮着。电脑休眠了，但要是格拉迪丝进来，随便按了个按钮，看他浏览了什么网站（这没什么惊讶的），一眼就会见到威尔斯笔下缠着头戴着墨镜的隐身人。她不会知道那是什么，多半会认为那是个科幻或神鬼网站，但她很可能会上报。那样就会有级别比她高的人知道这件事，难说这不会勾起某些人的好奇心。

"给我一分钟，让我穿裤子。"

"三十秒。否则橙汁就不冰了。"她朝他淘气地眨眨眼，然后关上了门。

卢克一跃而起，穿上牛仔裤，抓起T恤衫，启动电脑去看时间。他惊讶地发现已经九点了，他从没睡到这么晚过。一时间，他怀疑他们可能在食物里下了药，然而假如真是那样，那他半夜就不会醒来了。

他心想，是因为震惊，我还在努力消化这些事情——让我的脑袋转过弯来。

他关掉电脑。他知道假如他们在监控浏览历史，那他无论怎么努力隐藏格里芬先生网站都会是白费力气。假如他们在窥屏，那他们就已经知道他有办法打开《纽约时报》的网站了。当然了，一旦你开始朝这个方向思考，一切都会变得毫无意义。西格斯比的走狗很可能就是希望他这么想——他，还有被关押在这儿的所有儿童。

他们如果知道，肯定早就没收电脑了，他对自己说。他们如果真的在窥屏，那就应该知道开机屏幕上的名字打错了。

这么想似乎符合逻辑，但也许他们只是在耍弄他。这么想也许过于多疑，然而眼前的局势无法让人不多疑。

格拉迪丝再次打开门，他正坐在床边穿运动鞋。"干得好！"她叫道，就好像卢克只有三岁，刚刚第一次自己穿好了衣服。卢克越来越不喜欢她了，但还是接过她递上的橙汁，一饮而尽。

8

这次她挥动卡片后，命令电梯带他们去 C 层。电梯开始下降。"哎呀，多么美好的一天！"她感叹道，这句话似乎是她的标准开场白。

卢克看了一眼她的双手。"你戴着结婚戒指。格拉迪丝，你有孩子吗？"

她的笑容变得谨慎。"那是我的事、我自己的事、我本人的事情。"

"我只是在想，要是你有孩子，会不会希望他们被关在这么一个地方。"

"C 层，"柔和的女声说，"C 层到了。"

格拉迪丝面无笑容地带他走出电梯，她抓着他的胳膊，力气比必要的大了那么一点。

"我还在想你是怎么说服自己的。这个问题太私人了，对吧？"

"够了，卢克。我给你拿了橙汁，我没必要对你这么好的。"

"要是你的孩子知道了这儿的情况，你会怎么对他们说呢？比方说上了新闻，你该怎么向他们解释？"

她加快步伐，拖着他向前走，但脸上没有愤怒。要是有，至少能给他一点安慰——尽管很靠不住，因为他知道她是能够被语言打动的。但没有，只是一脸茫然，就像玩偶的面容。

他们走进 C-17 房间。房间里的架子上摆满了医学和电脑设备。还有一张软椅，就像电影院里的那种，它背后的金属杆上有一台似乎是投影仪的东西。至少椅子扶手上没有束缚带。

一名技术员在等他们，蓝色上衣胸口的姓名牌显示，他就是齐克。卢克知道这个名字。莫琳说他属于特别坏的那种人。

"你好，卢克，"齐克说，"心情平静吗？"

卢克不知道该怎么回答，只能耸耸肩。

"不打算找麻烦吧？孩子，我想问的是这个。"

"不，不找麻烦。"

"很高兴你能这么说。"

齐克打开一瓶蓝色液体，冒出一股刺鼻的酒精味，他又拿出一个足有一英尺长的体温计。当然没有，但——

"脱掉裤子，卢克，趴在椅子上，前臂撑住座位。"

"别……"

卢克想说"别让格拉迪丝看到"，但 C-17 的门已经关上，格拉迪丝走了。卢克心想，大概是为了保住我的面子，但更可能是因为受够了我的屁话。他本来会为此感到高兴，然而他很确定那根玻璃棍很快就要插进他的身体前所未有的深度。那东西看着像兽医用来给马量体温的。

"别什么？"齐克晃动指挥棒似的甩了两下体温计，"别用这个？对不起，孩子，必须用这个。这是总部的命令，你明白的。"

"体温贴条不是更简单吗？"卢克说，"药店里一块五就能买一板。要是有打折卡就更——"

"俏皮话还是留给你的朋友们吧。脱掉裤子，趴在椅子上，否则我就自己动手了。你肯定不会喜欢的。"

卢克慢慢地走到椅子前，解开裤子拉下去，然后弯下腰。

"哦耶，好一轮满月！"齐克站在他面前。他一只手拿着体温计，另一只手拿着一罐凡士林。他把体温计插进凡士林，然后拔了出来。体温计上挂着一坨果冻状的东西。在卢克看来，那东西就像下流笑话的包袱。"看见了吗？足够润滑，一点也不疼。放松你的小屁股，告诉你自己，只要没感觉到我把两只手都放在你的屁股上，你的后门就还没有失贞。"

齐克绕到卢克身后，卢克趴在椅子上，双臂搁在座位上，屁股撅得高高的。卢克能闻到对方身上浓烈的汗臭味。卢克提醒自己，在这里自己不是第一个遭受这样对待的孩子。这有点用处……但其实并不大。房间里满是高科技设备，这家伙却要用落后得难以想象的仪器测量体温。为什么？

卢克心想：为了让我屈服，为了确保我知道自己是豚鼠。豚鼠只能任人宰割，所以他们用多么古老的方法采集数据都行。也许他们根本不需要这个数据，也许这只是在告诉你：既然我们能把这东西塞进你的屁眼，那么还有什么是我们塞不进去的？答案：全看我们想不想了。

"悬念最折磨人了，对吧？"齐克在他背后说。这狗娘养的浑蛋居然在笑。

9

体温计之辱持续了很久。结束之后，齐克测了卢克的血压，给他的手指戴上了血氧仪，量了他的身高和体重，查看了他的喉咙和鼻腔。齐克哼着歌记录结果。格拉迪丝回到房间里，满脸假笑，端着雏菊花纹的马克杯啜饮咖啡。

"该打针了，卢克小子，"齐克说，"你不会给我找麻烦吧？"

卢克摇摇头。此刻他只想回到自己的房间里，擦掉屁股上的凡士林。他没有什么好屈辱的，但他还是觉得受到了屈辱和贬损。

齐克给他打了针。这次没有灼热感，只是稍微有点疼，但很快就过去了。

齐克看着手表，不出声地读着秒数。卢克也在算时间，只是没有动嘴唇。他数到三十，齐克放下胳膊问他："觉得恶心吗？"

卢克摇摇头。

"嘴里有金属的味道吗？"

卢克嘴里只有橙汁留下的酸味。"没有。"

"好，很好。现在看着墙，见到光点了吗？也可能是一个个比较大的圆圈？"

卢克摇摇头。

"你说的是实话，对吧，孩子？"

"实话。没有光点，也没有圆圈。"

齐克盯着他的眼睛看了几秒钟（卢克想问"你有没有在我眼睛里看见光点"，但忍住了），然后直起腰，做了个双手掸灰尘的动作，然后转向格拉迪丝。"可以了，送他回去吧。埃文斯医生下午要弄他的眼睛。"他指了指投影设备，"下午四点。"

卢克想问"弄眼睛"是什么意思，但他其实并不在乎。他很饿，无论他们怎么折腾他，这一点似乎都不会改变（至少目前是如此），但除了食物，他更想清洁身体。他觉得自己——只有英国佬的说法才能准确地形容这种感觉——被玷污了。

"看，不算太糟糕，对吧？"格拉迪丝在回去的电梯上问他，"别总是大惊小怪的。"卢克想问假如是她的屁眼，她还会不会觉得那是大惊小怪。尼基也许会这么说，但他不是尼基。

她对他露出假笑，卢克觉得这个笑容越来越恐怖了。"你开始学会乖乖的了，非常好。给你一枚代币。嗯，两枚吧。我今天比较大方。"

他接过代币。

后来，他垂头丧气地站在淋浴龙头下，水顺着头发往下流，他又哭了一会儿。他和海伦至少有一点相同：他希望这一切都是在做梦。他愿意付出任何代价，哪怕是他的灵魂，只要他醒来能看见阳光像第二层被子一样落在床上，闻到煎培根的香味从楼下飘进房间。眼泪终于流干了，他在哀伤和失落之外，感觉到了某种东西的存在——某种更坚硬的东西，是某种基石。以前他对它一无所知，现在知道它的存在让他松了一口气。

这不是做梦，而是现实，他不再仅仅满足于逃跑。那个坚硬的东西想更进一步，它想曝光这群折磨儿童的绑架犯，从西格斯比夫人，到一脸塑料笑容的格拉迪丝和拿着黏糊糊肛门温度计的齐克。它要让研究所塌下来砸在他们头上，就像参孙推倒大衮神殿，活埋非利士人一样。他知道这只是一个心怀怨恨，但无能为力的十二岁儿童的幻想，但他仍然想这么做，只要还存在一丝可能性，他就要实现这个愿望。

就像他父亲喜欢说的：有目标终归是好事，目标能帮你熬过艰难岁月。

10

他走进食堂时，里面还空荡荡的，只有勤杂工（姓名牌提示他叫弗雷德）在拖地。这个时间吃午饭还太早，但门口的桌上摆着一盆水果，有橙子、苹果、葡萄和几根香蕉。卢克拿了个苹果，然后去自动贩卖机那儿用一枚代币买了一袋爆米花。冠军早餐[1]，他心想，老妈肯定会生气。

他带着食物来到休息区，望着外面的操场。乔治和艾莉丝占据了其中一张野餐桌，正在下象棋。埃弗里在蹦床上小心翼翼地轻轻弹跳。尼基和海伦不见踪影。

"从没见过这么糟糕的食物组合。"卡丽莎说。

他吓了一跳，几颗爆米花从袋子里掉落在地上。"我的天，人吓人，吓死人，没听说过吗？"

---

1 美国麦片品牌 Wheaties 的广告语。

"对不起。"她蹲下，捡起掉在地上的爆米花，扔进嘴里。

"从地上捡东西吃？"卢克问，"真是难以置信。"

"五秒法则。"

"根据国民保健署——英国的卫生管理部门——所说，五秒法则是个迷思，纯属胡扯。"

"身为天才，你的使命就是破坏别人的幻想吗？"

"不是，我只是——"

她笑嘻嘻地站起身。"开个玩笑而已，卢克。水痘小妞只是在逗你玩。你还好吧？"

"嗯。"

"捅过肛门了？"

"嗯。别说这个了。"

"遵命。吃饭前想打几盘克里比奇牌吗？你不会玩的话，我可以教你。"

"我会，但不想玩。我想回房间待一会儿。"

"思考你的处境？"

"差不多吧，午饭的时候再见。"

"等叮咚铃响后，"她说，"咱们就出来约会。高兴一点，小英雄，击个掌吧。"

她举起手，卢克看见她的大拇指和食指之间夹着什么东西。他把自己白色的手掌贴在她棕色的手掌上，叠起来的小字条也传到了他的手里。

"小子，回头见。"她走出操场。

卢克回到房间里，在床上躺下，侧身面对墙壁，展开那张字条。卡丽莎的字写得很小，但非常清晰。

去埃弗里房间旁边的制冰机处见莫琳，越快越好。冲掉字条。

他把字条揉成一团，走进卫生间，脱裤子时顺手把字条扔进马桶。他觉得这么做很可笑，就像小孩在假扮间谍。但同时，他又觉得一点也不可笑。他乐意相信他们不会下作到监控厕所，但连他自己也知道这是不可能的。

制冰机。昨天莫琳和他说悄悄话的地方。这件事值得玩味：按照卡丽莎的说法，前半区有几个地点是音频监控的薄弱区或者盲区，但莫琳似乎特别喜欢那个地方。也许是因为那里没有视频监控，也许是因为她在那里感觉最安全，毕竟制冰机太吵了。他能用来推测的证据太少了。

他想先看看《明星论坛报》，然后再去见莫琳，于是在电脑前坐下。他甚至已经打开了格里芬先生网站，但又停了下来。他真的想知道吗？他有可能会发现那些浑蛋、那些魔鬼在撒谎，他的父母已经遇害。查看《明星论坛报》就好比一个人将身家性命全都押在一把轮盘赌博上。

现在不行，他心想。等体温计之辱稍微过去了再说，现在真的不行。假如他因此成了胆小鬼，那也无所谓。他关上电脑，走向另一座侧楼。莫琳不在制冰机旁，但她的洗衣篮小车停在这条走廊的中间（他在心里管这条走廊叫埃弗里的走廊），他听见她在唱关于雨点的歌曲。他循着她的声音走过去，发现她在一个房间里换床单，这个房间贴着 WWF 网站身穿弹力内裤的肌肉壮汉海报。壮汉们一个个凶神恶煞，看上去能嚼钢钉、吐铁渣。

"莫琳，你好吗？"

"挺好的，"她说，"就是腰有点疼，不过我吃了布洛芬。"

"需要帮忙吗？"

"谢谢，不过这是最后一个房间了，我也快弄好了。两个女孩和一个男孩，很快就到。这是那个男孩的房间。"她指了指海报笑道，"一看就知道。"

"嗯，我想弄些冰块，但我的房间里没有小桶。"

"冰桶放在机器旁边的柜子里。"她直起身子,双手按住后腰,疼得咧了咧嘴。卢克听见她的脊椎咔咔作响。"哦,好多了。我领你去。"

"要是不麻烦的话。"

"一点也不麻烦。来吧。要是你愿意,可以帮我推车。"

他们顺着走廊往回走,卢克想到他对莫琳遇到的难题的研究。有个令人惊恐的统计数字格外显眼:美国负债高达十二万亿美元,钱已经花出去了,但还没挣到,只是承诺会还款。只有会计师才会喜欢这样的悖论。负债中房贷和商业贷款占很大的比重,但也有相当一部分来自人们放在手袋或钱包里的那些塑料小卡片:美国消费者的麻醉剂。

莫琳打开制冰机右侧的小柜子。"你自己拿吧,省得我弯腰了。有些人不懂得体谅别人,把所有的冰桶都塞到最里面了。"

卢克弯腰去拿,同时压低声音说:"卡丽莎说了你的信用卡问题。我觉得我知道该怎么搞定,但具体做法取决于你的名义上的住址。"

"我名义上的——"

"你住在哪个州?"

"我……"她偷偷环顾了一下四周,"我们不该把个人情况告诉住客的。要是被人发现,我的工作就没了。不,不只是工作。卢克,我能信任你吗?"

"我不会说出去。"

"我住在佛蒙特州伯灵顿。我轮休的那个星期去的就是那儿。"她告诉他这个,像是打开了内心的某个闸门,尽管她压低了嗓门,但字词倾泻而出。"每天下班后我做的第一件事就是删除一大堆催款电话的留言。等我回到家,还要处理自动答录机——机器接在座机上。答录机满了以后,他们会把各种信件——警告信、威胁信——塞进信箱或门缝。我那辆破车,他们随时都能收走,现在他们又在打我房子的主意!房子的贷款早就还清了,都不是我丈夫还的。我来这儿工作,签约预支了奖金才还清了房贷,这也是我为何来这儿工作。但他们会收走我的房子，都不会补偿那个叫什么来着——"

"偿债后资产余额。"卢克悄声说。

"对，就是这个。"她灰黄色的脸颊泛起血色，卢克不知道那是出于羞愧还是愤怒。"他们拿走我的房子卖掉，不会给我一分钱，会全部收走！他们就是这么说的。"

"你先生欠了那么多钱？"卢克震惊道。这家伙真是个花钱机器。

"对！"

"声音小点。"他一只手拿着塑料小桶，另一只手打开制冰机，"佛蒙特州很好。这个州执行的不是共有财产制。"

"那是什么？"

是他们不希望你知道的事情，卢克心想。他们不希望你知道的事情实在太多了。一旦你被粘在捕蝇纸上，他们就希望你永远待在那儿。他拿起制冰机小门里的塑料铲，假装破开冰块。"他使用的信用卡，是在他的名下，还是在你的名下？"

"当然是他的了，但他们仍然会找我催讨，因为我们在法律上依然是夫妻，银行户头是我们两个人的！"

卢克开始往塑料小桶里放冰块，动作非常缓慢。"他们说他们能这么做，听上去真实可信，但实际上他们不能。那么做在佛蒙特州是不合法的，在大多数州都是不合法的。既然他用的是他的信用卡，签名条上是他的名字，那就是他的债务。"

"他们说是我们的！是我们两个人的！"

"他们在骗你，"卢克冷冷地说，"至于你说的那些电话——有晚上八点以后打的吗？"

她的声音变成了激动的耳语。"开什么玩笑？他们有时候半夜打给我！'还债，否则银行下个星期就要收走你的房子！等你回到家里，会发现门锁已经被换掉，你的家具被扔在草坪上！'"

卢克读到过这样的事例，还有更可怕的。收债人威胁债务人，要把他们年迈的父母赶出养老院，要收拾他们尚需财务支持的年轻子女——这些人只在乎催债成功后的现金分成。"你大多数时候没法接电话，来电会进入语音信箱，这是你的优势。这儿禁止你带手机，对吧？"

"对！当然了！手机锁在我的车里，在……呃，反正不在这儿。我换过一次号码，但他们很快就知道新号码了。他们是怎么做到的？"

轻而易举，卢克心想。"别删除那些留言，保存下来。上面有时间戳。催收机构在八点以后打电话给客户——你这样的人对他们来说就是客户——是违反法律的。"

他倒空小桶，重新往里面装冰块，这次更加缓慢。莫琳看着他，眼神里充满惊讶和希望，但卢克几乎没注意到。他沉醉在这个难题里，顺着线索摸向核心问题，希望可以快刀斩乱麻。

"你需要律师。别去找在有线电视打广告的那些挣快钱的家伙，他们只会尽力压榨你，然后让你破产，那样你将永远失去以前的信用评级了。你需要一名正经的佛蒙特州律师——专门打债务清偿官司，熟悉《公平债务催收法》，讨厌那些吸血鬼。我会去搜索一下，帮你找个名声好的。"

"你能做到？"

"没什么问题。"只要别被他们没收电脑。"律师需要弄清楚是哪家催收机构在负责讨债，是谁在恐吓你，半夜打电话给你。银行和信用卡公司不会泄露他们雇的走狗是谁，但只要《公平债务催收法》还没被废除——华盛顿有些有权势的人正企图这么做——一名优秀的律师就能强迫他们交代清楚。给你打电话的人早就犯法了，那就是一群待在锅炉房[1]里打电话的人渣。"

和在这儿工作的人渣没什么区别，卢克心想。

"锅炉房是什么——"

---

1 英文为 "boiler room"，字面意思为"锅炉房"，也指"电话交易所"。

"打个比方而已。"他们谈得太久了。"一名优秀的债务清偿律师会带着你的电话答录机磁带去银行,给他们两个选择:要么一笔勾销债务,要么法庭见,起诉他们非法经营。银行不喜欢上法庭,不希望人们发现他们雇的人和斯科塞斯电影里的瘪三只有一步之遥。"

"你认为我不需要还债?"莫琳看上去头晕目眩。

他看着她过于苍白的疲惫面容。"你做错了什么吗?"

她摇摇头。"他太过分了。他装修了他自己在奥尔巴尼的房子,买音响、电脑和平板电视,他有个情妇,成天给她买东西,他喜欢去赌场,就这么持续了好几年。我太愚蠢又太轻信,等我知道的时候已经太晚了。"

"并不晚,我想说——"

"嘿,卢克。"

卢克险些蹦了起来,他转过身,看见埃弗里·狄克逊。"嘿。蹦床好玩吗?"

"挺好玩的,然后就无聊了。知道吗?我打了一针,甚至都没哭。"

"算你厉害。"

"吃饭前想一起去休息室看电视吗?艾莉丝说这儿有尼克儿童频道。《海绵宝宝》《少年创客罗斯提》和《喧闹一家亲》都能看。"

"现在不行,"卢克说,"你自己去看吧。"

埃弗里打量了他们一会儿,然后顺着走廊离开了。

等埃弗里走出视线,卢克扭头继续对莫琳说:"并不晚,我想说的就是这个。但你必须尽快采取行动。明天咱们还是在这儿见,我会帮你找个律师,一位优秀的律师,战果累累的那种,我保证。"

"这个……孩子,这也太美好了,这不可能是真的。"

卢克喜欢莫琳叫他"孩子",这给他一种温暖的感觉。这个想法也许很蠢,但依然是真的。

"确实是真的。他们企图对你做的事情太可怕了,不应该是真的。

我必须走了，快到午饭时间了。"

"我不会忘记这个的，"她说着捏紧他的手，"要是你能——"

走廊尽头的双开门砰的一声打开。忽然间，卢克确定自己会见到两名凶狠的护工——托尼和齐克——走向他。他们会带他去某个地方，盘问他和莫琳都谈了些什么，假如他不立刻说清楚，他们就会使出"高级拷问技巧"，直到他老实交代。他会惹上麻烦，但莫琳的麻烦更大。

"别怕，卢克，"她说，"只是新人来了。"

三个穿着粉色衣服的护工穿过那道门。他们拉着一排轮床，前两张床上躺着两个金发女孩，第三张床上是个壮硕的红发男孩。他多半就是那位 WWF 爱好者。他们都在沉睡。轮床来到近处，卢克惊叫："我的天。两个女孩是双胞胎！一模一样！"

"你说得对。她们叫格尔达和格蕾塔。吃饭去吧，我得帮他们安顿新人住下。"

11

埃弗里坐在休息室的一把椅子上，两条腿荡来荡去，吃着苗条吉姆香肠，看《海绵宝宝：比基尼岛下的传奇》的某一集。"打针时我没哭，得到了两枚代币。"

"很好。"

"你想要的话，剩下的一枚可以给你。"

"不用了，谢谢，你留着以后用吧。"

"好的。《海绵宝宝》很好看，但我更想回家。"埃弗里没有抽泣或号啕，但泪水从眼角淌了出来。

"是啊，我也想。挪过去一点。"

埃弗里挪开身子，卢克在他旁边坐下。有点挤，但能坐下。卢克搂住埃弗里的肩膀，抱了抱小男孩。埃弗里的回应是把脑袋搁在卢克的肩膀上，卢克被莫名地触动，也有点想哭。

"知道吗？莫琳有个孩子。"埃弗里说。

"是吗？你猜的？"

"我确定。他以前很小，但现在长大了，比尼基还大。"

"嗯哼，好的。"

"这是个秘密。"埃弗里一直盯着电视屏幕，派大星正在和蟹老板吵架，"她在为他存钱。"

"真的？你怎么知道？"

埃弗里望向他，说："我就是知道。就像我知道你的好朋友叫罗尔夫，你家在维尔德斯穆特公路上。"

卢克震惊道："天哪，埃弗里。"

"我厉害吧？"

埃弗里嘿嘿一笑，尽管脸上还有泪花。

12

吃过午饭，乔治提议打一场三对三的羽毛球比赛：他、尼基和海伦对阵卢克、卡丽莎和艾莉丝。乔治说尼基那一队甚至可以收下埃弗里当添头。

"他不是添头，而是负债。"海伦说，挥手驱赶包围着她的成群蚊虫。

"负债是什么？"

"想知道吗？读我的心吧，"海伦说，"再说，不会打网球的娘娘腔才玩羽毛球呢。"

"真是一位令人愉快的好伙伴。"卡丽莎说。

海伦走向野餐桌和放玩具的柜子，她没有回头，在肩膀上方朝背后竖起了中指，还上下抽动了几次。艾莉丝提议尼基和乔治对阵卢克和卡丽莎，而她自己当裁判。埃弗里说他可以上，众人觉得没问题，于是比赛开始。打到十比十，休息室的门砰地打开，新来的男孩走了出来，勉强走出一条直线。他身体里还有药物，看上去意识恍惚，另一方面，他看上去也怒气冲冲的。卢克猜他身高六英尺，今年十六岁。他有个相当大的肚子——应该是吃出来的，成年后多半会变成啤酒肚；但晒得黝黑的胳膊肌肉发达，他的斜方肌也很漂亮，多半是举铁练出来的。他脸颊上有星星点点的雀斑和青春痘。他眼里有血丝，眼神恼怒。他睡觉后红发被弄得高低不平。于是所有人都停了下来，看他想干什么。

卡丽莎不动嘴唇悄声说话，就像监狱里放风的囚犯。"这是个大块头。"

新来的孩子在蹦床旁站住，扫视其他人。他开始说话，话语一阵一阵地往外迸，仿佛对方是不太听得懂英语的原始人。他说话带着南方口音。"这……他妈……是……哪儿？"

埃弗里跑过去。"这儿是异能研究所。你好，我叫埃弗里。你叫什——"

新来的孩子用掌根按在埃弗里的下巴上，推了一下。他没用什么力气，几乎是漫不经心，但埃弗里还是飞了出去，摔在蹦床周围的一个软垫上，埃弗里仰望着新来的孩子，满脸震惊。新来的孩子没有看埃弗里，不看操场上的人和艾莉丝，也不看正在玩单人纸牌的海伦。他似乎在自言自语。

"这……他妈……是……什么？"他恼怒地挥手驱赶虫子。和卢克第一次来操场时一样，新来的孩子没有涂避蚊胺。蚊虫岂止蜂拥而至，它们纷纷落在他身上，品尝他的汗水。

"哎，哥们儿，"尼基说，"你不该那么推倒埃弗里。他只是想和你打招呼。"

新来的孩子终于匀出了一点精神，转向尼克。"你……他妈……是谁？"

"尼克·威尔霍尔姆。去扶埃弗里起来。"

"什么？"

尼克很有耐心地说："你推倒了他，你去扶他起来。"

"我来。"卡丽莎说着跑向蹦床。她弯腰去抓埃弗里的胳膊，新来的孩子马上推了她一把。卡丽莎没有落在弹力垫子上，而是摔在砾石地面上，擦伤了一条腿的膝盖。

尼克扔下羽毛球拍，走向新来的孩子，双手叉腰。"你给我把他们两个都扶起来。我知道你这会儿肯定晕头转向的，但那不是借口。"

"要是我不扶呢？"

尼基微笑道："那么，肥仔，我会打你，直到你去扶。"

海伦·西姆斯在野餐桌前饶有兴致地看着这一幕。乔治决定去更安全的地方待着，他走向通往休息室的门，与新来的孩子拉开距离。

"他想当浑蛋就让他当好了，"卡丽莎对尼基说，"没事吧，埃弗里？"她扶着埃弗里起来，开始后退。

"没事。"埃弗里说，但眼泪已经顺着胖乎乎的脸蛋流了下来。

"你说谁是浑蛋，贱人？"

尼克说："当然是你，因为这儿就你一个浑蛋。"他朝新来的孩子走了一步。两人之间的反差让卢克觉得很有意思。新来的孩子仿佛铁锤，尼基则是镰刀。"你必须道歉。"

"去你妈的，也去你妈的道歉，"新来的孩子说，"我不知道这是什么鬼地方，但我知道我不会待在这儿。你给我滚远点。"

"你哪儿也去不了，"尼基说，"你和我们一样，都会长期待在这儿。"他没有露出牙齿地冷笑道。

"够了，你们两个。"卡丽莎说。她搂着埃弗里的肩膀，卢克不需要会读心术也知道她在想什么，因为他也在想同一件事：新来的孩子至少比尼基重六十磅，也许八十磅，尽管新来的孩子有个大肚子，但两条胳膊相当粗壮。

"最后一次警告，"新来的孩子说，"滚开，否则我他妈就送你上路。"

乔治似乎改变了主意，不打算进休息室了。他走向新来的孩子，但不是走到他身后，而是走到他的侧面。海伦走向新来的孩子身后，她走得很慢，扭着屁股——卢克非常喜欢，脸上还带着一抹微笑。

乔治嘴唇抿紧，额头上拧出几道深沟，做出集中精神的蹙眉表情。两个孩子四周的蚊虫像是被一股无形的风吹了一下，突然聚成一团，扑向新来的孩子的面门。新来的孩子举起手保护双眼，挥舞着胳膊驱赶虫子。海伦在他身后跪下，然后尼基推了他一把。新来的孩子随即四仰八叉地摔倒在地，半截身子在砾石地上，另外半截身子在沥青球场上。

海伦一跃而起，蹦蹦跳跳地逃开，笑呵呵地指着新来的孩子说："被搞了吧，大个子，你被大家搞了吧？"

新来的孩子怒吼一声，挣扎着想起身。还没等他爬起来，尼克就上前一步，踢在他的大腿上。这一脚踢得很重。新来的孩子大声惨叫，抱住那条腿，把膝盖提到了胸口。

"天哪，住手！"艾莉丝喊道，"你们还嫌自己的麻烦不够多吗？"

以前的卢克也许会认同艾莉丝，但现在的卢克（异能研究所里的卢克）不一样了。"是他挑事的。活该他吃点苦头。"

"我会逮住你的！"新来的孩子抽泣道，"你们打架不守规矩，我一个都不会放过的！"他的脸涨成了紫红色，令人担忧。卢克不由得想到，这个超重的十六岁少年会不会脑出血，然后他发现了一个可怕但真切的事实：他不在乎。

尼克单膝跪下。"你不会放过个屁,"他说,"现在你给我听好了,肥仔,我们不是你的对头。他们才是。"

卢克扭头望去,看见三名护工肩并肩站在休息室的门口:乔、哈达德和格拉迪丝。哈达德看上去不再友善,格拉迪丝的塑料笑容消失了。三个人都手持连接着线缆的黑色器具。他们还没有采取行动,但已经做好了准备。因为他们不能让接受测试的"动物"互相伤害,卢克心想。这是他们必须避免的,因为接受测试的"动物"很宝贵。

尼基说:"卢克,帮我收拾这个杂种。"

卢克抓住新来的孩子的一条胳膊,架在自己的脖子背后。尼基同样固定住了另一条胳膊。新来的孩子皮肤滚烫,油乎乎地沾满汗水。他咬紧牙关,竭力呼吸。卢克和尼基合力扶着他站了起来。

"尼基?"乔喊道,"还好吧?已经闹完了?"

"完了。"尼基答道。

"那就好。"哈达德说。他和格拉迪丝回到室内。乔拿着黑色器具依然站在那儿。

"我们已经好了,"卡丽莎说,"不是什么大闹,只是小小的……"

"意见不同,"海伦说,"拌个嘴而已,狗屁都不是。"

"他没有恶意,"艾莉丝说,"他只是很激动。"她的声音里饱含真切的善意,卢克不禁有点羞愧,因为刚才尼克踹新来的孩子的大腿时,他居然看得那么开心。

"我要吐了。"新来的孩子说。

"别吐在蹦床上,我说真的,"尼基说,"我们还要玩呢。卢克,来,帮我扶他去围栏那儿。"

新来的孩子发出呃呃的怪声,肥硕的肚皮上下起伏。卢克和尼基扶着他走向操场和森林之间的围栏。还好他们及时赶到,新来的孩子脑袋顶着菱形格铁丝网,把他胃里剩下的东西全吐到了铁丝网外,吃下那些食物时,他还是自由之身。

"噫，"海伦说，"有人吃了奶油玉米片，还有比这更恶心的吗？"

"好点了？"尼基问。

新来的孩子点点头。

"吐完了？"

新来的孩子摇摇头，又吐出一口，这次他没什么力气了。"我觉得……"他清了清喉咙，又喷出一口黏糊糊的东西。

"天哪，"尼基说着，帮他擦拭脸颊，"给人洗完澡，不递个毛巾吗？"

"我觉得我要昏过去了。"

"不会的，"卢克说，他其实并不确定，但觉得保持积极的态度终归没错，"来，到阴凉的地方去。"

他们扶着新来的孩子来到野餐桌前。卡丽莎在他旁边坐下，叫他低下头。他毫无怨言地照做。

"你叫什么？"尼基问。

"哈利·克罗斯。"他的斗志已经消失，声音疲惫而谦恭，"我住在塞尔马，亚拉巴马州的一个城市。我不知道自己是怎么来这儿的，我根本不知道发生了什么。"

"我们可以告诉你一些情况，"卢克说，"但你不能再乱发脾气了。你必须友善一些。这地方已经够糟糕了，咱们不能自相残杀。"

"你必须向埃弗里道歉，"乔治说，一改平时的小丑模样，"那样才是个好的开始。"

"没关系，"埃弗里说，"他没有弄疼我。"

卡丽莎只当没听见。"道歉。"

哈利·克罗斯抬起头，抹了一把红通通的淳朴脸蛋。"不好意思，小子，我不该推倒你的。"他望向其他人，"可以了吗？"

"还不完全可以，"卢克指着卡丽莎说，"还有她。"

哈利叹息道："对不起，无论你叫什么。"

"卡丽莎。要是咱们更亲近一点了，你可以叫我小莎，不过我看这会儿不太可能。"

"别叫她'好孩子'就行。"卢克说。乔治大笑，拍了拍他的后背。

"随便吧。"哈利嘟囔着，擦掉他下巴上的什么东西。

尼基说："好了，闹都闹完了，咱们打完该死的羽毛球——"

"哎，女孩们，"艾莉丝说，"到这儿来好吗？"

卢克扭头望去：乔已经走了，他刚才所在的地方站着两个金发小女孩。她们手拉手，两张小脸露出同样茫然和惊恐的表情。她们一模一样，只有T恤不一样，一个人是绿色的，另一个人是红色的。卢克想到苏斯博士的《戴帽子的猫》中的"东西一号"和"东西二号"。

"过来，"卡丽莎说，"一切都挺好的，坏事已经过去了。"

这要是真的，那该有多好啊，卢克心想。

13

那天下午三点四十五分，卢克在房间里搜索佛蒙特州熟悉《公平债务催收法》的律师。暂时还没人问他为什么对这个话题这么感兴趣，也没人问他威尔斯的隐身人是怎么回事。卢克认为自己可以设计一些测试，来确定他们有没有监控自己——在谷歌搜索"如何自杀"应该能行，然后他又觉得这么做简直是犯傻。为什么要踢正在睡觉的恶狗？既然无论自己是否知道，都无法改变现在的生活，那还是不知道为好。

有人敲了一下门，他还没说请进，门就已经开了。来的是个护工。她是个高大的黑发女人，粉色衣服上的姓名牌上标着"普丽西拉"。

"弄眼睛是吧？"卢克问，关掉电脑。

"对，走吧。"没有微笑，也没有叽叽喳喳的问候。卢克受够了格拉迪丝，觉得这样反而更好。

两人走进电梯，下楼去 C 层。

"底下有几层？"卢克问。

普丽西拉瞥了他一眼，"不关你的事。"

"我只是想聊——"

"免了，闭嘴就好。"

卢克闭上了嘴。

回到熟悉的 C-17 房间，但里面的人不是齐克，而是姓名牌上标着"布兰登"的一名技术员。另外还有两个穿西装的男人，一个人拿着平板电脑，另一个人拿着写字板。他们胸前没有姓名牌，因此卢克猜测他们是医生。其中一个特别高大，哈利·克罗斯的肚子在他面前只是小巫见大巫。那个人上前向卢克伸出手。

"你好，卢克。我是亨德里克斯医生。医务部主任。"

卢克只是看着他的手，完全没有兴趣和他握手。卢克正在学习各种陌生的行为准则。这很有意思，但学习的方式过于可怕。

亨德里克斯医生发出驴叫般的怪异笑声，半是吐气，半是吸气。"没关系，完全没关系。这位是埃文斯医生，负责眼科。"他再次发出吐气加吸气的驴叫似的怪笑，卢克猜测眼科大概是医生之间的某种笑话。

埃文斯医生很矮小，留着乱蓬蓬的小胡子，没有被这个笑话逗乐，甚至都没露出一丝微笑。他也没有向卢克伸出手。"所以你就是新兵之一。欢迎。请坐。"

卢克遵嘱坐下。坐在椅子上总比手扶椅子撅起屁股强。另外，他很确定这是要做什么。他以前做过眼科检查。电影里的书呆子小天才总是戴镜片很厚的眼镜，但卢克双眼的视力都是 2.0，至少目前是如此。他觉得挺自在的，直到亨德里克斯拿着注射器走向他。一见到注射器，他的心就沉了下去。

"别担心，只是轻轻扎一下而已。"亨德里克斯再次发出驴叫，露出几颗大板牙，"要打很多针，就像在军队里。"

"当然，因为我被征兵了。"卢克说。

"正确，太正确了。别乱动。"

卢克没有反抗，接受了注射。这次没有突如其来的灼烧感，但他产生了另一种感觉，一种很不好的感觉。普丽西拉正要给他贴上创可贴，他便被呛住了。"我没法……"吞咽，他想说他没法吞咽了，但说不出来。他的咽喉闭锁了。

"没事的，"亨德里克斯说，说得很轻松，"很快就会过去。"但另一名医生拿着管子走了过来，要是有必要，他无疑会把管子插进卢克的咽喉。亨德里克斯抬起手，按住卢克的肩膀。"给他几秒钟。"

卢克绝望地瞪着他们，唾液顺着下巴流淌，他们大概就是他在世间见到的最后几个人了……这时他的咽喉打开了，他长长地吸了一口气。

"看见了吧？"亨德里克斯说，"没事的，吉姆，不用插管了。"

"怎么……你对我做了什么？"

"没什么，你没事了。"

埃文斯医生把塑料管递给布兰登，和亨德里克斯换了个位置。埃文斯用手电筒照卢克的眼睛，然后拿起一把小尺子，量卢克的瞳距。"没戴隐形眼镜吧？"

"告诉我刚才是在干什么！我没法呼吸！我没法吞咽！"

"你没事了，"埃文斯说，"吞咽很流畅。脸色也很快就会恢复正常。告诉我，你有没有戴隐形眼镜？"

"没有。"卢克说。

"好。非常好。请直视前方。"

卢克望着墙壁，无法呼吸的怪异感觉已经消失。布兰登拉下来一块白色幕布，然后调暗灯光。

"继续直视前方，"埃文斯医生说，"移开视线一次，布兰登就会扇你耳光。两次，他就会电击你——电压虽然不高，但非常疼。听懂了吗？"

"懂了。"卢克说着咽了口唾沫。没事了，他的咽喉恢复正常了，但心跳依然快一倍。"医药协会知道你们在干什么吗？"

"你给我闭嘴。"布兰登说。

闭嘴似乎是这儿的默认设定，卢克心想。他对自己说，最可怕的部分已经过去了，现在只是检查一下眼睛而已，其他孩子也检查过，他们都没事，但他一次又一次地咽唾沫，确认自己能这么做。他们会投影视力检查表，他读出上面的字母，然后很快就结束了。

"直视前方，"埃文斯用哄小孩的声音说，"眼睛看着幕布，不要看其他地方。"

此时音乐响起，是小提琴演奏的古典音乐。大概是用来舒缓情绪的，卢克心想。

"普丽西拉，打开投影仪。"埃文斯说。

出现在幕布中央的不是视力检查表，而是一个蓝色光点，光点微微搏动，就像拥有心跳。随后一个红色光点出现在它底下，卢克不由得想到哈尔——"对不起，戴夫。"随后出现的是绿色光点。红色和绿色光点与蓝色光点同步搏动，然后三个光点开始明灭闪烁。其他光点开始出现，刚开始是一个接一个，接着是两个接两个，然后是十几个接十几个。很快，幕布上挤满了数以百计的彩色光点，它们忽亮忽灭。

"盯着幕布，"埃文斯用轻柔的声音说，"只看幕布，不要看其他地方。"

"所以我自己看不见光点，你们就投影出来？有点像手摇启动发动机，对吧？但并不——"

"闭嘴。"这次轮到普丽西拉了。

光点开始旋转。它们疯狂地互相追逐，有些似乎在盘旋，有些开始聚集，有些组成环形，起起落落，彼此交错。小提琴的乐声逐渐加速，古典轻音乐变成了活泼的乡村音乐。光点不仅在移动，它们现在就像时代广场上的一块电子广告牌，但由于线路出了故障，崩溃了。

卢克觉得自己也开始崩溃了，他想到哈利·克罗斯隔着铁丝网呕吐的情景，知道要是自己继续看这些疯狂飞驰的彩色光点，肯定也会呕吐。他不想呕吐，他会吐在自己的大腿上，会——

布兰登重重地扇了他一个耳光，发出的声音就像小炮仗在爆炸，既近又远。"孩子，看着幕布。"

温暖的液体流过他的上嘴唇。狗娘养的，他不但打我的脸，还打破了我的鼻子，卢克心想，但此刻这些似乎不再重要。那些旋转的光点正钻进他的脑袋，入侵他的意识，就像脑炎或者脑膜炎——反正是个什么炎症。

"好了，普丽西拉，关掉吧。"埃文斯说，但她大概没听见，因为那些光点没有消失。它们绽放、凋零，每一个都绽放得比前一个更巨大：陡然扩散，旋即缩灭，扩散，缩灭。它们变成立体的，从幕布上飞出来，冲向他，又退回去，向前冲，向后……

布兰登好像在说普丽西拉什么，但肯定是卢克的想象，对吧？有人在尖叫吗？会不会是他自己？

"好小子，卢克，很好，你做得很好。"埃文斯的声音从远处嗡嗡地传来，那声音仿佛来自平流层，也许来自月球的另一面。

彩色光点越来越多。它们不但出现在幕布上，墙壁上也有，它们在天花板上盘旋，围绕着他，进入他的身体。在失去知觉前的最后几秒里，卢克想到：它们在取代他的大脑。他看见自己在光点之中抬起双手，看见光点在他皮肤上跃动和飞驰，他意识到自己在椅子上左右挣扎。

他想说"我发作癫痫了，你们要弄死我了"，但只能发出一种可怜的咕噜声。光点忽然消失，他从椅子上掉了下来，坠入黑暗，这是一种解脱。上帝啊，是真正的解脱。

14

有人在拍他的脸颊，让他醒来。这回不是扇耳光，不像打得他流鼻血的那一巴掌（假如那真的发生过），但也不是带着爱意的轻拍。他睁开眼睛，发现自己躺在地上。这是另一个房间，普丽西拉单膝跪在他身旁，是她在拍他的脸。布兰登和两名医生站在旁边看。亨德里克斯依然拿着平板电脑，埃文斯拿着写字板。

"他醒了，"普丽西拉说，"卢克，能站起来吗？"

卢克不知道自己能不能站起来。四五年前，他因为得了脓毒性咽喉炎而发高烧。此刻的感觉就像那一次，仿佛半个魂魄溜出肉体，进入大气。他嘴里发苦，最后一次注射的位置痒得让人发狂。咽喉闭锁的感觉依然在，那一瞬间是多么恐怖。

布兰登懒得等卢克确定自己的腿还能不能走，就一把抓住卢克的胳膊，拽着他站了起来。卢克晃晃悠悠地站在那儿。

"你叫什么？"亨德里克斯问。

"卢克……卢卡斯……埃利斯。"这几个词似乎不是从他嘴里说出来的，而是来自飘浮在他脑袋外的那半个离体魂魄。他觉得很疲倦，脸上被扇耳光的地方在抽痛，鼻子胀痛。他抬起手（手慢悠悠地浮起来，就像在水里一样），揉了一下嘴唇上方的皮肤，毫不意外地在手指上看见干结的血块。"我昏过去了多久？"

"扶他坐下。"亨德里克斯说。

布兰登抓住他的一条胳膊，普丽西拉抓住另一条。两人扶着他坐进一把椅子（普通的餐椅，没有束缚带，谢天谢地）。椅子放在一张桌子前。埃文斯坐在桌子对面的另一把餐椅上，面前摆着一摞卡片。它们像平装本小说一样大，背面是纯蓝色的。

"我想回房间去。"卢克说，声音依然不像是从他嘴里发出来的，不过好像声音稍微近了一些。"我想躺下，我不舒服。"

"眩晕感会过去的，"亨德里克斯说，"不过晚饭最好别吃了。现在，我要你把注意力放在埃文斯医生身上。我们要你做个小小的测试。结束后你就可以回自己的房间去……呃……减压。"

埃文斯拿起第一张卡片，看着它的正面。"这是什么？"

"一张卡片。"卢克说。

"笑话就留给你的油管主页吧。"普丽西拉说完扇了他一耳光，比先前唤醒他的那几下要重得多。

卢克的耳边嗡嗡作响，不过，他感觉脑袋稍微清醒一点了。他望向普丽西拉，从她身上没有看到任何迟疑，没有悔恨，也没有丝毫同情，什么都没有。卢克意识到自己在她眼中根本不是儿童。她在脑中做出了无情的区分：他只是一个测试对象，她必须让测试对象听话，假如他不听话，她就对他施以心理学家所谓负面强化的手段。测试结束后她会怎么样？她会去休息室喝咖啡，吃曲奇饼，聊自己的孩子（他们是真正的孩子），谈论政治、运动和其他话题。

但他不是早该知道了吗？话虽如此，但知道和切身体会是两码事。卢克能预见到一个未来（用不了多久就会到来），每次有人向他举起巴掌，他就会向后退缩，哪怕对方只是想和他握手或击掌。

埃文斯慢吞吞地放下这张卡片，又拿起一张。"卢克，这张呢？"

"我说过了，我不知道！我怎么可能知道——"

普丽西拉又给他一耳光。耳鸣变得更响了，卢克开始哭泣。他忍不住了。他知道异能研究所是个噩梦，但眼前是个真正的噩梦，他灵魂半出窍，有人问他卡片上有什么，实际上他什么都看不见，他答不上来就会吃耳光。

"试试看，卢克。"亨德里克斯冲着卢克没在嗡嗡响的另一只耳朵说。

"我想回房间去。我累了。我觉得恶心。"

埃文斯放下第二张卡片，拿起第三张。"这张是什么？"

"你弄错了，"卢克说，"我是心动能力者，不是心感能力者。也许卡丽莎能告诉你卡片上是什么，埃弗里肯定能，但我不是心感能力者！"

埃文斯拿起第四张卡片。"这张呢？我不扇耳光了。告诉我，否则布兰登就会用电棒电击你，会很疼的。你应该不会再次发作癫痫，但也有可能会，所以卢克，告诉我，这张是什么？"

"布鲁克林大桥！"他喊道，"埃菲尔铁塔！布拉德·皮特穿燕尾服，狗在拉屎，印第安纳波利斯五百英里大赛，我不知道！"

他等着被电击——电棒大概就像某种泰瑟枪。也许会噼啪作响，也许会发出呜呜声，也许什么声音都不会有，他只会浑身一抖，倒在地上抽搐、流口水。但他没有。埃文斯收起卡片，示意布兰登走开。但卢克没有松一口气。

他心想，我希望我已经死了。死了，结束这一切了。

"普丽西拉，"亨德里克斯说，"带卢克回他的房间。"

"好的，医生。布兰登，帮我扶他到电梯口。"

等他们走到电梯口，卢克觉得自己回过神来了，意识重新回到了身体里。他们真的关掉了投影仪吗？他真的还能一直看见光点吗？

"你们弄错了。"卢克的嘴巴和喉咙都干得出奇，"我不是你们所谓心感能力者。你们知道的，对吧？"

"随便你。"普丽西拉冷漠地说。她转向布兰登，露出真心的笑容，像是变成了另一个人，"咱们回头见？"

布兰登咧嘴一笑。"那当然。"然后他转向卢克，忽然攥紧拳头，挥向卢克的面门。他在卢克的鼻子前一英寸处停下，卢克向后退缩，吓得大叫。布兰登发自肺腑地大笑，普丽西拉冲他露出一个"你们男人永远也长不大"的宠溺笑容。

"卢克，别给她找事。"布兰登说完，迈着平缓的夸耀步伐走进 C 层走廊，皮套里的电棒在他的大腿旁弹跳。

他们回到主楼走廊（卢克现在知道这里是宿舍侧楼了），只见格尔达和格蕾塔站在那儿，瞪大着眼睛惊恐地看着他们。两人手拉着手，抱着一模一样的布娃娃。她们让卢克想起某部老恐怖片里的双胞胎。

普丽西拉护送卢克来到他的房间门口后，一言不发地转身离开了。卢克走进房间，发现电脑没有被没收，他没有脱鞋就倒在床上，一口气睡了五小时。

15

外号"驴金刚"的亨德里克斯医生走进西格斯比夫人办公室旁的私人套间，西格斯比夫人正坐在小沙发上等他，他递给她一份文件。"我知道你喜欢硬拷贝，所以就拿来给你了，对你会有用的。"

她没有打开文件夹。"对我有没有用都一样，丹，这些测试是你自己的，你在做的次级研究似乎没什么成果。"

他顽固地咬紧牙关。"阿格尼丝·乔丹、威廉·格特森、维娜·帕特尔，还有另外两三个我不记得名字的，以及唐娜·某某。我们在他们所有人身上都取得了正面成果。"

她叹了口气，理了理日益稀疏的头发。亨德里克斯觉得西格斯比长着一张鸟脸：有一副尖鼻子，虽然没有尖喙，但饥渴的小眼睛与鸟毫无区别。一张鸟脸里面是个官僚脑子。没救了，真的。"但在另外几十个粉色儿童身上你没得到任何结果。"

"也许是的，但你想一想，"他说，其实他想说"你怎么可能这么愚蠢"，但那样他会陷入很多麻烦中，"假如心灵感应和心灵致动有所联系，正如我的研究所揭示的那样，那就可能还存在其他潜藏的通灵能力等待着被发掘出来。这些孩子的能力，包括最强大的那些孩子，可能仅仅是冰山一角。比方说，心灵治疗会不会真的可能存在？想象一下：只通过意念力就能治好杀死约翰·麦凯恩的恶性胶质母细胞瘤；假如我们能利用这些能力来延长寿命，让人活到一百五十岁，甚至更久，那么我们对它们的开发远没有走到尽头，仅仅是个开始！"

"这些话我都听过了，"西格斯比夫人说，"在你所谓任务陈述书里读到过。"

但你根本不明白，他心想。斯塔克豪斯也不懂。埃文斯算知道一些，但连他也无法看清那广大的潜能。"埃利斯那小子和艾莉丝·斯坦诺普又不是特别有价值。我们给他们贴粉色即时贴是有理由的。"他摆摆手，发出轻蔑的嘘声。

"比起现在，这话放在二十年前会比较正确，"西格斯比夫人答道，"哪怕是十年前。"

"但是——"

"够了，丹。埃利斯那小子显示出心感的迹象了吗，到底有没有？"

"没有，但他在投影仪关闭后依然能看见光点，我们认为这是一个指征，一个很强的指征。但紧接着，非常不幸，他癫痫发作了。如你所知，这并不稀奇。"

她叹息道："我不反对你继续做斯塔西光测试，丹，但你必须看清现实。我们的首要目标是让住客在去后半区之前做好准备，这才是重中之重，是我们的主要目标。任何副作用都不用太担心。你那些东西就像心灵科学中的米诺地尔，管理层对它们不感兴趣。"

亨德里克斯退了一步，像是被她打了一拳。"帮秃头中产阶级重新长出头发的高血压药？我这是有可能改变人类命运的方法，两者怎能相提并论？！"

"也许不能，也许你的测试能更频繁地产生效应，我，还有付你薪水的那些人，大概会更感兴趣。但你现在只有几个互不相关的单独案例。"

他张嘴想辩解，但见到她露出了那令人生畏的表情后，他乖乖地闭上了嘴巴。

"我都暂时允许你继续做测试了，你还有什么好抱怨的？考虑到你的测试致使我们失去了几名儿童，你应该很满足了。"

"粉色儿童。"他说着再次发出轻蔑的嘘声。

"你说得好像他们一毛钱能买一打这些孩子，"她说，"以前也许真的能，但现在买不到了，真的买不到了。哦，对了，这份文件你处理一下。"

她递给他一份被标为红色的档案，档案上面盖着"重新安置"的印章。

16

那天晚上，卢克走进休息室，看见卡丽莎坐在地上，背靠着面对操场的一扇观景大窗。她在小口地喝酒，拿在手里的小瓶烈酒来自零食贩卖机。

"你喝那东西？"他边问边在她身旁坐下。埃弗里和海伦在操场上玩蹦床。海伦似乎在教埃弗里做前滚翻。天快黑了，用不了多久，他们就必须回到室内。尽管操场上从不关门，但这里没有照明灯，因此他们晚上一般不出来。

"第一次。我用掉了所有的代币。相当难喝，来一口吗？"她把小瓶递给卢克，这种饮料名叫冰酒茶。

"我就算了。小莎，你为什么不告诉我那个光点测试那么可怕？"

"叫我卡丽莎。只有你叫我卡丽莎，我喜欢。"她有一点口齿不清了。仅仅几盎司[1]加了烈酒的茶饮料不至于让人喝醉，估计她还没适应酒精。

"好的。卡丽莎。你为什么不告诉我？"

她耸耸肩。"他们逼你看舞动的彩色光点，直到你有点头晕。那有什么可罢的？"她把"可怕"说成了"可罢"。

"真的？你做的测试是这样的？"

"对。怎么了？你的是什么样的？"

"他们先给我打针，我起了反应。我的咽喉锁住了，有一瞬间我以为自己要憋死了。"

"呃，他们在做测试前也给我打了针，但我毫无反应。你做的那个听上去确实很可怕。卢克，对不起。"

"可怕的才刚开始呢。我看到光点的时候昏过去了，大概是癫痫发作。"他还尿了裤子，但这种事自己知道就好。"等我醒来……"他停下来，控制住情绪。他不想在这个漂亮的女孩面前哭，他喜欢她好看的棕色眼睛和黑色鬈发。"等我醒来，他们扇我耳光。"

她坐直了身子。"你说什么？"

他点点头。"然后一个医生……叫埃文斯，你认识他吗？"

"留小胡子的那个。"她皱起鼻子，又喝了一口酒。

"对，就是他。他拿出一摞卡片，要我说出卡片上是什么。那些是测试超感官知觉的卡片。肯定是，你提到过，记得吗？"

"当然。他们用那些卡片测试过我十几次，甚至二三十次。但做过光点测试后没有测，他们直接把我送回了房间。"她又喝了一小口，"他们肯定搞错了档案，以为你是心感能力者，不是心动能力者。"

"我一开始也这么认为，我对他们说了，但他们一直扇我耳光，好

---

[1] 1盎司约合28.35克。

像他们觉得我在装傻。"

"从没听咕这么疯狂的事情。"她说，把"听过"说成了"听咕"。

"我认为会这样是因为我不是你们所谓显性，我只是普通水平。他们管我们叫粉色儿童。"

"对。粉色儿童，没错。"

"其他孩子呢？他们遇到过这种事吗？"

"我从来没问过他们。你真的不想喝一口？"

卢克接过瓶子喝了一口，主要是不希望她喝完一整瓶。他觉得她已经喝得太多了，口感和他想象中一样糟糕。他把瓶子还给卡丽莎。

"不想知道我为什么喝酒吗？"

"什么？"

"艾莉丝，为了怀念她。她和你一样，没什么特别的，只是有一点心动能力。一小时前他们带走了她。乔治肯定会说，咱们再也见不到她了。"

她开始哭泣。卢克搂住她，他不知道自己还能做什么。她把脑袋搁在了卢克的肩膀上。

17

那天夜里，他又打开了格里芬先生网站，输入《明星论坛报》的网址后，他盯着屏幕看了足足三分钟，最后没有按回车键就直接退出了。胆小鬼，他心想，我是个胆小鬼。假如他们死了，我就必须找到真相。然而他不知道除了彻底崩溃，自己还能如何面对真相。另外，就算知道了又有什么意义呢？

他转而输入"佛蒙特州的债务律师"。他已经研究过这个课题，但告诉自己再查一遍也无妨，至少能够消磨时间。

二十分钟过后，他关掉电脑，思考要不要出去走一圈，看看有谁还醒着（卡丽莎是他的首选，假如她没喝得人事不省的话）。彩色光点忽然再次出现，在他眼前旋转，周围的世界开始消失——被拉走，就像他在月台上望着火车离车站而去。

他把脑袋搁在关闭的笔记本电脑上，做了几次缓慢的深呼吸，命令自己别慌，别慌，千万别慌。他告诉自己，幻觉会过去的，禁止自己去思考要是幻觉不过去会发生什么。至少你还能吞咽，能吞咽是好事，灵魂出窍——进入一个由旋转光点构成的宇宙——的感觉终于过去了。他不知道幻觉持续了多久，也许只有一两分钟，但感觉要久得多。

他去卫生间刷牙，看着镜子里的自己。他们可能知道他见到了光点，很可能确实知道，但肯定不知道另一件事。虽然他不知道第一张和第三张卡片的正面是什么，但第二张上面是个骑自行车的男孩，第四张上面是只叼着球的小狗，黑狗和红球。他似乎真的是个心感能力者。

更确切地说，他现在是心感能力者了。

他漱口，关灯，在黑暗中脱衣服，上床躺下。是光点改造了他，他们知道可能会发生，但并不确定。他不知道自己怎么能确定这一点，但……

他是测试对象，他们所有人可能都是，但低等级的心感能力者和心动能力者——粉色儿童——要做额外的测试。为什么？因为他们的价值比较低？就算出了岔子也可以被牺牲？尽管无法确定，但卢克觉得很可能就是这样。那两个医生以为卡片测试失败了，很好。他们是坏蛋，向坏蛋隐藏秘密必定是正确的，对吧？但他认为，除了发掘粉色儿童的天赋，光点测试应该还有其他目的，因为能力更强的心动能力者和心感能力者（例如，卡丽莎和乔治）也都做过测试。那么，其他的目的是什么呢？

他不知道。他只知道光点已经消失，而艾莉丝也离开了，光点也许还会再出现，但艾莉丝不会。艾莉丝去了后半区，他们再也见不到她了。

18

第二天吃早饭时有九个孩子，但艾莉丝不见了，他们小声交谈着，没有笑声。乔治·艾尔斯没有开玩笑，海伦·西姆斯拿香烟糖当早饭，哈利·克罗斯从自助餐台取了堆成小山的炒蛋（还有培根和炸土豆片），正狼吞虎咽地吃着，一次也没从盘子上抬起头，就像个正在辛勤工作的男人。格尔达和格蕾塔不肯吃东西，直到格拉迪丝笑容可掬地出现，哄着两个小女孩吃了几口。得到她的关注，双胞胎似乎高兴起来，甚至笑了笑。卢克想把她们拉到一旁，告诉她们不能信任那个笑容，但那样除了会吓坏她们，能有什么好处呢？

"能有什么好处呢？"这句话成了另一个魔咒，他明白这种思考方式有问题，在听天由命的路上又向前走了一步。他不想往那个方向去，绝对不想，但逻辑就是逻辑。既然得到"大格"的关注让两个"小格"感到高兴，那就让她们高兴吧，然而等到两个小女孩被测肛温……然后看光点……

"你这是怎么了？"尼基问，"看表情像是咬了一口柠檬。"

"没什么，在想艾莉丝。"

"哥们儿，她已经是历史了。"

卢克盯着他。"太冷酷了吧。"

尼基耸耸肩。"真相总是这样，去打两把 HORSE 比赛吗？"

"不去。"

"来吧。我让你一个 H，赢了我就背着你跑。"

"算了吧。"

"怕了？"尼基问，但并不是在挑衅。

卢克摇摇头。"那只会让我更难过，我以前经常和我老爸玩。"他听见自己说"以前"，感到很难过。

"好的，我知道了。"尼基看着卢克，露出一个表情，卢克简直难以忍受，尤其是当它出现在尼基·威尔霍尔姆脸上。"听着，哥们儿……"

"怎么了？"

尼基叹息道："没什么，要是你改了主意，就来外面找我吧。"

卢克走出食堂，顺着那条走廊（"只是天堂里的另一天"走廊）向前走，进入相邻的那条走廊——他将其命名为"制冰机走廊"。莫琳不见踪影，于是他继续向前走。他经过更多的加油海报和更多的房间——左右各九间。房门都敞开着，他看见了没整理过的床铺和没贴海报的墙壁。房间的本质因此袒露无遗：关押儿童的牢房。他经过电梯间，继续向前走，见到了更多的房间。他必然会得出几个结论。其中之一就是异能研究所以前的"住客"比现在多得多，除非管理者在装修时过于乐观了。

卢克来到了另一间休息室，名叫弗雷德的勤杂工正没精打采地拖地板，动作幅度很大。这儿也有零食和饮料贩卖机，但里面没装东西，也没插电。外面没有操场，只有一片砾石地面，铁丝网外能看见几张长椅（大概是供想去室外休息的工作人员使用的），七十码[1]外是低矮的绿色行政楼——西格斯比夫人的巢穴，她说他来这儿是为国效力。

---

[1] 1 码约合 0.9144 米。

"你在干什么？"勤杂工弗雷德问。

"散散步，"卢克说，"看风景。"

"这儿没有风景。回你来的地方去，和其他孩子玩去吧。"

"要是我不想呢？"卢克的话听上去可怜兮兮的，而不是目中无人，他真希望自己的嘴巴没这么快。

弗雷德的腰一侧挂着对讲机，另一侧挂着电棒。他摸了摸后者，说："回去。我不会再说一遍了。"

"好的。祝你快乐，弗雷德。"

"快你妈的乐。"他继续拖地去了。

卢克往回走，惊讶于成年人在他心中的默认设定（例如，你礼貌待他们，他们也会以礼相待）竟然崩塌得如此迅速。他经过那些空房间时，尽量不向里面看。房间里阴气森森的，曾经有多少个孩子在里面居住？他们去后半区后发生了什么？他们现在去了哪儿？回家了吗？

"这他妈的不可能。"他喃喃道，他希望母亲就在身边，听见他说脏话，然后斥责他。失去父亲已经很糟糕了，失去母亲就好像硬生生地被拔掉一颗牙。

卢克来到制冰机走廊，他看见莫琳的洗衣篮小车停在埃弗里的房间门口。他探头进去，莫琳正在抚平埃弗里的床单。"还好吗，卢克？"

一个愚蠢的问题，但他知道她没有恶意。他之所以知道，与昨天那场灯光秀或许有那么一点关系。莫琳今天的脸色更加苍白，嘴角的皱纹也更深了。卢克心想：这个女人状态可不怎么好。

"当然。你呢？"

"我挺好的。"她在撒谎——这不是他的直觉或洞见，而是铁一般的事实，"只是这小子——埃弗里——昨晚尿床了。"她叹了口气，"他不是第一个，也不会是最后一个。还好没透到床垫底下去。你照顾好自己，卢克。祝你快乐。"她直视卢克，眼里透着希望。但藏在眼神背后的并不是希望。他再次想道：他们改变了我。我不知道他们是怎么做到的，也不知道我改变了多少，但没错，他们确实改变了我。给我增加了某种新的能力。他很高兴自己在做卡片测试时撒谎了。更令他高兴的是，他们相信了他的谎言，至少暂时相信了。

他往门口走去，但又转过身。"我要去取点冰块，他们昨天扇了我好几个耳光，我的脸现在还疼。"

"去吧，孩子。你去吧。"

这一声"孩子"再次温暖了他的心，让他想微笑。

他回到房间，拿起冰桶，把里面的水倒进卫生间的洗脸池，带着小桶回到制冰机旁。莫琳已经在那儿了，她用臀部顶着煤渣砖墙壁，弯下腰，双手抓着小腿接近踝部的位置。卢克快步走过去，但她挥挥手。"我舒展一下背部，肌肉太紧张了。"

卢克打开制冰机的小门，拿起铲子。他没法像卡丽莎那样给她递字条，因为房间里尽管有电脑，却没有纸和笔，连个铅笔头都没有。也许这样反而更好。在这儿传字条太危险。

"利亚·芬克在伯灵顿。"他一边舀冰块一边低声说，"鲁道夫·戴维斯在蒙彼利埃。两个人在'法律精英'上都是五星，那是个消费者评分网站。能记住这两个名字吗？"

"利亚·芬克，鲁道夫·戴维斯。愿上帝保佑你，卢克。"

卢克知道他应该到此为止，但他很好奇。他一向很好奇，因此他没有离开，而是砸了几下冰块，像是想弄碎它们。其实没有这个必要，但这么做能制造噪声。"埃弗里说你在为一个孩子存钱，我知道和我没关系——"

"狄克逊小子能看穿别人的心思，对吧？不管他会不会尿床，但他肯定很厉害，他的接收表上没有粉色即时贴。"

"对，他很厉害。"卢克用小铲搅动冰块。

"嗯，他说得对。我儿子出生后，我通过教会找人收养了他。我想留下他，但神父和我母亲说服我放弃了这个念头。我嫁的那个狗东西不想要小孩，所以我只好送走我儿子。卢克，你真的关心这些吗？"

"是的。"他确实关心，但交谈太久可能不太好。他们也许无法监听，但肯定能看见。

"我的腰开始痛后，忽然想到我必须搞清楚他后来怎么样了，而我也查到了。州政府说他们不能告诉我婴儿的去向，但教会从二十世纪五十年代就保留着收养记录，而我有电脑密码，神父把密码压在他住处的键盘底下。我儿子和我在佛蒙特的住处之间只隔着两个镇子，他现在是高中四年级的学生，他想去上大学，我连这个都查到了。我儿子想去上大学。我存钱就是为了这个，而不是替那个狗东西还债。"

她用袖子擦了擦眼睛，动作飞快，甚至有点鬼祟。

他关上制冰机的小门，站了起来。"小心你的腰，莫琳。"

"我会的。"

万一是癌症怎么办？这是她此刻的想法，他知道。

他转身要走，她拍了拍他的肩膀，凑近他。她的口气很难闻，这是病人的气息。"我的儿子，他不需要知道钱是从哪儿来的，但他需要这笔钱。还有，卢克，他们怎么说你就怎么做，无论他们要你做什么。"她犹豫了片刻继续说，"另外，要是你想和任何人聊任何事……就来这儿。"

"我以为还有其他地方也——"

"就来这儿。"她重复道，说完她推着小车按原路往回走。

19

卢克回到操场上，惊讶地发现尼基在和哈利·克罗斯玩 HORSE

比赛。他们大笑，碰拳，互相叫骂，就好像两个人是从一年级开始就认识的好朋友。海伦和埃弗里坐在野餐桌前，用两副扑克玩战争游戏[1]。卢克在海伦身旁坐下，问谁赢谁输。

"难说，"海伦说，"上一局埃弗里赢了，但这一局很胶着。"

"她觉得无聊得一塌糊涂，但她想做个好人，"埃弗里说，"海伦，对吧？"

"确实如此，小克雷斯金。下完这一局，咱们玩盖棉被游戏[2]吧。你不会喜欢的，因为我下手特别狠。"

卢克环顾四周，忽然心头一紧。幽魂般的光点编组在他眼前绽放，再一眨眼就不见了。"卡丽莎去哪儿了？没有被他们——"

"不，没有，他们没带走她。她只是在洗澡。"

"卢克喜欢她，"埃弗里大声说，"非常喜欢她。"

"埃弗里？"

"怎么了，海伦？"

"有些事最好别说出口。"

"为什么？"

"因为个中曲折，不能直言。"她忽然移开视线。她抬起手，捋过染成两种颜色的头发，也许是为了掩饰嘴唇的颤抖，但并不成功。

"怎么了？"卢克问。

"你为什么不问小克雷斯金？他能看见一切，知道一切。"

"她被体温计捅了屁股。"埃弗里说。

"哦。"卢克说。

"对，"海伦说，"太他妈羞辱人了。"

"为了贬低我们。"卢克说。

---

1 一种纸牌游戏。
2 一种纸牌游戏。

"但也快乐且美味。"海伦说，两人放声大笑。尽管海伦的眼里含着热泪，但她依然笑了，在这个地方，笑的能力无比珍贵。

"我不明白，"埃弗里说，"为什么被体温计捅屁股能'快乐且美味'？"

"等你把温度计抽出来舔一舔，就知道有多美味了。"卢克说完，三个人一起狂笑。

海伦猛拍桌子，扑克牌飞了起来。"哦，我的天，我尿裤子了，真恶心，别看我！"她跳起来就跑，险些撞倒刚走出来的乔治，乔治正在吃花生奶油小蛋糕。

"她这是怎么了？"乔治问。

"尿裤子了，"埃弗里平静地说，"昨晚我也尿床了，所以我能明白她的心情。"

"谢谢你的坦白，"卢克微笑道，"去和尼基还有新来的孩子玩HORSE吧。"

"你疯了吗？他们块头那么大，再说哈利昨天还推倒了我。"

"那就去跳蹦床吧。"

"我已经跳够了。"

"还是去跳吧，我要和乔治聊一聊。"

"聊光点？什么光点？"

卢克心想，这孩子啊，是个他妈的怪胎。"去吧，埃弗里。给我表演几个前滚翻。"

"小心别摔断脖子，"乔治说，"不过要是你摔断了，我就在你的葬礼上唱《你那么美丽》。"

埃弗里盯着乔治看了一两秒，然后说："但你讨厌这首歌。"

"没错，"乔治说，"对，我讨厌这首歌，我这么说是为了所谓讽刺，还是反讽？这两种手法我总是搞错。去吧。抱个团麻溜地滚吧。"

两人望着埃弗里慢吞吞地走向蹦床。

"他十岁了，但除了有超感能力，整个人仿佛只有六岁，"乔治说，"你说这有多糟糕。"

"非常糟糕。乔治，你几岁了？"

"十三，"乔治说，语气阴郁，"但最近我觉得自己至少一百岁了。听我说，卢克，他们说我们的父母一切都好，你相信吗？"

这是个很难回答的问题。卢克过了一会儿才回答："不……怎么相信。"

"假如你能找到确定的答案，你愿意吗？"

"我不知道。"

"我不愿意，"乔治说，"我自己的烂事都处理不完。要是我发现他们……你明白的……我会崩溃的。但我又忍不住去想，总是在想。"

我可以替你去查，卢克心想。我可以替咱们两个查明真相。他险些凑过去对着乔治的耳朵这么说。然后他想到乔治说他连自己的烂事都处理不完。"我说，弄眼睛的那个测试，你做过吗？"

"当然。所有人都做过，就像所有人都被体温计捅过屁眼，还有脑电图、心电图、磁共振成像、XYZ 心电图、血检、反射测试和你能想到的所有美妙的玩意儿。"

卢克想问乔治在投影仪关闭后还有没有见过那些光点，但他决定还是不问为妙。"你癫痫发作了吗？因为我发作了。"

"没。他们只让我坐在桌子前面，留小胡子的浑球医生和我玩卡片戏法。"

"你是说他问你卡片上是什么？"

"对，就是这个。我认为那是莱茵卡片，几乎可以肯定。在掉进这个迷人的魔窟前几年，我做过这个测试。当时我的父母发现我有时候能用眼神移动物体，而且他们意识到那不是我在耍花招后吓得魂不附体，便想搞清楚我到底怎么了，于是带我去普林斯顿，那儿有个机构叫异常现象研究所。曾经有，后来好像关闭了。"

"异常现象……这是真的？"

"对。反正总比通灵能力研究所更像个科学机构。它实际上隶属普林斯顿的工程系，信不信由你。几个硕士生用莱茵卡片测试我，但我得了零分。那天我没法让东西移动，有时候就是这个样子。"他耸耸肩，"他们多半认为我是装的，我觉得没什么不好。我是说，有时候我光是用脑子想一想积木就能把它们弄翻，但这又不可能帮我泡妞。你说对不对？"

卢克最大的本事是不动手弄翻餐桌上的比萨托盘，他当然同意。"他们扇你耳光了吗？"

"我挨过一记耳光，而且很重。"乔治说，"因为我试图开玩笑，是普丽西拉那个贱人打的。"

"我见过她，确实是个贱人。"

他母亲讨厌这个词甚至超过"他妈的"，卢克不禁再次怀念起了母亲。

"而你不知道卡片上是什么。"

乔治奇怪地看了他一眼。"我是心动能力者，不是心感能力者，和你一样，我怎么可能知道？"

"我猜也是。"

"我在普林斯顿做过莱茵卡片测试，所以我猜是十字、星星，然后是波浪线。普丽西拉叫我别撒谎，埃文斯又拿起一张卡片，我就说那是普丽西拉的奶子，于是她就扇了我一记耳光，然后他们放我回房间了。实话实说，他们似乎都不怎么上心。就像在画 t 上的一横、i 上的一点。"

"也许他们本来就不抱什么希望，"卢克说，"也许你只是控制组的成员。"

乔治大笑。"哥们儿，我在这儿屁都控制不了。你到底想说什么？"

"没什么，随便聊聊。那些光点，彩色的光，后来你还看见过吗？"

"没有。"乔治开始好奇了,"你呢?"

"也没有。"卢克忽然很庆幸,还好埃弗里不在,希望他的脑电波收音机只能收到近距离范围内的信号,"就是……我癫痫发作了……至少我是这么认为……我害怕还会再次发作。"

"我没法理解这到底是个什么地方,"乔治说,语气前所未有地阴郁,"几乎可以肯定是一处政府机构,但……我告诉你,我母亲买过一本书,在他们带我去普林斯顿前不久,书名叫《心灵科学的历史与骗局》。她不在的时候我读了。书里有一章说的是政府用我们的那些能力——心灵感应、心灵致动、预知,甚至浮空和远距传送——做测试,中情局在二十世纪五十年代做过一些。他们使用了麦角酸,有一些成果,但没什么了不起的。"他凑近卢克,蓝色的眼睛盯着卢克绿色的眼睛,"哥们儿,那就是咱们——其实没什么能力。难道我们用意识移动区区一个饼干盒——只有当它是空的——或翻动一本书,就能帮助美国统治全世界了吗?"

"他们可以派埃弗里去俄罗斯,"卢克说,"他可以向政府报告普京早上吃了什么,还有他内裤是三角的还是四角的。"

乔治被逗乐了。

"至于咱们的父母——"卢克开始说,但这时卡丽莎跑了出来,问他们想不想玩躲避球。

他们都想玩。

20

那天卢克不用做测试,折磨他的只有自己的意志,然而他再次败下阵来。他打开了《明星论坛报》两次，又都退了出来，不过第二次他扫了一眼头版头条，有个男人开着卡车冲向人群，来证明他有多么虔诚。这非常可怕，但是在异能研究所之外发生的事情，外部世界依然存在。另外，这儿至少发生了一点变化：电脑的开机屏幕上写着他的名字，而不是唐娜。

他迟早会去搜索他父母的信息，他很清楚这一点。他现在完全理解了一句老话：没有消息就是好消息。

第二天，卢克又被带去 C 层，名叫卡洛斯的技术员抽了他三管血，给他打了一针（没有不良反应），让他去厕所隔间，接了一杯尿样。然后卡洛斯和一个横眉立目的勤杂工——名叫威诺娜——送他去了 D 层。卢克听说过威诺娜的凶名，于是没有尝试和她聊天。他们带他来到一个大房间，这儿有一台价值数百万的磁共振成像仪。

几乎可以肯定这是一处政府机构，乔治这么说过。假如是这样，普罗大众若是知道税金被用在这种地方会怎么想呢？卢克心想，在这个国家，人们听到骑摩托要被强制戴上头盔、必须申请执照才能随身携带武器就会怒斥老大哥，但对这个问题的答案恐怕会是"没什么想法"。

另一名技术员在等他们，两人正要把卢克送进磁共振成像仪时，埃文斯医生忽然跑进房间，他检查了卢克胳膊上那次打针的位置，说他"好得像刚被漆过"——天晓得这是什么意思。他问卢克后来有没有发作过癫痫或感到眩晕。

"没有。"

"彩色光点呢？后来看见过吗？比如在锻炼的时候，或者用电脑的时候，或者如厕用力的时候？所谓如厕，就是——"

"我知道那是什么意思。没有。"

"卢克，你可别骗我。"

"真的没有。"不知道磁共振成像能不能侦测到他大脑活动的变化，从而揭穿他的谎言。

"好，很好。"一点也不好，卢克心想，你很失望，因此我很高兴。

埃文斯在写字板上涂了几笔。"继续吧，女士们、先生们。"他又蹿了出去，活像一只赴重要约会迟到的白兔。

操作磁共振成像仪的技术员——姓名牌上标着"戴夫"——问卢克有没有幽闭恐惧症。"你应该也知道这是什么意思。"

"我没有，"卢克说，"我唯一恐惧的是被关起来。"

戴夫是个戴眼镜的中年男人，脑袋几乎全秃，表情严肃，他看着像个会计师。当然了，阿道夫·艾希曼[1]也像。"假如你有……幽闭恐惧症，我是说……我可以给你一片安定，这是被允许的。"

"没问题。"

"你最好还是吃一片吧，"卡洛斯说，"你要在里面待很久，仪器开开关关，吃了药你会感觉更愉快。你甚至还能睡上一觉呢，但声音很响。乒乒乓乓，你知道的。"

卢克知道。他没进过磁共振成像仪，但他看过不少医务剧。"我就算了。"

然而，吃过午饭（格拉迪丝送来的）后，他还是要了一片安定，一小部分是因为好奇，一大部分是因为无聊。他已经拍了三轮磁共振成像，戴夫说他还要拍三轮。卢克懒得问他们在做什么测试、在寻找什么和想找到什么。答案多半是某种形式的"不关你的事"。他估计技术员自己也不知道。

安定让他产生了某种飘飘然的恍惚感，最后一次拍片的时候，尽管机器发出了响亮的砰砰声，他还是坠入了浅度睡眠。等威诺娜过来带他回宿舍楼层时，安定的药效已经过去了，他只觉得迷迷糊糊的。

---

1 二战时期的纳粹头目。

她从口袋里掏出一把代币。他接过去的时候，一枚代币落在地上，滚了出去。

"捡起来，笨手笨脚。"

他捡起那枚代币。

"你这一天过得很累了，"她微笑道，"去给自己买点东西喝吧。提提神，松松筋骨。我推荐你试试哈维布里斯托尔奶油雪利酒。"

她是个中年人，年龄足够养出一个卢克这么大的孩子，甚至两个。她会推荐她的孩子喝酒吗？哎呀，你今天在学校里很辛苦吧，快来喝杯小酒提提神，然后再去写作业。他想对她这么说，她顶多会扇他耳光，但……

"那又有什么意义呢？"

"嗯？"她疑惑地对他说，"什么有什么意义？"

"随便什么，"他说，"威诺娜，随便什么都行。"他不想喝哈维布里斯托尔奶油雪利酒，也不想喝冰酒茶，甚至不想喝犁跃歌海娜[1]，约翰·济慈说某个东西"像西方那缎带般渐隐夜空中的月亮一样浪漫"时大概会想到这么一个名字。

"卢克，你注意一点你那张厉害的嘴。"

"我会努力的。"

他把代币塞进口袋，估计一共有九枚。他会给埃弗里三枚，威尔科克斯姐妹每人三枚。代币足够买零食，但不够买其他东西。此刻他只想吃一大堆蛋白质和碳水化合物。今晚的菜单只要有这些东西就行，具体是什么他都无所谓。

---

1 一种葡萄酒。

21

第二天上午，乔和哈达德带卢克回到 C 层，叫他喝下一杯钡餐。托尼拿着电棒站在旁边，卢克敢说半个不字就让他尝尝厉害。他喝完最后一滴后，被领进一个小房间拍 X 光片，这个房间比高速公路休息区的厕所隔间还狭窄。拍片倒是没什么，但等他走出小房间，他胃疼得厉害，弯下腰去。

"你可别吐在地上，"托尼说，"想吐就去角落里的水槽边。"

但太迟了，卢克消化到一半的早餐和刚才喝的钡餐一起涌了出来。

"啊，妈的。你给我拖干净，等你收拾完了，我要地板干净得能在上面吃饭。"

"我来吧。"哈达德说。

"你来个屁。"托尼既不看他，也没有提高嗓门，但哈达德还是吓得瑟缩起来。"你去拿拖把和水桶，剩下的都是卢克的活。"

哈达德拿来清洁工具，去角落里的水槽打了一桶水。但卢克的胃还在疼，他的胳膊抖得厉害，肥皂水洒得到处都是。乔替卢克放下水桶，在耳边说："坚持住，小子。"

"把拖把给他就行。"托尼说。卢克知道——以他现在理解各种事情的新方式——这家伙乐在其中。

卢克拖完地，洗了拖把。托尼检查他的工作成果后说不行，命令他再拖一遍。胃部痉挛已经过去，这次卢克自己提起水桶，接了一桶水放在地上。哈达德和乔坐在一旁，讨论洋基队对阵圣迭戈教士队的胜负率，显然那是他们各自支持的球队。在回去坐电梯的路上，哈达德拍拍卢克的后背，说："干得好，卢克。乔，给他几枚代币吧，我没了。"

乔给了他四枚代币。

"这些测试都是在测什么？"卢克问。

"很多东西，"哈达德说，"你别担心。"

卢克觉得这大概是自己听到过的最愚蠢的建议了。"我还能有出去的一天吗？"

"绝对有，"乔说，"但你不会记得这儿的任何事情。"

乔在撒谎，但卢克并不是通过读心知道的，至少不像他以前想象的那样——在脑海里听见说话的声音（或者看见文字，就像电视新闻节目底下的字幕）。他就是知道，像地心引力或像二的平方根是无理数一样不可否认。

"我还要做多少测试？"

"哦，你会忙得不可开交的。"乔说。

"总之别吐在托尼·费扎尔要走的地上就行。"哈达德说完愉快地放声大笑。

22

卢克回到房间里，一名他没见过的清洁工正在用吸尘器清扫地面。她二十多岁，身材丰满，姓名牌上标着"乔琳"。

"莫琳呢？"卢克问，但他很清楚答案：本星期莫琳休息，等她回来，负责的就不是异能研究所里他所在的区域了，至少有一段时间不会轮到她。他希望她在佛蒙特收拾好跑路丈夫留下的烂摊子，但他会想念她的……不过他估计等自己去了后半区，也许还会见到她。

"莫莫去和约翰尼·德普拍电影了，"乔琳说，"就是每个孩子都喜欢的海盗电影，她演骷髅旗。"她哈哈一笑，然后说，"你先出去一下，等我收拾完再回来。"

"但我想躺下，我不舒服。"

"哦，哇哇哇，"乔琳说，"你们这些孩子都被宠坏了。房间有人收拾，饭菜有人准备，还有自己的电视机……你以为我小时候卧室里有电视机，有自己的卫生间吗？我有三个姐妹和两个兄弟，上厕所像打仗。"

"可我们要喝钡餐，然后呕出来，你想试一试吗？"

卢克心想，我怎么越来越像尼基了，不过这有什么不好的呢？一个人有正面榜样是件好事。

乔琳转向他，挥舞着吸尘器的管子。"想试试被这东西砸脑袋是什么感觉吗？"

卢克离开房间，沿着相接的宿舍走廊慢慢地移动，胃部痉挛害得他停下两次，靠到墙上休息。还好痉挛的频率和强度都在降低。在快能看见行政楼的弃用休息室时，他拐进了一个空房间，躺在床垫上，很快就睡着了。他醒来后，头一次没有期待自己能从卧室窗口看见罗尔夫·德坦家的屋子。

在卢克看来，那是朝错误的方向迈进了一大步。

23

第二天上午，他先是接受了注射，他们给他连上心率和血压监测仪，命令他在跑步机上跑步，卡洛斯和戴夫记录数据。他们加快跑步机的速度，直到卢克上气不接下气，险些从跑步机的末端掉下去。读数倒映在控制面板上，在卡洛斯放慢速度前的那一刻，卢克看见他的心率是每分钟一百七十下。

当他喝着橙汁喘息片刻的时候，一个高大的光头男人走进房间，抱着胳膊靠在墙上。他穿着一身看上去很昂贵的棕色西装，白衬衫上没有打领带。男人用一双黑眼睛打量着卢克，从他红通通、汗津津的脸蛋一直看到新运动鞋。男人说："年轻人，听说你表现出了适应过慢的迹象。这也许和尼克·威尔霍尔姆有些关系。他不是你应该仿效的对象。你知道这个词是什么意思，对吧？仿效？"

"知道。"

"他对只是在完成本职工作的人——无论男女——非常傲慢和无礼。"

卢克一言不发，沉默永远最安全。

"别被他的恶劣态度影响了，这是我给你的建议。一个很明确的建议。另外，请你尽量减少你和服务人员的交流。"

卢克感觉到一阵惊慌，随即意识到光头说的不是莫琳，而是勤杂工弗雷德。卢克很清楚这一点，尽管他只和弗雷德聊过一次，但和莫琳深谈过好几次。

"还有，远离西楼休息室和空房间。想睡觉就回自己的房间。尽量让自己在这儿待得开心一些。"

"这儿没有任何事情是值得开心的。"卢克说。

"你尽可以保留你的意见，"光头男人说，"不过你肯定也听过一句老话：意见就像屁眼，每人都有一个。然而我觉得你这么聪明的孩子，肯定明白没什么值得开心和有什么让你不开心是两码事。你记住了。"

他离开房间。

"刚才那个人是谁？"卢克问。

"斯塔克豪斯，"卡洛斯说，"异能研究所的安保主任，你可不想见到他凶恶的那一面。"

戴夫拿着针头走向他。"还要抽点血，用不了一分钟，乖乖地当个好孩子。"

24

在跑步机插曲和最后那次抽血之后，两天没有任何测试，至少对卢克来说是这样。他打了几针，其中一针使他整条胳膊痒得让人发狂，但没别的了。威尔科克斯双胞胎开始适应，尤其是在哈利·克罗斯和她们交上朋友之后。他是一名心动能力者，吹嘘他能移动很重的东西，但埃弗里说那是胡扯。"卢克，他的本事还不如你呢。"

卢克翻了个白眼。"别跟我说这些外交辞令，埃弗里，你太勉强你自己了。"

"什么是外交辞令？"

"拿枚代币在你的电脑上查呗。"

"对不起，戴夫，我做不到。"埃弗里模仿哈尔9000那柔和而阴森的声音，惟妙惟肖得令人惊叹，然后咯咯笑了起来。

哈利对格蕾塔和格尔达很好，这一点无可否认。每次见到她们，他脸上都会露出傻乎乎的灿烂笑容。他会蹲下，张开双臂，两个小女孩就会跑向他。

"你说他不会对她们有想法吧？"一天上午，尼基在操场上问，看着姐妹花在哈利的保护下玩蹦床。

"呃，恶心，"海伦说，"你八点档的狗血剧看得太多了。"

"没有。"埃弗里说。他在吃巧克力爆浆球，吃得嘴唇上长出了棕色的小胡子。"他不想……"他抬起两只小手撞击臀部。望着这一幕，卢克心想这正是心灵感应对人没好处的绝佳例子：你不但会知道得太多，而且会太早。

"呃，"海伦重复道，遮住眼睛，"埃弗里，别让我恨不得自己没长眼睛。"

"他以前在家里养可卡犬，"埃弗里说，"两个女孩就像狗的……

呃，你们知道的，有个专门的单词来着。"

"替代物。"卢克说。

"对，就是这个。"

"我不知道哈利和他的狗是什么关系，"那天吃午饭的时候，尼基对卢克说，"但两个小女孩完全控制住了他，就好像有人给了她们一个新玩偶——一个红头发、大肚子的玩偶。你看。"

双胞胎坐在哈利的两侧，叉起盘子里的肉卷一口一口地喂他。

"我觉得还挺可爱的。"卡丽莎说。

尼基对她微笑，这个笑容点亮了他的整张脸（今天这张脸上有黑眼圈，那是拜某位工作人员所赐）。"当然了，小莎。"

她也对他微笑，卢克感到一阵嫉妒。鉴于他们的处境，这种感受太傻了……但它确实存在。

25

第二天，普丽西拉和哈达德护送卢克去他从没去过的 E 层。他接受了静脉注射，普丽西拉说药物能帮他稍微放松一下，结果他失去了知觉。等他醒来，发现自己赤身裸体，瑟瑟发抖，躯干、右腿和右侧腹部缠上了绷带。另一名医生——白大褂上的姓名牌显示她叫理查森——俯身看着他。"卢克，感觉怎么样？"

"你们对我做了什么？"他想尖叫，但只能发出一声嘶哑的低吼。他们给他的喉咙里插了东西，大概是某种呼吸管。尽管早就来不及了，但他还是用双手捂住了下体。

"只是取了几个样。"理查森医生摘掉软呢手术帽，浓密的黑发倾泻而下，"别担心，我们没有摘你的肾去黑市贩卖。会有点疼，尤其是在肋骨间，但很快就会过去。现在嘛，把这个吃掉。"她递给他一个无标记的棕色小瓶，里面有几粒药。

她离开房间后，齐克拿着卢克的衣服进来。"等你觉得能动弹，不会摔倒了，就起来穿上衣服。"一向最懂得体贴人的齐克把衣服扔在了地上。

过了好一会儿，卢克总算有了点力气，他捡起衣服穿好。普丽西拉——这次还有格拉迪丝——护送他回到宿舍楼层。她们带他去 E 层的时候是白天，现在天已经黑了。也许已是深夜，他无法确定，他的时间感被彻底弄乱了。

"你能自己走回房间吗？"格拉迪丝问，脸上没有灿烂的笑容，也许笑容不值夜班。

"能。"

"那就去吧。记得吃一粒药，那是奥施康定，止痛药，能让你感觉好一些，算是额外赠送。等明天早晨你就好了。"

卢克走到房间门口，伸手去抓门把手，却忽然停下了。有人在哭。声音来自该死的"只是天堂里的另一天"海报附近，也就是说，多半来自卡丽莎的房间。他挣扎了几秒钟，他并不想知道她为什么哭，更没心情去安慰别人。然而，毕竟是卡丽莎在哭，于是他走了过去，轻轻敲门。没人回应，他转动门把手，把脑袋伸进房间。"卡丽莎？"

她躺在床上，一只手遮住双眼。"走开，卢克。我不要你看见我这个样子。"

他险些照她说的做了，但这并不是她内心的愿望。因此卢克没有走，而是进去在她的身旁坐下。"出什么事了？"

但他已经知道了，只是不清楚细节而已。

26

孩子们在外面的操场上——所有孩子，只有卢克除外，他在 E 层不省人事，理查森医生在他身上取样本。这时两个男人从休息室走了出来。他们身穿红色的工作服——不是前半区护工穿的粉色和技术员穿的蓝色，胸口也没有别姓名牌。老资历的孩子——卡丽莎、尼基和乔治——知道这意味着什么。

"我确定他们是来带我走的，"卡丽莎对卢克说，"我在这儿待得最久，尽管水痘已经好了，但我至少十天没做过测试了。他们甚至不抽我的血，你知道那些该死的吸血鬼有多喜欢抽血。但他们是来带尼基走的。尼基！"

她语不成声，卢克觉得很伤心，因为他对卡丽莎喜欢得快发狂了，然而他并不吃惊。每次尼基走进海伦的视线，海伦就会像指南针指向北极那样盯着他，艾莉丝也一样，就连格尔达和格蕾塔见到尼基走过，也会眼睛放光，张着嘴傻看。但卡丽莎和他在一起的时间最长，他们是异能研究所的老兵，而且年龄相仿，他们是最有可能成为一对的。

"尼基反抗他们，"卡丽莎说，"他反抗得很凶。"她忽然坐起来，险些把卢克从床上撞下去。她的嘴唇向后拉，露出牙齿，她攥紧的拳头放在刚开始发育的胸部上方。

"我也该反抗他们的！我们所有人都应该！"

"但事情发生得太快，对吧？"

"他一拳打在一个人的喉咙上，但另一个人给他的大腿来了一电棒。尼基的那条腿肯定失去了知觉，但他抓住绳网的一根绳子，不让自己倒下，他用另一条腿踢那个杂种，不让那家伙继续电他。"

"他踢飞了它。"卢克说。他能看见这一幕，但说出来是个错误，这能证明他不想让她知道的某件事情，但卡丽莎似乎没注意到。

"对。但前面那个家伙，被他打中喉咙的那个人，电了尼基的侧肋，狗东西肯定把功率开到了最大，因为我在沙壶球场都能听见电流声。尼基倒下了，他们弯下腰，继续电他，电得他手脚乱颤，尽管他躺在那儿不省人事，但还在手脚乱颤。海伦跑了过去，喊'你们要弄死他了，你们要弄死他了'，其中一个人飞起一脚踢在她的大腿根上，嘴里喊了一声'嘿！'，以为自己是什么空手道高手，还哈哈大笑。海伦倒在地上哭，他们抬起尼基离开了。但他们还没走进休息室的大门……"

她说不下去了，卢克耐心等待着。他知道接下来发生了什么，这是直觉向他展示的画面之一，但那其实不只是直觉，然而他必须让她说出口。因为他不能让卡丽莎知道他的新能力，不能让他的任何一名同伴知道。

"尼基恢复了一点知觉，"她说着眼泪顺着脸颊流淌，"足以看见我们。他微笑着朝我们挥手，他朝我们挥手，他曾经就是这么勇敢。"

"是啊。"卢克说，注意到她用上了过去时。卢克心想：我们再也不会见到他了。

她抓住卢克的脖子，把他的脸拉到自己面前，这个动作既狠又突然，两人的额头撞在了一起。"不许你这么说！"

"对不起。"卢克说，心里在思考她还在他的脑海里看见了什么。希望别太多，希望她因为红衣男人带尼基去了后半区而心烦意乱，没有心思窥破他的秘密。她的下一句话让卢克在这个问题上松了一口气。

"他们取了你的样本？对吧？你身上缠着绷带。"

"对。"

"黑头发的贱人，对吧？理查森。取了几个样？"

"三个。腿上一个，腹部一个，肋骨之间一个。最疼的就是最后这个。"

她点点头。"他们从我胸部取了一个，好像是活检[1]，非常疼。但也许他们不是在取样本，而是在放东西进去？他们说他们在取样本，但他们每句话都在撒谎！"

"你是说放更多的追踪器？既然已经有这个了，为什么还要植入呢？"他摸了摸耳垂上的芯片。那里早就不疼了，现在它只是他身上的一个部件。

"我也不知道。"她可怜巴巴地说。

卢克从口袋里掏出那瓶药片。"他们给的。也许你可以吃一粒，应该能舒缓你的情绪，帮你入睡。"

"奥施康定？"

他点点头。

她伸手去拿药瓶，随即又抽回了手。"问题在于，我不想吃一粒，也不想吃两粒，我想全吞下去。但我觉得我应该体验此刻的感受，我觉得这么做才正确，你说呢？"

"我不知道。"卢克说，这是实话。这里水很深，无论他多么聪明，他毕竟只有十二岁。

"回去吧，卢克。我需要静一静，哭一会儿。"

"好的。"

"我明天就会好起来的。要是下一个轮到我被……"

"不会的。"但他知道这么说很愚蠢，蠢得出奇。早就轮到她了，事实上已经过了。

"要是我被带走，你就和埃弗里做朋友。他需要朋友。"她直勾勾地看着卢克，"你也是。"

"好的。"

她挤出一丝笑容。"你真的很好。过来。"卢克凑近她，她亲吻了

---

1 即活组织切片检查。

卢克，先是脸颊，然后是嘴角。她的嘴唇带着咸味，但卢克并不在乎。

卢克打开门，她说："应该轮到我的，或者乔治，不该是尼基。他绝对不会向他们的那些屁话低头，他永远不会放弃。"她提高嗓门，"你们在吗？你们在听吗？我希望你们在听，因为我恨你们，我要你们知道！我恨你们！"

她倒在床上，开始啜泣。卢克想安慰她，但没有。他已经尽可能地安慰了她，他在伤害自己，不仅因为尼基而伤心，理查森医生刺破他的地方也在疼。他不在乎黑发女人究竟是取了他的组织样本，还是把东西植入了他的身体（追踪器不合逻辑，但他觉得有可能是某种测试性的生物酶或疫苗），反正他们的那些测试和注射都超出了他的理解能力。他再次想到集中营，尤其是集中营里那些可怕而荒谬的测试：冰冻活人，烧死活人，让活人感染疾病。

他回到自己的房间，考虑要不要吃一两粒奥施康定，最后还是决定不吃。

他考虑要不要用格里芬先生上《明星论坛报》网站，但同样打消了这个念头。

他想到尼基，所有女孩都迷恋的明星。尼基先是震慑住哈利·克罗斯，然后和他交朋友，这比仅仅揍他一顿需要更多的勇气。尼基在测试中反抗他们，后半区的人来接他走时，他同样反抗了，他永远不会放弃。

27

第二天，乔和哈达德带卢克和乔治·艾尔斯来到地下的 C-11 房间，然后让他们等了一会儿。等两名护工一人端着一杯咖啡回来的时候，齐克和他们在一起，他红着眼睛，像是宿醉未醒。他给两个孩子戴上橡胶电极帽，在下巴底下系紧束带。两个男人轮流操纵驾驶模拟器，齐克负责查看读数。埃文斯医生走进房间，拿着他心爱的写字板站在一旁，当齐克念出与反应时间有关（也许无关）的数字，他匆忙做记录。卢克闯了几个红灯，制造了大量惨案，然后他逐渐找到了诀窍，于是这个测试有了一点乐趣——异能研究所内的头等娱乐活动。

测试结束后，理查森医生来找埃文斯医生。今天她穿着三件套裙装和高跟鞋，看上去像是准备去参加高端商务会谈。她问卢克："一分到十分，你今天早晨的疼痛是几分？"

"两分吧，"他说，"一分到十分，我想离开这儿的愿望是十一分。"

她扑哧一下，像是他开了个无聊的玩笑，然后她和埃文斯医生告别（她叫他吉姆），离开。

"所以，谁赢了？"乔治问埃文斯医生。

埃文斯医生宠溺地笑了笑。"乔治，这不是那种拼输赢的测试。"

"好的，但谁赢了呢？"

"你们适应模拟器后反应得很快，符合我们对心动能力者的预期。今天没有其他测试了，孩子们，很开心，对吧？哈达德、乔，送两位年轻人回去吧。"

在走向电梯的路上，乔治说："我掌握诀窍前好像撞倒了六个行人。你几个？"

"只有三个，但我撞了一辆学校大巴。估计死伤人数更多。"

"你太烂了。我完美躲过了大巴。"电梯来了，四个人走进电梯。"好吧，我撞了七个行人。最后一个是存心撞的，我假设那是齐克。"

乔和哈达德对视一眼，哈哈大笑。卢克对他们有了一点好感。虽然他并不愿意，但事实如此。

等两名护工回到电梯里，大概是去休息室了，卢克说："看完光点后，他们会做卡片测试，那是测试心灵感应能力的。"

"对，我说过了。"

"但他们测试过你的心动能力吗？让你打开台灯或者弄倒一排多米诺骨牌？"

乔治挠挠头。"你这么一说，确实没有。但他们已经知道我能做到了——至少状态好的时候没问题，又为什么要测试呢？你呢？"

"也没有。我知道你说过了，但还是觉得很有意思，他们做测试时似乎并不在乎我们能力的界限。"

"这些事没有一件说得通，卢克，我的好朋友。从我们来到这儿开始就说不通。咱们去吃东西吧。"

大多数孩子在食堂吃午饭，但卡丽莎和埃弗里在操场上。他们背靠着铁丝网，坐在砾石地面上。卢克叫乔治先去吃饭，然后走了过去。漂亮的黑人女孩和矮小的白人男孩没有开口交谈……然而他们在交流。卢克知道这一点，但不知道他们在聊什么。

他回想起学术能力测验，想到向他请教数学题的女孩，那道题的主角是个叫阿龙的男人，问的是男人需要付给旅馆多少钱。这感觉起来像是前世了，但卢克清楚地记得他当时无法理解，对他来说这么简单的问题为何对那个女孩来说那么难。现在他理解了，卡丽莎和埃弗里之间正在发生的事情远远超出了他的想象。

卡丽莎望向他，挥手叫他离开。"卢克，我回头找你聊，你先去吃饭。"

"好的。"他说。但吃饭的时候，他没能和她交谈，因为她没来吃饭。后来，他结结实实地睡了一觉（他终于忍不住了，吃了一粒止痛片），醒来后他顺着走廊走向休息区和操场，但在卡丽莎房间的门口停下了，这扇门敞开着。粉红色的床单和带褶边的枕头不见了，马丁·路德·金的镶框照片也不见了。卢克站在门口，手捂住嘴，瞪大着双眼消化这个事实。

假如她像尼基那样反抗了，卢克觉得就算自己吃了药，也一样会被弄出的嘈杂声惊醒。另一种可能性是，她顺从地跟着他们离开了，尽管这令人难过，他不得不承认，但更有可能是真的。总而言之，亲吻过他两次的那个女孩消失了。

他回到自己的房间，把脸埋进枕头里。

28

那天晚上，卢克拿出一枚代币，在电脑的摄像头前晃了晃，开机后直接打开格里芬先生网站。他还能打开，这让他心怀希望。管理这个地方的人渣可能已经发现这道后门了，但这能够说明什么呢？他得出的结论非常明确，至少在他看来是如此：西格斯比的走狗迟早会发现他在偷看外部世界，这个可能性很大，但目前他们尚未发现。他心想，他们没有窥屏监控他的电脑，他们也有松懈之处，也许还存在许多其他漏洞，为什么不可能呢？他们要对付的又不是武装囚犯，而是一群惊恐而困惑的孩子。

他借由格里芬先生，打开了《明星论坛报》的网站。今天的头条仍然是围绕医保而展开的论战，这场论战已经持续了好几年。熟悉的恐惧又回来了，他害怕自己会在首页之外看见他不想看见的消息，他险些退回桌面。然后他可以清除最近的浏览记录，关机睡觉，也许再吃一粒药。老话说得好，不知道就不会受伤害，他一天内受到的伤害还不够多吗？

然后他想到了尼基。假如尼基·威尔霍尔姆知道这么一道后门的存在，他会退回桌面吗？多半不会，不，肯定不会，然而他不像尼基那么勇敢。

他想到当威诺娜递给他一把代币，他不小心让一枚掉落时，她说他笨手笨脚，命令他捡起来。他捡了起来，连一丁点怨言都不敢有。尼基绝对不会这么做，卢克几乎能听见尼基说"威诺娜，要捡你自己捡"，然后承受随之而来的惩罚，他甚至可能会反击。

但卢克·埃利斯不是尼克，卢克·埃利斯是你经常见到的那种好孩子，你怎么说他就怎么做，无论是家务事，还是学校乐队里的事。他讨厌该死的小号，每三个音他就会吹错一个，但他还是坚持吹小号，因为格里尔先生说他在体育运动外必须参加至少一项课外活动。卢克·埃利斯是会强迫自己参加社交活动的那种人，免得别人认为他不但是个脑魔，还是个怪胎。他先搞定所有人际关系，再埋头看书。因为那是个无底深渊，书中包含魔法咒语，能唤起隐藏其中的东西：一切伟大的神秘之物。有朝一日，他会写出自己的书籍。

但在这里，唯一的未来就是后半区。在这里，存在的真谛就是："那又有什么意义呢？"

"去他妈的。"他低声道，然后打开《明星论坛报》的本地栏目，他能听见怦怦的心跳声，绷带下已经愈合的伤口随之抽痛。

没必要去搜索，他看见自己的学校去年的照片，立刻知道了一切。他不用去看新闻标题，但还是读了一下：

猎鹰高地夫妻遭到残忍杀害，对失踪儿子的搜寻仍在继续

彩色光点回来了，在盘旋、搏动。卢克眯着眼睛看世界，他关闭电脑，站了起来。他觉得他的腿已经不属于自己了，颤抖着走了两步便倒在床上。他躺在床头灯柔和的灯光下，仰望着天花板。波普艺术风的可憎光点终于逐渐消失。

猎鹰高地夫妻遭到残忍杀害。

他觉得脑海中央仿佛有一扇翻板活门突然打开，若不是有一个清晰、无情而强大的念头拦着，他恐怕已经掉了进去：他们可能在监视他。他认为他们不知道格里芬先生网站的存在，更不知道他在通过网站接触外部世界。他也认为他们不知道光点使他的大脑发生了本质性的变化，他们以为那次测试以失败而告终，至少目前是如此。这些是他的秘密，它们或许很有价值。

西格斯比的走狗并非无所不能。他能够继续访问格里芬先生网站就证明了这一点。在他们心目中，住客唯一的反抗方式就是正面爆发。一旦那些人用恐吓、拳脚和电击让住客丧失反抗能力，就可以有一小段时间不用管他们了，就像乔和哈达德把卢克和乔治留在 C-11 房间里，自己溜出去喝咖啡一样。

遭到残忍杀害。

这几个字就是那道翻板活门，他一个不小心就会掉下去。卢克从一开始就几乎可以确定他们在撒谎，但绝大多数时候他都能让翻板活门关得死死的。这么做能保留一丝希望，但那个赤裸裸的新闻标题让希望破灭了。另外，他的父母死了——遭到残忍杀害，嫌疑最大的是谁？当然是失踪的儿子了。调查案件的警察肯定已经知道他是个特殊儿童，是个天才了，天才难道不都是很脆弱吗？难道不都是很容易就会脱离正轨吗？

卡丽莎用尖叫发泄愤懑，但无论卢克多么想尖叫，他都不会这么做。他在脑海里想怎么尖叫都行，但不会真的发出声音。他不知道自己的秘密能派上什么用场，他知道乔治·艾尔斯所谓魔窟的墙壁上存在一些裂缝。假如卢克能把自己的秘密（还有超常的智力）当作撬棒，也许就能打开其中一道裂缝。他不知道自己有没有可能逃跑，但只要能找到一条出路，那么逃跑将仅仅是通往一个更伟大目标的第一步。

把他们打倒，他心想，就像参孙在大利拉骗他剪掉头发后那样，推倒他们的神殿，压死他们，压死他们所有人。

想着想着，他进入了浅层睡眠。他梦见自己回到了家里，母亲和父亲都还活着。一个美好的梦，他的父亲叫他别忘记倒垃圾，母亲在做松饼，卢克在松饼上倒黑莓糖浆。父亲就着花生酱吃松饼，看哥伦比亚广播公司的早间新闻——盖尔·金和性感的诺拉·奥唐奈，然后在亲吻卢克的脸颊和他母亲的嘴唇后，出门去上班。一个美好的梦，罗尔夫的母亲送两个男孩上学，她在门外按喇叭，卢克拿起书包跑向大门。"哎，别忘记带买午饭的钱！"他的母亲喊道，然后把钱递给他，但那不是美元，而是代币，这时他醒了过来，觉察到房间里有别人。

29

卢克看不清那是谁，因为不知什么时候，他关掉了床头灯，尽管他没有这个记忆了。他听见从书桌附近传来窸窸窣窣的脚步声，他的第一个念头是某个护工来没收笔记本电脑了，因为他们其实一直在监控他。他太愚蠢，居然会认为他们没有监控，简直傻得出奇。

愤怒像毒药似的充满心灵，他几乎从床上一跃而起，打算制住溜进房间的人，把对方摞倒在地。随便对方扇他耳光、揍他，即使用该死的电棒电他也行，至少他能痛痛快快地给对方几拳。对方未必能理解他动手的真实原因，但没关系，卢克自己知道就行。

但入侵者并不是成年人。卢克撞上一个矮小的躯体，对方被他撞翻在地。

"哦，卢克，别！别打我！"

是埃弗里·狄克逊，埃弗里。

卢克摸索着把他扶起来，领着他走到床边，然后打开床头灯。埃弗里一脸惊恐。

"我的天，你来我房间干什么？"

"我半夜醒来，很害怕。我没法去找小莎，因为她被他们带走了，所以我就来找你。我能待在你这儿吗？求求你了。"

这些都是真话，但并非全部的真相。与卢克对这一点的明确程度相比，他"知道"的其他事情都显得模糊而缥缈。因为埃弗里是个强大的心感能力者，他的能力比卡丽莎强大得多，而此刻埃弗里正在……怎么说呢……广播。

"你可以留下。"埃弗里开始爬上卢克的床。"不行，你先去上个厕所。别把我的床也尿湿了。"

埃弗里没有争辩，卢克很快就听见了小便的哗哗声，量相当大。埃弗里回来后，卢克关掉台灯。埃弗里靠在他身上，能够不再独自一人待着后，感觉挺好的。事实上，非常好。

埃弗里冲着他的耳朵悄悄说："卢克，对你妈妈和你爸爸的事，我感到很难过。"

卢克有几秒钟说不出话来，等他恢复了语言能力，他也悄悄对埃弗里说："昨天在操场上，你和卡丽莎在说我吗？"

"对。她叫我来找你，她说她会写信给你，我是邮递员。如果你觉得安全，也可以告诉乔治和海伦。"

但卢克不会告诉他们，因为在这里，一切都不安全，连思考都不安全。他回想起卡丽莎讲述尼基是如何反抗来自后半区的红衣护工时，自己说的话：他踢飞了它。"它"指的是电棒。她没有问卢克是怎么知道的，因为她肯定已经知道了。他想过向她隐瞒自己获得了心感能力吗？不，没有，他也许不会把这个秘密告诉其他人，但不会向卡丽莎隐瞒，还有埃弗里。

"看！"埃弗里悄声说。

卢克什么都看不见，因为台灯关着，也没有窗户能让外面的光线照进来，房间里一片漆黑，但他还是抬眼望去，他觉得自己见到了卡丽莎。

"她没事吧？"卢克悄声说。

"没事。暂时没事。"

"尼基也在吗？他没事吧？"

"没事，"埃弗里耳语道，"还有艾莉丝。但她头疼，其他孩子也头疼。小莎认为是电影害得他们头疼的，还有光点。"

"什么电影？"

"不知道，小莎还没看过，但尼基看过了，艾莉丝也看过。卡丽莎说她认为这儿还有其他孩子——也许在后半区的后半区，但他们那儿现在只有几个孩子。吉米、莱恩，还有唐娜。"

唐娜的电脑在我这儿，卢克心想。我继承了她的电脑。

"鲍比·华盛顿是第一个到的，但他已经走了。艾莉丝告诉卡丽莎，说她见过他。"

"我不认识这些孩子。"

"卡丽莎说在你来的前几天，唐娜被带去了后半区。所以她的电脑才会给你。"

"你很吓人。"卢克说。

埃弗里多半早就知道自己很吓人了，因此没有理他。"他们打很疼的针。打针看点，看点打针。小莎说她认为后半区在发生一些可怕的事。她说也许你能做些什么，她说……"

他没有说完，也不需要说完。卢克有一瞬间看见了一幅清晰得炫目的画面，无疑是卡丽莎·本森通过埃弗里·狄克逊送来的：笼子里的金丝雀。门突然打开，金丝雀飞了出去。

"她说只有你足够聪明，能完成这个使命。"

"如果我能的话，我会的，"卢克说，"她还说什么了？"

这次没有回答，埃弗里已经睡着了。

逃 跑

1

三个星期匆匆过去了。

卢克吃饭，睡觉，醒来，再次吃饭。他很快就记住了菜单，要是菜单发生了变化，就和其他孩子一样鼓掌嘲讽。有些日子他去做测试，有些日子他去打针。有些日子既做测试也打针，还有些日子既不做测试也不打针。有几针让他很难受，但大多数时候他没什么反应。谢天谢地，他的咽喉没有再次闭锁。他在操场消磨时间；他看电视，和奥普拉、艾伦、菲尔医生及"法官"朱迪[1]交朋友；他在油管上看猫照镜子和狗叼飞盘的小视频，有时候他一个人看，有时候和其他孩子一起看。要是哈利来他的房间，双胞胎会跟着他，要求看动画片。要是卢克去哈利的房间，会发现双胞胎几乎总是在那儿。哈利对动画片不感兴趣，哈利爱看摔跤、铁笼角斗和全国运动汽车竞赛协会举办的撞车赛。他对卢克的标准问候语是"你看这个"。双胞胎是涂色狂魔，护工源源不断地提供涂色书。她们平时总是循规蹈矩的，但有一天她们闹得很出格，大笑不止，卢克猜测她们不是喝醉了就是嗑嗨了。卢克去问哈利，哈利说她们想尝一尝。哈利礼貌地露出羞愧的神色，双胞胎呕吐的时候（一前一后，和她们做其他事情时一样），他显得更羞愧了，他还负责收拾吐出的污秽。有一天，海伦在蹦床上做了个三周翻，

---

1 四人均为美国著名电视节目主持人。

她大笑鞠躬，然后哭成一个泪人，怎么都劝不住。卢克去安慰她，她用两个小拳头打他，啪啪啪啪。卢克有段时间在象棋场上所向披靡，在他厌倦后，他开始想办法输掉，却发现这对他来说困难得惊人。

他醒着的时候也觉得自己在睡觉。他觉得自己的智商在下降，他明确地感觉到了，就好像有人没关水龙头，水箱里的水位在持续下降。他在电脑日期栏中标记出这个奇异夏天的每个日子。他打开电脑，除了会上油管看视频，只会用即时通信软件和乔治及海伦聊天——这是一个重要的例外情况。他从不主动找他们聊天，就算聊也尽量言简意赅。

海伦有一次发信息问他：你他妈到底怎么了？

他回复她：没什么。

乔治发信息问他：你说咱们为什么还在前半区？当然我并不是在抱怨。

不知道。卢克回复他，然后退出登录。

他发现向护工、技术员和医生隐藏内心的痛苦并不困难，那些人已经习惯了应付忧郁的孩子。然而，即便他快快乐乐的，有时依然会想到埃弗里投射的那个充满希望的画面：金丝雀飞出笼子。

他半梦半醒地沉浸在哀伤之中，鲜亮的记忆片段有时候会突然闯入脑海：父亲用花园水管喷他一身水；父亲背对着篮筐罚球，球进了，卢克扑向他，两人一起倒在地上，笑得非常开心；十二岁生日时，母亲把插着点燃的蜡烛的蛋糕放在桌上；母亲拥抱他，说"你长这么大了"；蕾哈娜高唱《再放一遍》，母亲和父亲在厨房里发疯似的跳舞。这些记忆非常美好，它们像荨麻一样扎人。

卢克不是在想（或梦见）"猎鹰高地夫妻遭到残忍杀害"这个新闻标题时，就是在想囚禁自己的笼子和他渴望成为的自在飞翔的小鸟。只有在这些时刻，他的头脑才会恢复往日的敏捷和专注。他注意到的细节证实了他的猜想：异能研究所在以惯性运转，就像达到逃逸速度后推进器被关闭的火箭。举例来说，走廊天花板上黑色球形玻璃外壳的监控摄像头，它们大多数布满灰尘，似乎很久没被清洗过了。在宿舍楼层停用的西楼，这一点尤其明显。外壳里的摄像头可能还在工作，但得到的画面肯定非常模糊。即便如此，也没人命令弗雷德或其他勤杂工（莫特、康妮、贾韦德）去清理它们，这说明监控走廊的工作人员根本不在乎画面是不是一团糟。

卢克白天在外面时总是低着头，别人叫他干什么他就干什么，但只要不在房间里睡觉，他就会变成一个浑身是耳朵的小密探。他听到的绝大多数信息都毫无用处，但他依然全部记在心里，分门别类地储存。比如，八卦消息：埃文斯医生如何总是追着理查森医生跑，企图和她聊天，他被骚味迷昏了脑袋（这是护工诺尔玛的妙语），不知道费利西娅·理查森连用十英尺长的竿子碰他都不愿意。又比如，乔和另外两个护工——查德和加里——有时候会盗用他们没给出去的代币，去东楼休息室买小瓶葡萄酒和果汁调制酒喝。有时候他们会谈论家人，说到在一家名叫"非法国度"的酒吧喝酒，那儿有乐队演奏。"要是那东西也能叫音乐。"卢克有一次听见护工谢里对假笑女人格拉迪丝说。男技术员和护工称这家酒吧为"妓院"，它位于一个名叫丹尼森河湾的小镇上。卢克不确定镇子离这儿有多远，但估计在二十五英里之内，顶多三十英里，因为似乎他们只要下班就会去玩。

卢克听见全名就记在心里。埃文斯医生名叫詹姆斯，亨德里克斯医生名叫丹，托尼姓费扎尔，格拉迪丝姓希克森，齐克姓艾翁尼蒂斯。等他逃出这儿，只要金丝雀有机会飞出笼子，他要列一份长长的名单，在法庭上挨个指证这些浑球。他明白这可能仅仅是个幻想，但依然是他前进的动力。

他每天像个乖孩子那样安静度日，因此他们偶尔会留下他一个人在 C 层待一小段时间，他们每次都会警告他不许乱动。他会点点头，然后等技术员去办事后出去探察。地下楼层有许多监控摄像头，而且一个个都擦得干干净净，但走廊里没有警铃大作，也没有护工挥舞着电棒冲向他。有两次他被人逮住在外面乱转，他们把他送回房间，一次骂了他一顿，另一次狠狠给了他后脖颈一巴掌。

在其中一次探险时（他每次都假装无聊和漫无目标，只是一个孩子在消磨时间，等待下次测试开始或得到允许返回自己的卧室），卢克发现了一件宝藏。那天的磁共振成像室里没人，卢克发现有一张他们用来控制电梯的钥匙卡在一台电脑显示器下露出半截。他走过那张桌子，捡起卡片后，探头往空荡荡的机器管道内张望，顺手把卡片塞进衣袋。走出房间时，他几乎以为卡片会突然高喊"有小偷，有小偷"（就像少年杰克从豆茎巨人那儿偷走的魔法竖琴[1]），但无论是当时还是后来都平安无事。他们不会追踪这些钥匙卡吗？似乎并没有。也有可能这张卡已经过期了，就像旅馆的钥匙卡，在它所登记的客人退房后就会失效。

过了一天，卢克在电梯里试了试那张卡，他欣喜地发现它能使用。又过了一天，理查森医生在 D 层遇到他，他正在窥视存放沉浸水箱的那个房间，卢克以为自己会受到惩罚——她也许会从白大褂底下掏出电棒电他一下，也许会叫托尼或齐克来揍他一顿。然而她并没有，而是给了他一枚代币，他连忙道谢。

"我还没进过那东西，"卢克指着水箱说，"可怕吗？"

"不，很好玩的。"她说。卢克报以灿烂的笑容，就好像真的相信了她的屁话。"不过你来这儿干什么？"

"一名护工带我下来的。我不知道他叫什么，他忘记戴姓名牌了。"

"好极了，"她说，"要是你知道他叫什么，我就能举报他，然后他会惹上麻烦。然后呢？填表，填表，没完没了地填表。"她翻了个白眼，卢克朝她露出一个同情的表情。她领卢克回到电梯里，问他应该

1 出自童话故事《杰克与魔豆》。

去哪儿，他说 B 层。她带卢克上楼，问他还疼不疼，他说已经不疼了。

这张钥匙卡还让他去了 E 层，E 层有许多稀奇古怪的机器，他还想去更低的楼层——确实存在，他听到别人谈起过 F 层和 G 层，电梯里的温柔女声愉快地说他无权访问。没关系，试了才知道。

前半区没有纸面测试，但经常会测脑电波。有时候埃文斯医生会同时测试好几个孩子，但不是每次都这样。有一次，卢克正在单独接受测试的时候，埃文斯医生忽然龇牙咧嘴，捂着肚子说他去去就来。他命令卢克不许乱动，然后急匆匆地出去了。卢克估计他是拉肚子了。

他查看电脑屏幕，摸了摸键盘，考虑要不要随便按几下，然后觉得这是个坏主意，于是他走到门口。他向外望去，刚好看见电梯门打开，光头大汉走了出来，依然穿着那套昂贵的棕色西装。不过也可能是另一套。据卢克所知，斯塔克豪斯有一整柜昂贵的棕色西装。他一只手拿着一沓文件，顺着走廊向前走，边走边翻看文件，卢克立刻缩回了房间里。C-4 房间放着心电和脑电设备，有个狭小的设备储藏角，架子上摆满了各种各样的备件。卢克钻进储藏角，不确定自己躲起来是出于一般的直觉，是受到新获得的心感能力的驱使，还是出于纯粹的、由来已久的多疑。总而言之，卢克刚躲好，斯塔克豪斯的脑袋就探进了房间，他前后左右看了一圈，随即离开。卢克等了一会儿，确定他不会再回来了，然后回到脑电波仪器旁坐下。

两三分钟后，埃文斯急匆匆地跑进房间，白大褂在背后飘飞。他脸颊通红，两眼圆睁。他抓住卢克的衣服。"斯塔克豪斯看见你一个人在房间里后说了什么？快告诉我！"

"他什么也没说，因为他没看见我。我正往外看，想找你，见斯塔克豪斯从电梯出来，便躲到了那里面。"卢克指了指设备储藏角，然后抬起头，睁大眼睛，无辜地看着埃文斯，"我不想给你惹麻烦。"

"好孩子，"埃文斯拍着他的后背说，"人有三急，而我觉得你值得信任。来，咱们做完这个测试，你就可以回去和朋友们玩了。"

在叫约兰达（另一名护工，姓弗里曼）送卢克回 A 层前，埃文斯给了卢克十几枚代币，然后又愉快地拍着他的后背说："这是咱们之间的小秘密，对吧？"

"那当然。"卢克说。

他还真的以为我喜欢他呢，卢克感到很惊讶。看我以后怎么收拾你吧，等我告诉乔治再说。

2

但他没能告诉乔治。那天晚上吃饭，多了两个新来的孩子，少了一名老住客——乔治被带走了，也许就是在卢克在设备储藏角躲避斯塔克豪斯的时候。

"乔治和其他人会合了，"那天夜里，埃弗里在床上对卢克耳语道，"小莎说他在哭，因为他害怕。她说很正常，她说他们都害怕。"

3

在两三次冒险的途中，卢克在 B 层休息室的门外驻足，那里的对话非常有意思，也很有启发性。使用这个房间的人不但包括员工，还有接人小组，他们有时候甚至还带着行李，但箱子的把手上没有航空公司的行李牌。当他们看见卢克时——他有时候在附近的水龙头边喝水，有时候假装在看卫生宣传海报，往往会对他视而不见，就好像那里除了家具什么都没有。这些小组成员看上去总是很凶狠，卢克越来越确定他们是异能研究所的杀手兼绑架者。这符合逻辑，因为现在西楼的孩子越来越多。有一次卢克听见乔对哈达德说（他们俩是一对好兄弟），异能研究所就像他从小生活的长岛海边小镇。"有时候人潮涨上来，有时候又退下去。"

"最近大多数时候都是退下去。"哈达德答道，也许是真的，然而随着七月的到来，无疑潮位开始上涨。

有些接人小组有三个人，有些有四个人。卢克联想到了军队，也许仅仅因为男人都留着短发，女人都梳着贴头皮的发髻。他听见一名勤杂工提到其中一个小组时称他们为绿宝石。一名技术员称另一个小组为红宝石。后者有三个人，两女一男。他知道红宝石就是去明尼阿波利斯杀害他父母并劫走他的那个小组。他试着搜寻他们的名字，既用意识也用耳朵听，但只知道了其中一个人的名字：在他于猎鹰高地度过的最后一夜，往他脸上喷药水的女人名叫米歇尔。她在走廊里见到卢克时，卢克正俯身凑在水龙头边喝水，她的视线扫过他……然后转回来看了他片刻。

米歇尔。

名单上又多了一个人。

没过多久，卢克就证实了自己的猜想：这些人的任务就是绑架有心感和心动能力的新人进来。那天绿宝石小组待在休息室里，卢克在外面看他早就看过十几次的卫生宣传海报时，听见一个男人说他们要跑一趟密苏里，快速接一个人过来。第二天，西楼日益壮大的队伍里多了一个困惑的十四岁少女，她名叫弗里达·布朗。

"我不属于这儿，"她对卢克说，"他们肯定弄错了。"

"那就好了。"卢克答道，然后他告诉她怎么能得到代币。他不确定她有没有听进去，但她迟早会学会的，每个人都是这样。

4

似乎没人介意埃弗里几乎每晚都去卢克的房间睡觉的事情。埃弗里是邮递员，把卡丽莎从后半区送来的消息带给卢克，信件通过心灵感应而非邮局传递。父母被杀的事实所带来的哀痛还没过去，卡丽莎的消息暂时无法将卢克从半梦半醒的状态中唤醒，但那些消息依然令人不安，同时也让人认清现实，然而卢克并不想认清这样的现实。在前半区，孩子们接受测试，因为不守规矩而受到惩罚；在后半区，他们被强迫工作，被使用，同时似乎在被一点一点地摧毁。

那些电影会造成头疼，头疼越来越严重，持续得越来越久。根据卡丽莎的描述，乔治刚来的时候情况还挺好，只是非常害怕，但过了四五天，在看过光点和电影、打完很疼的针后，他也开始头疼了。

电影在狭小的放映室里播放，椅子松软而舒适。电影以老动画片开始——有时候是《哔哔鸟》，有时候是《疯狂兔宝贝》，有时候是《高飞狗与米老鼠》。暖场放映结束后，正戏开场。卡丽莎觉得这些电影都很短，顶多半小时，但她无法确定，因为她看电影时会晕晕乎乎的，看完了就头痛欲裂，所有人都这样。

她进放映室里的头两次，后半区的孩子们看双片连映。第一部的主角是个红发稀疏的男人，他穿着黑色西装，开着亮闪闪的黑色轿车。埃弗里尝试着向卢克展示这辆车，但卢克只收到一个模糊的画面，也许是因为卡丽莎也只能发送出这样的画面。他觉得那是一辆豪华轿车或高级专车，因为埃弗里说红发男人的乘客总是坐在后排。另外，乘客上下车时他要去为他们开车门。大多数日子里是同一批乘客，以年长的白人为主，只有一个年轻人，他脸上有一道伤疤。

"小莎说男人有几名常客，"埃弗里悄声说，他和卢克肩并肩地躺着，"她说那是华盛顿特区，因为男人开车会经过国会大厦和白宫，她偶尔会看见那座尖顶石碑。"

"华盛顿纪念碑。"

"对，就是那个。"

影片快结束时，红发男人脱掉黑色西装，换上便服。他们看见他骑马，推小女孩玩秋千，和小女孩在公园长椅上吃冰激凌。然后亨德里克斯医生出现在银幕上，举起没点燃的国庆烟花棒。

卡丽莎称第二部电影的主角为"阿拉伯缠头"，她指的多半是主角的阿拉伯头巾。主角在一条街道上，在露天咖啡馆用玻璃杯喝茶或咖啡，接着发表演讲，然后拉着一个男孩的双手荡着玩。有一次，他出现在电视上。电影再次以亨德里克斯医生举起没点燃的烟花棒结束。

第二天上午，小莎和其他人先是看《傻大猫与崔弟》动画片，接着看了十五到二十分钟的"红发司机"。然后他们在后半区的食堂吃午饭，这儿免费供应香烟。下午是《猪小弟》和"阿拉伯缠头"。每部影片都以亨德里克斯医生和没点燃的烟花棒结束。那天晚上他们打了很疼的针，在看了另一轮闪烁的光点之后，他们被带回放映室，看了二十分钟撞车的影片。每次撞车结束后，亨德里克斯医生和没点燃的烟花棒都会出现在银幕上。

卢克尽管沉浸在悲痛中，但并不愚蠢，他开始理解了。情势很疯狂，但并不比他偶尔能窥见其他人脑袋里在想什么的事实更疯狂。另外，他的推测能解释许多怪异之处。

"卡丽莎说她看撞车的时候，觉得自己昏过去了，她做了一个梦，"埃弗里对卢克耳语，"但她不确定那到底是不是做梦。她看见孩子们——她自己、尼基、艾莉丝、唐娜、莱恩和其他几个人——站在那些光点里，手臂挽着旁边人的脖子，将脑袋凑在一起。她说亨德里克斯医生也在，这次他点燃了烟花棒，情形非常可怕。但只要他们待在一起，彼此扶持，他们的脑袋就不会再疼了。然而她说也许这只是在做梦，因为她后来在自己的房间里醒来。后半区的房间和咱们现在的不一样，到了夜里就会被锁起来。"埃弗里停下了，"卢克，今晚我不想继续谈这个了。"

"好的。你睡觉吧。"

埃弗里睡着了，但卢克醒着躺了很久。

第二天，卢克打开笔记本电脑，终于做了除查看日期、与海伦发即时通信消息和看《马男波杰克》之外的事情。他打开格里芬先生，通过它打开《纽约时报》网站，网站说他可以免费读十篇文章，之后就会遇到付费墙。卢克不确定他究竟在找什么，但知道等他看见了肯定会知道。确实如此。七月十五日的头条是《伯科威茨众议员重伤不治》。

卢克没有读这篇文章，而是打开前一天的网页。十四日的头条是《总统候选人马克·伯科威茨车祸重伤》。报道附有照片。伯科威茨是俄亥俄州的众议员，他满头黑发，脸颊上的疤痕是他在阿富汗受伤留下的。卢克飞快地读完报道。报道称，伯科威茨在去会见波兰和南斯拉夫高级代表的途中，所乘的林肯专车失控，撞上了水泥桥墩。司机当场身亡；医学之星医院的匿名人士称伯科威茨的伤情"极为严重"。报道没有说司机是不是红头发，但卢克知道肯定是，也确定阿拉伯国家的某个人很快就会死去，也许现在已经遭遇不测，也可能那个人会去刺杀某名要员。

卢克越来越确定了，他和其他孩子正在接受训练，最后会成为通灵蜂群的一部分——对，包括毫无攻击性的埃弗里·狄克逊，他走路连只蚂蚁都不敢踩死。卢克开始恢复神志，但将他完全从浑浑噩噩的悲伤中惊醒的，是哈利·克罗斯的恐怖场面。

5

　　第二天傍晚，十四五个孩子在食堂吃晚饭，有几个在聊天，有几个在说笑，还有几个新人在哭喊。卢克心想，从某个角度来看，异能研究所就像个古老的精神病院，疯子受到圈禁，永远不会被治愈出院。

　　刚开始哈利没出来，午饭时他也没来。这个傻乎乎的大胖子并没有怎么引起卢克的注意，然而吃饭的时候你很难看不见他，因为格尔达和格蕾塔总是和他坐在一起，两个女孩身穿一模一样的衣服，坐在他的左右两边，用亮闪闪的眼睛看他胡扯全国运动汽车竞赛协会的赛车、摔跤比赛、他最喜欢的电视节目和在"南边塞尔马"的生活。要是有人敢叫他闭嘴，姐妹花就会用能杀人的眼神瞪着搅局者。

　　今天傍晚，双胞胎独自吃饭，看上去很不高兴。她们在中间留了个座位，当哈利迈着迟缓的步伐走进食堂时——大肚皮一抖一抖的，晒得满脸油光，两人跑向他，欢呼着和他打招呼。但他似乎根本没看见她们。他眼神空洞，不像正常人那样灵活转动。他的下巴上是亮晶晶的口水，裤子的裆部湿了一块。交谈戛然而止。新来的孩子们既困惑又恐惧，已经待了一段时间、做过一系列测试的孩子们担忧地交换着眼神。

　　卢克和海伦对视了一眼。"他不会有事的，"她说，"只是有些孩子反应比较大——"

　　埃弗里坐在她身旁，双手抓住她的一只手，用怪异、冷静的语气说："他情况不好，他永远也不会好了。"

　　哈利尖叫了一声，徐徐跪下，然后一头栽倒在地。他的鼻子和嘴唇碰破了，鲜血沾在油毡地毯上。他开始颤抖，然后痉挛，双腿举高、伸直形成 Y 字形，双臂胡乱地拍打。他发出低沉的咆哮声，不像动物的叫声，而是像卡在低挡位、消耗过度的汽车发动机。他翻过身来躺在地上，继续发出低沉的呜呜声，肿胀的嘴唇之间喷出血沫，牙齿咬得咯咯响。

双胞胎开始尖叫。格拉迪丝从走廊跑进来，诺尔玛从蒸汽保温桌背后绕过来，双胞胎中的一个跪在地上，想搂住哈利。他伸出蒲扇般的右手，抬到最高处，呼啸着往回一扇，巴掌以巨大的力量打在女孩头部的侧面，她飞了出去，脑袋砰的一声撞在墙上。双胞胎中的另一个尖叫着跑向她的姐妹。

食堂乱成了一锅粥。卢克和海伦留在原处，海伦搂着埃弗里的肩膀（不光是为了安慰小男孩，更是为了稳住她自己。埃弗里似乎不为所动），其他孩子围在倒地抽搐的哈利四周。格拉迪丝推开几个孩子，吼道："白痴，后退！"今晚"大格"的脸上没有假笑。

异能研究所的其他工作人员陆续赶到：乔、哈达德、查德、卡洛斯，还有两个卢克不认识的，其中一个身穿便服，显然才来上班。哈利的身体触电似的起起伏伏，就好像地板通了电。查德和卡洛斯按住他的双臂。哈达德用电棒电击他的心窝，但并没有止住他的抽搐，乔又电击他的颈部，电棒开到高挡的噼啪爆响在一片混乱中也清晰可辨。哈利瘫软下去，眼珠在半睁的眼皮底下凸出来，白沫从嘴角滴下来，舌尖伸在外面。

"他没事了，局势控制住了！"哈达德吼道，"回到你们的座位上去！他没事了！"

孩子们后退散开，看着他们，陷入沉默。卢克凑近海伦，压低声音说："我觉得他没呼吸了。"

"先别管他有没有呼吸了，"海伦说，"你看那一个。"她指着刚才撞在墙上的双胞胎之一。卢克看见小女孩眼神呆滞，脑袋歪过去挂在脖子上。鲜血顺着她的一侧脸颊汩汩流淌，滴在肩膀上。

"快醒醒！"双胞胎中的另一个大喊，并抓住她的姐妹使劲摇晃。餐具像遇到风暴一样从桌上飞起来，孩子们和护工们弯腰闪避。"快醒醒，哈利不是存心伤害你的，醒醒，你醒醒啊！"

"她们俩谁是谁啊？"卢克问海伦。但回答的人是埃弗里，他的声音依然冷静得怪诞，"尖叫着掀飞餐具的是格尔达，死了的是格蕾塔。"

"她没死，"海伦用颤抖的声音说，"这不可能。"

刀叉和调羹飞到天花板的高度（我永远也做不到这个程度，卢克心想），然后叮叮咚咚地掉下来。

"但她死了，"埃弗里淡然道，"哈利也死了。"他站起来，一只手抓着海伦的手，另一只手抓着卢克的手，"我喜欢哈利，尽管他推倒了我。我已经不饿了。"他看看海伦，又看看卢克，"你们也一样。"

三个人无声无息地离开食堂，远离尖叫的女孩和她死去的姐妹。埃文斯医生从电梯方向大步流星地赶来，看上去既焦急又生气。他大概也在吃饭，卢克心想。

卡洛斯的叫声从背后传来："他们都没事，听明白了吗？你们坐下，乖乖吃饭，他们都没事！"

"光点杀死了他，"埃弗里说，"他是粉色儿童，亨德里克斯医生和埃文斯医生不该让他看光点的。也许他的 BDNF 水平依然太高，也可能有其他原因，例如过敏。"

"BDNF 是什么？"海伦问。

"不知道。我只知道假如孩子的 BDNF 水平特别高，那么在去后半区前就不该大量注射药物。"

"你怎么样？"海伦转向卢克问。

卢克摇摇头。卡丽莎提过一次这个词，他在两次冒险途中也听见有人提到过这个缩写术语。他想到过要搜索 BDNF，但担心会触发警报。

"你没接受过吧？"卢克问埃弗里，"大量注射？特别测试？"

"没有。但我会的，在后半区。"他严肃地望着卢克，"埃文斯医生也许会因为自己对哈利做的事情惹上麻烦，我希望他倒霉。那些光点

216

吓得我要死。还有大量注射那些强力药物。"

"我也是，"海伦说，"他们给我打过的针已经够可怕的了。"

卢克想告诉海伦和埃弗里，他打过的一针害得他咽喉闭锁，另外两针使他呕吐（每次吐的时候都会看见那些该死的光点），但比起刚刚发生在哈利身上的事情，这些实在不值一提。

"让一让，大家。"乔说。

他们贴着墙站在"我选择过得快乐"的海报旁。乔和哈达德抬着哈利·克罗斯的尸体走过，卡洛斯抱着脖子折断的女孩。女孩的脑袋在他的胳膊上来回晃动，头发垂了下来。卢克、海伦和埃弗里目送他们走进电梯，卢克不由得思考停尸房是在 E 层还是 F 层。

"她看着像个玩偶，"卢克听见自己在说，"她就像她自己的玩偶。"

埃弗里用那怪诞的冷静语调说话，实际上是因为他被吓得失魂落魄了，此刻他终于哭了出来。

"我回我的房间去了，"海伦说，她拍拍卢克的肩膀，然后亲吻埃弗里的脸颊，"咱们明天见。"

但第二天他们没有见面。蓝衣护工半夜接走了海伦，卢克和埃弗里再也没见过她。

6

埃弗里小便，刷牙，换上他放在卢克房间里的睡衣后，爬上卢克的床。卢克也去洗漱，然后躺在埃弗里身旁，关掉床头灯。他用额头顶着埃弗里的额头，悄声说："我必须逃出去。"

怎么逃？

这几个字不是说出来的，而是在他脑海里一闪而过。卢克现在越来越擅长捕捉这些意念了，但只有在埃弗里离他很近的时候才能做到，而且未必每次都能成功。那些光点——埃弗里说它们叫斯塔西光——赋予了他一定的心感能力，但并不强大，就像他的心动能力一直不怎么强大一样。他的智商也许高到了天际，但在通灵能力方面，他还差得远呢。要是能再高一点就好了，他心想，但随即想到他祖父的一句妙语：一只手接希望，另一只手接狗屎，你看哪只手先接满。

"我不知道。"卢克说。他只知道他在这儿待了很久，比海伦还久，而海伦已经离开。他们很快就会来接他了。

7

半夜时分，埃弗里摇醒了卢克，卢克正在做一个关于格蕾塔·威尔科克斯的梦：格蕾塔躺在墙边，脑袋歪着挂在脖子上。能逃出这么一个噩梦，他一点也不遗憾。埃弗里蜷缩在他身旁，提起膝盖，用胳膊肘戳着他，颤抖得像暴风雨里的狗。卢克打开床头灯，只见埃弗里的眼睛里含着泪水。

"怎么了？"卢克问，"做噩梦了？"

"没有，她们叫醒了我。"

"谁？"卢克环顾四周，但房间里没有其他人，门也关着。

"小莎，还有艾莉丝。"

"除了卡丽莎，你还能听见艾莉丝？"这是新情况。

"以前不能，但……他们看电影，看光点，看烟花棒，然后一群人拥抱成一圈，脑袋凑在一起。我说过了——"

"对。"

"结束后他们通常会好起来，头疼会消退一段时间。但拥抱一结束，艾莉丝的头疼就回来了，而且特别严重，她开始尖叫，但头疼就是不过去。"埃弗里的声音变得尖细，超过了他平时的最高音，他的嗓音在颤抖，卢克听得浑身发冷。"'我的头，我的头，我的头要裂开了，天哪，我可怜的头，能别疼了吗？谁能让我的头别——'"

卢克使劲摇了一下埃弗里。"压低声音，他们也许在监听。"

埃弗里做了几次深呼吸。"真希望你能听见我脑袋里的声音，就像小莎那样。那样我就能把所有事情告诉你了。用语言解释对我来说很困难。"

"你试一试。"

"小莎和尼基尽量安慰艾莉丝，但他们做不到。艾莉丝挠小莎，还想打尼基。然后亨德里克斯医生来了——他还穿着睡衣，接着叫来几个红衣人。他们要带走艾莉丝。"

"带她去后半区的后半区？"

"应该是的。但这时她的情况开始好转。"

"也许他们给她用了止痛药或者镇静剂。"

"应该不是。我觉得她就是突然好了。也许卡丽莎帮了她？"

"别问我，"卢克说，"我怎么可能知道？"

但埃弗里没在听他说话。"也许有办法能帮她。通过这个办法，他们能……"他的声音越来越小。卢克以为他会重新入睡，结果埃弗里突然浑身一抖，说："那里在发生非常不好的事情。"

"那里上上下下就没有好的，"卢克说，"电影、打针、光点……都不好。"

"对，但还有其他的事情，更不好的事情。就像……我说不清……"

卢克用额头顶着埃弗里的额头，用尽全力聆听。但他只捕捉到了一架飞机从头顶高处掠过的声音。"一个声音？嗡嗡嗡的那种声音？"

"对！但不像飞机，更像一群蜜蜂。就是那个嗡嗡声，我觉得它来自后半区的后半区。"

埃弗里在床上动了动。在灯光的照射下，他不再像个孩子，更像一个担忧的老人。"头疼越来越厉害，持续时间越来越久，因为他们一直被逼着看那些光点……你知道的，那些彩色光点……他们一直给他们打针，逼着他们看电影。"

"还有烟花棒，"卢克说，"他们必须看烟花棒，因为那是触发器。"

"什么意思？"

"没什么，你睡觉吧。"

"我觉得我睡不着。"

"尽量试试吧。"

卢克搂住埃弗里，仰望天花板。他想到母亲以前偶尔会唱的一首忧郁老歌：我从一开始就是你的，你带走了我的心。最好的已经是你的了，所以管他呢，来吧，宝贝，剩下的也全给你。

卢克越来越确定他们为什么会来到这儿了：让他们身上最好的部分被剥夺。他们在这里被变成武器，被使用，直到被掏空耗尽为止。然后他们被送去后半区的后半区，汇入那个蜂群……天晓得那究竟是什么。

这种事不可能发生，他对自己说。但人们也会说异能研究所这样的事情不可能存在，尤其是在美国；假如真的存在，消息肯定会传出去，因为现如今你不可能保守任何秘密，所有人都有可能说漏嘴。但他确实在这儿，他们这么多人在这儿。哈利·克罗斯倒在食堂地上抽搐、口吐白沫已经很可怕了，一个无辜的小女孩脖子被折断、呆滞的眼睛望着虚无则更加不堪，然而相比之下，让孩子们的意识持续受到攻击，直到他们成为某种蜂群的一部分，这就恐怖得难以想象了。按照埃弗里说的，这个命运今晚险些降临艾莉丝的头上，然后很快就会轮到所有女孩的梦中情人尼基和满嘴俏皮话的乔治。

还有卡丽莎。

卢克终于睡着了。他醒来时早餐时间早已结束，床上只有他一个人。卢克跑进走廊，冲进埃弗里的房间，很确定他会发现什么，但埃弗里的海报还贴在墙上，《特种部队》手办还在衣橱上，今天早晨它们被摆出了遭遇战阵形。

卢克长舒一口气，但后脑勺随即挨了一巴掌，他疼得一缩。他转过身，看见威诺娜（姓：布里格斯）。"去穿衣服，年轻人。我没兴趣看只穿内衣的男人，除非他至少二十二岁，而且肌肉发达。而你两样都不沾边。"

她等着卢克出去。卢克冲她竖起一根中指（好吧，他把中指藏在胸口，而不是亮给她看，但感觉依然很好），回自己的房间穿衣服。他顺着这条走廊向前看，在它和下一条走廊相接之处，看见了一个丹杜克斯洗衣篮。洗衣篮有可能属于乔琳或其他清洁工（他们来帮忙处理最近突然激增的"住客"），但卢克知道它是莫琳的，他能感觉到她。她回来了。

8

十五分钟后卢克见到了她，他心想，这个女人病得更严重了。

她在打扫双胞胎的房间，取下迪士尼公主和王子的海报，小心翼翼地放进一个纸板箱。姐妹的床铺已经被清空，床单和她一路搜集的其他脏衣物一起堆在洗衣篮里。

"格尔达呢？"卢克问。他同时也在想格雷塔和哈利的去向，更不用说其他死于那些狗屁测试的孩子了。这个魔窟的某处会不会有个焚化场？也许在地下 F 层？假如是真的，那它肯定配有最先进的过滤系统，否则他肯定会闻到火烧儿童的烟味。

"别问我这个问题，我不想骗你。出去吧，孩子，去做你的事情吧。"她的声音干脆、冷漠而不屑，但这些都是演戏。就连最低等的心灵感应能力也很有用。

卢克从食堂的果盘里拿了个苹果，在自动贩卖机里买了一包围猎香烟糖（像老爸一样抽烟）。香烟糖让他很想念卡丽莎，同时也让他觉得自己和她亲近了一些。他望向外面的操场，见到八个或十个孩子在玩各种器械——比起卢克刚来的时候，算人满为患了。埃弗里坐在蹦床四周的一块软垫上，脑袋耷拉到胸口，闭着眼睛在睡觉。卢克并不吃惊。小家伙的这一夜过得很不安稳。

有人拍了一下卢克的肩膀——很重，但没有敌意。他转过身，发现拍他的是史蒂维·惠普尔——新来的孩子之一。"哥们儿，昨晚真是太可怕了，"史蒂维说，"你知道的，红头发的大个子和那个小女孩。"

"还用你说？"

"然后今天早晨来了几个'红衣服'，把朋克摇滚女孩带到后半区去了。"

卢克看着史蒂维，一时间惊恐得说不出话来。"海伦？"

"对，就是她。这地方太烂了，"史蒂维望着操场说，"真希望我有，呃，喷气靴。我会一溜烟地逃跑，看得你眼睛发花。"

"喷气靴和一颗炸弹。"卢克说。

"嗯？"

"炸他个天翻地覆，然后飞走。"

史蒂维思考了片刻，圆脸松弛下来，然后大笑。"说得好。对，炸平这儿，然后用喷气靴飞得远远的。哎，能借我一枚代币吗？我每天到了这会儿就特别饿，但我不爱吃苹果，我更喜欢特趣巧克力，或者纷欣洋葱圈，纷欣也很好。"

卢克日复一日地维持他的好孩子形象，因此得到了许多代币，他给了史蒂维·惠普尔三枚，说："你去吃个够吧。"

9

他回想起他第一次见到卡丽莎的情形，也许是为了纪念那个时刻，卢克回到走廊里，在制冰机旁坐下，把一根香烟糖塞进嘴里。香烟糖吃到第二根时，莫琳拖着洗衣篮回来了，这次洗衣篮里装满了干净的床单和枕套。

"腰怎么样了？"卢克问她。

"越来越难受。"

"呃，对不起。肯定很不舒服。"

"我有药，药还有点用处。"她弯下腰，双手抓住小腿，因此面部和卢克的脸靠得很近。

他低声说："他们带走了我的朋友卡丽莎、尼基和乔治。还有海伦，就在今天。"我的朋友几乎都走了。请问现在谁是异能研究所资历最老的人？咦，当然是卢克·埃利斯了。

"我知道。"她同样低声说，"我在后半区。卢克，咱们不能总在这儿见面交谈了，他们会起疑心的。"

这似乎说得通，但仍然有古怪之处。莫琳与乔和哈达德一样，经常和孩子们聊天，只要身边有代币就会散给他们。不是还有其他音频监控盲区吗？至少卡丽莎是这么认为的。

莫琳直起腰，舒展身体，用双手撑住后腰。她换上正常的声音，说："你打算一整天都坐在这儿？"

卢克把叼在唇边的香烟糖吸进嘴里，咔嚓咔嚓地咬碎，然后爬了起来。

"来，给你一枚代币。"她从裙子口袋里掏出一枚代币递给他，"去买点好吃的吧。"

卢克慢吞吞地回到房间里，四仰八叉地躺在床上。他蜷成一团，打开莫琳连同代币一块塞给他的字条，那是一小张方形笔记本纸。莫琳的字迹颤巍巍的，用的是老式字体，但这只是它难以看清的一部分原因。另一部分原因是她的字非常小。她从左到右、从上到下写满了一面和它背面的一小半。卢克不禁想到西罗伊斯先生在英语文学课上说的话，他称海明威最优秀的短篇小说为"精练的奇迹"。这封信也是这样。她打了多少次草稿，才把她想告诉卢克的内容精练成这些文字，然后写在一小张纸上？他敬佩她的语言能力，然而他也明白了莫琳一直在干什么，她扮演的是什么角色。

卢克，读完这封信请立刻销毁。上帝将你赐给我，是他给我的最后一次机会，让我弥补自己犯下的错误。我和伯灵顿的利亚·芬克谈过，你说的都对，欠债不再是我的问题了，但我的身体出了问题，正是我一直担心的腰痛。但既然我存的钱已经安全了，我也就可以安心上路了。我有办法把钱转给我儿子，这样他就可以上大学了。他永远不会知道钱来自我，这也正是我想要的。我欠你的太多了！卢克，你必须离开这儿，你很快就要去后半区了。你是一名"粉色儿童"，等他们不再给你做测试，你大概只有三天时间。我有东西要给你，还有很多重要的事情要告诉你，但我不知道该怎么说，只有制冰机旁边是安全的，但我们去的次数太多了。我不在乎我会怎样，但不希望你丢掉你唯一的机会。我真希望自己没做过那些事，从没见过这个地方。我只为被我抛弃的孩子着想，但那不是借口。现在来不及了，我不想在制冰机那儿和你谈，但也许必须冒这个风险。卢克，请销毁这封信，还有你一定要当心，不是为了我，我的生命很快就会结束，而是为了你自己。谢谢你帮助我。

莫琳·A

原来莫琳是一名眼线，在声称安全的地方听孩子们吐露秘密，然后带着他们悄声说出的只言片语去找西格斯比（或斯塔克豪斯）。眼线也许不止她一个人；乔和哈达德，那两个友善的护工，很可能也在刺探秘密。假如在六月，卢克肯定会因为她这么做而憎恨她，但现在是七月，他已经成熟了很多。

他走进卫生间，趁脱裤子的时候把字条扔进马桶，他以前也这么处理过卡丽莎的字条，但感觉像是一百年前的往事了。

10

那天下午，史蒂维·惠普尔组织了一场躲避球游戏。大多数孩子参加了游戏，但卢克婉言谢绝了。他从器材柜里取出象棋（为了纪念尼基），重演被公认为有史以来最精彩的一局棋：雅科夫·埃斯特林对阵汉斯·贝利纳，哥本哈根，一九六五年，一场四十二步的经典大战。他来回移动棋子，白黑、白黑、白黑，他的记忆操纵手臂，而大脑继续思考莫琳的信件。

他不喜欢莫琳是眼线这个事实，但也理解她这么做的原因。也许还有其他人保留着一星半点的为人准则，不过，在这么一个地方工作会摧毁你的道德罗盘。无论他们自己是否知道，他们都注定会下地狱，莫琳大概也不例外。现在唯一重要的是，她是否真的知道也许能让卢克逃出去的办法。为了完成这个目标，她必须向他传递信息，同时不引起西格斯比夫人和斯塔克豪斯（名：特雷弗）的怀疑。另外，还有一个随之而来的问题：他能不能信任她。卢克认为能。不仅因为他在她需要的时候帮助了她，还因为那封信带着某种孤注一掷的意味，写信的女人像是已经决定要把所有筹码都押在这一把轮盘赌上了。再说了，他还有其他的选择吗？

埃弗里是在场内跑动的躲避者之一，球不偏不倚地打在他的面门中央。他坐在地上，哭了起来。史蒂维·惠普尔把他拉起来，查看他的脸。"没出血，挺好的。你还是去和卢克一起坐着吧。"

"你的意思是我出局了，"埃弗里抽着鼻子说，"我没事，我还能——"

"埃弗里！"卢克喊道，举起两枚代币，"想吃花生酱脆饼配可乐吗？"

埃弗里跑过来，忘记了脸上挨的那一下。"当然！"

他们走进食堂。埃弗里把一枚代币塞进零食贩卖机，弯腰去拿托盘上的商品，卢克跟着他一起弯腰，跟他咬耳朵说："愿意帮我从这儿逃出去吗？"

埃弗里举起零食口袋。"要一块吗？"卢克的脑海里有三个字一闪而过：怎么逃？

"给我一块就行，剩下的全归你。"卢克说，并发送过去五个字：今晚告诉你。

两场对话同时进行，一场说了出来，另一场在脑海里进行。他打算就这么和莫琳交谈。

希望能成功。

11

第二天吃过早餐，格拉迪丝和哈达德带卢克去有沉浸水箱的房间，把他交给齐克和戴夫。

齐克·艾翁尼蒂斯说："我们在这儿做测试，也在这儿惩罚不说实话的坏孩子。卢克，你在说实话吗？"

"当然。"卢克说。

"你能心感吗？"

"心什么？"他很清楚坏种齐克在说什么。

"心感。心灵感应。你有这个能力吗？"

"没有。我是心动能力者，你忘记了吗？能移动调羹之类的东西，"他挤出一个笑容，"但没法弄弯调羹。我试过了。"

齐克摇摇头。"如果你是心动能力者，在见过那些光点后，就会得到心感能力。如果你是心感能力者，见过光点后，就能够移动调羹。应该是这样。"

你才不知道应该是怎样呢，卢克心想。你们没人知道。他想到有人——也许是卡丽莎，也许是乔治——告诉过他，假如他能见到光点，但撒谎说没见到，他们会知道的。他猜测这是真的，也许脑电波会表现出来，但他们知道这个吗？不，他们不知道，齐克在诈他。

"我看过两次光点，但我没法读心。"

"亨德里克斯和埃文斯认为你能。"戴夫说。

"我真的不能。"他用他最有说服力的"我向上帝发誓"的眼神看着他们。

"我们很快就会知道是不是真的了，"戴夫说，"孩子，脱衣服吧。"

卢克别无选择，只能脱光衣服，爬进水箱。水箱深约四英尺，宽约八英尺。水凉得很舒服，暂时没什么可怕的。

"我在想一种动物,"齐克说,"什么动物?"

猫。卢克没有见到任何图像,只有这个词,又大又显眼,就像酒吧橱窗里的百威霓虹灯。

"不知道。"

"好的,孩子,你愿意怎么玩,就怎么玩下去吧。深吸一口气,潜入水下,数到十五。每个数后面加个嘀嗒嘀。一嘀嗒嘀、二嘀嗒嘀、三嘀嗒嘀,就这么数下去。"

卢克照他说的做。等他浮出水面,戴夫(姓氏未知,至少目前是如此)问卢克他在想什么动物。他脑海里的单词是"袋鼠"。

"不知道。我说过了,我是心动能力者,不是心感能力者,我连心动显性都不是。"

"给我下去,"齐克说,"三十秒,每个数后面加个嘀嗒嘀。孩子,我会掐着时间的。"

第三次是四十五秒,第四次是整整一分钟。每次潜水后他们都会向他提问。问题从动物变成了护工的名字:格拉迪丝、诺尔玛、彼得、普丽西拉。

"我不知道!"卢克喊道,擦掉眼里的水,"你们怎么就不明白呢?"

"我只知道这次是一分十五秒了,"齐克说,"你一边数数,一边想一想你到底能坚持多久。孩子,这都取决于你自己。"

卢克数到六十七就想浮出水面。齐克抓住他的脑袋,又把他按了下去。一分十五秒过后,他浮出水面,挣扎着呼吸空气,心脏狂跳。

"我在想哪个运动队?"戴夫问,卢克在对方的脑海里看见了一个明亮的酒吧霓虹灯招牌:维京人队。

"不知道!"

"放屁,"齐克说,"一分三十秒。"

"不!"卢克说完,蹚着水退向水箱中央。他努力控制情绪,以免惊恐发作，"我真的不行。"

齐克翻了个白眼。"别这么娘娘腔。捞鲍鱼的渔民能潜水九分钟呢。我要的只是九十秒。除非你能说出你戴夫叔叔最喜欢的运动队是什么。"

"他不是我叔叔，我也说不出。你让我出去。"他忍不住哀求道，"求你了。"

齐克从皮套里抽出电棒，让卢克看着他把功率调到最大。"要我把这东西放进水里吗？我放了，你就会像迈克尔·杰克逊一样跳舞。你给我过来。"

卢克别无选择，只好走向沉浸水箱的边缘。很好玩的，理查森这么说过。

"再给你一次机会，"齐克说，"他在想什么？"

维京人队，明尼苏达维京人队，我家乡的队伍。

"我不知道。"

"很好，"齐克说，听上去很惋惜，"美国海军卢克号，现在下潜。"

"等一等，给他几秒钟准备一下。"戴夫说。他看上去很担忧，这让卢克更担忧了。"卢克，往肺里吸满空气，尽量保持冷静。身体进入惶恐状态会耗费更多的氧气。"

卢克大口吸气、吐气，做了六次深呼吸后，潜入水下。齐克的手抓住他的头发，压住他的脑袋。冷静，冷静，冷静，卢克心想，同时心中骂道：狗娘养的齐克，狗娘养的虐待狂，我恨死你了。

卢克熬到九十秒，浮出水面大口喘息。戴夫用毛巾给他擦脸。"别抵抗了，"戴夫对着卢克的耳朵小声说，"告诉我我在想什么，这次是个电影明星。"

马特·达蒙，戴夫脑袋里的霓虹灯招牌变成了这个名字。

"我不知道。"卢克哭了起来，眼泪落在湿漉漉的脸颊上。

齐克说："很好。一分四十五秒，整整一百零五秒，别忘记每个数后面的嘀嗒嘀。咱们这是在训练你成为捞鲍鱼的渔民。"

卢克再次强力呼吸，但等他在脑海里数到一百，他知道自己迟早会再张开嘴，把水吸进肺里。然后他们会把他拖出去，给他做心肺复苏，再从头开始。他们会继续折磨他，直到他说出他们想听的话，否则他就会被活活淹死。

压住他头部的手终于松开了。他浮上去，喘息，呛咳。他们给了他一点时间恢复，然后齐克说："别管什么动物和运动队了，你说一声就行，就说'我有心感能力，我是心感能力者'，咱们就算结束了。"

"好的！好，我有心感能力！"

"太好了！"齐克叫道，"有进展！我在想的数字是几？"

霓虹灯招牌：十七。

"六。"卢克说。

齐克发出猜谜游戏节目里的错误提示音。"抱歉，是十七。这次两分钟。"

"不！我不行！求你了！"

戴夫轻声说："卢克，最后一次了。"

齐克用肩膀撞开他的同事，力气大得险些让戴夫摔倒在地。"别对他说不一定能成真的话。"他把视线转回卢克脸上，"我给你三十秒的时间调整呼吸，然后你给我下去。奥林匹克潜泳队，我的小宝贝。"

卢克别无选择，只能快速吸气、呼气，但离他在心里默数到三十还有很久的时候，齐克就抓住他的头发，把他按进了水里。

卢克睁开眼睛，盯着水箱的白色内壁。油漆上有几道刮痕，也许是其他孩子被折磨时用指甲挠出来的，这项活动仅限粉色儿童享用。为什么呢？答案显而易见。因为亨德里克斯和埃文斯认为通灵能力的天赋可以拓展，而粉色儿童是消耗品。

拓展，拓展，卢克心想。拓展，拓展。冷静，冷静，冷静。

尽管他努力让意识进入禅定状态，但最后肺部还是需要更多的空气。他本来就没有达到真正的禅定状态，当他想到就算他能熬过两分钟，齐克也会逼他憋两分十五秒、两分三十秒，甚至更久时，他终于还是崩溃了——

他开始挣扎，齐克按住他不放。他用脚蹬地，企图站起来，差点成功时，齐克按下另一只手，又把他按了下去。光点再次出现，在他眼前闪烁，扑向他，后退，然后再次扑向他。它们围着他盘旋，仿佛旋转木马忽然发狂。卢克心想：斯塔西光，我要淹死了，看着——

齐克把卢克拽上来。齐克的白色上衣湿透了，他直勾勾地看着卢克。"我要把你再按下去，卢克，一次，一次，又一次。我要把你按下去，直到你溺水，我们会给你做心肺复苏，然后再让你溺水，接着再给你做心肺复苏。最后一次机会：我在想什么数字？"

"我不……"卢克咳出一口水，"……知道！"

齐克直勾勾地盯着卢克看了至少五秒钟。卢克和他对视，尽管泪水喷涌而出。最后齐克说："去他妈的，也去你妈的，小子！戴夫，把他擦干净，送他回去。我不想再看见他这张没种的小脸了。"

他转身出去，狠狠地摔上门。

卢克挣扎着爬出水箱，踉跄一步，险些摔倒。戴夫扶住他，然后给了他一块毛巾。卢克擦干身体，以最快的速度穿上衣服。他不想待在这个男人身旁，也不想待在这个房间里。但即便丢掉了半条命，他的好奇心依然在。"这事为什么这么重要？为什么这么重要，即便这根本不是我们来这儿的原因？"

"你怎么知道你们是为什么来这儿的？"戴夫问。

"因为我不蠢，这就是为什么。"

"卢克，你最好闭上你这张鸟嘴，"戴夫说，"我挺喜欢你的，但那不意味着我愿意听你胡说八道。"

"无论那些光点是做什么用的，都和搞清楚我是不是既有心动能力也有心感能力没关系。你们到底想干什么？你们到底知不——"

戴夫扇了他一个耳光，是抡圆了胳膊扇的。卢克摔倒在地，瓷砖地上的积水弄湿了牛仔裤的臀部。"我来这儿不是为了回答你的问题。"他弯腰看着卢克，"我们知道自己在干什么，嘴贱的小子，我们当然知道自己在干什么！"他把卢克拉起来，说："去年有个孩子坚持了三分半钟。他是个讨厌鬼，但他至少有卵蛋！"

12

埃弗里来到卢克的房间，显得忧心忡忡，卢克叫他出去，说自己需要单独待一会儿。

"很糟糕，对吧？"埃弗里问，"水箱。我很抱歉，卢克。"

"谢谢。你先出去吧，咱们回头再谈。"

"好的。"

埃弗里出去了，体贴地关上了门。卢克躺在床上，尽量不去回想他浸没在水箱里那漫长的几分钟，然而他控制不住自己。他等待光点再次出现，等待它们在视野内跃动、飞驰、转圈和令人眩晕地盘旋。但它们没有出现，他逐渐冷静下来。一个念头压倒了其他念头，甚至超过了他对光点会重新出现的恐惧……这个念头终于生根发芽。

逃出去，我必须逃出去。要是无法逃出去，我也必须结束自己的生命，不让他们带我去后半区，夺走我身上剩余的能力。

13

六月过去了，虫子最烦人的时期也过去了，因此亨德里克斯医生和齐克在行政楼的门前碰面。一棵橡树的树荫下有一条长椅，不远处有一根旗杆，星条旗在夏季的轻风中懒洋洋地飘扬。亨德里克斯医生把卢克的档案放在大腿上。

"你确定？"他问齐克。

"非常确定。我淹了小崽子五六次吧，每次延长十五秒，就像你说的那样。假如他能读心，肯定会乖乖地照做，我向你保证。就算是海豹突击队的队员也承受不住，更别说一个卵蛋上还没长几根毛的小崽子了。"

亨德里克斯似乎还不满意，随后他叹了口气，摇头道："算了，我能接受。我们现在有好几个粉色儿童，而且还有更多的要进来。正所谓太多了反而没法挑。但我依然很失望，我对这个孩子抱有很大的期望。"

他打开档案夹，文件的右上角贴着一个粉色即时贴。他从口袋里掏出一支笔，在第一页上画了一条对角线。"至少他很健康，埃文斯给他开了健康证明。那个傻女孩——本森——没把水痘传染给他。"

"他没打过水痘疫苗？"齐克问。

"打过，她费尽心思和他交换了唾液，而她的病情很严重。不能冒险，绝对不能，宁可安全一点，免得后悔。"

"那他什么时候去后半区？"

亨德里克斯微微一笑。"等不及想摆脱他了？"

"也不算吧，"齐克说，"本森小女孩也许没把水痘传染给他，但威尔霍尔姆肯定把该死的病菌留给了他。"

"等赫克尔和杰克尔[1]给我开绿灯，他就会立刻滚蛋。"

齐克假装颤抖。"那两个家伙。呸。恶心。"

亨德里克斯对后半区的医生没什么看法。"你确定他在心灵感应方面毫无天赋？"

齐克拍拍他的肩膀。"绝对的，医生。我向你保证。"

14

当亨德里克斯和齐克讨论卢克的未来时，卢克正在去吃午饭的路上。沉浸水箱不但吓坏了他，也让他饥肠辘辘。史蒂维·惠普尔问他去了哪儿和出了什么事，卢克只是摇摇头。他不想谈起水箱，现在不想谈，以后也不想。他猜上战场大概也是这样。你被征兵，从战场回来之后，你不想谈论在那儿的见闻和遭遇。

他塞了一肚子食堂版的意大利宽面后，打了个瞌睡，醒来后他觉得好了一点。他出去找莫琳，在曾经荒弃的东楼找到了她。异能研究所似乎很快就要接待更多的住客了。他走向她，问需不需要帮忙，"因为我不介意多挣几枚代币。"他说。

"不用，我忙得过来。"在卢克看来，她几乎每小时都在衰老。她的脸色像死人一样惨白。他心想大概用不了多久就会有人注意到她的情况，然后不让她继续工作了。他不愿去想到时候她会发生什么，异能研究所的清洁工兼眼线有退休计划吗？恐怕不太可能。

她半满的洗衣篮里装着干净床单，卢克把他的回信扔了进去。他

---

1 美国二十世纪福克斯电影公司发行的同名动画片的两个主人公，书中指两名医生，见后文。

在 C-4 的设备储藏角里偷了一张记录纸，连同一支笔杆上印着"丹尼森河湾房地产"几个字的廉价圆珠笔，一起藏在床垫底下。他用这两样东西写了回信。莫琳看见叠起来的字条，用一个枕套遮住，对卢克微微点头。卢克继续向前走。

那天夜里，他对着埃弗里悄声说了很久的话，然后才让那孩子睡觉。有两套剧本，他对埃弗里说，必定是如此。他认为，或者更准确地说，他希望埃弗里明白他的意思。

卢克久久无法入睡，他听着埃弗里轻微的鼾声，思考该怎么逃跑。这个念头似乎既荒谬又完全有可能。监控摄像头的玻璃罩上全是灰尘，他能独自在地下楼层随便溜达，搜集各种零碎情报。这儿有西格斯比及其走狗知道的假监控死角，但也有一个他们不知道的（至少他希望如此）。归根结底，这是个很简单的算式。他必须试试才行，否则等待他的就是斯塔西光、电影、头疼和不知道会触发什么的烟花棒。还有最后的最后，嗡嗡声。

等他们不再给你做测试，你大概只有三天时间。

15

第二天下午，特雷弗·斯塔克豪斯来到西格斯比夫人的办公室。她面前是一份打开的档案，她一边阅读，一边做笔记。她没有抬起头，只举起一根手指。斯塔克豪斯走到窗户前，透过窗户能看见他们所谓宿舍区的东楼，就好像异能研究所其实是一所大学，只是凑巧坐落于缅因州北部的密林深处而已。他看见两三个孩子聚在刚装满商品的零食和饮料贩卖机前。那间休息室从二〇〇五年以后就不供应香烟和烈酒了。东楼通常住客稀少，甚至全部空置，就算有人入住，也可以去建筑物另一头的贩卖机购买烟酒。有些孩子只是浅尝辄止，但迅速上瘾的人的数量也惊人，往往是那些因为人生发生剧变而陷入最严重抑郁和恐惧的孩子。他们最不可能惹麻烦，因为他们只想得到代币，他们需要代币。卡尔·马克思说宗教是人民的鸦片，但斯塔克豪斯觉得事实并非如此。他觉得好彩香烟和布恩蓝色夏威夷（尤其受到女性住客的欢迎）能够极好地完成这个任务。

"好的，"西格斯比夫人说着合上档案夹，"特雷弗，说你的事情吧。"

"明天蛋白石小组会送来四名新人。"斯塔克豪斯说。他双手扣在背后，双脚微微分开。就像船长站在前甲板上，西格斯比夫人心想。他穿着他标志性的棕色西装，她觉得仲夏时节选择这身衣服恐怕不太正常，但他无疑把棕色西装当作他个人形象的一部分。"自二〇〇八年以来，我们还没招待过这么多人。"

他从窗口转过来，风景其实没那么有看头。有时候（甚至可以说经常）他被孩子们弄得身心俱疲。他不知道教师是怎么做到的，尤其是当他们既没有痛揍傲慢无礼的孩子的自由，也没有电击桀骜不驯的孩子的自由的时候，例如，现已离开的尼古拉斯·威尔霍尔姆。

西格斯比夫人说："有段时间——比你我都要早得多的时候，这儿有过上百名儿童，而且还有个待办名单。"

"好吧，我们有过待办名单，我很高兴能增长见闻。你叫我来到底是为了什么？蛋白石小组已经就位，有一项接人任务会相当棘手，我今晚要飞过去。那孩子所处的环境受到了严密的监控。"

"你指的是教养院吧？"

"正是如此。"高功能的心动能力者似乎能相对良好地融入社会，但高功能的心感能力者总会遇到问题，往往会变成酒鬼或毒虫。斯塔克豪斯认为是洪流般的信息输入让他们精神受创。"但她值得费点力气。当然还比不上狄克逊，他强大得像个发电站，但也差不多了。你快点说说你在担心什么吧，完了我好去做自己的事情。"

"也不是担心，只是提醒你一声。另外，别在我身后晃悠，这让我起鸡皮疙瘩。你给我坐下。"

他坐进办公桌另一侧的访客座椅，西格斯比在笔记本电脑上打开一个视频文件，开始播放。镜头对准食堂外的零食贩卖机。画面雾蒙蒙的，每隔十秒左右就跳一下，偶尔还会被雪花画面打断。西格斯比在一段雪花画面中按下暂停。

"我首先要你注意的，"她用对方分外厌恶的干巴巴的劝诫嗓音说，"是视频的质量。完全不能接受，监控摄像头至少有一半都是这样。我们大多数的监控摄像头连河湾镇小破便利店里的都比不上。"她指的是丹尼森河湾镇，而且她没说错。

"我会向上面反映，但咱们都知道这地方的基础设施是一坨屎。上次彻底翻修是四十年前了，那时候这个国家的情况完全不一样，管理比现在松得多。事实上，我们只有两名互联网技术人员，有一个还去休假了。电脑设备已经过时，还有发电机。这些你都知道。"

西格斯比夫人当然知道。原因不是缺少资金，而是他们无法调用外部帮手。换句话说，这就是个标准的第二十二条军规式问题。异能研究所必须密不透风，这在社交媒体和电脑黑客的时代变得越来越困难。他们在这儿做的事情，只要走漏一丝风声就等于大祸临头，它不仅关乎他们从事的生死攸关的事业，也关乎工作人员的脑袋。因此，人员招募很困难，物资补给也很困难，设施维修则完全是个噩梦。

"雪花画面来自厨房电器的干扰，"他说，"搅拌机、垃圾处理器、微波炉。我也许能想办法处理一下。"

"最好也想办法处理一下摄像头的玻璃罩，那没有什么技术含量，相应的操作好像叫'擦灰尘'。我们这儿有勤杂工。"

斯塔克豪斯看了看手表。

"行吧，特雷弗。我明白你的暗示。"她继续播放视频文件。莫琳·艾尔沃森拖着清洁桶出现在画面里。两名住客跟着她：卢克·埃利斯和埃弗里·狄克逊。埃弗里是个强大得异乎寻常的心感显性者，他几乎每晚都睡在埃利斯的床上。监控视频的画面质量低劣，但音频足够清晰。

"咱们可以在这儿说话，"莫琳对两个男孩说，"这儿虽然有麦克风，但失灵好几年了。你们保持微笑就好，要是有人看见视频，只会以为你们在为了代币讨好我。所以你们有什么事？尽量长话短说。"

他们犹豫了片刻。小男孩挠挠胳膊，捏捏鼻子，抬头望向卢克。狄克逊只是陪同的，来找莫琳是埃利斯的主意。斯塔克豪斯并不吃惊，埃利斯非常聪明，他是个象棋高手。

"呃，"卢克说，"就是食堂里发生的事情。哈利和孪生姐妹，我们想说的就是这个。"

莫琳叹了一口气，放下清洁桶。"我听说了。情况很糟糕，但我听说他们没事了。"

"真的？三个人都没事了？"

莫琳停顿了一下。埃弗里紧张地盯着她，然后挠胳膊，捏鼻子，看上去很想去小便。她最后说："暂时还不太好，至少没完全恢复，我听埃文斯医生说他们被送到后半区的医务室了。后半区的医疗条件很好。"

"他们还有什么——"

"闭嘴。"她向卢克举起一只手，扭头看了一圈。然后画面变成了雪花，但声音依然清晰。"别问我后半区的事情。我不能说，但我可以告诉你们，后半区很好，比前半区好，孩子们在后半区待一段时间后，就可以回家去了。"

视频恢复了，她搂着两个孩子，紧紧地搂着他们。"看哪，"斯塔克豪斯钦佩地说，"大胆妈妈[1]，她很厉害。"

"安静。"西格斯比夫人说。

卢克问莫琳，她确定哈利和格蕾塔还活着吗？"因为他们看上去……呃……死了。"

"对，孩子们都这么说，"埃弗里附和道，使劲捏了一下鼻子，"哈利昏死过去，停止呼吸了。格蕾塔的整个脑袋歪了，就那么挂在脖子上。"

莫琳没有立刻开口。斯塔克豪斯看得出她在考虑该怎么说。他觉得，要是让她在一个搜集情报确实重要的地方工作，她也许能成为一名很厉害的情报员。画面里，两个男孩仰望着她，等她开口。

她最后说："当然了，虽然我不在场。我知道情形肯定很吓人，但我不得不认为，实际情形看上去更糟糕。"她再次停顿，等埃弗里又捏了捏鼻子让自己安心后，她继续说道，"假如克罗斯癫痫发作了，我是说假如，他们会及时给他做相应的治疗。至于格蕾塔，我路过休息室的时候，听到埃文斯医生对亨德里克斯医生说，她的脖子扭伤了。他们很可能会给她打石膏。她的姐妹肯定在陪她，为了让她安心，你们明白的。"

"那就好，"卢克像是松了一口气，"只要你确定就行。"

"在我的能力范围内，我能确定，卢克，我只能这么说。这个地方有很多谎话传来传去，但我从小受到的教育就是不该欺骗人，尤其是不能欺骗孩子。所以我只能说在我的能力范围内，我能确定。你们为什么这么着急？只是因为担心你们的朋友，还是有其他事情？"

卢克望向埃弗里，埃弗里使劲扯了一下鼻子，然后点点头。

---

1 典出布莱希特的戏剧《大胆妈妈和她的孩子们》，该剧的时代背景是十七世纪的德国三十年战争，女主人公安娜·菲尔琳，号称"大胆妈妈"，带着两个儿子和一个哑女，拉着货车随军叫卖，把战争视为谋生、发财的来源。

斯塔克豪斯翻了个白眼。"我的天，小朋友，如果你非要抠鼻子，抠就好了。前戏看得我都快发疯了。"

西格斯比夫人暂停播放。"这是一种自我安慰的行为，而且比挠裤裆好看。那时候我见过很多挠底下的孩子，男女都有。你给我闭嘴，接下来的内容更有意思。"

"假如我告诉你一件事，你能保证不说出去吗？"卢克问。

她思考了片刻，埃弗里继续折磨他那可怜的小鼻子，最后她点点头。

卢克压低声音，西格斯比夫人调高音量。

"有些孩子在讨论绝食，不吃东西，直到能确定孪生姐妹和哈利没事为止。"

莫琳也压低声音。"哪些孩子？"

"我不太熟的几个，"卢克说，"都是新来的。"

"你告诉他们，这个主意非常糟糕。你很聪明，卢克，非常聪明，你肯定知道'暴力性报复'这个词是什么意思。你有空了可以给埃弗里解释一下。"她直勾勾地盯着小男孩，埃弗里缩回胳膊，用一只手护住鼻子，就好像担心她会一把揪住甚至扯掉它一样。"我必须走了，我不希望你们惹上麻烦，我自己也不想惹麻烦。要是有人问咱们在谈什么——"

"求你给我们点事情做，多挣几枚代币，"埃弗里说，"我们懂。"

"很好。"她瞥了一眼镜头，正要离开，又转过身来说，"你们很快就会离开这儿回家的。在此之前，明智一点。别惹事。"

她拿起一块抹布，飞快地擦了一下酒品贩卖机的出货托盘，然后拎起清洁桶离开了。卢克和埃弗里又待了一小会儿，然后也走了。西格斯比夫人关闭视频。

"绝食，"斯塔克豪斯微笑道，"够新鲜的。"

"对。"西格斯比夫人赞同道。

"这个主意我想一想都要吓死了。"他的笑容越来越灿烂，西格斯比肯定不喜欢，但他忍不住。

让他惊讶的是，西格斯比却大笑起来。他上次听见她大笑是什么时候来着？正确的答案可能是从没听见过。"确实有可笑的一面。发育期的孩子恐怕是全世界最差劲的绝食者，他们是食物消耗机。但你说得对，太阳底下确实有新鲜事。你觉得是哪个新人想出来的？"

"哈，别逗了，肯定不是他们。只有一个孩子足够聪明，知道什么是绝食，而他在这儿已经待了快一个月。"

"对，"她赞同道，"我很高兴他很快就要离开前半区了。威尔霍尔姆是个烦人精，但至少会直接表达他的愤怒。但埃利斯，他很鬼祟，我不喜欢鬼祟的孩子。"

"他什么时候滚蛋？"

"星期天或星期一，就等后半区的哈拉斯和詹姆斯同意了，他们会同意的。亨德里克斯也差不多用完他了。"

"很好。你会处理这个绝食的想法吗，还是会放过他？我建议放过他。就算他真能组织起来，他们也会自然死亡。"

"我觉得我会处理一下。如你所说，我们目前招待了大量的住客，集体训诫他们一下似乎没什么坏处。"

"要是你这么做，埃利斯多半会明白艾尔沃森是你的眼线。"考虑到他的智商，可以去掉"多半"这两个字。

"无所谓。他几天内就要滚蛋了，他那捏鼻子的小朋友很快也会走。至于这些监控摄像头……"

"我今晚出发前会写个备忘录给安迪·费洛斯，我回来后会优先处理这件事。"他俯身向前，双手互扣，棕色眼睛盯着西格斯比夫人的铁灰色眼睛，"而你，不妨开心一点。你会害得自己得胃溃疡的，每天至少提醒自己一次，我们在对付的是儿童，不是铁石心肠的罪犯。"

西格斯比夫人没有回答，因为她知道他说得对。即便是卢克·埃利斯，无论他有多么聪明，说到底也还是个孩子。等他在后半区待上一段时间后，他依然只是个孩子，但聪明就再也谈不上了。

16

那天晚上，西格斯比夫人走进食堂，瘦削的身体挺得笔直，她身穿血红色的套装和灰色的衬衫，仅有的首饰是一串珍珠项链。她不必用调羹敲杯子来唤起注意，叽叽喳喳的交谈声就戛然而止。技术员和护工来到西楼休息室的门口，连厨房的工作人员也出来了，在自助沙拉吧里面集合。

"你们大多数人都知道，"西格斯比夫人用轻快而意味深长的语气说，"两天前，食堂里发生了一起不幸的事故。有传闻和流言称两名儿童死于那起事故。这完全是造谣，我们异能研究所绝对不会杀死儿童。"

她扫视众人。他们也望着她，眼睛睁圆，忘记了面前的食物。

"万一你们有些人只顾着喝水果酒，没仔细听我的话，请允许我再重复一遍：我们不会杀死儿童。"她停下来，让他们回味片刻，"你们不是自愿来这儿的，我们理解你们的心情，但我们不会为此道歉。你们来这儿不但是在报效祖国，还是在为全世界服务。等你们服役完毕，你们不会获得奖章，国家也不会为了你们举办阅兵仪式。你们甚至不会知道我们在衷心地感谢你们，因为在你们离开前，你们在异能研究所的记忆会被删除，也就是被抹掉，你们中有些人也许还不认识'删除'这个词。"她盯着卢克的眼睛看了一秒钟，她的眼神在说：但你肯定认识。"请记住，尽管如此，国家依然感谢你们。在这里的这段时间，你们会接受测试，其中一些也许会很艰苦，但你们必定能挺下来，与家人团聚。我们从没失去过任何一个孩子。"

她再次停下，等待有人回应或反驳。威尔霍尔姆也许会，但他已经滚蛋了。埃利斯没有开口，因为直接回应不是他的风格。他爱下象棋，倾向于使用鬼祟的花招，而不是当面发起攻击，因为这样对他更有利。

"在接受视野与敏锐度的测试后，你们中有些人称这项测试为'看点'或'彩色光点'，哈罗德·克罗斯短暂地发作了一次癫痫，他不小心打倒了格蕾塔·威尔科克斯，后者正在尝试安慰他。这样的精神值得钦佩，我相信大家都有这种感觉。她的颈部严重扭伤，目前正在康复中，她的孪生姐妹在陪她。威尔科克斯姐妹和哈罗德下个星期将被送回家，相信咱们所有人都愿意向他们献上祝福。"

她的视线再次找到卢克，卢克坐在最里面墙边的一张餐桌前，他的小朋友陪着他。狄克逊半张着嘴巴，不过这会儿总算没在折腾鼻子。

"假如有人说的话不同于我刚刚讲述的事实，你们可以肯定这个人在撒谎，请立刻向任何一名护工或技术员报告，听明白了吗？"

沉默，甚至没有人敢在紧张中用咳嗽打破寂静。

"要是听明白了，就请说：'明白了，西格斯比夫人。'"

"明白了，西格斯比夫人。"孩子们应道。

她露出一丝笑容。"我觉得你们还能说得更响亮一点。"

"明白了，西格斯比夫人！"

"再加上一点真正的信服感。"

"明白了，西格斯比夫人！"这次连厨房员工、技术员和护工也齐声喊道。

"很好，"西格斯比夫人微笑道，"没有什么比一声乐观的大喊更能清理肺部和头脑的了，对吧？现在继续吃饭吧。"她转向穿白衣服的厨房员工，"临睡前加一次甜点，道格大厨，你应该能供应足够的蛋糕和冰激凌吧？"

道格大厨用拇指和食指做了个 OK 的手势。有人开始鼓掌，其他人跟上。西格斯比夫人左右各点了一次头，表示认可大家的热情，她转身离开食堂，昂着头，双手前后晃动，画出一道道精确、窄小的弧线。白大褂队伍分开，让她通过。

埃弗里一边继续鼓掌，一边凑近卢克，耳语道："她没有一句是实话。"

卢克微不可察地点点头。

"骗人的贱人。"埃弗里说。

卢克又微不可察地点点头，从脑海送出一个简短的意念：继续鼓掌。

17

那天夜里，卢克和埃弗里并肩躺在卢克的床上，异能研究所的又一个夜晚结束了。

埃弗里压低声音，复述莫琳告诉他的所有内容，每次他折腾鼻子就是一个信号，示意莫琳在脑海里发送意念。卢克担心莫琳看不懂他扔进洗衣篮里的回信（算是有点无意识的偏见，也许是因为她身穿棕色的清洁工制服，他必须改掉这种坏习惯），然而她完全明白，并向埃弗里详细传送了每一个步骤。卢克觉得埃弗里在发送信号时还可以低调一点，但目前看起来似乎没什么问题，他也只能希望如此了。假如一切正常，那么摆在卢克面前真正的难题只有一个：第一步能否成功实现。事情就是这么简单，简单到了粗暴的地步。

两个男孩躺在床上，盯着茫茫的黑暗。卢克正在第十遍，甚至第十五遍回顾那些步骤的时候，埃弗里忽然让一句话闯进卢克的脑海，这九个字像红色霓虹灯似的亮了，片刻后消失，只留下残影。

明白了，西格斯比夫人。

卢克捅了捅他。

埃弗里吃吃地笑。

几秒钟后，这几个字再次出现，甚至更亮了一些。

明白了，西格斯比夫人！

卢克又捅了埃弗里一下，但卢克在微笑，埃弗里肯定也知道，尽管身处黑暗之中。笑容不但挂在他的脸上，也刻在他的脑海里，卢克觉得自己有资格微笑。他也许无法逃出异能研究所——他不得不承认机会渺茫，但今天过得很愉快。希望是个美好的字眼，更是一种美好的感觉。

明白了，西格斯比夫人，该死的贱人！

"够了，否则我要挠你痒痒了。"卢克悄声道。

"成功了，对不对？"埃弗里耳语道，"真的成功了。你认为你真能……"

"不知道，我只知道我会试一试。你给我闭嘴，好好睡觉。"

"真希望你能带我一起走，非常希望。"

"我也希望。"卢克说。他是真心的，埃弗里一个人待在这儿会很辛苦。尽管他比孪生姐妹或史蒂维·惠普尔更能适应群体生活，但也没到能和众人打成一片的地步。

"等你回来，要带上至少一千个警察，"埃弗里悄声说，"要快，别让他们带我去后半区，而且要趁咱们还来得及救小莎。"

"我会尽我所能的，"卢克许诺道，"现在别在我脑袋里嚷嚷了。笑话说三遍就不好玩了。"

"真希望你的心感能力能更强一些。那样发送意念就不需要耗费你的精神，咱们聊起来就更容易了。"

"假如希望是马，那乞丐就能变成骑兵了。最后一次警告，快睡觉。"

埃弗里乖乖地睡觉了，卢克也开始昏昏欲睡。莫琳的第一步和他们交谈时旁边的那台制冰机一样靠不住，但他不得不承认它与自己观察到的所有漏洞都对上号了：摄像头玻璃罩早已积灰；护墙板上的油漆多年前就已经剥落，却一直没人修补；电梯通行卡被随意扔在桌上。他再次想到，这个地方确实像是推进器已被关闭的火箭，尽管火箭还在飞行，但靠的只是惯性。

18

第二天，威诺娜护送他去 C 层，他们快速给他做了个体检：血压、心率、体温、血氧。卢克问接下来要做什么，戴夫看了一眼写字板，对他露出灿烂的笑容，就好像他从来没有把卢克扇倒在地似的，说日程表上没有安排了。

"今天你休息，卢克，好好享受吧。"他举起手，伸出巴掌。

卢克也对他微笑，和他击掌，但他想到了莫琳的字条：等他们不再给你做测试，你大概只有三天时间。

"明天呢？"他们走向电梯时，他问道。

"明天的事明天再操心吧，"戴夫说，"也只能这样。"

也许对一部分人来说确实如此，但对卢克来说已经不行了。他希望自己能有更多的时间去检查莫琳的计划，或者再拖延一下，这更符合实际情况，但他担心自己很快就要没时间了。

躲避球游戏成了异能研究所操场上的日常活动，就像某种仪式，每个人都会上场玩一段时间。卢克进入圆圈，和其他躲避者一起跑跳了十分钟左右，然后故意让自己被击中。他没有加入扔球者的队伍，而是穿过沥青球场走向铁丝网。他经过弗里达·布朗的身边，她一个人站在那儿练投篮。卢克觉得她还没有想明白自己身处何方。他靠着铁丝网坐在砾石地面上，还好虫子最近没那么烦人了。他垂下胳膊，手臂懒洋洋地前后晃动，眼睛盯着玩躲避球的孩子们。

"想投几个吗？"弗里达问。

"等会儿再说。"卢克说。他漫不经心地把一只手伸到背后，摸着铁丝网底部，他找到了——对，莫琳没说错，地面凹陷处有一道缺口。凹陷大概是早春时节融雪造成的，虽然只有一两英寸深，但确实存在。没人愿意费神去填上缺口。卢克把手掌翻向上方，放在裸露的铁丝网底下，铁丝网的尖头压在他的掌心上。他在异能研究所外的自由空气中活动手指，一两秒钟后他站了起来，拍掉屁股上的灰尘，问弗里达想不想玩 HORSE。她对卢克露出渴望的笑容，好像在说：想！当然想！当我的朋友吧！

他的心都快碎了。

19

第二天，卢克依然不用做测试，甚至没人来测量他的生命体征。他帮康妮（一名勤杂工）把两个床垫抬进东楼的两个房间，累死累活却只得到一枚可怜巴巴的代币（勤杂工在给代币方面都很吝啬）。在回房间的路上，他看见莫琳站在制冰机旁，拿着她总放在机器里保持低温的瓶子在喝水。他问她要不要帮忙。

"不用，我挺好的。"她压低声音说，"亨德里克斯和齐克在门口的旗杆旁聊天，我看见他们了。你这几天做过测试吗？"

"没有，两天没有了。"

"我想也是。今天星期五，大概星期六和星期天你还会待在这儿，但如果是我就不会冒这个险。"他看见她憔悴的脸上夹杂着担忧和同情的神情，不禁心惊肉跳。

今晚。

他没有把这两个字说出来，他抬起手挠了挠颧骨，趁势比了个口型。她点点头。

"莫琳……他们知道你有……"他没有说完，也没这个必要。

"他们以为是坐骨神经痛。"她的声音比耳语还轻，"亨德里克斯也许猜到了，但他不在乎。他们没人在乎，只要我还能干活就行。去吧，卢克。你吃午饭的时候我会整理你的房间，睡觉前看看床垫底下。祝你好运。"她犹豫片刻，"真希望我能抱一抱你。"

卢克觉得自己的眼泪涌了出来。他快步离开，免得被她看见。

他饱餐了一顿，尽管并不是特别饿。晚饭时他也会饱餐一顿。他凭直觉认为，假如他真能逃出去，那么他就需要尽可能多地储备能量。

吃晚饭的时候，弗里达加入了他和埃弗里的队伍，她似乎盯上了卢克。吃过饭，他们去外面的操场上。卢克没有继续陪女孩练投篮，他说他要去看着埃弗里跳蹦床。

他看着埃弗里上下跳动，懒洋洋地坐落和用腹部触网，红色霓虹灯拼出的两个字在卢克脑海里闪现。

今晚？

卢克摇摇头。"你还是回你自己的房间睡觉吧，我偶尔也需要睡足八小时。"

埃弗里从蹦床上滑下来，严肃地看着卢克。"别骗我，因为你觉得别人看见我一脸不高兴，会以为我出了什么事。我不是非得一脸不高兴的。"他咧开嘴，挤出一个毫无说服力的假笑。

好吧。埃弗里，反正你别搞砸了我的机会。

只要能做到就回来救我。求你了。

我会的。

光点突然出现，连带着沉浸水箱的鲜活记忆。卢克觉得这是他获得有意识地发送意念的能力所需要付出的努力。

埃弗里盯着卢克又看了一会儿，然后跑向篮筐。"弗里达，想玩HORSE 吗？"

弗里达低头看着埃弗里，对他微笑道："小子，我打你还不跟打鼓似的？"

"送我一个 H 和一个 O，然后咱们走着瞧。"

他们玩了起来，白昼的亮光渐渐消逝。卢克穿过操场，回头又看了一眼埃弗里——哈利·克罗斯曾经说埃弗里是卢克的"小跟屁虫"。他尝试勾手投篮，结果扔了个三不沾。卢克以为埃弗里至少会来他的房间取牙刷，但他没有来。

20

卢克在笔记本电脑上玩了几盘游戏后去刷了牙，脱得只剩短裤，再爬上床。他关掉灯，伸手去摸床垫底下。要是莫琳没有用一块抹布包住那把刀（不像食堂提供的塑料餐具，这把刀摸起来像是一把水果刀，它有锋利的刀刃），它很可能会割破他的手指。此外还有一样东西，他凭触觉就能分辨出来，天晓得他在来这儿之前使用过多少个。那是一个 U 盘。他在黑暗中探出身子，把两样东西塞进长裤的口袋。

然后他开始等待。孩子们在走廊里跑来跑去，也许是在玩捉迷藏，也许只是在胡闹。最近孩子越来越多，这种事每晚都会发生。他们大呼小叫，哈哈大笑，还有人夸张地用嘘声命令大家保持安静，然后又是一阵大笑。他们在释放压力，释放恐惧。今晚叫得最大声的是史蒂维·惠普尔，卢克猜测史蒂维喝了葡萄酒或烈性柠檬水。没有严厉的大人要求他们闭嘴，此处的负责人对执行噪声禁令或强制宵禁毫无兴趣。

卢克这一侧的楼终于安静下来。现在只剩下心脏剧烈跳动和大脑疯狂运转的声音，他最后一次回顾莫琳列出的任务表。

出去后朝着蹦床走，他提醒自己。万不得已就用刀，然后向右稍微拐个弯。

前提是他能出去。

他发现自己有八成的决心，而恐惧只有两成，为此他感觉松了一口气。尽管这种恐惧没有什么道理，但卢克觉得这是自然反应。他很清楚决心的驱动力是什么，那是一个简单又无情的事实：这是你的机会，是你唯一的机会，你必须利用好这个机会。

外面的走廊陷入了寂静，大约半小时后，卢克爬下床，拿起电视机上的塑料冰桶。他为监视者编造了一个故事——当然了，那得此刻真有人在那儿盯着监视器，而不是在楼下某处的监控室玩单人纸牌。

这个故事说的是一个孩子早早上床，出于某些原因醒来，也许是想小便，也许是做了噩梦。总而言之，这个孩子在半梦半醒中，身穿内衣走到走廊。积灰玻璃罩里的摄像头会拍到他去制冰机取冰块，他回来时不但拎着一桶冰，还拿上了铲子。他们会以为这个孩子睡意蒙眬，忘记了铲子还拿在手里。等明天早晨他发现铲子被扔在自己的桌上或卫生间水槽里，会抓耳挠腮地琢磨这是从哪儿来的。

卢克回到房间里，拿了几块冰放在杯子里，然后去卫生间的水龙头接了一杯水，他喝掉半杯后感觉很清凉，他的嘴巴和喉咙都很干。他把铲子留在马桶的水箱上，然后回到床上。他辗转反侧，自言自语。故事里的孩子或许在想念他的小跟屁虫，也许这就是他睡不着的原因，也许没人在监视或监听，但他无法确定，因此他必须这么表演。

最后他打开台灯，穿上衣服。他走进卫生间，卫生间里没有监控摄像头（理论上没有），然后他把铲子插在裤腰前面，用明尼苏达双城队的 T 恤遮住它。假如这儿有监控摄像头，假如有人正在看，那他此刻就暴露了。对此他无计可施，只能继续表演他编造的故事。

他走出房间，沿着走廊走向休息室。史蒂维·惠普尔和一个新来的孩子在地上熟睡，两人周围扔着六个撒旦威士忌的空瓶。这些小酒瓶代表许多代币，史蒂维和新朋友醒来时会带着宿醉的头痛并且发现口袋空空如也。

卢克跨过史蒂维，走进食堂。只有沙拉吧的日光灯亮着，这个地方看上去不但阴郁还有点吓人。他从几乎永远不会空的果盘上抓了个苹果，他咬了一口，回到休息室里，他希望没人在看，就算有人在看，也能理解和认可他表演的哑剧：这个孩子半夜醒来，去制冰机取冰，舒舒服服地喝了一杯冰水，但之后他更加清醒了，于是去食堂找东西吃。然后这个孩子心想：哎，为什么不去操场待一会儿，呼吸点新鲜空气呢？他绝对不是第一个这么做的人，卡丽莎说她和艾莉丝好几次夜里出去看过星星——这儿没有光污染遮蔽天空，星星亮得出奇。她说，偶尔也有孩子会在夜里去操场上亲热。他希望今晚没人在操场上看星星或耳鬓厮磨。

确实没有，今晚没有月亮，操场上很暗，各种运动器材变成了带棱角的黑影。比较小的孩子若是没有一两个同伴，往往会害怕黑暗；比较大的孩子其实也害怕，只是不肯承认罢了。

卢克在操场上溜达，等待不怎么熟悉的夜班护工出现，问他在操场上干什么，T恤底下还藏着一把铲子。你不会是企图逃跑吧？那就太他妈缺心眼了！

"缺心眼，"卢克嘟囔道，背靠着铁丝网坐下，"那就是我，一个真正的缺心眼的人。"

他等着他们出现，但没人来找他。耳畔只有蟋蟀的吟唱和猫头鹰的咕咕叫。操场上有监控摄像头，但真的有人在看画面吗？他知道这儿肯定有安保人员，但他也知道他们很懒散，并且很快就会知道他们到底有多懒散了。

他撩起T恤，取出铲子。在他的想象中，他会用右手在背后挖土，等这条胳膊累了就换左手。但在现实中，这么做其实不太行得通。铲子屡次刮到铁丝网底部，发出的响声在寂静中犹如惊雷，而他也看得出自己的进展非常缓慢。

简直是疯了，他心想。

卢克抛开他对监控摄像头的担忧，转身跪在地上，开始在铁丝网底下挖掘，并左一把右一把地抛撒砾石。时间似乎变得无比漫长，他觉得几小时过去了。监控室（他从未见过，但能够栩栩如生地想象出来）里会不会有人开始想，失眠的孩子为什么还没从操场上回来？他会不会派人来查看？要是摄像头有夜视功能，卢克小子，你说结果会怎么样？

他拼命挖，他能感觉到汗水开始润湿面部，值夜班的虫子蜂拥而至。他继续挖，能闻到自己腋下的汗味，他的心跳快得像在飞奔。他觉得有人站在他背后，但等他扭头望去，却只见到星空映衬下的篮球架。

他在铁丝网底下挖出了一条沟，很浅。但他来到异能研究所前本来就很瘦，这段时间体重又掉了不少，也许……

但等他趴下，企图从底下钻出去的时候，铁丝网挡住了他。还差得远呢。

回去吧，回去上床睡觉，免得被他们发现你企图逃跑，对你做一些恐怖的事情。

但那不是选择，而是怯懦。他们本来就要对我做一些恐怖的事情：影片、头疼、斯塔西光……最后，汇入蜂群。

他继续挖，开始喘息，前后挖，左右挖，铁丝网底部和地面之间的沟逐渐扩大。他们太愚蠢了，居然没有用水泥铺平铁丝网内外的地面；他们太愚蠢了，居然没有给铁丝网通电，哪怕是低压电。但他们确实没有这么做，否则他也不会走到这一步了。

他再次趴下，尝试钻出去，而铁丝网底部再次挡住了他，但他快要成功了。卢克起身，跪在地上继续挖，他的动作越来越快，左一下，右一下，向前送，向后收，来回使劲。忽然间咔嚓一声，铲子的握柄断了。卢克扔下握柄，继续挖，他能感觉到铲子的边缘嵌进了手掌。他停下来看了一眼，发现双手在流血。

这次一定能行，必须行。

但还是……差……一点。

于是他爬起来继续挖土，左一铲，右一铲。鲜血顺着手指往下流，汗水使头发粘在额头上，蚊子在他的耳畔唱歌。他放下铲子，趴下，再次尝试从铁丝网底下钻出去。铁丝网的尖头戳开他的 T 恤，划破他的皮肤，他的肩也开始流血了。他不管不顾，继续往外钻。

钻到一半，他卡住了。他盯着砾石地面看，他喘息时鼻孔喷出的气流吹起尘土，形成一个个小旋涡。他必须退回去继续挖土——稍微再深一点就行了。然而，当他想退回操场这一侧的时候，他发现自己已经回不去了。不是被挡住，而是被卡住了。等明天早晨太阳升起，他依然会被困在这该死的铁丝网底下，就像一只落入陷阱的兔子。

光点开始浮现，红的、绿的、紫的，它们从眼前一两英寸外、被他挖开的泥土中升起。它们扑向他，陡然分开，重新聚拢，旋转，搏动。幽闭恐惧的感觉捏住了他的心脏，攥紧了他的脑袋。他的双手在搏动和震响。

卢克伸出手，将手指插进泥土，使出所有的力气向前拉身体。一瞬间，光点不仅充满他的视野，还充满他的整个大脑，他迷失在它们彩色的光线之中。铁丝网底部似乎抬起了一点点，也许这纯粹是他的想象，但他不这么认为，他听见铁丝网发出了嘎吱声。

也许这是针剂和水箱的功劳，我现在是心动显性者了，他心想。就像乔治。

但这并不重要，此刻唯一重要的是他又能够继续前进了。

光点渐渐消退。就算刚才铁丝网底部真的抬起来了，此刻也已落了回来。金属尖头不但刮伤了他的肩，也刮破了他的臀部和大腿。一时间他陷入巨大的痛苦，不得不停下，铁丝网贪婪地抓住他，不肯放他离开，他转动头部，脸颊贴在泥土里的鹅卵石上，他看见一片树丛。树丛似乎触手可及。他伸长手臂，又爬出去一点。他再次伸长手臂，抓住了一棵灌木。他用力一拉，灌木开始松动，但还没等他把灌木从土里完全拔出来，他发现自己又能动了，他抬起臀部，用双脚推身体。铁丝网底部一个突出的尖头和他吻别，在他的腿肚子上划出一道热辣辣的印子，他蠕动着从铁丝网的另一侧爬了出来。

他爬出来了。

卢克起身跪在地上，发疯般地扭头望去，他以为自己会看见所有照明灯同时亮起——不光是休息室里的，走廊和食堂也会亮如白昼，他会在灯光中看见奔跑的身影：护工从腰间拔出电棒，然后开到最大功率。

但是没有人。

他站起来，开始盲目地奔跑，在恐慌中他忘记了至关重要的下一步——确定方向。要不是因为他踩在一块锋利的石头上，左脚踝处一阵灼烧般的剧痛使他意识到自己在最后那拼死一挣中弄掉了运动鞋，他很可能会在恢复理智前跑进森林，彻底迷失方向。

卢克回到铁丝网旁，弯腰捡起运动鞋穿上。他的后背和臀部只是有点刺痛，但小腿上最后的划伤比较深，疼得仿佛被烙铁烧灼着。他的心率逐渐降低，头脑变得清醒。埃弗里是如此转述莫琳提议的第二步的：出去后朝蹦床走，然后背对着蹦床，向右迈不大不小的一步。那就是你的方向。你只需要走一英里左右，不一定要走直线，因为你的目标相当显眼，但最好还是尽量走直线。那天夜里晚些时候，埃弗里在床上说，也许卢克可以利用星星引路，但他不知道该怎么做。

好了，出发吧。但他还有一件事情要做。

他抬起手，摸着嵌在右耳耳垂中的小圆环。他记得有人说过（也许是艾莉丝，也许是海伦），植入这东西并不疼，因为她早就打过耳洞。但耳环是可以拿下来的，卢克见过他母亲这么做。但这个这东西是固定在耳朵上的。

求你了，上帝，别逼我用刀子。

卢克鼓起勇气，把指甲插进追踪器弧形上沿的底下，然后用力一拽。他的耳垂被拉长了——疼，很疼，但追踪器纹丝不动。他松开手，做了两次深呼吸（沉浸水箱的记忆又回来了），又拽了一下。这次他更用力，疼痛也更剧烈，但追踪器依然纹丝不动，而时间正在流逝。从这个陌生的角度望去，宿舍区的西楼显得很陌生，此刻它依然黑暗而寂静，但这还能持续多久呢？

他想再拽一次，但那只是在拖延不可避免的结局。莫琳早就知道，因此才给了他一把水果刀。他从口袋里掏出小刀（他动作很小心，免得把 U 盘带出来），在微弱的星光中将它举到眼前。他用拇指尖试了试刀刃，然后抬起左手向下拉耳垂，他尽可能拉长耳垂，可实际上拉不了多长。

他犹豫了片刻，花了几秒钟才完全反应过来，自己已经在铁丝网外呼吸自由的空气了。猫头鹰再次睡意盎然地咕咕叫，他看见萤火虫在黑暗中飞舞，尽管身处绝境，他依然注意到了它们的美丽。

别磨蹭了，他对自己说，就当你在切牛排。无论多疼也别叫，你绝对不能出声。

卢克把刀刃贴在耳垂顶部的外沿，就这么呆站了仿佛永恒般的几秒钟。然后他放下了小刀。

我做不到。

你必须这么做。

但我做不到。

唉，上帝啊，我必须这么做。

他再次把刀刃贴在毫无保护的柔软的肉上，只留给自己一丁点时间祈祷——他祈祷刀刃足够锋利，能一下完成任务，然后向下一划。

刀刃确实很锋利，但他最后一瞬间的力道不够，耳垂没有被干脆地割掉，还有一小截软骨没断。刚开始他没有感觉到疼痛，只感觉到温暖的血顺着颈部侧面向下流。随即疼痛袭来，感觉就像一只品脱[1]瓶那么大的黄蜂叮了他一下，向他注射毒液。卢克咬牙吸气，抓住悬着的耳垂，像剥鸡腿皮似的把它揪了下来。他低头细看，知道自己已经弄掉了那该死的追踪器，但他必须用眼睛看清楚。他需要百分之百地确认。对，成功了。

卢克找到与蹦床平行的位置，转身背对着蹦床，然后向右走了一步——他希望这是不大不小的一步。前方是缅因州北部的幽暗森林，绵延了不知道多少英里。他抬起头，找到大熊座，拐角上的一颗星位于正前方。你跟着那颗星星走，他对自己说，这就是你必须做的事情。他不需要一直走到天亮，莫琳告诉过埃弗里，他只需要走一英里左右，然后就是下一步。不要理会肩胛骨上的疼痛，也不要理会小腿上更剧烈的疼痛，更不要理会像凡·高一样被割的耳朵上剧烈的疼痛。不要理会你颤抖的手臂和腿，走起来就是了。但首先……

---

1 1 品脱（美）约合 0.4732 升。

他把攥成拳头的右手收到肩膀后，将嵌着追踪器的血肉扔过铁丝网。他听见（或者想象自己听见）耳垂啪嗒一声落在所谓篮球场的沥青地上。让他们去那儿找我吧。

他开始向前走，双眼只盯着天空中的那颗星星。

21

卢克跟着那颗星星走了顶多三十秒，一进入森林，它就不见了。他停下脚步，隔着森林最外围交错的树枝，依稀可见身后的异能研究所。

只需要走一英里，他对自己说，哪怕你略微偏离路线，也肯定能找到它，因为莫琳告诉埃弗里说它很显眼。总之足够显眼，因此你只需要慢慢走。你是右撇子，这意味着你的右侧肌肉比较发达，因此你要做一些补偿性调整，但不能太多，否则你会向左侧偏离路线。你要一直计数，一英里应该在两千到两千五百步之间。当然了，这只是估算，具体步数取决于地形。还有，你要注意，别被树枝戳进眼睛，你身上的窟窿已经够多的了。

卢克开始向前走。还好他不需要穿过灌木丛，这些树的树龄很大，因此投下了浓密的阴影，地上铺着厚厚一层不利于灌木生长的松针半腐层。每当他不得不绕过一棵老树时（应该是松树，但在黑暗中谁能说清呢），他就尽量重新确定方向，继续笔直地向前走，然而他不得不承认，这个笔直现在主要是假设性的了。这就好像一个巨大的房间里摆满了几乎看不见的东西，而你必须从这一头走到另一头。

他的左侧忽然有什么东西发出咕噜一声，那东西随即跑开，折断了一根树枝，又撞得几根树枝哗哗响。卢克这个生长在城市的少年被吓得不敢动弹。是鹿吗？天哪，假如是熊怎么办？鹿会跑掉，但熊说不定饿了，想吃夜宵。它也许受到血腥味的吸引，正在悄无声息地靠近他。鲜血浸透了卢克的颈部和 T 恤的右肩部位。

那个声音消失了，只剩下蟋蟀的吟唱，还有猫头鹰偶尔的咕咕叫声。听见那东西弄出的响动时，他已经走了八百步。他继续向前走，盲人似的举着双臂，在脑海里计着步数。一千……一千二……前方是一棵树，怪物一样的大树，最低的树枝也比他的头顶高很多，高得他根本看不见，绕过去……一千四……一千五……

他被一棵倒伏的树绊倒在地，一截树枝插进他左腿上部，他疼得闷哼了一声。他在松针半腐层上躺了一会儿，调整呼吸，他不禁希望（最荒谬、最致命的愿望）自己还在异能研究所的卧室里。那个房间里有他需要的一切，所有东西都井井有条，没有不知大小的动物在树林里乱跑。那是个安全的地方。

"对，但很快就不安全了。"他低声说。他爬起来，揉着牛仔裤上的新洞和里面皮肤上的新裂伤。还好他们没有狗，他心想。他回忆起一部老黑白监狱片，被铁链锁在一起的两名囚犯奔向自由，一群猎犬紧追不舍。哦，对了，那两位老兄在沼泽里，身边还有鳄鱼出没。

看见了吗，卢克？他仿佛听见卡丽莎的声音。一切都好，继续走吧。走直线，尽你所能走直线。

走到两千步，卢克开始在前方寻找从树枝间透进来的灯光。总有几盏灯亮着，莫琳告诉埃弗里，但黄色的那盏是最亮的。两千五百步，他开始感到焦虑。三千五百步，他确定自己走偏了，而且偏了不止一星半点。

都怪绊倒我的那棵树，他心想。那棵该死的树。爬起来的时候，我肯定走错了方向。我说不定正在朝加拿大走呢。就算研究所那帮人没抓到我，我也会死在树林里。

但往回走是不可能的（就算他想回去，他也不可能按照他来时的路线往回走），于是卢克继续前进，双手在前方挥动，以免树枝在其他部位划出新的伤口。他的耳朵在抽痛。

他不再计步数了，但等他在树枝间看见一团暗淡的橘黄色灯光时，他肯定走了五千步左右——远远超过两英里。卢克刚开始还以为那是幻觉或一个光点，估计其他光点马上就会蜂拥而至。他又走了十几步，这方面的担忧烟消云散。橘黄色的灯光变得更加清晰，还有两盏灯，但是比它暗淡很多。它们肯定是电灯。他觉得比较亮的那盏是高压钠灯，就是大型停车场用的那种。罗尔夫的父亲有一次带卢克和罗尔夫去南谷 AMC 影院看电影，说这种照明灯应该能够减少抢劫和车辆撬窃事件的发生。

卢克迫不及待地想向前飞奔，但他按捺住了冲动。他最不希望发生的事情就是再次被一棵倒伏的树绊倒，或者踩进地坑扭断脚踝。前方的灯光越来越多，但他一直盯着最先出现的那盏灯。大熊座没能坚持太久，但他现在有了一颗更好的指路明星。见到它之后大约过了十分钟，卢克来到了树林的边缘。前方有方圆五十码左右的开阔地，然后是另一道铁丝网。这道铁丝网顶上带刺，而且每隔三十英尺左右就竖着一根灯柱，上面装有运动感应器，莫琳跟埃弗里说，告诉卢克别靠近它们。就算她不说，卢克也能猜到。

铁丝网外是几个小屋，非常小。用卢克父亲的话说，就是猫在里面都活动不开。小屋顶多有三个房间，甚至可能只有两个，外形完全相同。埃弗里说莫琳称之为"居住村"，但卢克觉得它更像军营。每四个房屋围成一个方形，方形中央是一片草坪。有几个屋子亮着灯，多半是卫生间的长明灯，免得屋主起夜时绊倒。

房屋之间有一条街道，街道尽头是一座比较大的建筑物。建筑物两侧各有一个小停车场，里面停满了轿车和皮卡。卢克估计总共有三四十辆。他记得自己思考过异能研究所的员工把车停在哪儿。现在他知道了，但饮食如何补给依然是个谜。比较大的建筑物前方有根柱子，钠灯安装在它的顶上，照亮了两台加油机。卢克觉得那儿多半是个商店之类的地方，就像军营里的福利社。

现在他越来越明白了。工作人员会轮休，莫琳用一个星期的假期回了趟佛蒙特，但大多数人就待在这儿。他们不当班的时候，就住在这些简陋的小房子里。排班表肯定是错开的，这样他们就可以共用宿舍。若是需要娱乐，他们就开上自己的车去最近的小镇，也就是著名的丹尼森河湾镇。

当地人肯定很好奇这些人在森林里干什么，会向他们打听，他们肯定有一套说辞来应付当地人。卢克不知道那会是个什么故事（此刻他也根本不在乎），但肯定相当可信，否则不可能这么多年还没被揭穿。

他顺着铁丝网走，寻找一条围巾。

卢克开始走，铁丝网和村子在他的左边，森林在他的右边。他再次克制住奔跑的冲动，尤其是当他能看得更清楚时。他们和莫琳的交流必须尽量简短，一部分是因为时间久了可能会引起怀疑，另一部分是因为卢克担心埃弗里浮夸的捏鼻子表演会被看穿。因此，他不知道围巾系在什么地方，他担心自己会看漏。

结果他的担心是多余的。莫琳把围巾系在一根低垂的树枝上，树枝来自一棵高大的松树，松树耸立于铁丝网向左远离森林的转弯处。卢克取下围巾系在腰上，他不想留下这么明显的标记，因为很快就会有人来追他了。不知道西格斯比夫人和斯塔克豪斯再过多久就会发现，随即意识到是谁帮助卢克逃跑的，很可能用不了多久。

莫琳，把一切都告诉他们，他心想。别让他们拷打你。假如你企图隐瞒，他们肯定会折磨你，而你年纪太大，身体太弱，禁不起水箱的折磨。

可能是福利社的建筑物前的明亮灯光离他已经很远了，卢克不得不仔细搜寻，这才找到了那条通往森林深处的古老小路，这条路大概是伐木工在几十年前使用的。一片浓密的蓝莓树丛遮住了小路的起点，尽管他必须抓紧时间，但还是停下来采了两把浆果塞进嘴里。它们甜美多汁，散发着监狱外自由的味道。

一旦找到这条老路，他就不太会迷失方向了，哪怕在黑暗中也一样。砍掉大树的地方长出了茂盛的灌木，往日的车辙变成了两道草垫。脚下有些掉落的树枝需要跨过（或被它们绊倒），但你不可能再走回森林里了。

他又开始计步数，大概数到四千步后他终于放弃。地势偶尔升高，但大体而言是一路向下。他遇到了几次倒伏的树木交错而成的陷阱，还有一次钻进了浓密的灌木丛，他担心老路会在这儿结束，但等他钻过去，发现道路还在延伸。他无法确定过去了多少时间，也许一小时，更有可能是两小时。他只能确定此刻依然是夜间，尽管漆黑的森林很吓人，对城市里长大的孩子来说更是如此，但他依然希望黑暗能够永远持续下去。实际上当然不可能。一年中的这个季节，四点左右天空就会开始悄然发白。

他来到另一段坡道的顶端，停下来休息了一小会儿。他是站着休息的。他不认为自己坐下可能会睡着，但这种可能性让他害怕。在肾上腺素的作用下，他不顾刮伤，挣扎着从铁丝网底下爬出来，然后穿过森林来到村子，但肾上腺素早已耗尽。他后背、腿部和耳垂的伤口都不再流血了，但这些部位全在抽痛和刺痛，疼得最厉害的是耳朵。他试着摸了摸耳垂，不禁咬紧牙关，倒吸一口凉气，他连忙缩回手指，但在此之前他已经摸到了边缘参差不齐的一团血痂。

我毁了自己的身体，他心想。割掉的耳垂再也长不回来了。

"狗娘养的，是你们逼我的，"他悄声说，"是你们逼我的。"

他不敢坐下，于是弯腰抱住膝盖，他经常看见莫琳做这个姿势。这对他割伤的后背、刺痛的臀部和损毁的耳垂当然毫无用处，但能稍微舒展一下他疲惫的肌肉。他直起腰，准备向前走，却忽然停下了脚步。他听见从前方传来某种微弱的声音。某种流动的声音，就像风吹过松林，但他所在的这段坡道上连一丝气流都没有。

千万别是我的幻觉，他心想。希望这是真的。

卢克又走了五百步——这次他数得很清楚，确定那就是流水的声音。山路变得越来越宽、越来越陡峭，最后他不得不侧着身子走路，并抓住旁边的树枝，以免跌倒滑下去。两侧的树木终于消失，他停下了脚步。这里的树木不但被砍倒，连残桩都被挖掉了，因此产生的林间空地现在长满了灌木。前方底下是黑色如丝绸般的宽阔河面，河中水流平缓，波纹间甚至倒映着天空中的星光。他想象多年前的伐木工，他们在二战前来到北方的这片森林中劳作，用福特、国际收割机公司的旧卡车，甚至马队把原木拖到此处。这片空地是他们的中转场。他们在这里卸下原木，让它们滚进丹尼森河，原木顺流而下，前往州南部的工业城镇。

卢克开始走下最后一段陡坡，他酸痛的双腿颤抖不已。最后这两百英尺也是最陡峭的一段路，原木在多年前把山坡磨得只剩下了岩床。他坐在地上向下滑，时不时抓住身旁的灌木以降低速度，最终，他落在了怪石嶙峋的河岸上，震得他牙齿直打架，脚下三四英尺处就是河面。正如莫琳承诺过的，在一块落满松针的绿色油布底下，一艘老旧得已经裂开的划艇露出了一角。划艇系在一截参差不齐的树桩上。

莫琳怎么会知道这个地方？是别人告诉她的吗？似乎不怎么可信，尤其是当这个男孩的生命完全取决于那艘老朽的划艇时。也许是她在生病以前，独自散步时发现的；也许是她和另外几个人，比如与她交好的两名食堂女工，从她们居住的半军事化的居住村来到这儿野餐——三明治、可乐或葡萄酒——时发现的。无所谓，重要的是船就在底下。

卢克滑进河里，河水浸没了他的小腿肚。他弯腰，掬起两捧水送进嘴里。河水冰凉，似乎比蓝莓还甜。口渴得到缓解后，他试着解开把小船系在树桩上的绳结，但绳结过于复杂，时间正在飞逝。最后他用小刀割断了绳索，这害得他的右手又开始出血。更糟糕的是河水立刻带走了小船。

他向小船扑了过去，抓住船头，把小船拽了回来。他的两个手掌都在流血了。他想掀开油布，但他刚松开船头，水流就又开始带着小船离开。他暗骂自己，居然没想到先掀开油布。这儿没有河滩，他无法让小船搁浅，最后他做了自己唯一能做的事情：上半身翻过船舷，钻到散发着鱼腥味的油布底下，然后抓住划艇中部裂开的船凳，把下半身也拽上船。他落在划艇内的积水里，身子底下是个带棱角的长东西。和缓的水流已经带着小船首尾颠倒着向下游而去。

何等了不起的大冒险，卢克心想。是啊，没错，我这场冒险真是够厉害的。

他在油布底下坐起来。油布在他四周翻腾，散发出更加强烈的鱼腥味。他用流血的双手又推又划，直到油布从船舷掉出去。刚开始它漂浮在划艇旁，最后沉了下去。在他身子底下那个有棱角的东西其实是船桨。与小船不一样，它看上去较新。莫琳为他系了围巾，也为他准备了这支船桨吗？以她现在的身体状态，卢克不确定她能不能走完这条古老的伐木工小路，更别说走下那段陡峭的斜坡了。假如真的是她，那她起码配得上一首英雄史诗。她做这一切仅仅是因为卢克在网上帮她搜索了一些资料，要不是她病得那么严重，她自己应该也能查到。卢克不知道该怎么看待这样的事情，更别说理解了。他只知道船桨就在面前，他必须使用船桨，无论他是否疲惫，双手是否在流血。

至少他会划船。尽管他在城市里长大，但明尼苏达州是千湖之地，卢克和爷爷（他喜欢自称"曼凯托一个普普通通的老坏种"）一起钓过许多次鱼。卢克坐在船凳上，先用船桨掉转船头。等他面对下游的方向后，他划到河水中央，河面在此处宽约八十码，然后他放下船桨，脱掉运动鞋，将鞋放在船尾的座位上晾干。船尾座位上有几个已经褪色的黑漆大字，他凑近查看，发现写的是"海军监狱号"，他不由得微笑起来。卢克向后躺下，用胳膊肘撑住身体，仰望漫天星光，努力说服自己这不是做梦——他真的逃出来了。

电喇叭在他左侧背后的某处响了两声。他扭头望去，看见一盏明亮的车头灯在树木间闪烁，刚开始它与小船齐头并进，但很快就超过了他。树木非常茂盛，他看不见车头和它牵引的列车，但他能听见火车行驶的隆隆声和钢轮摩擦钢轨的难听尖啸。这一幕终于让他确信：这不是在他脑海里上演的、细节丰富到令人难以置信的幻想大戏，他也没有在西楼的床上睡觉。那是一列真正的火车，很可能正前往丹尼森河湾镇。他坐在一艘真正的小船上，这条和缓的美丽大河带着他向南而去。他头顶是真正的星辰。西格斯比的走狗很快就会来追捕他，但——

"我绝对不会去后半区，绝对不会。"

他把一只手伸出"海军监狱号"的船舷，手指放进水里，看着四道小小的尾迹落入身后的黑暗中。他以前在他祖父的铝合金钓鱼快艇（二冲程发动机在船尾突突地运转）上这么做过许多次，但那一闪而逝的波纹从未让他这么心潮澎湃过，哪怕在他还只有四岁，一切在他眼中都那么新鲜和迷人的时候。仿佛天启一般，他懂得了一个道理：你只有被囚禁过，才能完全理解自由。

"我宁死也不会让他们带我回去。"

他知道这是真的，他最后可能会被带回去，但他也知道此刻自己依然是自由的。卢克·埃利斯向天空举起伤痕累累的双手，感觉自由的空气从滴着水的手指间穿过，他开始哭泣。

22

他坐在船凳上打起了瞌睡，下巴抵着胸口，双手垂在两腿之间，光脚泡在船底的一小摊积水里，若不是火车汽笛声再次响起，他也许会一直睡下去，而"海军监狱号"会载着他错过他难以置信的大冒险的下一站。这次的汽笛声并非来自河岸边，而是前面和上方，声音也比上一次响亮得多：不是一声孤零零的鸣叫，而是急促的哇哇声。卢克猛地惊醒过来，险些向后摔进船尾。他本能地举起双手保护自己，随即意识到这个动作有多么可怜。汽笛声过后，金属摩擦的尖啸声和空洞的隆隆声随即传来。卢克抓住向着船首变窄的船舷，发狂般地扫视前方，他确定自己就要被火车碾死了。

黎明尚未到来，但天空已经开始发白，给河面涂上了一层光，河道变得宽阔了许多。在下游四分之一英里处，货运列车正放慢速度驶过一座高架铁桥。卢克看见了标着"新英格兰陆地快运"和"马萨诸塞红线"的棚车，两节汽车运输车和几节槽车，一节槽车上标着"加拿大清洁燃油"，另一节上标着"弗吉尼亚公用工程"。他从高架铁桥下穿过，举起手挡住飘过来的煤灰。几块炉渣掉进小船两侧的河水里。

卢克抓起船桨，向右侧河岸掉转船头，他看见几座可怜巴巴的建筑物（窗户用木板钉死）和一架起重机（看上去锈迹斑斑，很久没使用过了）。河岸上满是废纸、旧轮胎和空罐头。刚刚从他头顶经过的列车此刻来到了河水的这一侧，它继续放慢速度，叽叽嘎嘎、砰砰轰轰。他好朋友罗尔夫的父亲维克·德坦说过，没有什么交通工具能比火车更肮脏和嘈杂了。他说话的语气里喜悦多于厌恶，两个孩子都不觉得奇怪，因为维克·德坦先生是个狂热的火车迷。

卢克差不多快执行完莫琳制定的步骤了，现在他在寻找步梯。红色的台阶，但不是正红色，埃弗里告诉他，现在不是了。她说它们现在更接近于粉色。从高架铁桥下穿过仅仅五分钟后，卢克看见了它们——它们甚至连粉色都称不上。尽管台阶的立面上还残存着一些粉色或红色，但水平面已经差不多是灰色了。台阶从水边通往堤岸顶部，堤岸高一百五十英尺左右。他划向步梯，小船绕过没在水中的一级台阶，然后靠岸。

卢克慢吞吞地登岸，觉得身体像老人一样虚弱。他想系住"海军监狱号"——台阶两侧的柱子上有被磨掉的铁锈，这说明经常有人这么做，多半是渔民，但被他割断的绳索似乎太短了。

他放开小船，看着和缓的河水带着它逐渐漂走，这时他看见了他的鞋子（袜子也塞在鞋里）还放在船尾的座位上。他跪在水中的那级台阶上，及时抓住小船。他两只手交替抓住船舷，直到最后拿起运动鞋。他喃喃道了声"多谢，海军监狱号"，然后松开了手。

他向上走了几级台阶，坐下穿鞋。鞋差不多干了，但现在他的衣服全湿了。尽管他一笑，后背刮伤的地方就疼，但他还是放声大笑起来。他爬上曾经是红色的台阶，不时停下歇歇脚。莫琳的围巾（在晨光中他发现围巾是紫色的）扎在他腰间，这会儿松开了。他考虑了一下要不要扔掉，但还是重新将它扎紧。他认为他们不能追着他来到这么远的地方，但小镇是符合逻辑的目的地，因此尽管概率很低，他依然不想留下可能被他们找到的线索。另外，他现在觉得这条围巾很重要。他觉得它……他绞尽脑汁地寻找能够形容它的字眼。不是因为它代表幸运，也不是因为它能辟邪，而是因为它来自莫琳，他的救命恩人。

他爬到步梯顶上，此时太阳已经爬上了地平线，它又大又红，给彼此交会的铁轨镀上一层明艳的光彩。他先前从其底下经过的那列火车停在丹尼森河湾镇的调车场。牵引车头缓缓开走，亮黄色的调车机车开到列车尾部，很快就会推着列车进入驼峰调车场，车厢将被分拆并重新编组。

布罗德里克学校没教过货运列车如何转场，教职员工更感兴趣的是高等数学、气候学和晚期英语诗歌之类的深奥学问。传授他火车知识的是维克·德坦，这位疯狂的火车迷在地下室建了一套巨大的莱昂内尔火车模型，卢克和罗尔夫心甘情愿地为他当了好几个小时的助手。罗尔夫喜欢玩列车模型，对于真正的火车知识知不知道都行，而卢克两者都喜欢。假如维克·德坦集邮，卢克也会怀着同样的兴趣检视他的藏品，卢克就是这么积累知识的。他觉得自己这么做大概会让人有点怕他（他确实有几次见到过艾丽西亚·德坦用这种眼神看他），但此时此刻，他只想为德坦先生激动人心的讲演而祝他长命百岁。

莫琳恰好相反，她对火车几乎一无所知，只知道丹尼森河湾镇有个车站，她认为途经那里的列车会奔向各种各样的地方。至于究竟是哪些地方，她就不清楚了。

"她认为假如你能逃到那儿，也许可以跳上一列货车。"埃弗里这么说。

很好，我确实逃到这儿了，但能不能跳上一列货车则是另一个问题。他在电影里见过演员这么做，那似乎轻而易举，但绝大多数电影都是胡说八道。他还不如去这个北方乡村小镇的闹市区，寻找或许存在的警察局，要是那儿没有警察局，就打电话找州警。但用什么打电话呢？他没有手机，投币电话现在已经是稀有物品了。就算他能找到，他该把什么东西塞进投币口呢？异能研究所的代币吗？打911报警应该是免费的，但这么做正确吗？直觉告诉他不正确。

他站在台阶顶上，天空变亮的速度远远超过了他的预想，他紧张地扯了扯腰间的围巾。此处离研究所太近，打电话报警或者去找警察有诸多不利因素，即便他处于恐惧和疲惫的状态中，对此依然一清二楚。警察很快就会发现他的父母死了，是被谋杀的，而他是最大的嫌疑人。另一个原因是丹尼森河湾镇本身。小镇能够存在的前提是有收入，金钱是它们的命根子，丹尼森河湾镇的财源是什么？肯定不是基本上自动运转的调车场，也不是他眼前这些可怜巴巴的建筑物。那些地方也许曾经是工厂，但早已关门。这些不隶属城市的镇区往往有某种设施（"政府底下的"，理发馆或中心广场上的当地人会这么说，然后大家心领神会地点点头），那里的工作人员有钱，男男女女来到镇上，不但光顾"非法国度"之类的小破店，听台上什么糟烂乐队的演奏，而且还带来了资金。说不定异能研究所在资助小镇的社会福利，他们也许兴建了社区中心或运动场，赞助了道路养护工程。谁敢挖这些资金的墙脚，都会招来质疑和民愤。在卢克看来，小镇的官员很可能会定期收到贿赂，以确保研究所不会引来意料之外的关注。这是偏执狂的思路吗？也许是，也许不是。

卢克当然很想破坏西格斯比夫人及其走狗的罪恶勾当，但他认为此刻最明智、最安全的做法是先以最快的速度尽可能地远离研究所。

调车机车推着一列货车驶上车场工作人员称之为"驼峰"的山丘。车场窄小的办公楼有个门廊，上面摆着两把摇椅。一个穿着牛仔裤和亮红色橡胶靴的男人坐在一把摇椅上读报，喝咖啡。机车司机拉响汽笛，男人放下报纸，跑下台阶后停下脚步，朝钢架上的玻璃格子间挥挥手，格子间里的男人也朝他挥挥手。后者应该是驼峰控制楼的作业员，穿红色橡胶靴的男人应该是摘钩员。

罗尔夫的父亲经常对美国铁路运输的衰败感到惋惜，此刻，卢克明白了他的意思。铁轨通向四面八方，但看上去只有四五条路线还在运营。其他的铁轨都锈迹斑斑，杂草在枕木间蓬勃生长。几条废弃的铁轨上停着落单的棚车和平板车，卢克利用它们遮挡身影，悄悄摸近办公室。他看见门廊的一根支柱上有个写字板挂在钉子上。那也许是今天的调度表，他很想看一眼。

他蹲在离控制楼不远的一辆废弃棚车背后，从底下看着摘钩员走向驼峰轨道。新来的货运列车已经开到驼峰顶上，作业员的注意力肯定集中在那儿。他就算看见卢克，也只会认为这个孩子是个像德坦先生那样的狂热火车迷。当然了，无论他们有多么狂热，绝大多数孩子都不会在清晨五点半跑出来看火车，尤其是这个孩子还浑身湿透，一只耳朵残缺不全。

别无选择，他必须看一眼写字板上的调度表。

第一节车厢缓缓驶过红靴先生的身旁，他迈步上前，摘下两节车厢之间的连接挂钩。这节棚车（车身上用红、白、蓝三色刷着"缅因州制造"五个字）驶下山坡，重力为它提供了动力，由雷达操控的减速器控制着速度。驼峰控制楼的作业员扳动控制杆，写着"缅因州制造"字样的车厢拐上了4号轨道。

卢克绕过棚车，双手插在裤兜里，晃晃悠悠地走向车站办公室。直到来到控制楼底下，离开作业员的视野，他才松了一口气。不过嘛，卢克心想，假如他在认真工作，眼睛肯定也会盯着手上的事情，而不会东张西望。

下一节车厢是槽车，被送上3号轨道。两节汽车运输车也上了3号轨道。它们隆隆滑行，铿锵碰撞。维克·德坦的列车模型很安静，但这个地方闹得沸反盈天，估计一英里范围内的房屋每天都会被噪声骚扰三四次。也许他们已经习惯了，卢克心想。一开始，他觉得难以置信，但随即想到了孩子们在异能研究所内的日常生活：吃大餐，喝烈酒，偶尔抽烟，在操场上消磨时间，半夜乱跑，傻乎乎地尖叫。卢克觉得，人对什么样的生活都可能适应。这真是一个可怕的念头。

他走到办公室的门廊旁，依然躲在作业员的视线之外，而摘钩员背对着他，卢克认为他不会忽然转过身来。"做这种工作的时候，一个不注意，你就会丢掉一只手。"德坦先生曾经这么对两个男孩说。

写字板最上面的电脑打印件没有多少内容。2号和5号轨道只有三个字：无计划。1号轨道的货运列车驶向加拿大新不伦瑞克，定于下午五点发车——对他没用。4号轨道驶向伯灵顿和蒙特利尔，下午两点半发车——好一些，但还不够好；假如下午两点半他还留在这儿，那他肯定会陷入巨大的麻烦。3 号轨道很合适，摘钩员正在把卢克过铁桥时见过的"新英格兰陆地快运"棚车送上这条轨道。4297 次列车的截止时间是上午九点，过了这个时间，车站管理员就不会（至少从理论上说）给它挂上更多的车厢；上午十点，4297 次列车将驶出丹尼森河湾镇，前往缅因州的波特兰、新罕布什尔州的朴次茅斯和马萨诸塞州的斯特布里奇。最后一个镇子至少在三百英里之外，甚至更远。

卢克退回到那节废弃的棚车旁，看着一节接一节的车厢滑向各条轨道，有些当天就会离开调车场，有些会待在岔线上默默等待。

摘钩员完成工作，爬上调车机车的踏脚板找司机聊天。作业员爬下控制楼去找他们。他们有说有笑，晨间的微风载着笑声飘进卢克的耳中，他喜欢这个声音。他在 C 层休息室听到过许多成年人的笑声，但他总觉得那些笑声不怀好意，就像托尔金小说里半兽人的狂笑。此刻在笑的男人从没囚禁过一群孩子，更没有在沉浸水箱里拷问过孩子。此刻在笑的男人身上没有携带被称为"电棒"的特制泰瑟枪。

机车司机递出来一个口袋，摘钩员接过口袋，跳下踏脚板。机车缓缓驶下驼峰，摘钩员和作业员从口袋里各拿出一个甜甜圈。很大的甜甜圈，撒满糖霜，多半还填着果酱馅料。卢克的肚子咕咕叫了起来。

两个男人坐在门廊的摇椅上享用甜甜圈。卢克望向在 3 号轨道上等待出发的车厢。它们一共有十二节，其中一半是棚车。应该还不足以构成一列要发往马萨诸塞州的货车，不过调车场上还有五十多节车厢在等待，大概还会有其他车厢被送过来。

就在这时，一辆十六轮大卡车开进车场，颠簸着驶过几条轨道，来到标着"缅因州制造"的棚车前停下。大卡车背后是一辆平板卡车，从上面跳下来几个男人，他们开始把车厢里的货物装进半挂车厢。卢克听见他们用西班牙语交谈，甚至听清了几个字。他们不小心打翻了一个铁桶，马铃薯撒了一地。众人快乐地大笑，捡起马铃薯时打闹了一会儿。卢克渴望地望着这一幕。

作业员和摘钩员坐在门廊摇椅上看了一会儿"马铃薯大战"，然后起身回到室内。半挂拖车装满了新鲜的马铃薯，启程驶向麦当劳或汉堡王，平板卡车随即跟上。调车场暂时安静了下来，但卢克知道不会持续太久，肯定还会有人来装货和卸货，调车机车会忙着拉来其他车厢，加入定于上午十点离开的这列货车。

卢克决定抓住这个机会。他从废弃的棚车后面钻出来，但一眼就看见机车司机走上驼峰，手里的电话压在耳朵上，卢克立刻缩了回去。司机停下脚步，卢克担心自己被司机发现了，但司机似乎只是在挂断电话。他把手机塞进工作服的上衣口袋，继续向前走，经过卢克躲藏的车厢时连看都没多看一眼。他登上门廊台阶，走进办公室。

卢克没有浪费时间去等待，这次他不再慢吞吞地晃荡了。他跑下驼峰，无视背部的疼痛和双腿的疲惫，他跳过铁轨和减速板，绕过装着速度感应器的杆子。在即将前往波特兰／朴次茅斯／斯特布里奇的车厢中有一节红色的车厢上刷着"南方快运"几个字，它运行的这些年里，有许多人在车厢上喷了各种各样的涂鸦，"南方快运"这四个字几乎已经看不清了。这节车厢脏兮兮的，没什么特色，只有实用价值，但它有一个不可否认的诱人之处：侧面的滑动门没有关紧，留下的缝隙似乎足够一个皮包骨头的绝望少年钻进去。

卢克抓住锈迹斑斑的握柄，把身体拽了上去。缝隙确实够宽，事实上，比他在异能研究所的铁丝网底下挖出来的缝隙宽得多。他觉得那是很久以前的事情了，甚至是上辈子。门边刮破了他已经受伤的后背和臀部，害得他又流了几股鲜血，但他还是钻进去了。车厢大约四分之三满，尽管从外面看像条癞痢老狗，但里面的气味挺好闻的：有木头、清漆、家具蜡和机油。

车厢里的东西乱糟糟的，让卢克想起莱西姨妈的阁楼，不过她塞在阁楼上的都是旧货，而这些是新品。他左边是割草机、除草机、落叶吹吸机、链锯、成箱的汽车部件和舷外发动机。他右边是家具，有些有包装箱，但大多数被宽幅塑料布裹得像木乃伊。落地台灯在家具旁边垒成金字塔，它们用泡泡纸包着，三个一组用胶带固定好。家具中有椅子、桌子、双人沙发，甚至大沙发。卢克走到门缝旁的一张沙发前，去看贴在泡泡纸上的收据。它（还有其他家具）的收货方是马萨诸塞州斯特布里奇的本德与鲍文高级家具店。

卢克微微一笑。4297次列车大概会在波特兰和朴次茅斯车场卸下部分车厢，但这节车厢要一直发往线路终点。他的好运还没耗尽。

"上天眷顾我。"他悄声说。然后他想到他的父母都死了，又心想：但没那么眷顾我。

他从棚车最里面的墙边推开几个装着本德与鲍文家具的纸箱，并惊喜地发现它们背后有一堆家具缓冲垫。垫子闻上去有股霉味，但总算没有发臭。他爬进缺口，尽可能地把箱子拉回原处。

他终于有了一个相对安全的藏身之处，有一堆软垫供他躺卧，而他已经筋疲力尽——不仅因为彻夜逃命，也因为逃跑前的几天一直没好好休息，同时恐惧还日益增加。但此刻他还不敢睡觉。他有一次打起了瞌睡，但他很快就听见调车机车向他驶来，"南方快运"棚车随即动了起来。卢克爬起来，从门缝向外看。他看见棚车掠过调车场，然后突然停下，他险些摔倒在地。金属碰撞的铿锵声随后传来，他估计是这节棚车与另一节车厢连接在了一起。

接下来的一个多小时里，隆隆撞击声响个不停，棚车不时震动，越来越多的车厢加入编组，4297次列车即将发车，驶向新英格兰南部，远离异能研究所。

远离，卢克心想，越远越好。

他有几次听见交谈的声音，有一次离他很近，但噪声太大，他听不清他们在说什么。卢克一边竖着耳朵听，一边咬着已经快要秃了的指甲。要是他们在聊的是他怎么办？他想起调车机车司机拿着手机在打电话。要是莫琳已经交代了怎么办？要是他们已经发现他不见了怎么办？要是西格斯比的某条走狗——最有可能的当然是斯塔克豪斯——打电话给调车场，命令作业员搜查所有往外发的车厢怎么办？假如真是这样，他们会不会先从侧门留着一条缝的棚车开始搜？废话，狗熊在森林里拉屎吗？

交谈的声音越来越小，渐渐地听不见了。撞击和震动还在继续，那是4297次列车的负重在增加。车辆来来去去。喇叭声时而响起，每一次都吓得卢克跳起来。他向上帝祈祷，他真想知道现在几点钟了，然而他并不知道，他只能等待着。

过了似乎无限漫长的时间，撞击和震动终于停止，万籁俱寂。卢克一点一点地陷入梦乡，就在他即将掉进去的那一刻，一阵前所未有的巨大震动把他掀翻在地。停顿片刻后，列车开始移动了。

卢克蠕动着爬出藏身处，来到没关紧的门缝前。他向外望去，车厢刚好缓缓经过漆成绿色的办公室。作业员和摘钩员回到了摇椅上，各捧着一份报纸。4297次列车隆隆驶过最后一个岔线口，然后经过另一片废弃的建筑物，接下来是杂草丛生的球场、一片垃圾场、几个空荡荡的停车场。列车驶过拖车公园，他看见孩子们在玩耍。

几分钟过后，丹尼森河湾镇的商业区出现在卢克眼前。他看见了商铺、路灯、斜向停车位、人行道、壳牌加油站。他看见一辆脏兮兮的白色皮卡在等待列车过去。见到这些事物，他的惊喜不亚于昨夜见到河面上的星空。他自由了，这里没有技术员，没有护工，没有孩子们投入代币就能买到烟酒的贩卖机。列车进入一个和缓的弯道，卢克用双手撑住车厢的侧壁，在地面挪动双脚。他太累了，累到懒得抬腿，因此这个胜利之舞跳得非常蹩脚，然而胜利就是胜利，因此这就是他的胜利之舞。

23

小镇消失后，取而代之的是密林，疲惫感仿佛山崩般摧枯拉朽而来，将卢克击倒。他又爬回纸箱后面，先试着平躺下来——这是他喜欢的睡姿，但肩胛骨和臀部的伤口立刻表示抗议，他只好翻过身趴下。他立刻坠入梦乡。他睡过了波特兰和朴次茅斯两站，列车每次都剧烈晃动，几节原有的车厢脱钩留下，另外几节车厢加入编组。列车在斯特布里奇停车时，他依然在酣睡，直到铁门哗啦啦地打开，七月午后的灼热阳光倾泻而入，他这才挣扎着恢复意识。

两个男人爬进车厢，开始把家具装上一辆尾部冲着棚车门的卡车——先是沙发，然后是落地灯三件套，然后是椅子。很快他们就要开始搬箱子了，接着就会发现卢克。车厢对面是引擎和割草机，角落里有足够的空间可供躲藏，但如果卢克企图跑过去，同样会被发现。

一名装卸工走向卢克的藏身处。他离卢克很近了，卢克已经能闻到须后水的气味了，这时车厢外忽然有人喊道："哎，你们俩，车头调度延误了。不会太久，不过要是你们愿意，可以去喝杯咖啡。"

"为什么不是喝杯啤酒？"一个男人说，再过三秒，他就会看见卢克躺在家具缓冲垫上了。

对方一阵大笑，三个男人结伴离开。卢克钻出他的小窝，拖着僵硬酸痛的双腿一瘸一拐地挪到门口。他看见三个男人绕过正在装货的卡车，慢悠悠地走向车站办公室。这座建筑漆成红色，而不是绿色，而且比丹尼森河湾镇的大三倍。建筑正面的牌子上印着"马萨诸塞州，斯特布里奇"。

卢克考虑着要不要从棚车和卡车之间的缝隙中钻出去，但调车场上忙碌得热火朝天，许多工人（包括几位女性）或徒步、或开车地跑来跑去。他们若会看见他，会盘问他。他知道，在目前的状态下，他不可能讲出一个前后连贯的故事。他隐约感觉到很饿，耳垂在抽痛，但比起他对睡眠的渴望，这些感觉都不值一提。他们卸完家具，这节棚车多半会转进一条岔线。等天黑以后，他可以出去寻找最近的警察局。到时候他就能正常说话了，不至于听上去像个疯子，至少不完全像个疯子。他们未必会相信他，但肯定会给他东西吃，也许会找几片泰诺帮他止痛。父母的名字是他的王牌，那是他们可以验证的信息。他会被送回明尼阿波利斯，那就足够好了，即便那意味着他会进入某种福利机构，门上会有锁，但不会有沉浸水箱。

马萨诸塞州是个完美的开始，他能逃这么远已经很幸运了，但此处离研究所还是太近。明尼阿波利斯则不一样，那是他的主场。他认识很多人，德坦先生也许会相信他，还有布罗德里克学校的格里尔先生。还有……

但他已经想不出其他名字了。他太疲倦了。勉强思考就像隔着涂满油污的窗户向外看。他跪在地上，爬到"南方快运"棚车对面右侧的角落里，他从两台旋耕机之间向外张望，等待工人回来，继续卸下发往本德与鲍文高级家具店的货物。他知道他们依然有可能发现自己。他们是男人，男人见到里面有发动机之类的东西就要去摸一摸。他们也许会想看一眼割草机或者除草机。他们也许会想知道舷外发动机有多大的马力——它们装在箱子里，但收据上肯定印着各种信息。卢克只能等待，只能尽量缩成一团，只能祈祷他的运气——已经好得不像话了——能再好一点。假如他们没有发现他，他就可以继续沉沉睡去了。

但卢克既没有等待，也没有观望，他用一条胳膊垫着脑袋，不到两分钟就睡着了。工人回来，完成装卸，他没有醒来；一名工人弯腰查看一辆约翰迪尔牌园艺拖拉机，离卢克蜷缩着睡得茫然无知的地方不到四英尺，他没有醒来；装卸工离开，调车场的一名工作人员关上车厢门（这次彻底关死了），他没有醒来；其他车厢加入编组，隆隆声不绝于耳，棚车随之震动，他依然没有醒来；另一节车头替换下 4297 次列车的车头，他只是稍微翻了个身，很快又睡着了。这个逃犯饱受折磨，伤痕累累，并且被吓得心惊肉跳，但他毕竟只是个十二岁的少年。

4297 次列车的最高编组是四十节车厢。维克·德坦会认出新的车头是通用电气的 AC6000CW 型，6000 代表它的最大功率。这是全美在役的最强大的柴油车头，能够牵引长达一英里的列车。9956 次列车，拖着七十节车厢，从斯特布里奇出发，先向东南再向正南行驶。

卢克所在的棚车现在空了一大半，直到 9956 次列车抵达弗吉尼亚州的里士满，到时候会有二十四台科勒牌家用发电机加入配载。这些发电机大部分会被运往威尔明顿，但有两台以及其他各种小型引擎工具和新奇玩意儿（卢克正在它们背后酣睡）将被送往弗罗米小型引擎销售与服务公司，这家商铺位于南卡罗来纳州一个名叫迪普雷的小镇上。9956 次列车每个星期在那里停车三次。

巨大的转折往往始于小事。

地狱在等待

1

4297 次列车驶出新罕布什尔州的朴次茅斯前往斯特布里奇时，西格斯比夫人正在研究即将入住异能研究所的两名儿童的 BDNF 水平。他们一男一女，红宝石小组在今天深夜会将他们带回来。男孩今年十岁，来自苏圣玛丽，BDNF 水平只有八十。女孩今年十四岁，来自芝加哥，BDNF 水平为八十六。从档案来看，她有自闭症，因此无论是对工作人员，还是对其他住客来说，她都会很棘手。假如她的 BDNF 水平低于八十，他们肯定会放过她。然而八十六是个异乎寻常的高分。

BDNF 是脑源性神经营养因子的缩写。西格斯比夫人对它的生化功能知之甚少，那是亨德里克斯医生的研究领域，但她了解一些基础知识。与基础代谢率一样，BDNF 也是一个标准。它衡量的是身体（尤其是大脑内）神经元的生长与存活率。

BDNF 数值较高者在人群中的比例低于千分之五，他们是世界上最幸运的一批人。亨德里克斯说他们才是上帝造人时打算塑造的样子。他们几乎不需要担心记忆丧失、抑郁和神经性疼痛。他们几乎不会受到肥胖症、营养不良所致的厌食症和过食症的折磨。他们的社交能力出众（即将入住的女孩是个罕见的例外），倾向于劝阻而非挑起争端（尼基·威尔霍尔姆是另一个罕见的例外）。他们几乎不可能罹患强迫症之类的神经症。他们往往语言能力极高。他们很少有人头疼，几乎不会偏头痛。他们无论怎么吃，胆固醇水平都极低。他们的睡眠时间倒是通常低于平均水平，甚至会失眠，但会通过打瞌睡来补偿，而不是吃安眠药。

尽管 BDNF 并不脆弱，但它可能会受损，而且有时候是灾难性的。最常见的原因是亨德里克斯所谓慢性创伤脑部病变，缩写为 CTE。在西格斯比夫人看来，这无非就是头部撞击后的脑震荡。BDNF 的平均水平是六十单位每毫升，打了十年橄榄球的运动员的数值往往在三十五左右，有时甚至会低于三十。BDNF 水平随着衰老逐渐降低，阿尔茨海默病患者会比较迅速。但这些对西格斯比夫人来说都不重要，她的任务只有一个，那就是得到结果，在她任职于异能研究所的这些年里，结果一直都很好。

对她来说，也是对异能研究所和一九五五年创立异能研究所并保守其秘密的那些人来说，重要的是高 BDNF 水平的儿童总是拥有某些通灵能力：心感、心动，或（极为罕见）两者的结合。孩子本人有时不知道这些能力的存在，因为这种能力往往是隐性的。知道的人（通常是高功能的心感能力者，例如埃弗里·狄克逊）有时会在需要时运用这个能力，但在其他时候则对其置之不理。

几乎所有的新生儿都会被测试 BDNF 水平。西格斯比夫人正在阅读其档案的这两名儿童就是先被打上记号，持续追踪情况，最终带回异能研究所的。他们较低的通灵能力会得到优化和加强。按照亨德里克斯医生所说，通灵能力也可以拓展。心感能力者增加心动能力，反之亦然，然而这样的拓展对异能研究所的目标——它存在的原因——来说毫无用处。机构会让他将粉色儿童当成豚鼠做测试，尽管他偶尔也会成功，但不可能得到嘉奖。她很清楚驴金刚对此很生气，虽说他知道把结果发表在任何一份医学期刊上，他都会被关进最高警戒级别的监狱，而不是为他赢得诺贝尔奖。

有人随便敲了一下门，然后罗莎琳德的脑袋探了进来，一脸抱歉地说："对不起，夫人，打扰您了，但弗雷德·克拉克要见你。他看上去——"

"先告诉我弗雷德·克拉克是谁。"西格斯比夫人摘下眼镜，揉着鼻翼说。

"一名勤杂工。"

"问清楚他要干什么，再来告诉我。要是老鼠又在啃电线，那等一等也无所谓。我正在忙。"

"他说非常重要，他看上去极为不安。"

西格斯比夫人叹了一口气，合上档案，将它收进抽屉。"好吧，让他进来。最好有什么好事。"

但一点也不好，是坏事，非常坏。

2

西格斯比夫人认出了克拉克，她在走廊里见过他许多次，每次他不是在扫地就是在拖地，但她从没见过他这个样子。他脸色惨白，花白的头发乱蓬蓬的，就好像他一直在揪头发或揉脑袋，他的嘴唇在虚弱地颤抖。

"出什么事了，克拉克？您看上去像是见了鬼。"

"您必须跟我来，西格斯比夫人。您必须亲自看一眼。"

"看什么？"

他摇摇头，重复道："您必须跟我来。"

她跟着他走过行政楼和宿舍区西楼之间的通道。她问了克拉克两次究竟出了什么事，但他只是摇摇头，说她必须亲自看一眼。西格斯比夫人刚才只是因为被打断而生气，但惴惴不安的心情逐渐占了上风。

是某个孩子出事了，还是测试出了什么差错，就像克罗斯那小子？肯定不是。假如是孩子出事了，来报信的应该会是某个护工、技术员甚至医生，而不是一名勤杂工。

在几乎空无一人的西楼走廊中间，站着一个腹部肥硕得衬衫下摆都无法塞进裤腰的男孩，他在看一张纸，这张纸挂在一扇紧闭房门的门把手上。他看见西格斯比夫人走近，立刻惊慌起来。在西格斯比夫人看来，他就应该这样反应。

"你是惠普尔，对吧？"

"对。"

"你有什么话要对我说？"

史蒂维咬住下嘴唇，脑袋里思前想后。"没有，西格斯比夫人。"

"那就好。现在滚吧。要是没有安排测试，就去找点事情给自己做。"

"行啊。我是说，好的，西格斯比夫人。"

史蒂维转身离开，边走边扭头偷看。西格斯比夫人没注意到，她在看挂在门把手上的那张纸。纸上面写着"请勿进入"，多半是用别在克拉克衬衫口袋里的那支笔写的。

"要是我有钥匙就肯定锁上了。"弗雷德说。

勤杂工有 A 层几个储藏室的房门钥匙，也有他们负责补货的自动贩卖机的钥匙，但没有检查室或宿舍房间的钥匙。后者几乎从不上锁，除非偶尔有孩子捣蛋，必须关禁闭一天以示惩戒。勤杂工也没有出入电梯的钥匙卡。假如他们要去地下楼层，就必须找护工或技术员带他们下去。

克拉克说："胖小子要是进去，小心灵肯定会吓出毛病来。"

西格斯比夫人没有理会他，她打开门，看见一个空荡荡的房间——墙上没有照片或海报，床上只有光秃秃的床垫。与宿舍楼过去这十几年的大多数房间毫无区别，曾经汹涌而来的 BDNF 水平高的儿童浪潮减退成了涓涓细流。亨德里克斯医生的理论是，BDNF 水平高也是人类基因组的产物，和人类的其他特性一样，例如，敏锐的视觉和听觉，或者按照他的原话：摆动耳朵的能力。他也许在开玩笑，然而就驴金刚而言，你永远也说不准。

她扭头望向弗雷德。

"在卫生间里。我关上了门，以防万一。"

西格斯比夫人打开卫生间的门，愣了足足好几秒。在担任异能研究所负责人的这些年里，她见过不少死亡，包括一名自杀成功的和另外两名自杀未遂的住客，但她从没见过自杀的工作人员。

这名清洁工（看棕色制服就知道）在花洒上自缢身亡，要是换个体重比较大的，比如刚才被她赶走的惠普尔，花洒肯定就断了。死者肿胀发黑的脸上一双眼睛在瞪着西格斯比夫人，舌头从嘴唇之间伸出来，就好像她临终前还在斥骂他们。瓷砖墙上用凌乱的笔迹写着遗言。

"是莫琳，"弗雷德低声说，他从工装裤的后袋里取出手帕擦嘴，"莫琳·艾尔沃森。她——"

西格斯比夫人从震惊中挣脱出来，扭头向后看。通往走廊的门敞开着。"去关门。"

"她——"

"去关上那扇门！"

勤杂工乖乖地去关门。西格斯比夫人伸手去摸上衣右侧的口袋，但口袋里空空如也。妈的，她心想。妈的，妈的，妈的。你居然会忘记带上对讲机，但谁能想到会碰上这种事呢？

"去我办公室，叫罗莎琳德把我的对讲机给你，然后拿来给我。"

"您——"

"闭嘴。"她转向他。她的嘴抿成一条缝，眼睛从一张窄脸上凸出来，弗雷德不由得后退一步。她看上去已经癫狂。"去，快去，一个字也别告诉其他人。"

"好的，我保证。"

他匆匆出去，随手关上门。西格斯比坐在光秃秃的床垫上，望着吊在花洒上的女人。她望向用口红写在马桶前方瓷砖墙上的遗言。

地狱在等待，我会在这里等你。

3

斯塔克豪斯在研究所的居住村里，他接西格斯比的电话时听上去口齿不清。西格斯比夫人猜他昨晚在"非法国度"纵情狂欢，多半还穿着那身棕色西装，但她懒得求证。她只是命令他立刻到西楼来。他知道应该到哪个房间来，一名勤杂工会站在门外等他。

亨德里克斯和埃文斯在C层做测试。西格斯比夫人命令他们放下手上的事情，送测试对象返回宿舍，两名医生必须立刻赶到西楼来。亨德里克斯在他表现最好的时候已经非常烦人了，此刻居然还想问为什么。西格斯比夫人叫他闭嘴，快点上来。

斯塔克豪斯首先赶到。两名医生紧随其后。

"吉姆，"斯塔克豪斯了解情况后，对埃文斯说，"把她举起来。我好解开绳子。"

埃文斯搂住尸体的腰部——有一瞬间他们像是在跳舞，把她举了起来。斯塔克豪斯开始解她下巴底下的绳结。

"快点，"埃文斯说，"她拉在裤子里了。"

"我敢肯定你身上比这更臭，"斯塔克豪斯说，"快好了……等一下……好，解开了。"

他把绳圈从尸体的头部取下来（她的一条胳膊搭在他的后脖颈上，他不由得低声暗骂），然后抬着她放在床垫上。绳圈在她的脖子上留下了紫黑色的印痕。四个人都默默地望着她。特雷弗·斯塔克豪斯身高六英尺三英寸，已经算很高的了，但亨德里克斯比他还高至少四英寸。西格斯比夫人站在两人之间，仿佛一个矮妖精。

斯塔克豪斯望向西格斯比夫人，挑起眉毛。她也望向他，一言不发。

床头柜上有个棕色药瓶。西格斯比夫人拿起来摇了摇。"奥施康定。四十毫克。不算特别高的剂量，但已经很高了。处方开了九十片，瓶里只剩下三片。我猜我们不会做尸检……"

你猜得很对，斯塔克豪斯心想。

"但要是做尸检，我们肯定会发现她在上吊前吃掉了大部分药片。"

"已经足够要她这条命了，"埃文斯说，"这个女人顶多一百磅重。无论她如何说，但显然坐骨神经痛不是她的首要问题。她很快就没法正常工作了，于是就干脆……"

"决定自我了断。"亨德里克斯替他说完。

斯塔克豪斯在看墙上的遗言。"地狱在等待，"他沉思道，"考虑到咱们做的事情，她这么说也合情合理。"

西格斯比夫人并不是喜欢说脏话的那种人，她说："放屁。"

斯塔克豪斯耸耸肩，光头在灯光下像打过蜡似的。"我指的是从外界来看，他们不懂我们的重要性，不过也无所谓。这儿的情况很简单，一个女人得了绝症，决定送自己上路。"他指着墙说，"死前宣布自己有罪，还有咱们。"

这尽管说得通，但西格斯比夫人还是不满意。艾尔沃森临终前给世界留下了这句话，它也许确实在承认罪孽，但其中还有某种得意扬扬的味道。

"她不久前休了一个星期假。"勤杂工弗雷德主动说。西格斯比夫人没想到他还在房间里。有人应该打发他走的，她应该打发他走的。"她回了一趟佛蒙特的家里，药肯定就是在那儿开的。"

"谢谢，"斯塔克豪斯说，"福尔摩斯演得很好。你的地都拖完了吗？"

"记得清理监控摄像头的玻璃罩，"西格斯比夫人厉声道，"我上个星期就说过。我不会再说第三遍了。"

"好的，夫人。"

"克拉克先生，一个字也别乱说。"

"不会的，夫人。绝对不会的。"

等勤杂工出去，斯塔克豪斯问："火化？"

"对。住客吃午饭的时候，找两个护工把她抬进电梯。也就是——"西格斯比夫人看了看手表，"不到一小时后。"

"还有其他问题吗？"斯塔克豪斯问，"除了不能让住客知道。我这样问是因为你似乎觉得还有问题。"

西格斯比夫人看看瓷砖墙上的遗言，又看看尸体紫黑色的面部和伸出来的舌头。她从尸体嘲弄的怪相转向两名医生。"你们先出去。我要和斯塔克豪斯先生单独谈谈。"

亨德里克斯和埃文斯交换了一个眼神，然后离开房间。

4

"她是你的眼线。这就是你的问题？"

"我们的眼线，特雷弗。对，这就是问题，也许是。"

一年前——不，十六个月前，当时地上还有积雪，莫琳·艾尔沃森求见西格斯比夫人，她想挣一些额外的收入，因此什么工作都愿意做。西格斯比夫人从一年前就在构思自己的一个小计划了，但不确定该怎么实现，于是她问艾尔沃森愿不愿意从孩子们那儿搜集情报并汇报给她。艾尔沃森答应了，甚至表现出了一定水平的智慧，她建议散播流言，称场地内有几个所谓死角，那儿的监听麦克风不太灵敏或干脆失灵。

斯塔克豪斯耸耸肩。"她汇报给我们的情报也就是八卦传闻的水平。比如哪个男孩和哪个女孩一起过夜，谁在食堂桌上写了'托尼是傻瓜'之类的事情。"他停顿片刻，"不过告密也许加重了她的负罪感。"

"她结过婚，"西格斯比夫人说，"但你会注意到她摘掉了结婚戒指。我们对她在佛蒙特的生活有什么了解？"

"这会儿我说不上来，不过档案里肯定有，我可以去查一下。"

西格斯比夫人陷入沉思，她意识到自己几乎同样不了解莫琳·艾尔沃森这个人。她知道艾尔沃森结过婚，因为她见过婚戒；她知道艾尔沃森是个退伍军人，和异能研究所的许多工作人员一样；她知道艾尔沃森的家在佛蒙特州。但除此之外，她就什么都不知道了，她雇这个女人刺探住客的情报，怎么可能什么都不知道呢？这也许没什么要紧的，反正艾尔沃森已经死了，但西格斯比夫人不由得想到，先前她把对讲机留在办公室里，是因为她觉得勤杂工肯定在无事生非。她又想起积灰的摄像头玻璃罩、运行缓慢的电脑、人手不足而且无能的电脑维护人员、屡次发生食物中毒事故的食堂、被老鼠啃断的电线和浮皮潦草的监控报告，尤其是从晚间十一点到早上七点的夜班，因为住客都在睡觉……

她不由得想到了这里的疏忽大意。

"茱莉娅？我说我——"

"我听见了，我没聋。这会儿负责监控的是谁？"

斯塔克豪斯看了看手表。"多半没人。现在是中午。孩子们不是在房间里，就是在做孩子通常会做的事。"

你这是想当然，她心想，疏忽之母难道不就是想当然吗？异能研究所已经运作了六十多年，从未出过任何意外。除了定期报告情况，从来不需要使用那部专线电话——他们称之为零号电话，至少在她的监管下没有过。简而言之，从没发生过他们无法在机构内解决的事情。

当然了，河湾镇有些流言。镇民中流传最广的是：森林中的机构是某种核导弹基地，或者与细菌、化学武器有关。也有人说——这个比较接近真相，它是政府的研究所。流言没事，流言是自发产生的混淆性信息。

一切都很好，她对自己说。一切都井井有条。一名受疾病折磨的清洁工自杀，那只是路上的一个坑，而且是个微不足道的坑。然而，它依然象征着更大的……嗯，算不上问题，说"问题"就太大惊小怪了……隐忧，对，就是这个词，部分的错在她。西格斯比夫人任职初期，摄像头的玻璃罩从来不会积灰，她也绝对不会不带对讲机就离开办公室。要是在以前，她肯定会对这个受雇于她去刺探住客情报的女人了解更多。

她想到了熵增原理，事情进展顺利时容易凭借惯性下滑。

想当然。

"西格斯比夫人？茉莉娅？有命令要我执行吗？"

她回过神来。"有。我需要了解她的一切，假如监控室现在没人，那就立刻派人去。就杰里吧。"杰里·西蒙兹是他们的两名电脑技师之一，擅长调试古老的设备并让其乖乖运转。

"杰里在休假，"斯塔克豪斯说，"去拿骚钓鱼了。"

"那就派安迪去。"

斯塔克豪斯摇头道："费洛斯在村里。我看见他从福利社出来。"

"该死，他应该在这儿的。那就齐克吧，希腊佬齐克。他管过监控室，对吧？"

"应该是的。"斯塔克豪斯说。又来了，模棱两可、臆测、想当然。

积灰的摄像头玻璃罩、积灰的踢脚板、B层肆无忌惮的闲聊、没人值守的监控室。

西格斯比夫人不假思索地决定，研究所必须进行大规模整改，而且要在绿叶变色，从树上飘落之前完成。这个艾尔沃森的自杀并非毫无意义，至少为他们敲响了警钟。她不喜欢和零号电话线路另一头的男人交谈，他称呼她的名字时有点大舌头（把"西格斯比"说成"七格比"），她每次听见都会不寒而栗，但该做的事情也必须去做，因为书面报告分量不够。他们在全国各地都有外联人员。他们有随时待命的私人喷气式飞机，工作人员薪水很高，所有福利一应俱全。然而，这个机构变得越来越像濒临废弃的购物中心里的一家十元店。太疯狂了，情况必须改变，情况必将改变。

她说："叫齐克检查一遍追踪器，确定所有受管人员都在场并且能找到。我特别感兴趣的是卢克·埃利斯和埃弗里·狄克逊，艾尔沃森经常和这两个人交谈。"

"我们知道他们在交谈，但离'经常'还差得远呢。"

"别废话。"

"这就去。不过，你需要放松一下。"他指着脸色发黑、舌头伸出来的尸体说，"想一想，这个女人病得很重，她知道生命即将结束，干脆给了自己一个痛快的了断。"

"特雷弗，你去检查一遍所有住客。只要他们都在——小脸放不放光我无所谓，那我就可以放松了。"

但她不会放松的，这个地方已经太放松了。

5

她回到办公室里，对罗莎琳德说自己不希望被打扰，除非有斯塔克豪斯或齐克·艾翁尼蒂斯的消息，后者正在 D 层查看监控情况。她坐在办公桌前，望着电脑的屏保画面。屏幕上是西耶斯塔岛的白沙滩，她告诉别人自己退休后要去那儿。但她自己心里早就放弃了，西格斯比夫人知道自己会死在这片森林中，有可能在居住村的那幢小屋里，但更有可能就在这张办公桌前。她最喜欢的两位作家——托马斯·哈代和拉迪亚德·吉卜林——都死在写字台前，她为什么不行呢？异能研究所已经成了她人生的全部，她对此无怨无悔。

大多数工作人员也是如此。他们曾经是士兵、执法人员、黑水或战斧环球这种硬派公司的安保人员。红宝石小组的丹尼·威廉斯和米歇尔·罗伯逊曾经是联邦调查局探员。就算在他们刚被征用上岗时，异能研究所还不是他们人生的全部，现在也已经是了。原因不是薪水，也不是福利和退休待遇，而是他们早已习惯了这种生活方式，对他们来说，就像某种睡眠。异能研究所很像一个小型军事基地，与其相接的村庄有个福利社，他们能以低廉的价格买到各种商品，普通汽油一加仑¹九十美分，高辛烷值汽油一点九美元。西格斯比夫人曾驻扎在德国的拉姆施泰因空军基地，丹尼森河湾镇让她想起凯撒斯劳滕（当然前者的规模要小得多），她和朋友们时常去凯撒斯劳滕发泄一下。拉姆施泰因什么都有，甚至有个两块银幕的电影院和一家约翰尼火箭队餐厅，但有时候你还是想出去走走。异能研究所也是一样。

但他们总是会回来的，看着她偶尔前往但绝对不会定居的那片沙滩，她心想。他们总是会回来的，无论这儿的某些事情变得多么糟糕，

---

1 1 加仑（美）约合 3.79 升。

他们也不会说出去。这方面他们不可能松懈。因为，假如人们发现我们在做什么，发现我们已经摧毁了几百名儿童，我们会受审和被处决。就像蒂莫西·麦克维[1]那样被注射药物处死。

这是事情的阴暗面。光明的一面也非常简单：所有工作人员——从总是很烦人但能力出众的驴金刚丹·亨德里克斯医生、后半区的赫克尔与杰克尔医生，到最底层的勤杂工——都明白世界的命运掌握在他们手中，就像曾经掌握在他们的前辈手中一样。他们明白，为了实现那些目标，他们能够做和将会做的事情不受任何限制。只有无法理解异能研究所存在意义的人，才会将其视为万恶之源。

这里的生活很愉快——至少足够愉快了，特别是与在中东吃沙子的士兵比起来，他们眼睁睁地看着同伴躺在狗屁不如的村庄中，腿脚被炸断，内脏淌出来。而你可以定期休假，如果有家（异能研究所的许多员工没有）就可以回去和家人团聚。当然了，你不能向他们谈起你的工作，过一段时间，他们——妻子、丈夫、孩子——会意识到重要的是工作，而不是他们。因为工作会占据你的心灵。你的生活会变成（重要性从高到低）异能研究所、附属的居住村和丹尼森河湾镇——镇上有三家酒吧，其中一家有乡村乐队的现场演出。一旦他们醒悟过来，往往结婚戒指就会悄然消失，就像艾尔沃森那样。

西格斯比夫人打开办公桌底层抽屉的锁，取出一部电话，它很像接人小组使用的那种：笨重，方正，仿佛来自盒式磁带被激光唱片取代、移动电话开始在电器商店里出现的那个时代。人们有时称之为绿色电话（因为它是绿色的），更多时候称之为零号电话，因为它没有屏幕和数字按键，只有三个白色小圆圈。

我会打电话的，她心想。也许他们会赞赏我的超前思维并对我采取的行动表示赞赏；也许他们会认为我在捕风捉影，开始考虑找人

---

1 制造俄克拉何马爆炸案的顽凶，该事件被认为是美国史上最大也最严重的本土恐怖主义袭击。

替换我。但无论如何她都必须打这个电话。这是职责所在，而且越早越好。

"但不是今天。"她喃喃道。

对，不是今天，今天她要处理艾尔沃森的事情（和尸体）。也许不是明天，甚至不是本星期。她此刻在考虑的也不是小事，她想先做好笔记，这样等她打电话的时候，就不会"赤膊上阵"了。假如她真要使用零号电话，等她听见电话那头的男人说"你好，七格比夫人，有什么事情吗？"的时候，一定要回答得简明扼要且有条不紊。

我可不是在拖延时间，她对自己说，绝对不是，我也不想给任何人带来麻烦，但——

对讲机发出柔和的提示音："西格斯比夫人，齐克找您。3号线。"

西格斯比夫人接通电话。"艾翁尼蒂斯，说说你那边的情况。"

"全员清点完毕，"他说，"后半区有二十八个追踪器的信号。前半区有两个在休息室、六个在操场上、五个在自己房间里。"

"非常好。谢谢你。"

"这是我应该做的，夫人。"

西格斯比夫人的感觉稍微好了一点，尽管她说不出究竟是为什么。住客当然都会在场地内。要不然呢？其中几个去迪士尼乐园玩了？

好了，该做下一件事了。

6

等所有住客都去吃午饭了，勤杂工弗雷德推着他从食堂厨房借来的轮床，来到莫琳·艾尔沃森自尽的房间门口。弗雷德和斯塔克豪斯用一块绿色帆布裹住尸体，推着轮床飞快地穿过走廊。前方传来"动物"在进食时间发出的声音，走廊里空无一人，但不知道是谁把一只泰迪熊扔在了前方电梯间的地上。泰迪熊的纽扣眼睛呆滞地盯着天花板。弗雷德恼怒地踢开它。

斯塔克豪斯责怪地看着他。"老弟，这样会招来坏运气的。那是某个孩子的毛绒玩具。"

"我不在乎，"弗雷德说，"他们总到处乱扔这些破玩意儿，结果都是我们去收拾。"

电梯门徐徐打开，弗雷德正要把轮床推进去，斯塔克豪斯却一把推开他，而且颇为粗暴。"后面就不劳烦你了。捡起泰迪熊，放在休息室或食堂，它的主人出来后一眼就能看见。然后去擦洗该死的玻璃罩。"他指了指头顶的一个监控摄像头，然后把轮床推进电梯，拿起钥匙卡对准感应器。

弗雷德·克拉克等电梯门关闭后对他竖起了中指。但命令就是命令，他会去清理玻璃罩的，最终会去的。

7

西格斯比夫人在 F 层等着斯塔克豪斯。这儿很冷，她在西装外套之外套了一件厚运动衫。她朝斯塔克豪斯点点头。斯塔克豪斯也对她点点头，推着轮床走进连接前半区和后半区的隧道。这条隧道完全符合实用主义的定义：脚下是水泥地面，两侧是拱形的瓷砖墙壁，头顶是日光灯。有几盏灯在闪烁，因此隧道多了几分恐怖电影的气氛，还有另外几盏灯干脆不亮了。有人在一侧的墙上贴了一张新英格兰爱国者队的保险杠贴纸。

又是疏忽大意，她心想，又是人浮于事。

通道后半区那一侧的尽头有一扇门，门上写着"无关人等禁止入内"。西格斯比夫人用钥匙卡开锁，推开这扇门。门里是另一个电梯间。他们乘电梯上行了一小段，来到一间休息室，此处的实用主义感不亚于他们来时穿过的那条隧道，赫克尔——真名埃弗里特·哈拉斯——在等他们。他满脸灿烂的笑容，时不时抬手摸嘴角。西格斯比夫人不禁想起了狄克逊小子强迫性的捏鼻子动作。然而狄克逊只是个孩子，而赫克尔已经五十几岁了。在后半区工作会付出代价，和在有低强度辐射的环境中工作一样。

"哈喽，西格斯比夫人！哈喽，斯塔克豪斯安保主任！见到你们真是太高兴了！咱们应该多聚一聚才是！真可惜今天咱们竟因为这种事情见面！"他弯腰拍了拍裹着莫琳·艾尔沃森尸体的帆布，然后摸了摸嘴角，就好像摸到唇疱疹他才能看到或感觉到东西一样，"真是生活中那什么无处不在啊。"

"咱们必须尽快处理掉它。"斯塔克豪斯说。西格斯比夫人猜他的意思是我们必须尽快离开这儿。她深有同感。这儿是最苦、最累的岗位，赫克尔和杰克尔（真名乔安妮·詹姆斯）是真正的英雄，但来这儿依然不怎么轻松，她已经能感受到此处的气氛了，就仿佛置身于低压电场之中。

"是的，当然当然，工作永远做不完嘛，齿轮里套着齿轮，大跳蚤身上还有小跳蚤在吸血，我怎么会不知道呢？来，这边走。"

他们离开休息室和里面丑陋的椅子、同样丑陋的沙发和古老的纯平电视，走进一条走廊，走廊里铺着厚实的蓝色地毯——后半区的孩子时常会摔倒，铺地毯是为了防止他们摔坏宝贵的小脑瓜。轮床的轮子在地毯上留下印痕。这儿看上去很像前半区的宿舍楼层，但门上有锁，而且都关着。西格斯比夫人听见从一扇门里传来捶门的砰砰声和发闷的叫声："放我出去！"和"至少给我一片他妈的阿司匹林！"。

"艾莉丝·斯坦诺普，"赫克尔说，"非常遗憾，她今天很不舒服。好在有几个新来的孩子状态相当不错。我们今晚看电影，你们知道的。明天放烟花。"他吃吃地笑，摸了摸嘴角，这让西格斯比夫人诡异地想到秀兰·邓波儿[1]。

她摸了摸头发，确定头发还在脑袋上。在，当然在。她感觉到的——裸露在外的皮肤在以低频振荡，眼珠似乎在眼窝里振动——并不是电场。

他们经过放映室，里面有十几个松软的电影院座椅。前排坐着卡丽莎·本森、尼基·威尔霍尔姆和乔治·艾尔斯。他们身穿红蓝两色的运动背心。本森在舔香烟糖，威尔霍尔姆在抽真正的香烟，他头部四周烟雾缭绕。艾尔斯在轻轻揉搓太阳穴。他们推着轮床和帆布包裹经过时，本森和艾尔斯扭头看着他们，威尔霍尔姆只是盯着空白的银幕。暴躁小子的精神已经被消磨得差不多了，西格斯比夫人心里满意地想着。

过了放映室，走廊的另一侧是食堂。这间食堂比前半区的食堂小得多。尽管后半区的孩子总是比较多，但他们待得越久，吃得就越少。西格斯比夫人觉得学文学的人大概会说这就叫讽刺。食堂里现在有三个孩子，两个在喝似乎是燕麦粥的东西，另一个十二岁左右的女孩只是盯着面前装满食物的碗。女孩看见他们推着轮床经过，忽然笑逐颜开。

"嘿！那里面是什么？是死人吗？是的，对吧？她叫什么，莫里斯？女人叫这个就太奇怪了。也许是莫兰？能让我看一下吗？她眼睛睁着吗？"

"那是唐娜，"赫克尔说，"别理她。她今晚会看电影，但用不了多久就要继续前往别处去了。也许本星期晚些时候吧。别处的风景更好，啥啥啥。你们知道的。"

西格斯比夫人当然知道。这儿有前半区，也有后半区……还有后半区的后半区。这就是全部。她再次抬起手摸了摸头发。还在原处，当然在了。她想到她很小的时候有过一辆三轮车，她骑着三轮车驶下车道，然后尿在裤子里暖烘烘的。她想到拉断的鞋带，她想到她的第一辆车，那是——

"是一辆安定！"叫唐娜的女孩尖叫。她一跃而起，撞翻了椅子。另外两个孩子傻乎乎地看着她，其中一个的燕麦粥正顺着下巴往下淌。"普利茅斯安定[1]，我知道！上帝啊，我想回家！上帝啊，放过我的脑袋！"

两个穿着蓝色工作服的护工冒了出来，从……西格斯比夫人也不知道他们是从哪儿冒出来的，她也不在乎。两人抓住女孩的胳膊。

"这就对了，送她回房间，"赫克尔说，"但别吃药。今晚我们需要她。"

唐娜·吉布森，她和卡丽莎曾经在前半区分享过女孩之间的秘密，她此刻开始尖叫和挣扎。护工拖走了她，她运动鞋的鞋尖刮过地毯。西格斯比夫人脑海里的思绪碎片先是暗淡下去，继而彻底消散。但皮肤感觉到的低频振动依然如故，连牙齿的填料也在振动。这在后半区是一种常态，就像走廊日光灯的电流声。

"没事吧？"斯塔克豪斯问西格斯比夫人。

"没事。"让我从这儿出去就行。

"我也感觉到了。不知道能不能安慰你。"

当然不能。"特雷弗，你能解释一下吗？为什么送尸体去焚化场必须穿过这些孩子的生活区？"

---

1 普利茅斯的车型 valiant 音似安定（valium）。

"豆子城里有一万吨豆子。"斯塔克豪斯答道。

"什么？"西格斯比夫人问，"你说什么？"

斯塔克豪斯甩甩头，像是在厘清思绪。"对不起。这句话钻进我的脑袋——"

"是的，是的，"哈拉斯医生说，"今天空气里有许许多多……呃，怎么说呢，乱信号。"

"我知道这是什么，"斯塔克豪斯说，"我只是要把它赶出去。感觉就像……"

"被食物噎住了，"哈拉斯医生就事论事地说，"至于你问题的答案，西格斯比夫人……谁知道呢。"他叽叽怪笑，又摸了摸嘴角。

让我从这儿出去就行，她又想道。"詹姆斯医生呢，哈拉斯医生？"

"在她的房间里。非常遗憾，她今天不舒服。但她让我替她向你问好。希望你一切都好，身体健康，长命百岁，吃吗吗香，诸如此类。"他笑着又做了个秀兰·邓波儿的动作——我可爱吗？

8

放映室里，卡丽莎抢过尼基手里的香烟，最后吸了一口没有过滤嘴的烟头，然后扔在地上并用脚跟踩灭。她搂住尼基的肩膀，说："很难受？"

"更难受的也熬过来了。"

"看完电影就会好一点。"

"是啊，但永远还有明天。现在我知道我老爸宿醉的时候为什么一点就炸了。小莎，你怎么样？"

"还行。"她确实还行。只是左眼有点抽痛。过了今晚就会好，但明天又会到来，到时候就不是有点痛了，明天会是剧痛。相比之下，尼基老爸（还有她的父母，他们有时候也会喝醉）的宿醉就像个玩笑；那是一种持续不断的敲打，就好像有个坏脾气的地精被困在她的脑袋里，为了出去，它正用铁锤砸她的脑壳。即便如此，她知道，那还不是最严重的时候。尼基的头疼更加厉害，艾莉丝的情况比尼基还糟糕，疼痛消退所需的时间正在变得越来越长。

乔治的运气比较好。他的心动能力很强大，目前他还几乎感觉不到头疼。他说他的太阳穴和后脑勺有点酸胀，但迟早会变成剧烈的疼痛。总是如此，至少在彻底结束前，情况不会改变。然后呢？A病区，蜂群，嗡嗡声，后半区的后半区。目前卡丽莎对那儿还没有任何想法，想到自己作为一个人被抹杀，她就感到惊恐，但这是会改变的。艾莉丝已经改变了，绝大多数时候她就像《行尸走肉》里的一具僵尸。海伦·西姆斯差不多表达清楚了卡丽莎对A病区的看法，她说无论什么都比斯塔西光和永不停止的剧烈头痛强。

乔治凑过来，隔着尼基盯着卡丽莎，她明亮的眼神证明她还没有受到头痛的折磨。"他逃出去了，"他悄声说，"集中精神想这个。坚持住。"

"我们会的，"卡丽莎说，"尼基，对吧？"

"我们会努力的，"尼基说着挤出微笑，"不过，像卢克·埃利斯这样玩HORSE那么差劲的人会带着救兵从天而降，这个想法似乎有点不切实际。"

"他玩HORSE确实很差劲，但下象棋就不一样了。"乔治说，"对他有点信心。"

一名红衣护工出现在放映室敞开的门口。前半区的护工会戴姓名牌，但后半区的不会戴。后半区没有固定的护工，也没有技术员，只有两名医生和偶尔出现的亨德里克斯医生：赫克尔、杰克尔和驴金刚——恶魔三人组。"放风时间结束了，不吃饭的话，就回房间去。"

换作以前的尼基，他也许会叫这个肌肉过于发达的粗人去吃屎。但如今的尼基只是默默起身，他踉跄一步，抓住椅背稳住身体。见到他这个样子，卡丽莎的心都碎了。尼基被折磨到这个地步，从某些方面来说——不，从许多方面来说，这比杀了他还可怕。

"来吧，"她说，"咱们一起回去。乔治，对吧？"

"唉，"乔治说，"我本来还想看一场《泽西男孩》的，但既然你这么坚持，那就走吧。"

看看我们，三个完蛋的火枪手，卡丽莎心想。

来到走廊里，嗡嗡声变得更强烈了。对，她知道卢克逃出去了，埃弗里告诉她了，这是个好消息。趾高气扬的浑球们到现在还不知道卢克逃走了，这就更好了。然而，剧烈的头疼使得希望变得不那么令人期待。就算头疼一时间消退下去，你也知道它会卷土重来，这就是它特有的地狱印记。来自 A 病区的嗡嗡声又使得希望变得似乎毫无意义，这种感觉太糟糕了。她从未体验过这样的孤独和走投无路的感觉。

但我必须坚持住，尽可能长时间地坚持住，她心想。无论他们如何用该死的光点和电影折磨我们，我都必须坚持住，我必须保持清醒。

他们在护工的监视下沿着走廊缓慢前行，不是儿童的那种缓慢，更像是残疾人，或者老人，在条件恶劣的救济院消耗最后几个星期的生命。

9

埃弗里特·哈拉斯带着西格斯比夫人和斯塔克豪斯经过 A 病区紧

闭的房门。斯塔克豪斯推着轮床。这些紧锁的房间里没人号哭和惨叫，但身处电场之中的感觉越发强烈，电流像隐形老鼠似的爬过西格斯比的皮肤。斯塔克豪斯也感觉到了。他用一只手推着装着莫琳·艾尔沃森的临时灵柩，另一只手摸着他光秃秃的头顶。

"我一直觉得这种感觉像蜘蛛网，"他说，然后问赫克尔，"你没有感觉到吗？"

"我习惯了，"赫克尔答道，又摸了摸嘴角，"这是个同化的过程。"他停下来，"不，说同化是不对的。驯化似乎更适合，还是顺应？好像都可以。"

西格斯比夫人忽然产生了好奇心，这个念头迅猛得像是心血来潮。"哈拉斯医生，你的生日是哪一天？还记得吗？"

"九月九日。我知道你在想什么。"他扭头扫了一眼用红字漆着"A病区"的那些房门，然后望向西格斯比夫人，"不过我挺好的。"

"九月九日，"她说，"所以你是……天秤座？"

"水瓶座。"赫克尔说着冲她露出一个调皮的眼神，像是在说：我亲爱的女士，我没那么容易糊弄。"月亮落在第七宫，水星与火星呈合相，等等，等等。低头，斯塔克豪斯先生。咱们要钻个桥洞了。"

他们穿过一小段光线昏暗的通道，然后下了几段楼梯，斯塔克豪斯在前面撑住轮床，西格斯比夫人在后面控制方向，最终他们来到另一扇上锁的大门前。赫克尔用钥匙卡开门，那是个热得令人难受的圆形房间。房间里没有家具，一面墙上挂着一块带框的标语牌：记住这些往日的英雄。玻璃上沾满煤灰，需要拿瓶清洁液来洗刷一下了。在房间的最里面，粗糙水泥墙的一半高度处有一扇不锈钢拉门，就是肉品加工厂冷藏柜使用的那种。它左侧是一块小显示屏，显示屏此刻暗着。它右侧是两个按钮，一红一绿。

来到这儿后，滋扰西格斯比夫人的纷乱念头和记忆碎片终于消散，盘桓在太阳穴似有似无的头疼也有所减退。这很好，但她迫不及待地想离开这儿。她很少来后半区，因为后半区用不着她。只要战事进展顺利，军队的指挥官就不需要光临前线。尽管她感觉好了一些，但这个毫无装饰的圆形房间依然显得极为可怖。

哈拉斯看上去也正常了一些，不再是怪人赫克尔，而是一位当过二十五年军医的铜星勋章获得者。他挺直了腰杆，不再用手指去摸嘴角。他的眼神变得清澈，提问时简明扼要。

"她佩戴首饰吗？"

"不。"西格斯比夫人说，她想到了艾尔沃森消失的婚戒。

"我猜她穿着衣服吧？"

"当然了。"这个问题隐隐地触怒了西格斯比夫人。

"检查过衣袋吗？"

她望向斯塔克豪斯，斯塔克豪斯摇摇头。

"要检查吗？这是最后的机会了。"

西格斯比夫人考虑了片刻，决定放弃。这个女人把遗言写在了卫生间的墙上。她的手袋应该在更衣柜里，等待他们去查看，但那只是流程中的一个环节。不，她没兴趣打开裹尸布，再次看见伸在外面的舌头，结果只是找到一支润唇膏、一卷薄荷糖和几张面巾纸。

"我就算了。特雷弗，你呢？"

斯塔克豪斯又摇摇头。他一年四季皮肤黝黑，但今天脸色透着苍白。后半区一游同样对他产生了影响。也许我们应该多来看看，她心想。多接触一下实地工作。然后她想到哈拉斯医生声称自己是水瓶座，斯塔克豪斯说"豆子城里有一万吨豆子"。看来接触实地工作并不是什么好主意。另外，九月九日是天秤座吗？好像不对吧？难道不是处女座吗？

"来，动手吧。"她说。

"那就来吧。"哈拉斯医生说完，大嘴随即从左耳到右耳咧开，露出百分之百赫克尔式的狞笑。他抓住不锈钢门的把手，向上拉开。里面是一片黑暗，弥漫着烤肉的焦味，还有一个沾着黑灰的传送带，传送带向黑暗中倾斜着。

标语牌需要擦干净，西格斯比夫人想。传送带需要清理一下，免得被卡住或断裂，这又是工作疏忽的铁证。

"不需要我帮忙抬她吧？"赫克尔说着，依然一脸游戏节目主持人的怪笑，"很抱歉，今天我有点乏力，早上忘记吃麦片了。"

斯塔克豪斯抱起尸体，放在传送带上。帆布包裹的底部松开了，露出一只鞋。一时间西格斯比夫人很想转过身去，不去看被磨损的鞋跟，但她按捺住了这个冲动。

"最后还有什么想说的吗？"哈拉斯问，"鸣枪告别？珍妮我们不太了解你[1]？"

"别傻了。"西格斯比夫人说。

在哈拉斯医生关上金属门，按下绿色按钮后，西格斯比夫人听见嘎吱嘎吱的传动声，肮脏的传送带开始运行。这个声音结束后，哈拉斯按下红色按钮，随即显示屏上出现读数，数字飞快地从二百跳到四百、八百、一千六百，最终在三千二百停下。

"比普通焚化炉的温度高，"哈拉斯说，"也快得多，但还是需要一点时间。欢迎你们多待一阵子，我可以带你们转一转。"依然是那个灿烂的笑容。

"今天就算了，"西格斯比夫人说，"事情太多了。"

"我也这么想。那就改天吧，我们见到你的次数太少，我们永远欢迎你来视察工作。"

---

1 本句化用了传统民歌《约翰尼，我不太了解你》的说法。

10

莫琳·艾尔沃森滑下最后一段斜坡时，史蒂维·惠普尔正在前半区的食堂狂吃汉堡包和奶酪。埃弗里·狄克逊抓住他一条肉乎乎、满是晒斑的手臂。"和我一起去操场。"

"埃弗里，我还没吃完呢！"

"我不在乎，"他压低声音，"很重要。"

史蒂维最后又咬了一大口汉堡包，用手背抹了一把嘴，然后跟着埃弗里出去。操场上空荡荡的，只有弗里达·布朗坐在环绕着篮球架的沥青地上，正用粉笔聚精会神地画着卡通人物。她画得很好，每个人物都在微笑。两个男孩经过时，她连头都没有抬。

他们来到铁丝网旁，埃弗里指着泥土和砾石中的一道浅沟。史蒂维瞪大了眼睛。"是什么弄出来的？旱獭吗？"他环顾四周，像是以为会见到旱獭（而且有狂犬病）躲在蹦床或野餐桌底下。

"不，不是旱獭。"埃弗里说。

"我觉得你肯定能钻出去，埃弗里。跑路吧。"

你以为我没动过这个念头吗？埃弗里心想，我会在森林里迷路的。而且就算我没迷路，小船也不在河边了。"算了，你来帮我填上它。"

"为什么？"

"没什么。另外，别说'跑路'，听上去很没文化。逃跑，史蒂维。是逃跑。"而逃跑，正是他的朋友完成了的伟业，愿上帝爱他、保佑他。他现在到哪儿了？埃弗里不知道，他们失去了联系。

"逃跑，"史蒂维说，"明白了。"

"非常好。来，帮我一把。"

两个男孩跪在地上，开始填铁丝网底下的浅沟，他们用手挖土，扬起了一团尘土。今天很热，他们很快就汗流浃背了，史蒂维的脸涨得通红。

"你们两个小子在干什么？"

他们扭头望去——是格拉迪丝，她平时灿烂的笑容不见了踪影。

"没什么。"埃弗里说。

"没什么，"史蒂维附和道，"就是玩泥巴呗。你懂的，脏乎乎的泥巴。"

"给我看看。让开。"两个男孩没有任何反应，她踢了埃弗里的肋部一脚。

"嗷！"他喊道，并缩成一团，"嗷，疼死我了！"

史蒂维说："你什么毛病，来大姨妈了——"于是他的肩膀也挨了一脚。

格拉迪丝看着只被填上了一小半的浅沟，然后望向依然沉浸在艺术创作中的弗里达。"是你干的？"

弗里达连眼皮都没抬，只是摇摇头。

格拉迪丝从白色长裤的口袋掏出对讲机，按住送话按钮，说："斯塔克豪斯先生吗？我是格拉迪丝，呼叫斯塔克豪斯先生。"

片刻停顿后，从对讲机里传来："我是斯塔克豪斯，说吧。"

"我认为你必须尽快来一趟操场，你必须亲自来看一下。也许没什么，但我觉得有问题。"

11

格拉迪丝通知安保主任后，命令威诺娜带着两个男孩回到各自的房间。他们必须待在房间里等候发落。

"我对那个洞一无所知，"史蒂维沮丧地说，"我觉得是旱獭挖的。"

威诺娜叫他闭嘴，然后赶着两个男孩进屋了。

斯塔克豪斯和西格斯比夫人一起来了。夫人弯下腰，他蹲下，先看铁丝网底下的凹坑，然后看铁丝网本身。

"没人能从这底下爬出去，"西格斯比夫人说，"也许除了狄克逊——他比之前那对威尔科克斯双胞胎大不了多少，其他人都出不去。"

斯塔克豪斯挖开两个男孩填进去的砾石与泥土组成的松软混合物，凹坑变成了一道小沟。"你确定？"

西格斯比夫人发觉自己咬住了嘴唇，她强迫自己停下。这个念头太可笑了，她心想。我们有监控摄像头，我们有窃听麦克风，我们有护工、勤杂工和清洁工，我们有安保人员。这么多人都在看管这一群孩子，而孩子们活得提心吊胆，甚至不敢大声说话。

当然了，还有威尔霍尔姆，他肯定敢大声说话，多年来这种人也有过几个。尽管如此……

"茱莉娅。"他嗓音低沉。

"怎么了？"

"你来看底下。"

她正要跪下，忽然看见姓布朗的女孩在盯着他们。"进去！"她喝道，"立刻！"

弗里达飞快地进去了，边走边拍掉手上的粉笔灰，留下卡通人物在地上微笑。女孩回到休息室后，西格斯比夫人看见几个孩子聚在休息室门口向外看。需要护工的时候他们都去哪儿了？肯定在休息室摸鱼，听某个接人小组吹牛、讲故事，开下流玩笑——

"茱莉娅！"

她跪在地上，砾石的尖角扎得她龇牙咧嘴。

"铁丝网上有血。看见了吗？"

她不想看见，但确实看见了。对，是血，已经干了，变成了褐色，但无疑那就是血。

"你再看那儿。"

他把手指伸出铁丝网的一个菱形格，指着从土里被拔出半截的一棵灌木。枝叶上同样有血。西格斯比夫人望着那几滴血——它们在铁丝网外，她的心直往下沉。有一个惊恐的瞬间，她以为自己要尿裤子了，就像多年前骑在三轮车上那样。她想到了零号电话，看着自己身为异能研究所首脑的生命——是的，因为这就是她的生命，而不仅仅是她的工作——如何随之消逝。假如她打通电话，说这个本应是全美国最秘密和最安全的机构——更不用说是全美国至关重要的设施了——出现了纰漏，有一个孩子钻出铁丝网逃之夭夭了，线路那头的大舌头男人会有什么反应呢？

他当然会说她完蛋了，可以入土为安了。

"住客都在这儿。"她用沙哑的嗓音嗫嚅道。她抓住斯塔克豪斯的手腕，指甲掐进他的皮肤。他似乎丝毫也没有注意到，他依然望着被拔出半截的那棵灌木，像是受到了催眠。情况对他一样糟糕。不会更糟糕，因为不存在更糟糕的结果，而只是同样糟糕。"特雷弗，他们都在这儿。我查过了。"

"我看你最好还是再查一遍。你说呢？"

这次她带着对讲机（亡羊补牢的故事在脑海里一闪而过），她按住送话按钮，说："齐克。西格斯比夫人呼叫齐克。"你最好没在摸鱼，艾翁尼蒂斯。最好如此。

他在。"我是齐克，西格斯比夫人。我在查艾尔沃森的情况，斯塔克豪斯先生说杰里不当班，安迪休假了，我找到了她的邻居——"

"先别管这个。替我看一下追踪器的信号。"

"收到。"他的声音忽然变得谨慎。他肯定是听出了我的紧张，她心想。"等一等，今天上午系统有点慢……稍等几秒钟……"

她觉得自己就要忍不住尖叫了。斯塔克豪斯还在隔着铁丝网东张西望，像是在指望忽然冒出来一个该死的霍比特人，从头到尾解释清楚这儿究竟发生了什么。

"好的，"齐克说，"四十一名住客，都在。"

如释重负感像清风似的吹凉了她的脸颊。"很好，非常好。这就——"

斯塔克豪斯抢过她的对讲机，说："他们现在的位置在哪儿？"

"呃……还是后半区二十八个，东楼休息室四个……食堂三个……自己房间里两个……走廊里三个……"

那三个肯定是狄克逊、惠普尔和画画的女孩，西格斯比夫人心想。

"还有操场上的一个，"齐克念完，"共计四十一个，就像我说的。"

"等一等，齐克。"斯塔克豪斯盯着西格斯比夫人，"你看见操场上有孩子了吗？"

她没有回答他，她不需要回答他。

斯塔克豪斯又拿起对讲机。"齐克？"

"请讲，斯塔克豪斯先生。我在。"

"能告诉我孩子在操场上的具体位置吗？"

"呃……我放大一下……有个按钮……"

"用不着了。"西格斯比夫人说。她看见一个物体在晌午的阳光下闪闪发亮。她走进篮球场，在罚球线上弯腰捡起那东西。她回到斯塔克豪斯身旁，伸出手。她手掌里是大半个耳垂，追踪器依然嵌在上面。

12

前半区的住客被勒令返回各自的房间，禁止出来。要是有人在走廊里被逮住，就会受到严厉的惩罚。异能研究所的安保人员加起来只有四个人，包括斯塔克豪斯。其中两人在异能研究所的居住村里，他们正在迅速赶回来，走的是高尔夫球车经过的那条小道，而莫琳希望卢克走的就是这条路，但卢克走了不到一百英尺就迷失了方向。斯塔克豪斯的第三名手下在丹尼森河湾镇，他不想等她回来了。红宝石小组的丹尼·威廉斯和罗宾·莱克斯刚好在等待下一个任务，他们非常愿意帮忙。两个大块头护工，乔·布林克斯和查德·格林利也加入了队伍。

临时搜索小组集结完毕，斯塔克豪斯说明了情况。"明尼苏达小子，"丹尼说，"我们上个月带回来的。"

"没错，"斯塔克豪斯答道，"明尼苏达小子。"

"你说他把追踪器从耳朵上扯了下来？"罗宾问。

"伤口看上去比较平整，我猜是用刀割的。"

"但同样有种。"丹尼说。

"等我们逮住他，我要捏碎他的蛋蛋，"乔说，"他不像威尔霍尔姆那样反抗，但也有那种该死的眼神。"

"他在森林里迷路了，等见到我们说不定会一把抱上来，"查德顿了顿继续说，"前提是我们能找到他。这儿的森林很浓密。"

"他一只耳朵受伤，从铁丝网底下钻出去，后背肯定也划破了，"斯塔克豪斯说，"双手估计也在流血。咱们尽量跟着血迹走。"

"要是有狗就好了，"丹尼·威廉斯说，"寻血猎犬，布鲁克浣熊猎犬也行。"

"要是他根本没逃出去就更好了，"罗宾说，"是从铁丝网底下钻出去的？"她险些笑出声来，但看见斯塔克豪斯紧绷的脸和暴怒的眼睛，立刻住嘴了。

另外两名安保人员——拉菲·普尔曼和约翰·沃尔什——刚好从居住村里赶回来了。

斯塔克豪斯说："我们不能杀他，请记住。但等我们找到他，要电得他屎尿横流。"

"等我们找到他。"护工查德重复道。

"我们会找到他的。"斯塔克豪斯说。因为要是找不到，他心想，那我就死定了。这儿从上到下都死定了。

"我回办公室去了。"西格斯比夫人说。

斯塔克豪斯抓住她的胳膊肘，说："去干什么？"

"思考。"

"很好。随便你思考，但别打电话。同意吗？"

西格斯比夫人厌恶地看着他，但她咬住嘴唇的样子说明她同样心惊胆战，看来他们两人没什么区别。"当然。"

然而等她回到办公室——谢天谢地，这儿有空调，悄无声息，她却发现自己难以思考。她的视线动不动就移向那个上锁的抽屉，就好像抽屉里不是一部电话，而是一颗手雷。

13

下午三点，去森林里搜寻卢克·埃利斯的队伍没有传来好消息。他们保持通话，但没有好消息。异能研究所的全体工作人员收到通知后，所有人都被动员起来。有些人加入搜索队；有些人去居住村排查，搜索每一个空房间，寻找失踪的男孩或他留下的蛛丝马迹。他们清点了全部私人车辆，员工用来通勤的高尔夫球车都在原处。他们在丹尼森河湾镇的外联人员（包括镇上小警队的两名成员）也收到了通报和埃利斯体貌特征的信息，但没人见过他。

但艾尔沃森那条线查出了消息。

齐克表现出了电脑技术人员（杰里·西蒙兹和安迪·费洛斯）欠缺的主观能动性和机智。他使用谷歌地图和手机定位程序，联系上了艾尔沃森在佛蒙特小镇上的邻居。他自称是税务局人员，邻居毫不怀疑地就相信了。她完全没有显露出缄默——北方佬那闻名遐迩的特征，说莫琳上次回家的时候，请她公证了几份文件，另有一名女律师在场。文件的收件人是几家收款公司。律师称这些文件为"勒停函"，邻居准确地猜到这是勒令停止函的意思。

"文件和她男人的信用卡有关，"邻居告诉齐克，"莫琳没有解释，也不需要解释。我又不是昨天才出生的。那个死鬼的账单害得她焦头烂额。不过要是税务局想起诉她，那就要抓紧时间了，她看上去病得很严重。"

西格斯比夫人认为艾尔沃森的邻居说得对。问题是她为什么要这么解决问题，那分明是多此一举。异能研究所的员工都知道，如果他们陷入任何财务困境（最常见的原因是赌博），机构会向他们提供利率很低甚至免息的贷款。每一名员工入职的时候，都会有人向他们解释福利待遇这部分。事实上，它并不是一项福利，而是保护措施。一个人欠了债，就有可能受到诱惑，出卖秘密。

对于这种行为，最简单的解释是骄傲，也许还掺杂着羞愧，因为抛弃她的丈夫占了她的便宜，但西格斯比夫人不喜欢这个解释。这个女人即将走到生命的终点，而且她肯定早就知道了实情。她决定洗手上岸，拿组织的钱恰好违背了这个愿望。这么解释感觉说得通，至少差不多了，也符合艾尔沃森所描述的地狱的样子。

这个臭贱人帮助男孩逃跑了，西格斯比夫人心想。当然是她了，这就是她所理解的赎罪。然而，我无法拷问她了，她很确定这一点。她当然会这么做，因为她了解我们的手段。我该怎么做？要是我们无法在天黑前找到那个聪明得会害了他自己的男孩，我该怎么做？

她知道答案，特雷弗无疑也知道。到时候她必须从上锁的抽屉里取出零号电话，同时按下三个白色按钮。大舌头男人会接听电话，会听见她说异能研究所发生了有史以来第一起越狱事件，一名住客在半夜从铁丝网底下钻了出去。那位先生会说什么？"天啦，真系抱歉？""辣可太糟糕了，不过里别太担心？"

做梦吧。

思考，她命令自己。思考，思考，思考。该死的清洁工可能告诉了谁？另一方面，埃利斯可能告诉……

"妈的，妈的！"

答案就摆在她面前，自发现铁丝网底下凹坑的那一刻，答案就摆在她面前。她在椅子上坐得笔直，双眼睁圆，自从斯塔克豪斯报告血迹在进入森林五十码后就消失了之后，零号电话第一次离开了她的脑海。

她打开电脑，找到她需要的文件。她点开文件，开始播放一段视频。艾尔沃森、埃利斯和狄克逊站在零食贩卖机旁。

咱们可以在这儿说话。虽然有麦克风，但失灵好几年了。

主要是埃利斯在说话。他似乎很关心双胞胎和姓克罗斯的男孩。艾尔沃森尽量安慰他。狄克逊站在一旁，很少开口，一直在挠胳膊和捏鼻子。

我的天，斯塔克豪斯当时说，如果你非要抠鼻子，抠就好了。然而此刻，换个角度再看这段录像，西格斯比夫人明白了当时真正发生的是什么。

她合上笔记本电脑，按下对讲机的通话按钮。"罗莎琳德，我要见那个姓狄克逊的男孩。叫托尼和威诺娜带他来，立刻。"

14

埃弗里·狄克逊站在西格斯比夫人的办公桌前，他身穿蝙蝠侠 T 恤和脏兮兮的短裤，结痂的膝盖露在外面，用惊恐的眼神看着她。他本来个头就小，此刻被威诺娜和托尼夹在中间，看上去就更加不像十岁了，甚至都没到能上小学的年纪。

西格斯比夫人挤出一丝笑容。"我早就应该见见你的，狄克逊先生。我肯定是懈怠了。"

"是的，夫人。"埃弗里轻声道。

"所以你同意了？你认为我懈怠了？"

"不，夫人！"埃弗里伸出舌头，舔了舔嘴唇，但今天他没再捏鼻子。

西格斯比夫人俯身向前，双手扣在一起。"就算以前有点，但懈怠期已经过去，情况会有所改变。现在更重要的是……当务之急是……我们必须带卢克回家。"

"是的，夫人。"

她点点头。"咱们意见统一，这很好。一个良好的开端。所以他去哪儿了？"

"我不知道，夫人。"

"我认为你知道。你和史蒂维·惠普尔在填他逃跑用的地道。这么做很愚蠢，你应该放着不管的。"

"我们以为是旱獭打的地洞，夫人。"

"胡说。你很清楚是谁挖的。是你的朋友，卢克。你看。"她在桌上摊开双手，对他微笑道，"他很聪明，聪明的孩子不会一头扎进森林。从铁丝网底下钻出去也许是他的主意，但他需要艾尔沃森告诉他铁丝网外的地形。每当你捏鼻子，她就把指示一条一条地告诉你，直接投射到你天赐的小脑袋里，对不对？然后你再告诉埃利斯。否认是没有意义的，狄克逊先生，我看过你们交谈的录像，情况一清二楚，就像——希望你不介意我说个老年人的笑话——你脸上的鼻子。我早该意识到这一点。"

还有特雷弗，她心想。他也看过视频，也该想通究竟发生了什么。等这件事过去，我们要是不好好反思一下，一定会显得无比愚蠢。

"来，告诉我，他去了哪儿？"

"我真的不知道。"

"你的眼睛在乱瞟，狄克逊先生。这是撒谎的表现。看着我，否则托尼就会把你的胳膊拧到背后，那会很疼的。"

她朝托尼点点头。托尼抓住埃弗里瘦弱的手腕。

埃弗里直视她的眼睛。这么做很困难，因为她那张瘦脸非常吓人，这张脸属于一名凶神恶煞的教师，在用表情命令他老实交代，但他就是不肯说。眼泪涌出他的眼睛，顺着脸颊流淌。他一向爱哭，他的两个姐姐叫他小哭包，他在课间休息的操场上是所有人的靶子，这儿操场上的人反而对他比较友好。他想念父母，非常想念他们，但至少他还有朋友。哈利推倒了他，但后来成了他的朋友，直到哈利死去，直到他们愚蠢的测试害死了哈利。小莎和海伦走了，但新来的弗里达对他很好，玩 HORSE 游戏的时候还放水让他赢。虽然只有一次，但一次就够了。还有卢克。卢克对他最好了。卢克是埃弗里从小到大交过的最好的朋友。

"艾尔沃森叫他去哪儿，狄克逊先生？他们的计划是什么？"

"我不知道。"

西格斯比夫人朝托尼点点头，托尼向后拧埃弗里的胳膊，几乎把手腕提到了肩胛骨的高度。疼痛剧烈得令人难以想象。埃弗里惨叫起来。

"他去哪儿了？他们的计划是什么？"

"我不知道！"

"托尼，放开他。"

托尼松开手，埃弗里跪倒在地，抽泣着说："真的很疼，别再伤害我了，求求你们。"他想说这么做不公平，但这些人什么时候在乎过公平？从来没有，这就是事实。

"我也不想的。"西格斯比夫人说。这句只能勉强算真话。事实上，在这间办公室里坐了这么多年，她早就对儿童的痛苦视若无睹了。一方面，焚烧室的标语说得没错——无论他们有多么不愿意当英雄，他们确实是英雄；另一方面，有些孩子确实很考验你的耐心，他们有时候会气得你忍无可忍。

"我不知道他去哪儿了，实话实说。"

"一个人说他'实话实说'的时候，通常是在说假话。这样的场面我见识得多了，所以一眼就能看得出。来，告诉我，他去哪儿了？他们的计划是什么？"

"我不知道！"

"托尼，撩起他的 T 恤。威诺娜，你的泰瑟枪，中等功率。"

"不！"埃弗里尖叫道，并企图挣脱托尼的铁掌，"别电我！求求你，别电我！"

托尼抱住他的腰部，掀起他的 T 恤。威诺娜用电棒对准埃弗里的肚脐眼上方，按下开关。埃弗里惨号，他两腿一蹬，尿湿了地毯。

"狄克逊先生，他去哪儿了？"男孩满脸眼泪和鼻涕，眼睛周围有两个黑眼圈，他尿湿了裤子，居然还在硬撑，西格斯比夫人都不敢相信。"他去哪儿了？他们的计划是什么？"

"我不知道！"

"威诺娜？再来一次。中等功率。"

"夫人，你确定——"

"这次稍微高一点，谢谢。比如心窝底下。"

埃弗里的胳膊被汗弄得滑溜溜的，他挣脱了托尼的魔爪，险些让情形变得越发糟糕——他在西格斯比夫人的办公室里乱跑，就像被困在车库里的一只鸟，碰倒东西，撞墙后反弹。还好威诺娜抓住机会绊倒了他，擒住他的双臂把他拎起来。于是，这次轮到托尼掏出泰瑟枪了。埃弗里惨叫一声后，瘫软下去。

"他昏过去了吗？"西格斯比夫人问，"要是昏过去了，就叫埃文斯医生来给他打一针。我们需要立刻得到答案。"

托尼揪住埃弗里的脸颊（刚来的时候圆滚滚的，现在瘦多了），使劲一拧，埃弗里立刻睁开了眼睛。"他没昏过去。"

西格斯比夫人说："狄克逊先生，受苦既愚蠢又毫无必要。把我们想知道的告诉我们，你就不需要受苦了。他去哪儿了？他们的计划是什么？"

"我不知道，"埃弗里低声道，"我真的真的不知——"

"威诺娜？请脱掉埃弗里先生的裤子，用泰瑟枪电他的睾丸，最高功率。"

尽管威诺娜喜欢用耳光收拾不听话的住客，并且不怎么喜欢这个命令，但她还是向埃弗里的裤腰带伸出了手。这回埃弗里终于崩溃了。

"好吧！好吧！我投降！别再伤害我了！"

"这下咱俩都松了一口气。"

"莫琳叫他穿过树林。她说他应该能找到一条为高尔夫球车而设的小路，要是找不到就一直向前走。她说他会看见灯光，其中有一盏特别亮的黄灯。她说看见房屋后，他应该顺着铁丝网走，直到看见一条围巾绑在一棵灌木上——也可能是大树，我记不清了。她说树后面有一条小径……或者一条路……我也记不清了。总之，她说一直走能到河边。她说河边有一艘小船。"

他停了下来。西格斯比夫人对他点点头，露出和蔼的笑容，但她的心脏跳得比平时快两倍。她问出来的既是好消息，也是坏消息。斯塔克豪斯的搜索队不用在森林里乱转了，但有一艘小船？埃利斯走到

314

了河边？他比他们早出发了好几个小时。

"然后呢，狄克逊先生？她告诉他在哪儿下船？河湾镇，对吧？丹尼森河湾镇？"

埃弗里摇摇头，强迫自己直视她，瞪大的眼睛里充满了惊恐中的诚实。"不，她说那儿太近了，她说应该一直到普雷斯克艾尔再停下。"

"非常好，狄克逊先生，你可以回房间去了。不过假如我发现你在撒谎……"

"那我就有麻烦了。"埃弗里说，用颤抖的手擦掉脸上的眼泪。

这话让西格斯比夫人由衷地笑了。"你读懂了我的心思。"她说。

15

同一天，下午五点。

埃利斯已经逃跑至少十八小时，甚至更久。操场上的摄像头没有录像功能，因此很难确定具体时间。西格斯比夫人和斯塔克豪斯待在办公室里统领全局，听外联人员报告情况。他们的外联人员遍布全国。绝大多数时候，异能研究所的外联人员只是做些基础工作：盯一下 BDNF 水平高的儿童，搜集他们朋友、家人、邻居、学校的详细资料。当然了，还有他们的住处，以及与他们住处有关的一切，尤其是警报系统。等到时机成熟，上述背景资料对接人小组来说都会很有用。他们还会物色不在异能研究所名单上的特殊儿童，这样的孩子偶尔也会出现。BDNF 测试、阿普伽评分和扎脚跟抽血的苯丙酮尿检验，都是美国医院对新生儿做的常规检查；然而并不是所有婴儿都在医院出生，许多父母（例如，近来呼声越来越高的反强制接种疫苗者）会躲避检查。

这些外联人员不知道他们要向谁报告，也不知道为什么要报告。他们许多人误以为这是美国政府的某种"老大哥"监控计划。他们大多数人只是愉快地领取每个月五百美元的津贴，有必要报告的时候就报告，从不问这问那。当然了，偶尔也会有人问这问那，然后他们会发现好奇心不但会害死猫，还会让一个月一次的外快泡汤。

外联人员密度最高的区域是异能研究所的周边地带，但对这近五十个人来说，追踪有天赋的儿童并不是他们的首要任务。这些外联人员主要负责搜寻提出"愚蠢"问题的人。他们是绊索，是早期预警系统。

出于谨慎，斯塔克豪斯通知了丹尼森河湾镇的六名外联人员，防止狄克逊听错或撒谎骗了他们（"他没撒谎，我看得出来。"西格斯比夫人坚持道）。但斯塔克豪斯叫醒了普雷斯克艾尔的大多数人员。其中一名人员的任务是联络当地警局，声称他见到了一个上过美国有线电视新闻的男孩。新闻说这个男孩的父母被谋杀，警方在通缉他，要找他回去问话。男孩名叫卢克·埃利斯。外联人员告诉警察，他不敢百分之百确定就是那个孩子，但觉得很像，然后他前言不搭后语地用威胁性的语气索要赏金。西格斯比夫人和斯塔克豪斯都知道，让警察去抓逃跑的孩子并不是完美的解决方案，但他们有办法搞定警察。另一方面，无论埃利斯会对警察说什么，警察都会认为那是一个精神失常的孩子在胡言乱语。

手机在异能研究所和居住村无法使用，事实上，半径两英里的范围内都没有信号，因此搜索者只能使用对讲机，还有座机。西格斯比夫人办公桌上的电话忽然响了。斯塔克豪斯抓起听筒。"怎么了？你是哪位？"

打电话来的是费利西娅·理查森，她在传达室接齐克的班。她心甘情愿这么做，因为她的屁股同样被架在了火上烤，她完全理解这个事实。"我们的一名外联人员打来电话。他叫让·莱韦斯克，他说他找到了埃利斯使用的船。要我把电话转给你吗？"

"快！"

西格斯比夫人站在斯塔克豪斯面前，她举起双手，比着口型问："怎么了？"

斯塔克豪斯没理会她。听筒里咔嗒一声，莱韦斯克的来电接通了。他的圣约翰谷口音浓重得可以切做纸浆用的木材。斯塔克豪斯从没见过对方，但他的眼前浮现出一个晒得黝黑的老男人，帽檐上卡着好几个鱼饵。

"俺发现了小船。"

"我知道了。在哪儿？"

"搁浅在普雷斯克艾尔上游五英里处的河岸上。船里有好多水，但船桨——就一根——靠在船凳上。我就把它扔在那儿，也没有向任何人报告。船桨上有血。我跟你说，再往上一点有个小瀑布。要是你们找的小子不会划船，尤其是这么一艘小破——"

"小瀑布很可能会把他甩出去，"斯塔克豪斯替他说完，"你待在原处别动，我这就派两个人过去。另外，多谢了。"

"你们付钱给我的嘛，"莱韦斯克说，"我猜你们不会告诉我他干了什么。"

斯塔克豪斯用挂断电话来回答最后那个愚蠢的疑问，他向西格斯比夫人汇报情况："要是运气好，小杂种应该被淹死了，今晚或明天会有人发现他的尸体，但我们不能全指望运气。我要派拉菲和约翰以最快的速度赶去普雷斯克艾尔——我的安保人员就这两个，等这件事结束后要重新考虑一下。假如埃利斯上岸步行，那么他首先会去的就是那儿。要是他搭车，那么州警或镇子上的警察会扣押他。他毕竟有案底——发疯杀死父母，然后一路逃到了缅因。"

"你说得这么满怀希望，心里也这么想吗？"她非常想知道真相。

"不。"

16

住客得到允许，从房间出来吃晚饭。从表面上看，这顿饭吃得无比安静。有几名护工和技术员在场，鲨鱼似的满场巡视。他们明显暴躁不安，随时准备殴打或电击胆敢冒头的孩子。然而某种紧张、振奋的情绪在寂静背后悄然流淌，强烈得让弗里达·布朗感觉醉醺醺的。有人逃出去了。所有的孩子都很高兴，但没有人愿意表现出来。她高兴吗？弗里达不敢确定。有一部分肯定很高兴，但……

埃弗里坐在她旁边，把两条热狗埋在烤豆子底下，然后又把它们挖出来。埋葬和挖掘。弗里达不像卢克·埃利斯那么聪明，但已经足够聪明了，她知道埋葬和挖掘意味着什么，但她不知道当卢克把这里发生的事情告诉别人时，别人会不会相信他。还有，他们接下来会怎么样？他们会被释放吗？回家和父母团圆？她知道这是孩子们愿意相信的未来，因此才会暗流涌动，但弗里达有她的疑虑。她只有十四岁，但已经是个铁石心肠的愤世嫉俗者了。她的卡通人物总是在微笑，可是她极少微笑。另外，她知道一些其他人不知道的事情。埃弗里被带去了西格斯比夫人的办公室，他在那儿无疑一五一十都交代了。

这意味着卢克不可能逃脱了。

"你是要吃它，还是只想玩它？"

埃弗里推开盘子，站了起来。从西格斯比夫人的办公室回来以后，他就一直看上去像个见过鬼的孩子。

"菜单上的甜点有苹果派伴雪糕和巧克力布丁，"弗里达说，"这儿和我家里不一样，要是在我家，你必须先吃完盘子里所有的东西，然后才能吃甜点。"

"我不饿。"埃弗里说完，走出了食堂。

吃过饭后，孩子们都被送回各自的房间（今晚休息室和食堂禁止进入，通往操场的门也上了锁），但两小时后，埃弗里身穿睡衣来到弗里达的房间，说他饿了，问她有没有代币。

"你开什么玩笑？"弗里达问，"我自己都没有几枚了。"她有三枚，但不愿意给埃弗里。她喜欢埃弗里，但还没喜欢到愿意给他代币的地步。

"哦，好吧。"

"上床去吧。睡着了你就不饿了，等你醒来就可以吃早饭了。"

"我能和你一起睡吗，弗里达？因为卢克走了。"

"你该待在自己的房间里，你会给咱们惹来麻烦的。"

"我不想一个人睡。他们伤害了我，他们电击我。要是他们回来，继续伤害我怎么办？他们会的，等他们发现——"

"发现什么？"

"没什么。"

她思考了片刻。她一瞬间想到了许多事情。她是弗里达·布朗，来自密苏里州斯普林菲尔德的超级思考者。"呃……好吧。上床去吧。我要过一会儿才睡。电视上有个讲野生动物的节目，我想看。你知道有些野生动物会吃掉幼崽吗？"

"真的？"埃弗里像是受到了打击，"太可悲了。"

她拍拍他的肩膀。"大多数时候是不吃的。"

"哦。哦，那就好。"

"对。好了，上床去吧，别说话。我看电视的时候不喜欢别人说话。"

埃弗里爬上床。弗里达看野生动物的电视节目：短吻鳄和狮子搏斗，也可能是非洲鳄。不管是什么鳄，反正很有意思。埃弗里也很有意思，因为埃弗里有个秘密。如果她的心感能力和他一样强大，她现在就已经知道了。然而她没那么厉害，因此只知道存在一个秘密。

等她确定他睡着了（他打鼾——小男孩怯生生的鼾声）之后，她关掉灯，爬上床，躺在他的身旁，晃了晃他，说："埃弗里。"

他哼了一声，想翻身转过去。但她不会放过他的。

"埃弗里，卢克去哪儿了？"

"普雷艾尔。"他喃喃道。

她不知道普雷艾尔是什么，也不在乎，因为这不是真话。

"别骗我，他去哪儿了？我不会说出去的。"

"上了红色台阶。"埃弗里说。他几乎没有醒来，多半觉得自己在做梦。

"什么红色台阶？"她在他耳边悄声说。

他没有回答，他翻身想转过去背对着她，这次弗里达松手了。因为她已经得到了她想要的信息。她和埃弗里不一样（还有卡丽莎，至少在她状态好的时候），她无法确切地读心。她的能力是依据别人的想法获得某些直觉，有时候当对方处于不寻常的开放状态下时（例如一个几乎沉浸在梦乡中的小男孩），她会得到短暂而清晰的画面。

她躺在床上，看着天花板，继续思考。

17

夜间十点。异能研究所静悄悄的。

苏菲·特纳，夜间护工之一，坐在操场上的一张野餐桌前，抽着通过违规渠道弄来的香烟，把烟灰弹在一个维生素饮料的瓶盖里。埃文斯医生坐在她旁边，一只手抚摸她的大腿，然后他凑过去，亲吻她的脖子。

"别乱来，吉米。"她说，"今晚不行，整个地方都处于红色警戒的状态。你知道都有谁在看。"

"你是异能研究所的一名员工，整个地方都在红色警戒之中，你却坐在这儿抽烟，"他说，"既然你想当坏女孩，为什么不坏到底呢？"

他的手往高处滑去，她思考着要不要管一管他，一扭头却看见一个小女孩——新来的住客之一——站在休息室的门口。她的手掌贴在玻璃上，正直勾勾地看着他们。

"该死！"苏菲说。她甩开埃文斯的手，摁灭香烟。她大踏步走到门口，开锁，一把拉开门，抓住偷窥的小女孩的脖子。"你要干什么？今晚不许出来，你没收到通知吗？休息室和食堂是禁区！你不想结结实实挨一顿板子，就给我回——"

"我想和西格斯比夫人谈一谈，"弗里达说，"就现在。"

"你疯了吗？最后一次警告，回——"

埃文斯医生推开苏菲，没有任何要道歉的意思。今晚你就别想亲亲摸摸了，苏菲心想。

"弗里达？你叫弗里达，对吧？"

"对。"

"能告诉我你有什么想法吗？"

"我只和她谈。因为她是老大。"

"非常正确，但老大今天很劳累。不如你告诉我吧，我来决定是否重要到要打扰她的地步。"

"唉，算了吧。"苏菲说，"你看不出来这些小崽子想蒙骗你吗？"

"我知道卢克去哪儿了，"弗里达说，"我不会告诉你，但我会告诉西格斯比夫人。"

"她撒谎。"苏菲说。

弗里达看都没看她一眼，她一直盯着埃文斯医生。"没有。"

埃文斯内心的挣扎很短暂。卢克·埃利斯很快就要失踪二十四小时了，他会去任何一个地方，对任何一个人说他的故事，比如警察，还有——上帝保佑千万别——记者。埃文斯的工作不是判断这个女孩有没有撒谎，无论她的话听上去有多么不可信。那是西格斯比夫人的工作，而他的工作是不要犯错，别让自己连艘小船都没有就掉进屎坑里。

"你最好是在说实话，弗里达，否则我会叫你吃不了兜着走。你知道的，对吧？"

她只是盯着他。

18

十点二十分。

在那节"南方快运"棚车里，卢克在旋耕机、割草机和箱装的舷外发动机的后面沉睡，列车正从纽约州驶向宾夕法尼亚州，它进入一条快速通道，即将疾驰足足三个小时。列车时速提高到七十九英里，若是有谁在道口停留或在铁轨上睡觉，恐怕会酿成惨剧。

在西格斯比夫人的办公室里，弗里达·布朗站在办公桌前。她的粉色连体睡衣比她在家里穿的衣服体面得多。她的头发和白天一样扎成双马尾，她的双手扣在身后。

办公室连着一个狭小的私人房间，斯塔克豪斯在那儿的沙发上打盹。西格斯比夫人认为没有必要叫醒他，至少现在还没有。她扫视面前的女孩，没找到任何出众之处。女孩整个人都是棕色的，和名字一样[1]：棕色的眼睛，深棕色的头发，夏日的阳光把皮肤晒成拿铁咖啡的颜色。根据档案记载，以及异能研究所的标准，她的 BDNF 水平同样

---

[1] 布朗的英文"Brown"也有"棕色"之意。

很普通：有用，但不惊人。但是，她棕色的眼睛里有某种东西、某种神采，像是桥牌或惠斯特牌玩家拿到很多王牌的那种表情。

"埃文斯医生说你知道失踪的孩子去了哪儿，"西格斯比夫人说，"也许你愿意先说说这个信息是从哪儿来的？"

"埃弗里，"弗里达说，"他去了我的房间。这会儿正在我的床上睡觉。"

西格斯比夫人微笑道："很抱歉，亲爱的，你来迟了一步。狄克逊先生已经把他知道的全告诉我们了。"

"他撒谎了。"她的双手依然扣在身后，表面上依然波澜不惊，但西格斯比夫人和许多孩子打过交道，知道这个女孩光是来到这儿就已经吓得够呛了。她明白其中的风险，然而，她棕色眼睛里的那份确定依然如故。非常有意思。

斯塔克豪斯走进她的办公室，把衬衫下摆掖进裤腰。"这是谁？"

"弗里达·布朗。一个有虚构症的小女孩。亲爱的，我猜你不知道这个词是什么意思。"

"不，我知道，"弗里达说，"意思是我骗了你，但我没有。"

"埃弗里·狄克逊也没有。我和斯塔克豪斯先生说过一遍了，现在再对你说一遍：我看得出一个孩子有没有撒谎。"

"哦，也许他说的绝大多数都是实话，因此你才会相信他。但他在普雷艾尔上没说实话。"

她的眉头皱了起来。"那是——"

"普雷斯克艾尔？"斯塔克豪斯走到她面前，抓住她的胳膊，"你是在说这个吗？"

"那是埃弗里说的，但他在骗你。"

"你怎么——"西格斯比夫人开口，但斯塔克豪斯举起一只手，示意她先别说话。

"既然普雷斯克艾尔是谎言，那么真相是什么？"

弗里达露出一个狡黠的笑容。"我若告诉你，我能得到什么好处？"

"你不会被电击，"西格斯比夫人说，"在你的这一小段人生中。"

"如果你电击我，我会告诉你一些信息，但未必是实话。就像埃弗里，你电击他的时候，他可没说实话。"

西格斯比夫人猛拍桌子。"小姐，少跟我来这套！你有话要说就——"

斯塔克豪斯再次举起手，他在弗里达面前跪下。他太高大了，即便跪下，两人的眼睛依然不在同一个高度，但总算比较接近了。"弗里达，你想要什么？回家？我直说好了，那是不可能的。"

弗里达险些笑出声来。回家？回去找她的毒虫老妈，还有她一个接一个的毒虫男人？老妈的上一个男人想看弗里达的胸部，好确定一下"她发育得有多快"。

"我不想回家。"

"那你想要什么？"

"我想待在这儿。"

"这是个很不寻常的请求。"

"但我不想打针，也不想继续做测试，更不想去后半区，永远。我想待在这儿，长大后成为一名护工，就像格拉迪丝或威诺娜；或者技术员，就像托尼和埃文；或者我可以学做饭，当道格大厨那样的厨师。"

斯塔克豪斯望向女孩的身后，想确定西格斯比夫人是不是和他一样惊讶。显然是的。

"可以说……呃……我们是可能安排永久居留的吧，"他说，"如果你的情报足够好，并且我们抓住了他。"

"抓住他不能成为交易的一部分，否则就不公平了。抓住他是你的工作，如果我的情报足够有用，而且我确定很有用。"

他再次望向弗里达的身后，西格斯比夫人微微点头。

"行，"他说，"说定了。现在你交代吧。"

她又露出狡黠的笑容，斯塔克豪斯很想一耳光扇得她再也笑不出来。尽管这个念头只持续了一瞬间，但那一瞬间他是认真的。"我还要五十枚代币。"

"不行。"

"那就四十枚。"

"二十，"西格斯比夫人在弗里达身后说，"前提是你的情报足够有用。"

弗里达考虑了片刻，"好吧，但我怎么知道你们会信守承诺呢？"

"那就只能相信我们了。"西格斯比夫人说。

弗里达叹息道："看来只能这样了。"

斯塔克豪斯说："别磨蹭了，要说就快说吧。"

"他是在普雷艾尔之前下船的。他爬上了一段红色台阶。"她犹豫了片刻，然后说出了最重要的内容，"台阶顶上有个火车站。他要去的就是那儿。火车站。"

19

弗里达带着代币（还有一个威胁，要是她胆敢泄露在西格斯比夫人办公室里发生的事情，哪怕是说一个字，所有的承诺都会告吹）被送回房间后，斯塔克豪斯给电脑室打去电话。安迪·费洛斯已经从居住村回来，接替费利西娅·理查森值班了。斯塔克豪斯把他的计划告诉了费洛斯，问他能不能在不惊动任何人的情况下完成任务。费洛斯说没问题，但需要几分钟时间。

"越快越好。"斯塔克豪斯说。他挂断电话，用他的盒式电话接通了拉菲·普尔曼和约翰·沃尔什，他手下的两名安保人员在等待他的指示。

他通完话，西格斯比夫人问："你不能叫一个你养的警察去调车场吗？"丹尼森河湾镇的警察局里有两名成员是异能研究所的外联人员，也就是说，整个警队百分之二十的人听候他们的差遣。"那样不是更快吗？"

"虽然快，但不一定稳妥。除非有百分之百的必要，否则我不希望张扬这一摊烂事。"

"但如果他上了火车，那就有可能去任何地方！"

"我们还不能确定他有没有去火车站呢！那个女孩可能在胡说八道。"

"我认为她说的不是假话。"

"你还认为狄克逊说的是实话呢！"

确实如此，尽管很尴尬，但她还是坚持己见。形势过于严峻，她别无选择。"我接受你的批评，特雷弗。但如果他待在那么小的一个镇子上，几小时前应该就已经被发现了！"

"未必。他很聪明，也许会找个地方藏起来。"

"但扒火车的可能性最大，你很清楚。"

电话又响了。两人同时去接，斯塔克豪斯抢先了一步。

"安迪，是我。你找到了？好，念给我听。"他拿过一个记事簿，飞快地记下内容。西格斯比夫人从他身后凑过去看。

4297 次，10：00 AM。

16 次，2：30 PM。

77 次，5：00 PM。

他在"4297 次，10：00 AM"上画了个圈，询问了列车的终点站，然后写下"波特、朴次、斯特"。"车到斯特布里奇是几点钟？"

他在记事簿上写下 4：00 ~ 5：00 PM。西格斯比夫人惊慌地看着这个时间。她知道特雷弗在想什么：假如男孩上了火车，那么他肯定会尽量远离异能研究所，然后再下火车。因此他会去斯特布里奇，然而就算列车晚点，到站也已经至少五小时了。

"多谢，安迪，"斯塔克豪斯说，"斯特布里奇在马萨诸塞州西部，对吧？"

他边听边点头。

"好的，虽然它在付费高速公路上，但依然只是个比较小的中转站，也许是个换场点。你能找到那列火车或它的车厢都去了什么地方吗？也许换上了其他车头？"

他听了一会儿。

"不，只是我的直觉。假如他藏在那列火车上，斯特布里奇恐怕还不够远，不能让他觉得安全，他会继续逃。换作我，我肯定也会这么做。你去查一下，尽快告诉我答案。"

他挂断电话。"安迪在车站的网站上查到了信息，"他说，"就这么简单。真是了不起，对吧？如今网上什么东西都能找到。"

"找不到我们。"她说。

"暂时而已。"他反驳道。

"现在呢？"

"等拉菲和约翰的消息。"

他们耐心地等待"魔鬼时刻"[1]来了又去。十二点半刚过，西格斯比夫人办公桌上的电话响了。这次她抢在了前面，她吼出自己的名字，然后边听边点头。

"很好。知道了。现在你们去火车站……调什么场……管它叫什么……看有没有人还……哦。那就好。谢谢。"

她挂断电话，转向斯塔克豪斯。

"是你的安保部队。"这句话里带着几分讥讽，因为斯塔克豪斯的

---

1 在民间传说中，魔鬼时刻（witching hour）是与超自然事件相关的夜晚时间。

安保部队里今晚只有两个五十几岁的男人，体形还都走了样。"姓布朗的女孩说得对。他们找到了台阶，找到了鞋印，然后还在台阶的半中腰找到了两个血指印。拉菲猜测埃利斯在那儿停下休息或者整理鞋带。这是他们用手电筒找到的，约翰说天亮后也许还能找到更多的线索。"她顿了顿，"他们查过火车站了。没人，连夜间警卫都没有。"

尽管房间的空调被设置在舒适的二十二摄氏度，但斯塔克豪斯还是从额头上抹掉了一把汗。"情况不妙，茱莉娅，但也许我们还能控制住局势，不需要使用那东西。"他指了指办公桌的底层抽屉，零号电话就在那里等待着，"当然了，假如他去找斯特布里奇的警察，我们的处境会变得相当危险，而他有五小时可以去做这件事。"

"就算他在那儿下车，也未必会去找警察。"她说。

"为什么？他又不知道自己因为父母被杀而受到通缉。他根本不知道他的父母死了，怎么可能知道呢？"

"就算他不知道，也会有所怀疑。他非常聪明，特雷弗，忘记这一点对你没好处。假如我是他，下午……"她看一眼记事簿，"……四五点我在斯特布里奇下火车，你知道我首先会去做什么吗？我会一口气跑到图书馆去上网，然后搞清楚我老家目前的情况。"

两人同时望向上锁的抽屉。

斯塔克豪斯说："好吧，我们必须扩大搜索范围了。我不喜欢这样，但也别无选择。咱们先看看我们在斯特布里奇地区有什么资源，然后搞清楚埃利斯有没有在那儿露面。"

西格斯比夫人在办公桌前坐下，准备找人去办这件事，但她刚伸出手，电话就先响了。她拿起来听了一会儿，然后把听筒递给斯塔克豪斯。

是安迪·费洛斯打来的，他一直在忙碌。事实证明，斯特布里奇车站还是有人值夜班的，费洛斯自称是东南货运的物流经理，正在查一车下落不明的活龙虾的去向，夜班站长很热心地帮助了他。不，没有活龙虾在斯特布里奇卸货。对，4297次列车的大部分车厢在这儿换了个马力更强劲的车头，然后继续向南驶去了。它变成了9956次列车，途经里士满、威尔明顿、迪普雷、不伦瑞克、坦帕，最终抵达迈阿密。"

斯塔克豪斯记下这些信息，其中有两个地名他没听说过，他问这两个地方都是哪儿。

"迪普雷在南卡罗来纳州，"费洛斯答道，"只是个快车不停的小站——你明白的，三间破房、五六个人的那种，但也是从西部来的货车的转接站。那儿有一大片仓库，这多半就是这个小镇存在的原因。不伦瑞克在佐治亚州，规模要大得多。估计在那儿会装卸相当数量的农产品和海鲜。"

斯塔克豪斯挂断电话，望向西格斯比夫人。"假设——"

"假设，"西格斯比夫人说，"就是这个词害得你和——"

"够了。"

没人敢用这么生硬（更别说粗暴了）的语气对西格斯比夫人说话，但也没人能对她直呼其名。斯塔克豪斯开始踱步，他的光头在灯光下闪闪发亮。有时候，她怀疑他会不会真的给脑袋打蜡。

"我们这个机构都有什么？"他问，"听我算给你听。前半区有四十名左右的员工，后半区还有二十五名左右，不算赫克尔和杰克尔。因为我们尽量精简人员，我们必须如此，但今晚这对我们来说是个劣势。你的抽屉里有一部电话，能帮我们搞到各种高层的助力，但如果我们使用那部电话，我们的人生就会发生改变，而且绝对不是变得更好。"

"要是我们不得不使用那部电话，咱们还能不能有人生都是个问题。"西格斯比夫人说。

他没有理会。"我们在全国各地都有外联人员，组成这个绝佳情报网的是低阶警员、医务人员、旅馆工作人员、小镇周报的记者和有许多空闲时间可以用来上网的退休人员。我们还有两个接人小组可供差遣，有一架挑战者喷气式飞机能以最快的速度送他们去任何地方。我们还有大脑，茱莉娅，我们自己的大脑。他是象棋高手，护工经常看见他和威尔霍尔姆下象棋，但这是一场真刀真枪的棋局，他从没玩过这样的游戏，所以咱们有资格假设。"

"好的。"

"咱们派一名外联人员去打探斯特布里奇警局的消息。就用我们在普雷斯克艾尔用的那套说法——说他觉得自己看见了一个可能是埃利斯的男孩。咱们最好也在波特兰和朴次茅斯查一下，但我认为他不可能在这么近的地方下火车。斯特布里奇的可能性更大，虽然我认为咱们同样会一无所获。"

"你确定你不是在抓住救命稻草？"

"哈，我当然想抓住了。但假如他一边逃跑，一边思考，那就完全说得通了。"

"4297 次列车变成了 9956 次列车，他留在了车上。这就是你的假设。"

"对。9956 次列车凌晨两点左右经停里士满。我们需要一个人——最好几个人——去监视那列火车。还有威尔明顿，列车在清晨五六点经停威尔明顿。但你知道我是怎么想的吗？我认为他不会在这两个地方下车。"

"你认为他会一直坐到终点站。"她心想，特雷弗，你在名叫"假如"的树上越爬越高，而脚下的树枝一根比一根细。

但一个孩子逃跑了，他们还能怎么做呢？假如她迫不得已使用零号电话，对方肯定会说她应该为这种情况做好准备。话说起来当然简单，但谁能猜到一个十二岁的少年能疯狂到为了摆脱追踪器而割掉耳垂的地步呢？然后对方会说异能研究所的人员已经懈怠自满了……她对此还能说什么呢？

"终点站。"

她回到现实之中，请他重复一遍。

"我觉得他未必会一直坐到终点站。这小子很聪明，能猜到只要我们想通了火车的环节，就必定会在终点站安排人员。我也认为他不会在大城市下车。尤其不可能在里士满，半夜三更经过的一个陌生城市。威尔明顿的可能性更大——它规模更小，而且9956次列车抵达时天已经亮了，但我更倾向于认为是那些小站。我认为不是南卡的迪普雷，就是佐治亚的不伦瑞克。当然了，前提是他确实上了火车。"

"他都不一定知道火车开出斯特布里奇后会去哪儿。这样的话，他也许会一直坐到底。"

"假如他和一批带着装箱单的货物待在一起，那他就会知道。"

西格斯比夫人意识到她有许多年没这么害怕过了，也许从来没有过。他们是在假设，还是在瞎猜？假如是后者，那他们有可能一连猜对好几次吗？但他们也只能这样了，于是她点点头。"假如他在某个小站下车，那咱们就可以派一个接人小组去带他回来。天哪，特雷弗，那就再好不过了。"

"两个小组。蛋白石和红宝石。最初带他进来的就是红宝石。那会是个完美的结局，你说呢？"

西格斯比夫人叹息道："真希望我们能确定他就在那列火车上。"

"我无法确定，但很肯定的是，我们也只能这样了。"斯塔克豪斯微笑道，"去打电话吧。叫他们起床。从里士满开始。我们在全国各地买通这些人，每年要付多少钱？一百万？也该在几个人身上捞回本了。"

三十分钟后，西格斯比夫人放下电话听筒。"假如他在斯特布里奇，那就肯定藏在涵洞或废弃房屋之类的地方——他不在警察手上，要是警方找到这么一个人，肯定会在无线电上通报。列车到里士满和威尔明顿的时候，我们的人都会在车站盯着，我给了他们一个很好的幌子。"

"我听见了。茱莉娅，干得好。"

她无力地摆摆手，表示不必多说。"亲眼见到就能得到一笔丰厚的奖金。要是我们的人瞅准机会，逮住那个孩子，送他去安全屋等待被接回，奖金就会更加丰厚——简直像天上掉馅饼。里士满不太可能，那儿的两个人只是平头百姓，但威尔明顿有一个是警察，希望他正好在那儿。"

"迪普雷和不伦瑞克呢？"

"不伦瑞克有两个人盯着，是附近一所卫斯理宗教堂的牧师和他的妻子。迪普雷只有一个人，但那家伙就是本地人，镇上唯一的旅馆是他开的。"

20

在梦中，卢克回到了沉浸水箱里。齐克把他按在水里，斯塔西光在他眼前飞舞，光点也进入了他的脑海，情况比以前糟糕十倍。光是看着它们，他就觉得自己要被淹死了。

他胡乱挥动手脚，逐渐恢复知觉。他听见了尖叫声，刚开始他以为这是从自己嘴里冒出来的，心想他在水底怎么可能发出如此可怖的怪叫声。随后他记了起来，他在一节棚车里，这节棚车属于一列行驶中的列车，列车的速度正在快速下降。嘎吱的尖啸是金属车轮与金属轨道摩擦造成的。

彩色光点又逗留了一两秒，随后逐渐消失。棚车里一片漆黑。他想舒展抽筋的肌肉，却发现自己被困住了，三四个装舷外发动机的箱子掉了下来。他很愿意相信那是他在噩梦中拳打脚踢的结果，但他知道更有可能是他在被该死的光点折磨时用意念做到的。曾经他意念力的极限是把比萨托盘从餐桌上弄下去或翻动几页书，但情况已经改变。

他也已经发生变化，他不知道自己变化了多少，也不想知道。

列车继续放慢速度，并隆隆驶过岔道口。卢克意识到自己的身体情况不妙——目前虽然还没到红色警戒的级别，但肯定已经亮起了黄灯。他很饿，饥饿本来就很糟糕了，但比起渴，他空空的肚皮实在算不上什么。他想到他滑下河岸，走向系在岸边的"海军监狱号"，想到他把冰凉的河水泼在脸上，然后捧起水灌进嘴里。此刻他愿意用一切去换那么一口河水。他用舌头舔嘴唇，但毫无用处，他的舌头同样很干。

列车徐徐停下，卢克凭借触觉重新码放好那些箱子。箱子很重，但他还是做到了。他不知道自己在哪儿，因为"南方快运"棚车的车门在斯特布里奇被彻底关死了。他钻回纸箱和小型引擎背后的藏身处，默默等待，觉得非常难受。

尽管又饿又渴，耳朵抽痛，还憋了一肚子尿，他还是再次睡着了，直到棚车的门轰隆一声打开，月光如洪水般倾泻而入——至少在卢克看来月光犹如洪水，因为他醒来后处于绝对的黑暗之中。一辆卡车向门口倒车，一个男人在指挥。

"继续……再走一点……慢……再走一点……好！"

卡车的引擎熄灭了。然后是卡车车厢门被拉开的哗啦啦的声音。一个男人跳进棚车，卢克闻到了咖啡的香味，他的肚子饿得咕咕叫，响得足够被来者听见。但是没有——卢克从草坪拖拉机和骑乘式割草机之间望出去，看见那个男人身穿工作服，戴着耳机。

另一个男人跳进车厢，把一盏方形蓄电池灯放在地上，还好灯朝着车厢门，而不是卢克的方向。他们铺好不锈钢坡道，用小推车把板条箱从卡车运进棚车。每个板条箱上都印着"科勒""此面向上"和"小心轻放"的标记。因此无论这是什么地方，都还不是线路的终点。

两个男人把十几个板条箱装上车后停下，从一个纸袋里拿出甜甜圈来吃。卢克用上了全部自制力——他想到齐克把他按在水箱里，想到威尔科克斯双胞胎，想到卡丽莎、尼基以及其他不知多少人，他们的生命全指望他了，才忍住没有从隐蔽处钻出去，乞求两个男人让他咬一口，只要小小的一口就行。要不是两人中的一个忽然开口，卢克也许已经钻出去了。

"哎，你没在这附近见到一个男孩吧？"

"什么？"另一个人嚼着满嘴的甜甜圈说。

"一个男孩，男孩。你去前面送保温杯给司机的时候。"

"一个男孩跑到这儿来干什么？而且现在是凌晨两点半。"

"谁知道呢，我去买甜甜圈的时候，有个人问我来着，说他半夜睡得正香，姐夫忽然从马萨诸塞打电话来，请他去火车站问一问。马萨诸塞那位老兄的孩子离家出走了。说那个孩子经常嚷嚷着要扒货车去加利福尼亚。"

"加州在美国的另一头。"

"我知道，但一个孩子会知道吗？"

"只要他在学校里认真学习，就会知道里士满离洛杉矶有他妈十万八千里。"

"对，但里士满也是个交通枢纽。那家伙说男孩也许上了这列火车，然后找个地方下车，换一辆往西行驶的跳上去。"

"随便吧，反正我没见到什么孩子。"

"那家伙说他姐夫愿意出赏金。"

"出一百万美元也没用，比利，我没看见什么孩子，除非有孩子被我看见。"

要是我的肚子这会儿再咕咕叫，那我就完蛋了，卢克心想，会被油炸装盘。

外面有人喊道："比利！杜安！还有二十分钟，快干活！"

比利和杜安又把几个"科勒"板条箱装进棚车，再把坡道拉回卡车车厢里，最后开车离开。卢克抓住机会看了一眼外面的城市天际线，但不知道具体是哪座城市。这时，一个穿着工装服、戴着铁路工人帽的男人走过来，关上了棚车的车门……这次车门没有关死。卢克估计轨道里有个地方卡住了。五分钟后，列车再次启动，刚开始速度很慢，在哐当哐当驶过岔口和道口后，逐渐加速。

有人自称是他的舅舅。

说那孩子经常想要扒货车去流浪。

他们知道他逃跑了，尽管他们在丹尼森河湾镇的下游找到了"海军监狱号"，但没有上当。他们肯定逼着莫琳开口了。或者埃弗里，他们拷打埃弗里，从他嘴里问出了实情——这个情景过于恐怖，卢克不敢去细想，他强迫自己抛开这个念头。既然他们在这儿安排了人蹲守，那么下一站也肯定有人在等候，到时候天已经亮了。他们也许不想把事情闹大，也许只会观察并打报告，但他们会试图抓捕他。当然了，那取决于有多少人在场，还有他们有多大的决心。是的，没错。

也许我上火车智胜了他们一招，卢克心想，但接下来我该怎么做呢？他们不该这么早就发现的。

另一方面，有个生理问题倒是可以先解决一下。他抓住一辆骑乘式割草机的座位保持平衡，拧开一台约翰迪尔旋耕机的油箱盖子，然后拉开拉链，往空油箱里撒了他觉得足有两加仑的尿。这么做很不好，对旋耕机的最终用户来说更是个恶劣的玩笑，然而特殊时刻也只能这样了。他把油箱盖子放回去并拧紧，然后坐在割草机的座位上，双手按住空空的肚皮，闭上眼睛。

多想想你的耳朵，他对自己说。想想后背的划伤，再想想这些伤口有多么疼，你就会忘记自己又饿又渴了。

但他最后还是忍不住了。几小时后，孩子们走出房间去食堂吃早饭的画面潜入他的脑海。卢克绝望地想驱散那些画面：盛满橙汁的扎杯，装满红色夏威夷混合果汁的饮料瓶。他希望自己此刻就在食堂，两种饮料他先一样喝一杯，然后在盘子里堆满炒蛋和煎培根。

你不能希望自己在那儿。这种希望等于发疯。

但还是有一部分的他确实希望如此。

他睁开眼睛，想摆脱这些画面。但橙汁扎杯的画面非常顽固，无论如何也不肯滚蛋……这时，他在新装进车里的板条箱和小型引擎设备之间的空地上看到一些东西。刚开始他以为是从门缝照进来的月光在戏弄他的眼睛，或者纯粹是他的幻觉，然而他眨了两次眼睛，那些东西依然在，他从割草机的座位上跳下来，爬了过去。在他的右侧，月光照耀下的田野在车门外飞快掠过。离开丹尼森河湾镇时，卢克如痴如醉地沉浸在这样的画面中，但此刻他无心欣赏外面的世界，他只能看见棚车地板上的东西：甜甜圈的碎渣。

其中有一块比碎渣要大一点。

他首先捡起那块大一点的吃掉，然后舔湿大拇指，用大拇指沾起比较小的几块。他担心最小的碎渣会掉进地板缝隙，于是他趴下去伸出舌头，把它们舔干净了。

21

现在轮到西格斯比夫人去里屋的沙发上打盹了，斯塔克豪斯关上门，免得电话铃声——座机和他的盒式电话——打扰了她。两点五十分，费洛斯从电脑室打给他。

"9956 次列车离开里士满了，"他说，"没看见男孩。"

斯塔克豪斯叹了一口气，揉着下巴上扎人的胡子楂。"好的。"

"真可惜，不能让列车停进一条侧线，然后对其进行仔细的搜查。这样就能一次性解决他到底在不在车上的问题。"

"真可惜，全世界的人不能一起手拉着手高唱《给和平一个机会》。车到威尔明顿是几点钟？"

"应该是六点。要是他们开得快，大概会早一些。"

"咱们在威尔明顿有几个人？"

"现在有两个，还有一个正在从戈尔兹伯勒赶过去。"

"他们最好别表现得太紧张，明白吗？紧张会引起怀疑。"

"我觉得他们没问题的。故事编得很好——少年离家出走，家人非常焦急。"

"他们最好别出问题。有进展就告诉我。"

亨德里克斯医生走进办公室，他连门都没敲。他顶着两个黑眼圈，衣服上全是褶子，头发像铁灰色的羽毛似的根根竖起。"有消息吗？"

"还没有。"

"西格斯比夫人在哪儿？"

"正在休息，她累坏了。"斯塔克豪斯在她的椅子里向后靠，然后伸了个懒腰，"狄克逊那小子没进过水箱，对吧？"

"当然没有。"这个念头像是冒犯到了驴金刚，"他不是粉色儿童。绝对不是粉色儿童。他的 BDNF 水平太高了，冒险毁了他这样 BDNF 水平高的孩子简直是发疯。也没必要去拓展他的能力，可能性很小，尽管也不是完全没有可能。西格斯比会砍了我的脑袋。"

"她不会的，今天让他进水箱。"斯塔克豪斯说，"给我淹那个小杂种，直到他觉得自己必死无疑了，然后再多淹几次。"

"你是认真的？他是无价之宝！我们好多年没见过这么强的心感显性儿童了！"

"就算他能在水面上行走，放屁能崩出来闪电来，我也不在乎。他帮助埃利斯逃跑。等希腊佬返岗，就立刻派他去处理那小子。他喜欢送孩子进水箱。叫齐克别弄死他，我当然知道他有多宝贵，但我要他体验一下痛苦，只要他还有记忆力，就不可能忘记，然后送他去后半区。"

"但西格斯比夫人——"

"西格斯比夫人完全同意。"

两个男人扭头去看。她站在办公室和私人住所之间的门口。斯塔克豪斯的第一个念头是她看上去像是见了鬼，但这还不足以形容她的模样。她看上去就像一个鬼。

"丹，照他说的做。就算毁了他的 BDNF 也无所谓，他必须付出代价。"

22

列车再次启动，卢克想起他祖母唱过的一首歌，唱的是《午夜列车》吗？他不记得了。甜甜圈的碎渣除了越发刺激他的饥渴外毫无用处。他的嘴巴仿佛一片荒漠，而舌头是其中的一个沙丘。他试着打个盹，但睡不着。时间慢慢流逝，他不知道过去了多久，但最终破晓前的天光照进了车厢。

卢克在晃动的地板上爬到门缝前向外张望。他见到了树木，以杂乱散布的次生松树为主，他还见到了小镇和田野，然后又是树木。列车驶过高架铁桥，他渴望地看着桥下的河水。这次他想到的不是一首歌，而是柯勒律治。水啊水，到处都是水，卢克心想，棚车的地板确实萎缩了。水啊水，到处都是水，却没有一滴能解我焦渴[1]。

河水很有可能受到过污染，他对自己说，然而他知道就算受到过污染，他还是会照喝不误。直到他的肚子鼓起来，要是呕吐就更好了，

---

[1] 出自柯勒律治的《古舟子咏》。

这样他可以再多喝几口。

就在红热的太阳升起来之前，他在空气中闻到了咸味。此刻在列车外掠过的建筑物不再是农庄，而是以仓库和古老的红砖厂房（窗户用木板钉死）为主。逐渐变亮的天空映衬着塔吊的身影，飞机在不远处起飞。列车贴着一条四车道的公路行驶了一段时间。卢克看见公路上轿车里的人，他们除了一天的工作之外没有其他需要忧虑的。他还闻到了泥滩、死鱼或两者掺杂的气味。

只要死鱼没长蛆我就能吃下去，他心想。就算长蛆说不定也行。按照《国家地理》的说法，蛆是动物性蛋白质的优质来源。

列车开始放慢速度，卢克缩回他的藏身之处。他所在的棚车经过岔口和道口，又是好一阵铿锵震动。列车终于停下了。

时间还很早，但这个地方已经很繁忙了。卢克听见卡车的声音，听见人们有说有笑。便携音响或卡车上的收音机在放坎耶的歌，心跳般的低音逐渐高亢，继而消散。另一条车轨上有个车头经过，留下柴油的怪味。随着车厢加入编组和从列车中脱钩，卢克感觉到了几次剧烈的震动。有男人用西班牙语吼叫，卢克听见了几句脏话。

又是一段时间过去了，感觉像一小时，其实也许只有一刻钟，又一辆卡车向"南方快运"的车厢倒车。一个穿着工作服的男人把车门拉到底。卢克从旋耕机和草坪拖拉机之间的缝隙向外看。男人跳进棚车，在卡车和棚车之间架起不锈钢坡道。这次来了四个工人，黑人、白人各两名，个个都膀大腰圆、浑身刺青。他们放声大笑，说话带有浓重的南方口音，听上去很像卢克在老家从 BUZ'N 102 电台里听到的乡村歌手。

一个白人说他昨晚和一个黑人的老婆去跳舞了，然后黑人假装要揍他，白人假装踉跄后退，却一屁股坐在卢克不久前重新码好的舷外发动机箱子上。

"别闹了，别闹了，"另一个白人说，"我赶着去吃早饭呢。"

我也想，卢克心想。老天在上，我也想。

他们把"科勒"板条箱装进卡车，卢克觉得这一幕像是在重播上一站的情形。他不禁想到埃弗里说他们在后半区逼着孩子们看电影，于是光点再次出现——肥硕巨大的光点。棚车的车门在轨道中猛地一抖，像是要自己关上。

"哇！"另一个黑人叫道，"谁干的？"他探头张望，"呃，没人。"

"闹鬼了，"假装要揍白人的黑人说，"别闹了，别闹了，快干活吧。站长说这班车晚点了。"

还没到线路的终点，卢克心想，到时候我肯定已经饿死了，没错，但也许我会先渴死。他读到过一个人不喝水至少能坚持三天，然后会陷入昏迷并最终死亡，然而他觉得自己恐怕坚持不了那么久。

四名工人把所有板条箱装进卡车，两个大的除外。卢克等待着他们开始搬运小型引擎设备，然后他们就会发现他。但他们没有这么做，而是把坡道收回卡车车厢里，并重新关上了棚车的车门。

"你们先走，"一个白人说，就是先前开玩笑说和黑人老婆跳舞的那个白人，"我去守车拉个屎。都快出来了。"

"别偷懒，马蒂，再憋一会儿嘛。"

"憋不住了，"白人说，"这一坨太他妈大了，拉完了我得从顶上爬下来。"

卡车启动并离开。接下来的几秒钟一片寂静，然后那个叫马蒂的白人爬上棚车，二头肌在无袖 T 恤中伸展。卢克以前最好的朋友罗尔夫·德坦会说那叫"枪上了满膛"。

"行了，小歹徒。我坐在箱子上的时候就看见你了。你可以出来了。"

23

卢克待在原处没有动弹，心想只要他保持绝对的静止和绝对的安静，男人就会以为是自己看错了，然后自行离开。但这种想法很幼稚，他已经不是孩子了，早就不是了。于是他爬了出来，试着起身，但他双腿僵硬，脑袋轻飘飘的。要不是白人一把抓住他，他会一头栽倒在地。

"天哪，孩子，谁撕掉了你的耳朵？"

卢克试着说话。刚开始他只发出了喑哑的怪声，他清了清喉咙后，再次开口："我遇到麻烦了。先生，你有吃的东西吗？还有喝的。我饿极了，也渴极了。"

马蒂目不转睛地盯着卢克残缺的耳朵，从口袋里掏出半卷救生圈牌薄荷糖。卢克一把抢过去，撕掉包装纸，把四颗糖塞进嘴里。他本以为自己的唾液已经干涸，被他饥渴的身体全部吸收了，但唾液像喷泉似的涌了出来，糖分像炸弹似的在脑袋里爆开。光点短暂地重新浮现，飞快地掠过男人的面部。马蒂扭头张望，像是感觉到有人在他背后爬上了车厢，然后他转过来继续看着卢克。

"你上次吃东西是什么时候？"

"不知道，"卢克说，"记不清楚了。"

"你在车上待了多久？"

"一天左右。"应该只有这么久，但感觉起来要长得多。

"一直从北方佬那儿来的？"

"对。"缅因州对南方人来说无疑是北方佬的领地，卢克心想。

马蒂指着卢克的耳朵说："是谁干的？你老爸？后爹？"

卢克瞪着他，忽然警觉起来。"谁……你怎么会这么想？"然而即便他在目前的状态下，答案对他来说依然显而易见，"有人在找我。上次停车的时候也是这样。他们有几个人？他们说什么？说我离家出走？”

“没错。你舅舅，他带来了两个人，其中一个是赖茨维尔海滩的警察。他们没说具体原因，只说你从马萨诸塞州离家出走。要是真有人从那儿逃跑，我也能理解。”

蹲守他的人里有警察，这一点吓坏了卢克。“我是在缅因上车的，不是马萨诸塞，另外，我的父亲死了，还有我的母亲。他们说的全是谎话。”

白人思考了片刻。“所以小歹徒，是谁把你的耳朵弄成那样的？寄养家庭的浑球？”

与真相不远了，卢克心想。对，他待的地方也算某种寄养家庭，统治者确实是一群浑球。“情况很复杂。但是……先生……要是他们见到我，就会抓我回去。假如他们身边没有警察，也许不能这么做，但他们带着警察。他们会把我带回到他们对我做出这种事的地方。”他指着耳朵说，“求你别告诉他们。求你了，就让我待在车上吧。”

马蒂挠挠脑袋。“我说不准。你是个孩子，而且情况一团糟。”

“要是被他们带走，我的情况会更糟糕的。”

相信我吧，他用全部力量想道，相信我吧，相信我吧。

“呃，我说不准，”马蒂重复道，“老天在上，我跟你说实话，我不怎么喜欢那三个家伙的脸色。他们看上去紧张兮兮的，包括那个警察。另外，你眼前这位老哥尝试了三次，才成功离家出走。我第一次离家的时候和你差不多大。”

卢克没说话。至少马蒂的方向是对的。

“你要去哪儿？你心里有数吗？”

“一个我能找到食物和水的地方，然后认真思考。”卢克说，“我必须好好想一想，因为没人会相信我打算告诉他们的事情，尤其是当它从一个孩子嘴里说出来。”

“马蒂！”有人喊道，“快出来，哥们儿！除非你想搭车去南卡罗来纳!"

"孩子,你被绑架了吗?"

"对。"卢克说着忍不住哭了,"那些人……声称是我舅舅的人,还有警察……"

"马蒂!擦干净屁股,快下车!"

"我说的是实话,"卢克斩钉截铁地说,"假如你想帮助我,就放过我吧。"

"唉,妈的。"马蒂朝棚车外吐了口唾沫,"总觉得有些不对劲,但你的耳朵……那些人,你确定他们是坏蛋?"

"最坏的那种。"卢克说。最坏的那些人其实还没追上来呢,但他能不能继续待在车上完全取决于这个男人决定怎么做。

"你知道你这会儿在哪儿吗?"

卢克摇摇头。

"这儿是威尔明顿。这班车会在佐治亚停,然后在坦帕,最后到迈阿密。假如他们在找你,发了全境通缉令、安珀警报或天晓得的什么东西,他们就会在那些地方找你。不过下一站是个鸟不拉屎的小地方,你或许——"

"马蒂,你他妈在哪儿?"叫声更近了,"别他妈磨蹭了。我们要走了。"

马蒂又怀疑地打量了卢克一眼。

"求你了,"卢克说,"他们把我泡在水箱里,险些淹死我。我知道你很难相信,但这是真的。"

砾石地面上的脚步声越来越近。马蒂跳下去,把车门拉到四分之三关闭的位置。卢克爬回小型引擎设备后面的小窝里。

"你不是说你去拉屎了吗?待在这儿干什么?"

卢克等着马蒂说"有个孩子躲在棚车里,因为不想和舅舅回家,就给我编了个疯狂的故事,什么他在缅因州被绑架,被人塞进水箱险些淹死之类的"。

"我完事后来这儿看一眼久保田手扶拖拉机,"马蒂说,"我家割草坪的那玩意儿快坏了。"

"行了,走吧,列车不等人。嘿,你没在附近看见一个男孩吧?他在北边跳上车,说不定觉得威尔明顿是个好去处呢。"

那人停顿了片刻。然后马蒂说:"没看见。"

卢克一直往前倾身坐着。听见马蒂这么说后,他向后靠在车厢的壁板上,闭上了眼睛。

十分钟后,9956次列车猛地一抖,不多不少的一百节车厢像是打了个寒战。调车场在车厢外掠过,刚开始列车很慢,随后逐渐加速。信号塔的阴影扫过棚车的地板,然后又一个影子出现了。是一条人影,然后一个油渍斑斑的纸袋飞进车厢,落在地板上。

他没看见马蒂,只听见他的声音:"祝你好运,小歹徒。"然后那个人影就消失了。

卢克从藏身处爬了出去,耳朵没受伤的那一侧脑袋撞在骑乘式割草机的外壳上,但他根本没有注意。天堂就在那个纸袋里,他能闻到。

天堂是一个奶酪香肠松饼、一块女主人牌水果派和一瓶卡罗来纳甜心泉牌饮用水。卢克用上了全部的意志力,这才没有一口气喝完那十六盎司矿泉水。他留下了四分之一,放在地上,然后像触电似的拿起来,拧上瓶盖。要是列车忽然拐弯,水洒在地上,他肯定会当场发疯。他五大口吃完了香肠松饼,然后又喝了一口水。他舔掉手掌上的油脂,拿着水果派和水瓶爬回小窝。他乘着"海军监狱号"沿河而下看过星空之后,第一次有了人生也许值得一过的感觉。尽管他并不怎么相信上帝,他觉得支持上帝不存在的证据似乎略微强于支持其存在的证据,但他还是开始祈祷了,但不是为他自己。尽管至高力量的存在极为可疑,但他还是向上帝祈祷,祈祷上帝保佑那个叫他"小歹徒"并把棕色纸袋扔进车厢的男人。

24

填饱肚子之后，他又开始昏昏欲睡，但又强迫自己保持清醒。

马蒂告诉他，这班车会在佐治亚停，然后在坦帕，最后到迈阿密，假如他们在找你，他们就会在那些地方找你。不过下一站是个鸟不拉屎的小地方。

即便是小镇，有人在蹲守的可能性也依然存在，但卢克不打算去坦帕或迈阿密。混迹于大规模的人群之中有它的诱惑力，但城市越大，警察就越多，这会儿警察多半都收到了一张照片，照片中的男孩被怀疑杀死了双亲。另外，理智告诉他，他的逃跑之旅只能告一段落了。马蒂没有告发他，那是他碰上了千年一遇的好运，指望还有人会包庇他，这无异于犯傻。

卢克觉得自己手里也许还有一张王牌。莫琳给他的小刀不知道丢在哪儿了，但 U 盘还在他身上。他不知道 U 盘里有什么，说不定只是充满负罪感的混乱忏悔，也许和她抛弃的孩子有关。这些在别人看来纯属胡言乱语。但里面也可能是各种证据和文件。

列车终于又开始减速了。卢克爬到门口，抓住车门保持平衡，然后探出头去张望。他看见许多树木和一条双车道的沥青路，然后是住宅和建筑物的背面。列车经过一盏信号灯：黄色的。列车也许正驶近马蒂所谓鸟不拉屎的小地方；也许只是在减速等待另一列火车驶离前方的轨道。后者对他来说更有利，因为假如有个焦急的舅舅在这个小镇等他，那个人肯定会待在火车站。卢克在前方看见了金属屋顶闪闪发亮的仓库。仓库的另一侧是双车道公路，公路的另一侧还是树木。

你的任务，他对自己说，就是以最快的速度下车，然后钻进那片森林。记住，落地后要继续向前跑，免得一头摔在煤渣砖地面上。

他开始前后摇摆，手依然抓着车门，他聚精会神，嘴唇抿成了一条细线。这就是马蒂说过的那个车站，因为他已经看见了前方火车站的建筑物。屋顶褪色的绿色招牌上写着"迪普雷，西南车站"。

来，下车吧，卢克心想，我可不想见到什么舅舅。

"一——"

他向前荡去。

"二——"

他向后荡去。

"三！"

卢克跳了出去。他在半空中就开始奔跑，但当他的双脚落在轨道旁的煤渣砖地面时，身体还在以车速前进，而车速比他能跑出来的最高速度还要快一点。他上半身向前倾斜，双臂伸在背后以保持平衡，看上去像正在冲刺的百米运动员。

就在他以为自己能站稳而不是摔个大马趴的时候，忽然有人大喊："嘿，当心！"

他抬起头，看见仓库和火车站之间有个开着叉车的男人。在车站屋顶的阴影中，另一个男人从摇椅上起身，手里拿着正在读的杂志。这个男人大喊："当心柱子！"

卢克看见了第二盏信号灯——这一盏闪着红色——的柱子，但他来不及放慢速度了。他本能地转过头去，企图抬起手臂，但胳膊只举到一半时，他就以全速奔跑的速度撞上了不锈钢柱子。他的右半边脸与柱子来了个亲密接触，受伤的耳朵首当其冲。他向后弹出去，摔在煤渣砖地面上，连忙翻滚远离铁轨。他没有失去意识，但意识变得迟缓，天空一忽儿飘远，一忽儿移近，一忽儿又飘远。他觉得一股暖流正顺着脸颊流淌，他知道耳朵上的伤口又裂开了——我饱受折磨的可怜耳朵啊。内心的声音对他尖叫，命令他爬起来，快跑向森林，但听见和听从是两码事。他手忙脚乱地尝试爬起来，身体却不听话。

我的脑袋撞坏了，他心想。妈的，太他妈糟糕了。

开叉车的男人来到他身旁。卢克躺在地上，觉得男人有十六英尺高。男人戴着眼镜，反光的镜片使得卢克看不清他的眼睛。"天哪，小子，你他妈觉得你在干什么？"

　　"在逃跑。"卢克不确定在说话的是不是自己，但觉得应该是，"我不能让他们抓住我，请不要让他们抓住我。"

　　男人弯下腰。"别说话了，我根本听不懂。你那一下撞得太他妈重了，你像猪挨了刀子一样流血不止。来，动一动你的腿。"

　　卢克动了动双腿。

　　"现在动一动你的胳膊。"

　　卢克举起双臂。

　　从摇椅上起来的男人走到从叉车上下来的男人身旁。卢克尝试用自己新获得的心感能力去获取两人中某一个或两个人的想法，想搞清楚他们都知道什么。但他一无所获，读心术的引擎这会儿发动不起来。刚才那一下可能把他的心感能力都撞没了。

　　"蒂姆，他没事吧？"

　　"应该没事，希望没事。急救守则说不能随便搬动头部受伤的人，但我打算冒个险。"

　　"你们谁号称是我的舅舅？"卢克问，"还是两个都是？"

　　摇椅男人皱眉道："你明白他在说什么吗？"

　　"不明白。我打算把他安置在杰克逊先生的里屋里。"

　　"我抬他的腿。"

　　卢克开始恢复神志了。事实上，他的耳朵帮了他一个忙。他觉得自己的耳朵像是想挖洞钻进自己的脑袋，躲在里面再也不出来。

　　"不，我能行，"叉车男人说，"他不重。你去打电话给罗珀医生，请他出个诊。"

　　"来仓库也算出诊吗？"摇椅男人说着哈哈一笑，露出泛黄的牙根。

　　"随便你。去吧。用车站的电话。"

"遵命。"摇椅男人向叉车男人行了个半吊子的军礼，然后转身离开。叉车男人抱起卢克。

"放我下来，"卢克说，"我能走路。"

"真的能行？咱们先试试看。"

卢克站在那儿摇晃了一会儿，最终总算站稳了。

"孩子，你叫什么？"

卢克想了想，不确定该不该说，因为他不知道这个男人是不是所谓舅舅。他看上去挺好的……不过，异能研究所的齐克看上去也挺好的，尤其是当他难得心情愉快的时候。

"你叫什么？"他反问道。

"蒂姆·贾米森。来吧，至少别在太阳底下晒着了。"

25

诺伯特·霍利斯特，破败旅馆的老板，他的旅馆之所以还能营业，靠的就是他为异能研究所担任外联人员的月度津贴。在用车站的电话打给罗珀医生之前，他先用手机拨打了一个号码。今天清晨，正是这个号码联系了他。当时他很生气，因为来电打扰了他的好梦，但此刻他很高兴。

"那孩子，"他说，"在我这儿。"

"稍等，"安迪·费洛斯说，"我给你转接。"

短暂的沉寂过后，另一个声音问："你是霍利斯特？在南卡罗来纳的迪普雷镇？"

"正是。你们在找的孩子刚从一列货车上跳下来，撕烂了半只耳朵。找到他是有奖金的，对吧？"

"对。要是你能确保他待在镇上，奖金还不止那一笔。"

诺伯特大笑。"哦，我认为他会留下的。他撞上了信号灯的柱子，撞傻了。"

"你给我盯牢他，"斯塔克豪斯说，"每小时向我报告一次。听明白了？"

"就像情况通报。"

"对，就像那样。剩下的就交给我们。"

地狱在这里

1

蒂姆领着流血不止的孩子穿过克雷格·杰克逊的办公室，男孩看上去依然晕乎乎的，但坚持要自己走路。克雷格·杰克逊是迪普雷仓储公司的老板，他住在附近的邓宁镇上，五年前他离了婚，因此办公室后面那个有空调的宽敞房间就成了他的别院。杰克逊这会儿不在，蒂姆并不觉得奇怪。碰到9956次列车停靠而不是径直驶过的日子，克雷格往往会出去躲清静。

他们经过小厨房（有微波炉、电磁炉和小水槽）和生活区（一把安乐椅放在一台高清电视前），《花花公子》和《阁楼》杂志上的古老插页俯视着一张整理得干干净净的行军床。蒂姆想让孩子躺在床上等医生来，但男孩摇摇头。

"坐椅子。"

"你确定？"

"嗯。"

男孩坐下，椅垫发出疲惫的呼哧一声。蒂姆在男孩面前单膝跪下。"所以你叫什么？"

男孩怀疑地看着他。血已经止住了，但他的脸上满是血污，右耳更是一塌糊涂。"你在蹲守我吗？"

"我在等火车。我每天上午在这儿工作。9956次列车停靠的时候，我会待得比较久。所以你叫什么？"

"刚才的另一个人是谁？"

"别再问我了，除非你告诉我你叫什么。"

男孩想了想，然后舔舔嘴唇，说："尼克。我叫尼克·威尔霍尔姆。"

"好吧，尼克。"蒂姆做出表示和平的手势，"你看见了几根手指。"

"两根。"

"现在呢？"

"三根。另一个人，他声称他是我的舅舅吗？"

蒂姆皱眉道："他叫诺伯特·霍利斯特，是镇上旅馆的老板。就算他是任何人的舅舅，我也不知道。"蒂姆竖起一根手指，"跟着手指看。让我看见你的眼睛在转动。"

卢克的眼睛跟着他的手指左右转动，然后上下转动。

"看来你的脑袋伤得不严重，"蒂姆说，"至少希望是如此。尼克，你在躲什么人吗？"

男孩露出惊恐的神色，想从椅子上起身。"谁告诉你的？"

蒂姆轻轻地按住他。"没人。我看见一个男孩从火车上跳下来，他身穿脏兮兮的破衣服，还有一只耳朵被撕得血肉模糊，我就会瞎猜他在逃跑。所以你在躲——"

"你们在嚷嚷什么？我听见……哎呀，我的老天爷，这个孩子怎么了？"

蒂姆扭过头，看见了孤儿安妮·勒杜。她肯定是刚好在车站后面的帐篷里。她经常在中午时分钻进帐篷打盹，尽管车站外的温度上午十点就已经二十九摄氏度了，但安妮还是穿戴着蒂姆所谓全套的墨西哥行头：披肩毯、宽边帽、稀奇古怪的手镯和捡来的牛仔靴，牛仔靴的接缝已经开了线。

"这位是尼克·威尔霍尔姆，"蒂姆说，"他从天晓得的什么地方来到咱们美好的小村庄做客——跳下9956次列车，一头撞在信号灯的柱子上。尼克，这位是安妮·勒杜。"

"很高兴认识你。"卢克说。

"谢谢，孩子，我也很高兴。蒂姆，是信号灯的柱子扯掉了他的半只耳朵吗？"

"我觉得不是，"蒂姆说，"我也很想听他说说是怎么一回事。"

"你在等那班列车进站吗？"男孩问她。他似乎异常执着于这一点。也许是因为那一下撞坏了他的脑袋，也许还有其他原因。

"除了我们的主耶稣基督重临，我什么都没在等，"安妮说，她扫视了一圈，"杰克逊先生墙上的画片太下流了，我一电也不吃惊。"她把"一点"说成了"一电"。

就在这时，一个橄榄色皮肤的男人走进房间，他在白衬衫和黑领带外套着工装背带裤，脑袋上歪戴着一顶铁路工人的条纹帽。"你好，赫克托。"蒂姆说。

"你好。"赫克托说。他扫了一眼安乐椅上那个满脸是血的男孩，没有流露出多少兴趣，然后望着蒂姆，说："我的副手说车上有两台发电机是你的，还有一堆草坪拖拉机、大约一吨罐头食品、一吨农产品。蒂米，我的好兄弟，我已经晚点了，要是你不赶紧卸货，就干脆让这个镇子的车队去不伦瑞克拉东西好了。"

蒂姆站起身。"安妮，你能替我陪着这位年轻人吗？医生很快就会来的。我要去开一会儿叉车了。"

"我能应付。万一他忽然抽搐起来，我就往他嘴里塞东西。"

"我才不会忽然抽搐起来呢！"男孩说。

"他们都是这么说的。"安妮说得云里雾里的。

"孩子，"赫克托说，"你是扒我的车来到这儿的？"

"是的，先生。对不起。"

"嗯，既然你已经下车，那就和我没关系了。后面就是警察的事了。蒂姆，我知道你这儿有状况要处理，但货物不等人，所以你赶紧去帮我这个忙吧。你该死的手下都去哪儿了？我只看见一个人，而且还在办公室里打电话。"

"那是开旅馆的霍利斯特，我看他可什么货都卸不了。除了他肠子里的东西，是每天早起的第一件事。"

"下流。"孤儿安妮说，也许她是在说杂志插页，她还在打量那些画片。

"比曼两兄弟早该来了，但那两个靠不住的小子似乎也晚点了。就像你。"

"唉，老天，"赫克托摘掉帽子，用一只手揉他浓密的黑发，"我讨厌沿途送货的活。在威尔明顿也耽搁了时间，一辆该死的雷克萨斯在运输车上卡住了。好了，咱们快点去干活吧。"

蒂姆跟着赫克托走向房门，但他忽然扭头问："你其实不叫尼克，对吧？"

男孩想了想，然后说："暂时就叫这个。"

"别让他乱动，"蒂姆对安妮说，"他想跑，你就喊我一声。"他转向满脸是血的男孩，男孩看上去既弱小又疲惫。"等我回来，咱们要好好谈一谈。可以吗？"

男孩思考了片刻，然后疲惫地点点头。"似乎也只能这样了。"

2

两个男人离开后，孤儿安妮在水槽底下的篮子里找出两块干净的抹布。她用凉水打湿抹布，一块完全拧干，另一块拧到半干。她把完全拧干的那块递给卢克。"敷在耳朵上。"

卢克照她说的做。一阵刺痛。她用另一块擦掉他脸上的血，温柔的动作让卢克想到了母亲。安妮停下来，问他——带着同样的温柔——为什么哭。

"我想我妈妈了。"

"哎呀，她肯定也在想你。"

"除非意识在死后还能继续存在。我很愿意相信，但实际证据证明事实并非如此。"

"继续存在？那是当然的了。"安妮走到水槽前，冲掉那块抹布上的血，"有人说灵魂对尘世的事不再有任何兴趣，就像我们不在乎蚁丘里的蚂蚁在干什么，但我不属于这种人。我认为它们还在关注我们。孩子，我对她的过世感到惋惜。"

"你认为他们的爱也会继续存在吗？"这个想法很傻，他自己也知道，但这是比较好的那种。

"当然了。孩子，爱不会随着肉身而死去。你那么想就太荒谬了。她去世多久了？"

"也许一个月，也许六个星期。我都不记得时间是怎么过去的了。他们被谋杀了，我遭到了绑架。我知道这听上去很难让你相信——"

安妮继续擦他脸上的血污。"假如你是知情者，那就没那么难了。"她点了点帽檐底下的太阳穴，"他们开着黑色车辆来来去去吗？"

"不知道，"卢克说，"但就算是，我也不会吃惊。"

"他们对你做测试，对吗？"

卢克的嘴巴都合不上了。"你怎么知道？"

"乔治·奥尔曼，"她说，"他在 WMDK 电台主持节目，从夜里十二点到凌晨四点。他专门讲夺舍、不明飞行物和通灵能力。"

"通灵能力？真的？"

"对，还有阴谋。孩子，你知道什么是阴谋吧？"

"算知道吧。"卢克说。

"乔治·奥尔曼的节目叫《外来者》。人们可以打电话给节目组，但大多以他说话为主。他没说他们是外星人、政府，还是与外星人勾结的政府，他很谨慎，因为他不想突然失踪，或者像杰克和鲍比[1]那样吃枪子儿，但他总在说黑色车辆和人体测试——会让你头发变白的事情。你知道山姆之子[2]是个夺舍者吗？不知道吧？唉，他就是。然后他身体里的魔鬼离开了，只留下一具空壳。孩子，抬起头，血都流到你脖子上了，要是没等我擦掉就变干，那我就只能刮了。"

3

比曼兄弟是一对体形庞大的少年，他们住在小镇南端的拖车公园里。直到十二点一刻他们才姗姗来迟，而那时早就过了蒂姆正常的午餐时间。这会儿，弗罗米小型引擎销售与服务公司的大部分货物已经被放在了车站沥青路面那开裂的水泥上。要是蒂姆说了算，他会当场开除比曼兄弟，但两人与杰克逊先生有着只有南方人才懂的某种复杂关系，因此那是绝对不可能的，再说他也需要帮手。

十二点半，德尔·比曼把四周有木栏杆的大卡车倒到放有卡罗来纳农产品的棚车门口，开始往卡车里搬用板条箱装的生菜、番茄、黄瓜和夏南瓜。赫克托和副手对新鲜蔬菜毫无兴趣，只想以最快的速度离开南卡罗来纳，于是也跟着一起干活。诺伯特·霍利斯特站在车站屋檐的阴影下，他忙着东张西望，除此之外什么都不干。看见那个家伙一直留在这儿，蒂姆觉得有点奇怪——诺伯特以前对列车进站和出站没有显露过任何兴趣——但蒂姆太忙了，没有时间想这想那。

一点差十分，一辆老旧的福特旅行车开进车站的小停车场，蒂姆正

1 指肯尼迪兄弟。
2 即大卫·理查德·伯科威茨，全球著名连环杀手。

在用叉车把最后几个板条箱的农产品搬进卡车车厢，卡车会把它们送往迪普雷食品店……只要菲尔·比曼别把车开到沟里去。食品店离车站不到一英里，但今天菲尔说话慢吞吞的，眼睛红得像是企图逃离森林大火的小动物的眼睛。不需要福尔摩斯出场，也能猜到他没少抽大麻。兄弟俩都是。

罗珀医生从旅行车上下来，蒂姆朝他挥挥手，指了指杰克逊先生用作办公室兼住处的仓库。罗珀也朝他挥挥手，走向那座建筑物。他是个老派人，简直像是从漫画里走出来的一样。这样的医生依然活跃在成千上万的贫穷乡村地区，最近的医院离这种地方也有四五十英里。对这种地方的人来说，奥巴马医疗法案就是自由派的一派胡言，他们去沃尔玛就算度一次假了。他有些超重，六十多岁，是个坚定的浸信会教友，黑皮包里不但装着听诊器，还有一本《圣经》，那个黑皮包父子相传，到他这里已经是第三代了。

"那个孩子是怎么回事？"火车司机的副手问，然后用一块墨西哥头巾擦拭额头。

"不知道，"蒂姆说，"但我打算查清楚。好了，朋友们，上路飞驰吧。除非你想送我一辆雷克萨斯。赫克托，只要你答应，我很乐意自己动手。"

"去你妈的。"赫克托说着和蒂姆握手，然后走向车头，希望能在迪普雷和不伦瑞克之间把时间赶回来。

4

斯塔克豪斯想率领两个接人小组坐挑战者喷气式飞机跑一趟，但西格斯比夫人驳回了他的请求。她能这么做，因为她是老大。话虽如此，斯塔克豪斯露出的不满表情简直就是侮辱。

"别给我脸色看，"她说，"要是出了差错，你觉得谁会人头落地？"

"咱们两个都会，而且还不止咱们。"

"对，但谁的会先落地，而且滚得最远？"

"茱莉娅，这是外勤任务，但你从没出过外勤。"

"我会带上红宝石和蛋白石两个小组，四个英勇的男人，三个精悍的女人。同行的还有从海军陆战队退役的托尼·费扎尔、埃文斯医生和威诺娜·布里格斯。她是从陆军退役的，懂得战地急救。行动开始后，丹尼·威廉斯会负责指挥，但我想在现场，我想从实地观察的角度撰写报告。"她顿了顿，"当然了，前提是有必要写报告，我现在越来越觉得恐怕难以避免了。"她看了一眼手表，十二点半，"不讨论了。咱们必须立刻行动起来。这里交给你了，要是一切顺利，我明天凌晨两点就能回来。"

他陪着她走出大门，走向有铁门把守的土路，这条路通往东面三英里外的那条两车道沥青路。天气很热。蟋蟀在密林里欢唱，那个该死的孩子居然穿过了这片森林。铁门外停着一辆足球老妈爱开的福特稳达厢式车，罗宾·莱克斯坐在驾驶座上，米歇尔·罗伯逊坐在她的身旁。两个女人都穿着牛仔裤和黑 T 恤。

"从这儿到普雷斯克艾尔，"西格斯比夫人说，"要九十分钟。从普雷斯克艾尔到宾夕法尼亚州的伊利，又要七十分钟。我们在伊利和蛋白石小组会合。然后到南卡罗来纳的阿尔科卢，需要两小时左右。一切顺利的话，今晚七点左右我们就能到迪普雷。"

"保持联络。万一你脾气上来了，请记住一点，负责现场指挥的是威廉斯，不是你。"

"我会的。"

"茱莉娅，我真的认为这么做不对，应该让我去。"

她抬头看着他。"你再说一遍，看我不揍死你。"她走向厢式车。丹尼·威廉斯为她拉开侧门。西格斯比夫人正要上车，忽然又扭头对斯塔克豪斯说，"好好淹一淹埃弗里·狄克逊，等我回来，他应该已经在后半区了。"

"驴金刚不喜欢这个决定。"

她对他露出可怖的微笑。"你觉得我会在乎吗？"

5

蒂姆看着列车启动，然后回到车站屋檐的阴影下。汗水浸透了他的衬衫。他惊讶地发现诺伯特·霍利斯特还站在那儿。霍利斯特和平时一样，身穿佩斯利呢背心和肮脏的卡其裤，今天紧贴着胸骨下缘扎了一条编织腰带。蒂姆心想（不是第一次了），他把裤腰提得那么高，难道不会挤坏卵蛋吗？

"诺伯特，你怎么还在这儿？"

霍利斯特耸耸肩，咧嘴微笑，露出蒂姆看见了就会恶心的牙齿。"消磨时间呗。咱的老庄园下午没什么生意。"

说得就好像上午或晚上生意兴隆似的，蒂姆心想。"哦，你还是脚底抹油快点溜吧。"

诺伯特从裤子后面的口袋里掏出一小袋红人牌烟草，然后抓了一撮塞进嘴里。蒂姆心想，这就很能解释他牙齿的颜色了。"你算哪根葱？"

"你觉得我是在要求你？"蒂姆说，"不是的。走吧。"

"好的，好的，你使个眼色我就懂了。祝你日安，巡夜人先生。"

诺伯特晃晃悠悠地走了。蒂姆望着他的背影，皱起眉头。蒂姆有时候会在贝芙小馆见到这个家伙，有时候会在佐尼便利店撞见他买煮花生或柜台罐子里的煮鸡蛋，但除此之外，他几乎不会离开小旅馆，总是窝在办公室里看卫星电视上的体育比赛或色情电影。和客房不一样，办公室的卫星电视有信号。

孤儿安妮在杰克逊先生的外间办公室里等蒂姆，她坐在办公桌前，翻看着杰克逊先生待办和已办文件筐里的文件。

"安妮，别乱翻，"蒂姆不咸不淡地说，"你搞乱了东西，麻烦会落在我头上。"

"反正也没什么有意思的，"她说，"只有收据、日程表之类的东西。不过他居然有一张南边哈迪维尔那家半裸餐馆的卡。再打两次卡，他就能免费吃一顿了。不过边吃饭边看女人亮那什么……恶心。"

蒂姆没有从这个角度想过问题，现在他只希望自己没有想到过。"医生在看那个孩子了？"

"嗯。我帮他止住了血，但他以后只能留长发了，因为那半只耳朵再也长不回来了。你听我说，那孩子的父母被谋杀了，他遭到了绑架。"

"阴谋的一部分？"他和安妮在他巡夜的过程中就此讨论过许多次。

"没错。我保证他们是开着黑色车辆去抓他的，要是他们发现他跑到这儿来了，就会来这儿抓他的。"

"记住了，"他说，"我一定会转告约翰警长的。谢谢你为他处理伤口和盯着他，但现在你最好还是走吧。"

她起身，抖开披肩毯。"没错，一定要转告约翰警长。你们必须提高警惕。他们会全副武装地冲进来。缅因州有个地方叫撒冷镇，你可以去问那儿的居民，开黑色车辆来的究竟是什么人。当然了，你去那儿恐怕找不到人。他们四十多年前集体消失了。乔治·奥尔曼经常提到那个小镇。"

"我明白了。"

她走向大门，披肩毯在背后飘动，她又转过身，说："你不相信我，我一点也不吃惊。我有什么好吃惊的？你没来之前我已经当了许多年小镇怪人，要是上帝不收我，你离开后我还会当许多年的小镇怪人。"

"安妮，我从没——"

"闭嘴。"她从宽边帽底下目光灼灼地盯着他，"没关系。但你一定要留神。我跟你说……是他告诉我的。那个孩子。所以现在你知我知，明白吗？你记住我说的话。他们会开着黑色车辆来。"

6

罗珀医生把几件检查用具放回了诊疗包。男孩依然坐在杰克逊先生的安乐椅上。他脸上的血污被清理干净了，耳朵上缠着绷带，他的右脸与信号灯立柱亲密接触之处开始淤肿，但他的眼神清澈而警觉。医生在小冰箱里找到一瓶姜汁汽水，男孩正在飞快地解决它。

"你好好坐着，年轻人。"罗珀说。他合上诊疗包，走向蒂姆，蒂姆站在通往外间办公室的门口。

"他没事吧？"蒂姆压低声音问。

"他脱水了，而且很饿，有段时间没吃东西了，但除此之外，我看没有什么问题。他这个年龄的孩子，就算情况更糟，也能迅速恢复。他说他十二岁，名叫尼克·威尔霍尔姆，说他是从起点站上火车的，一直从缅因州北部来到这儿。我问他在那儿干什么，他说不能告诉我。我问他家住哪儿，他说他不记得了。听上去像是真的，头部受到重击可能会导致暂时迷失方向和记忆缺失，但这种情况我见过几次，看得出失忆和不肯说实话的区别，尤其是在孩子身上。他在隐瞒什么，也许有很多事情。"

"明白了。"

"想听我的建议吗？许诺请他吃顿大餐，然后就可以听他从头开始说了。"

"多谢了，医生。把诊疗账单寄给我。"

罗珀挥挥手表示算了。"你请我去个比贝芙小馆档次高的馆子吃顿像样的，咱们就算扯平了。"罗珀医生说话带着浓重的南方口音，"扯平"听着像"扯屁"。"另外，等你知道了他的故事，我也想听一听。"

医生离开后，蒂姆关上门，房间里只剩下他和男孩，他从口袋里掏出手机。他打给比尔·威克洛——这位警员将在圣诞节后接任巡夜人。男孩目不转睛地盯着他，喝完最后一口冷饮。

"比尔？是我，蒂姆。嗯，我很好。就想问一声，今晚愿不愿意来实习一下巡夜人的工作。我这会儿本该在睡觉的，但调车场出了些事情。"他听了一会儿，"好的。我欠你个人情。我会把计时器留在警察局，别忘记上发条。还有，多谢了。"

蒂姆挂断电话，打量着男孩。男孩脸上的淤伤变色肿了起来，不过一两个星期后就会消退。然而，眼里的神色就没那么容易改变了。"感觉好点了吗？头疼过去了吗？"

"是的，先生。"

"别'先生'个没完了，叫我蒂姆吧。我该怎么称呼你？你的真名是什么？"

卢克犹豫了片刻，然后告诉了他。

7

前半区和后半区之间的隧道里光线昏暗，寒气逼人，埃弗里一进去就开始颤抖。先前他在沉浸水箱里失去了知觉，齐克和卡洛斯把身材瘦小的他捞了出来，现在他依然穿着那身湿透了的衣服。他的牙齿开始打战。但他依然对他知道的情报不松口。事情很重要，现在一切都很重要。

"别磕牙齿了，"格拉迪丝说，"听着怪恶心的。"她用轮椅推着他走，笑容消失得无影无踪。这个小粪球捅了娄子的消息已经传遍异能研究所，她和其他员工都惊恐万状，而且势必会一直如此，直到卢克·埃利斯被抓回来，他们才能长舒一口气。

"我忍……不……住，"埃弗里说，"太……冷了。"

"你以为我在乎吗？"格拉迪丝提高嗓门，声音在瓷砖墙壁间回荡，"你知道你都干了什么吗？心里有数吗？"

埃弗里当然知道。事实上，他心里有很多念头，其中一些来自格拉迪丝（她脑海里的恐惧就像一只老鼠在轮子上奔跑），另一些完全属于他自己。

他们穿过标着"无关人等禁止入内"的那道门，埃弗里觉得自己稍微暖和了一点，詹姆斯医生在破旧的休息室里等着他们（她的白大褂没有系纽扣，头发蓬乱，满脸灿烂的傻笑），这儿就更加温暖了。

埃弗里的颤抖开始缓解，最终停了下来，但彩色的斯塔西光回来了。没关系，因为他随时都能让它们消失。齐克险些把他淹死在水箱里，事实上，埃弗里在失去知觉前以为自己死定了，但水箱也让他发生了一些变化。他知道其他进水箱的孩子也发生了变化，但他觉得自己和其他人不一样，在心感能力之外增加了心动能力仅仅是个开始。

格拉迪丝害怕自己会因为卢克而受到牵连，但埃弗里知道只要他愿意，他，埃弗里，就能让她害怕自己。

但现在还没到时候。

"你好，年轻人！"詹姆斯医生喊道。她说话如同电视广告里的政客，她的念头四处乱飞，就像狂风里的纸屑。

她身上有些地方非常不对劲，埃弗里心想，就像辐射中毒，但中毒的是她的大脑，而不是骨髓。

"你好。"埃弗里说。

杰克尔仰头大笑，就好像"你好"是全世界最好笑的笑话的笑点。"没想到这么快就能见到你，不过，欢迎，欢迎！你的几个朋友就在这儿！"

我知道，埃弗里心想，我迫不及待想见到他们。我认为他们见到我也会很高兴的。

"但首先，我们还是先给你换掉这身湿衣服吧。"她责备地瞪了格拉迪丝一眼，但格拉迪丝忙着挠胳膊，企图摆脱游走于皮肤上（或皮肤表层下）的震颤。祝你好运吧，埃弗里心想。"我会让亨利带你去房间。咱们这儿的护工很优秀。你能自己走路吗？"

"能。"

杰克尔又是一阵仰头大笑，喉咙在颤动。埃弗里从轮椅上起身，意味深长地望着格拉迪丝。她停止抓挠，现在轮到她颤抖了。不是因为她浑身湿透了，也不是因为她觉得冷，而是因为他。她感觉到了他，她不喜欢这种感觉。

但埃弗里喜欢，这其中有某种美感。

8

杰克逊先生的起居室里没有其他椅子，蒂姆从外间办公室拖了一把椅子进来。他考虑要不要坐在男孩面前，但又觉得那样就太像警察局审讯室里的陈设了。他把椅子放在安乐椅旁边，与男孩并排坐下，就好像他们是两个好朋友，打算一起看最喜欢的电视剧。然而杰克逊先生的电视是暗着的。

"好吧，卢克，"他说，"安妮说你被绑架了，但安妮的脑子不是总……在线，你明白的。"

"这个她没说错。"卢克说。

"那就好。从哪儿被绑架的？"

"明尼阿波利斯。他们弄昏了我，还杀死了我父母。"他抬起手抹了一把眼睛。

"绑架者把你从明尼阿波利斯带到了缅因。他们是怎么做到的？"

"不知道。我失去了知觉，有可能是乘飞机。我确实是从明尼阿波利斯来的。你可以去查，只需要打电话给我的学校就行。布罗德里克特殊儿童学校。"

"所以你是个特别聪明的孩子。"

"嗯，对。"卢克说，但语气里没有自豪，"我特别聪明，这会儿还特别饿。我两天只吃了一个香肠松饼和一个水果派。我认为是两天，我失去了时间感。食物是一个叫马蒂的男人给我的。"

"没别的了？"

"还有一小块甜甜圈，"卢克说，"不是很大的一块。"

"天哪，咱们先吃东西吧。"

"好的，"卢克说完停顿了一下，然后又说，"谢谢。"

蒂姆掏出手机。"温迪？是我，蒂姆。不知道你能不能帮我一个忙。"

9

埃弗里在后半区的房间光秃秃的。床就是最简单的行军床，墙上没有《降世神通》的海报，衣柜上没有《特种部队》手办供他摆弄。埃弗里倒是觉得无所谓，他虽然只有十岁，但现在他必须成长，成年人不需要玩具士兵。

但我一个人可做不到，他心想。

他想起去年的圣诞节。他一想到这个就心痛，不过也没有办法。他得到了他想要的乐高城堡，但面对眼前摊了一地的积木块，他不知道该怎么把这些东西搭成盒子上画的美丽城堡：塔楼、大门和能够拉起、放下的吊桥。他哭了起来。然后他父亲（已经死了，他很确定）在他身旁跪下，说："咱们看着说明书，一起来，一点一点地慢慢来。"他们最后成功了。城堡摆在他卧室的衣柜上，由《特种部队》的士兵手办负责把守，那些家伙没能在前半区他醒来的房间里复制这座城堡。

此刻他换上了一身干衣服，躺在这个光秃秃的房间的行军床上，回想搭好的城堡看上去是多么精美，同时他感觉着嗡嗡声。在后半区，它无处不在。在房间里很响，走廊里更响，最响的地方位于食堂的另一头，在护工休息室另一侧紧锁的双开门后面，那道门通往后半区的后半区。护工将那个区域称为植物园，因为生活（假如那也算是活着）在那儿的孩子都是植物人。只会发出嗡嗡声。但埃弗里估计他们还有用处，就像巧克力包装纸那样——直到被人舔干净为止，之后再被扔掉。

后半区的房门上锁了。埃弗里把注意力集中在门锁上，尝试转动它。倒不是说除了铺着蓝色地毯的走廊还有其他地方可去，但这个测试很有意思。他能感觉到门锁开始转动，但他无法完全打开。不知道乔治·艾尔斯能不能做到，因为乔治本来就是个强大的心动显性者。

埃弗里觉得他能做到，只需要一点小小的帮助。他再次想到他父亲的话：咱们一起来，一点一点地慢慢来。

下午五点，门开了，一个红衣护工把毫无笑容的脸探进来。后半区的人员不佩戴姓名牌，但埃弗里并不需要那东西。这个家伙叫雅各布，同事叫他毒蛇杰克，他当过海军。你想加入海豹突击队，埃弗里心想，但达不到要求。他们把你踢出来了。我觉得也许是因为你太喜欢伤害别人。

"吃饭，"毒蛇杰克说，"想吃就来。不想吃就锁着你，直到看电影的时间。"

"我想吃。"

"好的。小子，你喜欢看电影？"

"喜欢。"埃弗里说，心想：但我不喜欢这儿的电影，这儿的电影会杀人。

"你会喜欢这儿的电影的，"杰克说，"开场总是先放动画片。前方左拐就是食堂。别磨蹭了。"杰克使劲拍了一下他的屁股，催他快点走。

餐厅是个阴森的房间，漆成和前半区宿舍走廊一样的暗绿色，十几个孩子坐在那儿吃饭，埃弗里闻到了一股丁提摩尔炖牛肉罐头的香味。他还在家的时候，母亲每个星期至少会做两次，因为他的妹妹喜欢——他的妹妹多半也死了。大多数孩子看上去像丧尸，有好几个还在流口水。他看见一个女孩边吃边抽烟，她把烟灰弹在饭碗里，然后茫然四顾，继续从那个碗里吃东西。

他在隧道里就感觉到了卡丽莎，此刻他看见了她，她坐在最后面的一张餐桌前。他不得不克制冲动，才没有跑过去，用双臂搂住她的脖子。那么做会吸引注意力，而埃弗里不想引人瞩目，他想变成隐形人。海伦·西姆斯坐在小莎身旁，双手软绵绵地搁在饭碗两侧。她傻乎乎地盯着天花板。她染色的头发现在变得毫无光泽，湿漉漉地缠结成团，贴在越发瘦削的脸颊上。卡丽莎在喂她吃饭，更确切地说，是试图喂她吃饭。

"来，海伦，来嘛，《地狱之轮》，来看。"小莎把一勺炖菜塞进海伦的嘴巴。一坨神秘的棕色肉块从海伦的下嘴唇伸出来，小莎用调羹把它推回去。这次海伦咽了下去，小莎微笑道："这就对了，很好。"

小莎，埃弗里在心里想，哎，卡丽莎。

卡丽莎吓了一跳，环顾四周，看见他后，露出灿烂的笑容。

埃弗里！

棕色的肉汤和口水沿着海伦的下巴淌了下来。尼基坐在她的另一边，正用纸巾替她擦掉。然后他也看见了埃弗里，他咧开嘴，向埃弗里竖起大拇指。乔治坐在尼基对面，见状转过身来。

"嘿，快看，这不是埃弗里吗？"乔治说，"小莎觉得你多半要来了。小英雄，欢迎加入我们快乐的小家庭。"

"想吃东西就去拿个碗。"一个铁面老女人说。埃弗里知道她叫科琳娜，她喜欢扇人耳光，扇耳光让她快乐。"今晚看电影，所以我要提早关门。"

埃弗里拿了一个碗，用长柄勺盛了些炖菜。没错，就是丁提摩尔。他拿了一块松软的白面包放在炖菜上，然后端着碗走到朋友们身旁坐下。小莎对他微笑。今天她剧烈地头疼，但她依然挤出笑容，埃弗里感觉既想笑又想哭。

"多吃点，哥们儿。"尼基说着，但他没有采纳自己的建议，他的碗里依然几乎是满的。他眼睛充血，一只手揉搓着左侧的太阳穴。"我知道这东西看上去像稀屎，但空着肚子去看电影是不行的。"

他们抓住卢克了吗？小莎在脑中发送意念。

没有。他们都怕得要死。

好。太好了！

看电影前要打很疼的针吗？

今晚应该不会，这是一部新电影，我们只看过一遍。

乔治用了然的眼神看着他们，他也听见了。在前半区的时候，乔治·艾尔斯只是个心动能力者，但现在他有了其他的能力。他们都一样。后半区能提升你原有的能力，但拜沉浸水箱所赐，没有谁能和埃弗里相比。他知道很多事情。比方说，前半区的测试，其中有很大一部分是亨德里克斯医生的辅助项目，但注射需要根据实际情况。有些是限制侵蚀的，但埃弗里注射的不是。他被直接放进了沉浸水箱，被带到死亡的大门口，甚至穿了过去。结果就是，只要他愿意，他随时都能制造出斯塔西光。他不需要看电影，不需要成为群体意念的一分子。制造那个群体意念正是后半区的主要任务。

但他只有十岁。这是个大问题。

他开始吃东西，同时尝试探测海伦，他惊喜地发现海伦还能接收意念。他喜欢海伦。她和小贱人弗里达不一样。他不需要读弗里达的心就知道，她哄骗他说出了真相，然后去告发了他，否则还会是谁呢？

海伦？

不。别和我说话，埃弗里。我必须……

剩下的半句话消失了，但埃弗里觉得自己明白她的意思。她必须躲起来，她的脑袋里有一块浸透了疼痛的海绵，她必须尽力躲避这个怪物。就其本身而言，躲避疼痛是个合情合理的反应。问题在于这块海绵在持续膨胀。它会一直膨胀，直到你无处可逃，它会将她摁在头颅的内壁上碾碎，像碾碎墙上的一只苍蝇一样。到那时候海伦就完蛋了，她的人格将不复存在。

埃弗里探入她的脑海，这比开房间的门锁要容易得多，因为他的心感能力本来就很强大，而心动能力对他来说是个新事物。他很笨拙，所以必须小心。他无法让她恢复，但他觉得自己能减轻她的痛苦，给她加上一点护盾——这不但对她有好处，对孩子们也有好处……因为他们将会需要一切能得到的帮助。

他找到了海伦脑海深处的头疼海绵。他命令它停止扩张，命令它滚蛋。但它不肯从命，于是他使劲推它。彩色光点在他眼前浮现，它们缓慢旋转，就像咖啡里的奶精。他使出了更大的力气。海绵很柔韧，但很牢固。

卡丽莎，帮我一把。

怎么帮你？你在干什么？

他告诉了卡丽莎。卡丽莎也探入海伦的脑海，刚开始她还犹犹豫豫的，但当他们一起使劲推时，头疼海绵稍微动了点。

埃弗里在脑海中发送意念：乔治，尼基。来帮帮我们。

尼基能帮上忙，尽管只能帮一点点。乔治刚开始满脸困惑，随后也找到了门道，但没过多久他就退了出去。"我做不到，"他悄声说，"太黑了。"

别管那团黑雾！那是小莎。我觉得咱们能帮她！

乔治又回到海伦的脑海里。他不太情愿，也帮不上什么忙，但至少他和他们站在同一条战线上。

只是一块海绵。埃弗里告诉他们。他已经看不见那碗炖菜了，取而代之的是斯塔西光，它们随着心跳搏动，缓缓旋转。它无法伤害你们，用力推！咱们一起使劲！

他们齐心协力，有了结果。海伦的视线从天花板上落下来，她望着埃弗里。

"你们看是谁来了，"她用沙哑的声音说，"我的头疼稍微好点了。谢天谢地。"她自己开始吃东西了。

"妈的，"乔治说，"你该谢我们。"

尼基咧着嘴笑，举起一只手。"击个掌，埃弗里。"

埃弗里和他击掌，但好心情和光点一起消散了。海伦的头疼还会回来，她每看一次电影，情况就会恶化一些。海伦是如此，小莎是如此，尼基也是如此，他也不例外。最后他们都会去植物园，汇入永不停歇的嗡嗡声中。

但也许……假如他们联合起来，形成自己的群体意念……那样就有可能创造出一道护盾……

小莎。

卡丽莎望向埃弗里，听他讲述。尼基和乔治也在听——至少在尽力听。他们就像半聋了一样，但小莎能听清楚。她吃了一口炖菜，然后放下调羹，摇摇头。

我们没法逃跑，埃弗里。要是你在想这个，那还是算了吧。

我知道我们没法逃跑，但我们必须做些什么。我们必须帮助卢克，必须帮助我们自己。我看见了碎片，但不知道该怎么拼在一起。我不……

"你不知道该怎么建造城堡。"尼基陷入沉思，用低沉的声音说。海伦又不吃东西了，再次抬起头看向天花板。头疼海绵已经恢复扩张，继续蚕食她的大脑，尼基喂她吃了一口东西。

"香烟！"一名护工大喊，并举起一个烟盒。后半区的香烟似乎是免费的，他们甚至鼓励孩子们抽烟。"电影开场前谁想来一根？"

我们没法逃跑，埃弗里继续发送意念，所以帮我建造一座城堡吧。一面墙、一道护盾。我们的城堡、我们的墙、我们的护盾。

他的视线从小莎转向尼基和乔治，最后回到小莎脸上，他希望卡丽莎能明白他的意思。她的眼睛忽然一亮。

她明白了，埃弗里心想。谢天谢地，她理解了。

她想开口说话，但又闭上了嘴，因为护工——他叫克林特——刚好经过，他高喊："香烟！电影开场前谁想来一根？"

等他走开了，小莎说："我们既然没法逃跑，那就必须占领这个地方。"

10

温迪·格利克森原先对蒂姆冷若冰霜，但自他们在哈迪维尔的墨西哥餐厅初次约会后，她的态度柔和了不少。现在人们将他们视为一对，她抱着一个大纸袋，走进杰克逊先生的后面的寓所，先亲了一下蒂姆的脸颊，然后飞快地啄了一下他的嘴唇。

"这是格利克森警员，"蒂姆说，"但你可以叫她温迪，只要她不反对。"

"我当然不反对，"温迪说，"你叫什么？"

卢克望向蒂姆，蒂姆对他微微点头。

"卢克·埃利斯。"

"很高兴认识你，卢克。你脸上那块淤青真是够厉害的。"

"是的，女士。我一头撞上了东西。"

"叫我温迪。耳朵上的绷带是怎么回事？顺便还给自己来了一刀？"

卢克不禁微笑，因为这是血淋淋的事实。"差不多吧。"

"蒂姆说你饿了，所以我在主大道的餐馆买了些食物。我有可口可乐、炸鸡、汉堡包和薯条。你想要什么？"

"我都要。"卢克说完，温迪和蒂姆大笑。

他们看着他吃下两根鸡腿、一个汉堡包和大半包薯条，最后是一大杯米布丁。蒂姆没吃午饭，他吃掉了剩下的炸鸡，喝了一杯可乐。

食物一扫而空，蒂姆问："吃饱了吗？"

卢克没有开口，而是哭了起来。

温迪搂住卢克，爱抚他的头发，用手指梳理开缠结的头发。卢克最后停止了啜泣，蒂姆在他身旁蹲下。

"对不起，"卢克说，"对不起，对不起，对不起。"

"没关系。没人不准你哭。"

"哭是因为我觉得我活过来了。我不知道为什么这会让我想哭，但就是忍不住。"

"我看这个叫如释重负。"温迪说。

"卢克声称他的父母被谋杀，他遭到了绑架。"蒂姆说。温迪瞪大了眼睛。

"不是声称！"卢克在杰克逊先生的安乐椅里坐了起来，"是事实！"

"是我用词不当。卢克，说说你的事情吧。"

卢克想了想，然后说："能先帮我一个忙吗？"

"只要我能做到。"蒂姆说。

"去外面看看，另一个人是不是还在。"

"诺伯特·霍利斯特？"蒂姆微笑道，"我叫他滚蛋了。这会儿他多半已经在'去购'超市买彩票了。他一直相信自己会成为南卡罗来纳州的下一个亿万富翁。"

"去看一眼吧。"

蒂姆望向温迪，温迪耸耸肩，说："我去。"

没过多久，她皱着眉头回来了。"事实上，他就坐在火车站的摇椅上。正在看杂志。"

"我认为他是个'舅舅'，"卢克用阴沉的声音说，"我在里士满和威尔明顿都有'舅舅'，大概在斯特布里奇也有。我都不知道我居然有这么多'舅舅'。"他哈哈一笑，声音仿佛金属摩擦声。

蒂姆站起来走到门口，刚好看见诺伯特·霍利斯特起身，晃晃悠悠地走向他破败的汽车旅馆。他没有扭头张望。蒂姆回到卢克和温迪身旁。

"孩子，他走了。"

"多半是去打电话了，"卢克说着，戳了一下空可乐罐，"我不会让他们带我回去的，我觉得自己会死在那儿的。"

"哪儿？"蒂姆问。

"异能研究所。"

"从头开始说，都告诉我们。"温迪说。

卢克开始讲述。

11

等他讲完——花了差不多半小时，卢克在讲述过程中又喝了一罐可乐，整个房间陷入片刻的寂静。然后蒂姆用异常镇定的语气说："不可能。首先，这么多绑架案肯定会引起注意的。"

温迪听了便摇头。"你当过警察，应该很清楚。几年前有个研究，说美国每年有五十万以上的儿童失踪。数量相当惊人，对吧？"

"我知道数量很多，我在萨拉索塔县当警察的时候，光去年一年就有近五百名儿童被报告失踪，但大多数——绝大多数——后来都自己回去了。"蒂姆想到罗伯特·比尔森和罗兰德·比尔森，这对双胞胎深更半夜溜出来去参加邓宁农博会，结果被他逮个正着。

"但还有几千人下落不明，"她说，"甚至几万人。"

"我同意，但有多少失踪儿童的父母同时被杀了？"

"不知道。我猜没人研究过这个问题。"她重新转向卢克。卢克用视线关注他们的交谈，就像在看网球比赛。他的手在口袋里摸着 U 盘，就好像那是个能带来幸运的护身符。

"有时候，"卢克说，"他们会把现场布置得像个意外事故。"

蒂姆眼前忽然浮现出一幕景象：这个男孩住在孤儿安妮的帐篷里，两人一起听她最喜欢的深夜怪谈电台节目，谈论阴谋，谈论"他们"。

"你说你割掉了耳垂，是因为上面嵌着一枚追踪器，"温迪说，"卢克，这是真的吗？"

"是真的。"

温迪似乎不知下面该接什么话了。她望向蒂姆，表情像在说：交给你了。

蒂姆拿起卢克喝完的可乐罐，扔进外卖纸袋，纸袋里现在只剩下包装纸和鸡骨头。"你的意思是，在本国领土上存在一个秘密机构，他们运行一个秘密计划已经不知道多少年了。以前或许还存在可能性——理论上，但如今是电脑时代，怎么可能做到呢？政府最想隐瞒的机密都会被一股脑地放在互联网上，有个反叛组织名叫——"

"维基解密，我当然知道维基解密。"卢克的声音变得不耐烦，"一方面，我知道保守秘密有多么困难，我知道自己的话听上去有多么疯狂。另一方面，德国人二战期间修建了集中营，杀害了七百万犹太人，还有许多吉卜赛人和同性恋者。"

"但集中营附近的居民知道发生了什么。"温迪说。她想握住卢克的手。

卢克收回胳膊。"我赌一百万，离研究所最近的丹尼森河湾镇的居民知道那儿在搞些什么名堂，而且不是什么好事。但他们不知道具体发生了什么，因为他们不想知道。他们为什么要知道？研究所养活了他们，再说谁会相信呢？说到集中营，如今依然有人不肯相信德国人屠杀了犹太人，这就叫否定心理。"

对，蒂姆心想，这个孩子很聪明，他编出来掩饰真相的故事固然疯狂，但他的脑子确实非常好使。

"我确认一下我没有弄错。"温迪说。她的声音特别温柔，他们俩都是。卢克能理解。你不需要是神童就知道，人们就是这么对精神失常的人说话的。他很失望，但并不吃惊。他还能指望什么呢？"他们通过某些方法找到能够心灵感应和你所谓心灵致什么的孩子——"

"心灵致动，简称心动。这种天赋通常很不起眼，就连心动显性的孩子也没有多少能力。但异能研究所的医生会强化他们的能力。打针看点，这是他们的叫法，我们都是这么说的，但所谓'点'其实是我前面说的斯塔西光。打针能唤起光点，按理说能增强我们的能力，但我认为其他一些针剂是为了让我们坚持得更久，或者……"接下来的事情是他刚刚想到的，"或者不让我们变得太厉害，否则就可能构成威胁。"

"就像疫苗？"蒂姆问。

"对，也可以这么说。"

"你被抓走前，就能用意念移动物体了。"蒂姆用"我在和疯子交谈"的柔和语气说。

"小物体。"

"经过你在沉浸水箱里的濒死体验，你也能够读心了。"

"以前就能。水箱……增强了这个能力。但我依然不是……"他挠着后脖颈说。他很难解释清楚，而他们的声音这么低沉，这么平静，让他本就烦躁的心情更加不耐烦了。用不了多久，他就会发疯，变得符合他们心目中的形象。但他必须努力说服他们。"但我依然不是很强大，我们都不是很强大，除了埃弗里，他非常厉害。"

蒂姆说："让我捋一捋，确认一下我没有理解错。他们绑架拥有微弱通灵能力的孩子，喂他们精神类固醇药，然后逼着孩子们杀人。例如，那位决定竞选总统的政治家——马克·伯科威茨。"

"对。"

"为什么不杀本·拉登？"温迪问，"我觉得他是这个……这个心灵暗杀的理想对象。"

"不知道。"卢克说，他的声音听上去很疲惫。随着一分一秒过去，他脸颊上的淤青似乎越来越重。"我完全不知道他们是如何挑选目标的。我和我的朋友卡丽莎讨论过，她也完全不知道。"

"为什么这个神秘组织不直接使用刺客？那样不是更简单吗？"

"在电影里看上去很简单，"卢克说，"在现实生活中，估计大多数时候都会失败，或者被抓住。就像刺杀本·拉登的那几位老兄，他们也险些被抓住。"

"你给我示范一下，"蒂姆说，"我在想一个数字，你告诉我是几。"

卢克试了试。他集中精神，等待彩色光点浮现，但它们迟迟不来。"我做不到。"

"那就移动一个物体。那是你本来就有的能力，他们抓你就是为了这个，对吧？"

温迪摇摇头。蒂姆不会心灵感应，但他知道她在想什么：别再逼这个孩子了，他头脑混乱，正在逃亡。但蒂姆觉得假如他能破解这个孩子的荒谬故事，也许他们就能得到一些真相，再据此考虑接下来该何去何从。

"外卖袋子怎么样？里面没食物了，很轻，你应该能移动它。"

卢克望着外卖袋子，眉头皱得更深了。蒂姆有一瞬间觉得自己感受到了一丝异样——某种气息擦过皮肤，就像一股轻风，但这种感觉稍纵即逝，纸袋纹丝不动。当然了，怎么可能动呢？

"好吧，"温迪说，"暂时就这样——"

"我知道你们是男女朋友，"卢克说，"这个我能感觉到。"

蒂姆微笑。"好像不怎么厉害嘛，小子。你看见她进来的时候吻我了。"

卢克转向温迪。"你要出门，去探望你的姐姐，对吗？"

她瞪大眼睛。"你怎么——"

"别上当，"蒂姆说，但语气温和，"这是灵媒的老把戏——有根据地猜测。不过我承认这个孩子挺有一套的。"

"温迪有个姐姐的根据在哪儿？"卢克问，但他没抱什么希望。他一张一张地打出自己的牌，现在只剩最后一张了。而他极为疲倦。他在火车上睡得很不安稳，噩梦一直在滋扰他。大多数的梦境与沉浸水箱有关。

"能稍等我们一分钟吗？"蒂姆问。他没等卢克回答，就拉着温迪走到通往外间办公室的门口。蒂姆和她简短地说了几句话后，她点点头，离开房间，边走边从口袋里掏出手。蒂姆走到卢克面前。"我看我们还是带你回站上吧。"

卢克刚开始以为蒂姆说的是火车站，他们要把自己扔上另一列货车，这样他和他的女朋友就不需要处理这个离家出走的孩子极其疯狂的故事了。随后蒂姆意识到蒂姆说的其实是警察局。

行啊，那又怎样？卢克心想。我早就知道我最后会来到某个地方的警察局。也许小地方的警察局比大城市的好，大城市的警察局除他之外，还要同时应付其他几百个人——或者罪犯。

不过，他们认为他对那个叫霍利斯特的家伙只是多疑，这可不妙。现在卢克只能希望他们说得对，霍利斯特没什么特别的。他们也许说得对。说到底，异能研究所的眼线不可能遍布天下，对吧？

"好的，但首先我要告诉你一件事情，然后给你一样东西。"

"你说吧。"蒂姆说。他弯下腰，专注地望着卢克。也许他不过是在哄这个发疯的孩子，但至少他愿意听下去，卢克觉得目前自己只能指望这么多了。

"假如他们知道了我在这儿，就会来找我，多半还会带着枪。因为他们担心有人会相信我，他们怕得要死。"

"记住了，"蒂姆说，"别看我们这儿警察的数量少，但每一个都很能干。我认为你待在这儿会很安全。"

你根本不知道你会面对什么样的敌人，卢克心想，但此时此刻他无法进一步说服对方了，他实在太疲倦了。温迪回来了，对蒂姆点点头。卢克也懒得去思考她为什么点头了。

"帮助我逃出异能研究所的女人给了我两样东西。一样是小刀，我用它割掉了嵌着追踪器的耳垂。另一样是这个。"他从口袋里掏出 U 盘，"我不知道里面是什么，但我认为你们应该先看一看，然后再采取行动。"

他把 U 盘递给蒂姆。

12

说回后半区——实际上是后半区的前半区——的住客的状况。植物园目前有十八名住客，他们被锁在各自的房间，不分昼夜地嗡嗡哼唱。他们在电影开场前得到了二十分钟的放风时间。吉米·卡勒姆抱着剧痛的脑袋，像丧尸一样蹒跚走回房间。哈尔、唐娜和莱恩坐在食堂里，两个男孩盯着吃完一半的甜点（今晚是巧克力布丁），而唐娜望着燃烧的香烟，像是忘记了该怎么抽。

卡丽莎、尼基、乔治、埃弗里和海伦来到休息室，这儿摆着丑陋的二手家具和古老的纯平电视，电视上永远只播放史前时代的情景喜剧，例如，《家有仙妻》和《欢乐时光》。凯蒂·吉文斯也在休息室里，但她没有扭头看他们，而是盯着根本没打开的电视。艾莉丝加入了他们的队伍，这让卡丽莎十分惊讶，艾莉丝看上去比前几天好多了，有了些精神。

卡丽莎凝神思考，她能够思考了，因为此刻她感觉比前几天都要好。他们想办法缓解了海伦的头疼（出力的主要是埃弗里，但他们都使劲了），这对她本人也有帮助，对尼基和乔治同样如此，卡丽莎看得出来。

占领这个鬼地方。

一个大胆而美妙的主意，但问题接踵而至。最显而易见的是，他们该怎么做？因为至少有十二名护工在值班——放电影的日子戒备总是更森严。其次是，他们以前为什么没想到要反抗？

我想到了。尼基通过意念告诉她……他的意念的声音更响亮了吗？她觉得是的，她认为埃弗里在其中也扮演了关键的角色。因为埃弗里现在更强大了。他们刚带我来这儿的时候我就想到了。

尼基在意念交流中只能说这么几个字，于是他凑到卡丽莎的耳畔，压低声音说完剩下的内容："我这个人天生有反骨，记得吗？"

这倒是真的。尼基的黑眼圈和乌青的嘴唇都能证明这一点。

"我们还不够强大，"他喃喃道，"哪怕在这儿，哪怕在看过光点后，我们的力量仍然太弱小。"

而埃弗里同时带着绝望和希望望着卡丽莎。他在向她的大脑传送意念，但他其实不需要。他的眼神表达了一切：碎片就在我们面前，小莎。我确定它们都在这儿。帮我把它们拼起来，帮我建造一座城堡，保护我们所有人，至少坚持一段时间。

她想到一张褪色的希拉里·克林顿的竞选贴纸，它贴在母亲那辆斯巴鲁汽车的后保险杠上。上面写着"团结就是力量"，这句话在后半区无疑就是真理。这正是他们必须一起看电影的原因，也是他们能跨越几千英里甚至半个地球，影响电影里的那些人物的原因。假如他们五个人（或者六个，如果他们能像治疗海伦的头疼那样治好艾莉丝）能够像瓦肯人那样融合意念，合力创造出那种意念力，岂不是就有可能起义，夺取整个后半区？

"主意虽然好，但我觉得我们做不到，"乔治说，他握住卡丽莎的手，轻轻地捏了一下，"我们也许能够稍微搞乱他们的大脑，也许能够吓得他们屁滚尿流，但他们有电棒，只需要电翻我们中的一两个人，游戏就结束了。"

卡丽莎虽不愿意承认，但不得不说他很可能是对的。

埃弗里：一点一点地慢慢来。

艾莉丝说："我听不见你们在想什么，我只知道你们在想事情，但我的脑袋还是疼得厉害。"

埃弗里：咱们看看能不能先帮帮她。咱们一起来。

卡丽莎望向尼基，尼基点点头。她又望向乔治，乔治耸耸肩，然后也点点头。

埃弗里领着他们探入艾莉丝·斯坦诺普的脑袋，就像探险家率领团队走进洞穴。她脑袋里的海绵非常大。埃弗里见到的海绵是血红色的，因此他们所有人见到的都是这个样子。他们围绕着海绵排开阵势，然后开始使劲推。它动了动……然后又动了一点……但是它停下了，并抗拒他们的力量。乔治首先退了出来，然后是海伦（她本来就出不了什么力），接着是尼基和卡丽莎，埃弗里最后离开，在撤退前气呼呼地用意念踢了头疼海绵一脚。

"好点了吗，艾莉丝？"卡丽莎问，但她没抱什么希望。

"什么好点了吗？"说话的是凯蒂·吉文斯，她溜达过来加入了他们。

"我的头疼，"艾莉丝说，"真的好点了，尽管只是好了一点点。"她朝凯蒂微笑，有一瞬间，好像"阿比林拼写大赛"的冠军又回到了这个房间里。

凯蒂的注意力又转向电视。"里奇·坎宁安和丰斯[1]去哪儿了？"她问道并使劲揉搓太阳穴，"真希望我也能好点，我的脑袋疼死了。"

明白问题所在了吧？乔治向另外几个人的大脑发送意念。

卡丽莎当然明白。他们团结起来确实有力量，但力量还不够大。还不如几年前竞选总统时的希拉里·克林顿。因为她的竞选对手及其支持者使用的政治武器就像护工的电棒。

"但对我有用，"海伦说，"我的头疼都快好了，简直像奇迹。"

"别担心，"尼基说，"会回来的。"听见他的声音这么消沉，卡丽莎觉得害怕。

喜欢扇耳光的护工科琳娜走进食堂。她一只手抓着皮套里的电棒，

---

[1] 情景喜剧《欢乐时光》里的角色。

像是觉察到了什么。卡丽莎心想，也许是的，但她不知道究竟发生了什么。

"看电影了，"她说，"来吧，孩子们，动一动你们的屁股。"

13

杰克和菲尔（外号分别是毒蛇和药丸），这两个护工站在放映室敞开的大门外，一人拿着一个篮子。孩子们鱼贯而入，带着香烟和火柴（后半区禁止使用打火机）的孩子们把它们扔进篮子。电影散场后他们可以取回……当然了，前提是他们还记得要去取。哈尔、唐娜和莱恩坐在后排，茫然地望着空荡荡的银幕。凯蒂·吉文斯挨着吉米·卡勒姆坐在中间那一排，后者正没精打采地抠着鼻子。

卡丽莎、尼克、乔治、海伦、艾莉丝和埃弗里在前排坐下。

"欢迎来享受又一个充满快乐的夜晚，"尼基用主持人般的响亮声音说，"这部年度大片，奥斯卡最烂纪录片获奖电影——"

药丸菲尔给了尼克后脑勺一巴掌。"闭嘴，傻×，看你的电影吧。"

尼克退下后灯光熄灭，亨德里克斯医生出现在银幕上。光是看见他手里没点燃的烟花棒，卡丽莎的嘴巴就开始发干。

之前她一直觉得遗漏了一样东西，埃弗里的"城堡"缺少关键的一块。但其实并不缺少，只是她没有想到。

团结就是力量，但力量还不够大。就算把快变成植物人的吉米、哈尔和唐娜拉进来，我们也还是不够强大。但我们可以变得足够强大。在点燃烟花棒的夜晚，我们会变得足够强大。在烟花棒点燃后，我们会变成毁灭者，因此我到底遗漏了什么呢？

"欢迎欢迎，男孩们，女孩们，"亨德里克斯医生说，"谢谢你们帮助我们！咱们先从欢笑开始吧，过一会儿咱们再见。"他挥了挥没点燃的烟花棒，甚至挤了挤眼睛。卡丽莎看见就想呕吐。

既然我们能跨越半个地球，那为什么我们不能——

有一瞬间她几乎想到了，这时凯蒂忽然大叫起来，不是因为痛苦或悲伤，而是出于快乐。"哔哔鸟！我最喜欢的！"她开始用近乎尖叫的假声唱歌，歌声钻头似的冲击着卡丽莎的大脑。"哔哔鸟，哔哔鸟，郊狼在追你！哔哔鸟，哔哔鸟，要是被抓住，那你就完了！"

"闭嘴吧，凯蒂。"乔治说，但他的语气并不凶。哔哔鸟踢踢踏踏地跑过一条荒芜的沙漠公路，威利狼看着它，像见到了感恩节大餐。卡丽莎觉得自己就快抓住的什么东西又溜走了。

动画片结束，威利狼再次惨败，一个穿着西装的男人出现在银幕上。他拿着麦克风。卡丽莎觉得他是个商人——也许就是某种商人，但从商并不是他出名的主要原因。他其实是个牧师，因为镜头向后拉的时候，能看见他身后有个由红色霓虹灯勾勒出的大十字架。接着镜头转动，能看见一个舞台，也许是个体育馆，里面坐满了人，成千上万的人。他们站起来，有些人前后挥舞手臂，有些人挥舞《圣经》。

刚开始只是普普通通的布道，他引用《圣经》里的段落和诗句，但过了一会儿，他开始说这个国家正如何走向崩溃，因为毒品和淫乱。然后政治如何如何，法官如何如何，美国是建在山上的闪耀城市，不信神的人企图用烂泥污染它。他开始说巫术如何蛊惑撒马利亚的居民（至于这和美国有什么关系，卡丽莎就参不透了），就在这时，彩色光点出现了，它们时而闪现，时而消失。嗡嗡声时高时低。卡丽莎觉得它甚至钻进了鼻孔，连鼻毛都在随之振动。

光点消散后，他们看见牧师登上了飞机，他身旁有个女人，多半是他的妻子。光点又回来了，嗡嗡声时高时低。卡丽莎听见埃弗里在脑海里说话，好像在说"他们看见它了"。

谁看见它了?

埃弗里没有回答,也许是因为他被吸入了电影。这就是斯塔西光的效用,它会把你完全拉进电影。牧师又在训话了,言辞激烈,这次他站在一辆平板卡车的车厢里,手持喇叭。标语写着"休斯敦爱你""上帝给了挪亚彩虹启示"和《约翰福音》3:16。接着是光点和嗡嗡声。几个空座位开始上下翻动,就像狂风中没有关紧的百叶窗。放映室的大门猛地打开,毒蛇杰克和药丸菲尔关上门,用肩膀顶住。

牧师又来到一个流浪者收容所,他系着厨师的围裙,正搅拌一大锅意大利面酱汁。他的妻子站在他身旁,两人笑得很灿烂。这次轮到尼克在她的脑袋里说话:看镜头,笑一笑!卡丽莎模糊地意识到自己的头发竖了起来,就像在做什么静电测试。

光点。嗡嗡声。

接下来,牧师和另外几个人一起上了电视新闻节目。另外几个人中的一个指责牧师如何如何——一个很难的词,大学级别的,但卡丽莎确定卢克知道……牧师放声大笑,像是听见了全世界最好笑的笑话。他的笑声非常洪亮,会让你想和他一起笑。要是你没有疯,肯定会和他一起笑。

光点。嗡嗡声。

每次斯塔西光重新出现,似乎都会变得更亮,同时在卡丽莎的脑海里钻得越来越深。在她此刻的状态下,她觉得组成这部电影的每一个片段都引人入胜。他们有控制杆。等时机来临——也许是明晚,也许是后天,后半区的孩子们就会扳动控制杆。

"我讨厌这个,"海伦用微弱而惶恐的声音说,"什么时候能放完?"

牧师站在一座富丽堂皇的庄园前,似乎有一场宴会正在进行。牧师在车队里,然后出现在户外的烧烤派对上,后面的建筑物上挂着红、白、蓝三色的旗帜。人们吃着玉米热狗和大块的比萨。他在抨击违背上帝规定的自然秩序的行径。这时,他的声音戛然而止,亨德里克斯医生的声音取而代之。

"孩子们，这是保罗·韦斯廷。他的家乡是印第安纳州的迪尔菲尔德。保罗·韦斯廷，印第安纳州迪尔菲尔德。保罗·韦斯廷，印第安纳州迪尔菲尔德。和我一起念，男孩们，女孩们。"

部分是因为别无选择，部分是因为这样能够摆脱彩色光点和起伏不定的嗡嗡声，但主要是因为他们现在已经被吸了进去。放映室里的十个孩子开始吟唱，卡丽莎加入吟唱。她不知道其他人是怎么想的，但对她来说，这无疑是电影之夜最可怕的一个环节。她感到厌恶，因为她居然会觉得愉快；她感到厌恶，因为她感觉到了控制杆的存在。它们等着孩子们去扳动，恳求他们去扳动！她觉得自己像腹语表演者的木偶，坐在那个该死的医生的大腿上。

"保罗·韦斯廷，印第安纳州迪尔菲尔德！保罗·韦斯廷，印第安纳州迪尔菲尔德！保罗·韦斯廷，印第安纳州迪尔菲尔德！"

亨德里克斯医生回到银幕上，微笑着举起没点燃的烟花棒。"没错。保罗·韦斯廷，印第安纳州迪尔菲尔德。谢谢，孩子们，祝你们度过一个愉快的夜晚。咱们明天见！"

斯塔西光最后一次出现，闪烁、涡卷、盘旋。卡丽莎咬紧牙关，等待它们消失。她觉得自己像个小小的太空舱，被扔进了巨大的流星风暴。嗡嗡声变得前所未有地响亮，但随着光点消失，嗡嗡声也突然中止，就好像扬声器被拔掉了电源插头。

他们看见它了。埃弗里先前说过。是缺失的那块积木吗？假如是，那"他们"又是谁？

放映室的灯亮了。大门打开，毒蛇杰克拉着一扇，药丸菲尔拉着另一扇。大多数孩子走出去，但唐娜、莱恩、哈尔和吉米坐在原处不动。他们会瘫坐在舒服的座位上，直到护工来把他们赶回房间才起身，等着明天的节目——那场大戏，他们要对牧师做他们必须完成的无论什么事情——结束，他们中的一个、两个甚至四个都会去植物园。

他们可以去休息室再待半小时，然后被关在各自的卧室里休息一夜。卡丽莎走向休息室，乔治、尼基和埃弗里跟着她。过了几分钟，海伦蹒跚着进来坐在地上，一只手拿着一支没点燃的香烟，曾经亮丽的头发搭在脸上。艾莉丝和凯蒂最后进来。

"头疼好点了。"凯蒂大声说。

对，卡丽莎心想，看过电影，头疼会有所缓解……但只能持续一小会儿，而且一次比一次短。

"又是一个看电影的愉快夜晚。"乔治喃喃道。

"好了，孩子们，我们知道了什么？"尼基问，"有人不怎么喜欢印第安纳州迪尔菲尔德的保罗·韦斯廷牧师。"

卡丽莎用大拇指滑过嘴唇，抬头看看天花板。她向尼基的大脑发送意念：窃听器，当心点。

尼基比了个手枪的手势，指着脑袋，假装要枪毙自己。其他人见状露出微笑。但明天就不一样了，卡丽莎很清楚。到时候就不可能微笑了。明天的电影结束后，亨德里克斯医生会带着点燃的烟花棒出现，嗡嗡声会升高成白噪声一般的咆哮。他们会拉下控制杆。接下来有一段长度未知的时间既快乐又可怖，头疼会彻底消失。不是电影散场后仅仅十五或二十分钟的头脑清醒，而是整整六到八小时的极乐和解脱。然而，在某个地方，印第安纳州迪尔菲尔德的保罗·韦斯廷会做一些事情，改变他的人生甚至告别尘世。但是对后半区的孩子们来说，生活仍将继续……假如他们过的日子也能被称为生活。然后头疼会反扑，而且比先前更严重，一次比一次严重。最终他们不再是感觉到嗡嗡声，而会成为它的一部分，仅仅是另外一个植——

植物人！

这是埃弗里的意念。没人能以如此干脆的力量投射意念，就好像他活生生地站在她的脑海里。就是这么一回事，小莎！因为他们——

"他们看见了它。"卡丽莎轻声说，没错，缺失的那块积木被找到了。她用掌根按住额头，不是因为头疼回来了，而是因为答案竟如此美妙且显而易见。她抓住埃弗里只剩下一把骨头的瘦弱肩膀。

那些植物人和我们看见了一样的东西，要不然机构里的人为什么还要留着他们呢？

尼基搂住卡丽莎，和她咬耳朵。他的嘴唇碰到她，她不由得战栗起来。"你们在说什么？他们丧失了意识。用不了多久咱们也会变成这样。"

埃弗里：因此他们才会变得更加强大。其他一切都消失了，被剥夺了。他们是电池。而我们是……

"开关，"卡丽莎轻声说，"点火开关。"

埃弗里点点头。"我们必须利用他们。"

什么时候？海伦·西姆斯的意念的声音像是来自一个被吓坏了的孩子，越快越好，因为我快承受不住了。

"咱们都一样。"乔治说，"另外，这会儿老贱人——"

卡丽莎轻轻摇头表示警告，于是乔治在脑中继续说下去。他不太擅长这么做，至少现在是如此，但卡丽莎明白了他的意思，他们都明白了。这会儿贱人西格斯比夫人的注意力全在卢克身上，斯塔克豪斯也一样。异能研究所里的所有人都一样，因为他们都知道卢克逃跑了。当他们惊慌失措、注意力涣散的时候，孩子们的机会就来了。孩子们绝对不可能再得到一个这么好的机会了。

尼基开始微笑。没有比现在更好的机会了。

"怎么做？"艾莉丝问，"咱们该怎么做？"

埃弗里：我认为我知道，但咱们需要哈尔、唐娜和莱恩的帮助。

"你确定？"卡丽莎问，然后在脑海里说：他们快不行了。

"我去找他们。"尼基说。他站起身，微笑起来。埃弗里说得对，要团结一切能团结的力量。

卡丽莎意识到他的意念的声音变得更响亮了。是发送端发生了改变，还是接收端？

都是。埃弗里说，他也在微笑，因为现在我们在为自己而努力。

对，卡丽莎心想。因为他们在为自己而努力，而不是继续当一群痴呆的木偶，乖乖坐在腹语表演者的大腿上。道理很简单，但仿佛天启：为自己而努力，也就是赋予自己力量。

14

就在埃弗里——滴着水，打着寒战——被推过连接前半区和后半区的隧道时，异能研究所的挑战者喷气式飞机（尾部漆着"940NF"，机身上漆着"缅因纸业公司"）从宾夕法尼亚的伊利起飞，突袭小队全员已经登机。飞机爬升到巡航高度，开始前往阿尔科卢。这时，蒂姆·贾米森和温迪·格利克森陪着卢克·埃利斯走进了费尔利县警察局。

同一台机器里的好几个齿轮转动了起来。

"这位是卢克·埃利斯。"蒂姆说，"卢克，这两位是法拉第和威克洛警员。"

"很高兴认识你们。"卢克说着，没什么热乎劲。

比尔·威克洛打量着卢克脸上的淤青和缠着绷带的耳朵。"另一个人怎么样了？"

"说来话长，"温迪抢在卢克之前开口，"约翰警长呢？"

"在邓宁，"比尔说，"他母亲住在那儿的老人院。她有……你知道的。"他点了点太阳穴，"他说五点左右回来，除非她今天比较清醒，那样他就会多待一会儿，和他母亲一起吃晚饭。"他望向卢克，这个孩子伤痕累累、衣衫褴褛，就差在脑袋上插个"离家出走"的牌子了。

"事情急吗？"

"问得好，"蒂姆说，"塔格，你找到温迪要的资料了吗？"

"找到了，"姓法拉第的警员说，"不如咱们去约翰警长的办公室，我说给你听。"

"没必要，"蒂姆说，"我猜你要告诉我的事情，卢克恐怕全知道了。"

"你确定？"

蒂姆望向温迪，温迪点点头，他又望向卢克，卢克耸耸肩。"对。"

"好吧。男孩的父母，赫伯特·埃利斯和艾琳·埃利斯在七个星期前于家中被杀，在卧室里被枪杀。"

卢克觉得自己仿佛灵魂出窍了。光点没有再次浮现，但当它们出现时，他就是这样的感觉。他朝调度台走了两步，瘫倒在转椅里。转椅向后转动，要不是先撞在墙上，他会一个跟头摔在地上。

"卢克，你还好吧？"温迪问。

"不好。不过我还能撑住。异能研究所的那些浑球——亨德里克斯医生、西格斯比夫人，还有几个护工——都说他们没事，一切都好，但我知道他们死了，我在网上看见消息之前就知道了。知道归知道，但还是……很难接受。"

"那地方让你用电脑？"温迪问。

"对。主要是为了玩游戏和看油管上的音乐视频。不能接触任何实质性内容，新闻站点按理说是被封锁的，但我知道一个规避的方法。他们本应该监控我的浏览记录，这样很容易就能逮住我，但他们……懈怠了，过于自满。否则我也不可能逃出来。"

"他到底在说什么？"威克洛警员问。

蒂姆摇摇头。他的注意力还在塔格身上。"你不是从明尼阿波利斯警方那儿问到的，对吧？"

"对，但不是因为你叫我别联系他们。联系什么人和什么时候联系由约翰警长决定，这儿的工作流程就是这样。另一方面，谷歌上可以查出许多结果。"他用"你很可能有毒"的眼神瞪了卢克一眼。"他被列入国家失踪与受虐儿童援助中心的数据库里，明尼阿波利斯的《明星论坛报》和圣保罗的《先驱报》上也有关于他的大量报道。报纸上说他非常聪明，是个神童。"

"反正我看着像，"比尔说，"他用了很多高级词。"

我就在这儿呢，卢克心想，别好像我不在场似的说话。

"警方没说他是嫌疑人，"塔格说，"至少新闻报道里没这么说，但他们肯定很想找他问话。"

卢克开口了："那还用说？他们问的第一个问题多半会是：'小子，你的枪是从哪儿来的？'"

"是你杀了他们吗？"比尔漫不经心地问他，就好像纯粹是为了消磨时间，"孩子，跟我说实话。这对大家都有好处。"

"不是。我爱我的父母。杀死他们的人是强盗，他们的目标就是我。他们抓我不是因为我考学术能力测验得了一千五百八十分，不是因为我能心算复杂的算式，也不是因为我知道哈特·克莱恩[1]在墨西哥湾跳船自杀。他们杀死我的父母并绑架我，是因为我有时候能用眼神熄灭蜡烛，在火箭比萨店里能打翻比萨托盘——只能是空托盘，装着比萨的托盘不会动。"他扫了一眼蒂姆和温迪，哈哈一笑，"我在最差劲的路边马戏团里也找不到工作。"

"我一点也不觉得这些事情可笑。"塔格皱眉道。

"我也不觉得，"卢克说，"但有时候我就是忍不住要笑。我和我的朋友卡丽莎，还有尼克在一起的时候经常笑，尽管我们经历了各种折磨。另外，这个夏天特别漫长。"这次他没有大笑，而仅仅是微笑，"你什么都不知道。"

---

1 二十世纪美国诗人。

"我觉得你该休息一下了。"蒂姆说,"塔格,牢房里有人吗?"

"没有。"

"好的,不如咱们——"

卢克后退了一步,露出惊慌的表情。"不行,绝对不行。"

蒂姆举起双手。"没人会把你锁起来。我们会敞着门的。"

"不行。求你别这么做,求你别逼我进牢房。"惊慌变成了惊恐,蒂姆开始相信这个孩子说的故事中至少有一部分是真实的了。通灵能力之类的当然是胡扯,但他当警察的时候见过类似的反应:这是遭受过虐待的孩子的表情和举止。

"好吧,等候区的沙发怎么样?"温迪指给他看,"凹凸不平的,但不算太差劲。我偶尔躺在那儿打盹。"

也许是真的,但蒂姆从没见过。不过男孩明显松了一口气。"好的,那儿可以。贾米森先生——蒂姆——U 盘还在你那儿,对吧?"

蒂姆从胸前的口袋里拿出来给他看。"就在这儿。"

"那就好。"他拖着沉重的步子走向沙发,"希望你能查一下那位霍利斯特先生。我真的认为他很可能是个'舅舅'。"

塔格和比尔向蒂姆投来同样困惑的目光。蒂姆摇摇头。

"在蹲守我的人,"卢克说,"他们声称是我的舅舅、表亲,甚至是我家的朋友。"他看见塔格和比尔互相翻了个白眼,再次微微一笑。这个笑容既疲惫又可爱。"是啊,我知道听上去像什么。"

"温迪,你带两位警官去约翰警长的办公室,跟他们说说卢克告诉我们的事情吧。我待在这儿。"

"那是当然,你就待着吧,"塔格说,"因为在约翰警长给你发徽章之前,你只是镇上的巡夜人。"

"遵命。"蒂姆说。

"U 盘里有什么?"比尔问。

"不知道。等警长来了,咱们一起看。"

温迪和两名警员走进约翰警长的办公室，转身关上门。蒂姆听见他们在里面低声交谈。这会儿是他的睡觉时间，但他觉得自己异常清醒，他很长时间没有这种感觉了——离开萨拉索塔警察局后似乎就没有过。他想知道在那个疯狂故事的背后，这个孩子究竟是什么人，他曾经去过什么地方，他身上发生了什么事情。

他去角落的咖啡机接了一杯咖啡。咖啡很浓，但并非难以下咽，他每晚十点巡夜路过时总会进来喝杯咖啡。他端着咖啡回到调度员的座位上。男孩要么已经睡着了，要么就是装得非常像。他心血来潮，拿起列出了迪普雷镇所有营业场所的活页夹，找到汽车旅馆的号码打过去。电话没人接。看来霍利斯特并没有回他的耗子窝。当然了，这什么都说明不了。

蒂姆放下电话，掏出口袋里的 U 盘，他盯着 U 盘。恐怕这同样也说明不了什么，正如塔格·法拉第屡次强调的，这儿约翰警长说了算，他们只能等着。

与此同时，先让这个孩子睡一觉吧。假如他真是藏在棚车里从缅因州来到这儿的，那他就需要好好休息一下了。

15

五点一刻，挑战者喷气式飞机在阿尔科卢落地，机上有十一名乘客：西格斯比夫人、托尼·费扎尔、威诺娜·布里格斯、埃文斯医生和红宝石、蛋白石两个小组。为了方便向留守异能研究所的斯塔克豪斯汇报情况，这支队伍现在被称为黄金小组。西格斯比夫人率先走下飞机。红宝石小组的丹尼·威廉斯和蛋白石小组的路易斯·格兰特待在飞机上，看管黄金小组的专业化行李。西格斯比夫人站在跑道上，无视惊人的阵阵热浪袭来，用手机拨通了她办公室的座机。罗莎琳德接了电话，然后转给了斯塔克豪斯。

"你有——"她开口道，然后停了下来，等机长和副机长默不作声地从她面前经过。他们中的一个以前是空军，另一个以前在空军国民警卫队，他们就像老情景喜剧《霍根英雄》里的纳粹警卫：什么都看不见，什么都听不见。他们的任务只有两个：接人和送人。

等他们走远了，她问斯塔克豪斯有没有来自迪普雷线人的消息。

"当然有。埃利斯像个傻子似的跳下火车，一头撞上信号灯的柱子。要是撞出了硬脑膜下血肿当场死亡，咱们的问题也就差不多解决了，但那个叫霍利斯特的说埃利斯甚至没撞昏。一位开叉车的老兄看见埃利斯，带着他进了火车站旁边的仓库，叫来当地的医生。医生来了，又过了一会儿，来了个女警员。警员和开叉车的男人带着咱们的孩子去了警察局。嵌入过追踪器的那只耳朵打上了绷带。"

丹尼和路易斯·格兰特出现在机舱门口，两人一前一后抬着一个长方形的金属箱。他们费劲地把箱子抬下舷梯，走进航站楼。

西格斯比夫人叹了一口气。"唉，应该能想到的。我们已经有思想准备了。这是个小镇，对吧？只有小镇规模的执法力量？"

"在这荒郊野外的，"斯塔克豪斯赞同道，"这是个好消息。还有其他好消息呢！线人说警长开着一辆银色泰坦大皮卡，但没有停在警察局门前和屋后的镇民停车场里。于是霍利斯特去了一趟当地的便利店。他说那儿的缠头阿三——他的原话，不是我说的——对每一个人的每一件事都一清二楚。值班的人说警长来过，买了一盒小雪茄，说他要去探望母亲，他的母亲住在隔壁镇子的养老院或者救济院之类的地方。但隔壁镇子离那儿有三十英里。"

"这怎么就算个好消息了？"西格斯比夫人抓着衬衫衣领扇风。

"像迪普雷这种只有一盏交通灯的小破镇，我不确定那儿的警察会不会按照规章办事，但假如他们照章办事，就会先扣下那个男孩，等老大回来再处理。让老大决定接下来该怎么办。你们过去要多久？"

"两个小时。还能再快一点，但我们带了很多辅助工具，超速就太不明智了。"

"确实如此，"斯塔克豪斯附和道，"听着，茱莉娅。迪普雷的乡巴佬随时都有可能联系明尼阿波利斯警方。说不定已经联系了。但联不联系都无所谓。你明白的，对吧？"

"当然。"

"不管事后有什么烂摊子等着咱们收拾，都可以回头再说。当务之急是对付逃跑的男孩。"

斯塔克豪斯的意思是杀人，杀人很可能是必要手段。杀死埃利斯，还有企图碍事的每一个人。搞出那种烂摊子意味她必须拿起零号电话，但只要她能向线路另一头的大舌头男人保证，至关重要的核心问题已经得到解决，她觉得自己应该能保下她这条小命，甚至她的工作。但只要能保住性命，她就已经很庆幸了。

"特雷弗，我知道应该怎么做。我这就出发了。"

她挂断电话，走进航站楼。狭小的候机厅开着空调，冷气像一记耳光一样迎面冲击着她汗津津的皮肤。丹尼·威廉斯站在一旁。

"准备好了？"她问。

"是的，夫人。可以行动了。你一声令下，我就开始指挥。"

从伊利飞来的一路上，西格斯比夫人一直在平板电脑上忙碌。"咱们会在181号出口短暂停车。到时候我把行动指挥权交给你。没问题吧？"

"绝对没问题。"

他们走出航站楼，与其他人会合。他们开的不是暗色车窗的黑色多功能休旅车，而是三辆小型货车，颜色也很不起眼：蓝色、绿色和灰色。孤儿安妮会大失所望的。

16

黄金小组的车队在 181 号出口开下收费公路，经过一个标准的荒郊小站。这儿有一个加油站和一家华夫饼屋，此外什么都没有。最近的镇子叫拉塔，在十二英里之外。开过华夫饼屋五分钟后，坐在先锋车前排的西格斯比夫人命令丹尼在一家餐馆后面停车，这家餐馆看上去像是早在奥巴马在任那会儿就破产了，就连写着"商铺即将升级改造"的牌子看上去也像个废弃物。

丹尼和路易斯从喷气式飞机上抬下来的金属箱被打开了，黄金小组的成员开始武装自己。红宝石小组和蛋白石小组的七名成员拿上了他们在接人任务中使用的格洛克 37 手枪。托尼·费扎尔也领了一把，丹尼很高兴能看见托尼立刻扳开滑套，确保枪膛是空的。

"要是有肩套就好了，"托尼说，"我不想把这东西别在后腰上，看着像 MS–13[1] 的黑帮分子。"

"这会儿塞在座位下就行了。"丹尼说。

西格斯比夫人和威诺娜·布里格斯领到的是西格绍尔 P238，这种枪足够小，能塞进手包。丹尼把枪递给埃文斯医生，医生举起双手，后退一步。蛋白石小组的汤姆·琼斯弯腰从移动军火库里取出两把黑克勒 – 科赫 37 步枪中的一把。"医生，这个如何？三十发的弹夹，隔着谷仓的墙壁也能干死一头牛，还能打闪爆弹。"

埃文斯摇摇头。"我不想来的，我抗议过。既然你们想干掉那个男孩，我都不知道为什么要带上我。"

"去你妈的抗议。"艾丽丝·格林说，她也是蛋白石小组的成员。随之而来的笑声——冷漠、怀着渴望、有点疯狂——只可能来自一名

---

1 由中美洲小国前游击队员发起的美国帮会组织。

随时都想开枪的外勤人员。

"够了，"西格斯比夫人说，"埃文斯医生，我们活捉男孩的可能性同样存在。丹尼，你的平板电脑里有迪普雷的地图吗？"

"有的，夫人。"

"那么，行动现在由你指挥了。"

"很好。大家围成一圈。医生，你也过来，别害羞。"

他们在临近傍晚的闷热空气中围在丹尼·威廉斯的四周。西格斯比夫人看了一眼手表——六点一刻，离目的地还有一小时或者一小时多一点的车程。比行程安排稍微晚了些，但考虑到情况的进展速度，还在可接受范围之内。

"这儿是迪普雷镇中心，就这点地方，"丹尼·威廉斯说，"只有一条主大道。警察局在半山腰，夹在镇公所和迪普雷商城之间。"

"商城是什么玩意儿？"蛋白石小组的乔希·戈特弗里德问。

"就像百货商店。"罗宾·莱克斯说。

"更像以前的廉价商品店。"托尼·费扎尔解释道，"我在亚拉巴马住了快十年，大部分时间是宪兵，我可以向你保证，去这些南方小镇就像开着时间机器回到五十年前，除了那些小镇有沃尔玛。而且大部分小镇都有沃尔玛。"

"别废话了。"西格斯比夫人说，点头示意丹尼继续说。

"也没多少可说的，"丹尼说，"咱们在镇上的电影院后面停车，电影院已经歇业了。西格斯比夫人的情报源已经确认，目标还在警察局里。米歇尔和我扮演夫妻，假装在度假，途经美国南方这些少人问津的小镇——"

"换句话说，就是发疯。"托尼说道，又引发了一阵冷漠的笑声。

"我们会在主大道上闲逛，查看环境——"

"像一对小情人似的手拉着手。"米歇尔·罗伯逊说完，握住丹尼的手，对他露出腼腆又崇拜的微笑。

"为什么不让我们在当地的线人去踩盘子？"路易斯·格兰特问，"那样不是更安全吗？"

"我们不熟悉那个线人，因此无法信任他的情报，"丹尼说，"再说，他只是个平民。"

他望向西格斯比夫人，后者点头示意他继续说。

"我们也许会进警察局问路，也许不会。这部分我们会见机行事。我们想搞清楚的是，有多少名警员出勤以及他们都在哪儿。然后……"他耸耸肩，"我们袭击他们。要是出现交火的情况——我认为应该不会，我们就当场解决那个男孩。要是没出现，我们就接走他。要做得像绑架，这样事后收拾烂摊子就更容易了。"

西格斯比夫人让丹尼继续说挑战者喷气式飞机会在哪儿等他们，然后她自己去打电话给斯塔克豪斯，沟通最新进展。

"刚刚和霍利斯特老伙计打完电话，"斯塔克豪斯说，"五分钟前，警长的车开回了警察局门口。这会儿正在听手下介绍咱们任性的孩子的情况。必须抓紧时间行动了。"

"好的。"她觉得胃部和腹股沟开始收紧，这种感觉并非毫无快感，"行动结束后我打给你。"

"祝你成功，茉莉娅。把咱们从这个泥潭里捞出来。"

她挂断电话。

17

六点二十分，约翰·阿什沃思警长回到迪普雷镇。北边一千四百英里之外，昏昏沉沉的孩子们把香烟和火柴扔进篮子里，排成一队走进放映室，今晚电影的主角是印第安纳州一所超级教会的牧师，他在政界有许多位高权重的朋友。

警长刚进大门就站住了，双手搁在健硕的臀部上方，他扫视了一下警察局宽敞的大厅，发现他的全体手下都在这儿，只有罗妮·吉布森除外，她去她母亲在圣彼得斯堡[1]的分时公寓度假了。蒂姆·贾米森也在。

"哎呀呀，大家好，"他说，"肯定不是要给我一个惊喜，对吧？因为今天不是我的生日。另外，这是谁？"他指着躺在等候室小沙发上的男孩说。卢克尽可能地蜷缩成了胎儿的姿势。阿什沃思转向他不在时管事的塔格·法拉第，"还有，再多问一句，谁把他打成这样的？"

塔格没有回答，而是转向蒂姆，做了个"你请说"的手势。

"他叫卢克·埃利斯。没人打他。"蒂姆说，"他从货运列车上跳下来，撞在信号灯的柱子上，淤青是那样来的。至于绷带，他声称他被绑架了，绑架者在他耳朵上植入了追踪装置。他声称他为了去除装置，自己割掉了耳垂。"

"用一把水果刀。"温迪补充道。

"他的父母死了，"塔格说，"被杀的。他的故事里至少这一部分是真的。我查过了，他来自最北边的明尼苏达。"

"但他声称他逃出来的那个地方在缅因州。"比尔·威克洛说。

阿什沃思沉默了片刻，双手依然叉在腰间，视线扫过他手下的警员、他雇的巡夜人和在沙发上睡觉的男孩。他们的交谈没有吵醒卢克，他睡得死死的。最后，约翰警长收回视线，望着他的执法队伍。"我真应该留下陪我老妈吃饭的。"

"呃，她情况不好吗？"比尔问。

约翰警长没理会他。"假如你们不是集体嗑药了，能不能有人给我说说来龙去脉？"

---

1 美国佛罗里达州的城市。

"请坐，"蒂姆说，"我先介绍一下情况，然后我认为咱们应该看看这个东西。"他把 U 盘放在调度台上。"然后你再决定该怎么办。"

"最好打电话给明尼阿波利斯警察局，或者查尔斯顿的州警办公室，"伯克特警员说，"也许都打。"他朝卢克摆摆脑袋，"让他们决定该怎么处置他。"

阿什沃思坐下。"转念一想，还好我提前回来了。事情肯定挺有意思，你们说呢？"

"非常。"温迪说。

"好，非常好。这儿从来就没什么有意思的事情，变变花样也不错。明尼阿波利斯的警察认为是他杀了他的父母？"

"新闻报道看上去是这个意思，"塔格说，"但他们用词很谨慎，他毕竟是个未成年人。"

"他非常聪明，"温迪说，"但除此之外，他似乎是个好孩子。"

"嗯哼，嗯哼，他是好是坏就交给别人去判断吧，这会儿你们勾起了我的好奇心。比尔，别把计时器给我折腾坏了，顺便去我的办公室拿一瓶可口可乐来。"

18

蒂姆向约翰警长转述卢克给自己和温迪讲述的故事。另外一边，黄金小组离 95 号州际公路的哈迪维尔出口越来越近，从哈迪维尔出口下来后，他们将掉头驶向迪普雷镇。与此同时，尼克·威尔霍尔姆带着放映室里剩下的孩子们走进后半区的小休息室。

有些孩子坚持的时间长得惊人，乔治·艾尔斯就是一个例子。但有些孩子会迅速崩溃，艾莉丝·斯坦诺普就属于后者。后半区的孩子们称之为"反弹"（看完电影后头疼得到暂时缓解）的情况这次没有发生在她身上。她眼神茫然，嘴巴半张。她靠着休息室的墙站在一旁，耷拉着脑袋，头发遮住了眼睛。海伦走过去搂住她，但艾莉丝似乎浑然不觉。

"我们来这儿干什么？"唐娜问，"我想回自己的房间去，我想睡觉。我讨厌电影之夜。"她听上去很暴躁，已经处于痛哭的边缘，但至少她来了，而且脑子还转得动。吉米和哈尔的情况也差不多。他们看上去昏昏沉沉的，但不像艾莉丝那样失魂落魄。

不能再看电影了。埃弗里说，绝对不行。

他的声音在卡丽莎的脑海里前所未有地响亮。在她看来，这个事实证明了她的推测：他们团结一心，确实会变得更加强大。

"这个想法很大胆，"尼基说，"埃弗里，尤其是当它从你这个小屁蛋的嘴里说出来时。"

哈尔和吉米微笑起来，凯蒂甚至咯咯地笑出了声。只有艾莉丝依然似灵魂出窍，心不在焉地挠着腹股沟。莱恩被电视吸引了注意力，尽管屏幕上什么都没有。卡丽莎怀疑他在打量自己的倒影。

埃弗里说：我们没多少时间了，很快就会有人来，带我们回各自的房间。

"多半是科琳娜。"卡丽莎说。

"对，"海伦说，"东方的邪恶女巫。"

"我们该怎么做？"乔治问。

有一瞬间，埃弗里似乎不知所措，而卡丽莎满脸惶惑。随后，那个在当天早些时候，以为自己要在沉浸水箱里结束生命的小男孩伸出双手。"抓住我的手。"他说，围成一圈。

除了艾莉丝，他们都围了过来。海伦·西姆斯搂着艾莉丝的肩膀，领着她加入由其他人组成的参差的圆圈。莱恩扭过头，渴望地看了一眼电视，随后叹一口气，也伸出手，说："去他妈的，随便吧。"

"这就对了，去他妈的。"卡丽莎说，"我们没什么可失去的了。"她左手握住莱恩的右手，右手握住尼基的左手。最后一个加入的是艾莉丝，她刚抓住左边的吉米·卡勒姆和右边的海伦，脑袋就抬了起来。

"我在哪儿？我们在干什么？电影放完了？"

"安静。"卡丽莎说。

"我的脑袋感觉好多了！"

"那就好。现在给我安静。"

其他人纷纷加入：安静……安静……艾莉丝，安静。

每一声"安静"都比前一声更响亮。有些东西正在逐渐发生变化，某种力量正在逐渐蓄积。

控制杆。卡丽莎心想，埃弗里，存在某种控制杆。

他在圈子的另一侧朝卡丽莎点点头。

这并不是力量，至少现在还不是，她知道假如自己认为是，那就会犯下致命的错误，但潜能已经开始蓄积。卡丽莎心想：这就像在夏季最磅礴的雷雨撕裂天空前呼吸空气。

"朋友们？"莱恩用胆怯的声音说，"我的脑袋变得清楚了。我都不记得上次这么清楚是什么时候了。"他望向卡丽莎，眼神接近惊恐，"小莎，别放弃我！"

你没事，她向他送出意念，你是安全的。

但他并不安全。他们没人是安全的。

虽然卡丽莎知道接下来会如何，知道接下来必定会如何，但她内心充满恐惧。当然了，她也想拥抱这个结果。但不只是想，而是渴求。他们是拿着核弹的儿童，这么做也许不对，但感觉起来无比正确。

埃弗里用低沉而清晰的声音说："思考，朋友们，和我一起思考。"

他开始了，意念以及随着意念而来的画面变得越来越明确且清晰。

尼基加入了他，凯蒂、乔治和海伦跟着加入，然后是卡丽莎，最后是另外几个人。他们在电影结束时吟唱，此刻也开始吟唱。

想烟花棒。想烟花棒。想烟花棒。

光点出现了，前所未有地明亮。嗡嗡声开始了，前所未有地响亮。烟花棒点燃了，喷出艳丽的火花。

忽然间，他们不止十一个人了。忽然间，他们变成了二十八个人。

点火。卡丽莎心想。她怀着恐惧，她怀着狂喜，她仿佛圣灵附体。

我的上帝啊！

19

蒂姆说完卢克的故事，约翰警长坐在调度员的椅子里沉默了几秒钟，交叉的手指搁在庞大的肚皮上。他拿起 U 盘，像是从没见过这种东西一样打量着它，然后又放回桌上。"他说他不知道 U 盘里是什么，没错吧？是那个清洁工给他的，连同一把小刀，他用那把刀割掉了自己的耳垂。"

"他就是这么说的。"蒂姆说。

"从铁丝网底下钻出来，穿过森林，像哈克和吉姆[1]一样划着小船漂流，然后跳上一节棚车，沿着东海岸一路向南来到这儿。"

"按照他的说法，是的。"温迪说。

"嗯，真是个好故事。我尤其喜欢心灵感应和意念超越物质的部分，就像老奶奶一边刺绣或者做罐头，一边讲的天降血雨和树桩水治

1《哈克贝利·费恩历险记》中的两个小主人公。

病的故事。温迪，叫孩子起来。温柔点，我看得出无论他的真实遭遇是怎样的，他都经历了不少事情。但打开 U 盘的时候，我希望他和我们一起看着。"

温迪穿过房间，摇晃卢克的肩膀。刚开始她动作很轻，然后她更用力一些。卢克喃喃自语、呻吟，想转过身去不理她。温迪抓住他的胳膊。"醒一醒，卢克，睁开眼睛——"

他突然跳了起来，吓得温迪踉跄后退。他睁开眼睛，但没有看任何人，他前额和后脑勺的头发像鬃毛似的根根竖起。"他们行动了！我看见烟花棒了！"

"他在说什么？"乔治·伯克特问。

"卢克！"蒂姆说，"别害怕，你只是在做梦——"

"杀了他们！"卢克大喊，警察局的小拘留所里，四间牢房的门砰地关闭，"杀掉那些狗娘养的！"

调度台上的文件像鸟儿受惊似的飞了起来。蒂姆感觉到一股风吹过，风真切到足以吹乱他的头发。温迪叫了一声，不过算不上尖叫。约翰警长站了起来。

蒂姆使劲摇了一下男孩。"醒一醒，卢克，快醒来！"

乱飞的纸张落在地上。济济一堂的警察——包括约翰警长——盯着卢克，惊讶得合不拢嘴。

卢克还在抓挠空气。"滚开，"他喃喃道，"滚开。"

"好的。"蒂姆说着松开卢克的肩膀。

"不是你，是光点。斯塔西……"他吐出一口气，抬起手将过肮脏的头发，"好了，它们消失了。"

"是你干的？"温迪问，她朝散了一地的文件做了个手势，"真的是你？"

"反正肯定有人干了什么。"比尔·威克洛说，他刚才在看巡夜人的计时器，"这东西的指针在转……嗖嗖狂转……但现在停下了。"

"他们在干什么事情，"卢克说，"我的朋友们，他们在干什么事情。我感觉到了，哪怕隔着这么远，我都感觉到了。怎么可能呢？天哪，我的脑袋。"

阿什沃思走近卢克，伸出一只手。蒂姆注意到他的另一只手放在枪托上。"孩子，我是约翰警长。愿意和我握个手吗？"

卢克和他握手。

"很好，一个很好的开始。现在我想知道真相，刚才是你弄出来的吗？"

"我不知道是我，还是他们，"卢克说，"我不知道，怎么可能是他们？他们离这儿太远了，但我也不知道怎么可能是我。我这辈子都没这么厉害过。"

"你的特长是弄翻比萨托盘，"温迪说，"而且是空的。"

卢克无力地笑了笑。"对。你们没有看见光点？没人看见？一大堆五颜六色的光点？"

"我只看见了文件乱飞，"约翰警长说，"听见牢房门咣当一声关上。弗兰克，乔治，收拾一下。温迪，找粒阿司匹林给这个孩子。然后咱们再看看那个小玩意儿里都有什么。"

卢克说："今天下午你母亲三句话不离发夹。她说有人偷了她的发夹。"

约翰警长震惊得合不拢嘴。"你怎么知道的？"

卢克摇头道："我不知道。我是说，我没有费任何力气。天哪，我真想知道他们都在干什么。我希望自己能和他们在一起。"

塔格说："我觉得这个孩子的故事说不定真有点什么名堂。"

"我要看那个 U 盘，我现在就要看。"约翰警长说。

20

他们首先看见的是一把空椅子，一把老式沙发椅，椅子后面的墙上有一张柯里尔与艾夫斯公司[1]的镶框帆船画。然后一个女人的脸进入画面，她盯着镜头。

"那就是她，"卢克说，"莫琳，帮我逃跑的女士。"

"开始录了吗？"莫琳说，"小灯亮了，应该开始了。希望没问题，因为我觉得自己没力气再来一遍了。"她的脸从警官们正在看的笔记本电脑上消失。蒂姆觉得松了半口气。在超近距离的特写镜头下，他们就像在看一个被困在鱼缸里的女人。

她的声音变轻了，但依然能听清。"不过要是有必要，我还会再说一遍。"她坐进那把椅子，把印花裙子的下摆拉到膝盖以下。她在裙子外穿了一件红色衬衫。卢克从未见过她不穿制服的样子，他觉得这个搭配很好看，然而色彩再艳丽也无法掩饰她的脸有多么瘦削和憔悴。

"调大音量，"弗兰克·波特说，"她该戴个衣领麦克风的。"

屏幕上，她正在说话。蒂姆往回拉了一段，调高音量，重新播放。莫琳再次坐进沙发椅，再次调整裙摆，然后望向镜头。

"卢克？"

当他的名字从她嘴里说出来时，他吓了一跳，差点回应，但还没等他开口，莫琳已经往下说了，她接下来的话像一把寒冷的匕首捅进了卢克的心脏。然而他早就知道了，不是吗？正如他并不需要看《明星论坛报》就了解他父母的情况。

"假如你能看到这个，那么你就已经逃出去了，而我已经死了。"

---

1 一八五七年至一九〇七年间经营的一家美国平版印刷公司，作品用单一颜色的墨水印刷，然后用手工添绘其他颜色，二十世纪二十年代以后成为收藏品。

姓波特的警员对姓法拉第的警员说了句什么，但卢克置若罔闻。卢克的注意力全在这个女人身上，她是他在整个异能研究所里唯一的成年朋友。

"我不打算给你讲我的人生故事，"死去的女人坐在沙发椅里说，"没时间了，我也很庆幸，因为我对自己大部分的人生感到非常羞愧，但这不是因为我的孩子。他的成长让我感到非常自豪。他会去念大学，他永远不会知道钱是我给他的，但我不在乎。那样很好，也应该如此，因为是我放弃了他。另外，卢克，如果没有你的帮助，我会失去那笔钱和补偿他的机会。你帮我实现了我唯一的愿望。"

她停顿了片刻，似乎在积蓄力量。

"接下来我要说的是我的一段人生，因为它很重要。第二次海湾战争期间，我在伊拉克，后来我去了阿富汗，我参与过所谓升级拷打。"

在卢克看来，她的冷静和从容——没有"嗯嗯啊啊""你明白的""大概""算是"——仿佛某种天启。哀伤之余，他也觉得很尴尬。比起在制冰机旁压低声音的交谈，她听上去智慧多了。因为她一直在装傻？有可能，但更有可能的是——不，肯定是，他看见一个穿着棕色清洁工制服的女人，就想当然地以为她的脑袋空空如也。

换句话说，就是不如我，卢克心想，但随后他意识到"尴尬"无法准确形容他此刻的感受。正确的用词是"羞愧"。

"我见过水刑，我见过男人，还有女人，一对男女站在水箱里，电极夹在手指或插在肛门里。我见过他们用钳子拔趾甲。我见过一个男人朝拷问官的脸上吐口水，结果膝盖挨了一枪。刚开始我很震惊，但没过多久就习惯了。有时候，当安装简易爆炸装置以伏击我们的大兵的人，以及派自杀爆炸者去拥挤市场的人接受拷问时，我还挺高兴的。大多数时候，我只是……那个词是什么来着……"

"脱敏了。"蒂姆说。

"脱敏了。"莫琳说。

"老天，就好像她能听见你。"伯克特警员说。

"安静。"温迪说。不知为何，这个词让卢克打了个哆嗦。感觉就像有另外一个人在她前面说出了这个词。他将注意力放回视频上。

"在审问过最开始的两三个人以后，我就再也没有参与过，因为他们给了我另一个任务：碰到不肯开口的犯人，我就扮演好心的底层士兵，进去给他们倒水喝，或者偷偷地掏出点东西给他们吃，蛋白棒或者奥利奥什么的。我告诉他们拷问官都去休息或吃饭了，麦克风已经关掉了。我说我很同情他们，想帮助他们。我说要是他们不肯开口，就会被杀死，就算这样违反了规定也无所谓。我没说违反《日内瓦公约》，因为他们大多数人根本不知道那是什么。我说要是他们不开口，他们的家人就会被杀，我真的不想见到这种惨事。通常这毫无用处——他们会起疑心，但有时候等拷问官回来，囚犯会说出拷问官想听的东西，因为他们相信了我，也有可能是他们想相信我。有时候他们会告诉我一些事情，因为他们很困惑……失魂落魄……也因为他们信任我。老天帮忙，我长了一张容易让人相信的脸。"

我知道她为什么对我说这个，卢克心想。

"我最后为什么会来到异能研究所……这就说来话长了，一个疲惫的衰弱女人想说也说不完。就说到这里吧——有人来找我，但不是西格斯比夫人，不是斯塔克豪斯先生，也不是政府人员。他年纪很大，说他是招募官，问我服役期结束后要不要做一份工作，很轻松的工作。他说，但做事的人必须能管住自己的嘴巴。我本来在考虑再服一期兵役，但这份工作听上去更好。因为这个人说，论报效祖国，这份工作会远远胜过我在沙堆里做的事。于是我接受了这份工作，他们派我打扫卫生，我也没什么怨言。我知道他们在干什么，但刚开始我并不反对，因为我知道这对我有好处，因为异能研究所很像人们所说的黑手党—— 一旦入伙，就不能退出。后来我没钱偿还我丈夫欠下的债了，担心那些秃鹫会夺走我为我儿子存的钱，于是我便主动去求我在沙漠里一直做的那种工作，西格斯比夫人和斯塔克豪斯先生让我试一试。"

"刺探秘密。"卢克喃喃道。

"很容易，就像穿上一双旧鞋子。我在那儿待了十二年，但只有最后十六个月才开始告密，直到最后我做的事情终于让我感到愧疚了，我说的不只是告密。我在我们所谓小黑屋里失去了敏感性，我在异能研究所里依然如此，但后来保护层终于开始剥落，就像车蜡，要是你不隔三岔五地打一层新的，车身迟早会失去光彩。他们只是孩子，明白吗？孩子想相信对他们好、有同情心的成年人。他们没有炸死过任何人，被炸死的是他们，不光是他们，还有他们的家人。也许我本来会一直这么混下去的。实话实说——现在也来不及说别的了，我猜我多半会混下去的。但后来我生病了，而我遇到了你，卢克。你帮助了我，但这不是我帮助你的原因。至少不是唯一的原因，也不是主要原因。我看得出你有多么聪明，你比其他孩子聪明得多，比劫走你的那些人也聪明得多。我知道他们不在乎你的头脑、你小小的幽默感和你愿意帮助我这么一个老病包的仁慈之心——哪怕你知道这么做会给你惹麻烦。在他们眼里，你只是大机器里的另一个小齿轮，会被使用到报废为止。到最后，你只会像其他人那样消失，有数以百计这样的人。要是从机构创立算起的话，也许是数以千计。"

"她疯了吗？"乔治·伯克特说。

"闭嘴！"阿什沃思说。他向前俯身，上半身压在肚皮上，眼睛盯着屏幕。

莫琳停下来喝了一口水，然后揉了揉眼睛，这双眼睛深陷于干瘪的肉体中。卢克心想：这双病人的眼睛、哀伤的眼睛、垂死者的眼睛，正在凝视永世的折磨。

"这依然是个艰难的决定，不仅因为他们可能对我或对你做的事情，还因为假如你能逃出去，假如他们没有在森林里或丹尼森河湾镇上抓住你，假如你找到了愿意相信你的人……假如你能闯过这么多'假如'，你才有可能把过去五六十年这儿发生的丑恶勾当拉到阳光底下，让他们大难临头。"

就像神庙里的参孙，卢克心想。

她坐了起来，直视镜头，直视卢克。

"而那也许意味着世界末日。"

21

西沉的太阳把 92 号公路旁的铁轨变成了粉红色的火焰线条，像聚光灯似的照亮了前方的路牌：

欢迎来到南卡罗来纳州费尔利县首府

迪普雷

人口 1369

旅游胜地，宜居小镇

丹尼·威廉斯把先锋车开上泥土路肩后，另外两辆车跟着停下。他先向自己这辆厢式车里的乘客（西格斯比夫人、埃文斯医生、米歇尔·罗伯逊）下命令，然后向另外两辆车命令道："无线电关闭，耳麦停用。我们不知道当地警方和州警在监听哪些频道。移动电话关机。此次行动转入无信号状态，直到返回机场为止。"

他回到先锋车里，坐进驾驶座，转向西格斯比夫人。"没问题吧，夫人？"

"没问题。"

"我不想来的，我抗议过。"埃文斯医生还是这句。

"闭嘴，"西格斯比夫人说，"丹尼，咱们出发。"

他们开进费尔利县。公路的一侧是谷仓、田野和松林，另一侧是铁轨和更多的树林。他们离小镇只有短短两英里了。

22

科琳娜·劳森站在放映室的最前面，正在和毒蛇杰克·豪兰还有药丸菲尔·查菲兹闲扯。她小时候被父亲和四个哥哥中的两个虐待过，对于在后半区的工作没有过任何疑虑。她知道孩子们叫她"耳光"科琳娜，但她不在乎。她在雷诺的拖车公园长大，挨过无数耳光，在她看来，这个就叫因果循环。另外，她扇他们耳光是为了一个伟大的目标，所以这就是所谓双赢局面。

当然了，在后半区工作也有不足。比方说，太多的信息总会塞满你的脑袋。她知道菲尔想睡她，但杰克不想，因为杰克只喜欢前凸后翘的女人。他们也知道她不想和他们俩发生任何关系，至少在那方面绝对不想，因为自十七岁开始，她就成了同性恋者。

心灵感应在小说和电影里似乎很美妙，但在现实生活中简直能烦死人。随之而来的是嗡嗡声，那是一个不足。嗡嗡声会日积月累，这是个巨大的不足。清洁工和勤杂工会轮流在前半区和后半区值班，这对他们有好处，但红衣护工只在后半区工作，不去前半区。他们被分成两个小组，阿尔法组和贝塔组。每个小组工作四个月，然后休息四个月。科琳娜这四个月就快熬到头了。她打算先在异能研究所的居住村休整一两个星期，等恢复元气后，回她位于新泽西的温馨小窝，同居的安德烈娅相信她的伴侣在绝密的军方项目中工作。绝密，没错。

军方，未必。

她在居住村里放松的时候，低等级的心灵感应能力会逐渐衰退，等到她回家和安德烈娅团聚的时候，它就彻底消失了。然而，等她下次回来轮值，用不了几天，它就会偷偷回来。假如她能够感受到同情（这方面的感受力早在她十三岁那会儿就基本上被拳头打得粉碎了），她肯定会同情哈拉斯医生和詹姆斯医生。他们几乎一直待在后半区，也就是说，他们几乎无时无刻不暴露在嗡嗡声中，你看得出它对他们造成的影响。她知道亨德里克斯医生——异能研究所的医务主任——给后半区的医生们注射针剂，药物是用于限制这种持续侵蚀的，但限制和阻止之间毕竟有着天壤之别。

霍勒斯·凯勒，和她关系不错的一名红衣护工，称赫克尔和杰克尔是一对高功能的疯子。他说其中一个甚至两个迟早会彻底崩溃，然后高层就只能去物色新一代的医学天才了。这对科琳娜来说毫无区别。她的工作是保证孩子们该吃饭的时候好好吃饭，该回房间的时候乖乖回房间（他们在房间里干什么同样不关她的事），在电影之夜去看电影，不违反任何规定。假如孩子们胆敢违反规定，她就扇他们的耳光，让他们听话。

"植物人今晚不太安分，"毒蛇杰克说，"你能听见他们在里面闹腾。八点喂饭的时候把泰瑟枪准备好，明白吗？"

"他们到了晚上总是比较吵，"菲尔说，"我不……哎，这他妈是怎么了？"

科琳娜也感觉到了。他们早就习惯了嗡嗡声，就像你会习惯发出噪声的冰箱或空调。但此时此刻，突然间，嗡嗡声上升到了电影之夜和烟花棒之夜的程度。然而在电影之夜，嗡嗡声主要来自 A 病区，也就是植物园上锁的房门背后。此刻，她感觉到声音从那个方向传来，但还来自另一个方向，就像吹起了阵阵狂风。它来自休息室，孩子们在电影结束后去那儿消磨放风时间。刚开始的几个是自己走过去的，他们依然有自主能力，后来的几个是被领过去的，科琳娜觉得他们很快就会变成植物人。

"他们在搞什么名堂？"菲尔喊道。他用双手按住头部两侧。

科琳娜跑向休息室，抽出腰间的电棒，毒蛇杰克紧随其后。菲尔——也许他对嗡嗡声更加敏感，也许只是因为害怕——待在原处，用手掌按住太阳穴，像是要阻止大脑爆炸。

科琳娜跑到门口时，看见的是十几个孩子聚在一起。连艾莉丝·斯坦诺普都在，明天的电影结束后，她铁定要去植物园了。他们手拉着手围成一圈，嗡嗡声已经强烈得足以让科琳娜眼睛淌泪了。她觉得自己甚至能感觉到牙齿的填料在振动。

先收拾新来的那个，她心想。那个小不点，我猜是他撺掇起来的。电翻他，应该就能打破这个状况。

然而想归想，她的手指却松开了，电棒掉在地毯上。她听见毒蛇杰克在背后喊叫，声音几乎被嗡嗡声淹没，他在命令孩子们住手，回自己的房间去。黑人女孩盯着科琳娜，嘴唇上挂着傲慢的笑容。

小女孩，看我把你的小脸扇飞，科琳娜心想。她举起手，然后黑人女孩点点头。

没错，扇吧。

另一个声音应和卡丽莎：扇吧！

然后所有人齐声喊：扇吧！扇吧！扇吧！

科琳娜·劳森开始扇自己的耳光，先用右手，再用左手，正手，反手，越来越重，她意识到自己的脸颊变得炽热，继而变得滚烫，但这种知觉既微弱又遥远，因为现在嗡嗡声已经不再是外来的了，而是来自内心的反馈：轰隆隆，轰隆隆。

科琳娜被打得跪倒在地，毒蛇杰克从她身旁冲进房间。"住手，你们这些狗娘——"

他忽然挥动手臂，将电棒插在双眼之间，电火花陡然炸裂。他向后一挺，双腿先张开，然后收拢，跳起了时髦舞。他双眼凸出，张开嘴巴，把电棒塞了进去。电火花的噼啪声变得发闷，但结果显而易见。他的喉咙像膀胱似的胀大，蓝色的光从他的鼻孔里射了出来。他向前摔倒，脸先着地，电棒整个插进了喉咙里，他抓着扳机的手指还在抽搐。

卡丽莎领着孩子们走进宿舍走廊，他们像小学生外出似的手拉着手。药丸菲尔看见他们，向后退缩，他一只手握着电棒，另一只手抓着放映室的一扇门。走廊的更远处，食堂与A病区之间，埃弗里特·哈拉斯医生站在那儿，下巴都快掉到地上了。

菲尔开始用拳头砸植物园上锁的双开门。菲尔扔下电棒，抬起刚才握着电棒的那只手，向逼近的孩子们展示他手里什么都没有。

"我不会妨碍你们，"他说，"无论你们打算干什么，我都不会——"

放映室的门砰然关闭，截断了他的声音和三根手指。

哈拉斯医生转身就跑。

通往焚化场的楼梯另一头，另外两名红衣护工走出员工休息室。两个人拔出电棒，跑向卡丽莎和她临时集结的队伍。他们在A病区上锁的门口停下，用电棒攻击彼此，跪倒在地。然后他们继续互相电击，直到两人都瘫倒在地，失去知觉。其他护工也纷纷出现，他们看到或意识到了刚刚发生了什么，于是抱头鼠窜，有的跑下通往焚化场的楼梯（那是个多重意义的死胡同），有的退回员工休息室或医生休息室。

来吧，小莎。埃弗里望向走廊深处，视线掠过菲尔（还在对着截断的手指号叫）和两名昏迷的护工。

咱们要出去了吗？

对。但先把他们放出来。

孩子们的队伍顺着走廊走向A病区，嗡嗡声的中心。

23

"我不知道他们是如何选择目标的，"莫琳说，"我一直在思考这个问题，但这无疑有用处，因为七十五年来，人类没有投下原子弹或挑起全球大战。想一想，这是一个多么伟大的成就。我知道有人会说是上帝在眷顾我们，有人会说靠的是外交斡旋或者所谓共同毁灭原则，但我不这么认为。我认为是靠异能研究所。"

她停下来又喝了一口水，然后继续讲述。

"他们知道该带走哪些孩子，因为婴儿出生时会接受一项测试。我不该知道这项测试是什么，我只是一名低贱的清洁工，但我除了会告密、会偷听，还会刺探情报。测试的是 BDNF，也就是脑源性神经营养因子。BDNF 水平高的孩子会被标记和追踪，最终被绑架和带回异能研究所。有时候他们进来时已经十六岁了，但绝大多数都很小。对于 BDNF 水平特别高的孩子，他们会尽量早地抓走他们。这儿最小的孩子只有八岁。"

这就解释了埃弗里为什么会被抓去，卢克心想，还有威尔科克斯双胞胎。

"他们在前半区接受整备。整备工作有一部分是通过注射完成的，另一部分需要通过暴露在被亨德里克斯医生称为斯塔西光的东西之下完成。有些孩子进来时拥有心灵感应能力，也就是读心能力。有些拥有心灵致动能力，也就是意念影响物质的能力。在接受注射和暴露于斯塔西光下之后，有些孩子会保持原样，但大多数孩子的原有能力会得到强化。极少数的孩子——亨德里克斯称之为粉色儿童——会接受额外的测试和注射，有时候会发展出两种能力。我有一次听见亨德里克斯医生说可能还存在其他能力，发现它们就可能改善一切。"

"既有心动能力又有心感能力，"卢克喃喃道，"我就是这样，但我隐藏了起来。至少我尽量隐藏了。"

"等孩子们可以被……投入使用，就会被从前半区送进后半区。他们看电影，电影一遍又一遍地展示同一个人，展示他在家、在工作场合、在游玩、在家庭聚会上的画面。然后他们会见到一幅触发画面，这幅画面会唤起斯塔西光，同时将他们的意念融合在一起。你知道……它是如何运作的……一个孩子的力量即便经过增强还是很微弱，但他们齐心协力，力量就会增强……有个数学术语来着……"

"呈指数级增强。"卢克说。

"我不记得那个词了。我很累。重点在于，那些孩子被用来清除特定的人。有时候会弄得像事故，有时候像是自杀，有时候像是谋杀，但动手的永远是孩子们。那个政治家，马克·伯科威茨？是孩子们做的。扬吉·加富尔，两年前在昆都士省的炸弹制造作坊里把自己炸死的家伙？是孩子们做的。光是我在异能研究所的这段时间，就有很多人被清除。你会说他们死得都不清不楚的——六年前有个阿根廷诗人喝了碱液，我就看不出他为什么这么做，但肯定有原因，因为超能力机构还存在。有一次，我听大老板西格斯比夫人说，我们就像从船里往外舀水的工人，否则这艘船就会沉没，我相信她的话。"

莫琳又揉了揉眼睛，然后坐起来，目光灼灼地盯着镜头。

"他们需要 BDNF 水平高的儿童的持续供应，因为后半区会消耗孩子们。孩子们会开始头疼，头疼会越来越严重，每当他们体验过斯塔西光或看过亨德里克斯医生的烟花棒，就会丧失一部分最基本的自我。到了最后，等他们被送进植物园——这是工作人员对 A 病区的叫法，他们会变得像阿尔茨海默病晚期的病人。他们的情况会变得越来越糟糕，直到最后死亡。死因通常是肺炎，因为他们存心降低植物园的温度。有时候就像……"她耸耸肩，"上帝啊，就好像他们忘记了该怎么吸下一口气。至于处理尸体，异能研究所有个十分先进的焚化场。"

"不会吧，"约翰警长轻声叹道，"唉，不会吧。"

"后半区的工作人员值所谓长班。也就是上几个月的班，然后休几个月。必须如此，因为后半区的环境有毒。工作人员的 BDNF 水平都很低，所以他们中毒的过程很慢，对有些人甚至毫无影响。"

她停下来喝水。

"有两个医生几乎一直在后半区工作，两个人都逐渐变得精神错乱。我知道，因为我在后半区工作过。清洁工和勤杂工在前半区和后半区轮流值更短的班，和食堂工作人员一样。我知道要你接受这些一定很困难，其实还远远不只是这些，但我现在只能说到这儿了。我要走了，卢克，但我还有东西要给你看。你，还有和你一起看的其他人。这会让你难以直视，但我希望你能看下去，因为我为此赌上了生命。"

她颤抖着吸了一口气，试图微笑。卢克哭了起来，刚开始还是无声无息的。

"卢克，帮你逃跑是我这辈子做出的最艰难的决定，哪怕死神已经在看着我，而毫无疑问，地狱也在等待我。艰难是因为这艘大船也许会沉没，而那会是我的错。我不得不在你的生命和地球上几十亿条生命之间做出选择，这些人的生命决定于异能研究所，尽管他们不知道。我选择了你，而不是他们，愿上帝原谅我。"

屏幕变蓝了。塔格伸手去按键盘，但蒂姆抓住了他的手。"等一等。"

接下来是一阵白屏和杂音，然后另一个画面出现了。镜头顺着走廊前进，地上铺着厚实的蓝色地毯。刺耳的刮擦声断断续续，画面时而变黑，像百叶窗似的关上和拉开。

她在拍摄视频，卢克心想，她在制服上挖了个洞，或者撕了一条裂缝，借此偷拍视频。窸窸窣窣的声音是衣物摩擦麦克风产生的。

卢克估计移动电话在缅因州北部的密林里根本没有信号，但肯定被严格禁止带进异能研究所，因为摄像功能依然能够使用。要是莫琳被逮住，她失去的可就不只是薪水或工作。她确实赌上了自己的生命。他哭得更伤心了。他感觉到格利克森警员——温迪——伸出胳膊搂住他。他感激地靠在她身上，但眼睛始终盯着电脑屏幕。他终于看见了后半区，这就是他所逃离的地方。而埃弗里，假如他还活着，肯定已经去那儿了。

镜头经过右边的一道双开门。莫琳短暂地转身，观看者见到了一个放映室，里面有二十几张舒适的座椅，几个孩子坐在房间里。

"那个女孩在抽烟？"温迪问。

"对，"卢克说，"我猜在后半区他们同样允许孩子们抽烟。那个女孩是我的朋友之一，她叫艾莉丝·斯坦诺普。我逃跑前他们带走了她。不知道她是不是还活着，要是还活着，她还能不能思考。"

镜头转回走廊里。另外两个孩子经过，他们抬头看莫琳，眼神里没有流露出任何感情，之后就离开了画面。一名穿着红色工作服的护工出现了。莫琳的手机藏在口袋里，护工的声音听上去有些发闷，但说的话清晰可辨，他问她回来是不是很高兴。莫琳说难道我看上去像发疯了吗？他哈哈大笑，又说咖啡如何如何，但口袋布料摩擦麦克风的声音太大，卢克没听清他究竟说了什么。

"他身上带的是武器吗？"约翰警长问。

"电棒，"卢克说，"你知道的，泰瑟枪。上面有旋钮，能调节电压。"

弗兰克·波特说："你在开玩笑对吧？"

镜头经过左边的另一扇双开门，莫琳又向前走了二三十步，在一扇紧闭的房门前停下。门上漆着三个红字：A病区。莫琳压低声音说："这就是植物园。"

她戴着蓝色乳胶手套的手进入画面，手里拿着钥匙卡。这张卡除了是亮橙色之外，与卢克偷走的那张钥匙卡一模一样。但卢克估计，后半区的工作人员不会那么不小心。莫琳把钥匙卡贴在门把手上方的感应区上，蜂鸣器响了一声，然后她打开了那扇门。

门里面是地狱。

24

孤儿安妮是棒球迷，夏天闷热的傍晚，她经常待在帐篷里收听萤火虫队的比赛，那是个小联盟球队，主场设在哥伦比亚[1]。假如有球员转会去了更好的隆隆小马队（宾厄姆顿的 2A 球队），她会由衷地为他们感到高兴，但失去他们，她也总是很难过。比赛结束后，她会小睡片刻，醒来后换到乔治·奥尔曼的节目，听乔治所谓"美丽怪世界"都有什么新鲜事。

但今晚更让她好奇的是从火车上跳下来的那个男孩。她决定去警察局遛一圈，看看能不能挖出点什么情况。他们多半不会让她进门，但有时候弗兰克·波特或比尔·威克洛会到后巷抽烟，而她的充气床垫和备用物资就放在那儿。要是她好言好语，他们也许会跟她说说那个男孩究竟是怎么一回事。毕竟她擦干净了男孩的小脸，还稍微安慰了他一下，她自然会对他感到好奇。

从她的帐篷去仓库附近的小路要穿过小镇西面的树林。她去那条小巷躺在充气床垫上过夜的时候（要是天冷就去室内——他们现在允许她进屋了，因为她帮蒂姆做了减速横幅），她会顺着小路一直走到宝石电影院背后，她更年轻（更正常）的时候在那儿看了很多有意思的电影。宝石电影院已经歇业十五年了，后面的停车场长满了杂草和一枝黄。她会直接穿过停车场，贴着旧电影院开裂的砖墙走到人行道上。警察局和迪普雷商城就在主大道的另一侧，两者之间夹着她的（她在心里是这么认为的）小巷。

今天傍晚，就在她即将离开小路走上停车场的时候，她看见一辆车拐上了松树街，接着又一辆……最后又一辆。三辆厢式车首尾相连。

---

1 南卡罗来纳州的首府。

尽管黄昏正在临近，但他们连位置灯都没开。安妮站在树林里看着它们开进她打算穿过的停车场。三辆车像一个编组一样转向，然后停成一排，车头对着松树街。看起来像是随时准备快速撤离，她心想。

车门开了，几个男人和女人下车。一个男人穿着运动上衣和带折痕的漂亮长裤。一个女人比其他人年纪大，她身穿深红色裤装。另一个女人穿着印花长裙，她拿着手包。另外四个女人没拿。其他大多数穿着牛仔裤和深色 T 恤。

除了穿运动上衣的男人，他站在一旁看着其他人，他们动作迅速而有目的性，就像正在执行任务。在安妮看来，他们像军人，这个印象很快就得到了证实。两个男人和一个比较年轻的女人打开厢式车的后门。男人从一辆厢式车里取出一个长方形的金属箱。他们从另一辆厢式车里取出带枪套的腰带，女人将它们分发给所有人，除了那个穿运动上衣的男人、一个留着金色短发的男人和那个穿着印花裙的女人。金属箱被打开，他们从里面取出来的是两支长枪，它们显然不是猎枪，而是在安妮·勒杜心目中校园枪手喜欢用的东西。

穿着印花裙的女人把一支小手枪放进手包。她旁边的男人把一支比较大的手枪别在腰后，然后用衬衫下摆遮住。其他人把枪装进枪套。他们看着像一支特别行动队。妈的，他们就是一支特别行动队。安妮看不出他们还可能是其他什么人。

一个正常警觉的人——不会拿乔治·奥尔曼当晚间新闻听的人——也许只会站在那儿又害怕又困惑，思考一群武装男女为什么会来到南卡罗来纳州的一个平静小镇。这个镇子只有一家银行，而且已经打烊锁门了。一个正常警觉的人也许会掏出手机报警，但安妮并不是正常警觉的人，她很清楚这些武装男女（至少十人，甚至更多）要干什么。他们开的不是她预想中的黑色车辆，但他们肯定是来抓那个男孩的，不可能有其他原因。

打 911 提醒警察局里的那些人无论如何都不可能了，因为就算她买得起，也绝对不会随身携带手机。手机辐射会影响大脑，连傻瓜都懂这个道理。另外，他们能通过手机追踪到你。于是安妮顺着小路继续向前跑，经过两座建筑物，来到迪普雷理发馆背后，有一段摇摇欲坠的楼梯通向楼上的房间。安妮以最快的速度爬上楼梯，她一只手抓住披肩毯，另一只手提起长裙，免得绊一跤摔倒。她来到楼梯顶上，使劲砸门，直到隔着破破烂烂的窗帘看见科比特·登顿挺着大肚子慢吞吞地过来开门。他先拉开窗帘向外看，粘着死苍蝇的厨房顶灯照得他的光头闪闪发亮。

"安妮？你干什么？我没东西给你吃——"

"来了几个男人。"她气喘吁吁地说。她本来想说还有女人，但只说男人听上去更可怕，至少对她来说是这样。"他们的车停在宝石电影院背后！"

"走开，安妮。我没时间听你发傻——"

"有个男孩！我认为那些男人要去警察局抓他！我认为他们会开枪！"

"你他妈到底——"

"求你了，鼓手，求你了！我觉得他们有冲锋枪，那个男孩，他是个好孩子！"

他打开门。"吹口气给我闻闻。"

她抓住他的睡衣前襟。"我十年没喝过酒了！求你了，鼓手，他们是来抓那个男孩的！"

他闻了闻，皱起眉头。"没有酒味。你有幻觉了？"

"没有！"

"你说冲锋枪。你指的是自动步枪吧，AR-15？"鼓手登顿开始感兴趣了。

"对！不！我不知道！但你有枪，我知道你有！你应该带上！"

"你发什么神经。"他说。安妮忍不住哭了。鼓手几乎从小就认识她，年轻时甚至和她约会过一两次，但他从没见过她掉眼泪。她是真的认为出了什么事情。鼓手心想去他妈的。他反正在做他每晚都会做的事情，也就是思考人生的根本愚蠢性。

"好吧，咱们去看看。"

"你的枪呢？你不带枪吗？"

"妈的，当然不。我说咱们去看看。"

"鼓手，求你了！"

"哎，"他说，"我顶多答应你这个。要么去，要么就算了。"

孤儿安妮别无选择，只能接受。

25

"我亲爱的上帝，我没有看错吧？"

温迪的声音发闷，因为她用手捂住了嘴巴。没人回答，所有人都在盯着屏幕，卢克和其他人一样，也因为惊愕和恐惧而无法动弹。

后半区的后半区——A病区，植物园——是个天花板很高的长方形房间，卢克觉得它像某种废弃厂房。在很久很久以前他还是个真正的孩子的时候，在他和罗尔夫喜欢看的那些动作电影的结尾，往往会在这种地方发生一场盛大的枪战。金属网罩里的日光灯管提供照明，幢幢暗影给房间笼罩上了怪异的深海色调。狭窄的长条窗上装着更粗的网罩。没有床，只有光秃秃的床垫。有些床垫被推到过道里，有两块床垫被翻了过来，还有一块斜靠在光秃秃的煤渣砖墙壁上。床垫上能看见黄色污渍，多半是呕吐物。

一面煤渣砖墙壁下有一条长长的沟渠，里面有水流动，墙上漆着几个大字：你们是救世主！一个女孩赤身裸体，只穿着一双袜子，背靠着墙蹲在沟渠上，双手扶着膝盖在排泄。衣物摩擦手机的窸窸窣窣声忽然响起，手机很可能用胶带固定在莫琳的口袋里，偷拍的缝隙忽然合上，画面暂时被遮住。等缝隙再次打开，女孩像醉鬼似的蹒跚走开，流水带走了排泄物。

一个穿着棕色清洁工制服的女人在用扫地机清理污物——也许是呕吐物、粪便、泼溅的血液，天晓得是什么。她看见莫琳后挥挥手，说了句什么，但没人能听清，不但因为扫地机的噪声，更因为植物园充满了混杂的叫声和哭声。一个女孩在一条肮脏的过道里做侧手翻。一个男孩走过，他身穿污秽的内衣，脸上长着青春痘，油乎乎的眼镜顺着鼻梁往下滑。他嘴里喊着"呀呀呀呀呀呀"，随着他发出每个重音，就用拳头敲击头顶。卢克想起卡丽莎说过一个长着青春痘、戴眼镜的男孩，是在他进异能研究所的第一天说的。感觉彼得像是走了一万年了，其实是上个星期才走的，她当时说。而这就是那个男孩，更准确地说，是那个男孩的残骸。

"利特尔约翰，"卢克喃喃道，"他应该就叫这个，彼得·利特尔约翰。"

没人听卢克说话。他们都盯着屏幕，像是被催眠了。

充当排污渠的水沟对面是一个带有金属撑腿的长槽。两个女孩和一个男孩站在那儿。女孩用手捧起黏稠的棕色东西放进嘴里。蒂姆望着这一幕，不敢相信自己的眼睛，他的内心充满了厌恶和震惊，他觉得那东西似乎是麦宝麦片，他小时候常吃的麦片粥。男孩弯着腰，脸泡在那东西里，双手垂在身体两侧，打着响指。另外几个孩子躺在各自的床垫上盯着天花板，金属网罩的阴影给他们的面容打上了标记。

莫琳走向使用扫地机的女人，大概是去接替她继续打扫卫生，画面突然中断，蓝屏重新出现。他们等了一会儿，希望莫琳能回到沙发椅里，继续对情况做解释，但视频就此结束了。

"上帝啊，那是什么？"弗兰克·波特问。

"后半区的后半区。"卢克说。他的脸色比先前更苍白了。

"什么人会把孩子放在这——"

"魔鬼。"卢克说。他站起身,抬起手按住脑袋,踉跄了一步。

蒂姆抓住他。"觉得要昏过去了吗?"

"不。我不知道。我要出去,我要透透气。我觉得墙要压下来了。"

蒂姆望向约翰警长,警长点点头。"带他去巷子里。看看能不能让他好一点。"

"我陪你们去,"温迪说,"反正也需要我去开门。"

警察局尽头有一扇门,上面用白色的大写字母写着"紧急出口,擅自开启会触发警铃"。温迪用钥匙环上的一把钥匙关闭警铃。蒂姆用掌根推动门上的金属杆,另一只手拉着卢克走进小巷,卢克的脚步不再踉跄,但脸色依然苍白得可怕。蒂姆知道创伤后应激障碍是什么,但只在电视上见到过。此刻他亲眼看见了,但这个男孩要再过三年才到有胡子可刮的年纪。

"别踩到安妮的东西,"温迪说,"尤其是她的充气床垫。否则她绝对不会有好话的。"

卢克没问为什么小巷里有一个充气床垫、两个背包、一辆三轮购物推车和一个卷起来的睡袋。他慢慢地走向主大道,深深地吸气、呼气,他停下来,弯腰抓住膝盖。

"好点了吗?"蒂姆问。

"我的朋友们,我要放他们出来。"卢克说着,依然弯着腰。

"放谁出来?"温迪问,"那些……"她不知道该怎么说下去。其实也无所谓,因为卢克似乎没有听见她说话。

"我看不见他们,但我知道。我不明白自己为什么会知道,但我就是知道。我认为是埃弗里。卡丽莎和他在一起,还有尼基、乔治。上帝啊,他们太强大了!他们联合了起来,变得异常强大!"

卢克直起腰,继续向前走。他在巷口停下,主大道的六盏路灯忽然亮了。他望向蒂姆和温迪，惊讶道："是我干的？"

"不，亲爱的，"温迪轻轻一笑，"只是刚好到时间了。咱们回去吧。你需要喝一瓶约翰警长的可乐。"

她的手落在卢克的肩膀上。他抖开她的手。"等一等。"

一男一女手拉着手穿过空荡荡的主大道。男人的金发剪得很短，女人穿着的裙子上印着花朵。

26

尼基松开卡丽莎和乔治的手，孩子们产生的能量随之降低，但只降低了一丁点。因为其他孩子聚集在了 A 病区的房门背后，大部分能量由他们提供。

就像荡秋千，尼克心想。思考能力降低，心感能力和心动能力就会增强。而那扇门背后的孩子们几乎已经不会思考了。

没错，埃弗里说，这儿就是这么运转的。他们是电池。

尼基的头脑很清楚，疼痛完全不存在了。他望向其他孩子，估计他们应该也一样。头疼会不会回来或什么时候回来都无从猜测，此刻他只觉得十分感激。

他们不再需要烟花棒了，他们已经过了那个阶段。他们在驾驭嗡嗡声。

两个护工用泰瑟枪把彼此电得失去知觉，尼基弯腰去翻他们的口袋。他找到自己要找的东西，拿出来递给卡丽莎，卡丽莎又递给埃弗里。"交给你了。"她说。

埃弗里·狄克逊——此刻他本应该正在和父母吃晚饭，这一天又过得很辛苦，因为他是班级里个头最小的男孩——接过橙色钥匙卡，把卡贴在感应板上。砰的一声，门开了，植物园的住客们簇拥在门的另一侧，就像暴风雨中挤成一团的羊群。他们浑身污秽，大多数人没穿衣服，表情茫然。有几个孩子在流口水。彼得·利特尔约翰边敲脑袋边喊"呀呀呀呀呀呀"。

他们永远不可能复原了，埃弗里心想。他们的齿轮已经被磨光了，再也长不回来了。艾莉丝很可能也一样。

乔治：但我们其他人或许还有机会。

对。

卡丽莎知道这样做很冷酷，但也知道这是必要的：与此同时，我们可以利用他们。

"现在怎么办？"凯蒂问，"现在怎么办，现在怎么办？"

一时间没人回答，因为没人知道该怎么办。这时埃弗里开口了。

去前半区。咱们去救那里的孩子，然后离开这儿。

海伦：然后去哪儿？

突然警报拉响，呜哇——呜哇——呜哇，升调、降调循环。但他们都毫不在意。

"出去后再考虑去哪儿吧。"尼基说完，又拉住卡丽莎和乔治的手，"现在咱们先去讨点债，搞点破坏。有人不同意吗？"

没人不同意。他们再次手拉着手，愤起反抗的十一个孩子重新走向后半区的休息室和电梯厅。A病区的住客们像丧尸一样蹒跚跟上，大概是受到了依然能思考的孩子们的吸引。嗡嗡声降低成了呜呜蜂鸣，但依然清晰可辨。

埃弗里·狄克逊伸出意念的触角搜索卢克，希望能在一个遥远得对他们没有任何帮助的地方找到他。因为那样就意味着，异能研究所的奴隶中至少有一个已经安全了。其他人很可能会失去生命，因为这个魔窟的工作人员会不惜一切代价阻止他们逃跑。

一切代价。

27

离西格斯比夫人办公室的不远处，特雷弗·斯塔克豪斯在自己的办公室里踱来踱去。他因为过于紧张，坐不住，只要没有茱莉娅的消息，他就会一直这样。她带来的消息可能是好的，也可能是坏的，但无论是什么消息都好过没有消息。

电话响了，但既不是座机的丁零声，也不是盒式电话的嘟嘟声，而是红色安保电话急切的连环双响。上次这部电话响起，是因为双胞胎姐妹和姓克罗斯的男孩在食堂闹出的破事。斯塔克豪斯拿起听筒，他还没来得及开口，哈拉斯医生就嚷了起来。

"他们逃出来了！看电影的那些肯定出来了！我觉得植物人也出来了！他们至少伤了三个护工，不，四个！科琳娜说她觉得菲尔·查菲兹死了，把自己电——"

"闭嘴！"斯塔克豪斯吼道。然后，等他确定（不，不是确定，他只是希望）赫克尔在听他说话之后，说："理一下思路，告诉我发生了什么。"

哈拉斯被怒吼吓得恢复到了往日接近理性的状态，他把自己见到的情况告诉了斯塔克豪斯。他快说完的时候，异能研究所的总警铃也响了。

"天哪，埃弗里特，是你拉响那东西的？"

"不，不是，当然不是我，肯定是乔安妮。詹姆斯医生，她之前在焚化场。她经常去那儿冥想。"

一幅诡异的画面出现在斯塔克豪斯的脑海里——杰克尔盘腿坐在焚化炉前，也许在为内心的宁静而祈祷。他险些分神，连忙迫使自己的思绪回到眼前的局势上：后半区的孩子们发动了某种半吊子的哗变。这怎么可能发生呢？以前从没发生过这种事。为什么偏偏是现在？

赫克尔还在说话，但斯塔克豪斯已经听到了他需要知道的一切。"听我说，埃弗里特。尽量找到所有的橙色钥匙卡，然后烧掉，听懂了吗？烧掉。"

"该怎么……烧……"

"你们的 E 层有一口该死的炉子！"斯塔克豪斯咆哮道，"它除了能烧死小孩，还能烧毁其他东西！"

他挂断电话，用座机打给电脑室的安迪。安迪问为什么拉响警报。语气听上去很害怕。

"后半区出事了，但我在处理。把监控画面转到我的电脑上来。别问了，照我说的做。"

斯塔克豪斯打开台式电脑——老东西启动一直这么慢吗？——然后点击"安保摄像头"的图标。他看见前半区的食堂，几乎没有人……操场上有几个孩子……

"安迪！"他吼道，"不是前半区，是后半区！你他妈给我——"

画面切换，斯塔克豪斯隔着镜头上的一层灰尘看见了赫克尔，赫克尔蜷缩在办公室里，杰克尔刚好进来，大概是冥想到一半被打断了。她扭头向后看。

"好，这就对了。剩下的交给我。"

他把画面切到护工的休息室。几个护工躲在房间里，通往走廊的门关着，多半上了锁。没用的废物。

切画面：铺着蓝色地毯的走廊上躺着至少三个护工。不，四个。杰克·豪兰坐在放映室外的地上，用工作服的上衣裹着一只手，鲜血浸透了工作服。

切画面：食堂。空无一人。

切画面：休息室。科琳娜·劳森跪在菲尔·查菲兹身旁，她拿着对讲机叽里咕噜在说什么。菲尔看上去确实像是死了。

切画面：电梯厅。电梯门刚开始关上。这是医院里用来转运病人的大型电梯厢，里面挤满了后半区的住客。他们大多数没穿衣服——是 A 病区的植物人。假如他能在这儿挡住他们……把他们困在电梯里……

切画面：隔着恼人的灰尘和油污，斯塔克豪斯看见 E 层的其他孩子（差不多十二个）挤在电梯门前，等待门打开，让其他发动哗变的毛孩子冲出去，奔向通往前半区的连通隧道。不妙。

斯塔克豪斯拿起座机，但话筒里静悄悄的。安迪挂断了。他咒骂着，说白白浪费了时间，又拨了回去。"你能切断后半区电梯的电源吗？让它停在电梯井里？"

"我不知道，"安迪说，"有可能。紧急规程手册里也许有。让我查——"

但已经来不及了。电梯门在 E 层打开，植物园的逃亡者走出电梯，他们打量着铺着瓷砖的电梯厅，像是有什么东西值得看似的。不妙，但斯塔克豪斯看见更加不妙的东西。就算赫克尔和杰克尔收集了后半区的几十张钥匙卡并将它们烧掉也毫无意义了。因为一个孩子——就是那个小矮子，他与清洁工合谋，协助埃利斯逃跑——手里拿着一张橙色钥匙卡。它能打开通往隧道的门，也能打开通往前半区 F 层的门。要是他们来到前半区，那么任何情况都有可能发生了。

斯塔克豪斯愣神了，这个瞬间漫长得似乎没有尽头。安迪在听筒里说话，但声音似乎远在天边。因为，对，那个小浑蛋用橙色钥匙卡开门，领着那群快乐的小伙伴走进了隧道。他们再步行两百码，就会来到前半区。最后一个人走进隧道，门随之关闭，电梯厅空了。斯塔克豪斯切换到另一个监控镜头，看见孩子们在铺着瓷砖的隧道里前进。

亨德里克斯医生冲进房间，驴金刚的衬衣下摆在背后飘飞，裤子拉链只拉上了一半，布满血丝的眼睛向外凸出。"发生什么了？怎么——"

就在这时，他的盒式电话嘟嘟地响了起来，局势变得更加疯狂。斯塔克豪斯举起手，示意亨德里克斯安静。盒式电话继续鸣响。

"安迪，他们进隧道了。他们过来了，而且有钥匙卡。我们必须阻止他们。你有什么想法吗？"

他以为自己只会听见惊慌的叫喊，却没想到安迪给了他一个惊喜。"我觉得我可以把门锁死。"

"什么？"

"我没法让钥匙卡失效，但可以把门锁死。密码是电脑生成的，所以——"

"你说你能把他们关在隧道里？"

"呃，对。"

"快！立刻！"

"怎么了？"亨德里克斯问，"天哪，我正准备出去，警报——"

"闭嘴，"斯塔克豪斯说，"待在这儿。我也许会需要你。"

盒式电话继续鸣响。他盯着隧道和白痴行军，然后顺手接起电话。现在他一只手拿着一部电话贴在两个耳朵上，就像古老的喜剧电影里的角色。"怎么了？"

"我们到了，男孩在这儿。"西格斯比夫人说，通话质量很好，就好像她在隔壁房间，"他应该很快就能回到我们的监管之下。"她停顿了片刻，"或者被干掉。"

"算你走运，茱莉娅，但我们这儿出事了。他们——"

"无论是什么情况，你都要处理好。我这儿要开始行动了，等离开镇子我再打给你。"

她挂断了电话。斯塔克豪斯并不在乎，因为假如安迪无法用电脑创造出奇迹，茱莉娅将会变得无家可归。

"安迪！你还在吗？"

“我在。”

“你做了吗？”

斯塔克豪斯感到一阵恐惧，因为他确定安迪会说古老的电脑系统在这个节骨眼上失灵了。

“当然。呃，相当确定。我的屏幕上有条提示说‘橙色钥匙卡无效，请输入新授权码’。”

安迪·费洛斯的“相当确定”对安抚斯塔克豪斯毫无用处。斯塔克豪斯俯身向前，双手扣在一起，盯着他的电脑屏幕。亨德里克斯走到他身后，跟着他一起看监控画面。

“我的天，他们出来干什么？”

“我猜是来找我们算账。”斯塔克豪斯说，“我们很快就会知道他们能不能出来了。”

企图逃跑的队伍离开了一个镜头的视野。斯塔克豪斯猛拍切换画面的按钮，他瞥见科琳娜把菲尔的脑袋抱在大腿上，随即找到了他想要的镜头。隧道尽头通往前半区 F 层的大门出现在画面中，孩子们走到了门口。

“决定命运的时刻。”斯塔克豪斯说。他攥紧拳头，用力之大，足以在手掌上留下印痕。

狄克逊举起橙色钥匙卡，贴在读卡器上。他尝试转动门把手，但毫无用处。斯塔克豪斯终于放松下来，亨德里克斯在他身旁长舒一口气，波本威士忌的气味扑鼻而来。异能研究所严禁上班时喝酒，携带手机也是被禁止的，但这会儿斯塔克豪斯没空管这个。

苍蝇困在瓶子里了，他心想。亲爱的孩子们，你们现在就是瓶子里的一群苍蝇。至于接下来该怎么处理你们……

谢天谢地，这就不是他的问题了。等南卡罗来纳州的杂事处理完，该怎么处理他们，就让西格斯比夫人去操心吧。

“所以你的工资才那么高，茱莉娅。”他说完，往椅背上一靠，看着这群孩子——现在由威尔霍尔姆率领着——往回走，试图打开刚才穿过的那道门。同样是白费力气。威尔霍尔姆小崽子扬起头，张开嘴。斯塔克豪斯真希望有音频信号，这样他就能听见那一声挫败的尖叫了。

"我们控制住了麻烦。"他对亨德里克斯说。

"呃。"亨德里克斯说。

斯塔克豪斯扭头看他。"'呃'是什么意思？"

"也许未必。"

28

蒂姆抬起手按住卢克的肩膀。"要是你觉得好点了，咱们应该进去商量一下。给你拿瓶可乐，然后——"

"等一等。"卢克盯着手拉着手穿过马路的那对男女。两人没有注意到有三个人站在孤儿安妮的那条小巷口，他们的注意力完全集中在警察局上。

"拐下州际公路，结果迷路了，"温迪说，"赌什么都行。我们每个月要接待五六个这种人。现在能回去了吗？"

卢克没有理会她。他依然能感觉到其他孩子，此刻他们听上去很沮丧，但声音来自大脑最深处的某个角落，就好像通过排风管从另一个房间传来的交谈声。那个女人……那个穿着印花裙的女人……

有什么东西倒了，惊醒了我。肯定是我们赢得西北辩论巡回赛的奖杯，因为那是最大的一个奖杯，倒下时弄出了一阵稀里哗啦的巨响。有人俯身看我。我说妈妈，尽管我知道她不是我母亲，但这是个女人，我那基本还在沉睡的大脑中出现的第一个词就是"妈妈"。然后她说——

"没错，"卢克说，"悉听尊便。"

"好！"温迪说，"那咱们就——"

"不，那是她当时说的。"卢克指着那对男女说。他们已经踏上了警察局门前的人行道。两人不再手拉着手。卢克转向蒂姆，瞪大的眼睛里充满惊恐。"抓走我的人里就有她！我在异能研究所里见过她！在休息室！他们来了！我说过他们会来，看，他们来了！"

卢克转身跑向侧门——这一侧的门没有上锁，这样安妮要是愿意，夜里觉得冷了就可以进去。

"什么——"温迪开口道，但蒂姆没让她说下去。他跟着跳下火车的男孩跑进警察局，心想男孩对诺伯特·霍利斯特的猜测很可能是正确的。

29

"如何？"孤儿安妮的耳语过于咄咄逼人，几乎都不能算耳语，"科比特·登顿先生，你现在相信我了吗？"

鼓手没有立刻回答，因为他的大脑正忙着处理眼睛看见的景象：三辆厢式车并排停着，一侧是一群男人和女人。似乎有九个人，足够组成一支该死的棒球队了。安妮说得对，他们有武器。黄昏已经降临，但时值夏末，天光还没散尽，路灯已经亮了。鼓手看见枪套里的手枪，还有两把似乎是黑克勒-科赫步枪，杀人利器。"棒球队"聚集在旧电影院前，侧翼的砖墙基本上遮挡住了从人行道看过来的视线。他们在等待着什么。

"他们派了侦察兵！"安妮从齿缝中说，"看见过街的那两个人了吗？他们去探看警察局里到底有多少个人了！你是现在就去拿枪，还是要我自己去？"

鼓手转过身，二十年（甚至三十年）来第一次全速奔跑。他爬上台阶，冲向理发馆楼上的住处，他在楼梯平台上停了一会儿，喘了三四口长气，同时思考他的心脏能不能承受住如此重压，血管会不会就此爆裂。

他的点 30-06 步枪弹放在衣柜里，他打算在某个舒服的南卡罗来纳州的夜晚用其中一颗干掉自己（要不是偶尔能和镇上新来的巡夜人聊点有意思的话题，他恐怕已经动手了），而且子弹已经装好了。高处架子上的点 45 口径的自动手枪和点 38 口径的左轮手枪也上了膛。

他抓起三件武器，重新跑下楼梯，他气喘如牛，汗流浃背，多半臭得像正在洗蒸汽浴的野猪。不过多年以来，他第一次觉得如此充满活力。他以为会听见枪声，但目前还没有任何动静。

他们也许是警察，他心想，但似乎不太可能。警察会直接走进去，亮出证件，说出他们的来意。另外，警察会开黑色多功能休旅车、萨博班或凯雷德。

至少电视上的警察都是这样的。

30

尼克·威尔霍尔姆领着衣衫不整、失魂落魄的男孩和女孩往回走，沿着略有坡度的隧道来到前半区一侧上锁的大门前。A 病区的几个孩子跟着他，其他的孩子只是原地打转。彼得·利特尔约翰又开始拍着头顶，喊着"呀呀呀呀呀呀"。隧道里的回声使得他有节奏的吟唱不光恼人，而且令人发疯。

"手拉手，"尼基说，"咱们一起来。"他朝混乱的植物人扬了扬下巴，又说：我认为这样能带上他们。

就像虫子会扑向诱虫灯，卡丽莎心想。这么说虽然不好听，但真话很少会好听。

他们过来了。随着一个个孩子加入圆圈，嗡嗡声变得越来越强烈。隧道的两壁使得圆圈变成了胶囊状，但无所谓，能量存在就行。

卡丽莎理解了尼基在想什么，不仅因为她捕捉到了他的意念，更因为这是他们剩下的唯一出路。

团结就是力量，她心想。然后卡丽莎开口对埃弗里说："埃弗里，轰开门锁。"

嗡嗡声越来越强烈，在循环往复中变成尖啸，如果他们中有谁还在头疼，头疼也会惊慌而逃。卡丽莎再次产生了那种崇高的力量感。她在烟花棒之夜也会产生力量感，但那时候的感觉很肮脏。此刻它无比纯净，因为力量就是他们。A病区的孩子们陷入沉默，但都在微笑。他们也感觉到了，而且很喜欢。卡丽莎估计，这是他们能够拥有的最接近于思考的东西了。

门上传来了微弱的破裂声，他们看见门在门框中向后一沉，但随后就停下了。埃弗里踮着脚尖，因为聚精会神而皱着小脸。他垂下肩膀，吐出一口气。

乔治：不行？

埃弗里：不行。假如门仅仅是锁着的，我觉得我们应该能打开，但感觉门锁根本不存在似的。

"锁死了，"艾莉丝说，"锁死了，锁死了，插不进去，我就说嘛，门锁死了。"

"他们想办法将门锁卡住了。"尼基说。我们没法撞破这道门吗？

埃弗里：不行，是实心钢板的。

"当我们需要超人的时候，他去哪儿了呢？"乔治说着用双手往上推脸颊，露出一个不开心的笑容。

海伦坐在地上，双手捂住脸，开始哭泣。"我们还能怎么办？"然后用意念重复道：我们还能怎么办？

尼基转向卡丽莎：你有想法吗？

没有。

他转向埃弗里。你呢？

埃弗里摇摇头。

31

"'未必'是什么意思？"斯塔克豪斯问。

驴金刚没有回答，而是快步走向房间另一头的对讲机。机盒上积着厚厚的灰尘。斯塔克豪斯从没用过这东西——难道要他宣布今晚将举行舞会或问答大赛？亨德里克斯医生弯下腰，查看那些基础的控制按钮，他拨动一个开关，一盏绿灯随之亮起。

"到底是什么意——"

现在轮到亨德里克斯叫他闭嘴了，斯塔克豪斯没有生气，而是产生了某种钦佩。他觉得无论这位医生打算干什么，肯定都非常重要。

亨德里克斯拿起麦克风，又忽然停下了。"有办法能让那些逃跑的孩子无法听见我的话吗？我可不想提示他们。"

"连通隧道里没有扬声器，"斯塔克豪斯说，他衷心希望自己没记错，"至于后半区，他们应该有独立的内部通话系统。你打算干什么？"

亨德里克斯看着他，就好像在看一个白痴。"锁住了他们的身体，不等于他们的意念也被锁住了。"

妈的。斯塔克豪斯心想。我忘记了他们为什么会来到这儿。

"请问我要怎么……哦，好了，我知道了。"亨德里克斯按住麦克风侧面的按钮，清清喉咙，开始讲话，"请注意，全体工作人员请注意。我是亨德里克斯医生。"他抬起手梳理稀疏的头发，本来就蓬乱的头发变得更乱。"后半区的孩子们逃了出来，但不需要惊慌。我重复一遍，不需要惊慌。他们被困在了前半区和后半区之间的连通隧道里。他们也许会试图影响你们，就像对……"他停顿了片刻，舔了舔嘴唇，"就像他们执行任务时，对特定目标所做的那样。他们也许会试图让你们自残，或者……呃……让你们互相伤害。"

哦，我的天，斯塔克豪斯心想，多么令人愉快的点子。

"请仔细听我说，"亨德里克斯说，"他们只可能在目标毫无防备的情况下进行意识入侵。如果你们感觉到什么……觉察到外来的意念……请保持冷静并尽量抵抗、驱逐这些意念。你们很容易就能做到。大声说话会有帮助，说'我不听你们说话'。"

他正要放下麦克风，斯塔克豪斯接了过去。"我是斯塔克豪斯。前半区的工作人员，请立刻送所有儿童返回他们各自的房间。谁若敢反抗就电谁。"

他挂掉对讲机，转向亨德里克斯。"希望隧道里的小浑蛋不会想到这个。他们毕竟只是孩子。"

"哦，他们会想到的，"亨德里克斯说，"毕竟他们受过训练。"

32

卢克刚打开通往拘留所的侧门，蒂姆就追上了他。"卢克，你留在这儿。温迪，你跟我来。"

"你不会认为——"

"我也不知道我怎么认为。先别拔枪，但可以打开枪套扣。"

蒂姆和温迪快步穿过四个空牢房之间的一小段过道，他们听见一个男人在说话。男人听上去很愉快，甚至挺友善的。"我妻子和我听说博福特有些好看的老建筑，我们想抄近道，结果被导航搞得迷了路。"

"我逼着他停下来问路。"女人说。蒂姆走进办公室，见到女人抬头看着她丈夫——假如金发男人真是她丈夫的话——表情中带着好笑和恼怒。"他不想停车。男人总觉得他们知道自己在往哪儿走，对吧？"

"怎么说呢？我们这会儿有点忙，"约翰警长说，"我没时间——"

"就是她！"卢克在蒂姆和温迪身后大喊，两人都吓了一跳。其他警员扭头看他。卢克推开温迪，撞得她踉跄一步靠在墙上。"就是她用药水喷得我失去知觉！老贱人，你杀了我父母！"

卢克想扑向她。蒂姆抓住他的衣领，把他拽了回去。金发男人和穿着印花裙的女人露出惊讶和困惑的表情，换句话说，就是显得完全正常。但蒂姆觉得他在女人脸上看见了另一种神色，尽管只有短短的一瞬间：那是差点被认出来的表情。

"我觉得肯定是弄错了吧。"她说，挤出一个迷惑的微笑，"这个男孩是谁？脑子有问题吗？"

尽管蒂姆只是镇上的巡夜人，而且接下来五个月也不会改变，但他不假思索地进入了警察的角色，就像歹徒抢劫佐尼便利店并枪击阿布西米尔·多比拉的那个夜晚。"我想看看你们的证件。"

"真的吗？没这个必要吧？"女人说，"我不知道这个男孩以为我们是谁，但我们只是两个迷路的人。小时候，我母亲经常说，你迷路了就去问警察。"

约翰警长起身。"嗯哼，嗯哼，有道理，既然是这样，那你们肯定不介意出示一下驾驶执照吧？"

"当然不会，"男人说，"就在我的钱包里。"女人的手已经伸进手包，她一脸不高兴的样子。

"当心！"卢克大喊，"他们有枪！"

塔格·法拉第和乔治·伯克特一脸震惊，弗兰克·波特和比尔·威克洛迷惑不已。

"等一下！"约翰警长说，"手放在我能看见的地方。"

两人都没有停下。米歇尔·罗伯逊的手从手包里拿出来，但握着的不是驾驶执照，而是西格绍尔梦魇微型手枪。丹尼·威廉斯的手伸向背后，但不是去掏钱包，而是去拔腰间的格洛克。约翰警长和法拉第警员伸手去掏佩枪，但他们的动作很慢，太慢了。

蒂姆可不慢，他拔出温迪枪套里的手枪，双手握枪指着他们。"放下武器，立刻放下！"

他们没有放下武器。罗伯逊瞄准卢克，蒂姆对她开了一枪，她向后摔到警察局的双开大门上，撞碎了毛玻璃。

威廉斯单膝跪地，瞄准蒂姆，蒂姆只来得及想：这家伙是职业的，我死定了。但枪口忽然向上一抬，像是被隐形的绳索拉了一下，本来会飞向蒂姆的子弹击中了天花板。约翰·阿什沃思警长一拳打在金发男人的侧脸上，将他打倒在地。比尔·威克洛使劲踩他的手腕。

"松手，狗娘养的，你给我松手——"

这时，西格斯比夫人意识到出了岔子，命令路易斯·格兰特和汤姆·琼斯用突击步枪开火。威廉斯和罗伯逊不重要。

男孩才重要。

33

两把黑克勒－科赫37步枪开火了，雷霆般的枪声响彻迪普雷镇平静的黄昏。格兰特和琼斯对准警察局正面的砖墙扫射，粉红色的尘土腾空而起，窗户和门上的玻璃向内炸裂。他们站在人行道上，黄金小组的其他人员散开，站在两人身后的马路上。只有埃文斯医生例外，他站在一旁，双手捂着耳朵。

"耶！"威诺娜·布里格斯叫道，她的两只脚来回跳跃，像是急着要去上厕所，"炸个稀巴烂！"

"上！"西格斯比夫人大喊，"所有人，进攻！目标是男孩，死活都行！死活——"

这时，他们身后忽然响起一个声音："夫人，你们哪儿都别去。我向救世主发誓，你们敢走一步就死定了。最前面的两个鸟人，给我立刻放下手里的家伙。"

路易斯·格兰特和汤姆·琼斯转过身，但没放下黑克勒－科赫37步枪。

"快点，"安妮说，"否则死路一条。这不是开玩笑，朋友们，欢迎来到南方。"

两人对视一眼，慢慢地把步枪放在人行道上。

西格斯比夫人看见两个难以想象的伏击者站在电影院下垂的招牌底下：一个穿着睡衣的秃顶胖子，一个裹着墨西哥披肩毯、头发蓬乱的女人。男人手持步枪。女人一只手拿着自动手枪，另一只手拿着左轮手枪。

"你们其他人也一样，"鼓手登顿说，"你们被包围了。"

西格斯比夫人看着废弃电影院门口的两个乡巴佬，心想：破事就没完了吗？

警察局里忽然响起枪声，在短暂的寂静之后，又是一声。乡巴佬望向警察局，格兰特和琼斯趁机弯腰捡起武器。

"你们敢！"披肩毯的女人喊道。

罗宾·莱克斯，不久前正是她隔着枕头射杀了卢克的父亲，她抓住这个稍纵即逝的机会掏出西格绍尔手枪。黄金小组的其他人卧倒在地，为格兰特和琼斯空出射击路线。训练教会了他们这样做出反应。但西格斯比夫人站在原处一动不动，就好像这个意外的难题给她带来的愤怒能够保护她似的。

34

南卡罗来纳州的枪战拉开序幕时，卡丽莎和她的伙伴们失望地瘫坐在通往前半区的门前。他们无法打开这扇门，因为艾莉丝说得对：锁死了。

尼基：也许咱们还能做点什么。就像我们对付红衣护工那样，收拾前半区的工作人员。

埃弗里摇摇头。他看上去不再是个小男孩，而是像个疲惫的老人。我试过了，我试着影响格拉迪丝，因为我恨她，尤其是她的一脸假笑。她说她不听，并推开了我。

卡丽莎望向 A 病区的孩子们，他们再次散开，仿佛还有其他地方可去似的。一个女孩在做侧手翻；一个穿着脏短裤和破 T 恤的男孩用脑袋轻轻地叩着墙；彼得·利特尔约翰还在喊他的"呀呀呀"。但只要招呼一声，他们就会过来，依然能够聚集起足够的能量。她抓住埃弗里的手。"我们所有人一起——"

"不行，"埃弗里说——我们也许能让他们不那么舒服、头晕，胃里难受，"但也就是这样了。"

卡丽莎：但为什么？为什么？既然我们能干掉远在阿富汗的炸弹制造者——

埃弗里：因为炸弹制造者不知道。姓韦斯廷的那个牧师，他也不知道。假如他们知道……

乔治：就能把我们挡开。

埃弗里点点头。

"那咱们怎么办？"海伦问，"难道就这样了吗？"

埃弗里摇摇头。我不知道。

"还有一件事情能做，"卡丽莎说，"虽然咱们被困在这儿，但我们知道有一个人在外面。需要所有人一起努力，"她朝 A 病区的难民们摆摆头，"叫上他们吧。"

"我不知道，小莎，"埃弗里说，"我很累了。"

"就最后试一次。"她哄着埃弗里道。

埃弗里叹了一口气，伸出双手。卡丽莎、尼基、乔治、海伦和凯蒂跟了上来。过了一会儿，艾莉丝也加入他们。其他孩子再次被吸引过来。他们围成胶囊状，嗡嗡声越来越响。前半区的护工、清洁工和技术员感觉到了，他们很害怕，但能量没有导向他们。一千四百英里之外，蒂姆刚刚把一颗子弹打进米歇尔·罗伯逊的双乳之间；格兰特和琼斯刚抬起自动步枪，扫射警察局的正面；比尔·威克洛猛踩丹尼·威廉斯的手，约翰警长站在他身旁。

异能研究所的孩子们开始呼唤卢克。

35

　　卢克没有想过要用意念的力量抬起金发男人的枪口，但他直接就做到了。斯塔西光再次浮现，有一瞬间遮住了一切。等光点开始消退，他看见一名警察踩着金发男人的手腕，想让金发男人放开手里的枪。金发男人疼得龇牙咧嘴，鲜血顺着他的脸颊流淌，但他就是不肯松手。警长向后抬起腿，显然是想再踢金发男人的脑袋一脚。

　　卢克看见了这么多，但斯塔西光又回来了，而且前所未有地明亮，朋友们的声音像铁锤似的击中他的脑海中央。他从门口踉跄着退回警察局，举起双手，像是要挡开拳头，却被自己的脚绊了一下。他一屁股坐在地上，而格兰特和琼斯刚好开火。

　　他看见蒂姆抱住温迪，把她撂倒在地，然后用身体护住她。他看见子弹打穿警长和踩着金发男人的警员。两人倒下，玻璃飞溅，有人尖叫。卢克认为是温迪。卢克听见外面有个女人——像是西格斯比夫人——在喊什么"所有人进攻"。

　　斯塔西光和朋友们合在一起的声音让卢克加倍地头晕目眩，整个世界在他眼中慢了下来。他看见另外一名警员——他受伤了，鲜血顺着胳膊流淌——转向被打烂的大门，也许是想看清谁在射击。警员的动作异常缓慢。金发男人爬起来跪在地上，他的动作同样缓慢。就仿佛在观看水下芭蕾。金发男人朝警员的后背开枪，然后开始转向卢克。世界恢复正常的速度，他的动作变快了。但金发男人还没来得及开枪，红发警员就像鞠躬似的弯下腰，对准他的太阳穴开了一枪。金发男人向侧面飞出去，倒在声称是他妻子的那个女人身上。

　　外面有个女人——不是听上去像西格斯比夫人的女人，而是带着南方口音的另一个女人——大喊："你们敢！"

　　又是一阵枪声，然后先前那个女人喊道："男孩！目标是那个男孩！"

是她，卢克心想。我不知道这怎么可能，但确实是她。西格斯比
夫人就在外面。

36

罗宾·莱克斯枪法很好，但暮色已深，对西格绍尔微型手枪而言，
双方的距离太远了。子弹击中了鼓手登顿的肩头，而不是躯干中央。
冲击力带着他摔在用木板钉死的售票亭上，她接下来的两枪都打偏了。
孤儿安妮坚守阵地。她是在佐治亚州的甘蔗地里长大的，她的父亲从
小教导她说："绝对不要后退，女孩，无论什么时候。"让·勒杜就算
喝醉了也一样是个神枪手，他把女儿教得很好。她不假思索地用鼓手
的两把手枪开火，弥补了点45自动手枪较大的后坐力。她打翻了一名
拿自动步枪的枪手（那是托尼·费扎尔，他再也无法挥舞电棒了），毫
不在意三四颗子弹从她身边嗖嗖飞过，其中一颗甚至轻轻撩动了披肩
毯脏兮兮的下摆。

鼓手走回原处，瞄准朝他开枪的女人。罗宾在马路中央单膝跪地，
咒骂她的西格绍尔手枪，它居然卡壳了。鼓手把点30－06步枪弹打进
没在流血的那一侧的肩窝，把她打飞出去。

"别开枪了！"西格斯比夫人喊道，"咱们的目标是那个男孩！咱
们必须处理掉他！琼斯！格林！格兰特！等我！戈特弗里德！布里格
斯！稳住！"

鼓手和安妮面面相觑。"咱们继续打吗？"安妮问。

"我他妈怎么知道？"鼓手说。

汤姆·琼斯和艾丽丝·格林从左右两边摸向警察局被打烂的大门。

乔希·戈特弗里德和威诺娜·布里格斯向后走，从左右两边围住西格斯比夫人，枪口指着打了他们一个措手不及的本地枪手。詹姆斯·埃文斯医生没有被分配到任务，于是他自行其是。他从西格斯比夫人身边挤过去，走向鼓手和孤儿安妮，他举起双手，挤出笑容，试图安抚对方。

"白痴，给我回来！"西格斯比夫人喝道。

医生不搭理她。"我和他们不是一伙的。"他对穿着睡衣的胖男人说。在这两个伏击者里，胖男人看上去比较正常。"我从一开始就不想参与，所以我觉得我——"

"哦，坐下吧。"安妮说着朝他脚上开了一枪。她很体贴地用了点38口径的左轮手枪，造成的损伤比较小。至少理论上是这样。

只剩下那个穿着红色裤装的领头女人要对付了。假如枪战重新开始，她多半会在交火中被打成肉渣，但她似乎毫不畏惧，脸上只有气恼和专注的神情。

"我要进警察局了，"西格斯比夫人对鼓手和孤儿安妮说，"我没时间继续瞎搞了。待在原处别动，我可以留你们一条小命。再敢开火，戈特弗里德和布里格斯就会做掉你们。听懂了吗？"

她没有等着听对方回答，直接转身走向其余的手下，鞋跟咔嗒咔嗒地踩着路面。

"鼓手？"安妮问，"咱们怎么办？"

"也许什么都不需要做，"他说，"你往左边看。别动脑袋，转动眼睛就好。"

她望向左边，看见多比拉兄弟中的一个快步走近。他拿着手枪。后来他对州警说，尽管他和他的兄弟爱好和平，但自从那次被抢劫后，他们觉得还是在店里放一把枪比较明智。

"再往右边看。别动脑袋。"

安妮又把眼睛往右转，看见了古尔斯比家的寡妇和比尔森双胞胎的父亲。阿迪·古尔斯比穿着睡袍和拖鞋。理查德·比尔森穿着格子短裤和《红潮风暴》电影中的红色T恤。两人都拿着猎枪。警察局门前的歹徒没有看见他们，那帮人的注意力全放在了带他们来到这儿的天晓得的什么勾当上。

"欢迎来到南方。"安妮先前对这伙武装暴徒说。她觉得他们很快就会知道这句话有多么真实了。

"琼斯和格林，"西格斯比夫人说，"进去。一定要抓住那个男孩。"

两人走进警察局。

37

蒂姆拽着温迪起身，她看上去晕乎乎的，不太清楚自己身处何方。一片碎纸卡在她的头发里。外面的扫射终于停止，至少告一段落了。现在外面传来了交谈声，但蒂姆的耳朵嗡嗡作响，听不清他们在说什么。不过也不重要。假如他们在和谈，那固然好。但更谨慎的做法是准备好迎接下一场战斗。

"温迪，你还好吧？"

"他们……蒂姆，他们杀了约翰警长！还有多少人？"

他使劲摇晃她。"你没事吧？"

她点点头。"没……没事。我觉得——"

"带卢克从后面走。"

她伸手去拉卢克。卢克躲开，跑向警长的办公桌。塔格·法拉第想抓住他的胳膊，但卢克也躲开了他。一颗子弹擦过笔记本电脑，将它撞歪，屏幕尽管裂开了，但依然亮着，U盘橙色的运行灯还在有节奏地闪烁。卢克的耳朵同样在嗡嗡作响，但快跑到门口的时候，他听见西格斯比夫人说"一定要抓住那个男孩"。

该死的贱人，他心想。不肯放弃的贱人。

卢克抓起笔记本电脑，跪在地上，把电脑抱在胸口。艾丽丝·格林和汤姆·琼斯冲进破碎的双开门。塔格举起手枪，但还没来得及开火就吃了黑克勒-科赫37步枪的一个点射，制服衬衫的后背被打成了碎片。格洛克从塔格手里飞出去，旋转着滑过地面。现在只剩下弗兰克·波特傻站在那儿了，他甚至没有想到要保护自己。他满脸震惊和难以置信的表情。艾丽丝·格林一枪爆了他的头，然后蹲下闪躲，因为他们身后的街道上忽然枪声大作，随之而来的是喊叫和一声惨叫。

枪声和惨叫声使得拿黑克勒-科赫37步枪的男人分神了片刻，琼斯转向那个方向，蒂姆趁机对他连开两枪，一枪击中后脖颈，另一枪击中头部。艾丽丝·格林直起腰，继续前进，她面不改色，跨过琼斯的尸体。蒂姆看见另一个女人跟着她走进警察局。这个女人年纪比较大，穿着红色裤装，同样拿着手枪。基督在上，他心想，他们到底来了多少人？他们为了一个小男孩派出了一支军队？

"格林，他躲在办公桌后面。"老女人说。在这个血腥的战场上，她的声音镇定得堪称可怕，"我看见他耳朵上的绷带露在外面。你把他拖出来，崩了他。"

姓格林的女人绕过调度台。蒂姆没有命令她站住——早就来不及了，只是扣动温迪那把格洛克的扳机。尽管弹夹里应该还有一颗甚至两颗子弹，手枪却只发出了干巴巴的咔嗒一声。虽然此刻生死攸关，但他依然想到了为什么会这样：上次去邓宁的靶场练习射击后，温迪没有给枪装满子弹，这种事对她来说并不紧急。他甚至有时间想到（他刚来到迪普雷的时候也想到过）：温迪从来就不是当警察的料。

她应该好好当她的调度员，他心想，但后悔也来不及了。看来我们都在劫难逃了。

卢克从办公室后面站起来，双手抱着笔记本电脑。他挥动电脑，电脑结结实实地砸在格林脸上。裂开的屏幕彻底碎了。格林踉跄着后退，撞上穿红色裤装的女人，鼻子和嘴巴里淌出鲜血，前者再次举起手枪。

"放下枪，放下，给我放下！"温迪尖叫道。她捡起了塔格·法拉第的格洛克。格林置若罔闻，她在瞄准卢克，卢克没有卧倒躲藏，而是在从电脑上拔下莫琳给他的 U 盘。温迪开了三枪，她眯着眼睛瞄准，每次扣动扳机都尖叫一声。第一枪击中了艾丽丝·格林的鼻梁上方。第二枪飞出了大门上的洞，仅仅一百五十秒前，那儿还镶着一块毛玻璃。

第三枪打中了茱莉娅·西格斯比的一条腿。西格斯比夫人倒在地上，枪从手里飞了出去，脸上露出难以置信的神色。"你朝我开枪？你怎么能朝我开枪？"

"你傻吗？你说为什么？"温迪说。她走向靠坐在墙边的女人，鞋底嘎吱嘎吱地踩着碎玻璃。空气中弥漫着火药燃烧的气味，曾经整洁的办公室现在一片狼藉，充满了蓝色的烟。"你命令他们开枪打那个孩子。"

西格斯比夫人对温迪露出那种专门为白痴保留的笑容。"你不明白。你怎么可能明白？他属于我。他是有主人的。"

"现在不是了。"蒂姆说。

卢克在西格斯比夫人身旁跪下。他脸颊上沾着血，眉头上插着一块碎玻璃。"你留下谁负责看管异能研究所？斯塔克豪斯？是他对吧？"

她只是瞪着他。

"是不是斯塔克豪斯？"

西格斯比夫人没有回答。

鼓手登顿走进警察局，环顾四周。他睡衣的一侧被鲜血浸透，但他看上去极其警惕。古塔阿勒·多比拉从他身后往里看，瞪大了眼睛。

"妈的，"鼓手说，"好一场血战。"

"我不得不朝一个男人开枪，"古塔阿勒说，"一个女人企图朝古尔斯比夫人开枪，古尔斯比夫人只好开枪打她。明摆着的，我们在自卫。"

"外面还有几个人？"蒂姆问他们，"都倒下了，还是还有能动弹的？"

安妮推开古塔阿勒·多比拉，来到鼓手身旁站住。她披着披肩毯，双手各拿着一支在冒烟的枪，看上去就像从意大利式西部片里走出来的角色。蒂姆没有吃惊。他已经不会吃惊了。"我觉得从厢式车里出来的人都躺在外面了，"她说，"有两个受伤的，一个脚上中弹，另一个重伤。被古塔阿勒撂倒的就是他。剩下的狗崽子看上去都断气了。"她扫视房间，"基督在上，警察局现在还剩下谁？"

温迪。蒂姆心想，但他没有说。她现在应该是代理警长了。或者是罗妮·吉布森，等她度假归来。多半是罗妮，温迪不会想要这份工作的。

阿迪·古尔斯比和理查德·比尔森来到古塔阿勒身旁，站在安妮和鼓手身后。比尔森惊愕地扫视警察局的大开间：弹痕累累的墙壁，破碎的玻璃，地上的血泊，横七竖八的尸体。他抬起手捂住了嘴。

阿迪比他坚强。"医生已经在路上了。半个镇子的人聚在街上，大多数都带着枪。这儿到底是怎么了？那又是谁？"她指着皮包骨头、耳朵上裹着绷带的男孩。

卢克对周围的一切都毫不在意。他的注意力全在穿裤装的女人身上。"斯塔克豪斯，对。肯定是他。我要联系他。我该怎么做？"

西格斯比夫人只是瞪着卢克。蒂姆在卢克身旁跪下。他在裤装女人的眼里看到了痛苦、难以置信和憎恨。他不确定是哪一种情绪占据了上风，但要他猜的话，他认为是憎恨。憎恨永远是最强烈的情绪，至少在短期内必定是如此。

"卢克——"

卢克没有理他。他的注意力完全集中在受伤的老女人身上。"我必须联系他，西格斯比夫人。他扣押着我的朋友们。"

"他们不是囚犯，他们是财产！"

温迪来到他们身旁。"夫人，课堂上讲林肯解放黑奴的时候你肯定逃学了。"

"你跑到我们镇上来开枪杀人，"安妮说，"现在应该知道厉害了吧？"

"安妮，安静。"温迪说。

"我需要联系他，西格斯比夫人。我要和他做个交易。告诉我，该怎么联系他。"

她没有回答，卢克把大拇指插进她红色裤装上的弹孔。西格斯比夫人尖叫起来："住手！天哪！住手！太疼了！"

"电棒不疼吗？"卢克对她吼道。玻璃碴在地上哗啦啦地滚动，汇集成几条小溪。安妮看得目瞪口呆。"打针不疼吗？险些被淹死不痛苦吗？还有意识被强行撕开呢？"他再次把大拇指插进弹孔。警察局的门砰然关上，所有人都吓了一跳。"意识被生生摧毁呢？那才是最痛苦的！"

"让他住手！"西格斯比夫人尖叫，"别让他再伤害我了！"

温迪弯腰想拉开卢克。蒂姆摇摇头，抓住她的胳膊。"不。"

"就是我说的阴谋，"安妮对鼓手悄声说，她的眼睛瞪得很大，"那个女人为那个阴谋做事。他们全是！我早就知道了，我说过，但没人相信！"

蒂姆耳朵里的嗡嗡声开始消退。他没听见警笛声，但并不吃惊。他估计州警甚至都不知道迪普雷发生了枪战，至少现在还不知道。要是有人打911，电话不会转给南卡罗来纳公路巡逻队，而会转给费尔利县警察局，也就是眼前的这堆废墟。他看了一眼手表，惊讶地发现这个世界在仅仅五分钟前还风平浪静，顶多六分钟。

"西格斯比夫人，对吧？"蒂姆在卢克身旁跪下。

她一言不发。

"你惹上了大麻烦，西格斯比夫人。我建议你把卢克想知道的事情告诉他。"

"我需要医疗救助。"

蒂姆摇摇头。"你需要的是回答卢克的问题，然后我们再说医疗救助的事。"

"卢克说的是实话，"温迪喃喃自语，"一切都是真的。"

"我刚刚不是说过吗？"安妮高兴得都快叫起来了。

罗珀医生挤进警察局。"我的上帝啊，"他说，"还有人活着吗？这个女人伤得有多重？是恐怖袭击吗？"

"他们在拷问我，"西格斯比夫人说，"看你拎着那个黑色诊疗包，你应该是一位医生，因此你有义务阻止他们。"

蒂姆说："医生，你治疗过的那个男孩是从这个女人和她带来的突击队手中逃出来的。我不知道外面死了几个人，但我们有五位同事牺牲了，包括警长，都是在这个女人下命令打死的。"

"这个回头再说，"罗珀说，"现在我必须治疗她，她在流血。另外，没有人打电话叫救护车吗？"

西格斯比夫人看着卢克，咧嘴微笑，像是在说"我赢了"，然后望向罗珀。"谢谢你，医生。谢谢你。"

"这个老东西倒也算有种，"安妮说，语气里不无钦佩，"但被我打中脚的那个男人就未必了。假如我是你，我就去找他。要我说，为了一针吗啡，他都愿意把他老妈当白奴卖了。"

西格斯比夫人惊慌地瞪大眼睛。"别碰他。我禁止你们和他说话。"

蒂姆站起身。"禁止个屁。我不知道你为谁做事，但我认为你绑架儿童的日子到头了。卢克，温迪，跟我走。"

38

整个镇子的住宅都亮起了灯，迪普雷镇的主大道上挤满了人。人们用手边的东西盖住尸体。有人从小巷里拿来孤儿安妮的睡袋，盖在罗宾·莱克斯身上。

埃文斯医生被所有人遗忘了。他大可以一瘸一拐地走过去，开上一辆厢式车扬长而去，但他似乎根本没有这个念头。蒂姆、温迪和卢克发现他坐在宝石电影院门前的路沿。他的脸上泪光闪烁。他忍痛脱掉了鞋，此刻正盯着一只血淋淋的袜子和严重变形的脚。他伤得是否严重，淤肿能消退多少，蒂姆既不知道也不在乎。

"先生，你叫什么？"蒂姆问。

"别管我叫什么。我要找律师，还要找医生。一个女人朝我开枪。我要警察逮捕她。"

"他叫詹姆斯·埃文斯，"卢克说，"是个医生。约瑟夫·门格勒[1]那种医生。"

埃文斯似乎终于注意到了卢克。他用颤抖的手指着卢克说："都是你的错。"

卢克扑向埃文斯，但这次蒂姆拉住了卢克，温柔但坚定地把他推给温迪，温迪抓住男孩的肩膀。

蒂姆蹲下，直视这个脸色苍白的男人惊恐的眼睛。"听我说，埃文斯医生，仔细听我说。你和你的朋友全副武装冲进这个小镇，企图抢走这个男孩，杀了我们五个人，他们都是警察。也许你不知道，但南卡罗来纳州是有死刑的，你们杀死了警长和四名警员，假如你以为他们不会判你死刑，并且迅速执行——"

"我和这事没关系！"埃文斯哀叫道，"我不想来的！我——"

"闭嘴！"温迪说。她还拿着塔格·法拉第生前用的格洛克，现在她把枪口对准了还在流血的那只脚，"那些警官都是我的朋友。要是你以为我会给你朗读你作为嫌疑人保持沉默的权利，那你也未免想得太美了。你不把卢克想知道的告诉他，我就朝你的另一只脚开——"

---

1 人称"死亡天使"，德国纳粹党卫队军官和奥斯威辛集中营的"医师"。

"好的！好的！我说！"埃文斯弯下腰，用双手捂住没受伤的那只脚，蒂姆几乎都要同情他了，几乎。"什么？你想知道什么？"

"我要和斯塔克豪斯谈一谈，"卢克说，"我该怎么做？"

"西格斯比夫人的电话，"埃文斯说，"她有一部特制电话。他们尝试……你明白的……在劫人之前，他们通过电话。我看见她把电话放在上衣口袋里了。"

"我去拿。"温迪说着转身走向警察局。

"不光是电话，"卢克说，"我还要她。"

"卢克……她中枪了。"

"我们会需要她的。"卢克说着，眼神坚定。

"为什么？"

因为现在的情形如同下棋了，你不但要考虑接下来的一步以及之后的一步，你必须想到之后的三步，这是铁律。每一步都要有替代方案，具体怎么走，取决于对手的反应。

她望向蒂姆，蒂姆点点头。"带上她。需要的话，给她戴上手铐。你现在是法律的化身了。"

"天哪！怎么可能？"她说着离开了。

蒂姆终于听见了警笛声。也许有两辆警车，但依然很遥远。

卢克抓住蒂姆的手腕。他觉得男孩看上去无比专注、无比警觉，同时也疲惫极了。"我不能被困在这儿。他们抓住了我的朋友们。他们被关了起来，现在只有我能帮助他们。"

"被关在你说的异能研究所里？"

"对。现在你相信我了，对吧？"

"在看过 U 盘上的东西，再经历了刚才的事情之后，我很难不相信。U 盘呢？还在你那儿吗？"

卢克拍了拍口袋。

"西格斯比夫人和她的那些同事，他们打算对你的朋友们做些什么？把他们变成那个病区里的孩子们那样？"

"他们已经在做了，但我的朋友们逃了出来，主要是埃弗里的功劳。埃弗里被送去那个病区，是因为他帮我逃了出来。这个大概就叫讽刺吧。但我确定他们又被困住了。要是我无法和斯塔克豪斯谈成交易，我担心他会杀死他们。"

温迪回来了。她拿着一个方方正正的东西，蒂姆猜那是一部电话。她拿电话的那只手的手背上有几道血淋淋的挠痕。

"那个女人不愿意给我。她强壮得出奇，尽管挨了一枪。"温迪把电话递给蒂姆，扭头向后看。孤儿安妮和鼓手登顿扶着西格斯比夫人穿过马路。虽说西格比斯夫人脸色苍白，疼痛难忍，但还是尽可能地挡开他们。三四十名迪普雷镇民跟着他们，罗珀医生走在最前面。

"蒂姆，她来了。"孤儿安妮说。她气喘吁吁的，脸颊和太阳穴上有几道红印子，那是西格斯比夫人扇出来的，但安妮看上去一点也不生气。"我们要怎么整治她？似乎不能把她捆起来，但这个念头我连想一想都开心。"

罗珀医生放下诊疗包，揪住安妮的披肩毯，把她拽到一旁，走到蒂姆的面前。"老天在上，你到底在想什么？现在不能送这个女人去任何地方！那样会要了她的命！"

"医生啊，我可不觉得她有什么生命危险，她险些一拳打断我的鼻梁。"鼓手说完，放声大笑。蒂姆不记得自己听过这个男人的笑声。

温迪没有理会鼓手和医生。"蒂姆，假如咱们要去什么地方，那就趁州警还没来赶紧走吧。"

"求求你们，"卢克先望向蒂姆，然后望向罗珀医生，"要是咱们不做些什么，我的朋友们会死的，我知道他们肯定会的。不光是他们，还有其他人，被称作植物人的那些孩子。"

"我需要去医院，"西格斯比夫人说，"我流了大量的血。另外我需要见律师。"

"闭上你的鸟嘴，否则我帮你封上，"安妮怒喝道，然后望向蒂姆，"她伤得没她说的那么重。血已经止住了。"

蒂姆没有立刻回答。他想到不久前的那一天，他拐进萨拉索塔的韦斯特菲尔德商场，他只是想去买一双鞋，然后一个女人跑向他，因为他身穿警服。她说有个年轻人在电影院门口挥舞手枪，于是蒂姆跑去一探究竟，随后做出的那个决定，改变了他的人生。事实上，带他来到迪普雷镇的正是这个决定，而此刻他面临着另一个决定。

"给她包扎一下，医生。温迪、卢克和我必须带这两位去兜个风，看能不能弄清整件事情的来龙去脉。"

"另外，给她点东西止痛。"温迪说。

蒂姆摇摇头。"给我。我来决定什么时候给她。"

罗珀医生看着蒂姆，还有温迪，就好像他这辈子从没见过他们。"这么做不对。"

"不，医生。"说话的是安妮，她的语气温和得惊人。她抓住罗珀医生的肩膀，指着街道上被盖住的尸体，指着门窗被打烂的警察局，说："那样才不对。"

医生呆呆地站了几秒钟，望着尸体和被摧毁的警察局。最后他做出了决定。"我来看看她受伤的情况。要是她流血还很严重，或者股骨碎了，那我不会允许你们带走她。"

但你会的，蒂姆心想，因为你不可能阻止我们。

罗珀跪下，打开诊疗包，取出外科手术剪。

"不。"西格斯比夫人说着从鼓手身旁向后退。鼓手立刻抓住了她，但蒂姆很高兴地发现：在鼓手抓住她之前，她那条受伤的腿居然能承受全身的重量。罗珀也看见了。他上了年纪，但眼睛依然雪亮。"你不能在大马路上给我做手术。"

"我只会隔着你的裤腿做手术，"罗珀说，"除非你继续这么乱动，那我可以不做。你若乱动，我就没法保证会发生什么了。"

"不！我不允许你——"

安妮捏住她的脖子。"女人，我不想再听见你不允许这不允许那了。别乱动，否则你最不需要担心的就是那条腿了。"

"放开我！"

"你不动，我就放开，否则看我不拧断你的小细脖子。"

"最好照她说的做。"阿迪·古尔斯比建议道，"她脾气上来了会很疯狂。"

西格斯比夫人停止挣扎，或许是因为筋疲力尽，也或许是因为面临被掐死的威胁。罗珀在她伤口上方两英寸处干净利落地剪短了她的长裤。裤腿落到她的脚腕上，露出雪白的皮肤、曲张的静脉和看上去更像刀划而非弹孔的伤口。

"好吧，亲爱的。"罗珀听上去松了一口气，"还不算坏嘛。比擦伤糟糕一些，但糟糕不到哪儿去。你运气很好，夫人，已经收口了。"

"我受了重伤！"西格斯比喊道。

"你要是不闭嘴，那才会受重伤。"鼓手说。

医生用碘伏擦拭伤口，然后用绷带裹住，最后打了个蝴蝶结固定。等他抬起头，他发现迪普雷镇的所有居民（至少住在镇上的所有人）都在看热闹。蒂姆拿起女人的电话，它侧面有个按钮，按下去会让屏幕亮起来，屏幕上显示电量还有百分之七十五。

他关闭屏幕，把电话递给卢克。"暂时由你保管。"

卢克把电话放进装着 U 盘的口袋。这时，一只手拉了拉卢克的裤腿——是埃文斯，他说："年轻人，卢克，你必须当心。假如你不想担责任的话。"

"担什么责任？"温迪问。

"世界末日，小姐。世界末日。"

"白痴，你给我闭嘴。"西格斯比夫人说。

蒂姆盯着她看了几秒钟，然后转向罗珀医生。"我不知道我们具体在处理什么事情，但我知道它肯定异乎寻常。我们需要一点时间盘问这两个人。等州警来了，你就说我们一小时后回来，顶多两小时。然后我们再开始按正常的警务程序办事。"

他猜自己未必能守住这个承诺。他认为自己在迪普雷这个南卡罗来纳州小镇的日子应该到头了，他为此感到遗憾。

他本来以为自己能在这儿安顿下来，也许和温迪一起。

39

格拉迪丝·希克森以稍息的姿势站在斯塔克豪斯的面前，双脚分开，双手放在背后。此时，异能研究所里的每一个孩子都熟悉并憎恨的假笑无影无踪了。

"格拉迪丝，你明白我们现在的处境吗？"

"明白，长官。后半区的住客被困在连通隧道里了。"

"正确。他们出不来，但我们暂时也进不去。我知道他们尝试过……怎么说呢，用他们的通灵能力影响部分工作人员，对吧？"

"对，长官。但没有成功。"

"但让人不舒服。"

"对，长官，不太舒服。还有某种……嗡嗡声，让人没法集中精神。行政楼这儿没有，至少现在还没有，但前半区的所有人都感觉到了。"

完全符合逻辑，斯塔克豪斯心想，前半区更靠近连通隧道。事实上，行政楼就建在隧道顶上。

"长官，嗡嗡声似乎正在逐渐加强。"

也许只是她的想象。斯塔克豪斯当然希望如此，就像他希望驴金刚说的是对的，狄克逊和他的朋友们无法影响有所准备的大脑，就算加入植物人不可否认的力量也做不到，然而正如他祖父常说的：拥有希望不能让你赢赛马。

他的沉默大概让她感到了不安，她继续道："但我们知道他们想干什么，长官，没什么问题。我们捏住了他们的命门。"

"说得好，格拉迪丝。我叫你来正是为了这个。我知道你年轻时上过马萨诸塞州立大学。"

"是的，长官，但只上了三个学期，大学不适合我。因此我退学并加入了海军陆战队。"

斯塔克豪斯点点头。没必要指出她档案里的污点，让她尴尬：她大学第一年一帆风顺，但第二年惹了天大的麻烦。学校附近有一家学生常去的酒吧，她在那儿用啤酒杯砸昏了一个女孩，因为那个女孩是她的情敌，为了格拉迪丝的男朋友与她争风吃醋。为此，格拉迪丝不但被赶出酒吧，也被逐出校园。那并不是她第一次发脾气，难怪她会选择海军陆战队。

"我知道你主修的是化学。"

"不，长官，不是。我还没选择专业就……就退学了。"

"但你本打算学化学。"

"呃，对，长官，当时是的。"

"格拉迪丝，假如我们需要一个——我使用一个不公正、污名化的说法——解决连通隧道里那些住客的最终方案。我不是说我们会这么做，我完全不是这个意思，只是假设我们要这么做。"

"长官，你是不是想问有没有办法毒死他们？"

"就当我是这个意思吧。"

格拉迪丝终于笑了，这次完全发自肺腑，甚至是如释重负。要是能干掉那些住客，烦人的嗡嗡声也就消失了。"全世界最简单的事情，长官，只要连通隧道接入了'暖通空系统'就行，而我相信肯定接入了。"

"暖通空？"

"供暖、通风和空调，长官。你只需要漂白水和洁厕剂。清洁工那儿有的是。这两样东西混合起来会产生氯气。拎几桶放在'暖通空系统'的进气口，用油布盖住，确保气体能够被完全吸进去，然后就等着看吧。"她停下来，思考了片刻，"当然了，动手前最好先疏散前半区的工作人员。那个区域也许共用同一个进气口。我不确定。需要的话，我可以去查一下供暖图纸——"

"没这个必要，"斯塔克豪斯说，"不过，你最好叫上勤杂工弗雷德·克拉克，准备好……呃……所需的材料。有备无患嘛，你明白的。"

"当然，长官，完全明白。"格拉迪丝似乎迫不及待了，"能问一下西格斯比夫人在哪儿吗？她的办公室里没人，罗莎琳德叫我来问你。"

"格拉迪丝，西格斯比夫人的事情和你没关系。"她像是铁了心要保持军队的模式，于是，斯塔克豪斯又下令道："解散。"

她出去找到勤杂工弗雷德，开始搜集那些材料，准备一劳永逸地解决那些孩子并终止笼罩着前半区的嗡嗡声。

斯塔克豪斯往后一靠，思考需不需要采取如此极端的行动。他觉得很可能需要。另外，考虑到过去约七十年来异能研究所所做的事情，这真的算很极端吗？死亡在这项事业中是无可避免的，有时候糟糕的处境需要一个全新的开始。

这个全新的开始取决于西格斯比夫人。她千里迢迢地跑去南卡罗来纳州是个轻率的决定，但往往起作用的就是这样的计划。他记得迈克·泰森[1]说过：一旦开始挥拳头，战略就可以被扔出窗外了。反正他本人的逃脱战略早已准备就绪，好几年前就准备好了。他存了钱，做了假护照（一共三本），定下了旅行路线，目的地在等待着他。然而他

---

1 美国前职业拳击手。

会尽可能长时间地坚守阵地，部分是出于他对茉莉娅的忠诚，但主要是因为他相信他们所从事的工作。为了民主，保证世界的安全倒在其次。保证世界的安全就是首要任务。

现在他还没理由要逃跑，他对自己说。车身有点倾斜，但还没翻车呢。最好坚持一下。等你来我往挥完拳头，且看站着的会是谁。

他等待盒式电话发出刺耳的嘟嘟声。等待茉莉娅离开小镇，向他通报情况，他再决定接下来该怎么做。假如电话一直不响，那同样是一种回应。

40

17号州际公路和92号州道的路口有一家凄惨的废弃美容院。蒂姆停下车，绕到厢式车的乘客座一侧，西格斯比夫人坐在前排乘客座上。他打开前排车门，然后拉开后面的滑动门。卢克和温迪坐在埃文斯医生的两侧，埃文斯愁眉苦脸地看着自己变形的脚。温迪拿着塔格·法拉第的格洛克手枪。卢克拿着西格斯比夫人的盒式电话。

"卢克，跟我来。温迪，你先坐在那儿等一下。"

卢克下车。蒂姆问他要电话。卢克把电话递给他。蒂姆按亮屏幕，然后探头到车里。"这玩意儿怎么用？"

西格斯比夫人一言不发，只是直视前方，望着用木板封死的建筑物，褪色的店标上还能看出"美发港湾2000"几个字。蟋蟀轻轻吟唱，从迪普雷的方向传来警笛声。比先前更近了，但还没进镇子，蒂姆心想，不过也没多远了。

他叹了一口气，说："女士，别敬酒不吃吃罚酒。卢克说双方还有机会谈个交易，他很聪明。"

"太聪明了，对他没好处。"她说完又抿紧嘴唇，继续直视前方，双臂抱在干瘪的胸口。

"考虑到你的处境，我觉得更应该说对你没好处。我说'别敬酒不吃吃罚酒'的意思是别逼我对你动手。作为伤害儿童的——"

"伤害并杀死儿童，"卢克插嘴道，"还杀死了很多其他人。"

"作为一个做这种事的人，你似乎极其不愿意让自己忍受疼痛。因此，你就别用沉默来抗议了，告诉我怎么用这东西。"

"通过语言激活，"卢克说，"对吧？"

她吃惊地看着他。"你是心动能力者，不是心感能力者。而且心动能力并不强。"

"事情是会改变的，"卢克说，"感谢斯塔西光。西格斯比夫人，激活电话。"

"做个交易？"她干笑道，"什么样的交易对我有好处？我反正是死定了。我失败了。"

蒂姆向滑动门里探头。"温迪，把枪给我。"

她没有表示反对，把枪递给了蒂姆。

蒂姆接过法拉第警员的佩枪，用枪口顶着没被剪断的那条裤腿的膝盖下缘。"这是一把格洛克，夫人。如果我扣动扳机，那你这辈子都没法走路了。"

"休克和失血会要了她的命的！"埃文斯医生叫道。

"死了五个人，她是主使者，"蒂姆说，"你觉得我真的在乎吗？西格斯比夫人，我受够你了。最后给你一次机会。你也许会立刻失去意识，但我愿意赌你会保持一段时间的清醒。在你昏过去之前，你感觉到的痛苦会让另一条腿上的枪伤显得像一个晚安吻。"

她一言不发。

温迪说："别这样，蒂姆。你不能这么冷血。"

"我能。"蒂姆不确定这是不是实话，但他确定自己并不想知道答案，"帮我，西格斯比夫人，就等于帮你自己。"

西格斯比夫人毫无反应。时间紧迫，安妮不会跟州警说他们的去向，鼓手和阿迪·古尔斯比也不会说；罗珀医生也许会说；诺伯特·霍利斯特在主大道上发生枪战时小心翼翼地躲了起来，他很可能会去告密。

"好吧。你是个嗜血的老贱人，我不得不这么做，我还是很为此感到遗憾。我不会数到三。"

卢克抬起手捂耳朵，以挡住即将响起的枪声，这个动作终于说服了她。"别开枪，"她伸出手，"把电话给我。"

"不行。"

"那就放在我的嘴边。"

蒂姆照她说的做。西格斯比夫人嘟囔了一句什么，电话发出语音："激活失败。你还有两次尝试机会。"

"别耍花样。"蒂姆说。

西格斯比夫人清了清喉咙，这次的语气几乎接近正常。"西格斯比一号。堪萨斯城酋长队。"

随即出现的屏幕和蒂姆的苹果手机的一模一样。他点了一下电话图标，然后看见近期通话记录的第一个就是"斯塔克豪斯"。

他把电话递给卢克，"你打吧。我要他听见你的声音，然后给我。"

"因为你是成年人，他会听你的。"

"希望你说得对。"

41

在茉莉娅上次跟他联络近一小时后——时间隔得太久了——斯塔克豪斯的盒式电话终于响了。"茉莉娅，抓住他了吗？"

斯塔克豪斯听见从线路里传来的声音，惊得险些把电话扔了出去。"没有。"卢克·埃利斯说，"你弄反了。"斯塔克豪斯从小浑蛋的声音里听出了无可否认的满足。"我们抓住了她。"

"什……什么……"刚开始，他甚至想不出该说什么。他不喜欢这个"我们"。他想到锁在办公室保险柜里的三本护照和他仔细制定的逃脱策略后，终于镇定下来。

"听不懂吗？"卢克问，"也许你需要去泡一泡水箱。或许能给你的意念力创造奇迹。我就是活生生的证据。我打赌，埃弗里也是。"

斯塔克豪斯有股强烈的冲动，想立刻切断通话，取出护照，悄无声息地立刻逃之夭夭。阻止他这么做的只有一点，那就是这个孩子打电话找他。这意味着他有话想说，也许是想和自己交换什么。

"卢克，西格斯比夫人在哪儿？"

"就在我旁边，"卢克说，"她帮我们解锁了电话。你说她乖不乖？"

我们。一个糟糕的代词，一个危险的代词。

"这是个误会，"斯塔克豪斯说，"只要我们还有机会把事情扳回到正轨，那我们就必须这么做。牵涉的利害关系太多了，超出你的想象。"

"也许确实可以，"卢克说，"这对大家都好。"

"那就太好了！你能让西格斯比夫人说几句吗？让我知道她一切都好——"

"你还是和我的朋友说吧。他叫蒂姆。"

斯塔克豪斯等待着，汗珠顺着脸颊往下淌。他看着电脑显示器：隧道里，领导反抗的那些孩子（狄克逊和他的朋友们）似乎睡着了。

植物人没有。他们漫无目的地走动、自言自语，偶尔像游乐园里的碰碰车一样，彼此撞个满怀。有一个植物人拿着蜡笔之类的东西在墙上写字。斯塔克豪斯有点吃惊。他没想过植物人还能写字，也许只是在乱涂乱画。摄像头不够清楚，看不清他在写什么。该死的设备，太落后了。

"斯塔克豪斯先生？"

"是我。你是谁？"

"叫我蒂姆吧。你只需要知道这个。"

"我想和西格斯比夫人说话。"

"说吧，但别啰唆。"自称蒂姆的男人说。

"是我，特雷弗，"茱莉娅说，"对不起。我失败了。"

"怎么——"

"别管是怎么失败的了，斯塔克豪斯先生，"自称蒂姆的男人说，"也别管这个老贱人了。咱们必须做个交易，而且必须尽快。你能闭嘴听我说吗？"

"好的。"斯塔克豪斯拿过一个记事簿放在面前。汗珠滴在纸上，他用袖子擦了擦额头，翻过一页，拿起钢笔。"说吧。"

"卢克从你们扣留他的所谓异能研究所拿走了一个 U 盘。U 盘里是一个叫莫琳·艾尔沃森的女人留下的录像。她讲了一个离奇的故事，要不是她在你们所谓 A 病区或植物园拍摄了一段录像，这个故事恐怕不可能有人相信。跟得上吗？"

"嗯。"

"卢克说你们把他的一批朋友和 A 病区的一批孩子扣作人质。"

在此之前，斯塔克豪斯从没想过他们是人质，但从埃利斯的角度来看……

"可以这样说吧，蒂姆。"

"好的，可以这样说。接下来的话很重要。现在只有两个人知道卢克的故事，并且看过 U 盘里的视频。我是其中之一，我的朋友温迪是另一个，她就在我和卢克的身边。本来还有几个人也看过视频，他们是警察，但由于这位老贱人和她带来的枪手，他们都死了。你们的人也死得差不多了。"

"不可能！"斯塔克豪斯叫道。一帮小镇警察居然干掉了蛋白石小组和红宝石小组，这太荒谬了。

"女老板有点操之过急，朋友，他们又遭到了意外偷袭。不过咱们先说正经事，可以吗？U 盘在我手上，你们的西格斯比夫人和詹姆斯·埃文斯医生也在我手上。两个人都受了伤，但要是能脱身，伤倒是不难治。孩子们在你手上。咱们能交换一下吗？"

斯塔克豪斯愣了神。

"斯塔克豪斯？回答我。"

"这取决于我们能不能保守这个机构的秘密，"斯塔克豪斯说，"要是做不到，那什么交易都是白搭。"

蒂姆停顿了片刻，再次开口："卢克说，我们也许能商量出一个办法来。至于现在，斯塔克豪斯，我该去哪儿？你们的武装团队是怎么从缅因州这么快赶到迪普雷镇的？"

斯塔克豪斯说有一架挑战者喷气式飞机在阿尔科卢待命——他别无选择。"等你们到了博福特，西格斯比夫人可以给你准确地指路。现在我要和埃利斯再说几句。"

"有这个必要吗？"

"事实上，生死攸关。"

片刻后，男孩回到了加密线路上。"你想说什么？"

"我猜你和你的朋友们一直有联系，"斯塔克豪斯说，"也许是某位特定的朋友——狄克逊先生。你没必要承认或者否认，我明白时间紧迫。假如你还不知道他们具体的位置——"

"他们在前半区和后半区之间的隧道里。"

真是令人不安。但斯塔克豪斯还是说了下去。

"没错。假如咱们能谈出个所以然来，他们就能出来重见天日；假如不能，我就用氯气灌满隧道，他们会缓慢而痛苦地死去。我不会留下来看这个过程，我下完命令两分钟后就溜走。我之所以告诉你，是因为我确定你的新朋友蒂姆想把你排除在交易之外。但那是不可能的。你明白吗？"

停顿片刻后，卢克说："明白。我和他一起来。"

"那就好。暂时先这样吧。我们谈完了吗？"

"还没有。西格斯比夫人的电话能在飞机上用吗？"

斯塔克豪斯隐约听见西格斯比夫人说"能用"。

"斯塔克豪斯先生，请你留在电话附近，"卢克说，"我们还没谈完呢。另外，你就别考虑逃跑了。你一动念头我就会知道。有一名警察陪着我们，假如我请她联系国土安全部，她一定会联系的。你的照片会贴满全国的每一个机场，你有再多的假证件也毫无用处。你就像开阔地上的一只兔子。明白我的意思了吗？"

斯塔克豪斯再次震惊得说不出话来。

"明白吗？"

"明白。"他说。

"很好。我会再联系你的，到时候讨论细节。"

男孩说完就挂断了电话。斯塔克豪斯慢慢地把电话放在桌上。他发现自己的手在微微颤抖。部分是因为惊吓，但主要是因为愤怒。"我会再联系你的"，就好像他是什么了不起的硅谷大亨，而斯塔克豪斯是听他摆布的下属小职员。

咱们走着瞧，斯塔克豪斯心想，咱们走着瞧。

42

卢克把盒式电话交给蒂姆，像是很高兴能摆脱它一样。

"你怎么知道他有假证件？"温迪问，"你读了他的心？"

"没有，"卢克说，"但我敢打赌他肯定有一整套——护照、驾照和出生证。我敢打赌他们大多数人都有。护工、技术员和厨师也许没有，但高层的那些人肯定有。他们就像艾希曼或瓦尔特·劳夫[1]，就是他想出了建造机动式毒气室的点子。"卢克望向西格斯比夫人，"劳夫和你们这些人肯定合得来，对吧？"

"特雷弗也许有假证件，"西格斯比夫人说，"但我没有。"

尽管卢克无法读她的心——她向卢克封闭了心灵，但他觉得她说的是实话。有个词可以形容她这种人，这个词就是"狂热分子"。艾希曼、门格勒和劳夫逃跑了，因为他们是看风使舵的懦夫，但他们狂热的元首没有逃跑，而是自杀了。卢克很确定，只要给这个女人机会，她就会做相同的事情——只要相对没有痛苦就行。

他回到厢式车里，尽量绕过埃文斯受伤的脚。"斯塔克豪斯以为我要去找他，但不完全是真的。"

"不完全？"蒂姆问。

"对。我要去找他算账。"

暮色渐深，斯塔西光在卢克眼前绽放，厢式车的滑动门自己徐徐地关闭。

---

1 二战时期的纳粹头目。

大电话

1

去博福特的路上，厢式车里静悄悄的。埃文斯医生试图挑起话题，重申他在整件事里是无辜的。蒂姆给了他两个选择：要么闭嘴，吃两颗罗珀医生留下的奥施康定；要么继续说话，忍受脚上伤口的剧痛。埃文斯选择了沉默和止痛药。棕色的小药瓶里还有几粒，蒂姆给了西格斯比夫人一粒，她干咽下去，连声"谢谢"都没说。

蒂姆想为卢克创造一个安静的环境，卢克现在是这次行动的大脑了。他知道绝大多数人会认为他疯了，居然让一个十二岁的孩子制订战略计划，不但要拯救隧道里的那些孩子，在这个过程中还要保住他们几个人的性命。但他注意到温迪同样不声不响。她和蒂姆知道卢克经过多少努力才走到今天，他们也见过卢克在行动中的样子，因此他们明白。

他们具体明白了什么呢？嗯，这个孩子不但胆识过人，而且是个真正的天才。异能研究所的恶棍绑架他，是为了获取一点天赋（至少在得到强化前确实如此），而那天赋比哗众取宠的客厅戏法强不到哪儿去。比起他们想要的东西，他们认为卢克的聪慧只是个附属品，他们就像盗猎大象的歹徒，为了九十磅象牙而杀害一头一万两千磅的大象。

蒂姆估计埃文斯无法领会其中的讽刺意味，但他认为西格斯比应该能……当然，她未必会允许这个念头进入自己疯狂的头脑：一项持续了几十年的秘密行动会被摧毁，完全是因为他们眼中可有可无的一样东西——这个孩子强大得可怕的头脑。

2

九点左右，他们刚开出博福特的城界，卢克请蒂姆找一家汽车旅馆。"但别停在门前，绕到后面去。"

城界街上有一家汽车旅馆，木兰树掩映着屋后的停车场。蒂姆贴着栏杆停车熄火。

"温迪警官，咱们就在这儿分开吧。"卢克说。

"蒂姆？"温迪问，"他这是什么意思？"

"意思是你去开个房间，他说得对，"蒂姆说，"你留下，我们走。"

"先去拿门钥匙，然后回来，"卢克说，"带上几张纸。你有笔吗？"

"当然有，我还有记事本。"她拍了拍制服裤的前袋，"可是——"

"等你回来，我会尽力解释一下的。但归根结底，你是我们的保险绳。"

自离开废弃的美容院后，西格斯比夫人第一次对蒂姆开口。"这小子的经历使得他的脑子不正常，你若听他的，也是在发疯。你们三个最好的出路是把埃文斯医生和我留在这儿，然后逃跑。"

"意思是扔下我的朋友们等死。"卢克说。

西格斯比夫人微笑道："说真的，卢克，你想一想。他们到底为你做了什么？"

"你不可能明白，"卢克说，"再过一百万年都不可能。"

"去吧，温迪，"蒂姆说，他抓住她的手，捏了捏，"去订个房间，然后回来。"

她怀疑地看了他一眼，把格洛克递给他，下车走向旅馆前台。

埃文斯医生说："我想强调一下，我来这儿并非出于——"

"本意，是的，"蒂姆说，"我们知道了。你给我闭嘴吧。"

"我们能下车吗？"卢克问，"我想和你谈一谈，但不能……"他朝西格斯比夫人摆摆头。

"没问题，咱们下车。"蒂姆打开乘客座那边的车门和后排的滑动门，然后站在汽车旅馆与隔壁汽车销售店之间的围栏前。卢克走到他身旁。从蒂姆所在的位置，他能看见那两名非自愿的乘客，要是有人企图逃跑，他能立刻阻止他们。不过，他觉得这个可能性很小，因为他们毕竟一个腿部中枪，另一个脚部中枪。

"怎么了？"蒂姆问。

"你下象棋吗？"

"会下，但下得不好。"

"我下得很好，"卢克压低了声音说，"现在我就在和斯塔克豪斯下棋。你明白我的意思吗？"

"应该明白。"

"走一步看三步，同时反制他的招式。"

蒂姆点点头。

"下象棋的时候，时间并不是关键因素，除非下的是快棋，而这局棋刚好就是。我们必须从这儿去喷气式飞机停靠的机场。然后去普雷斯克艾尔附近的某处，也就是那架飞机所在的基地。然后从那儿去异能研究所。我觉得我们不可能在明天凌晨两点以前赶到。你说对不对？"

蒂姆心算了一下，点点头。"也许还会再晚一点，不过就当是两点吧。"

"因此我的朋友们有五小时可以采取行动。但斯塔克豪斯也有五小时可以重新考虑自己的处境，他说不定会改变主意。用毒气杀死那些孩子，自己逃之夭夭。我说他的照片会出现在所有的机场，我认为他相信了，因为网上的某处肯定有他的照片。异能研究所的许多人员是从军队出来的，他很可能也是。"

"老贱人的电话里也许就有他的照片。"蒂姆说。

卢克点点头，不过他觉得西格斯比夫人似乎不是喜欢到处留影的那种人。"但他也许会决定步行穿过美加边境。我确定他至少留好了一条备选的逃生路线，比如荒弃的伐木小道或者一条小溪。这是他可能会使出的招式，我必须把它们考虑进来。但是……"

"但是什么？"

卢克用掌根揉搓着脸颊，这个动作意味着疲惫和犹豫，显得他异常成熟。"我需要你的意见。我觉得我的想法行得通，但我只是个孩子，不敢确定。你是成年人，而且是个好人。"

蒂姆被触动了。他望向汽车旅馆的正面，温迪还没出来。"说说你的想法。"

"我想搞他。搞他一个天翻地覆。我认为他也许会留下，只是为了杀死我。拿我的朋友们当诱饵，以确保我会去。你觉得合理吗？你说实话。"

"合理，"蒂姆说，"但无法确定，报复是个强有力的激励因素，这位斯塔克豪斯不会是第一个为了报复而忘记自身利益的人。至于他为什么可能决定留下，我还能想到一个原因。"

"什么？"卢克焦急地看着他。温迪·格利克森正绕过建筑物走向他们，一只手里拿着一张钥匙卡。

蒂姆朝厢式车敞开的乘客座车门摆摆头，然后凑近卢克的脑袋说："西格斯比是老大，对吧？斯塔克豪斯只是她的打手？"

"对。"

"那就好了，"蒂姆微微一笑，"那她的老大是谁？你有没有想过这个问题？"

卢克瞪大眼睛，微微张嘴。他想明白了，也露出了笑容。

3

九点一刻。

异能研究所静悄悄的。乔和哈达德分发的镇静剂起了作用，目前前半区的住客们已经睡下。连通隧道里，发动哗变的五个孩子也在睡觉，但很可能没睡熟，斯塔克豪斯希望他们会被头疼折磨得死去活来。只有植物人醒着，他们蹒跚着四处走动，像是有地方可去似的。他们有时候还会围成一圈，像是在唱《编玫瑰花环》[1]。

斯塔克豪斯回到西格斯比夫人的办公室，用她给的备用钥匙打开了上锁的底层抽屉。此刻他拿着那部特殊的盒式电话，也就是他们所谓绿色电话或零号电话。他想到茱莉娅提起这部只有三个按键的电话时所说的。那是去年的某一天在居住村里，当时赫克尔和杰克尔的大部分脑细胞还能正常运转。后半区的孩子们刚刚干掉一名沙特掮客——此人向欧洲的恐怖分子输送资金，事情做得像一场意外事故。生活很美好。茱莉娅请他吃饭庆祝。他们在饭前喝了一瓶葡萄酒，席间和饭后喝了第二瓶。于是她的口风没那么紧了。

"我不喜欢用零号电话向那个大舌头男人汇报情况，我总是想象他是个白化病病人。不知道为什么，也许是因为我小时候看过的漫画中

---

1 英国著名儿歌。《编玫瑰花环》的旋律依然保留在今天大部分的转圈游戏中，该歌谣节奏明快，歌词中有很多对黑死病症状的隐喻。

的某个人物，其中的反派是个有 X 射线眼的白化病病人。"

斯塔克豪斯点点头，表示理解。"他在哪儿？他是谁？"

"我不知道，也不想知道。我打电话汇报情况，然后去洗澡。比起用零号电话打电话，更可怕的事情只有一件，那就是用它接电话。"

此刻斯塔克豪斯盯着零号电话，内心充满迷信式的恐惧，就好像想到那次对话就会让他手里的电话响起来。

"不。"他对着空荡荡的房间，对着沉默的电话说——至少此刻它毫无声息，"别迷信。你会响起来的。道理很简单。"

没错。因为零号电话另一头的人——大舌头男人和他代表的巨大组织——会发现他们在南卡罗来纳州搞出了一个无与伦比的烂摊子。他们当然会发现。事情会登上全国甚至全世界报纸的头版头条。他们也许已经知道了。假如他们知道霍利斯特（住在迪普雷镇的那名外联人员）的存在，他们也许已经联系过他，并得知了所有血淋淋的细节。

但零号电话还没响。这意味着什么？是他们不知道，还是他们在给他时间，让他把事情摆平？

斯塔克豪斯对自称蒂姆的男人说过，他们能不能达成协议取决于对方能不能保守异能研究所的秘密。斯塔克豪斯没有蠢到认为异能研究所还能继续运转，至少在缅因州的这片森林里是不可能了，但假如他能想办法控制住局势，不让有通灵能力的孩子遭到绑架和杀害的事情——或者这些事背后的真正原因——变成全世界所有媒体的头条新闻，那他也算立下了汗马功劳。他如果能把秘密捂得严严实实，甚至还可能受到嘉奖呢，尽管光是保住小命就已经算最大的奖赏了。

根据这个蒂姆说的，只有三个人知情。见过 U 盘里内容的其他人全部死了。被厄运笼罩的黄金小组也许还有人活着，但他们没看过，而他们会对所有事情保持沉默。

把卢克·埃利斯和他的同伙骗到这儿来，这是第一步。凌晨两点他们就会到了。就算是一点半，我也有足够的时间谋划一场伏击。我手下虽然只有技术员和大块头护工，但其中也有几条硬汉，比如希腊佬齐克。收回 U 盘，干掉敌人，然后等大舌头男人打来电话——肯定会的——问我处理得怎么样了，我可以说……

"我可以说我已经处理好了。"斯塔克豪斯说。

他把零号电话放在西格斯比夫人的办公桌上，在心里对它说：别响。千万别在凌晨三点以前响，四点或者五点就再好不过了。

"给我足够的时——"

电话响了，吓得斯塔克豪斯尖叫一声，然后他哈哈大笑，尽管心脏跳得还是很快。响的不是零号电话，而是他的盒式电话，这意味着电话是从南卡罗来纳打来的。

"哪位？蒂姆还是卢克？"

"卢克。听我说，我告诉你咱们怎么做交易。"

4

卡丽莎在一幢非常巨大的房子里迷路了，她不知道该怎么出去，因为她不知道自己是怎么进来的。她在一条走廊上，这条走廊很像前半区的宿舍走廊，她在那儿住了一段时间，然后被带到这儿来，被他们汲取脑力。但这条走廊装饰着橱柜、镜子、衣帽架和插满雨伞的象足状容器。一张边桌上摆着一部电话，很像她家中厨房里的那部，电话在响。她拿起听筒，由于她没法说父母从她四岁时就教会她说的问候语（"你好，这里是本森家"），她只是说了声"很好"。

"Hola? Me escuchas?（你好？听见了吗？）"是个女孩的微弱声音，在静电噪声中断断续续的，卡丽莎只能勉强听清。

卡丽莎知道 hola 是什么意思，因为她在念中学时上过一年西班牙语课，但她贫乏的词汇库里没有 escuchas 这个词。不过，她明白女孩在说什么，也知道她在做梦。

"能，对，我能听见你说话。你在哪儿？你是谁？"

但女孩的声音已经消失了。

卡丽莎放下电话，沿着走廊继续向前走。她往一个房间里看，似乎是个老电影里的绘图室。然后是一间舞厅，地板是黑白方格的，她想到卢克和尼克在操场上下象棋。

另一部电话响了。这次她跑得很快，冲进一间漂亮的现代化厨房。冰箱上贴着照片、磁贴和写着"伯科威茨竞选总统！"字样的保险杠贴纸。伯科威茨这个名字对她来说毫无意义，但她知道这是那个人的厨房。电话被固定在墙上，比边桌上的那部大，比本森家厨房里的更是大得多，简直像个恶作剧用的道具电话。但电话在响，于是她拿起听筒。

"你好？ Hola？（你好？）我名叫——me llamo（我名叫）——卡丽莎。"

但电话里不是那个说西班牙语的女孩，而是一个男孩。"Bonjour, vous m'entendez？"是法语。Bonjour 是法语里的"你好"。不同的语言，相同的问题，这次线路比较畅通，虽不算特别好，但好一点了。

"能，oui oui（能），我能听见！你在哪儿——"

但男孩的声音消失了，另一部电话响起。她穿过餐具室，跑进一个房间，她的四周是麦秆泥墙，脚下是夯实的泥土地面，铺着五彩缤纷的编织地毯。这是流亡的非洲军阀贝德尔·博卡萨的人生终点站，他在这儿被他的一个情妇割了喉咙，但实际上杀死他的是几千英里外的一群孩子。亨德里克斯医生挥动他的魔法棒——其实是一根便宜的节日烟花棒，博卡萨先生就倒下了。地毯上的电话比上一部更大，差不多有台灯那么大。她拿起听筒，听筒在她手里沉甸甸的。

另一个女孩的声音响起，这次非常清晰。似乎电话越大，声音就越清晰，"Zdravo, cujes li me？"。[1]

"能，我听得很清楚，这是什么地方？"

声音再次消失了，另一部电话响起。电话在有枝形吊灯的卧室里，这部电话有脚凳那么大，卡丽莎必须用双手才能抱起听筒。

"Hallo, hoor je me？"[2]

"能！清楚极了！和我说话啊！"

对方没有说下去，也没有拨号音。他的声音直接消失了。

下一部电话在阳光房里，宽阔的玻璃屋顶下，电话和它底下的桌子一样大。铃声像是通过摇滚乐队演唱会上的音响播放出来的，震得她耳朵疼。卡丽莎跑向电话，伸出双臂，掌心向上，把听筒从底座上掀翻，不是因为她急于得到启示，而是想在耳膜被震破前让电话安静。

"Ciao！"一个男孩的声音仿佛闷雷，"Mi senti? MI SENTI？"[3]

这一声唤醒了她。

5

她的身边是她的伙伴们——埃弗里、尼基、乔治和海伦。其他人还在睡，但睡得并不安稳。乔治和海伦在呻吟；尼基喃喃自语并伸出双手，她不禁想到自己应该如何跑向最大的那部电话，以便让铃声停下。埃弗里翻了个身，低声说出她听到过的一句话："Hoor je me? Hoor

---

1 克罗地亚语，意为"你好，能听见我吗？"。

2 荷兰语，意为"你好，能听见我吗？"。

3 意大利语，意为"你好！""能听见我吗？能听见我吗？"。

je me?"。

他们和她做了相同的梦，考虑到他们的能力（是异能研究所把他们变成这样的），这个想法完全符合逻辑。他们产生了某种群体力量，既是心灵感应能力，也是心灵致动能力。他们为什么不可能同做一个梦呢？唯一的问题是谁是最初的发动者。她猜是埃弗里，因为他最强大。

蜂群，她心想。我们现在就是一个蜂群。通灵蜂群。

卡丽莎起身扫视周围。他们依然被困在连通隧道里，这一点毫无变化，但她觉得群体力量的水平发生了变化。也许这就是虽然时间已晚，但 A 病区的孩子们仍不肯睡觉的原因。卡丽莎的时间感一向很好，她认为现在至少九点半了，也许再稍微晚一点。

嗡嗡声前所未有地响亮，而且有了一种往复的节拍：嗡嗡嗡——轰轰轰……嗡嗡嗡——轰轰轰。她抬头看向日光灯，饶有兴趣地发现灯光在随着声音循环（但并不吃惊）：变亮，暗下来一点，然后重新变亮。

心动能力者也能感应到了，她心想，对我们也并非全是坏事嘛。

彼得·利特尔约翰，一直在敲头喊"呀呀呀"的男孩，跌跌撞撞地走向她。在前半区，彼得有点可爱，也有点烦人，就像一个小弟弟，跟着你到处跑，你和朋友说悄悄话的时候，他也想来听一耳朵。现在他流着口水，眼神空洞，你都不忍心看着他。

"Me escuchas？"他说，"Hörst du mich？" [1]

"你也梦见了。"卡丽莎说。

彼得没有理会她，转身走向他四处走动的同伴，嘴里发出的音节似乎是"styzez minny"。天晓得那是什么语言，但卡丽莎确定它代表相同的意思。

---

1 德语，意为"能听见我吗？"。

"我听见你了，"卡丽莎自言自语道，"但是你想干什么呢？"

隧道通向后半区方向的半中央，有人用蜡笔在墙上写了些什么。卡丽莎走过去，途中绕开了几个四处走动的 A 病区的孩子。墙上有几个紫色的大字：打大电话，接大电话。植物人也梦见了，但他们是醒着做梦的。他们的意识几乎已被磨灭，他们也许一直在做这个梦。多么恐怖的想法啊，不停地做梦，永远找不到真实的世界。

"你也梦到了？"

说话的是尼克，他睡眼惺忪，头发竖起来，像麦秆也像长矛，模样怪可爱的。她挑起眉毛。

"那个梦。大房子，越来越大的电话？有点像《巴塞洛缪·库宾斯的五百顶帽子》。"

"巴塞洛缪是谁？"

"苏斯博士的一本书。巴塞洛缪想脱帽向国王行礼，但每次摘下一顶帽子，底下就是一顶更大也更漂亮的帽子。"

"我没读过，但没错，就是这样的梦。我猜梦来自埃弗里。"她指着埃弗里，男孩还没醒来，是那种精力耗尽的沉睡。"至少是由他而起。"

"我不知道是由他而起，还是他收到后放大再传递给我们的。我也不确定这是否重要。"尼克望着墙上的那句话，然后扫视四周，"植物人今晚很不安分。"

卡丽莎皱眉瞪他。"别那么叫他们，这是在称呼奴隶，就像你叫我黑鬼。"

"好的，"尼克说，"精神受创者今晚很不安分。可以了吧？"

"可以了。"她忍俊不禁。

"小莎，头疼怎么样了？"

"好些了。事实上，不疼了。你呢？"

"一样。"

"我也是。"乔治说着走到他们身旁,"多谢问候。你们做那个梦了吗?越来越大的电话和'你好,能听见我吗?'。"

"做了。"尼克说。

"最后一部电话,我醒来前接的那部,比我都大。另外,嗡嗡声更强烈了。"然后乔治用同样漫不经心的语气说:"你们觉得他们再过多久会决定灌毒气熏死我们?让我吃惊的是,他们怎么还没下手。"

6

九点四十五分,南卡罗来纳州博福特,汽车旅馆的停车场里。

"我在听,"斯塔克豪斯说,"假如你允许我帮助你,也许咱们能一起闯过难关。咱们商量一下吧。"

"没必要,"卢克说,"你听我说就行。别忘了做笔记,因为我不想重复一遍。"

"你的朋友蒂姆还和你——"

"你到底想不想要那个 U 盘了?不想要就继续说吧,想要就他妈闭嘴。"

蒂姆伸手按住卢克的肩膀,西格斯比夫人在厢式车的前排座位上惋惜地摇摇头。卢克不需要读她的心就知道她在想什么:一个小男孩,装什么大人呢。

斯塔克豪斯叹息道:"说吧。我准备好纸和笔了。"

"第一,U 盘不在温迪警官手上,而是在我们身边,但她知道我的朋友们都叫什么和来自什么地方,包括卡丽莎、埃弗里、尼基、海伦和另外几个孩子。假如他们和我一样,父母也死了,那就足以支持调查的启动了，有没有 U 盘都一样。她甚至可以对通灵能力和你们的杀人勾当只字不提。他们会找到异能研究所，就算你逃掉了，你的老板也会追杀你。如果你想活命，我们是你最好的机会。听懂了吗？"

"你就别浪费时间说服我了。温迪警官姓什么？"

蒂姆凑在听筒旁，能听见双方都在说什么，他摇摇头，但卢克不需要他的建议。

"你别管。第二，呼叫飞机，让你们的人下来。命令飞行员看见我们出现后，就把自己锁在驾驶舱里。"

蒂姆低声说了两个字，卢克点点头。

"叫他们先放下舷梯再锁门。"

"他们怎么知道是你们？"

"我们会驾驶一辆你们那帮杀手开的厢式车。"卢克很高兴能告诉斯塔克豪斯这条情报，希望他能理解其中的意思：西格斯比夫人行动了，但以惨败收场。

"我们不用见正副机长，他们也不用见我们。我们在飞机起飞的地方降落，他们待在驾驶舱里。到现在都没问题吧？"

"没问题。"

"第三，我需要一辆厢式车等着我们，九座的，就像我们从迪普雷开走的那种。"

"我们没有——"

"没有个屁，你们那个小军营后面有个停车场。我看见过。你是打算好好配合我，还是要逼我放弃你？"

卢克汗流浃背，不光是因为南方的夜晚又湿又热。他很高兴蒂姆的手按着他的肩膀，而温迪正关切地看着他。不再孤军奋战的感觉真好。直到这一刻，他才意识到自己背负着多么巨大的责任。

斯塔克豪斯发出那种受到不公正对待的叹息声。"继续说吧。"

"第四，你去搞一辆大巴来。"

"大巴？你是认真的吗？"

卢克觉得对方吃惊也不无道理，于是决定不去理会。连蒂姆和温迪看上去都一脸难以置信。

"我确定你的朋友满天下，其中肯定有丹尼森河湾镇的警察。也许几个，也许全部。现在是夏天，学校放暑假，因此学校的大巴应该在镇公所的停车场里，和旋耕机、垃圾车等车辆停在一起。让你的一个警察朋友，去存放钥匙的办公室一趟。我要一辆至少有四十个座位的大巴，叫他把钥匙插在点火器上。派你手下的技术员或者护工把车开到异能研究所，停在行政楼门前的旗杆旁边，钥匙留在车上。以上你都听懂了吗？"

"懂了。"一本正经的语气，斯塔克豪斯不再反对或打断卢克，卢克不需要像蒂姆那样以成年人的方式了解心理和激励机制也明白其中的原因。斯塔克豪斯肯定认为这只是一个儿童纸上谈兵的半吊子计划，离异想天开仅一步之遥。卢克在蒂姆和温迪的脸上也见到了同样的表情。西格斯比夫人能听见他的声音，她看上去快绷不住要笑出声来了。

"很简单的交易。你得到 U 盘，我救回孩子们——后半区的孩子们，还有前半区的那些。我要你明天凌晨两点以前让孩子们做好出门的准备。温迪警官保证不会声张。交易的内容就是这些。哦，对了，顺便把你的狗屎老板和狗屎医生还给你。"

"能提个问题吗，卢克？允许我提问吗？"

"问吧。"

"你和三十五到四十名儿童挤进一辆黄色的学校大巴，车身上还漆着'丹尼森河湾镇'几个大字，你打算带他们去哪儿？哦，对了，他们中的大部分还丧失了心智。"

"迪士尼乐园。"卢克说。

蒂姆捂住额头，像是忽然头痛难忍。

"我们会和温迪警官保持联络，在我们起飞前、降落后、抵达异能研究所时和离开异能研究所时。假如我们不能打电话给她，那她就会开始打电话，从缅因州的警察局开始，然后是联邦调查局和国土安全部。听懂了吗？"

"懂了。"

"很好。最后一点，我们到的时候，我需要你在场，伸直双臂，一只手放在大巴的引擎盖上，另一只手抓着旗杆。等孩子们上车，我的朋友蒂姆坐进驾驶座后，我就把莫琳的 U 盘给你，然后自己上车。没问题吧？"

"没问题。"

斯塔克豪斯回答得干净利落，他按捺住欣喜，免得听上去像是中了大奖。

斯塔克豪斯知道温迪也许会构成问题，卢克心想，因为她知道那些失踪儿童的名字，但斯塔克豪斯认为他能解决这个问题。U 盘是个更大的麻烦，很难被视为假消息。我答应了几乎所有条件。他怎么可能拒绝呢？答案是：他不可能。

"卢克——"蒂姆开口道。

卢克摇摇头：现在别说话，别打乱我的思路。

卢克知道自己的处境依然很糟糕，但他现在能见到一丝光明了。感谢上帝，蒂姆让他想到了他早该想到的一点：西格斯比和斯塔克豪斯背后肯定还有人。他们肯定还有上司，还有人指挥他们。等秘密再也捂不住了，斯塔克豪斯可以告诉他们情况还有可能更糟糕，事实上，他们应该感谢他，因为是他挽救了局面。

"你起飞前会联系我吗？"斯塔克豪斯问。

"不。我相信你会安排好一切。"尽管卢克想到斯塔克豪斯时，根本不会想到"相信"这个词，"下次咱们谈话就是面对面了，在异能研究所。厢式车在机场等我们，大巴在旗杆旁等我们，若是任何一个环节出错了，温迪警官就会打电话。再见。"

他挂断电话，瘫软下去。

7

蒂姆把格洛克递给温迪，指了指两名囚犯。温迪点点头。她走过去看管囚犯，蒂姆拉着男孩走到围栏旁，在木兰树投下的一块阴影中站住。

"卢克，不可能成功的。咱们去那儿，厢式车应该会在机场等着，但假如异能研究所就像你说的那样，他们就会伏击并干掉咱们。还有你的朋友和其他孩子。到时候只剩下温迪了，她会尽量想办法，但其他人员几天后才能赶到——我知道执法机构遇到非常规事件时会有什么反应。就算他们能找到异能研究所，那儿除了尸体，根本不会剩下什么东西，甚至连尸体都不会留下。你说他们有设备能处理……"蒂姆不知道该怎么说，"使用完的孩子。"

"这些我都知道，"卢克说，"但重点不在于我们，而在于他们——那些孩子。我只是在争取时间。那里正在发生一些事情，而且不仅仅是那里。"

"我不明白。"

"我现在更强大了，"卢克说，"我们离异能研究所有一千多英里。我是异能研究所那些孩子中的一分子。但现在不只是他们了。假如只有他们，我绝对不可能用意念抬起那家伙的枪口。我顶多只能弄翻空比萨盘，还记得吗？"

"卢克，我真的不——"

卢克集中精神。有一瞬间，他脑海里出现了一幅画面：他家前厅的电话在响，他知道如果他拿起听筒，就会有人问："你好，能听见我吗？"这幅画面随即被光点和微弱的嗡嗡声取代。光点比较暗淡，没有以前那么明亮，这样就很好。卢克想向蒂姆展示，但不想伤害他……而伤害他实在轻而易举。

蒂姆像是被看不见的大手推了一把，踉跄着跌向铁丝围栏，他连忙抬起胳膊，这才没有一头撞上去。

"蒂姆？"温迪喊道。

"没事，"蒂姆说，"温迪，你盯紧他们。"他望向卢克，"是你做的？"

"不是我的力量，只是通过我。"卢克说，因为他们现在还有时间（至少还有一点时间），也因为蒂姆很好奇。蒂姆问："是什么样的感觉？"

"一股强风，确实很强，"卢克说，"因为我们联合起来就会更强大。这是埃弗里说的。"

"他是个小孩子。"

"对。他是他们很长时间以来拥有的力量最强大的孩子，甚至是许多年以来。我不确定究竟发生了什么，但我认为他们肯定送他进了沉浸水箱，他在濒死体验中强化了斯塔西光，但是打的都不是有限制侵蚀作用的针剂。"

"我没听明白。"

卢克似乎没有听到他的话。"我猜那是为了惩罚他，因为他帮助我逃跑了。"他朝厢式车摆摆头，"西格斯比夫人也许知道，甚至有可能是她的主意。总而言之，结果弄巧成拙。肯定是如此，因为他们造反了。A病区的孩子们拥有真正的力量，而埃弗里帮他们释放出来。"

"但还不足以把他们从被困的地方弄出来。"

"现在还不行，"卢克说，"但我认为会的。"

"为什么？怎么可能？"

"你说西格斯比夫人和斯塔克豪斯背后肯定还有老板时，我就立刻想通了。我自己本来应该想到的，但一直没往那个方向思考过。也许是因为孩子的老板只有父母和教师吧。既然他们还有老板，那么为什么不会有其他的异能研究所呢？"

一辆车开进停车场，经过他们身边，红色的车尾灯闪了闪，随即消失。等那辆车开远了，卢克继续道："也许缅因州的这个是美国唯一的机构，也许西海岸还有一个。你明白的，就像书挡。但英国也许有自己的，还有俄罗斯……印度……韩国。仔细想来，符合逻辑。"

"意念竞赛，代替军备竞赛，"蒂姆说，"你是这个意思吗？"

"我不认为是竞赛。我认为这些机构是联合起来的。我无法确定，但感觉就是这样。他们有一个共同的目标，也算一个美好的目标——献祭几个孩子，防止人类集体自杀。某种等价交换。天晓得这究竟持续了多久，但在此之前从未发生过哗变。是埃弗里和我的另外几个朋友挑起的，但星星之火可以燎原，说不定哗变已经开始扩散了。"

蒂姆·贾米森不是历史学家或社会学家，但他关注时事，他觉得卢克很可能是正确的。哗变，或者换个更中性的说法——革命，就像病毒，特别是在信息时代，它会扩散。

"我们每个人拥有的力量——他们绑架我们并带我们去异能研究所的原因——都很小。我们这些人联合起来后的力量非常强大。尤其是A病区的孩子们。他们丧失了意识，只剩下力量。但假如还存在其他的异能研究所，假如他们知道我们在做什么，假如我们能够全部联合起来……"

卢克摇摇头。他又想到了前厅的那部电话，它已经非常巨大了。

"假如能够走到这一步，我们的力量将会变得更大，我说的是真正的巨大。这就是我们需要时间的原因。假如斯塔克豪斯以为我是个白痴，一心只想救出我的朋友们，甚至愿意做那么愚蠢的交易，那就正合适了。"

蒂姆依然能感觉到那股把他推到围栏上的阴风。"我们不是真的去那儿救他们，对吧？"

蒂姆认真地打量着他。他带着淤青的脸上脏兮兮的，一只耳朵缠着绷带，看上去像全世界最没有伤害性的孩子。然后，他展颜一笑，有一个瞬间，他看上去不再那么毫无伤害性了。

"不。咱们要去收拾残局。"

8

卡丽莎·本森、埃弗里·狄克逊、乔治·艾尔斯、尼古拉斯·威尔霍尔姆和海伦·西姆斯。

五个孩子坐在连通隧道尽头的地上，身旁是通往（但无法通过）前半区 F 层上锁的铁门。凯蒂·吉文斯、哈尔·伦纳德和他们待了一阵子，但现在去陪 A 病区的孩子们了。A 病区的孩子们乱走，他们就跟着走；A 病区的孩子们围成一圈，他们就跟着手拉手。莱恩也一样。卡丽莎对艾莉丝抱的希望越来越小，不过，目前艾莉丝只是望着 A 病区的孩子们围成一圈，散开，再围成一圈。海伦恢复过来后回到了他们的队伍里。艾莉丝很可能已经无法挽回了。吉米·卡勒姆和唐娜·吉布森也一样，卡丽莎在前半区的时候就认识唐娜——多亏了水痘，卡丽莎在前半区待得比其他人都久。A 病区的孩子们让她感到悲哀，但艾莉丝让她更加难过。艾莉丝也许已经完蛋了……这个可能性……

"恐怖。"尼基说。

她半斥责地望向尼基。"你能看穿我脑袋里的想法吗？"

"能，但我没翻你精神的内衣抽屉。"尼基说，卡丽莎嗤之以鼻。

"我们现在都能看穿彼此脑袋里的想法，"乔治说，他用大拇指指着海伦，"她在某个朋友的睡衣派对上笑得太厉害，结果尿了出来，你们难道以为我想知道这个？这个信息量真是太大了。"

"总比发现你担心你那儿长了牛皮癣——"海伦开口道，但卡丽莎拦住了她。

"现在几点了，有人知道吗？"乔治问。

卡丽莎看了看光秃秃的手腕。"我没有手表。"

"我觉得十一点了。"尼基说。

"告诉你们一件有意思的事情，"海伦说，"我一直很讨厌嗡嗡声。我知道它在削弱我的大脑。"

"我们都知道。"乔治说。

"但我现在有点喜欢它了。"

"因为它就是力量，"尼基说，"不过在我们将它夺回之前，力量还属于他们。"

"就像载波，"乔治说，"正在持续传送。只等广播信号了。"

你好，能听见我吗？卡丽莎心想，那一瞬间的战栗并非完全令人不快。

A 病区的几个孩子手拉着手。艾莉丝和莱恩加入队伍。嗡嗡声在这一圈人中逐渐变强。天花板上日光灯的脉动也一样。他们松开手，嗡嗡声随即回到先前较低的水平。

"他在空中。"卡丽莎说。他们都不需要问她在说谁。

"我渴望再次飞翔，"海伦满怀希望地说，"我太渴望那样了。"

"小莎，他们会等他吗？"尼基问，"还是会直接放毒气？你觉得会怎样呢？"

"我又不是 X 教授[1]。"她用手肘捅了捅埃弗里的身子，但动作轻柔，"醒一醒，埃弗里。闻一闻咖啡的香味。"

"我醒着呢。"埃弗里说。这不完全是真话。他还在打瞌睡，并享受着嗡嗡声。他想着电话越变越大，想着巴塞洛缪·库宾斯的帽子一顶比一顶大，一顶比一顶漂亮。"他们会等他。他们必须等，因为如果我们出了事，卢克就会知道。而我们也必须等着，直到卢克回来。"

"等他回来以后呢？"卡丽莎问。

"我们就用那部电话，"埃弗里说，"最大的那部，我们所有人一起。"

"有多大？"乔治听上去很不安，"因为我看见的最后一部真他妈大。差不多和我一样大了。"

埃弗里只是摇摇头，他的眼皮奋拉下去。说到底，他毕竟只是个小孩，这会儿早就过了他上床休息的时间。

A 病区的孩子们依然手拉着手——你很难不把他们当作植物人，连卡丽莎也做不到。日光灯变亮，一根灯管甚至因为过载而短路。嗡嗡声变得更低沉且更强大了。卡丽莎确定前半区的人也能感觉到——乔和哈达德、查德和戴夫、普丽西拉和狠毒的齐克，还有其他工作人员。他们会因此害怕吗？也许有一点，但——

但他们相信我们被困住了，她心想。他们相信自己依然是安全的。他们相信哗变已经得到控制。那就让他们继续这么相信吧。

某处，有一部大电话，最大的那一部，分机遍布许多房间。如果他们用那部电话打出去（不，等他们用那部电话打出去，因为他们别无选择），在困住他们的这条隧道里，能量会超过有史以来在地表或地下引爆的任何一颗炸弹。此刻仅仅是载波的嗡嗡声会增强，变成能

---

1 美国漫威漫画公司《X 战警》中的虚构人物。他拥有心灵感应和精神控制的能力，创办了引导变种人合理利用自身超能力为社会做贡献的学校"X 学院"。

够掀翻建筑物甚至摧毁城市的震荡波。她不确定是否一定会那样，但她认为很可能会实现。有多少个孩子在等待那部大电话的呼叫？他们已经丧失了意识，只剩下力量，而力量正是他们被带走的原因。一百个？五百个？假如世界各地都有异能研究所，那就会更多。

"尼基？"

"怎么了？"他也在打瞌睡，听上去气呼呼的。

"也许我们能打开它，"她说，她不需要说清楚这个"它"指的是什么，"但如果打开了……咱们还能关上吗？"

他想了想，然后微笑。"不知道。但既然他们那么对待我们……说真的，亲爱的，我他妈根本不在乎。"

9

十一点一刻。

斯塔克豪斯回到西格斯比夫人的办公室里，零号电话摆在桌上，它依然悄无声息。再过四十五分钟，异能研究所正常运作的最后一天就将结束。无论卢克·埃利斯的计划如何收场，明天这个地方都将被废弃。尽管卢克和他的朋友蒂姆在南方留下了一名知情人温迪，但项目本身应该能保存下去，虽然这个机构已经暴露。今晚的重中之重是拿到 U 盘并干掉卢克·埃利斯。能救出西格斯比夫人当然很好，但那不是强制性任务。

事实上，异能研究所的工作人员已经开始撤离。他从座位上能看见离开异能研究所的公路，这条路先到丹尼森河湾镇，然后通往本土的四十八个州……更不用说有护照的人能去的加拿大和墨西哥了。斯塔克豪斯与他信任的那些人面谈过了：齐克、查德、道格大厨（他在哈里伯顿干了二十年）和费利西娅·理查森医生。

至于其他人……他看见他们纷纷离开，车灯在树林间闪烁。他估计现在只走了十来个，但还会有更多。前半区很快就会荒弃，只剩下目前住在这儿的那些孩子。也许已经如此了，但齐克、查德、道格和理查森医生会坚守阵地，他们是忠诚的战士。还有格拉迪丝·希克森，她也会留下，也许在其他人走光了之后，她很可能也不会走。格拉迪丝不是个普通的暴躁女人，斯塔克豪斯越来越确定，她是个彻头彻尾的精神变态。

我留在这儿也够变态的，斯塔克豪斯心想。但那个臭小子说得对——他们会来追杀我，而他自己正在走向这个结局。除非……

"除非他在戏弄我。"斯塔克豪斯喃喃道。

西格斯比夫人的助理罗莎琳德探头进来。在过去这难熬的十二小时里，她平时完美无瑕的妆容花了，平时一丝不苟的灰发在两鬓翘起。

"斯塔克豪斯先生？"

"怎么了，罗莎琳德？"

罗莎琳德看上去很不安。"亨德里克斯医生似乎走了。十分钟前我似乎看见他的车。"

"我并不吃惊。罗莎琳德，你也该走了。回家吧。"他微笑道。在这么一个夜晚，微笑让他感觉很奇怪，但算好的那种奇怪。"我刚意识到，我来这儿就认识你了——许多个月了，但我还不知道你的家在哪儿。"

"米苏拉，"罗莎琳德说，她自己似乎也很吃惊，"在蒙大拿州。至少我觉得那儿还算我的家。我在米苏拉有幢屋子，但有五六年没回去过了。我只是按期缴纳物业费。轮休的时候我待在村里，休假就去波士顿。我喜欢红袜队和棕熊队，也喜欢剑桥的艺术电影院。但我总是会做好回来的准备。"

斯塔克豪斯意识到，许多个月以来——事实上，可以追溯至十五年前，罗莎琳德从没对他说过这么多话。斯塔克豪斯作为一名调查员（军法处长）从美国陆军退伍后来到这儿，当时她就已经是西格斯比夫人忠实的女仆了，现在她依然在做相同的事情，连模样都没有任何变化。她有可能六十五岁了，也有可能七十岁了，但保养得很好。

　　"长官，你听见那个嗡嗡声了吗？"

　　"听见了。"

　　"是变压器，还是其他什么？我从没听见过。"

　　"变压器。嗯，叫它变压器也没错。"

　　"非常烦人。"她揉了揉耳朵，头发被弄得更乱了，"我猜是那些孩子搞的鬼。茱莉娅——西格斯比夫人——在回来的路上了吗？应该在了，对吧？"

　　斯塔克豪斯意识到（与其说他觉得气恼，不如说他觉得好笑），总是一本正经、谦恭客气的罗莎琳德一直在竖着耳朵偷听，不管有没有嗡嗡声。

　　"对，应该是。"

　　"那我还是留下吧。知道吗？我会射击。我每个月去一次河湾镇的靶场，有时候两次。我有射击俱乐部颁发的相当于神射手的奖章，去年还在小型手枪比赛中拿了冠军。"

　　茱莉娅的这位安静的助手不但是个优秀的速记能手，还拥有神射手奖章……或者如她所说，俱乐部颁发的相当于神射手的奖章。这真是不可思议。

　　"罗莎琳德，你用什么武器？"

　　"史密斯－韦森 M&P，点 45 口径。"

　　"不嫌后坐力太大吗？"

　　"戴上护腕，我就完全能控制住后坐力。长官，如果你打算从绑架者手中救出西格斯比夫人，那我非常愿意参与行动。"

"太好了，"斯塔克豪斯说，"欢迎加入。帮手永远多多益善。"但他必须想清楚该如何使用她，因为他们未必能救出茉莉娅。茉莉娅已经是可以牺牲的小卒了。重点是 U 盘。还有那个聪明得对他自己没好处的小崽子。

"谢谢，长官。我不会让你失望的。"

"我相信你不会的，罗莎琳德。我会跟你说我的计划，但首先我想知道一个问题的答案。"

"请说。"

"我知道绅士不该问这个，而淑女也不需要回答，但我想知道你的年纪。"

"七十八岁，长官。"她立刻答道，直视着斯塔克豪斯的眼睛。但她在撒谎，罗莎琳德·道森其实八十一岁了。

10

十一点四十五分。

机尾编号为 940NF、机身漆着"缅因纸业公司"的挑战者喷气式飞机在三万九千英尺的高度飞向北方的缅因州。在喷出的气流的助力下，它的时速保持在五百二十到五百五十英里之间。

他们顺利抵达阿尔科卢，并从机场起飞，这都要归功于西格斯比夫人拥有帝王航空固定基地运营人给的 VIP 通行卡。她非常乐意用它打开机库门。她发现了一线生机——尽管渺茫，但毕竟存在：她还有希望活着脱身。挑战者喷气式飞机孤独宏伟地停在那儿，舷梯放了下来。登机后，蒂姆收起舷梯，关好舱门，然后用死去警员的格洛克枪托敲了敲紧锁的驾驶舱舱门。

"后面应该全关紧了。要是指示灯一律是绿色的，咱们就出发吧。"

从舱门里没有传来回应，但引擎开始运转。两分钟后，飞机起飞。根据舱壁显示器上的地图，此刻他们位于西弗吉尼亚上空的某处，迪普雷已被甩在了后面。蒂姆没想到他会这么突然地离开，更不可能想到会是在这样的情况之下。

埃文斯在打盹，卢克睡得天昏地暗。但西格斯比夫人醒着，她坐得笔直，盯着蒂姆的脸。她那双间距很宽、毫无感情的眼睛让他想到爬行动物。罗珀医生的止痛片还剩一粒，她吃下去应该能睡上一觉。然而，尽管她肯定疼得厉害，却依然拒绝吃药。她的枪伤不算严重，但哪怕是擦伤也还是会很疼。

"我猜你曾经是一名执法人员，"她说，"看你的举止就知道，还有你的反应——敏捷而恰当。"

蒂姆一言不发，只是盯着她。他把格洛克放在身旁的座位上。在三万九千英尺的高空开枪是个很糟糕的主意，但就算海拔很低，他似乎也没必要开枪。毕竟他正在送老贱人去她想去的地方。

"我不明白你为什么会赞同这个计划。"她朝卢克点点头，他的小脸脏兮兮的，耳朵上缠着绷带，看上去比十二岁要小得多。"我们都知道他想救他的朋友们，我认为我们都知道他的计划很傻。事实上，很愚蠢。但你还是同意了。蒂姆，这是为什么？"

蒂姆还是一言不发。

"你为什么愿意插手，对我来说，从一开始就是个谜。能解释一下吗？"

他没兴趣解释。在他刚当上警察后的四个月实习期里，教官向他一再强调的几件事情之一是你盘问嫌疑犯，绝对不能允许嫌疑人盘问你。

但就算他愿意开口，他也不知道该怎么说才能听上去不像发疯。

他能说他出现在这架高级私人飞机（通常只有富人才会见到机舱内的模样）上纯粹是个意外吗？说他曾经想前往纽约，已经登上一架普通的客机，却主动让出座位，接受了现金补偿和酒店招待券？说之后的一切——搭车向北去，在95号公路上遇到交通堵塞，步行到了迪普雷，找了一份巡夜人的工作——都是那次心血来潮的结果？还是说这些都是命运：宇宙中的某位棋手把他移动到迪普雷，为了让他拯救这个沉睡的男孩，打败绑架男孩的那些坏蛋，不让他们利用男孩的超常头脑并磨灭男孩的意识？假如是这样，那么约翰警长、塔格·法拉第、乔治·伯克特、弗兰克·波特和比尔·威克洛又是什么呢？在这盘大棋里被牺牲的小卒？他自己扮演的又是什么角色？认为自己是骑士当然很美好，但更有可能的是，他只是另一个小卒。

"你确定不想吃那粒药？"他问。

"你不想回答我的问题，对吧？"

"是的，夫人，我不想。"蒂姆转过头去，望着苍茫夜色和底下的寥落灯火，它们就像井底的几只萤火虫。

11

午夜。

盒式电话发出沙哑的声音。斯塔克豪斯接起电话，线路另一头是个不值班的护工，他叫罗恩·丘奇。你要的厢式车已经停在机场了，丘奇说。丹尼斯·奥尔古德，一名不值班的技术员（尽管他们现在本应该都在值班）开着异能研究所的一辆轿车跟着丘奇。原先的计划是，罗恩把厢式车停在停机坪上，然后坐丹尼斯的车回来，但他们还有其他的想法，斯塔克豪斯很清楚。掌握别人想干什么，这正是他的本职工作。他确定等男孩要的车在机场停好后，罗恩和丹尼斯就会逃得不见踪影。他能接受。员工纷纷开小差固然可悲，但这对他们来说也许反而更好。现在也是该划清界限的时候了。有足够多忠诚的战士愿意为最后的行动留下，除此之外，其他的一切都不重要。

卢克和他的朋友蒂姆会完蛋，对此他心中不存在任何疑问。对零号电话另一头的大舌头男人来说，这个结局也许足够完美，但也许还不够。那不是斯塔克豪斯能够决定的，这反而卸下了他的负担。他觉得自从在伊拉克和阿富汗服役以来，这种宿命论就一直潜伏在他心里，仿佛某种潜伏的病毒，只是他到此刻才觉察到它的存在。他会尽己所能，使出一个人所能使出的所有力量。群犬吠不停，商旅依然行。

有人敲门，罗莎琳德探头进来。她整理了头发，看上去顺眼多了。至于她腋下的枪套，他就有点说不准了，有点超现实，感觉就像狗戴上了派对帽子。

"斯塔克豪斯先生，格拉迪丝来了。"

"让她进来。"

格拉迪丝走进房间。她的脖子上挂着防毒面具，眼睛发红。斯塔克豪斯觉得她不可能哭过，因此多半是被她混合的化学药品熏的。"准备好了。只需要再加上洁厕剂就行了。你只要一声令下，长官，我们就毒死他们。"她使劲甩了一下脑袋，"嗡嗡声要逼疯我了。"

看你这个形象，你离疯本来就不远，斯塔克豪斯心想。不过，她说得没错。问题在于你不可能适应这种嗡嗡声。每当你觉得自己似乎开始适应了，它的音量就会变高——它并不是在你的耳边，而是在你的脑海中。随后，它又会突然回到先前稍微能忍受的水平。

"我和费利西娅谈过，"格拉迪丝说，"我是说，理查森医生。她在监视器上盯着他们。她说每次他们手拉着手，嗡嗡声就会变强，他们松开手，就会降低。"

斯塔克豪斯早就发现这个规律了。就像那句俗话说的，你不需要是个火箭科学家也会知道。

"长官，很快就能动手了吗？"

他看了看手表。"我估计再过三小时左右。暖通空系统在屋顶，对吧？"

"对。"

"到时候我未必能找到机会呼叫你，格拉迪丝。事情很可能会进展很快。如果你听见行政楼前响起枪声，无论有没有收到我的消息，你都要开始灌氯气，然后过来找我。别往后跑，顺着屋顶跑向前半区的东楼。明白了吗？"

"明白了，长官！"她露出灿烂的笑容。没有一个孩子不讨厌这个笑容。

12

十二点半。

卡丽莎望着 A 病区的孩子们，想到了俄亥俄州行进乐队。她的父亲是七叶树队的球迷，她经常和他一起去看（因为他们很亲近），但她真正喜欢的是中场休息的演出，乐队（"七叶树队的骄——傲！"主持人总是这么宣布）走上运动场，在演奏乐器的同时变换阵形，那些图案只有从上方才能看清楚——从超人胸口的"S"到《侏罗纪公园》里的恐龙都有，恐龙甚至会走来走去、摇头晃脑。

A 病区的孩子们没有乐器，他们手拉着手也只能围成一个圈，还是形状不规则的圆圈，因为连通隧道很狭窄，但他们拥有相同的……

有个什么词来着……

"共时性。"尼基说。

她吓了一跳，扭头望去，看见尼基笑嘻嘻地看着她，头发向后拢起，让她看清楚他那双（咱们实话实说吧）迷人的眼睛。

"这是个大词，即便对一个白人少年来说也是如此。"

"我从卢克那儿学来的。"

"你听见他了？你和他联系上了？"

"算是吧。断断续续的，很难分清一个意念到底是他的还是我的。我睡着了以后沟通会比较顺畅。要是醒着，我的意念会碍事。"

"就像电波干涉？"

他耸耸肩。"应该吧。但你敞开心灵，我确定你也能听见他。他们围成一圈的时候，他的信号就会变得更加清晰。"他朝 A 病区的孩子们摆摆头，他们就开始漫无目的地走动了。吉米和唐娜一边并排走，一边甩动拉着的手。"想试一试吗？"

卡丽莎尝试停止思考。刚开始困难得惊人，随后当她听着嗡嗡声时，就变得容易得多了。嗡嗡声就像漱口水，只是它是供大脑使用的。

"小莎，有什么好笑的？"

"没什么。"

"哦，我知道了，"尼基说，"漱脑水，而不是漱口水。我喜欢这个词。"

"我收到了一些信号，但很微弱。他也许在睡觉。"

"很有可能。但我认为他很快就会醒来。因为我们醒着。"

"共时性，"她说，"一个牛 × 好词，听上去很像他会说的词。你知道他们给我们用来买东西的代币吗？卢克说那是卖命钱。又一个牛 × 好词。"

"卢克很特别，因为他太聪明了。"尼基望着埃弗里，埃弗里靠在海伦的身上，两人都在酣睡。"埃弗里很特别，因为他……呃……"

"因为他就是埃弗里。"

"对，"尼基咧嘴一笑，"那些白痴把他扔进水箱，却忘了给他的发动机安装调速器。"他的笑容（咱们实话实说吧）和眼睛一样迷人。"知道吗，咱们能够走到现在这一步，靠的就是他们两个齐心协力。卢克像巧克力，埃弗里像花生酱。两个人分开，什么都不会改变；他们合在一起，就是巧克力花生酱夹心蛋糕了，他们必将摧毁这个鬼地方。"

她哈哈一笑。这个比喻傻乎乎的，但很贴切。至少她希望是如此。"但我们还被关在这儿呢，就像老鼠钻进了两头堵死的管道。"

尼基的蓝色眼睛盯着卡丽莎的棕色眼睛。"不会太久的，你很清楚。"

她说："我们会死的，对吧？就算他们不放毒气，那……"她朝 A 病区的孩子们摆摆头，他们又围成了一圈。嗡嗡声再次变强。日光灯随即变亮。"等他们失控，我们也一样会死。还有其他人，无论他们在哪儿。"

电话，她对尼基发送意念，那部大电话。

"有道理，"尼基说，"卢克说我们要打倒他们，就像参孙让神庙倒塌压死非利士人一样。我不知道那个故事——家里没人喜欢看《圣经》，但我明白他的意思。"

卡丽莎知道这个故事，她不禁战栗。她再次望向埃弗里，想到《圣经》里的另一个段落：小孩子要牵引他们。

"能听我说句话吗？"卡丽莎说，"你也许会嘲笑我，但我不在乎。"

"你说吧。"

"我想要你吻我。"

"这个任务并不艰巨。"尼基微笑道。

她凑近他。他也凑近她。两人在嗡嗡声中亲吻。

真好，卡丽莎心想。我知道肯定会很好，也确实如此。

尼基的意念立刻传了过来，压过了嗡嗡声：再来一次吧。看看会不会加倍地好。

13

一点五十分。

挑战者喷气式飞机在私家机场的跑道上着陆，机场属于一个名叫缅因纸业的空壳公司。飞机滑行驶向一座暗沉沉的小建筑物。随着飞机靠近，屋顶的三盏运动感应灯启动了，灯光照亮了方方正正的地面电源车和液压集装箱装卸车。等待他们的车辆不是厢式车了，而是一辆九座的雪佛兰萨博班。车身漆黑，车窗是深色的。孤儿安妮肯定会喜欢它。

挑战者开到离萨博班不远处，发动机熄火。刚开始蒂姆还不确定引擎是不是真的熄灭了，因为他总能听见某种微弱的嗡嗡声。

"不是飞机，"卢克说，"是孩子们。我们离他们越近，声音就越大。"

蒂姆走向机舱前方，扳动红色操纵杆，打开舱门，放下舷梯。他们踏上沥青路面，萨博班乘客座那一侧的车门离他们还不到四英尺。

"很好，"他说着，回到其他人身边，"我们到了。但在出发前，西格斯比夫人，你拿着这个。"

他在飞机谈话区的会议桌上找到了一沓铜版印刷的小册子——它们宣传的是完全虚构出来的缅因纸业公司的丰功伟绩，还有六顶缅因纸业公司的广告帽。他把一顶帽子递给西格斯比夫人，自己也拿了一顶。

"戴上。拉下去。你的头发很短，所以完全盖住应该不难。"

西格斯比夫人厌恶地看着帽子。"为什么？"

"你先走。要是有人等着想伏击我们，我希望你能吸引他们的火力。"

"既然我们要去那儿，他们为什么还要安排人在这儿等？"

"我承认可能性似乎不大，所以你不会介意先下去了。"蒂姆反戴上广告帽，把调整帽围的橡皮筋勒在额头上。卢克觉得蒂姆年纪太大，不适合这么戴帽子——那是孩子的把戏，但他没说什么。他觉得蒂姆这么做是为了给他鼓劲。"埃文斯，你跟着她。"

"不，"埃文斯说，"我不下飞机。就算我想下，我也不确定自己能不能走路。我的脚太疼了。我不能让我的腿承受任何重量。"

蒂姆想了想，然后望向卢克。"你觉得呢？"

"他说的是实话，"卢克说，"他只能单腿跳下舷梯，舷梯很陡，他说不定会摔下去。"

"我从一开始就不该来的！"埃文斯医生说着，挤出了一滴眼泪，"我是医务人员！"

"你是医务魔鬼！"卢克说，"你看着孩子们险些被淹死——他们真的以为自己要死了，却忙着记录数据。你和亨德里克斯给孩子们打针，有些孩子因为致命的过敏反应而死。活下来的也不能算真的活着，对吧？知道吗？我很想踩你的脚，用鞋跟使劲蹭。"

"不！"埃文斯尖叫道。他蜷缩在座位上，把肿胀的那只脚藏在没受伤的那只脚后面。

"卢克。"蒂姆说。

"别担心，"卢克说，"我只是想一想，不会真的踩他。否则岂不是和他一样了？"他望向西格斯比夫人，"你别无选择。起来，下舷梯。"

西格斯比夫人戴上缅因纸业公司的帽子，摆出她能做出的最端庄的姿态站起来。卢克正要跟上她，却被蒂姆拉住了。"你跟着我。因为你更重要。"

　　卢克没有争辩。

　　西格斯比夫人站在舷梯顶端，双手举过头顶。"是我，西格斯比夫人！要是底下有人，请不要开枪！"

　　卢克清楚地听见了蒂姆的心声：她不像她声称的那样确定。

　　无人回应。外面只有蟋蟀的吟唱，里面只有微弱的嗡嗡声。西格斯比夫人慢慢地走向舷梯，手抓着栏杆，保护她那条受伤的腿。

　　蒂姆用枪托敲了敲驾驶舱的舱门。"先生们，谢谢。这一程飞得很愉快。飞机上还有一名乘客。随便你们带他去哪儿都行。"

　　"去地狱比较好，"卢克说，"单程的，不用回来。"

　　蒂姆开始走下舷梯，他很警觉，准备应付可能袭来的子弹。他没想到西格斯比夫人会大声宣布她的身份。当然了，他本应该想到的。如果是那样，就没人开枪。

　　"前排乘客座，"蒂姆对西格斯比夫人说，"卢克，你坐在她后面。我拿着枪，但你是我的后援。要是她企图对我动手，就使用你的意念魔力。明白了吗？"

　　"明白了。"卢克说完，从后车门上车。

　　西格斯比夫人坐下，系好安全带，伸手去关车门。蒂姆摇了摇头，"别急。"他站在那儿，一只手抓住打开的车门，一只手用手机打给温迪，她安全地待在博福特汽车旅馆的客房里。

　　"老鹰已经落地。"

　　"你们还好吧？"通话质量很好，温迪就像站在他身旁。他希望她真的在，随即他想到了他们要去什么地方。

　　"目前还好。你等着。事情结束后我打给你。"

　　希望我还有机会，他心想。

蒂姆绕到驾驶座那一侧上车。钥匙在杯架上。他朝西格斯比夫人点点头。"现在可以关门了。"

她关上车门，鄙夷地看着蒂姆，说出了卢克的心声："贾米森先生，你这么戴帽子实在傻极了。"

"怎么说呢？我是埃米纳姆[1]的粉丝。你给我闭嘴。"

14

幽暗的缅因纸业公司的登记楼里，一个男人跪在窗口，望着萨博班的车灯被打开，车子启动并驶向敞开的大门。失业工人欧文·莫利森，是异能研究所在丹尼森河湾镇的诸多外联人员之一。斯塔克豪斯可以命令罗恩·丘奇待在那儿，但过往的经验告诉他：向一个可能会违反命令的人强行下令是个坏主意，还不如利用一个想挣点外快的探子呢。

莫利森用手机拨出一个预存的号码。"他们上路了，"他说，"一个男人、一个女人和一个男孩。女人戴着帽子，盖住了头发，看不清脸，但她站在机舱门口喊出了她的名字。西格斯比夫人。男人也戴着帽子，不过是反戴的。男孩正是你在找的那个，耳朵上缠着绷带，脸上有好大一块淤青。"

"很好。"斯塔克豪斯说。挑战者的副机长已经打过电话给他，说埃文斯医生留在了飞机上，这是一个好消息。

目前一切顺利……就眼下的处境而言，不可能更顺利了。按照对

---

1 美国著名的嘻哈音乐歌手。

方的要求，大巴被停在旗杆旁。他打算让道格大厨和护工查德埋伏在行政楼外的树林里，也就是异能研究所的车道起点。齐克·艾翁尼蒂斯和费利西娅·理查森在行政楼的屋顶待命，他们会躲在能遮蔽身影的矮护墙后面，等开始交火后再现身。听见枪声后，格拉迪丝就向暖通空系统灌毒气，然后与齐克和费利西娅会合。萨博班开上车道的时候，这两个埋伏点能构成标准的交叉火力——至少理论上是这样。斯塔克豪斯会站在旗杆旁，一只手放在大巴的引擎盖上，他离子弹的交错焦点至少有三十码。被流弹击中的风险必然存在，但这是可以接受的。

他会派罗莎琳德把守连通隧道通往前半区 F 层的门口。他想确保她没有机会意识到自己服务多年的、敬爱的老板也会处于交叉火力之中，但这并不是唯一的原因。他知道持续不断的嗡嗡声是力量。也许这还不足以破坏那扇门，但未必不可能。也许他们只是在等待埃利斯的到来，然后从后方发动袭击，在前半区掀起他们已经在后半区制造出的混乱。植物人没有足够的脑力，不可能想到这一层，但隧道里还有其他孩子。假如真是这样，罗莎琳德拿着史密斯-韦森 M&P 点 45 口径的枪守在门口就有用武之地了，先跑出那扇门的孩子们会衷心希望他们留在了里面。斯塔克豪斯希望那个千刀万剐的威尔霍尔姆会冲在最前面。

我做好准备了吗？他问自己，答案似乎是肯定的。尽我所能做好了一切准备。或许他依然能解决这个难题。说到底，从表面上看，他们要应付的只是埃利斯，只是一个孩子，还有他在路上认识的一个误入歧途的英雄。只要再过九十分钟，这场闹剧就该收场了。

凌晨三点。嗡嗡声变得更响亮了。

"停车，"卢克说，"在那儿拐弯。"他指着一条泥土小路，在古老松林的掩映下，小路的入口难以辨认。

"你就是从这条路逃出来的？"蒂姆问。

"老天，不是。否则肯定会被他们抓住。"

"那你怎么——"

"她知道，"卢克说，"她知道，所以我知道。"

蒂姆望向西格斯比夫人。"有门吗？"

"你问他。"她恶狠狠地啐出这几个字。

"没有门，"卢克说，"只有一块大大的牌子，提示这是缅因纸业公司的测试基地，禁止擅自闯入。"

西格斯比夫人的脸上只有恼怒，蒂姆见状忍不住笑了。"知道吗，西格斯比夫人？这孩子应该去当警察。任何不在场证明都骗不过他。"

"别这么做，"她说，"你这样只会害死咱们三个人。斯塔克豪斯是无论如何都不肯罢手的。"她扭头望向卢克，"你能读心，你知道我说的是实话，你告诉他。"

卢克一言不发。

"这儿离你们的异能研究所有多远？"蒂姆问。

"十英里，"西格斯比夫人说，"也许再远一点。"她显然明白沉默毫无意义。

蒂姆拐上那条路。刚开始还有些大树（枝丫刮过车顶和车身），但开过去之后，他发现路面平坦，维护得相当好。头顶上，一轮圆月从两侧的树木之间照下来，把泥土染成了白骨的颜色。蒂姆关掉萨博班的车灯，继续向前行驶。

凌晨三点二十分。

埃弗里·狄克逊用冰冷的小手抓住卡丽莎的手腕。她正靠在尼基的肩膀上打瞌睡。她抬起头，说："埃弗里？"

叫醒他们。海伦、乔治和尼基。叫醒他们。

"怎么——"

想活下去就叫醒他们，很快就要开始了。

尼克·威尔霍尔姆已经醒了。"我们能活下去吗？"他问，"你觉得还有可能？"

"我听见你们的声音了！"罗莎琳德的声音从门外传来，只是有点发闷，"你们在说什么？你们为什么在嘀嘀？"

卡丽莎摇醒乔治和海伦后，又看见了光点。光点暗淡，但确实存在。它们在隧道里飞舞，忽高忽低，就像孩子在玩滑梯。这其实也符合逻辑，因为从某个角度来说，它们就是孩子，对吧？更确切地说，孩子们残存的自我。它们是显形的意念，在四处走动的 A 病区的孩子们之间盘旋、舞动和飞转。这些孩子是不是看上去稍微有点活力了？哪怕一丁点？卡丽莎觉得是的，但也许这仅仅是她的想象，多半是她一厢情愿的想法。进了异能研究所，你必须习惯于希望。你得靠希望活下去。

"知道吗？我有枪！"

"夫人，我也有。"乔治说着抓抓裤裆，转向埃弗里。*怎么办，宝贝老大？*

埃弗里望着他们，与他们一一对视，卡丽莎发现他在哭。她的胃一下子感觉沉甸甸的，就好像她吃了坏东西想吐。

埃弗里：*等开始了，你们必须尽快逃跑。*

海伦：埃弗里，等什么开始？

埃弗里：等我开始打那部大电话。

尼基：打给谁？

埃弗里：其他孩子。在远方的孩子们。

卡丽莎朝铁门摆摆头，那个女人有枪。

埃弗里：你们最不需要担心的就是她。直接逃跑。你们所有人。

"我们，"尼基说，"我们，埃弗里。我们所有人。"

但埃弗里在摇头。卡丽莎想进入他的脑海，想搞清楚他在想什么，他知道了什么，但她只听见七个字，一遍又一遍地重复的七个字。

你们是我的朋友。你们是我的朋友。你们是我的朋友。

17

卢克说："他们是他的朋友，但他不能和他们一起走。"

"谁不能和谁一起走？"蒂姆问，"你到底在说什么？"

"我在说埃弗里。他必须留下，他必须打那部大电话。"

"卢克，我不明白你在说什么。"

"我要救他们，但我也要救他！"卢克叫道，"我要救他们所有人！这不公平！"

"他疯了，"西格斯比夫人说，"你肯定已经意识到他——"

"闭嘴，"蒂姆说，"我最后一次警告你。"

她望向他，见到他的表情后，照他说的做了。

蒂姆驾驶萨博班缓缓驶上一段山坡，然后停车。路面在前方变宽。他在树木之间看见了灯光和一座建筑物的庞然黑影。

"我觉得我们到了。"他说，"卢克，我不知道你的朋友们遇到了什么，但现在那不是你能控制的。我需要你控制住自己。你能做到吗？"

"能。"他嗓音沙哑。他清了清喉咙，重新开口："能。没问题。"

蒂姆下了车，绕到乘客座一侧，打开车门。

"干什么？"西格斯比夫人问。她听上去暴躁且不耐烦，但即便在微弱的月光下，蒂姆也看得出她很害怕。她当然应该害怕。

"下车。剩下的这段路你开车。我去后排和卢克坐在一起，你若企图耍花招，比如在靠近灯光前往树上撞，我就隔着座位开枪，打断你的脊椎。"

"不。不行！"

"就这样。如果卢克没说错，你真的对孩子们做了那些事，那你就积累了好大一笔血债，现在你该还债了。下车，坐上驾驶座，然后开车。慢慢开，每小时十英里。"他顿了顿，"把帽子反过来戴。"

18

安迪·费洛斯从电脑室兼监控中心呼叫斯塔克豪斯。他的声音尖细而兴奋。"斯塔克豪斯先生，他们来了！他们在离车道入口一百码的地方停车了！他们没开车灯，但月光和大楼的灯光足够亮，所以我能看见。要我把信号转到你的显示器上吗？这样你可以确认——"

"没必要。"斯塔克豪斯把盒式电话扔在桌上，最后看了一眼零号电话——谢天谢地，它一直保持沉默，然后走向房门。他的对讲机揣在口袋里，拉起了高增益天线，并连接着耳麦。他的所有手下都调到了同一个频道上。

"齐克？"

"我在，头儿。我和女医生在一起。"

"道格呢？查德呢？"

"已就位。"说话的是道格大厨。从前一切顺利的时候，他偶尔会坐在孩子们的餐桌上表演变戏法，逗较小的孩子开心。"我们也看见了他们的车辆，黑色九座车。萨博班或塔霍，对吧？"

"对。格拉迪丝？"

"斯塔克豪斯先生，我在屋顶。东西都准备好了。只需要将成分混合起来。"

"听见枪声你就动手。"现在的问题不再是会不会交火，而是什么时候交火，从此刻开始算，他们还有三四分钟的时间，或者更短。

"收到。"

"罗莎琳德？"

"已就位。底下的嗡嗡声非常响亮。我认为孩子们在谋划什么。"

斯塔克豪斯知道孩子们肯定有阴谋，但他们快没时间了。用不了多久，他们就会被活活呛死。"再坚持一会儿，罗莎琳德。再一眨眼，你就会在芬威体育场看红袜队了。"

"您会和我一起去吗，长官？"

"除非你允许我为洋基队加油。"

斯塔克豪斯走到室外。炎热的白昼过后，夜风凉爽宜人。他对手下这群人的喜爱之情油然而生。这些人留在了他的身边。只要他的意见还有用，无论发生什么，他们的忠诚都会得到回报。危机时刻，责任重大，而他们为了履行职责而留下。萨博班驾驶座上的男人误入歧途，没错。斯塔克豪斯不明白也不可能明白的是，他一生中爱过的每一个人的生命都取决于他们在这里做的事情，但现在已经结束了。误入歧途的英雄只能有一个下场，那就是死。

斯塔克豪斯走向停在旗杆旁的学校大巴，最后一次叮嘱他的队员。

"枪手们，我要你们集中火力干掉司机，听明白了吗？反戴帽子的那个家伙。然后扫荡整辆车，从前往后。枪口抬起来，瞄准车窗，先打碎深色的玻璃，然后子弹打爆头。收到了吗？"

他们都收到了。

"我举起手就开火。重复一遍，等我举起手。"

斯塔克豪斯站在大巴前方。他把右手放在凝结了露水的引擎盖上，感觉凉丝丝的。他用左手抓住旗杆，耐心地等待。

19

"开车。"蒂姆说。他趴在驾驶座后面的地板上，用身体护住底下的卢克。

"别逼我这么做，"西格斯比夫人说，"听我说说这个地方为什么这么重要——"

"开车。"

她驶向前方，灯光越来越近。她看见了学校大巴和旗杆，特雷弗站在两者之间。

20

现在行动。埃弗里说。

他以为自己会害怕，自他在那个看似是他的卧室，实际上不是的地方里醒来后，他就一直很害怕。哈利·克罗斯把他推倒在地时，他更是害怕得无以复加。但现在他并不害怕，他感到振奋。他母亲打扫卫生的时候喜欢用音响放一首歌，此刻他想起那首歌的一句歌词：我将获得自由。

他走向 A 病区的孩子们，他们已经围成了一圈。卡丽莎、尼基、乔治和海伦跟着他。埃弗里伸出双手，卡丽莎握住其中一只，艾莉丝握住另一只。可怜的艾莉丝，如果提前一天，她也有可能得救。

守在门外的女人喊了一句什么，是个问句，但被越来越响亮的嗡嗡声淹没了。光点浮现，此刻不再暗淡，而是非常明亮，而且越来越明亮。斯塔西光充满了圆圈的中央，它旋转着升起，就像理发馆门口的柱灯，它从力量的深渊腾空而起，然后落回去，然后再升起，焕发了新的生机，变得前所未有地强大。

闭上你们的眼睛。

这不是一个普通的意念，而是一个巨大的意念，它压过了嗡嗡声。

埃弗里扫视周围，确定其他人都闭上了眼睛，然后他也闭上自己的眼睛。他以为自己会看见家里的卧室，或者后院的秋千和父亲每年到阵亡战士纪念日就会充气的简易游泳池，但他没有。他在紧闭的眼皮背后看见的——他们所有人同时看见的——是异能研究所的操场。也许这本不该让他吃惊，没错，他在那儿被人推倒，吓得痛哭。对他最近几个星期的人生来说，这个开始并不美好，但他在那儿也交到了朋友，真正的好朋友。他在故乡没有朋友。他在故乡的学校里是个公认的怪胎，他们甚至会取笑他的名字，他们跑到他面前，对他喊："嘿，埃弗里，帮我一个忙。"但在这儿没有这种事，因为在这儿，他们都陷入了困境。在这儿，他的朋友们照顾他，像对待一个普通人一样对待他，现在轮到他照顾他们了。卡丽莎、尼基、乔治和海伦，现在他要照顾他们了。

还有最重要的卢克，只要他能做到。

他紧闭眼睛，看见那部大电话。

电话就在蹦床旁，蹦床的后面是那道浅沟，卢克就是从那儿蠕动着钻出铁丝网的。这是一部老式电话，至少有十五英尺高，是如死亡一般的黑色。埃弗里和他的朋友们以及 A 病区的孩子们围着它站成一圈。斯塔西光缓缓旋转，变得前所未有地明亮，时而笼罩着电话的拨号盘，时而令人眩晕地滑过人造树胶听筒。

卡丽莎，去吧。操场！

她没有做任何抗拒。她的手离开了埃弗里的手，但还没等圆圈的缺口打破力量并摧毁幻象，乔治就抓住了埃弗里的手。嗡嗡声已经无所不在，在那些遥远的地方，那些和他们一样的孩子也同样围成圆圈，那些地方的人肯定也听见了。那些孩子听见了，各个异能研究所得到命令要刺杀的目标人物也听见了。和那些目标人物一样，孩子们会听从召唤。但区别在于，孩子们会在知情的前提下听从召唤，而且乐于配合。反叛不仅在这里发生，它是全球性的。

乔治，去吧。操场！

乔治的手抽开了，尼基取而代之。哈利推倒埃弗里的时候，是尼基挺身而出。埃弗里捏了捏尼基的手，他感觉到尼基也捏了一下。尼基，永远鼻青脸肿的尼基。尼基，不肯向他们的狗屁代币低头的尼基。

尼基，去吧。操场！

尼基走了。海伦抓住了埃弗里的手，朋克发型的头发已经褪色的海伦，教他在蹦床上跳前空翻的海伦。她在一旁看着他跳，还说："免得你掉下来摔破你的傻脑袋。"

海伦，去吧。操场！

她走了，他被困在底下的最后一个朋友。然后，凯蒂立刻抓住了海伦松开的那只手——到时间了。

外面隐约传来枪声。

求你了，上帝，希望一切都还来得及！

这是他作为埃弗里这个独立个体的最后一个意念，然后他转向了嗡嗡声中，融入了飞舞的光点。

现在该打一个长途电话了。

21

隔着最后几棵树，斯塔克豪斯看见萨博班向前驶来。行政楼的灯光在铬合金配件上滑动。车开得非常慢，但确实越来越近了。他忽然想到（但已经来不及处理了，世事往往如此）U 盘有可能根本不在男孩身上，他可能把 U 盘交给了名叫温迪的警官，或者藏在从机场到这儿之间的某处，要是出了岔子，误入歧途的英雄可以告诉温迪警官去哪儿找它。

但我还能怎么做呢？他心想。什么也做不了。他只能按原计划行事。

萨博班出现在车道的入口处。斯塔克豪斯站在大巴和旗杆之间，像十字架上的耶稣那样伸直双臂。嗡嗡声几乎震耳欲聋了，不知道罗莎琳德是依然在坚守岗位，还是已经被迫撤退。他想到格拉迪丝，希望她准备开始混合化学药剂了。

他眯起眼睛望着驾驶座上的人影。他分辨不出多少细节，也知道在打烂侧面的深色车窗前，道格和查德什么也看不见，但前挡风玻璃是透明的，萨博班很快就到了二十码之外（比他所希望的要近一些），他看见帽子后侧的橡皮筋勒在司机的额头上，于是他松开了旗杆。司机开始疯狂地摇头，一只手松开方向盘，海星似的贴在挡风玻璃上，示意他住手，他立刻意识到自己被耍了。这个花招太简单了，就和一个孩子能从铁丝网底下钻出去逃跑一样，但也同样有效。

开车的不是误入歧途的英雄，而是西格斯比夫人。

萨博班再次停下，然后开始后退。"对不起，茱莉娅，这样没用。"他说着举起了手。

子弹从行政楼和树林中射了出来。在前半区的后侧，格拉迪丝·希克森掀开两大桶漂白水上的油布，就在暖通空系统底下，这些管道为后半区和连通隧道提供暖气和冷气。她屏住呼吸，把几瓶洁厕剂倒进漂白水后，用扫帚柄搅了几下，拿起油布盖住桶和管道入口，然后跑向前半区的东楼，化学药剂熏得她眼睛刺痛。但就在她跑过屋顶的时候，她感觉屋顶在脚下移动。

22

"不，特雷弗，住手！"西格斯比夫人尖叫，并来回摇头。她身后的蒂姆看见她举起一只手贴在挡风玻璃上，另一只手在换挡倒车。

车刚开始移动，枪击就开始了，一部分子弹来自右侧的树林中，另一部分来自前方和（蒂姆相当确定）上方。弹孔出现在萨博班的挡风玻璃上。玻璃不再透明，随即向内塌陷。子弹击中西格斯比夫人，她像木偶一样抽搐、弹跳，从喉咙深处发出叫声。

"别动，卢克！"蒂姆喊道，男孩在他底下蠕动，"别动！"

子弹打穿萨博班的后侧车窗，玻璃碴落在蒂姆背上，鲜血顺着驾驶座的椅背流淌。尽管被无所不在、持续不断的嗡嗡声包围，蒂姆依然能听见子弹在他的头顶嗖嗖掠过。

蒂姆听见子弹击穿金属车门的乒乓声。萨博班的引擎盖弹了起来。蒂姆不禁想起一部老警匪片的结尾,当子弹打穿邦妮·帕克和克莱德·巴罗[1]的轿车并击中他们的身体时,两人跳起了死亡之舞。无论卢克的计划是什么,现在都出了灾难性的岔子。西格斯比夫人死了。他看见她的血洒在残存的挡风玻璃上。接下来就该轮到他们了。

就在这时,从前方和右侧传来了尖叫声和惊呼声。又有两颗子弹从萨博班的右侧打了进来,其中一颗擦着蒂姆的衣领飞过。这是最后两颗子弹。现在他听见某种碾磨般的巨响。

"让我起来!"卢克叫道,"我没法呼吸了!"

蒂姆放开男孩,从前排座位之间向外看。蒂姆知道自己随时都可能被打爆头,但他必须看一眼情况。卢克挤到他身旁。蒂姆正要命令男孩趴下,想说的话却哽在了喉咙里。

这不可能是真的,他心想。不可能。

但这就是真的。

23

埃弗里和其他孩子围着大电话站成一圈。他们很难看清楚电话,因为斯塔西光笼罩了一切,那么明亮,又那么美丽。

烟花棒。埃弗里心想,现在咱们点燃烟花棒。

光点聚合成烟花棒的形状,足有十英尺高,并朝所有方向喷吐灿烂的火花。烟花棒刚开始还有点前后摇晃,但群体意念很快就控

---

1 电影《雌雄大盗》的男女主人公。

制住了它。它冲着巨大的听筒摆动，把听筒从巨大的底座上撞了下来。哑铃状的听筒斜靠在攀爬架上。各种语言的叫声从听筒里倾泻而出，它们都在问同一个问题：你好，能听见我吗？你好，能听见我吗？

能，异能研究所的孩子们异口同声地回答，能，我们能听见你！现在就动手吧！

内华达山脉国家公园里，围成一圈的西班牙孩子们听见了；狄那里克阿尔卑斯山脉的牢笼中，围成一圈的波斯尼亚孩子们听见了；守护着阿姆斯特丹港入口的帕姆皮斯岛上，围成一圈的荷兰孩子们听见了；巴伐利亚森林山脉中，围成一圈的德国孩子们听见了。

意大利的彼得拉佩尔托萨。

韩国的南原。

西伯利亚鬼城切尔斯基郊外的十英里处。

他们听见了，他们回应了，他们汇成了一体。

24

卡丽莎和其他孩子跑到他们与前半区之间的上锁的大门前。枪声变得异常清晰，因为嗡嗡声突然中断了，就好像有人拔掉了电源。

不，它依然存在，卡丽莎心想。只是不再针对我们。

墙壁中响起了嘎吱嘎吱的声音，简直就像人类在呻吟，连通隧道与前半区 F 层之间的铁门飞了出去，砸在门口的罗莎琳德·道森身上，她瞬间毙命。门落在电梯的另一侧，沉重的铰链固定处已经扭曲变形。头顶上，日光灯的金属网罩投下疯狂舞动的阴影，像涟漪一样在波动。

呻吟的怪声来自四面八方，越来越响亮，仿佛这座建筑物想把自己撕成碎片。在萨博班里，蒂姆想到了邦妮和克莱德，而卡丽莎想到了爱伦·坡的《厄舍古屋的倒塌》。

走，她对同伴发送意念，快！

他们跑过变形的铁门，铁门压着一个变形的女人，一摊血泊正在逐渐扩散。

乔治：走电梯？就在前面！

尼基：你疯了吗？我不知道正在发生什么，但我绝对不会进那该死的电梯。

海伦：地震了？

"不是。"卡丽莎说。

意念震。我不知道他们——

"……他们是怎么做到的，但这就是结果……"她深吸一口气，嘴里尝到了辛辣的味道。她不禁咳嗽起来。"这就是结果。"

海伦：空气不太对劲。

尼基说："我猜是什么毒气。"那些狗娘养的，他们不肯放过我们。

卡丽莎推开标着"楼梯"的门，他们开始往上爬，现在所有人都在咳嗽了。爬到 D 层和 C 层之间时，脚下的楼梯开始抖动。参差不齐的裂缝在墙上延伸。日光灯熄灭，应急灯亮了，并照出暗淡的黄色光线。卡丽莎停下来，弯腰干呕，然后继续向上爬。

乔治：埃弗里和其他孩子怎么办？他们还在底下，他们会窒息的！

尼基：卢克呢？他来了吗？他还活着吗？

卡丽莎不知道。她只知道他们必须在被呛死前逃出去，或者在被压死前，因为异能研究所正在垮塌。

整个建筑物在剧烈抖动，楼梯忽然向右倾斜。她不禁想到，要是他们刚才上了电梯，不知道此刻会是什么处境，然后她立刻抛开这个念头。

到了 B 层。卡丽莎气喘吁吁，这儿的空气比较好，她也能跑得更快一点。她很庆幸自己没有对自动贩卖机里的烟上瘾——不幸中的万幸。墙壁中的呻吟声变成了低沉的吼叫声。她听见金属管道的破裂声，猜测排水和电路系统正在分崩离析。

一切都在分崩离析。她在网上看过的一段视频浮现在眼前，非常恐怖，但她无法转移视线：牙医用钳子拔牙。牙齿左右晃动，血液从四周渗出。它想留在牙龈里，最后还是被拔了出来，牙根悬在半空中。现在的情形很像那样。

她来到了通往地面一层的门口，但建筑物已经倾斜得像个醉汉，这一幕仿佛超自然的景象。她试着推门，但推不开。尼基来到她身旁，两人一起推，还是不行。他们脚下的地板突然抬升，随即轰然下坠。一块天花板掉下来砸在楼梯上，然后化作碎片向下滑动。

"再不出去咱们就会被压死！"卡丽莎喊道。

尼基：乔治，海伦。

他伸出双手。楼梯很窄，但四个人还是一起挤在了门口，大腿贴着大腿，肩膀贴着肩膀。乔治的头发扎进卡丽莎的眼睛。海伦在惊恐中呼出的气吹在卡丽莎的脸上。他们摸索着手拉手。光点出现，门嘎吱嘎吱地打开，带走了顶上的一块门框。外面是宿舍走廊，此刻走廊也朝着一侧倾斜。卡丽莎首先冲出扭曲的门洞，像香槟酒瓶的塞子似的挣脱出去。她摔倒在地，掉在地上的灯具割破了她的手，地上到处都是玻璃碴和金属碎片。三个孩子在草原上奔跑的海报依然歪斜地挂在墙上，底下的文字说这"只是天堂里的另一天"。

卡丽莎爬起来，环顾四周，看见三名同伴也刚刚起身。他们一起跑向休息室，经过再也不会有被绑架来的孩子居住的一个个房间。这些房间的门时而猛地打开，时而砰然关闭，像是一群疯子在鼓掌。食堂里的几台自动贩卖机倒下了，零食撒了一地。酒瓶被摔碎了，空气中弥漫着浓烈的酒气。通往操场的门扭曲变形，卡住了，但玻璃已经破碎，芬芳、新鲜的空气随着夏末的微风飘进室内。卡丽莎跑到门口，忽然愣住了。有一瞬间，她完全忘记了这座建筑物似乎正在他们周围把自己撕成碎片。

她的第一个念头是其他人还是逃出来了，也许是从连通隧道的另一扇门出来的，因为他们都在这儿：埃弗里、艾莉丝、哈尔、莱恩、吉米、唐娜和 A 病区的其他孩子。然后她意识到自己并没有真的看见他们。他们只是投影，具象化的灵魂。他们环绕的那部大电话也一样。电话本该会压垮蹦床和羽毛球网，但这两者都还在原处，她看见铁丝网不是在巨型电话的背后，而是穿过了巨型电话。

接着，孩子们和电话都消失了。她意识到地板再次抬升，这次它没有砰然落下。她看见休息室和操场之间的缝隙变得越来越宽。现在还只有九英寸左右，但确实在变宽。她必须跳一步才能出去，就好像从楼梯的第二级台阶上下去。

"快走！"她对同伴们喊道，"快点！趁咱们还能逃走！"

25

斯塔克豪斯听见从行政楼的屋顶传来尖叫声，那个方向的枪声随即停止。他扭头望去，见到了他一时间无法相信的景象。前半区正在升起。月光勾勒出一个在屋顶晃动的身影，它伸出双臂，企图保持平衡。肯定是格拉迪丝。

这不可能是真的，他心想。

但这确实是真的。前半区越升越高，与地面分开，碾压声和断裂声不绝于耳。建筑物遮住了月亮，然后微微一沉，就像一架笨拙的巨型直升机压下机头。格拉迪丝飞了出去，斯塔克豪斯听到她的尖叫，看着她消失在黑暗中。在行政楼里，齐克和理查森医生扔下枪，蜷缩在矮护墙旁，抬头望着仿佛来自梦境的事物：一座徐徐升上天空的建筑物，玻璃和煤渣砖的碎片像雨点一样掉落。它带走了操场上的大部分铁丝网。水从建筑物底部交错、断裂的管道中喷出。

香烟贩卖机飞出西楼休息室的大门，翻滚着落到操场上。乔治·艾尔斯望着升上天空的前半区的底部，要不是尼基及时拉开他，他肯定会被砸成肉饼。

道格大厨和护工查德跑出树林，他们抻着脖子，张着嘴巴，枪挂在手上。他们可能以为满是弹孔的萨博班里不可能有人活着，更有可能的是，他们在惊诧和惶恐中完全忘记了这档子事。

前半区的底部升到了行政楼屋顶的上方，带着那种十八世纪皇家海军炮舰在微风中扬帆行驶的庄重和古拙的气度。绝缘电线和线缆（有些还在喷出火花）悬在底下，就像被切断的脐带。一截突出的水管刮过通风系统的外壳。希腊佬齐克和费利西娅·理查森医生看见它过来，赶紧跑向他们爬上屋顶所走的翻板活门。齐克赶上了，理查森医生没赶上。她抬起双臂遮住头部，这个出于本能的自保动作看上去非常可怜。

就在这时，连通隧道——因为年久失修和前半区灾难性的抬升——倒塌了，压死了本就因为氯气和意念超载而奄奄一息的孩子们。他们直到最后一刻依然站成一圈，在屋顶压下来的那个瞬间，最后一个意念涌入埃弗里·狄克逊的脑海，既清晰又平静：*有朋友真好。*

26

蒂姆不记得自己是怎么从萨博班里下来的了。他专注于理解眼前的情景：一座巨大的建筑物飘浮在空中，然后挪到一座比较小的建筑物上方，并遮蔽了后者。他看见小建筑物的屋顶有个用双手捂住脑袋的人影。从难以想象的大卫·科波菲尔[1]的魔术场景后面某处传来一阵发闷的垮塌声，一大团尘土腾空而起……飘浮的建筑物像石块一样落下。

随着一声轰隆巨响，地面抖动，蒂姆险些摔倒。比较小的那座建筑物（大概是办公室）不可能承受得住这个重量。它向四面八方炸裂，喷出木头、水泥和玻璃碎片。更多的尘土腾空而起，甚至挡住了月光。大巴车的警报器（天晓得他们的大巴车为什么会有警报器）响了，发出呜哇呜哇声。屋顶的人肯定死了，建筑物里的人也成了肉酱。

"蒂姆！"卢克抓住他的胳膊，"蒂姆！"他指着走出树林的两个人。其中一个人还盯着废墟，但另一个人举起了一把大型手枪，动作迟缓，就像在梦中。

蒂姆举起他的枪，动作比那人快得多。"别妄想了。放下武器。"

他们傻乎乎地看着蒂姆，然后听从了命令。

"到旗杆旁边去。"

"结束了吗？"一个男人问，"千万别说还没完。"

"我觉得结束了。"卢克说，"照我朋友说的做。"

他们艰难地穿过漫天尘土，走向旗杆和大巴。卢克捡起他们的武器，他正要把枪扔进萨博班，忽然意识到他们不可能再开这辆遍布

---

1 美国魔术师。

弹孔、溅满鲜血的车去任何地方了。他留下一把枪，将另一把扔进树林。

27

斯塔克豪斯望着查德和道格大厨走向自己，过了几秒钟，他转过去凝视他人生的废墟。

但谁会知道呢？他心想。谁会想到他们能调动足以抬起一座建筑物的力量呢？西格斯比夫人不可能想到，埃文斯不可能，赫克尔和杰克尔不可能，驴金刚也不可能（天晓得他逃到哪儿去了），我当然更不可能。我们以为我们在处理的是高压电，实际上，我们接触到的仅仅是一点点电流。我们才是真正的笑话。

有人拍拍他的肩膀。他转身看见了误入歧途的英雄。他肩宽体阔（正牌英雄必定如此），但戴着眼镜，因此他并不符合这个典型形象。

不过还有克拉克·肯特呢，斯塔克豪斯心想。

"你身上有武器吗？"名叫蒂姆的男人问。

斯塔克豪斯摇摇头，一只手做了个无力的手势，"他们应该处理好一切的。"

"就剩下你们三个了吗？"

"不知道。"斯塔克豪斯感到前所未有地疲倦。他觉得大概是因为震惊，还因为自己亲眼看到一座建筑物升上天空、遮住月亮的景象。"也许后半区的工作人员还有活着的。还有那儿的医生，哈拉斯和詹姆斯。但前半区的孩子……经过这个，我认为他们不可能活下来。"他抬起一条重得像灌了铅的胳膊，朝废墟做了个手势。

"其他孩子呢？"蒂姆问，"他们呢？他们不是在另一座建筑物里吗？"

"他们在隧道里，"卢克说，"他企图用毒气熏死他们，但隧道先倒塌了。前半区升起来，隧道就倒塌了。"

斯塔克豪斯想否认，但这个叫埃利斯的小子能读心，他否认又有什么用呢？而且，他太累了，身心俱疲。

"还有你的朋友们？"蒂姆问。

卢克张开嘴，想说他不确定，但很可能。他忽然转过头去，像是听见有人叫他。假如真是那样，那一声肯定是在他脑海里响起的，因为蒂姆在几秒钟后才听见了喊声。

"卢克！"

一个女孩跑过满地狼藉的草坪，地上的瓦砾从中心向外炸开，变成某种花冠的形状。另外三个孩子随即出现，两男一女。

"卢克！"

卢克跑向领头的女孩，张开双臂拥抱她。另外三个孩子加入他们，他们刚拥抱成一团，蒂姆就再次听见了嗡嗡声，但这次比较低沉。有些瓦砾在地上翻滚，木片和石块飞入空中，然后重新落下。他是不是在脑海里听见了他们混在一起的声音？也许只是他的想象，但……

"他们还在释放能量。"斯塔克豪斯说，他没精打采的，像个在打发日子的人，"我听见了。你也听见了。当心点。效果会累积起来。把哈拉斯和詹姆斯变成了动画里的赫克尔和杰克尔。"他干笑一声，"一对有高级医学学位的卡通丑角。"

蒂姆没理会他，让孩子们享受这快乐的团聚时刻——还有谁比他们更有资格享受呢？他盯着异能研究所的三个幸存的成年人，尽管他们似乎并不打算给他找麻烦。

"我该怎么处理你们几个浑球？"蒂姆问。他其实没有和他们三个人说话，只是把心里的想法说了出来。

"求你别杀我们，"道格说，他指着还拥抱在一起的孩子们说，"我是给孩子们做饭的，是我让他们活下来的。"

"换作我，要是想活命，就不会企图为你们在这儿做的任何事情辩解，"蒂姆说，"闭嘴也许是最明智的选择。"他转向斯塔克豪斯，"看来我们用不上大巴了，因为你们杀死了大多数孩子——"

"我们没有——"

"你没长耳朵吗？我说了，闭嘴。"

斯塔克豪斯看见那个男人的表情。他看上去不像在逗英雄，更不像误入歧途，而是杀气腾腾。斯塔克豪斯立刻闭上了嘴。

"我们需要开车离开这儿，"蒂姆说，"但我不想押着你们几个快乐的小丑穿过树林，去卢克说的那个什么居住村。今天太漫长了，非常累人。有什么建议吗？"

斯塔克豪斯似乎没有听见蒂姆说话。他望着前半区的废墟和被压在底下的行政楼。"所有这些，"他感叹道，"所有这些，全是因为一个孩子逃跑了。"

蒂姆轻轻踢了他的脚踝。"听我说话，呆头。我该怎么带这些孩子离开这儿？"

斯塔克豪斯没有回答，声称给孩子们做饭的男人也不吭声。另一个男人开口了，他身穿长套衫，看上去像是医院的勤杂工。"要是我能给你出个主意，你会放我走吗？"

"你叫什么？"

"查德，先生。查德·格林利。"

"好的，查德，那要看你的主意怎么样了。"

异能研究所的几名幸存者拥抱在一起，久久不肯松手。卢克觉得自己能这么拥抱他们并享受他们的拥抱一直到永远，因为他没想到自己还能再见到他们中的任何一位。此时此刻他们需要的，都在这片满地狼藉的草坪上围成的圆圈里。他们需要的只是彼此。这个世界及相关的一切问题都给我滚开。

埃弗里呢？

卡丽莎：走了，他和其他孩子一起。隧道塌下来，砸在他们头上。

尼基：这样反而更好，卢克。他不可能恢复了。他不再是他自己了。他做的事情，他们做的事情……会磨灭他的存在，跟抹杀其他人的意识一样。

卢克：前半区的孩子们呢？还有人活着吗？要是还有人活着，咱们必须——

这次回答的是卡丽莎，她摇摇头，发送的不是语言，而是照片：已故的哈利·克罗斯，来自亚拉巴马州的塞尔马、惨死在食堂里的那个男孩。

卢克抓住小莎的手臂。他们所有人？你是说在建筑物砸下来之前，他们就都在抽搐中死去了？

他指着前半区的废墟。

"我认为是在房子起飞的那一刻，"尼基说，"在埃弗里接大电话的那一刻。"也就是当卢克显然还不完全明白状况的时候，在其他孩子加入的那一刻。

"远方的孩子们，"乔治解释道，"在其他的异能研究所里。前半区的孩子太……我不知道该怎么说。"

"太脆弱了，"卢克说，"你是这个意思。他们太脆弱了，就像那些该死的针剂，对吧？让人痛苦的针剂。"

他们点点头。

海伦轻声说："他们肯定是看着光点死去的。是不是很可怕？"

卢克的回答是那种孩子气的拒绝承认现实，成年人对此会露出讥讽的笑容，只有其他孩子才会理解：不公平！太不公平了！

是啊，他们赞同道，不公平。

他们散开。卢克在弥漫着尘土的月光中扫视他们：海伦、乔治、尼基……和卡丽莎。他想起他第一次见到她的时候，她叼着香烟糖假装在抽烟。

乔治：卢克，现在怎么办？

"蒂姆知道。"卢克说，衷心希望这是真的。

29

查德领着他们绕过被摧毁的建筑物。斯塔克豪斯和道格大厨垂头丧气地跟着查德，蒂姆拿着枪跟在他们身后，而卢克和他的朋友们则跟在蒂姆身后。建筑物的毁灭让蟋蟀暂时沉默下去，这会儿它们又唱了起来。

查德在一段沥青路的边缘停下，路边车头贴车尾地停着五六辆轿车和三四辆皮卡，其中还有一辆丰田中型厢式货车，车身上漆着"缅因纸业公司"字样。他指着厢式货车说："这辆车如何，先生？能行吗？"

蒂姆觉得可以，至少在行程之初不错。"车钥匙呢？"

"维修卡车是公用的，所以钥匙总是放在遮光板背后。"

"卢克，"蒂姆说，"你去看一下。"

卢克走向那辆车，其他孩子跟着他，就好像他们一刻也不愿分开。卢克打开驾驶座那一侧的车门，拉下遮光板。有东西掉进他的手里。他举起车钥匙。

"很好，"蒂姆说，"去打开后车厢。要是里面有东西，就搬出来。"

个子最高的尼基和比他矮一点的乔治完成了这项任务，他们把耙子、锄头、工具箱和几袋草坪肥料扔下车。他们忙碌的时候，斯塔克豪斯就坐在草地上，脑袋耷拉着埋到双膝之间。这是个承认惨败的姿势，但蒂姆并不同情他。他拍了拍斯塔克豪斯的肩膀。

"我们要走了。"

斯塔克豪斯没有抬起头。"去哪儿？那孩子说了些关于迪士尼乐园的话。"他毫无喜色地干笑了一声。

"不关你的事。但我很好奇，你打算去哪儿？"

斯塔克豪斯没有回答。

30

厢式货车的车厢里没有其他座位，于是孩子们轮流去坐前面的乘客座，卡丽莎是第一个。卢克挤在她和蒂姆之间的金属底板上。尼基、乔治和海伦趴在后门口，隔着两扇脏兮兮的小窗看着外面他们曾经以为再也见不到的世界。

卢克：卡丽莎，你为什么在哭？

她回答了他，然后说给蒂姆听。"因为一切都这么美。哪怕在黑暗中，一切也还是这么美。真希望埃弗里还在，希望他能亲眼看见这一切。"

当黎明还只是东方地平线上的一抹虚影时，蒂姆向南拐上了77号公路。名叫尼基的孩子取代卡丽莎，坐上前排的座位。卢克和卡丽莎一起去了后面的车厢，这会儿四个孩子像一群奶狗一样挤成一团，睡得很沉。尼基似乎也睡着了，每次卡车颠簸，他的脑袋就会磕在车窗上，这条路确实崎岖不平。

蒂姆看见一块路牌，上面提示还有五十英里到米利诺基特，他看了一眼手机，发现有两格信号和百分之九的电。他打电话给温迪，那边铃声一响她就接了。她问他是否安好。他说他很好。她问卢克好不好。

"很好，他在睡觉。我救出了另外四个孩子。其他孩子——我不知道有几个，应该不少——都死了。"

"死了？天哪，蒂姆，发生什么了？"

"我现在没法说。等我能说了一定告诉你，你未必会相信，这会儿我在荒郊野外，钱包里只有三十美元，但我不敢用信用卡。那儿捅了个天大的窟窿，我不想冒险留下痕迹。另外，我累得一塌糊涂。车子还有半箱油，所以还好，但我的精力快耗尽了。妈的妈的妈的，明白吗？"

"你……你说什么……你有……"

"温迪，我听不见你的声音了。要是你能听见我，我会再打给你的。我爱你。"

他不知道她有没有听见最后那句，或者就算听见了，她会有什么想法。他从没对她说过"我爱你"。他关掉手机，放在仪表盘上——和塔格·法拉第的枪放在一起。在迪普雷发生的一切似乎都是陈年往事了，就像另一个人过的另一段人生。现在更重要的是这些孩子，还有他该拿他们怎么办。

还有，或许会来追杀他们的那些人。

"嘿，蒂姆。"

他扭头望向尼基。"我以为你睡着了。"

"没，我在想事情。我能跟你说句话吗？"

"当然。多说点，免得我睡着。"

"我只想说谢谢。我不会说你拯救了我对人类的信心，但你陪着卢克一起杀回来……需要勇气。"

"我说，小子，你在读我的心吗？"

尼基摇头道："这会儿我没法读。我觉得自己连地上的一张糖纸都弄不动，而那是我的特长。但要是我和他们联合起来……"他朝车厢里沉睡的孩子们摆摆头，"那就不一样了。至少暂时是如此。"

"你认为你会恢复吗？恢复你以前拥有的能力？"

"不知道。那对我来说不重要，从来都不重要。对我来说，重要的是橄榄球和街头冰球。"他看着蒂姆，"老兄，你眼睛底下的都不叫眼袋了，该叫手提箱了。"

"我需要睡一觉。"蒂姆承认道。对，睡上十二小时。他不由得想到诺伯特·霍利斯特破败的旅馆，电视机没信号，蟑螂满地爬。"路上应该有独立运营的汽车旅馆，只要给现金，他们什么都不会问，但很抱歉，现金是个大问题。"

尼基微笑。蒂姆知道：再过几年，只要上帝肯发善心，他就会变成一个英俊的年轻人。"我觉得我和朋友们应该能在现金方面帮上忙。不完全确定，但可能性很大。汽油够开到下一个镇子吧？"

"够。"

"到时候停车。"尼基说完，把脑袋放回车窗上。

32

海员信托银行米利诺基特分行每天九点开始营业，今天开门前不久，一位名叫桑德拉·罗比肖的柜员打电话到分行的经理办公室。

"出事了，"她说，"你来看这个。"

她面前的屏幕在回放自动取款机的监控录像。布赖恩·斯特恩斯在她身旁坐下。设备的监控镜头会在没有发生交易的时候自动休眠，米利诺基特只是缅因州北部的一个小镇，因此监控镜头往往会彻夜休眠，到清晨六点左右迎来第一名顾客才会启动。他们眼前这段视频的时间显示着：5:18 AM。斯特恩斯看着屏幕中的五个人走向自动取款机。其中四个把汗衫拉起来，遮住嘴巴和鼻子，就像老西部片里的蒙面强盗。第五个戴着一顶广告帽，帽檐被拉下去遮住了眼睛。斯特恩斯看见帽子正面印着"缅因纸业公司"。

"他们看上去像孩子！"

桑德拉点点头。"除非是侏儒，但似乎不太可能。斯特恩斯先生，你看这段。"

孩子们手拉着手围成一圈，随即画面中出现了几道波浪线，就好像受到了短时间的电子干扰，然后自动取款机的出钞口吐出现金，看上去就像赌场里摇出大奖的老虎机。

"怎么回事？"

桑德拉摇头道："我不知道这是怎么一回事，但他们取走了两千美元，而机器的最高提款限额是八百。机器就是这么设置的。我觉得我们应该打电话向什么人报告，但我不知道该找谁。"

斯特恩斯没有回答。他只是入迷地看着那群小匪徒——看上去他们顶多像一群中学生——捡起地上的钱。

然后他们走了。

大舌头男人

1

三个月后，十月里一个凉爽的清晨，蒂姆·贾米森顺着卡托巴山农场的车道走下南卡罗来纳州 12-A 公路。这段路他走了一段时间，车道长近半英里。他喜欢对温迪开玩笑说：再长一点，就可以将它命名为南卡罗来纳州 12-B 公路了。他穿着褪色的牛仔裤、脏兮兮的佐治亚巨人牌工装靴和长得能盖住上半截大腿的汗衫。这是卢克从网上订购并送给他的礼物。汗衫正面有三个金色大字：埃弗里。蒂姆没见过埃弗里·狄克逊，但他很喜欢穿这件汗衫。他的脸晒成了深棕色。早在十年前，卡托巴山就不是真正的农场了，但谷仓后面还有一英亩[1]菜园，而现在正是收获的季节。

他走到信箱前，打开信箱门，掏出没完没了的垃圾信件（如今似乎收不到正经的信件了），他忽然愣住了。他的胃——走过来的这一路上都好好的——开始收缩。一辆车驶向他，它放慢速度，靠边停下。这辆车没什么特别的，只是一辆雪佛兰迈锐宝，车身上有红褐色的泥点，进气格栅上有撞死的虫子。不是邻居——他认识所有邻居的车辆，可能是推销员，或者迷路的人想问个路。但是不，不是。蒂姆不知道开车的是什么人，只知道自己一直在等这个人，现在他等到了。

蒂姆关上信箱门，一只手伸向背后，像是去提裤腰带。他的腰带

---

1 1 英亩约合 4046.86 平方米。

系得很好，枪也在它应该在的地方，那是一把格洛克，曾经属于一位名叫塔格·法拉第的警员。

男人熄火下车。他身上的牛仔裤比蒂姆的那条新——买回来时的折痕都还没展开，白衬衫的纽扣一直系到喉咙口。他的面容既英俊又毫无特色，这么说似乎很矛盾，似乎不太可能，你只有亲眼见到才会知道是怎么一回事。他的眼睛是蓝色的，头发是北欧人的那种金色，几乎就是白色。事实上，他的模样跟已故的茱莉娅·西格斯比想象中的模样很像。他先问候蒂姆早上好，蒂姆也祝他早上好，但一只手依然放在身后。

"你就是蒂姆·贾米森。"来访者伸出一只手。

蒂姆看着那只手，但没有和他握手。"我就是。请问你是哪位？"

金发男人微笑道："就叫我威廉·史密斯吧。我的驾驶执造上是这个名字。"史密斯发音正确，驾驶技术也很好，但他把"执照"说成了"执造"。大舌头，但只是有一点。"叫我比尔好了。"

"史密斯先生，有什么事情吗？"

自称比尔·史密斯的男人（这个名字和他的轿车一样不起眼）迎着清晨的阳光眯起眼睛，他微微一笑，像是这个问题有好几种回答方式，每一种都令人愉快。然后他低头望向蒂姆。笑容还在嘴角，但眼里毫无笑意。

"咱们可以一直兜圈子，但我确定你今天还有事情要做，所以我就不浪费你更多的时间了。首先，我向你保证，我来这儿不是为了找你的麻烦，因此，假如你的手放在背后不是在挠痒痒，而是抓着一把枪，现在大可以松手了。我觉得我们都会同意，在世界的这个角落，今年开的枪已经够多了。"

蒂姆想问史密斯先生是怎么找到他的，但有这个必要吗？肯定不难。卡托巴山农场属于哈利·格利克森与丽塔·格利克森，这对老夫妻正在佛罗里达安度晚年。他们的女儿已经帮他们看了三年房子，还有谁比一名警员更适合做这件事呢？

好吧，她曾经是一名警员，也还在领县里的工资，至少暂时是如此，但很难说这个头衔还能保持多久。西格斯比夫人率众突袭的那天晚上，罗妮·吉布森刚好不在，她现在是费尔利县的代理警长，但没人知道她还能当多久，有传闻称警察局要迁往附近的邓宁镇。另一方面，温迪天生就不是做那种脚踏实地的执法工作的料。

"温迪警官呢？"史密斯问，"在上面的屋子里？"

"斯塔克豪斯呢？"蒂姆反问道，"温迪警官的名字，你肯定是从他那儿听来的，因为那个姓西格斯比的老女人死了。"

史密斯耸耸肩，双手插进新牛仔裤臀部的口袋，前后晃了晃身子，扫视四周。"老兄，这儿真不辍，对吧？"他把"不错"说成了"不辍"，但他只有轻微的大舌头，所以几乎听不出来。

蒂姆决定不再追问斯塔克豪斯的情况，他显然问不出个所以然来，再说斯塔克豪斯也是旧闻了。他也许在巴西，也许在阿根廷或澳大利亚，也许已经死了。对蒂姆来说，他在哪儿都一样。大舌头男人说得对，兜圈子毫无意义。

"格利克森警员在哥伦比亚，参加一场结案听证会，是关于夏天那场枪战的。"

"我猜她肯定有个能让委员买账的故事。"

蒂姆没兴趣为他证实猜想。"她还要参加几场会议，讨论费尔利县执法部门的未来，因为你派来的暴徒把他们杀了个精光。"

史密斯摊摊手。"我和我的同事与此毫无关系。西格斯比夫人完全是自行其是。"

也许是真的，但也未必，蒂姆想这么说。她那么做就是因为害怕你和你的同事。

"我知道乔治·艾尔斯和海伦·西姆诗离开了。"史密斯先生说，把"西姆斯"说成了"西姆诗"，"艾尔斯先生去加州投奔了叔父，西姆诗小姐去特拉华投奔了祖父母。"

蒂姆不知道大舌头男人是从哪儿得到这些消息的——诺伯特·霍利斯特早就溜了，迪普雷汽车旅馆关门歇业，屋前写着"出售"的牌子很可能会挂很长时间。不过，他的消息很准确。蒂姆不认为自己能一直隐姓埋名，那么想就太天真了，但史密斯先生对孩子们的情况了如指掌，这让他感到很不安。

"因此尼古拉斯·威尔霍尔姆和卡丽莎·本森还在这儿。当然了，还有卢克·埃利斯，"笑容重新出现，但这次更浅，"我们所有不幸的幕后黑手。"

"史密斯先生，你到底想干什么？"

"其实也没什么。我们会说到的。但首先，请允许我向你表达一下敬意。不仅是因为你的勇敢——当晚，你几乎单枪匹马突袭异能研究所，这是显而易见的，更是因为你和温迪警官事后对事情的处理。你逐个将孩子们送走，对吧？首先送走了艾尔斯，在你们回到南卡罗来纳差不多一个月之后。两个星期之后，送走了那个姓西姆斯的女孩。你们给两个孩子都编了个好说辞，说他们由于不明原因遭到绑架，在不明地点被扣押了长度不明的一段时间，然后同样出于不明原因，被释放……你和温迪警官想办法安排好了这一切，与此同时，你们也还在接受审查。"

"你是怎么知道这些的？"

现在轮到大舌头男人不回答他了，但蒂姆不在乎。蒂姆估计这些情报至少有一部分直接来自报纸和互联网。被绑架儿童的回归永远是大新闻。"威尔霍尔姆和本森什么时候走？"

蒂姆考虑了一下，然后决定回答他："尼基本星期五走，去内华达找他的叔叔和婶婶，他的弟弟也在那儿。尼基并不愿意走，但他明白自己不能待在这儿。卡丽莎会再住一两个星期。她在休斯敦有个姐姐，比她大十二岁。卡丽莎很想和姐姐重新取得联系。"这既是真的，又不完全是真的。和其他孩子一样，卡丽莎也患上了创伤后应激障碍。

"他们的说法也经得起警方的审查吗？"

"经得起。故事非常简单，当然了，他们也害怕万一说出真相，会有什么样的遭遇。"蒂姆顿了顿，"再说，别人恐怕也不会相信。"

"埃利斯先生呢？他怎么样？"

"卢克会留在我的身边。他没有近亲，也无处可去。他已经重新开始上学了，学习能平复他的心情。这个孩子现在还处于悲痛中，史密斯先生。他失去了父母，失去了他的朋友们。"他停了下来，恶狠狠地盯着金发男人，"我猜他也失去了被你们这些人夺走的童年。"

他等待史密斯的反驳，但史密斯没有开口，于是蒂姆说了下去。

"最后，等我们编造出一个合情合理的故事，他会回归以前的道路，同时上爱默生学院和麻省理工学院。这个孩子非常聪明。"你当然也知道，他不需要加上这句。"史密斯先生……你在乎吗？"

"其实不太在乎。"史密斯说，他从胸前的口袋里掏出一包美国精神牌香烟，"抽烟吗？"

蒂姆摇摇头。

"我自己也不太抽，"史密斯先生说，"但我在做演讲疗法，治我的大舌头，每当我能在交谈中控制住嘴巴时，我就赏自己一根烟，尤其是长时间和比较紧张的那种交谈，就像咱们现在这样的。你注意到我说话大舌头了吗？"

"几乎听不出来。"

史密斯先生点点头，似乎很高兴，然后点燃了香烟。在清晨凉爽的微风中，这股气味闻上去甜美芬芳。似乎就是为烟草出产地量身定制的气味，烟草依然是这里的主要产业……不过自二十世纪八十年代开始，卡托巴山农场就不种烟草了。

"希望你能保证他们会保持沉默。要是有人乱说话，后果会由五个人承担。那个U盘应该在你手上，但不是我所有的……同事……都相信它真的存在。"

蒂姆笑了，但没有露出牙齿。"要是你的……同事……想验证一下这个想法，那可就太不明智了。"

"我同意你的看法。但那些孩子乱说他们在缅因森林里的冒险经历依然是个非常不好的主意。假如你和艾尔斯先生还有西姆斯小姐有联系，记得转告他们一声。或者请威尔霍尔姆、本森和埃利斯去说，也许他们还能通过其他手段联系到那两个孩子。"

"你在说心灵感应能力吗？我觉得大概指望不上了。他们的能力回到了被你们抓走前的水平，心灵致动能力也一样。"蒂姆说的是孩子们告诉他的话，但他不确定自己是否相信。他能确定的只有一点，那就是可怕的嗡嗡声再也没有响起过。"你们是怎么掩盖的，史密斯？我很好奇。"

"你就继续好奇吧，"金发男人说，"但我可以告诉你，我们管理的机构不止缅因州这一处。世界各地还有二十家异能研究所，现在全部停止运营了。其中有两家继续坚持了大约六个星期，那几个国家从婴儿一出生就教导他们要服从命令，但两家机构都迎来了集体自撒。"他把"自杀"说成了"自撒"。

集体自杀还是集体谋杀？蒂姆心想。但他没有兴趣挑起这个话题，越早摆脱这个男人越好。

"这个埃利斯——在你的帮助下，几乎完全是因为你的帮助——毁灭了我们。听上去无疑像电视剧里的台词，但这是真的。"

"你觉得我在乎吗？"蒂姆问，"你们杀死儿童。假如地狱真的存在，那你们都该下地狱。"

"而你，贾米森先生，无疑坚信自己会上天堂——假如天堂真的存在。谁知道呢，也许你是正确的。上帝凭什么拒绝一个披荆斩棘拯救儿童的勇士呢？请允许我盗用耶稣在十字架上说的话：你会得到赦免，因为你们所做的，你们不晓得。"¹ 他扔掉烟头，"但我必须告诉你。这就是我在征求同事们的同意后来找你的原因。多亏了你和埃利斯，这个世界已经开始走向自我毁灭。"这几句话他说得非常清楚。

蒂姆没有吭声，等着他说下去。

"第一家异能研究所出现在纳粹德国，尽管当时不叫这个名字。"

"我为什么就不觉得吃惊呢？"蒂姆说。

"但你为什么就这么武断呢？纳粹开始研究核裂变的时间比美国早。他们研发的抗生素直到今天还在使用。他们差不多发明了现代火箭技术。某些德国科学家在希特勒的狂热支持下做超感官知觉测试。他们偶然发现，有天赋的儿童联合起来，就能让某些麻烦的家伙——怎么说呢，前进路上的绊脚石——变得不再麻烦。那些孩子在一九四四年就被使用完了，因为他们缺乏可靠的科学手段，无法在孩子们变成——用异能研究所的俚语说——植物人之后找到替代品。后来有人发明了最有效的检验方法，能够辨别潜在的通灵能力。你知道那是什么检验吗？"

"BDNF，脑源性神经营养因子。卢克说那是个指标。"

"对，他确实聪明。好吧，非常聪明。现在所有参与者都希望当初没去招惹他了。他的 BDNF 水平甚至都不太高。"

"我猜卢克也很希望你们没去招惹他，还有他的父母。你快点说你到底想干什么吧。"

"好的。在第二次世界大战结束之前和之后，举行过几场会谈。假如你还没忘光二十世纪的历史，那就肯定记得其中几次。"

"我知道雅尔塔会议，"蒂姆说，"罗斯福、丘吉尔和斯大林坐在一起，差不多塑造了整个现代世界。"

"对，那次会议很有名，但最重要的一次是在里约热内卢举办的，

---

1 化用《圣经·路加福音》23：34。

参与者中没有政府人员……除非你将与会者——还有他们之后多年的继任者——称作某种影子政府。他们——我们——知道那些德国儿童的事迹，决定寻找更多的孩子。一九五〇年左右，我们了解了 BDNF 的作用，于是异能研究所一家接一家地在偏僻的地点被建立起来，技术也得到优化。它们已经存在了约七十年，根据我们的计算，它们已经将世界从核弹浩劫中拯救了五百多次。"

"太荒谬了，"蒂姆厉声道，"开什么玩笑。"

"不，不是开玩笑。我给你举个例子。缅因州异能研究所的孩子们哗变时——这场哗变像病毒一样扩散到了所有的异能研究所，他们诱发了一位名叫保罗·韦斯廷的传道者自杀。但多亏了卢克·埃利斯，那个人现在还活着。十年后，韦斯廷将成为一名基督教信徒的密友，而这名信徒将成为美国的国防部部长。韦斯廷将让国防部部长相信战争迫在眉睫，国防部部长又将让总统信服，结果是一次先发制人的核打击。仅仅是一枚导弹，但它可能会让所有的多米诺骨牌倒下，后面的情况就超出了我们的预测范围。"

"你不可能知道这样的事情。"

"贾米森先生，你以为我们是怎么选择目标的？变戏法一样从帽子里随便挑的？"

"不是靠心灵感应能力吗？"

史密斯先生如同一名耐心的教师在向愚钝的学生解释。"心灵致动能力者能移动物体，心灵感应能力者能读心，但两者都无法预测未来。"他又掏出烟盒，"真的不想抽一根？"

蒂姆摇摇头。

史密斯点燃香烟。"卢克·埃利斯和卡丽莎·本森这样的孩子很稀少，但有些人更加稀少，比最珍贵的贵金属还要宝贵。知道他们最可贵的是什么吗？他们的天赋不会随着年龄增长而消逝，也不会摧毁使用者的心智。"

蒂姆从眼角瞥见了动静，他扭头望去，看见卢克沿着车道走过来。他往山坡上看，安妮·勒杜站在那儿，枪膛开着的霰弹枪搭在她的胳膊上。卡丽莎和尼基站在她的两侧。史密斯还没看见他们，他望着远处雾气弥漫的迪普雷小镇和穿镇而过的闪亮铁轨。

　　安妮现在大多数时候都待在卡托巴山农场。孩子们让她着迷，他们似乎也很喜欢她。蒂姆指了指她，然后用手拍拍空气：守在那儿。她点点头，站在山坡上看着他们。史密斯依然在欣赏风景，风景确实很美。

　　"假如还存在另一家异能研究所——非常小，非常特殊，那里的一切都是一流的和最先进的，没有过时的电脑和失灵的基础设施。它位于一个绝对安全的地点。其他异能研究所都建在我们所认为的敌对土地上，但这一家不是。没有泰瑟枪，没有注射针，没有惩罚。在这家特殊的异能研究所，不需要让住客经历像沉浸水箱那样的濒死体验来开发他们更深层的能力。

　　"假如这家机构在瑞士，也许其实不在，不过就当它在好了。它位于中立领土上，因为许多国家都得益于它持续的平稳运行，非常多的国家。目前这个地方有六位非常特殊的住客。他们已经不是儿童了，和其他异能研究所的心动能力者和心感能力者不同，他们的天赋不会在十几岁到二十几岁之间变弱和消失。其中有两个人已经很老了。他们的 BDNF 水平也和他们的特殊天赋不相关，他们堪称独一无二，因此非常难以寻找。我们一直在搜寻替代者，但现在搜寻工作也暂时停止了，因为似乎失去了意义。"

　　"他们是什么人？"

　　"预知能力者。"卢克说。

　　史密斯吓了一跳，猛地转身。"嘿，卢克，你好。"他微笑道，同时后退了一步。他在害怕吗？蒂姆觉得是的。"预知能力者，非常正确。"

542

"你们到底在说什么？"蒂姆说。

"就是预知，"卢克说，"能预见未来的人。"

"你们在开玩笑，对吧？"

"我没有，他也没有，"史密斯说，"你可以说这六个人是我们的DEW防线——这是个冷战时期过时的缩写，代表远距离预警。或者用更现代的说法来说，他们是我们的无人机，飞去未来，标记出大规模灾变的起始地点。我们只会集中精力阻止大型灾难。世界能存活下来，是因为我们提前采取了预防措施。几千个孩子在这个过程中死去，但几十亿的孩子得救了。"他转向卢克，微笑道，"你当然能理解——这是个非常简单的推理。我猜你肯定也是个数学小天才，因此能算出成本收益比。你肯定不喜欢，但必须承认事实。"

安妮和她负责照顾的两个小孩顺着山坡下来了，但这次蒂姆没有挥手让他们回去。他听见的话震惊得他不知所措。

"心灵感应我能相信，心灵致动我也相信，但预知能力？这不是科学，是马戏表演！"

"我向你保证，并不是，"史密斯说，"我们的预知能力者负责找到目标。心动能力者和心感能力者联合起来增强力量，除掉那些目标。"

"蒂姆，预知能力者确实存在。"卢克平静地说，"在逃出异能研究所之前我就猜到了。我相信埃弗里也知道，否则一切就说不通了。自从来到这儿，我一直在阅读这方面的资料，我读过了我能找到的所有东西。统计数据是无可辩驳的。"

卡丽莎和尼基走到卢克身旁。他们好奇地看着自称比尔·史密斯的男人，但都没有说话。安妮站在他们身后，尽管今天很暖和，她依然披着披肩毯，看上去比以往更像个墨西哥枪手。她的眼睛明亮而警觉。孩子们改变了她，但蒂姆不认为改变她的是他们的力量。从长远来看，力量带来的恰恰是改善的反面。他觉得是情感的联系，甚至仅仅是因为孩子们愿意接受她的本性。但无论原因是什么，他都为她感到高兴。

"明白了吗？"史密斯说，"你的天才住客证实了我的说法。我们的六名预知能力者——曾经有八个人，七十年代变成了四个人，那段时间非常可怕——总在不停地搜寻被我们称为'铰链'的人物。他们是转折点，人类灭绝之门有可能因他们而打开。铰链并不是毁灭的始作俑者，而是推动因素。韦斯廷就是这么一个铰链。在找到这种人之后，我们会对他们进行调查，研究他们的背景，监控他们，并拍摄录像。最后把他们交给各个异能研究所的孩子们，后者通过各种方法除掉他们。"

蒂姆摇着头说："真是没法相信。"

"正如卢克所说，统计——"

"统计数据能证明一切，但没人能预见未来。假如你和你的同事真的相信这些鬼话，那你们就不是普通的组织，而是一个邪教了。"

"我有个姨妈能预见未来。"安妮突然说，"一天晚上，她的孩子们想去一家酒吧，她却逼着他们待在家里，结果当晚酒吧发生了煤气爆炸，酒吧里的二十个人像烟囱里的老鼠一样被烧死，但她的孩子们待在家里安然无恙。"她停了一下，想了想，又说："她还知道杜鲁门会当上总统，可是没人相信。"

"她知道特朗普会当上吗？"卡丽莎问。

"哦，那个都市大蠢驴冒出来的时候，她早就去世了。"安妮说。卡丽莎举起手掌，安妮开心地和她击掌。

史密斯没有理会这个小插曲。"这个世界依然存在，蒂姆。这不是统计数据，而是事实。原子弹摧毁广岛和长崎后的七十年中，尽管许多国家拥有核武器，尽管原始的人类情感依然能够左右理性思维，尽管伪装成宗教的迷信依然主导着人类的政治进程，但这个世界依然存在。为什么？因为我们在保护它，但现在这个保护层消失了。这是卢克·埃利斯干的，而你是帮凶。"

蒂姆望向卢克。"你能相信吗？"

"不，"卢克说，"他其实也不相信，至少不完全相信。"

尽管蒂姆不知道，但卢克在想那个问他学术能力测验数学题的女孩。她计算错了阿龙住旅馆的房费，而现在的情况也是那样，只是规模宏大得多，一个错误的算式推导出了一个荒谬的答案。

"我知道你很希望自己没说错。"史密斯说。

"安妮是对的，"卢克说，"确实有些人会产生预知性的闪念，她姨妈很可能就是其中之一。这位先生说了这些话，并且他可能真心相信这些话，但这种人并不少。蒂姆，你自己可能也经历过一两次，但你肯定会用别的名称叫它，比如说本能。"

"或者直觉，"尼基说，"电视剧里的警察经常凭直觉办事。"

"电视剧不是现实生活。"蒂姆说，但他想到了一些往事，比如他毫无理由地忽然决定下飞机，搭车往北走。

"那就太糟糕了，"卡丽莎说，"我喜欢《河谷镇》。"

"在关于超能力的故事里，'闪念'这个词会反复出现，"卢克说，"因为和字面意思一样，它就像一道闪电。我相信它的存在，也相信或许有人能驾驭这种能力。"

史密斯举起双手，做了个"你终于开窍了"的动作。"我就是这个意施。"他把"意思"说成了"意施"，大舌头又回来了。蒂姆觉得很有意思。

"但有些事情他没有告诉你，"卢克说，"大概是因为他自己不愿意承认。他们都不愿意，就像美国的将领不愿意承认他们不可能打赢越战一样，哪怕事实就摆在面前。"

"我不明白你在说什么。"史密斯说。

"不，你明白。"卡丽莎说。

"他明白。"尼基说。

"老兄，你就别装蒜了，"孤儿安妮说，"这些孩子会读心的。有点痒，对不对？"

卢克转向蒂姆。"我确定是预知能力者在幕后驱动这些后，立刻找了一台真正的电脑——"

"他说的是不需要代币也能使用的电脑。"卡丽莎插嘴道。

卢克用胳膊肘捅了捅她。"给我安静一会儿。"

尼基咧嘴笑道："当心点，小莎，卢克要生气了。"

她哈哈一笑，史密斯却没有笑。卢克和他的朋友们加入对话后，他就失去了掌控力，他的表情——抿紧嘴唇，皱着眉头——说明他不习惯这样。

"我立刻找了一台真正的电脑，"卢克继续道，"做了个伯努利分布试验。史密斯先生，你知道那是什么吗？"

金发男人摇摇头。

"不，他知道。"卡丽莎说，表神喜滋滋的。

"对，"尼基赞同道，"而且并不喜欢。那个啥分布不是他的朋友。"

"伯努利分布试验能够准确地推算概率，"卢克说，"它基于一个概念，那就是特定的经验事件可能有两种结果，例如，抛硬币的正反面或球赛的输赢。结果用 p 表示成功概率，n 表示失败概率。具体细节我就不多说了，省得你们听烦了，总之你最后会得到一个布尔值函数，它能准确地表示随机和非随机事件之间的区别。"

"对，这么简单的东西就别拿来烦我们了，"尼基说，"直接说结论吧。"

"抛硬币是随机的。如果样本取得少，球赛的得分似乎就是随机的，但要是取得多，就会发现明显那不是随机的，因为还有其他因素会影响结果。那么这就变成了一个拼概率的情况，假如事件 A 的概率比事件 B 的概率高，那么在大多数情况下，事件 A 就会发生。如果你赌过体育比赛，肯定明白我在说什么。"

"当然，"蒂姆说，"你能在报纸上找到输赢概率和让分情况。"

卢克点点头。"因此其实很简单，假如你把伯努利分布用在预知统计上，就会发现一个很有意思的趋势。安妮，你姨妈心血来潮让孩子们留在家里与酒吧失火之间隔了多久？"

"同一个晚上的事。"安妮说。

卢克似乎很高兴。"这是个绝好的例子。我进行的伯努利分布试验显示，在所预知的事件只发生在预知行为之后几小时的情况中，预知闪念——或者幻象，假如你更喜欢这个说法——往往非常准确。预知行为和所预知的事件之间隔得越久，预知成真的概率就越低。如果拉长到几个星期，预知往往会失败，p 和 n 的情况会颠倒。"

他转向金发男人。

"你知道，你的同事们也知道。他们知道好几年了，不，是几十年了。他们肯定知道，随便找个学数学的人，给他一台电脑，就能计算伯努利分布。二十世纪四十年代末和五十年代初，你们的项目刚启动的时候，你们也许还没看明白，但到了八十年代，你们肯定知道了。也许早在六十年代就知道了。"

史密斯摇头道："你非常聪明，卢克，但你只是个孩子，孩子会沉迷于魔术式思维——他们会歪曲事实，直到事实符合他们希望成真的愿望。你以为我们没做过试验，证明我们群体的预知能力吗？"

他的大舌头变得越来越严重。

"每次一名新的预知能力者加入后，我们就会做一轮新的试验。他们会预测一系列随机事件，例如，特定航班的晚点时间……新闻事件，例如，汤姆·佩蒂去世……英国脱欧公投……甚至经过特定路口的车辆数量。我们的成功记录——有记录的成功——能追溯到市分之三个斯纪之前！"

市分之三个斯纪。

"但你们试验的重点永远只放在即将发生的事件上，"卡丽莎说，"别浪费时间否认了，这个意念就像霓虹灯招牌一样在你的脑袋里闪烁。另外，这也符合逻辑。过上五年、十年也无法评判结果的测试有什么意义？"

她抓住尼基的手。卢克退到他们身旁，抓住卡丽莎的手。蒂姆又听见了那种嗡嗡声。声音很轻，但确实存在。

"伯科威茨议员死去的那天，他就在我们的预知能力者说他会在的那个地点，"史密斯说，"而预测是整整一年前做出的。"

"很好，"卢克说，"但你们根据十年、二十年，甚至二十五年后的预测把某些人当作目标，例如保罗·韦斯廷。你知道这些预测靠不住，你知道，任何事情——哪怕是少接一个电话这样的小事——都有可能把那些人和他们参与的事件导向其他方向，但你们还是照做不误。"

"就当你说得有道理吧，"史密斯说，"但稳朵总比遗暗强，对吧？"稳朵，遗暗。"想一想被证明正确的预测，再想一想什么都不做可能会造成什么后果！"

安妮找到了一个漏洞，甚至两个。"假如你们杀死了预言所牵涉的人，你们又怎么能确定预言就一定会成真呢？我不明白。"

"他也不明白，"卢克说，"他无法接受他们毫无正当理由就杀了那么多人的事实。他们没人能接受。"

"为了拯救村庄，我们必须摧毁它，"蒂姆说，"好像有人就越战说过类似的话。"

"你难道想说我们的预知能力者一直在操控我们，编造事实——"

"你能确定他们没有吗？"卢克反驳道，"甚至未必是有意识地，但……他们过得很舒服，对吧？奢靡，和我们在异能研究所的生活不一样。另外，当他们做出预测的时候，那些预测也许是真实的，但并没有把随机因素考虑进去。"

"还有上帝。"卡丽莎忽然说。

史密斯——天晓得他扮演上帝已经多久了——对此露出了讥讽的笑容。

卢克说："你明白我的意思。我知道你明白，有太多变量。"

史密斯沉吟片刻，眺望风景。然后他说："对，我们有数学人才。对，我们的报告和讨论中提到了伯努利分布。有好几年了，事实上。就当你说得对好了。就当我们的异能研究所网络没有从核灾难中拯救世界五百次好了。假如仅仅是五十次呢，或者五次？难道依然不值得吗？"

蒂姆用非常轻柔的声音说："不。"

史密斯瞪着他，就好像他发疯了。"不？你说不值得？"

"精神正常的人不会把儿童献祭给概率。那不是科学，而是迷信。现在，我认为你该走了。"

"我们会重建的，"史密斯说，"当然了，前提是给我们时间，因为这个世界正在急速下滑，就像一辆没人掌舵的童车。我来是想告诉你们这个，也是为了警告你们！禁止接受访问，禁止写文章，禁止在脸书或推特上发文章。尽管绝大多数人见到了只会一笑了之，但我们会非常严肃地对待。假如你们还想活下去，那就请保持沉默。"

嗡嗡声变得更响了，史密斯从胸前的口袋掏出烟盒时，他的手在颤抖。金发男人从那辆毫无特征的雪佛兰上下车时显得充满信心和气度，一看就是习惯于发号施令和令行禁止的人。但此刻站在这儿的已经不是那个男人了，他说话大舌头，衬衫的腋窝渗出汗水。

"孩子，我看你该走了。"安妮劝卢克，语气很轻柔，甚至算得上和蔼。

烟盒脱手掉在了地上，史密斯弯腰去捡，但烟盒忽然弹开了，尽管并没有刮风。

"吸烟对你没有好处。"卢克说，"我不需要有预知能力也能告诉你继续抽下去会发生什么。"

迈锐宝的雨刷动起来，车头灯随即亮了。

"趁你还能走，"蒂姆说，"就快点走吧。事情弄成现在这样，你很生气，我知道了，但你不知道这些孩子到底有多生气。他们可是从原爆点逃出来的。"

史密斯走过去打开车门，然后抬起手臂指着卢克。"你只相信你愿意相信的，"他说，"埃利斯先生，我们都是这样。以后你会明白这个道理的，到时候后悔也没用了。"

他开车离开，后轮突然转向，就好像被一股谁也感觉不到的风吹走了，掀起的灰尘扑向蒂姆和其他人……

卢克微笑，心想乔治真是做得太好了。

"还不如干掉他算了，"安妮一本正经地说，"菜园尽头有足够的空地，容得下一具尸体。"

卢克叹息并摇头。"还有其他人呢。他只是个打前站的。"

"再说，"卡丽莎说，"那样我们就和他们一样了。"

"但是……"尼基含含糊糊地说，却没说完。蒂姆不需要会读心也知道他想说什么：肯定大快人心。

2

蒂姆以为温迪能从哥伦比亚回来吃晚饭，但她打电话说她必须留下过夜。明天上午还有一场会议，讨论费尔利县执法机构的未来。

"我的天，这事就没完了？"蒂姆问。

"我确定这是最后一场。形势很复杂，你知道的，官僚主义更是让它雪上加霜。家里都还好吧？"

"好极了。"蒂姆说，心中希望确实如此。

晚饭他做了一大锅意大利面。卢克浇上博洛尼亚肉酱吃，卡丽莎和尼基配沙拉吃。安妮不知去向，她经常这样。

他们吃得很高兴，聊得也很起劲，欢声笑语不断。后来，蒂姆去冰箱里取非凡农庄[1]的蛋糕，他像喜剧歌剧里的侍者那样高举蛋糕回来，却发现卡丽莎在哭。尼克和卢克各用一条胳膊搂着她，但没有安慰她（至少没用蒂姆能听见的方式）。他们看上去心事重重，怀着顾虑。他们陪着她，但心思不全在她身上，也许沉浸在各自的思绪之中。

蒂姆放下蛋糕。"怎么了，小莎？他们肯定知道，但我不知道。所以你就提点我一下吧。"

"万一他是对的呢？万一他是对的，卢克是错的？万一三年后世界毁灭了……或者三个月后……就是因为我们没有保护它？"

"我没错。"卢克说，"他们有数学家，但我更厉害。我没有吹牛，这是事实。他说我什么来着？魔术式思维？他们也一样。他们无法接受他们可能出错。"

"但你不确定！"她叫道，"我能听见你的心声，卢克，你并不确定！"

卢克没有否认，只是低头盯着盘子。

卡丽莎抬头望向蒂姆。"万一他们预测对了哪怕一次呢？岂不都是我们的错？"

蒂姆犹豫起来。他不希望他接下来要说的话左右女孩该如何度过余生，他绝对不愿意承担这份责任，但他知道他必须如此。两个男孩也在听，在等待他开口。他没有通灵能力，但他拥有另一种能力：他已经长大了。他是成年人。孩子们希望他能告诉他们，床底下没有藏着怪物。

"当然不能怪你们，不能怪你们中的任何一个人。他来不是为了禁

---

1 始创于一九二九年的美国烘焙产品品牌。

止你们乱说话，而是为了毒害你们的人生。卡丽莎，别让他得逞。你们都一样，不能让他得逞。人类作为一个物种，天生就能做到一件超越于其他一切的事情。你们几个孩子做到了这一点。"

他伸出双手，擦掉卡丽莎脸颊上的眼泪。

"你们挣扎求生，你们运用爱和智慧，你们活了下来。来，现在吃蛋糕吧。"

3

星期五，轮到尼基离开了。

蒂姆和温迪站在卢克的身旁，望着尼基和卡丽莎手挽着手走下车道。温迪要开车送他去不伦瑞克的长途汽车站，但他们三个明白，那两位需要（也应该得到）一点独处的时间，为了告别。

"咱们再排练一遍。"一小时前蒂姆说。午饭时尼基和卡丽莎都没吃什么东西。蒂姆和尼基走上后门廊，卢克和卡丽莎收拾餐具。

"不用了，"尼基说，"我记住了，老兄。真的。"

"那也一样，"蒂姆说，"因为很重要。从不伦瑞克到芝加哥，对吗？"

"对。长途汽车今晚七点一刻发车。"

"你在车上和谁说话？"

"不和任何人。不引起任何注意。"

"等你到了芝加哥呢？"

"去海军码头打电话给我叔叔弗雷德。因为绑架者在那儿释放了我，他们也在那儿释放了乔治和海伦。"

"但你不知道这一点。"

"对，我不知道。"

"你认识乔治和海伦吗？"

"听都没听说过。"

"绑架你的是什么人？"

"不知道。"

"他们想干什么？"

"不知道，是个谜。他们没有猥亵我，没有提问，我没听说还有其他孩子，我什么都不知道。警察盘问我的时候，我什么都不会补充。"

"这就对了。"

"最后等警察放弃，我就去内华达找我的叔叔和婶婶，还有鲍比，从此我们快乐地生活在一起。"鲍比是尼基的弟弟，尼基被绑架的那天夜里，他刚好去朋友家过夜了。

"等你发现你的父母死了？"

"大新闻。别担心，我会哭的，不难。而且不会是假哭，相信我。可以了吗？"

"快好了。稍微松一松你的拳头。说的既是你手臂上的那两个，也是你脑袋里的拳头。给快乐的生活一个机会。"

"不容易，老兄。"尼基的眼睛泛起泪光，"他妈的不容易。"

"我知道。"蒂姆说完，试着去拥抱他。

刚开始尼基只是被动地接受，随后他也拥抱蒂姆，很用力。蒂姆觉得这算个好的开始，他认为无论警察如何盘问这个孩子，无论他们说多少次他的故事不符合逻辑，他都应付得了。

蒂姆担心乔治·艾尔斯会添油加醋。这孩子是个典型的碎嘴子和天生的添油加醋狂。但蒂姆认为——希望——自己最终让乔治明白了：你不知道的事情能保障你的安全，说得越多就越有可能绊倒你。

尼基和卡丽莎在车道底下的邮箱旁拥抱，大舌头的史密斯先生曾在那里谴责他们，企图向只是想挣扎求生的孩子们灌输负罪感。

"他真的很爱她。"卢克说。

对，蒂姆心想。你也是。

卢克不是第一个发现自己在这场三角恋爱中扮演电灯泡的人，也不可能是最后一个。另外，"恋爱"这个词用得对吗？卢克非常聪明，但他毕竟只有十二岁。他对卡丽莎的感情会像退烧一样过去，不过，把这种话说给他听也毫无意义。卢克会永远记得她，就像蒂姆记得自己十二岁时为之痴狂的那个女孩（她十六岁，而且是蒂姆永远无法企及的）一样。正如卡丽莎会记得尼基—— 一个勇敢抗争的英俊少年—— 一样。

"她也爱你。"温迪柔声说，并轻轻捏了一下卢克被晒黑的脖子。

"不一样的。"卢克怏怏不乐地说，随即微笑道，"去他妈的，生活总会继续下去。"

"你去开车吧，"蒂姆对温迪说，"长途汽车不等人。"

她开车过来。卢克上了车，到信箱边下来，然后和卡丽莎一起站在那儿，挥手送别那辆车。尼基从车窗伸出手，挥手和他们告别。车开走了。尼基右边的裤袋（车站扒手最难下手的那个口袋）里装着七十美元现金和一张电话卡，鞋里有一把钥匙。

卢克和卡丽莎一起走上车道。走到一半，卡丽莎用双手捂住脸，开始哭泣。蒂姆想过去，但转念一想没有去，那是卢克的任务。卢克安慰她，用双臂搂住她。她个子比较高，所以她把脑袋搁在他的脑袋上，而不是肩膀上。

蒂姆听见了嗡嗡声，但非常微弱。他们在交谈，他听不见他们在说什么，但没关系。本来就不是说给他听的。

4

两个星期后，轮到卡丽莎离开了。她去格林维尔乘长途汽车，而不是不伦瑞克。她会在第二天晚上到达芝加哥，然后从海军码头打电话给她在休斯敦的姐姐。温迪送了她一个小小的串珠手包，里面有七十美元和一张电话卡。她的一只运动鞋里有一把钥匙，和尼基那把一模一样。钱和电话卡被偷了也无所谓，但钥匙不行。

她紧紧地抱住蒂姆。"你为我们做了那么多事情，我说多少个谢谢都不够，但我也只能说谢谢了。"

"足够了。"蒂姆说。

"希望世界不会因为我们而毁灭。"

"小莎，我再对你说最后一遍——就算有人按下那个红色大按钮，那也不是你们的错。"

她无力地笑了笑。"我们所有人最后联合起来的时候，获得了一个能终结所有红色大按钮的红色大按钮。按下去的感觉非常美妙，让我不舒服的就是这个，那种美妙的感觉。"

"但那已经过去了。"

"对。都过去了，我很高兴。任何人都不该拥有那样的力量，尤其是一群孩子。"

蒂姆想说，在能够按下红色大按钮的那些人中，有一部分就是孩子，如果不是身体能，那就是头脑能，不过他没有说出口。她要面对未知和不确定的未来，那就已经够可怕了。

卡丽莎转向卢克，将手伸进她的新手袋。"我有件礼物要给你。我们离开异能研究所的时候它在我的口袋里，但我完全忘记了。我希望你能留着它。"

她给他的是个皱巴巴的烟盒。烟盒正面印着挥舞套索的牛仔。牛仔上方是品牌名：围猎香烟糖。下方是：像老爸一样抽烟！

"只剩下几根了，"她说，"断了，多半还走味了，但——"

卢克开始流泪。这次轮到卡丽莎搂住他了。

"别这样，亲爱的，"她说，"别这样。求你了。你非要让我伤心吗？"

5

卡丽莎和温迪离开后，蒂姆问卢克想不想下象棋。男孩摇头道："我想去后院待一阵，坐在大树下。我觉得心里空荡荡的，我从来没觉得这么空荡荡过。"

蒂姆点点头。"你的心会重新满起来的，相信我。"

"那是肯定的。蒂姆，你认为他们有朝一日会使用那些钥匙吗？"

那些钥匙能打开查尔斯顿一家银行里的一个保管箱。莫琳·艾尔沃森给卢克的东西在里面。如果任何一个已经离开卡托巴山农场的孩子——或者卢克、温迪和蒂姆——发生意外，其他孩子就会去查尔斯顿打开保管箱。如果他们在异能研究所形成的纽带依然存在，那么也许所有的孩子都会去。

"会有人相信 U 盘里的内容吗？"

"安妮肯定会，"蒂姆微笑道，"她相信鬼魂、不明飞行物、夺舍，她什么都信。"

卢克没有微笑。"对，但她有点……你知道的，疯疯癫癫的。虽说她现在好多了，因为要经常和登顿先生见面。"

蒂姆挑起了眉毛。"鼓手？你是什么意思？他们在约会？"

"应该是吧，假如两个年纪很大的人这么做也能叫约会。"

"你读她的心知道的？"

卢克微微一笑。"不，我现在又只能推动比萨托盘和翻书了。是她告诉我的。"卢克想了想，"我觉得告诉你也没什么。她没有逼我发誓保密。"

"真是活见鬼了。至于那个 U 盘……你知道吗？你从一个线头开始拉，就能拆掉整件毛衣。我认为那个 U 盘就相当于线头。会有人认出视频里的孩子，许多孩子，然后展开调查，大舌头男人的组织妄图重启计划的希望就会全部破灭。"

"不过我本来也不认为他们能重启。他可以这么想，但那只是更魔术式的思维。这个世界从二十世纪五十年代到现在已经有了很大的变化。听着，我想……"他朝屋子和菜园比画了一个手势。

"当然可以，去吧。"

卢克转身走开，步伐并不轻快，而是低着头艰难跋涉。

蒂姆几乎要放他走了，但又改变了主意。他追上去，按住男孩的肩膀。卢克转过身，蒂姆拥抱了他。他拥抱过尼基——好吧，他拥抱过他们每一个人，有时候是为了安慰从噩梦中惊醒的孩子，但这个拥抱更加意味深长。这个拥抱代表一切，至少在蒂姆看来是如此。蒂姆想对卢克说，他很勇敢，也许是少年冒险小说之外最勇敢的一个孩子。蒂姆想对卢克说，他既强大又正派，他的父母会为他而自豪的。蒂姆想对卢克说爱他，但他没有开口，也不需要说话，甚至连心灵感应能力都不需要。

有时候一个拥抱就等于心灵感应。

6

屋后的门廊与菜园之间有一棵美丽的老橡树。卢克·埃利斯——曾经居住于明尼苏达州明尼阿波利斯，曾经是赫伯特·埃利斯与艾琳·埃利斯的爱子，曾经是莫琳·艾尔沃森的朋友，现在依然是卡丽莎·本森、尼基·威尔霍尔姆和乔治·艾尔斯的朋友——坐在树下。他收起膝盖，把胳膊放在膝头，望向被温迪警官称为云霄飞车山脉的群峰。

也曾经是埃弗里的朋友，他心想。真正把他们救出来的是埃弗里。假如存在一个英雄，那也不是我，而是埃弗里。

卢克从口袋里掏出揉皱的烟盒，取出一根香烟糖。他想起第一次看见卡丽莎的情形。卡丽莎坐在地上，嘴里叼着一根香烟糖。她问他：来一根？糖分能帮助你稳定情绪。反正对我有用。

"你觉得呢，埃弗里？它能帮助我稳定情绪吗？"

卢克咬碎糖果。确实有帮助，但他不知道为什么，肯定没有任何科学依据。他往烟盒里看，发现还有两三根。他可以一口气全部吃完，但以后再吃似乎更好。

还是留给以后吧。

二〇一八年九月二十三日

后 记

多年来支持我的读者们，请允许我谈论几句拉斯·多尔。

四十多年前，我在缅因州的布里奇顿认识了他。当时，医务所有三位医生，而他是唯一的助手。从肠胃炎到孩子们的中耳炎，他医治了我们全家人的小毛小病。他对付发烧的标志性妙方是清流质饮食——"金酒和伏特加就行"。他问我以何为生，我说我写长篇和短篇小说，大多数与心灵现象、吸血鬼和其他各色怪物有关。

"抱歉，我不读那种东西。"他说。但当时我们都不知道，他后来会读我写的所有篇什，而且往往是从草稿开始读，创作过程中的各个版本都不会放过。除了我妻子，只有他在我的作品梳妆打扮整齐并准备出去见人前读过它们。

后来我向他请教，刚开始是医学方面的知识。是拉斯告诉了我流感病毒每年都不同，因此每年的新疫苗到了第二年就会过时（这一点用在《末日逼近》里）。是拉斯教给我一系列能够让昏迷病人的肌肉避免逐渐萎缩的锻炼方法（这一点用在《约翰的预言》里）。他还耐心地向我解释动物是如何感染狂犬病病毒的，这种疾病又是如何侵蚀机体的（这一点用在《厄兆》里）。

他的任务越来越繁重，他从医生岗位上退休后，成了我的全职研究助理。我们为了写《11/22/63》（离了他，就不可能有这本书）一起去得克萨斯州教科书仓库大楼查阅资料，我吸收着这个地方的气氛（寻找幽灵……也找到了），拉斯负责拍照和测量尺寸。我们去得克萨斯州电影院（李·哈维·奥斯瓦尔德[1]落网之处）探访，是拉斯想到了问我那天上演的是什么（双片连映，《战斗的呼声》和《战争就是地狱》）。

我写《穹顶之下》时，他为我想创造的微生态系统搜集了大量资料，从发电机功率到食物供应能够维持多久等知识都有。但他最引以为傲的是，我问他能不能为我的角色构想一个能够支持五分钟左右空气供应的方法，例如潜水气瓶。那是整本书的高潮章节，我卡住了，拉斯也是，直到某天他被堵在路上，仔细看了一圈周围的车辆。

"轮胎，"他告诉我，"轮胎里有空气。也许很不新鲜，味道很难闻，但至少能供人呼吸。"亲爱的读者，轮胎就这样救了他们的命。

你刚读完的这本书中到处都有拉斯的"指纹"，从新生儿的 BDNF 水平检测（对，那是真的，但我做了些发挥）到如何用常见的家居用品制造毒气（孩子们，千万别在家里尝试）。他检验了每一条线索和每一个事实，帮助我实现我一贯的目标：让不可能之事变得可信。他是个人高马大、肩宽体阔的金发男人，喜欢开玩笑、喝啤酒，每逢七月四日喜欢发射瓶装火箭。他养育了两个完美的女儿，一直陪伴卧病不起的妻子，直至她去世。我们是工作伙伴，但他也是我的朋友。我们的关系非常和谐，一次架也没有吵过。

二〇一八年秋天，拉斯因肾衰竭而去世，我非常怀念他。对，我在我需要资料时想念他（最近是因为电梯和第一代苹果手机），但更会在我忘记他已经离开了的时候想念他，我会忽然想到：嘿，我该给拉斯打个电话或者写封信，问问他的情况。这本书献给我的孙子们，因为它主要写的是孩子，但结尾时我在想的是拉斯。人很难忘怀老朋友。

我想念你，好兄弟。

多年来支持我的读者们，在结束前我还想感谢一下我总是要感谢

---

1 前美国海军陆战队队员，枪击案嫌疑人，被认为是肯尼迪遇刺案的主凶。

的那些人：查克·维里尔，我的代理人；克里斯·洛茨，他负责处理国外版权事务，找到了十几种语言里的"你好，能听见我吗？"怎么说；兰德·霍尔斯滕，他负责处理影视合同（最近还真是不少）；凯蒂·莫纳汉，她在斯克里布纳出版社负责宣传工作。另外，我要好好感谢一下南·格雷厄姆，她编辑了这本小说，书中充满跳跃的情节，采用了平行时间线，还有几十个角色。她让这本书变得更加完美。我还要感谢一下玛莎·德菲利普、朱莉·欧雷和芭芭拉·麦金太尔，她们接电话、安排见面，为我腾出我每天用来写作的宝贵时间。

最后，但绝非不重要，谢谢我的孩子们——内奥米、乔和欧文，还有我的妻子。请允许我借用乔治·R. R. 马丁的一句话：她是我的太阳、我的群星。

二〇一九年二月十七日